DON QUICHOTTE

DE LA MANCHE

COLLECTION HETZEL

MICHEL DE CERVANTES

DON QUICHOTTE

DE LA MANCHE

ÉDITION SPÉCIALE A L'USAGE DE LA JEUNESSE

PAR LUCIEN BIART

ILLUSTRÉE DE 316 DESSINS PAR TONY JOHANNOT

Cette édition, spéciale à la jeunesse, est tirée de la traduction complète de *Don Quichotte*
par M. Lucien Biart, traduction qui paraîtra en février 1878
précédée d'une Notice inédite très-importante sur la vie et l'œuvre de Cervantes,
écrite spécialement pour la traduction de M. Biart
par PROSPER MÉRIMÉE.

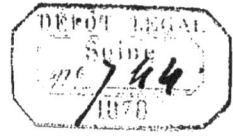

BIBLIOTHÈQUE

D'ÉDUCATION ET DE RÉCRÉATION

J. HETZEL & Cie, 18, RUE JACOB

PARIS

PRÉFACE DU TRADUCTEUR

En 1867, après avoir longtemps hésité devant l'énormité de
la tâche, j'entrepris, décidé par les conseils de M. Prosper
Mérimée, la traduction des aventures de l'*Ingénieux hidalgo
Don Quichotte de la Manche*, l'immortel chef-d'œuvre de
l'Espagnol Cervantes. Pendant quatre années, je vécus entouré
des multiples éditions de mon auteur, n'entretenant guère
mes amis que de mon travail, parlant à tout propos des faits
et gestes du bon chevalier manchois, de son maigre bidet
Rossinante, de son joyeux écuyer Sancho Pança. Mes enfants
— ils sont juste aussi nombreux que les frères du petit Pou-
cet — mouraient d'envie de lire ce livre ; mais, bien que
Cervantes soit un écrivain scrupuleux au point de vue de la
morale, il a parfois des passages peu faits pour de jeunes
esprits. Contre mon gré, il me fallait constamment refuser
l'autorisation qui m'était demandée de feuilleter mon manuscrit, et l'on me trouvait bien sévère.

Cédant parfois aux sollicitations éloquentes d'une jeune

ambassadrice, je choisissais un chapitre dont je faisais la lecture à haute voix. On se pressait alors autour de moi, riant ou s'attendrissant des hauts faits ou des mésaventures du brave Don Quichotte, et Cervantes obtenait là de francs succès. Mais, à l'improviste, il me fallait m'arrêter, n'ayant réussi qu'à exciter une curiosité que j'avais cru satisfaire.

Un jour, je me laissai arracher l'imprudente promesse de revoir mon manuscrit aussitôt qu'il serait terminé, d'en retrancher les passages dont la portée dépasserait l'âge de mes jeunes lecteurs, et de leur livrer enfin l'œuvre de Cervantes. Par malheur, la guerre de 1870 éclata, ses effroyables conséquences vinrent attrister notre pauvre pays, et ajourner, hélas! bien des espérances.

Ma traduction, entreprise, comme je l'ai dit plus haut, sous les auspices de Prosper Mérimée, avait si bien séduit l'illustre académicien, qu'il voulut l'honorer en la faisant précéder d'une longue étude, la plus complète qu'on ait faite en France, sur la vie et l'œuvre de Cervantes. Cette étude, dernière œuvre tombée de la plume de l'auteur de *Colomba*, s'imprimait au moment où les Prussiens parurent devant Paris. Il fallut enfouir le manuscrit de la traduction de *Don Quichotte*, ainsi que les célèbres dessins de Tony Johannot destinés à l'orner, puis trembler qu'une bombe ne vînt anéantir tant d'années de labeur. Aux Prussiens succéda la Commune, et le vaillant Don Quichotte, bien contre ses habitudes, dut se tenir coi et attendre des jours meilleurs.

Mais le manuscrit, en reparaissant l'année dernière sur

mon bureau, réveilla les prétentions de mes enfants. Je fus
sommé de tenir la parole autrefois donnée, d'entreprendre un
travail de révision que, dès le début, je trouvai beaucoup plus
délicat que je ne l'avais pensé. Il s'agissait de relire mon auteur phrase par phrase, mot par mot, pour élaguer sagement,
prudemment. J'avais promis, je dus m'exécuter.

On a publié, à l'usage de la jeunesse, vingt imitations du
Don Quichotte. Mon but était tout autre, c'est le chef-d'œuvre
lui-même que je souhaitais présenter à mes jeunes lecteurs.
Il fallut des mois d'un labeur de bénédictin pour ramener
le livre à de justes proportions, et, un beau soir, j'annonçai
à mes enfants une lecture suivie des aventures du célèbre
chevalier espagnol.

La jeunesse ne sait pas dissimuler, et, lorsqu'un récit l'en-
nuie, l'étiquette ne saurait l'empêcher de bâiller. Je voulus
lire à petites doses; mais, loin de se fatiguer de m'entendre,
mon auditoire se plaignait toujours de me voir suspendre
trop tôt ma lecture. Bref, le *Don Quichotte*, le *petit*, comme
disaient mes enfants, obtint un tel succès parmi eux, qu'il en
vint un écho jusqu'à l'oreille de mon ami P. J. Stahl, grand
ami de la jeunesse, comme chacun le sait.

Jugeant que l'ouvrage qui avait diverti mes enfants devait
être de nature à divertir la jeunesse en général, M. Hetzel, à
son tour, lut plume en main le petit *Don Quichotte ;* de ce
travail est enfin résulté le présent livre. Nous avons fait un
bouquet des fleurs parfumées dont est orné le beau jardin de
Cervantes, mais nous respectons trop le grand écrivain pour

lui avoir rien prêté ; partout, à quelques lignes près, nous l'avons laissé parler lui-même. Ceci, qu'on ne l'oublie donc pas, est une traduction abrégée, une réduction faite en vue de lecteurs spéciaux, non une imitation.

En attendant que l'âge leur permette de lire l'édition complète, nous offrons aux jeunes esprits ce *Don Quichotte* résumé à leur usage, en leur rappelant avec Sainte-Beuve qu'il est deux auteurs que nul ne peut se dispenser de connaître : Cervantes et Molière.

Lucien BIART.

AVIS

La traduction nouvelle et complète de *Don Quichotte*, par M. Lucien BIART, paraîtra en février 1878, précédée d'une Notice entièrement inédite et très-importante (75 pages) sur la vie et l'œuvre de Cervantes, par PROSPER MÉRIMÉE. Cette traduction paraîtra en 4 volumes du format in-18, à 3 fr.; — les 4 vol., 12 fr.; par la poste, *franco*, 14 fr.

J. HETZEL.

DON QUICHOTTE

DE LA MANCHE

PREMIÈRE PARTIE

CHAPITRE I

De la qualité et des habitudes du fameux Don Quichotte de la Manche.

ANS un village de la Manche, dont je ne veux pas me rappeler le nom, vivait un de ces hidalgos qui possèdent lance au ratelier, rondache antique, bidet maigre et lévrier coureur. Il avait chez lui une gouvernante déjà mûre, une nièce qui n'atteignait pas encore sa vingtième année et un domestique bon pour la ville comme pour la campagne. Notre hidalgo frisait la cinquantaine. Il était de solide complexion, sec de corps, maigre de visage, matineux et grand ami de la chasse. On a prétendu, — les auteurs ne sont pas d'accord sur ce point, — qu'il portait le surnom de Quexada ou Quesada; mais de vraisemblables conjectures donnent

1

à croire qu'il se nommait en réalité Quijano. Cette question, du reste, importe peu à notre histoire; il suffit qu'en la racontant nous respections la vérité.

Or, il faut savoir que ledit hidalgo consacrait ses loisirs, — qui duraient presque toute l'année, — à lire des livres de chevalerie, et cela avec tant de plaisir et d'enthousiasme, qu'il finit par oublier complétement la chasse et même l'administration de son bien. Sa curiosité et sa folie le menèrent si loin, qu'il vendit bon nombre d'arpents de terre cultivables pour acheter des livres de chevalerie, et encombra sa maison de tous ceux qu'il put se procurer.

Par malheur, ces lectures troublaient l'esprit du pauvre hidalgo, qui passait ses nuits à essayer de les comprendre, tâche qui eût été au-dessus des forces d'Aristote lui-même, s'il eût été possible de ressusciter ce philosophe pour lui imposer ce travail.

Bien souvent il eut maille à partir avec le curé de son village,

homme instruit et gradué à Siguenza, sur la question de savoir qui avait été le meilleur chevalier, de Palmérin d'Angleterre ou d'Amadis de Gaule. Quant à maître Nicolas, barbier de l'endroit, il soutenait que nul n'approchait du chevalier Phœbus, à l'exception toutefois du vaillant don Galaor.

En fin de compte, notre hidalgo, consacrant les jours et les nuits à ses lectures, se dessécha la cervelle de telle façon qu'il en perdit l'esprit. Il se remplit si bien la tête d'enchantements, de querelles, de combats, de défis, de blessures et d'extravagances, et crut avec tant de bonne foi à la véracité de ces histoires inventées à plaisir, que bientôt à ses yeux il n'y eut rien au monde de plus véridique.

Peu à peu, le cerveau troublé du bon seigneur en vint à concevoir la plus étrange idée qui se soit jamais logée dans la tête d'un fou. Il lui parut convenable et nécessaire, tant pour augmenter sa bonne renommée que pour rendre service à son pays, de se faire chevalier errant, et de s'en aller par le monde à la recherche d'aventures, imitant les exploits de ses héros, redressant les torts, bravant les périls afin d'acquérir une gloire immortelle. Il rêva même de conquérir une couronne par la valeur de son bras : il lui fallait au moins celle de l'empire de Trébizonde. Mû par ces agréables pensées, soutenu par son désir de les réaliser, il se hâta de se mettre à l'œuvre.

Son premier soin fut de nettoyer une armure rouillée, oubliée depuis des siècles dans un coin de son logis, et qui lui venait de ses bisaïeux. Il la frotta, la polit du mieux qu'il put; mais, à sa grande déception, il s'aperçut qu'au lieu d'une salade complète, elle n'avait qu'un simple morion. Par son industrie, il réussit, à l'aide de carton, à compléter le heaume. Voulant alors s'assurer de la solidité de son ouvrage, et savoir s'il était à l'épreuve du fer, il tira son épée, en déchargea sur la salade deux coups, dont le premier suffit pour anéantir le labeur d'une semaine. Désappointé de ce résultat, il recommença sur de nouveaux frais, garnissant cette fois son morion de bandes de fer. Puis, sans vouloir tenter une nouvelle expérience, il tint son casque pour solide et de fine trempe.

Il alla ensuite visiter son bidet, et, bien que la pauvre bête eût plus de tares qu'un sou n'a de deniers, elle parut à son maître supérieur au Bucéphale d'Alexandre, ou au Babiéca du Cid.

Quatre jours se passèrent à lui chercher un nom; car, ainsi qu'il
le disait lui-même, « il n'était pas convenable que le coursier d'un
si fameux chevalier demeurât sans nom connu ». Après en avoir
imaginé vingt, qu'il effaça, allongea, raccourcit, défit et recomposa
dans sa mémoire, il l'appela *Rossinante*, nom qui lui parut ma-

jestueux et peignant bien ce que sa bête avait été et ce qu'elle était
devenue : la première rosse du monde.

Ayant réussi à nommer son cheval à son gré, il entreprit de se
baptiser de nouveau lui-même. Il perdit huit autres jours à réfléchir et se décida pour le nom de Don Quichotte. Mais il se souvint que le valeureux Amadis avait ajouté à ce nom trop sec celui
de sa patrie, afin de la rendre célèbre. Notre homme, en bon chevalier, résolut de suivre ce mémorable exemple. En conséquence,
il prit le titre de *Don Quichotte de la Manche*, qui révélait à la fois
son lignage et le lieu de sa naissance qu'il voulait honorer.

Ses armes en bon état, son morion changé en salade, son cheval
et lui-même convenablement nommés, il ne lui restait plus qu'à
choisir la dame de ses pensées, car un chevalier errant sans dame
serait comme un arbre sans feuilles, ou comme un corps sans âme.

« Si pour l'expiation de mes péchés ou pour ma gloire, disait-il,
je rencontre un géant, ainsi que la chose arrive aux chevaliers
errants: si je le jette à bas de sa monture d'un coup de lance, ne
faut-il pas que j'aie une dame aux pieds de laquelle il puisse aller
s'agenouiller, en disant d'une voix humble et soumise :

« Je suis, madame, le géant Caraculiambro, roi de l'île de Malin-
« drania, vaincu en combat singulier par le jamais-assez-loué cheva-
« lier Don Quichotte de la Manche, lequel m'envoie vers Votre Grâce,
« afin que Votre Grandeur dispose de moi à son gré. »

Quelle joie pour notre bon chevalier, lorsqu'il eut composé ce
discours, et surtout lorsqu'il eut choisi celle qu'il voulait nommer sa dame! Ce fut, à ce que l'on croit, une villageoise avenante
qui habitait un bourg voisin. Elle s'appelait Aldonza Lorenzo, et fut
élevée par notre chevalier au rang de dame de ses pensées. Voulant
lui donner un nom égal au sien, un nom qui se rapprochât de ceux
que portaient les grandes dames et les princesses, il la nomma,
d'après le village où elle était née, *Dulcinée du Toboso*, et ce nom
parut à son inventeur aussi harmonieux et aussi significatif que
ceux qu'il avait adoptés pour son cheval et pour lui-même.

CHAPITRE II

De la première sortie faite par l'ingénieux Don Quichotte hors de son village.

PRÈS avoir pris ses mesures, le nouveau chevalier ne songea plus qu'à se mettre en campagne. Il était tourmenté par l'idée du tort que son inaction faisait au monde. Aussi, par une brûlante matinée de juillet, sans communiquer à personne sa résolution, il endossa son armure, enfourcha Rossinante, se coiffa de son informe salade, embrassa son écu, saisit sa lance, et s'échappant par une porte dérobée de l'écurie, il s'élança dans la campagne, joyeux de la facilité avec laquelle il réalisait son vœu. A peine dehors, une pensée terrible l'assaillit. Il n'était pas armé chevalier, et les lois de l'ordre lui défendaient par conséquent d'entrer en lice. Mais sa folie prit vite le dessus. Il se proposa de se faire armer chevalier par le premier qu'il rencontrerait, ainsi que la chose se pratiquait dans les livres qui lui avaient troublé le jugement. L'esprit tranquillisé, il continua sa route dont il laissa le choix à son cheval, persuadé que cette façon d'agir le conduirait plus sûrement aux aventures.

Tout en cheminant, notre brillant aventurier se parlait à lui-même :

« Qui peut douter, se disait-il, que dans les temps futurs, lorsqu'on publiera l'histoire véritable de mes exploits, le sage qui les écrira, en racontant ma première sortie, ne s'exprime de la façon suivante :

« A peine le blond Phœbus eut-il répandu sur la surface im-

« mense de la terre les fils dorés de sa belle chevelure, que le
« célèbre Don Quichotte de la Manche, s'arrachant au duvet oisif,
« monta son fameux cheval Rossinante et traversa l'antique et bien
« connu champ de Montiel. » (*L'orateur le traversait en effet en ce
moment.*)

Puis songeant à sa dame, il s'écria :

« O princesse Dulcinée ! A quelle douleur me condamne votre
ordre rigide de ne plus me présenter devant votre beauté ! »

A ces discours, il en ajoutait mille autres d'un style conforme à
ceux qu'il avait lus dans les livres de chevalerie. Il avançait si lentement et le soleil le chauffait si bien sous son armure, que s'il eût
conservé quelque peu de cervelle, elle se serait fondue. Cependant
la journée s'écoula sans qu'il lui arrivât rien qui soit digne d'être

conté. Cela le désespérait, car il eût voulu mettre sans retard à l'épreuve la valeur de son bras vigoureux.

Plusieurs auteurs ont dit que sa première aventure fut celle du Port-Lapice, et d'autres prétendent qu'il débuta par celle des moulins à vent. Ce que j'ai pu vérifier dans les annales de la Manche, c'est qu'il chemina toute la journée, et qu'au coucher du soleil, lui et sa monture se trouvaient harassés de fatigue et mourants de faim. Il examinait alors la plaine dans l'espoir de découvrir un château ou une hutte de berger qui lui permit de s'abriter et de se refaire. Enfin, non loin de la route qu'il suivait, il aperçut une auberge qui brilla à ses yeux comme l'étoile de sa rédemption. Il eut beau piquer son bidet, il n'atteignit l'hôtellerie qu'à la nuit tombante.

Devant la porte se tenaient deux servantes. Mais comme tout ce que pensait, imaginait ou voyait notre chevalier lui paraissait d'accord avec ce qu'il avait lu, il prit l'auberge pour un château à quatre tourelles, et auquel ne manquait ni le pont-levis, ni les oubliettes, en un mot, aucun des accessoires dont sont pourvus les châteaux dans les descriptions ordinaires.

Arrivé devant l'auberge, Don Quichotte retint la bride de Rossinante, dans l'espoir qu'un nain allait se montrer à l'embrasure d'un créneau, et emboucher une trompe afin d'annoncer qu'un chevalier se présentait aux portes du château. Comme rien ne bougeait et que Rossinante tirait vers l'écurie, il se rapprocha de la porte, aperçut les deux servantes et crut voir deux gracieuses dames qui se prélassaient sur le perron du château.

En ce moment, le hasard voulut qu'un porcher, qui rassemblait ses cochons, — c'est leur nom, il n'y a pas de remède à cela, — souffla dans une corne au son de laquelle ces animaux accourent. Don Quichotte, convaincu qu'un nain annonçait enfin sa venue, en fut tout réjoui. Les servantes, en voyant paraître cet homme couvert d'une armure, bouclier au côté et lance au poing, se précipitèrent vers l'hôtellerie. Don Quichotte, devinant à leur fuite la peur qu'il leur causait, haussa sa visière de carton, découvrit son visage sec et poudreux, et d'une voix aimable leur dit :

« Que Vos Grâces se rassurent, et qu'elles ne redoutent aucune félonie ; la chevalerie, dont je fais profession, ne permet d'outrager personne, et défend surtout d'offenser des damoiselles d'aussi haut lignage, car votre aspect seul révèle qui vous êtes. »

Les servantes le contemplaient et cherchaient à mieux voir son visage à demi caché par sa salade ; lorsqu'elles s'entendirent traiter de damoiselles, elles ne purent s'empêcher de rire si fort, que Don Quichotte courroucé s'écria :

« L'indulgence sied à la beauté, et c'est un sot rire que celui qui naît d'une cause légère. »

L'étrange figure de notre chevalier et son langage incompréhensible pour les servantes redoubla leur hilarité et augmenta son déplaisir. Dieu sait ce qui serait arrivé si l'hôtelier, que la rotondité de sa taille rendait pacifique, ne fût apparu. A la vue de ce singulier voyageur, peu s'en fallut qu'il ne partageât l'hilarité des servantes. Mais redoutant cette machine armée en guerre, il se détermina à parler avec mesure.

« Si Votre Grâce, señor chevalier, dit-il, demande simplement un gîte, qu'elle soit la bien venue. Elle trouvera ici tout en abondance, sauf les lits, cependant, dont cette hôtellerie est complétement dépourvue. »

Don Quichotte, calmé par la politesse du commandant de la forteresse, — c'est ainsi que son imagination lui représentait l'hôte et l'hôtellerie, — répondit :

« Pour moi, seigneur châtelain, la moindre chose suffit,

> Mes parures, ce sont mes armes,
> Et mon repos c'est le combat.

— S'il en est ainsi, répondit l'hôtelier, vous pouvez mettre pied à terre, bien certain de rencontrer sous cet humble toit l'occasion de ne dormir d'une année, et moins encore une seule nuit. »

Tout en parlant, il s'approcha pour tenir l'étrier de Don Quichotte. Celui-ci, — faiblesse très-naturelle chez un homme qui de la journée n'avait pris aucune nourriture, — eut de la peine à descendre de cheval. Il recommanda à l'hôte de soigner Rossinante, car jamais meilleure bête n'avait mangé de l'avoine. L'hôte examina le bidet, qui ne lui parut pas mériter la moitié des éloges de Don Quichotte. Il l'établit cependant dans l'écurie et revint prendre les ordres du chevalier, que les servantes essayaient de désarmer. Elles avaient réussi à lui enlever sa cuirasse ; mais elles ne pouvaient le débarrasser de son hausse-col ni de son informe salade, attachée par des rubans verts dont il eût fallu couper les nœuds, opération à laquelle notre chevalier ne voulut jamais consentir. Il garda son heaume durant toute la nuit, ce qui lui donnait le plus étrange aspect qu'on puisse imaginer. Convaincu que les personnes qui l'aidaient à se dépouiller de ses armes étaient les dames du château, il leur dit gracieusement :

> « Quel chevalier jamais fut des dames servi
> Comme Don Quichotte en notre âge ?
> Quand il s'en vint de son village

Les damoiselles à l'envi
S'offraient pour être ses hôtesses,
Et son cheval était soigné par des princesses,

son cheval Rossinante, belles dames, c'est là le nom de mon compagnon fidèle, comme Don Quichotte de la Manche est le mien. »

Les servantes, ne sachant que répondre, se contentèrent de lui
demander s'il voulait manger.

« Je mangerai n'importe quoi, répondit Don Quichotte, et tout
viendra à point. »

Ce jour-là était un vendredi, et il n'y avait dans l'hôtellerie
d'autres provisions que du poisson sec nommé merluche, morue ou
truitelle, selon le pays. On demanda à Don Quichotte si Sa Grâce
aimait par hasard la truitelle.

« Plusieurs truitelles peuvent faire une truite, répondit le chevalier ; qu'on me donne huit réaux en monnaie ou en une seule pièce,
cela revient au même. Mais, quel que soit le repas, hâtez-vous de
le servir, je vous prie, car le poids des armes ne peut se supporter
qu'à la condition de bien garnir l'estomac. »

On disposa la table au frais, près de la porte de l'hôtellerie, et l'hôte apporta au chevalier une ration de merluche mal desséchée, plus mal cuite encore, et un pain plus noir et plus moisi que ses armes. Il y avait de quoi rire à le voir manger, car, grâce à sa salade, il ne pouvait rien porter à sa bouche, bien qu'il eût levé la visière, et ce fut une servante qui dut lui rendre ce service. Quant à le faire boire, il aurait fallu y renoncer, si l'hôte n'eût eu l'idée de fendre un roseau, de lui en placer l'extrémité dans la bouche, et de faire couler le vin le long de ce canal. Mais notre chevalier supportait ces épreuves avec patience, plutôt que de couper les nœuds qui reliaient entre elles les diverses parties de sa salade.

Sur ces entrefaites, un conducteur de porcs annonça son arrivée en sifflant à deux ou trois reprises dans un sifflet de roseau, ce qui acheva de persuader Don Quichotte qu'il se trouvait dans un château, qu'on le servait au son des instruments, que la morue était une truite, le pain noir du pain blanc, les servantes de nobles dames, et l'hôtelier un châtelain. Aussi se félicita-t-il de sa détermination. Cependant une idée le tourmentait : il n'était pas armé chevalier, ce qui lui enlevait le droit, à l'occasion, d'entreprendre aucune aventure.

CHAPITRE III

De la gracieuse manière dont s'y prit Don Quichotte pour se faire armer chevalier.

 LORS poursuivi par cette pensée, Don Quichotte se hâta de terminer son maigre souper. Appelant ensuite l'hôtelier, il le conduisit dans l'écurie, ferma la porte et s'agenouilla devant lui en disant :

« Je ne me relèverai d'où je suis, vaillant chevalier, que lorsque votre courtoisie m'aura octroyé une faveur qui doit tourner à votre gloire et au profit du genre humain. »

Surpris de ce langage et confus de voir son hôte à ses pieds, l'aubergiste l'engageait en vain à se relever ; Don Quichotte n'y consentit qu'après avoir obtenu la promesse qu'il réclamait.

« Je n'attendais pas moins de votre magnificence, dit-il, et la faveur que j'ai sollicitée de vous, c'est que demain vous m'armiez chevalier. Cette nuit, dans la chapelle de votre château, je ferai ma veillée des armes. Puis, votre promesse accomplie, je pourrai parcourir les quatre parties du monde, à la recherche d'aventures et d'infortunés à secourir, selon les devoirs imposés par la chevalerie à ceux qui, comme moi, sont portés aux exploits par désir et par inclination. »

L'hôtelier, légèrement goguenard, soupçonnait déjà son hôte d'avoir la tête un peu fêlée. Il acheva de s'en convaincre en l'entendant tenir de pareils propos. Il s'empressa donc de lui donner raison, déclarant qu'une semblable résolution était naturelle chez un noble hidalgo.

« Moi-même, ajouta-t-il, durant ma jeunesse, je me suis consacré à cette honorable carrière, et j'ai parcouru diverses parties du monde en quête d'aventures. A la fin, je suis venu me retirer dans ce château où je vis de mon bien et de celui des autres, accueillant les chevaliers errants de quelque qualité qu'ils soient, à la condition qu'ils partageront avec moi leurs finances en retour de mon hospitalité. Dans mon château, continua-t-il, il ne se trouve en ce moment aucune chapelle pour la veillée des armes, car on a détruit celle qui existait pour en construire une neuve. Établissez-vous donc dans une des cours, et, le jour venu, nous procéderons aux cérémonies d'usage, et vous deviendrez aussi chevalier qu'on le puisse être. »

L'hôte demanda ensuite au futur chevalier s'il avait de l'argent.

« Pas un maravédis, répondit Don Quichotte, et je n'ai jamais lu qu'aucun des chevaliers errants en fût pourvu.

— Vous êtes dans l'erreur, répliqua l'hôte; si les auteurs n'ont pas cru devoir noter une chose aussi nécessaire que celle de porter de l'argent et des chemises propres avec soi, il ne faut pas croire que les chevaliers errants s'en soient jamais passés. Il est certain, au contraire, que tous ceux dont tant de livres racontent l'histoire, avaient la bourse bien garnie, des chemises de rechange et une petite valise pleine d'onguents, afin de panser les blessures qu'ils pouvaient recevoir au milieu des déserts où il leur fallait combattre et où personne ne pouvait prendre soin d'eux s'ils étaient blessés; à moins cependant qu'ils n'eussent pour ami quelque sage enchanteur qui, accourant par les airs, amenât sur un nuage un nain possesseur d'une de ces eaux merveilleuses dont il suffit de boire une goutte pour redevenir aussi sain que si jamais rien ne fût arrivé. En résumé, je vous conseille de ne jamais vous mettre en route sans une bourse bien garnie. »

Don Quichotte promit sans peine ; puis on convint que le chevalier novice accomplirait sa veillée des armes dans une cour de l'hôtellerie. Il y porta les pièces de son armure, les posa sur le bord d'un bassin, et, embrassant son écu, armé de sa lance, il commença à se promener de long en large au moment où la nuit venait.

L'hôtelier raconta à tous ceux qui se trouvaient chez lui la folie de son hôte, la veillée des armes et la cérémonie qui devait s'en

suivre. Surpris d'une si étrange aberration d'esprit, chacun alla
regarder de loin le futur chevalier, qui tantôt se promenait d'un pas
tranquille, tantôt s'appuyait sur sa lance et contemplait longuement
ses armes. La nuit tomba ; mais la lune projetait tant de clarté que
le moindre geste du chevalier novice devenait visible pour tous.

Un des muletiers logés dans l'hôtellerie eut besoin de faire boire
ses mules, ce qu'il ne pouvait exécuter sans déranger l'armure de
Don Quichotte, appuyée sur le bord du bassin.

« Qui que tu sois, hardi chevalier, s'écria celui-ci, si tu ne veux
payer ta hardiesse de ta vie, garde-toi de toucher aux armes du
plus vaillant chevalier qui ait jamais ceint une épée. »

S'inquiétant peu de cette menace, — et il eut tort pour sa santé,
— le muletier saisit les pièces de l'armure par leurs courroies et les
jeta au loin. Don Quichotte leva les yeux vers le ciel, sans doute
pour invoquer sa dame Dulcinée, et s'écria :

« Soutenez-moi, ma souveraine, dans cette première offense faite
au cœur qui est votre vassal, et que votre appui ne me manque pas
dans cette première entreprise. »

Tout en parlant, il lâcha son bouclier, saisit sa lance des deux

mains, et la laissa retomber sur la tête du muletier, qui roula par
terre en si piteux état qu'un second coup eût rendu l'intervention
d'un médecin inutile. Cela fait, Don Quichotte remit son armure en
place et continua tranquillement à se promener.

Un peu plus tard, un second muletier, ignorant l'aventure de
son compagnon qui gisait étourdi sur le sol, se présenta et dérangea
à son tour l'armure afin d'abreuver ses bêtes. Sans prononcer un
mot, sans réclamer l'aide de personne, Don Quichotte lâcha de
nouveau son bouclier, leva une seconde fois sa lance et, sans la
briser, il fit plus de trois morceaux de la tête du malheureux muletier, car il la lui fendit en quatre. Tous les gens de l'hôtellerie,
précédés de l'hôte, accoururent au bruit. En les apercevant, Don
Quichotte embrassa son bouclier, saisit son épée et s'écria :

« O dame de beauté, soutien de mon faible cœur, voici l'heure de
tourner les regards de ta grandeur sur ce chevalier ton esclave que
menace une si périlleuse aventure. »

Cette invocation le réconforta si bien, qu'il n'eût pas reculé d'un
pouce devant tous les muletiers du monde. Mais les camarades du
blessé commencèrent à lancer une grêle de pierres sur Don Quichotte, qui se couvrit de son bouclier du mieux qu'il put, n'osant
s'éloigner du bassin et abandonner ses armes. L'hôte criait qu'on
le laissât en repos, qu'on était prévenu de sa folie, grâce à laquelle
il pouvait les assommer tous sans responsabilité. De son côté Don
Quichotte vociférait, déclarant le châtelain un couard et un traître,
puisqu'il permettait qu'on attaquât de telle façon les chevaliers
errants.

« Si j'étais armé chevalier, lui criait-il, je me chargerais de châtier votre félonie. Quant à vous, impure et basse canaille, je vous
méprise ! Jetez vos pierres, avancez, reculez, offensez-moi tant qu'il
vous plaira, vous recevrez tout à l'heure la récompense de votre audace et de vos avanies. »

Il paraissait si animé et si résolu, qu'il intimida ses ennemis ;
on cessa de lui lancer des pierres. Don Quichotte laissa enlever les
blessés, et reprit sa veillée des armes avec autant de calme que si
rien ne fût arrivé.

Effrayé des extravagances de son hôte, l'hôtelier se décida à lui conférer au plus vite son diable d'ordre de chevalerie. Il alla donc le trouver, s'excusa de l'insolence dont des gens de basse condition venaient de se rendre coupables à son insu ; il les considérait du reste comme suffisamment châtiés de leur audace. Il affirma de nouveau que le château manquait de chapelle, mais qu'on pouvait s'en passer pour ce qui restait à faire. En réalité, le principal pour être armé chevalier, consistait dans le coup sur la nuque et l'accolade, ce qui pouvait se pratiquer au milieu d'un champ.

Don Quichotte se laissa aisément convaincre, et se déclara prêt à obéir, suppliant l'hôte de procéder aussi vite que possible, car, une fois armé chevalier, si on venait l'attaquer, il jurait de n'épargner âme qui vive dans le château, à l'exception toutefois de celles que lui désignerait son parrain. Peu rassuré par cette promesse, l'hôtelier alla chercher le livre où il inscrivait l'orge et la paille qu'il livrait aux muletiers ; puis, suivi d'un jeune garçon qui portait une chandelle et accompagné des deux servantes dont il a été question, il revint près de Don Quichotte auquel il ordonna de s'agenouiller. Alors, feignant de lire dans son livre de compte, il leva la main et la laissa retomber sur le cou du néophyte, puis le frappa sur l'épaule d'un bon coup de sa propre épée, tout en continuant à marmotter entre ses dents, comme s'il récitait une oraison. Cela fait, il pria l'une des servantes de ceindre l'épée au nouveau chevalier, ce qu'elle fit avec beaucoup de sérieux, car il n'en fallait pas une faible dose pour ne pas éclater de rire à chacun des points de la cérémonie. Il est vrai que les prouesses déjà accomplies par le nouveau chevalier forçaient à s'observer. En lui bouclant le ceinturon de son épée, la bonne âme lui dit :

« Que Dieu fasse de Votre Grâce un heureux chevalier et le soutienne dans les combats. »

Ces cérémonies terminées, Don Quichotte voulut aussitôt se mettre en quête d'aventures. Il sella Rossinante, embrassa l'hôte et le remercia de l'avoir armé chevalier, en termes si étranges qu'il serait impossible de les répéter. L'hôtelier, impatient de le voir dehors, répondit avec non moins de rhétorique, mais avec plus de brièveté, et le laissa partir sans lui réclamer son écot.

CHAPITRE IV

De ce qui arriva à notre chevalier lorsqu'il sortit de l'hôtellerie.

'AUBE naissait à peine lorsque Don Quichotte s'éloigna de l'auberge, si heureux, si fier, si transporté d'être armé chevalier, qu'il en sautait de joie sur sa selle. Se rappelant les conseils de l'hôte à propos des objets dont un chevalier doit être pourvu, il songea à regagner sa demeure afin de se mettre en règle et de se choisir un écuyer. Un de ses voisins, pauvre laboureur chargé d'enfants, lui parut propre à tous égards pour remplir l'office de serviteur d'un chevalier errant. Il se dirigea donc vers son village, et Rossinante, qui connaissait presque la route, chemina avec tant d'ardeur que ses pieds semblaient ne pas toucher le sol.

Don Quichotte commençait à peine sa course que, de la lisière d'un bois épais qui se trouvait sur sa droite, il crut entendre sortir des gémissements. Il écouta et s'écria :

« Béni soit le ciel pour la grâce qu'il m'accorde en me fournissant si vite une occasion d'accomplir les devoirs de ma profession ! »

Rendant la bride à Rossinante, il le lança vers l'endroit d'où les cris semblaient partir. A peine eut-il pénétré sous les arbres qu'il vit une jument attachée près d'un chêne, tandis que, lié à un autre et nu jusqu'à la ceinture, un jeune garçon d'une quinzaine d'années criait, non sans cause, car un robuste paysan le frappait à coups redoublés avec une lanière de cuir.

A la vue de ce qui se passait, Don Quichotte s'écria d'une voix
courroucée :

« Chevalier discourtois, il est indigne de s'attaquer à qui ne
peut se défendre. Montez sur votre cheval, prenez votre lance, et je
vous ferai connaître que votre action est celle d'un lâche. »

Le paysan, effrayé par cette étrange apparition couverte d'une
armure et dont la lance le menaçait, se crut mort et répondit avec
soumission :

« Señor chevalier, ce garçon que je châtie est un de mes valets,
chargé de la garde d'un troupeau de brebis ; il est si peu soigneux
qu'il m'en perd une chaque jour, et parce que je le punis de sa
négligence ou de sa coquinerie, il prétend que j'agis par avarice
afin de ne pas lui payer ses gages. Mais il ment, sur mon âme et
sur Dieu.

— C'est vous qui mentez, misérable rustre ! s'écria Don Quichotte. Payez, sans plus de réplique ; sinon, je jure, par le Dieu
qui nous gouverne, de vous anéantir à cette place. Commencez par
détacher ce pauvre garçon. »

Le paysan baissa la tête, et, sans souffler mot, délia le petit berger, auquel Don Quichotte demanda quelle somme lui était due.

« Neuf mois à sept réaux, » répondit-il.

Don Quichotte fit le compte, trouva que la somme s'élevait à
soixante-trois réaux, et ordonna au paysan de les compter sur-le-
champ s'il ne voulait mourir.

« Par malheur, señor chevalier, dit le paysan, je n'ai sur moi
aucun argent. Qu'Andrès m'accompagne jusque chez moi, et je le
payerai intégralement.

— L'accompagner ! s'écria le jeune garçon, que Dieu m'en préserve ; une fois que nous serons seuls, il m'écorchera comme un
saint Barthélemi.

— Il n'osera, répliqua Don Quichotte ; il suffit que je le lui commande pour qu'il s'en abstienne par respect pour moi, et s'il veut
me le jurer par l'ordre de la chevalerie qu'il a reçu, je le laisserai
aller en liberté, certain qu'il payera.

— Que Votre Grâce prenne garde à ce qu'elle dit, s'écria Andrès ;
mon maître n'est pas chevalier et n'a reçu aucun ordre. Il est
Juan Haldudo le riche, du village de Quintanar.

— Peu importe, répliqua Don Quichotte, il peut y avoir des
Haldudo chevaliers, car chacun est fils de ses œuvres.

— Cela peut être vrai, dit le jeune garçon, mais de quelles œuvres mon maître est-il fils, puisqu'il me refuse le salaire de mes
sueurs et de mon travail ?

— Je ne nie rien, ami Andrès, reprit le paysan ; faites-moi le
plaisir de venir avec moi, je jure par tous les ordres de chevalerie
qu'il peut y avoir au monde, de vous payer rubis sur l'ongle avec
une gratification.

— Je vous fais grâce de la gratification, répondit Don Quichotte,
donnez-lui son compte et je me déclare satisfait. Seulement ayez
soin d'être exact, comme vous l'avez juré, sinon, par le même serment, je m'engage à vous poursuivre et à vous châtier. Si vous vou-

lez savoir le nom de celui qui vous commande cette restitution, afin
de n'être pas tenté de l'esquiver, sachez que je suis le valeureux
Don Quichotte de la Manche, redresseur de torts et d'injustices. »

Cela dit, Don Quichotte piqua Rossinante et s'éloigna. Le fermier
le suivit du regard, et lorsqu'il le vit sortir du bois et disparaître,
il se retourna vers Andrès.

« Venez ici, mon mignon, lui dit-il, que je vous paye ce que je
vous dois, comme ce défaiseur de torts me l'a ordonné. »

Alors, saisissant Andrès par le bras, il l'attacha de nouveau au
tronc d'un chêne et le battit jusqu'à le laisser pour mort.

« Appelez donc à présent, señor Andrès, appelez donc le défaiseur de torts et vous verrez qu'il ne pourra défaire celui ci bien
qu'il ne soit pas encore fini, car il me vient l'envie de vous écorcher vif comme vous paraissiez le redouter. »

Il le détacha enfin. Andrès, plein de rage, jura qu'il rejoindrait
le vaillant Don Quichotte de la Manche, qu'il raconterait de point
en point ce qui venait de se passer, et qu'on lui payerait au centu-
ple les mauvais traitements subis En attendant, il s'éloigna tout en
larmes de son maître qui riait.

Ce fut de cette façon que le vaillant Don Quichotte redressa ce
tort. Satisfait de lui-même, il continuait sa route vers son village en
murmurant :

« Tu peux te déclarer la plus heureuse des femmes qui vivent
aujourd'hui sur la terre, ô charmante Dulcinée du Toboso, à qui le
destin a donné pour vassal un chevalier aussi brave que l'est et le
sera Don Quichotte de la Manche, lequel, comme tout le monde le
sait, a redressé aujourd'hui le plus abominable tort qu'ait pu concevoir l'injustice, en arrachant des mains d'un ennemi impie, le
fouet qui martyrisait sans raison le corps délicat d'un enfant. »

En ce moment, il atteignit un endroit où se croisaient quatre
chemins, et il se souvint aussitôt des carrefours où les chevaliers
s'arrêtaient afin de réfléchir sur la direction qu'il leur convenait de
prendre. Il se tint immobile durant quelques instants, puis, après
avoir suffisamment réfléchi, il lâcha la bride à Rossinante, soumet-
tant sa volonté à celle de son cheval qui, persistant dans sa première intention, reprit le chemin de son écurie.

Deux milles plus loin, Don Quichotte aperçut une troupe de jeunes gens qui, comme on le sut plus tard, se composaient de marchands de Tolède. A peine Don Quichotte les eut-il aperçus, qu'il crut se trouver en passe d'une nouvelle aventure. Prenant donc une contenance noble et fière, droit sur ses étriers, la lance au poing, le bouclier sur la poitrine et planté au milieu de la route, il attendit que les chevaliers errants — il tenait les marchands pour tels — s'approchassent davantage. Lorsqu'il les vit à une distance qui permettait de s'entendre, d'une voix forte, appuyée d'un geste impérieux, il s'écria :

« Que tout le monde se garde de passer outre, si tout le monde ne confesse qu'il n'y a dans l'univers damoiselle plus belle que l'impératrice de la Manche, l'incomparable Dulcinée du Toboso. »

Les marchands s'arrêtèrent surpris des paroles et de la figure de l'étrange cavalier qui les apostrophait, et dont ils reconnurent bien vite la folie. Mais curieux de voir où tendait la confession qu'on exigeait, un d'eux répondit :

« Nous ne connaissons pas, señor chevalier, la bonne dame dont vous parlez ; daignez nous la montrer, et si elle est aussi belle que vous le prétendez, de bon cœur et sans qu'il soit besoin de menaces, nous confesserons la vérité que vous proclamez.

— Si je vous la montrais, répliqua Don Quichotte, quel mérite y aurait-il de votre part à convenir d'une vérité si notoire ? Ce que je veux, c'est que vous le confessiez, le croyiez, le juriez et le souteniez sans voir. Sinon je vous déclare la guerre et vous traite en vilains orgueilleux.

— Señor chevalier, reprit le marchand, je supplie Votre Grâce, au nom de tous les princes ici présents, et afin que nous ne chargions pas notre conscience en affirmant une chose que nous n'avons jamais vue ni entendue, et qui doit rejaillir au préjudice des impératrices d'Alcarria et d'Estramadure, de nous montrer le portrait de votre dame, ne fût-il pas plus gros qu'un grain de blé. Alors nous serons satisfaits et convaincus, et Votre Grâce sera contente de nous. Nous sommes, du reste, si bien disposés en votre faveur, que le portrait, nous fît-il voir que la dame est borgne, nous n'en confesserons pas moins tout ce qui pourra vous être agréable

— Elle n'est ni borgne ni bossue; mais plus droite qu'un fuseau de Guadarrama, s'écria Don Quichotte enflammé de colère, et vous allez payer l'indigne blasphème que vous venez de proférer. »

Tout en parlant, notre chevalier baissa sa lance et fondit avec tant de furie sur celui qui avait parlé que, si par bonheur Rossinante n'eût trébuché et ne se fût abattu, l'imprudent marchand eût passé un mauvais quart d'heure. Rossinante tombé, son maître roula au loin sans pouvoir se relever, embarrassé par sa lance, son bouclier, sa salade, ses éperons et le poids de son antique armure. Tout en s'épuisant en vains efforts, il répétait :

« Ne fuyez pas, couards et vils esclaves, attendez-moi; c'est par la faute de mon cheval et non par la mienne que je suis étendu sur la poussière. »

Un des muletiers s'impatienta d'entendre le pauvre chevalier parler d'une façon si arrogante, et se disposa à lui donner la réplique sur les côtes. S'étant rapproché, il s'empara de la lance, la rompit en trois et se servit si bien d'un des morceaux pour frapper notre infortuné Don Quichotte, qu'en dépit de son armure, le chevalier sortit tout moulu de cette épreuve. Le muletier se fatigua enfin et les marchands continuèrent leur chemin.

Aussitôt qu'il se vit seul, Don Quichotte essaya de se lever ; mais s'il n'avait pu le faire étant sain et sauf, comment y réussir moulu et brisé ? Cependant il considérait sa mésaventure comme faisant partie des infortunes inhérentes à la chevalerie, s'estimant heureux d'en être quitte à si bon compte, et rejetait toute la faute sur Rossinante. Quant à se relever, il avait le corps trop meurtri pour y songer.

CHAPITRE V

Où se continue le récit de la mésaventure de notre chevalier.

 VOYANT qu'il ne pouvait bouger, Don Quichotte eut recours à son remède ordinaire, qui consistait à se rappeler quelque passage de ses livres favoris. Sa folie lui remit aussitôt en mémoire l'histoire de Baudoin et du marquis de Mantoue, lorsque Charlot abandonna le blessé dans les montagnes, histoire non moins fausse cependant que les miracles de Mahomet. Cette aventure parut au pauvre chevalier comparable à celle qui venait de lui arriver; aussi commença-t-il à se rouler sur le sol, répétant d'une voix faible les paroles prêtées au chevalier blessé et abandonné dans les bois.

En ce moment, le hasard fit passer un laboureur, habitant le village de Don Quichotte et son voisin, qui revenait de porter une charge de blé au moulin. En voyant un homme étendu sur la route, le villageois s'approcha afin de lui demander qui il était et de quel mal il souffrait pour se plaindre avec tant d'amertume. Don Quichotte prit sans doute le laboureur pour son oncle, le marquis de Mantoue, aussi ne lui répondit-il qu'en continuant à réciter les vers qui racontaient la mésaventure de Baudoin. Le laboureur, surpris de ces extravagances, releva la visière du heaume, déjà endommagé par les coups, essuya la poussière qui couvrait le visage de son voisin, et s'écria en le reconnaissant :

« Que Dieu nous assiste, señor Quijada! — c'était le nom de Don

Quichotte lorsqu'il jouissait de son bon sens, - - qui a pu mettre Votre Grâce dans un tel état? »

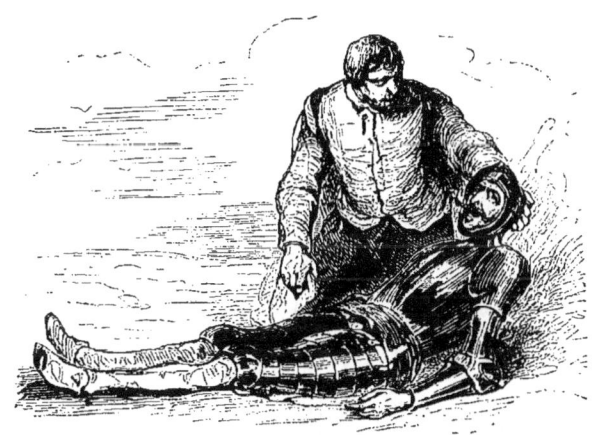

A toutes les demandes, Don Quichotte ne répondait qu'en continuant à réciter son poëme. Sur ce, le brave laboureur lui retira, du mieux qu'il put, son corselet et l'épaulière, afin de voir s'il n'était pas blessé. Ne découvrant aucune tache de sang, il le souleva et, non sans peine, le plaça sur le dos de son âne, dont l'allure lui paraissait plus douce que celle du cheval. Il ramassa ensuite les armes, jusqu'aux débris de la lance, les attacha sur la selle de Rossinante, qu'il prit par la bride tandis qu'il tirait l'âne par le licou, et poursuivit sa route vers le village, tout surpris d'entendre les extravagances débitées par Don Quichotte, qui, moulu et brisé, pouvait à peine se tenir sur la bourrique. Notre hidalgo poussait de si douloureux soupirs que le laboureur lui demanda de nouveau où il se sentait mal. Mais on eût dit que le diable s'en mêlait; le pauvre chevalier se rappela tous les récits où il était question de mésaventures semblables à la sienne; il oublia Baudoin pour se souvenir du Maure Abindarraez, lorsque le gouverneur d'Antéquéra, Rodrigue de Narvaez, l'emmena prisonnier dans un château. Aussi, quand le laboureur réitéra sa demande, Don Quichotte répondit en se servant des paroles et des raisons employées par l'Abencerrage captif. Et cette histoire venait si à propos, que le laboureur était

tout étonné d'entendre proférer un tel fatras d'absurdités. Il soupçonna enfin la folie de son voisin, et hâta le pas afin d'éviter l'ennui
que lui causait l'interminable harangue de Don Quichotte.

« Que Votre Grâce considère, señor, répondait le laboureur, que
je ne suis ni don Rodrigue de Narvaez, ni le marquis de Mantoue ;
mais bien, pour mes péchés, Pierre Alonzo, votre voisin. Et Votre
Grâce n'est ni Baudoin ni Abindarraez, mais l'honorable hidalgo
señor Quijada. »

Tout en discutant, ils arrivèrent au village à la nuit tombante ;
le brave laboureur attendit l'obscurité pour y pénétrer, afin qu'on
ne vît pas le pauvre hidalgo si mal monté.

A la nuit close, il se rendit à la maison de Don Quichotte, qu'il
trouva en rumeur. Le curé et le barbier, tous deux grands amis du
chevalier, écoutaient la gouvernante qui disait en gémissant :

« Que pensez-vous, señor licencié Pero Perez, — ainsi se nommait le curé, — que pensez-vous de la mésaventure de mon maître ? Voilà deux jours qu'il a disparu, ainsi que le cheval, le bouclier, la lance et l'armure. Malheureuse que je suis ! Je crois, aussi
vrai que je suis née pour mourir, que ces maudits livres de chevalerie que possède mon maître et qu'il lit sans cesse lui ont troublé

le jugement. Je me souviens maintenant de lui avoir souvent entendu dire, en se parlant à lui-même, qu'il voulait se faire chevalier errant et s'en aller à travers le monde à la recherche d'aventures. »

La nièce s'exprimait de la même façon et ajoutait :

« Sachez, maître Nicolas, — c'était le nom du barbier, — que bien des fois mon pauvre oncle a passé deux jours et deux nuits à lire ces livres de malheur. Il lui arrivait alors de les rejeter pour saisir son épée et s'escrimer contre la muraille. Après quoi, épuisé de fatigue, il prétendait avoir tué quatre géants grands comme des tours, et prenait la sueur provoquée par son violent exercice pour du sang provenant de blessures reçues dans le combat. Il buvait alors une jarre d'eau fraîche, disant que cette eau était une précieuse boisson que lui avait apportée le sage Esquife, un célèbre enchanteur de ses amis. Je me reproche de ne pas vous avoir prévenus des extravagances de mon oncle. Vous auriez détruit tous ces livres excommuniés, — il en possède un grand nombre, — qui méritent le bûcher comme s'ils venaient d'hérétiques.

— C'est aussi mon opinion, répondit le curé, et, sur ma foi, la journée de demain ne se passera pas sans que j'en fasse un feu de joie, afin qu'ils ne donnent pas, à ceux qui pourraient les lire, l'envie de faire ce que mon pauvre ami doit avoir fait. »

Don Quichotte et le laboureur entendirent cette conversation, qui acheva de convaincre ce dernier de la folie de son voisin.

« Que Vos Grâces, cria-t-il, ouvrent les portes au seigneur marquis de Mantoue, au seigneur Baudoin, qui arrive blessé, et au Maure Abindarraez, qui amène prisonnier le vaillant Rodrigue de Narvaez, gouverneur d'Antéquéra. »

A cet appel, tout le monde sortit ; le curé et le barbier reconnurent leur ami, la gouvernante reconnut son maître, et la nièce son oncle. Ils coururent embrasser le bon hidalgo, incapable de descendre de son âne.

« Écoutez, dit-il, je reviens grièvement blessé par la faute de mon cheval ; portez-moi dans mon lit, et qu'on m'amène, s'il est possible, la fée Urgande, qui guérira mes blessures.

— Maudite soit l'heure ! s'écria la gouvernante. Mon cœur m'avait bien révélé de quel pied mon maître boite. Que Votre Grâce repose en paix, ajouta-t-elle, nous saurons bien la guérir sans appeler cette Urgande. »

On porta Don Quichotte dans son lit, mais on chercha en vain ses blessures; on n'en put découvrir aucune. Il déclara n'être que meurtri des suites d'une chute de Rossinante, en combattant contre dix géants, les plus féroces et les plus hardis qu'on pût rencontrer sur la terre !

« Bon, bon, s'écria le curé, voilà les géants en danse! Par la croix, je brûlerai les livres demain, avant qu'il soit nuit ! »

On adressa mille questions à Don Quichotte, qui refusa de répondre; il ordonna qu'on lui servît à manger et qu'on le laissât dormir, les deux seules choses dont il eût besoin. On lui obéit, et le curé demanda au laboureur de minutieux détails sur la façon dont il avait rencontré Don Quichotte. Le paysan raconta comment les choses s'étaient passées, et répéta les extravagances qu'il avait entendues. Ce récit décida le licencié à accomplir le projet qu'il exécuta le lendemain même : celui d'aller chercher son ami maître Nicolas, et de le conduire dans la maison de Don Quichotte....

CHAPITRE VI

Du plaisant et scrupuleux examen que firent le curé et le barbier de la bibliothèque de notre ingénieux hidalgo.

EQUEL dormait encore.

Le curé demanda à la nièce du chevalier les clefs de la chambre où se trouvaient les livres, cause de la folie de son ami, et la jeune fille s'empressa de les donner. On entra suivi de la gouvernante, et l'on aperçut plus de cent gros volumes parfaitement reliés, sans compter les petits. A cette vue la gouvernante s'éloigna pour reparaître bientôt avec une écuelle d'eau bénite et un goupillon qu'elle présenta au curé.

« Que Votre Grâce, dit-elle, asperge d'abord cet appartement, de crainte qu'il ne s'y trouve un des nombreux enchanteurs dont parlent ces livres, et qui, pour se venger de ce que nous voulons les chasser de ce monde, pourraient nous ensorceler à notre tour. »

Le licencié ne put s'empêcher de rire de la naïveté de la bonne dame, et pria le barbier de lui passer les livres un par un, afin qu'il s'assurât de leur contenu, car il pouvait s'en trouver quelques-uns qui ne méritassent pas le châtiment du bûcher.

« Non, dit la jeune nièce, il ne faut pardonner à aucun ; tous sont cause du mal. Le plus simple sera de les jeter par la fenêtre dans la cour, d'en faire une pile, puis d'y mettre le feu. »

La gouvernante se rangea à cet avis, tant les deux femmes avaient envie de voir détruire ces innocents livres ; mais le curé ne voulut pas y consentir avant d'avoir lu au moins les titres.

Le premier ouvrage que maître Nicolas lui présenta était les quatre volumes d'*Amadis de Gaule*.

« Ne dirait on pas, s'écria le curé, que le hasard s'en mêle? D'après ce que j'ai entendu dire, cet ouvrage est le premier de son espèce qui ait été imprimé en Espagne, et c'est lui qui a servi de modèle à tous les autres. Aussi, en sa qualité de chef d'une secte si nuisible, il doit périr dans les flammes, et je crois que nous pouvons le condamner sans remords.

— Non, señor, répondit le barbier, car moi aussi j'ai entendu dire que c'est le meilleur de tous les livres de ce genre que l'on ait composés, et il me semble que, puisqu'il s'agit d'une œuvre unique, nous devons l'épargner.

— Soit, répliqua le curé, accordons-lui momentanément la vie, en raison de ce mérite, et voyons maintenant ces autres qui se trouvent sur le même rayon.

— Ce sont, dit le barbier, les *Prouesses d'Esplandian, fils d'Amadis*.

— En vérité! Eh bien, la bonté du père ne sauvera pas le fils; prenez, ma bonne dame, ouvrez cette fenêtre, et envoyez-le dehors. Il servira d'assise au bûcher que nous allons dresser. »

On ouvrit un autre volume qui avait pour titre le *Chevalier de la Croix*. Ce titre pouvait le sauver; mais en vertu du proverbe : Derrière la croix se tient le diable, il fut envoyé au bûcher.

« Voici le *Miroir de la chevalerie*, dit le barbier, qui prit un autre volume.

— Je connais son excellence, répartit le curé; il y est question de Renaud de Montauban et de ses compagnons, plus voleurs que Cacus, ainsi que des douze pairs de France et de leur historien véridique, l'archevêque Turpin. Je suis tenté de ne les condamner qu'à un exil perpétuel, car ils ont une part dans la création du fameux Matteo Bojardo, dont le poëte chrétien, Ludovic Arioste, s'est inspiré pour tisser la trame de son poëme. Cependant, si je rencontre ici maître Arioste dans un autre idiome que le sien, je ne lui garderai aucune considération. »

Le barbier, sans vouloir se fatiguer davantage à examiner des livres de chevalerie, engagea la gouvernante à jeter tous les plus grands dans la cour. Il ne s'était adressé ni à une sotte ni à une sourde; mais bien à une personne qui avait plus envie de les brûler que de tisser une pièce de toile; aussi fut-ce par brassées qu'elle les envoya par la fenêtre.

« Que ferons-nous de tous les petits volumes qui restent? demanda le barbier.

— Ce sont des livres de poésie, répondit le curé. Ils ne méritent pas le feu, car ils ne feront jamais autant de mal que les livres de chevalerie. Ils offrent un agréable passe-temps sans danger pour ceux qui les lisent.

— Ah! señor, s'écria la nièce de Don Quichotte, ne pourrait-on les brûler comme les autres? Ne serait-il pas fâcheux que mon oncle, une fois guéri de la maladie chevaleresque, se mît à lire ces ou-

vrages pour y puiser l'idée de se faire berger? S'il allait se promener à travers les bois et les prairies, en chantant ou en jouant de la
flûte, ou bien, pour comble de malheur, s'il s'avisait de devenir
poëte, ce qui, à ce que l'on prétend, est une maladie incurable et
contagieuse?

    — La fillette a raison, dit le curé, et ce serait agir avec sagesse
que d'enlever à notre ami toute nouvelle occasion de faillir.

    — Voici, reprit le barbier, le *Chansonnier* de Lopez de Maldonado.

    — L'auteur de ce livre est de mes meilleurs amis, dit le curé, et
ses vers ravissent ceux qui les lui entendent réciter. Ses églogues
sont longues, mais le bon n'a jamais été abondant. Mettez ce livre
à part. Quel est cet autre que je vois à côté du *Chansonnier?*

    — La *Galatée* de Miguel de Cervantes, répondit le barbier.

    — Ce Cervantes, reprit le curé, est de mes amis depuis de longues
années, et je le sais plus connaisseur en mauvaise fortune qu'en
vers. Son livre ne manque pas d'heureuses inventions ; mais il commence et ne conclut pas. Attendons la seconde partie qu'il a promise ; peut-être avec des corrections deviendra-t-il digne de l'attention qu'on lui refuse aujourd'hui. Jusque-là, gardez-le chez vous,
señor compère.

    — Avec plaisir, répondit le barbier. Maintenant, en voici trois
qui se présentent à la fois : l'*Araucana*, de don Alonzo de Ercilla ;
l'*Austriade*, de Juan Rufo, juré de Cordoue, et le *Monserrat*, de Cris-
toval de Viruès, poëte valencien.

    — Ces trois livres en vers, dit le curé, sont les meilleurs qui
aient été écrits en langue espagnole ; ils peuvent rivaliser avec les
plus renommés de l'Italie. Nous devons les conserver, comme les
plus riches trésors de poésie que possède l'Espagne. »

    Le curé, fatigué, ne voulut plus regarder aucun livre, et ordonna
de les jeter par brassées dans la cour.

CHAPITRE VII

De la seconde sortie de notre bon chevalier Don Quichotte de la Manche.

N en était là, lorsque la voix de Don Quichotte retentit :

« Ici, ici, braves chevaliers ! criait-il.
C'est ici qu'il vous faut montrer la valeur de vos bras valeureux, si vous ne
voulez pas que les seigneurs de la cour
emportent l'honneur du tournoi. »

On abandonna l'examen des livres, afin
d'accourir plus vite au bruit.

Lorsqu'on arriva près de Don Quichotte, il était hors de son lit
et continuait ses cris et ses extravagances, frappant à tort et à
travers de son épée, et aussi éveillé que s'il n'eût jamais dor-
mi. Au bout d'un instant, un peu calmé, il s'adressa au curé et
lui dit :

« Il est certain, seigneur archevêque Turpin, que c'est une
honte pour nous, qui figurons au nombre des douze pairs,
d'abandonner sans plus d'effort la victoire du tournoi aux chevaliers de la cour.

— Que Votre Grâce se rassure, seigneur compère, répondit le
curé, Dieu permettra que le sort change et que ce qui semble
perdu aujourd'hui soit gagné demain. Pour le moment, ne songez
qu'à votre santé ; Votre Grâce me paraît harassée de fatigue, si
toutefois elle n'est pas grièvement blessée.

— Blessé, non, répliqua Don Quichotte, mais moulu et rompu
sans aucun doute. Ce Roland m'a roué de coups avec le tronc d'un
chêne, et cela par envie, car il a reconnu que je suis le seul rival de

ses vantardises. Pour le moment, qu'on m'apporte à manger ; je
sens que c'est ce qui me convient le mieux. »

On lui servit ce qu'il demandait, et il s'endormit de nouveau,
tandis que ses amis demeuraient surpris de sa singulière folie. La
nuit venue, la gouvernante brûla tous les livres restés dans la
maison, et il dut s'en consumer plus d'un qui méritait d'être conservé.

Un des remèdes conseillés par le curé et le barbier pour la maladie de leur ami fut de faire murer ou barricader la porte de la
bibliothèque. Ils espéraient détruire l'effet en détruisant la cause,
et l'on convint de dire à notre chevalier qu'un enchanteur avait
tout emporté. Ce projet fut promptement exécuté. Deux jours plus
tard, Don Quichotte se leva, et son premier soin fut d'aller visiter
ses livres. Ne trouvant plus la bibliothèque où il l'avait laissée, il
parcourut la maison comme une âme en peine. Arrivé près de l'endroit où il avait l'habitude de rencontrer la porte, il tâtait et regardait de tous côtés sans prononcer un seul mot. Enfin, au bout d'un
certain temps, il demanda à sa gouvernante dans quel endroit était
située la salle où il renfermait ses livres.

Bien avertie de ce qu'elle devait répondre, la gouvernante s'écria :
« Quelle salle et quels livres cherche Votre Grâce? Rien de tout
cela n'existe plus dans la maison ; tout a été emporté par le diable.

— Ce n'était pas le diable, s'empressa d'ajouter la nièce, mais
un enchanteur qui est arrivé sur un nuage le lendemain de votre
départ. Il est descendu d'un serpent sur lequel il se tenait à califourchon, puis il a pénétré dans la bibliothèque, et j'ignore ce qu'il
y a fait. Au bout d'un instant il s'est envolé à travers le toit, laissant la maison pleine de fumée. Lorsque nous songeâmes à regarder,
nous ne vîmes plus ni livres ni cabinet. Seulement nous nous sou-
venons très-bien, moi et votre gouvernante, qu'au moment de
partir, ce méchant vieillard dit à haute voix : qu'en raison d'une
inimitié secrète qui l'animait contre le maître de la bibliothèque, il
laissait dans la maison un dégât que l'on connaîtrait plus tard.

— En effet, reprit Don Quichotte, c'est un sage enchanteur, mon
grand ennemi, qui me persécute parce que son art lui a révélé
que je dois vaincre un jour en combat singulier un chevalier qu'il
protège. Pour cette raison, il cherche à me causer tous les
déplaisirs qu'il peut. Il aura beau s'escrimer, il ne parviendra ni à
défaire ni à éviter ce que le ciel a ordonné.

— Personne n'en doute, répondit la nièce ; mais qui peut obliger
Votre Grâce, señor oncle, à se mêler de ces querelles? Ne vaudrait-
il pas mieux demeurer ici tranquille plutôt que de s'en aller par le
monde en quête de pain blanc? sans compter que beaucoup de
ceux qui vont chercher de la laine s'en reviennent tondus.

— Chère nièce, répondit Don Quichotte, comme tu te trompes!
D'abord, pour ce qui est de me tondre, j'arracherai la barbe à
tous ceux qui se proposeraient de le tenter avant qu'ils aient touché
l'extrémité d'un seul de mes cheveux. »

Les deux femmes, voyant qu'il se fâchait, n'osèrent répliquer.
Toujours est-il que durant quinze jours il demeura chez lui très-
paisiblement, sans que rien donnât à soupçonner qu'il voulût
renouveler son équipée. Durant cet intervalle, il eut de très-singu-
lières discussions avec ses deux compères, le barbier et le curé,
auxquels il soutenait que la chose dont le monde avait le plus
besoin, c'était de ressusciter la chevalerie. Le curé le contredisait

parfois, et parfois lui faisait des concessions, artifice sans lequel il
lui était impossible de sonder les intentions du malade.

En même temps Don Quichotte s'abouchait avec un paysan son
voisin, homme de bien, mais crédule et de peu de cervelle. Il lui
dit et lui promit tant de merveilles qu'il le séduisit à la fin, si bien
que le pauvre diable se détermina à l'accompagner pour lui servir

d'écuyer. Don Quichotte, afin de l'encourager à le suivre, lui affirmait entre autres choses qu'il pourrait se présenter une aventure
où, en un clin d'œil, il gagnerait une île dont il le ferait gouverneur. Ébloui par tant de promesses, Sancho Pança, — ainsi se
nommait le paysan, — abandonna sa femme et ses enfants pour
devenir l'écuyer de son voisin. Don Quichotte s'occupa ensuite de
ramasser de l'argent, et vendant à droite, mettant en gage à
gauche, faisant bon marché de tout, il réunit une somme assez
ronde.

Il se pourvut aussi d'une lance qu'il emprunta à un de ses amis,
raccommoda tant bien que mal la salade brisée, et prévint son écuyer
Sancho du jour et de l'heure à laquelle il pensait se mettre en
route. Il lui recommanda de s'approvisionner de ce qu'il jugerait
lui être nécessaire, et surtout d'un bissac. Sancho promit de ne pas
l'oublier, et déclara que, n'étant pas habitué à marcher à pied, il
comptait emmener un très-bon âne qu'il possédait. L'âne inquiéta
Don Quichotte, qui chercha à se rappeler si quelque chevalier errant avait jamais été suivi d'un écuyer ânesquement monté. Il n'en
trouva aucun ; cependant il consentit à ce qu'on emmenât le grison,
se proposant de pourvoir Sancho d'une monture plus honorable en
enlevant le cheval du premier chevalier discourtois que l'on rencontrerait. Enfin, il se munit de chemises et des objets qu'il put se
procurer, pour se conformer aux conseils que lui avait donnés l'hôtelier.

Ces préparatifs terminés, sans que Pança eût dit adieu à sa femme
et à ses enfants, sans que Don Quichotte eût pris congé de sa nièce
ou de sa gouvernante, ils sortirent un soir du village, à l'insu de
tout le monde, et cheminèrent si bien durant la nuit qu'à l'aube
ils jugèrent qu'on ne pourrait les retrouver, à supposer qu'on se
mît à leur recherche. Sancho Pança, chargé de son outre et d'un
bissac, avançait sur son âne comme un patriarche.

Tout à coup il dit à son maître :

« Que Votre Grâce n'ait garde, señor chevalier errant, d'oublier
l'île qu'elle m'a promise; quelque grande qu'elle soit, je me sens
capable de la gouverner.

— Il faut que tu saches, ami Sancho Pança, répondit Don Qui-

chotte, que c'était une coutume en usage parmi les anciens chevaliers errants, de faire leurs écuyers gouverneurs des îles et des

royaumes qu'ils pouvaient conquérir ; et je ne veux pas qu'une si
louable coutume se perde par ma faute. Je compte, bien au contraire, prendre en cela une supériorité, car le plus souvent les chevaliers attendaient que leurs écuyers fussent vieux, fatigués par de
longs services, pour leur donner le titre de comte ou tout au plus
de marquis. Mais si Dieu nous prête vie à l'un et à l'autre, il se pourrait bien qu'avant six jours, je réussisse à conquérir un royaume
qui en eût d'autres sous sa dépendance, lesquels viendraient à point
pour que tu sois couronné roi.

— De façon, dit Sancho Pança, que si je devenais roi, par un
de ces miracles dont parle Votre Grâce, ma femme se trouverait
être reine et mes fils infants.

— Qui en doute ? répondit Don Quichotte.

— Moi, répliqua Sancho Pança ; car je songe que lors même que
Dieu ferait pleuvoir des royaumes sur la terre, aucune couronne
ne pourrait tomber d'aplomb sur la tête de Marie Gutierrez. Sachez,
señor, qu'elle ne vaut pas deux maravédis comme reine ; comtesse
lui irait mieux, et encore avec l'aide de Dieu.

— Laisse agir le ciel, Sancho, répondit Don Quichotte, il lui
enverra ce qui lui conviendra le mieux. Mais n'amoindris pas ton
âme au point de te contenter d'être moins que gouverneur de province.

— Non, certes, señor, répliqua Sancho, d'autant plus qu'un aussi
noble maître que Votre Grâce me donnera ce qu'il me faut et ce que
je puis porter. »

CHAPITRE VIII

Du beau succès qu'eut le valeureux Don Quichotte dans l'épouvantable et inimaginable aventure des moulins à vent, et d'autres événements dignes d'un agréable souvenir.

N ce moment, ils découvrirent trente ou quarante moulins à vent qui se trouvaient dans cette plaine. A peine Don Quichotte les eut-il aperçus qu'il dit à son écuyer :

« Un sort heureux guide nos destinées mieux que nous ne pourrions le faire nous-mêmes. Tu peux voir là-bas, ami Sancho, une trentaine de géants formidables que je veux combattre et priver de la vie. Leurs dépouilles commenceront notre fortune.

— Quels géants? demanda Sancho.

—- Ceux que tu peux apercevoir d'ici, répondit son maître, avec leurs bras si longs.

— Que Votre Grâce y prenne garde, reprit Sancho ; ce ne sont pas des géants que nous voyons là-bas, mais des moulins à vent.

—. On voit bien, répondit Don Quichotte, que tu n'as aucune expérience des aventures : ce sont des géants ! Si tu as peur, retire-toi à l'écart et prie, tandis que je vais leur livrer un combat terrible et inégal. »

Tout en parlant, il piqua Rossinante de l'éperon, sans écouter les cris de son écuyer, qui lui répétait qu'à n'en pas douter c'étaient des moulins à vent et non des géants qu'il allait attaquer. Mais notre chevalier ne se détrompait pas, bien qu'il fût déjà près des moulins auxquels il criait :

« Ne fuyez pas, viles et lâches créatures, c'est un seul chevalier qui vous défie ! »

En ce moment un souffle de vent s'éleva, et les grandes ailes commencèrent à se mouvoir. A cette vue, Don Quichotte s'écria :

« Quand vous agiteriez plus de bras que le géant Briarée, vous me rendrez raison. »

Il invoqua le nom de sa souveraine Dulcinée, puis, couvert de son bouclier, la lance en arrêt, il mit Rossinante au galop et fondit sur le premier moulin qu'il rencontra. La lance pénétra dans une aile que le vent fit tourner avec une telle furie que l'arme brisée emporta avec ses débris le cheval et le cavalier, qui roula sur l'arène

en assez piteux état. Sancho Pança accourut à son secours de toute la vitesse de l'âne ; lorsqu'il s'approcha, il trouva son maître incapable de bouger, tant la chute de Rossinante avait été violente.

« Que Dieu me protége, s'écria Sancho, n'avais-je pas prévenu Votre Grâce de bien prendre garde ? Ne l'ai-je pas avertie que c'étaient des moulins à vent et que, pour s'y tromper, il fallait en avoir d'autres dans la tête ?

— Tais-toi, ami Sancho, répondit Don Quichotte ; plus que toutes les autres, les choses de la guerre sont soumises à des chances continuelles. Plus j'y réfléchis, ajouta-t-il, plus je m'aperçois que le sage Friston, qui m'a volé mes livres et mon cabinet, a transformé ces géants en moulins, afin de m'enlever la gloire de les vaincre. En fin de compte, ses enchantements ne prévaudront pas contre la bonté de mon épée.

— Dieu le veuille! » répondit Sancho.

Et il aida son maître à se relever et à remonter sur Rossinante, dont les épaules étaient à demi déboîtées. Tout en causant, ils prirent le chemin du Port-Lapice, où Don Quichotte prétendait qu'on ne pouvait manquer de rencontrer un grand nombre d'aventures, parce que ce lieu était très-fréquenté. Il s'en allait attristé de la perte de sa lance et s'en plaignait à Sancho.

« Je me souviens d'avoir lu, disait-il, qu'un chevalier espagnol nommé Diego Perez de Vargas, dont l'épée se brisa dans une bataille, arracha une branche de chêne et accomplit de si grandes choses ce jour-là, aplatissant force Maures, qu'à dater de ce moment lui et ses descendants joignirent à leur nom celui d'*Assommeur*. Je te raconte cette histoire, Sancho, parce que j'ai l'intention d'arracher, au premier chêne que nous rencontrerons, une branche aussi solide que celle dont je viens de parler, et je m'en servirai pour accomplir de telles prouesses que tu te tiendras heureux d'avoir mérité de les venir voir et d'être ainsi témoin de hauts faits qui sembleront à peine croyables.

— Que la volonté de Dieu se fasse! répondit Sancho; je crois fermement ce qu'avance Votre Grâce; mais ne pourrait-elle se redresser un peu, car je vois qu'elle se penche de côté, sans doute à cause des meurtrissures de sa chute?

— C'est la vérité, dit Don Quichotte, et si je ne me plains pas des douleurs que je ressens, c'est qu'il est défendu à un chevalier errant de se plaindre d'aucune blessure, eût-il le ventre ouvert.

— S'il en est ainsi, reprit Sancho, je n'ai rien à répliquer. Pour moi, je puis jurer que je me plaindrai de la plus petite douleur, si toutefois la chose n'est pas défendue aux écuyers des chevaliers errants. »

Don Quichotte ne put s'empêcher de rire de la naïveté de Sancho, et déclara qu'un écuyer avait toute liberté de se plaindre.

Sancho lui ayant rappelé que l'heure du repas était venue, son maître répondit que, pour le moment, il n'en sentait pas lui-même le besoin, et l'engagea à manger ce qui lui plairait. Fort de cette autorisation, Sancho s'accommoda du mieux qu'il put sur son âne, tira quelques provisions mises en réserve dans le bissac, et, tout en suivant son maître, se mit à manger avec lenteur, portant de temps à autre la gourde à ses lèvres avec une satisfaction si visible que le meilleur hôtelier de Malaga eût pu la lui envier. Tandis qu'il cheminait ainsi, buvant à petits coups, il ne se souvenait d'aucune des promesses faites par son maître, et il considérait non comme un travail, mais comme un agréable passe-temps, d'aller à la recherche d'aventures, si périlleuses qu'elles pussent être.

Les deux voyageurs passèrent la nuit sous des arbres. Don Quichotte arracha d'un tronc une branche sèche qui pouvait à la rigueur lui servir de lance et qu'il arma du fer enlevé à celle qu'il avait rompue. Le chevalier ne ferma pas l'œil de la nuit. Il pensait à sa dame Dulcinée pour se conformer à ce qu'il avait lu dans les livres. Sancho Pança ne l'imita guère; il avait l'estomac plein, et il ne fit qu'un somme jusqu'à l'aube. Encore ne se fût-il pas réveillé si son maître ne l'eût appelé Sa première action fut d'emboucher l'outre, qu'il trouva moins pleine que la veille, et il sentit son cœur se serrer en songeant qu'ils ne suivaient pas un chemin qui permettrait de la remplir.

Ils reprirent de nouveau la route de Port-Lapice, qu'ils aperçurent vers trois heures de l'après-midi.

« Ici, s'écria alors Don Quichotte, nous allons pouvoir, frère Sancho Pança, mettre les mains jusqu'aux coudes dans les aventures. Mais souviens-toi qu'alors même que tu me verrais dans le plus grand danger du monde, il t'est défendu de toucher à ton épée pour me défendre; si cependant ceux qui m'attaquent sont gens de basse classe, tu peux me venir en aide; si ce sont des chevaliers, il ne t'est pas permis, de par les règles de la chevalerie, de me secourir.

— Il est certain, señor, répondit Sancho, que Votre Grâce sera bien obéie dans sa recommandation, car, de mon naturel, je suis pacifique et peu disposé à me mêler de querelles. Il est vrai cependant que, s'il s'agissait de protéger ma personne, je ne ferais aucun cas de ces règles, les lois divines et humaines permettant à chacun de se défendre contre ceux qui voudraient l'offenser.

— Je ne dis pas le contraire, répliqua Don Quichotte; mais, pour ce qui est de me porter secours contre des chevaliers, tu auras soin de tenir en bride ton naturel impétueux.

— Ainsi ferai-je, reprit Sancho, et j'observerai ce précepte avec autant de soin que celui qui ordonne de se reposer le dimanche. »

Ils en étaient là de leur conversation lorsqu'apparurent sur la route deux frères de l'ordre de Saint-Benoît. Ils portaient des lunettes de voyage et s'abritaient sous des parasols. Derrière eux venait un carrosse escorté par quatre ou cinq cavaliers et deux muletiers à pied. Dans le carrosse se trouvait, — comme on l'a su depuis, — une dame de Biscaye allant à Séville rejoindre son mari. Les moines ne faisaient point partie de l'escorte, bien qu'ils suivissent le même chemin. A peine Don Quichotte les eut-il aperçus qu'il dit à son écuyer :

« Ou je me trompe fort, ou cette aventure sera la plus fameuse qui se soit jamais vue, car ces masses noires qui viennent d'apparaître là-bas, doivent être ou sont des enchanteurs. A n'en pas douter, ils emmènent dans ce carrosse quelque princesse qu'ils ont enlevée, et je dois employer tout mon courage à défaire ce tort.

— Ceci sera pire que les moulins à vent, répondit Sancho. Regardez bien, señor; ces masses noires sont des frères de l'ordre de Saint-Benoît, et le carrosse doit appartenir à quelque voyageur. Prenez garde à ce que je dis et à ce que vous allez faire, et que le diable ne vous trompe pas.

— Je t'ai déjà averti, Sancho, repartit Don Quichotte, que tu manques d'expérience en matière d'aventures. »

Tout en parlant, il prit les devants, se planta au milieu du chemin que suivaient les moines, et lorsqu'ils arrivèrent à une distance d'où l'on devait l'entendre, il cria :

« Gens ténébreux et disproportionnés, rendez sur-le-champ la liberté à ces hautes princesses que vous entraînez contre leur gré dans ce carrosse, ou sinon apprêtez-vous à une mort prompte, comme juste châtiment de vos méfaits! »

Les frères retinrent la bride de leurs mules, aussi surpris de la figure de Don Quichotte que de ses paroles, auxquelles ils répondirent :

« Señor chevalier, nous ne sommes ni ténébreux, ni disproportionnés, mais bien deux religieux de Saint-Benoît, et nous ignorons si ce carrosse renferme ou non des princesses violentées.

— Il n'y a point pour moi de paroles trompeuses : je vous connais déjà, canaille traîtresse, » répondit Don Quichotte.

Sans plus attendre, il piqua Rossinante et, la lance basse, fondit sur le premier moine avec une fureur si intrépide que, si le frère ne se fût jeté à bas de sa mule, il l'aurait bon gré mal gré précipité sur le sol, grièvement blessé ou même tué.

Le second religieux, qui vit la façon dont on traitait son camarade, s'enfuit à travers champs avec plus de rapidité que le vent lui-même. Sancho, qui voyait le moine par terre, descendit bien vite de son âne, s'approcha de la victime et commença à lui enlever ses habits. Deux valets des moines apparurent sur ces entrefaites et demandèrent à Sancho pourquoi il dévalisait leur maître. A quoi Sancho répondit que ces habits lui appartenaient loyalement, comme dépouilles de la victoire que venait de remporter son maître Don Quichotte. Les valets, voyant que Don Quichotte s'était éloigné et causait avec les dames assises dans le carrosse, se jetèrent sur Sancho, qui fut renversé, et le moulurent si bien de coups de haut en bas qu'ils le laissèrent étendu sur le sol, privé d'haleine et de mouvement. Sans perdre de temps, le moine, pâle, tremblant, ahuri, remonta sur sa mule et piqua des deux pour rejoindre son compagnon.

Don Quichotte, comme il a été dit, s'était approché du carrosse et disait à la dame qui s'y trouvait :

« Votre beauté, madame, peut disposer de sa personne selon son bon plaisir, car l'orgueil de vos ravisseurs gît sur le sol, terrassé par mon robuste bras. Et afin que vous ne soyez pas en peine pour connaître le nom de votre libérateur, sachez que je suis Don Quichotte de la Manche, chevalier errant et captif de l'incomparable Dulcinée du Toboso. Or donc, comme récompense du service que vous avez reçu de moi, je ne vous demande que de retourner au Toboso, afin de vous présenter de ma part à ma souveraine et de lui raconter ce que j'ai fait pour vous rendre la liberté. »

Un écuyer, Biscaïen de naissance, écoutait tout ce que disait Don Quichotte. Lorsqu'il vit que le chevalier s'opposait à ce que le carrosse reprît sa marche et qu'il exigeait même qu'on retournât au Toboso, il s'approcha de lui, saisit la lance et lui dit en mauvais espagnol :

« Va, chevalier, par le Dieu qui m'a créé, si tu ne laisses aller le coche, je te tue aussi vrai que je suis Biscaïen ! »

Don Quichotte comprit très-bien et répondit avec calme :

« Si tu étais aussi bien chevalier que tu es loin de l'être, j'aurais déjà châtié ta sottise, misérable esclave.

— Moi, pas homme d'honneur ! répliqua le Biscaïen, je jure à Dieu que tu mens. Biscaïen par terre, hidalgo par mer, hidalgo au diable, et tu mens si tu dis autre chose !

— C'est ce que vous allez voir, comme disait Agrages, » s'écria Don Quichotte.

Jetant sa lance sur le sol, il tira son épée, embrassa son bouclier et se précipita sur le Biscaïen avec le désir de le tuer. Celui-ci, le voyant venir, n'eut pas le temps de descendre de sa mule de louage, trop mauvaise pour qu'il pût s'y fier. Il se hâta de saisir

à son tour son épée; mais, heureusement pour lui, il se trouva
près du carrosse, où il prit un oreiller qui lui servit de bouclier;

alors les deux antagonistes s'avancèrent l'un contre l'autre comme
des ennemis mortels. Les assistants cherchaient en vain à les calmer; — soin inutile, le Biscaïen déclarait, dans son mauvais
patois, que si on ne le laissait pas terminer sa bataille, il tuerait
tous ceux qui lui feraient obstacle. La dame du carrosse, surprise
et épouvantée, ordonna au cocher de se mettre à l'écart, et de loin
elle put contempler la rude dispute, dans le cours de laquelle
Don Quichotte s'écria d'une voix forte :

« O dame de mon âme, Dulcinée, fleur de beauté, secourez
votre chevalier qui, pour satisfaire votre bonté, se trouve dans un
si grand péril. »

A voir la façon dont les deux vaillants ennemis levaient leurs
épées tranchantes, on eût pu croire que, dans leur frénésie, ils
menaçaient le ciel, la terre et l'enfer, tant leur aspect respirait
l'audace et la fierté. Le premier dont le fer s'abaissa fut le colérique Biscaïen ; le coup fut porté avec une telle force et une telle
furie que, si Don Quichotte ne l'eût paré, ce seul coup eût mis
fin, non-seulement à ce combat acharné, mais à toutes les aventures de notre chevalier. La fortune, qui le réservait pour de
grands desseins, tordit l'épée de son antagoniste, qui, bien qu'elle
l'eût frappé sur l'épaule gauche, ne lui fit d'autre mal que
de le désarmer de ce côté, lui emportant en chemin une bonne
partie de sa salade et la moitié d'une oreille, débris qui tombèrent
sur le sol avec fracas, laissant notre héros fort maltraité.

Mais qui oserait raconter la rage qui enflamma le cœur de notre
Manchois, lorsqu'il se vit arrangé de cette façon? Bornons-nous à
dire qu'il se haussa de nouveau sur ses étriers, et qu'empoignant
son épée des deux mains, il en déchargea un coup si dru sur
l'oreiller qui protégeait la tête du Biscaïen, qu'en dépit de ce bouclier on eût dit qu'une montagne s'écroulait sur la tête du malheureux. Le blessé commença à rendre le sang par le nez, par la
bouche, par les oreilles, et à chanceler sur sa mule, du dos de
laquelle il serait tombé s'il ne se fût cramponné au cou de la bête.
Cependant il retira les pieds de l'étrier, ouvrit les bras, et la mule,
épouvantée du terrible coup, s'enfuit à travers la campagne, envoyant en quelques secousses son cavalier par terre. Don Quichotte regardait très-tranquillement cette scène. Aussitôt qu'il vit
tomber son ennemi, il sauta à bas de son cheval, courut vers lui,
et posant la pointe de son épée entre les deux yeux du Biscaïen, il
lui ordonna de se rendre sous peine d'avoir la tête coupée. Le Biscaïen, à demi évanoui, ne pouvait prononcer un mot, et mal lui
en serait advenu tant la colère aveuglait Don Quichotte, si les

dames du carrosse, qui jusqu'alors avaient regardé le combat tout
éperdues, ne se fussent approchées pour supplier le chevalier de

leur accorder la vie de leur écuyer. A cette prière, Don Quichotte
répondit avec hauteur et gravité :

« Il est certain, belles dames, que je suis heureux de vous
octroyer la grâce que vous me demandez, mais à une condition :
ce chevalier me promettra de se rendre au village du Toboso, et de
se présenter en mon nom devant l'incomparable doña Dulcinée,
afin qu'elle dispose de lui à son gré. »

Les dames, craintives et désolées, sans trop comprendre ce que
voulait Don Quichotte et sans demander qui était Dulcinée, promirent que leur écuyer accomplirait tout ce qui lui serait commandé.

« Sur la foi de cette parole, répondit Don Quichotte, je ne lui
ferai plus aucun mal, bien qu'il ait mérité un pire châtiment. »

CHAPITRE IX

Des gracieux raisonnements échangés entre Don Quichotte et son écuyer
Sancho Pança.

 OTRE Sancho Pança, pendant ce temps, s'était relevé assez maltraité par les domestiques des moines. Attentif au combat que livrait son maître, il priait Dieu du fond de son cœur de concéder la victoire à Don Quichotte, afin qu'il gagnât une île dont, selon sa promesse, il le ferait gouverneur. Voyant la bataille terminée et Don Quichotte prêt à se remettre en selle, il vint lui tenir l'étrier, se jeta à ses genoux, lui prit la main et dit :

« Plaise à Votre Grâce, seigneur Don Quichotte, de me donner le gouvernement de l'île que vous venez de gagner dans ce rude combat. Si grande qu'elle soit, je me sens de force à la gouverner aussi bien que n'importe quel gouverneur d'îles du monde. »

Don Quichotte répondit à cette prière :

« Remarquez, frère Sancho, que les aventures de ce genre ne sont pas des aventures d'îles, mais bien des aventures de carrefours dans lesquelles on ne gagne que d'avoir la tête cassée ou l'oreille coupée. Ayez patience ; il se présentera des occasions où non-seulement je pourrai vous faire gouverneur, mais bien autre chose encore. »

Sancho le remercia de toute son âme, puis l'aida à monter sur Rossinante. Il enfourcha lui-même son âne et suivit son maître, qui, rapidement, sans faire ses adieux aux dames du carrosse, pénétra dans un bois situé à peu de distance.

Sancho le suivait au grand trot du grison ; mais Rossinante
allongeait si bien le pas que, resté de beaucoup en arrière, l'écuyer
dut crier à son maître de l'attendre ; ce que fit Don Quichotte en
tirant la bride jusqu'à ce que son écuyer l'eût rejoint.

« Il me semble, señor, dit Sancho, que nous agirions avec
sagesse en allant nous réfugier dans une église ; car celui contre
qui vous avez combattu est dans un tel état qu'on pourrait raconter
l'histoire à la Sainte-Hermandad et nous emprisonner.

— Tais-toi, répondit Don Quichotte ; où as-tu jamais vu ou lu
qu'un chevalier errant ait été cité devant la justice, quelque nombre
d'homicides qu'il ait commis ?

— Je ne sais rien en fait de *micides*, répondit Sancho, et de ma
vie je n'ai essayé d'en commettre ; je sais seulement que la Sainte-
Hermandad se mêle des affaires de ceux qui se battent dans les
champs.

— Ne te mets pas en peine, ami, répondit Don Quichotte ; je te
tirerais, s'il était besoin, des mains des Philistins, et à plus forte
raison de celles de la Sainte-Hermandad. Mais dis-moi, sur ton âme !
as-tu jamais vu plus vaillant chevalier que moi dans tout le monde
connu ? As-tu lu, dans les histoires, qu'un autre ait eu plus de
fougue dans l'attaque, plus de sang-froid, plus d'adresse à frapper
ou à désarçonner ?

— La vérité, répondit Sancho, c'est que je n'ai jamais lu aucune
histoire, car je ne sais ni lire ni écrire ; mais je gagerais, sans crainte
de perdre, que je n'ai jamais servi, dans tout le cours de ma vie,
un maître aussi hardi que Votre Grâce ; et Dieu veuille que ces
hardiesses ne se payent pas là où j'ai dit ! Pour le moment, ce
dont je prie Votre Grâce, c'est qu'elle se soigne ; il coule beaucoup
de sang de cette blessure à l'oreille. J'ai dans mon bissac de la
charpie et un peu d'onguent blanc.

— Tout cela serait bien inutile, répondit Don Quichotte, si j'avais
songé à préparer une fiole du baume de Fierabras ; avec une seule
goutte nous épargnerions le temps et les médecines.

— Quelle fiole et quel baume sont-ce là ? demanda Sancho.

— C'est un baume, répondit Don Quichotte, dont je possède
la recette dans la mémoire et avec lequel il n'y a plus à avoir peur

de la mort, ni à craindre de mourir d'une blessure. Aussi, quand je l'aurai préparé et que je te l'aurai donné, — si tu vois qu'en un combat on me fende par le milieu, comme la chose arrive fréquemment, — tu ramasseras avec précaution la partie de mon corps qui sera tombée par terre et tu te dépêcheras, avant que le sang ne se glace, de la poser sur l'autre moitié restée en selle, en ayant soin de bien les ajuster. Ensuite, tu me donneras à boire deux gorgées du susdit baume, et tu me verras devenir plus sain qu'une pomme.

— Si la chose est certaine, répondit Sancho, je renonce dès aujourd'hui au gouvernement de l'île promise, et je ne veux autre chose, en payement de mes nombreux et bons services, que la recette de cette merveilleuse liqueur dont parle Votre Grâce. Mais il s'agit de savoir si elle coûte beaucoup à préparer.

— Avec moins de trois réaux on en peut faire plusieurs pintes, répondit Don Quichotte.

— Pécheur que je suis ! répliqua Sancho, qu'attend donc Votre Grâce pour la fabriquer et me donner le secret ?

— Patience, ami, répondit Don Quichotte ; je pense te révéler de plus grands secrets encore et te combler de plus grandes faveurs. Pour le quart d'heure, pansons-nous, — l'oreille me cuit plus que je ne voudrais. »

Sancho tira du bissac de la charpie et de l'onguent ; mais lorsque Don Quichotte s'aperçut que sa salade était rompue, il en pensa perdre l'esprit. L'épée à la main et les yeux levés au ciel, il s'écria :

« Je jure, par le créateur de toutes choses, de mener la même vie que le duc de Mantoue, lorsqu'il fit serment de venger la mort de son neveu Baudoin. Il renonça à manger son pain sur une nappe et s'imposa d'autres privations que je comprends dans mon serment bien que je les aie oubliées, — jusqu'à ce que j'aie tiré vengeance complète de celui qui m'a fait un tel outrage. »

Sancho, qui l'écoutait, lui dit :

« Que Votre Grâce remarque, seigneur Don Quichotte, que si le chevalier a exécuté ce que vous lui avez ordonné, il a accompli ce qu'il devait, et qu'il ne mérite de nouvelles peines que s'il commet un nouveau délit.

— Tu as parlé d'or et à propos, répondit Don Quichotte ; aussi j'annule mon serment en ce qui touche la vengeance à tirer de mon ennemi. Mais je renouvelle et confirme ma promesse de mener la vie que j'ai dite, jusqu'à ce que j'aie arraché par force à quelque chevalier une salade aussi bonne que celle-ci. Et ne suppose pas, Sancho, que ce soit là fumée de paille ; j'ai un bon exemple à suivre, puisque la même chose est arrivée pour l'armet de Mambrin, qui coûta si cher à Sacripant.

— Que Votre Grâce envoie donc promener de semblables serments, señor ! répliqua Sancho. Ils sont nuisibles à la santé et préjudiciables à la conscience. Veuillez considérer que, sur toutes ces routes, on voit cheminer peu d'hommes couverts d'armures ; mais bien des muletiers et des charretiers qui ne portent pas de salades, et n'ont peut-être jamais entendu nommer cette coiffure.

— Tu te trompes, répondit Don Quichotte ; nous ne resterons pas deux heures dans les environs de ce carrefour sans voir passer plus d'hommes armés qu'il ne s'en présenta devant le château fort d'Albraca, lors de la conquête d'Angélique la belle.

— Ainsi soit-il, dit Sancho, et plaise à Dieu que nous nous en trouvions bien ; puis vienne le moment de gagner cette île, qui me coûte si cher, et que je meure ensuite.

— Je t'ai déjà dit, Sancho, de ne pas t'inquiéter de cela ; si les îles font défaut, il y a le royaume de Danemark ou celui de Sobradise, qui t'iront comme une bague au doigt, — d'autant plus que, comme ils sont en terre ferme, tu dois t'en réjouir davantage. Mais laissons chaque chose venir en son temps et regarde s'il n'y a pas dans ton bissac quelque provision que nous puissions manger ; nous irons ensuite à la recherche d'un château où nous passerons la nuit, et nous préparerons alors le baume dont je t'ai parlé, car, par Dieu ! je t'assure que l'oreille me cuit de plus en plus.

— J'ai ici un oignon, un peu de fromage, et je ne sais combien de croûtes de pain, dit Sancho ; ce ne sont pas là les mets qui conviennent à un aussi vaillant chevalier que Votre Grâce.

— Que tu es simple ! répondit Don Quichotte. Apprends, ami Sancho, que c'est l'honneur des chevaliers errants de ne pas manger d'un mois, ou bien de ne manger que ce qui se trouve à leur portée. Tu n'en douterais pas si tu avais lu autant d'histoires que moi. Bien qu'elles soient nombreuses, je n'ai vu dans aucune que

les chevaliers errants mangeassent, si ce n'est peut-être lorsqu'on les invitait à un somptueux banquet. Les autres jours ils vivaient de l'air du temps. Et, quoiqu'on laisse entendre qu'ils ne pouvaient vivre sans manger, il faut comprendre que, cheminant le plus souvent privés de cuisinier, à travers les forêts et les déserts, leur ordinaire se composait de mets rustiques, comme ceux que tu m'offres en ce moment. Ainsi donc, ami Sancho, ne te chagrine pas de ce qui me réjouit, et n'entreprends pas de changer le monde, ni de sortir la chevalerie errante de ses gonds.

— Que Votre Grâce me pardonne, reprit Sancho ; comme je ne sais ni lire ni écrire, ainsi que je l'ai déjà dit, j'ignore si je suis ou non dans les règles de la chevalerie. Dorénavant, je remplirai le bissac de toute espèce de fruits secs pour Votre Grâce, qui est chevalier ; pour moi, qui ne le suis pas, je le garnirai de choses plus substantielles. »

Il tira alors de son bissac les provisions qu'ils avait nommées ; puis l'écuyer et le maître mangèrent paisiblement de compagnie. Mais désireux de découvrir un gîte pour la nuit, ils eurent bien vite

achevé leur sec et pauvre repas. Ils se mirent alors en selle et firent
diligence pour arriver devant une habitation avant la fin du jour.
Par malheur le soleil disparut et avec lui l'espérance de réaliser
leur désir. Ils se trouvaient en ce moment à proximité de cabanes

de chevriers, où ils résolurent de s'abriter. La contrariété de Sancho
de ne pouvoir atteindre un lieu mieux habité, fut compensée par
la satisfaction de son maître à l'idée de dormir à la belle étoile ; il
lui semblait que c'était là une confirmation et une preuve qu'il
était bien chevalier.

CHAPITRE X

De ce qui arriva à Don Quichotte avec des chevriers.

os aventuriers furent accueillis avec cor-
dialité par les chevriers, et Sancho ayant
accommodé le mieux qu'il put Rossinante et le grison, se laissa guider par
l'odeur que répandaient certains quar-
tiers de chèvre qui bouillaient dans une
marmite. Bien qu'il fût tenté de vérifier si la viande était cuite à point pour
être transportée de la marmite dans
l'estomac, il se contint en voyant les
chevriers retirer le chaudron du feu, étendre sur le sol des peaux de
brebis et disposer en un moment leur table rustique. Ils invitèrent
avec bonne grâce le maître et l'écuyer à partager leur simple repas ;
puis six d'entre eux, qui se trouvaient dans la bergerie, s'assirent
en rond autour des peaux, après avoir convié Don Quichotte, avec
mille cérémonies grotesques, à s'asseoir sur un baquet retourné.
Don Quichotte prit place, et Sancho resta debout pour lui emplir
sa coupe, taillée dans une corne.

« Afin que tu juges, Sancho, lui dit son maître en le voyant
debout, le bien que renferme la chevalerie errante et combien ceux
qui la servent de près ou de loin sont en passe d'être honorés et
estimés du monde, je veux que tu t'assoies à mon côté, à la table de
ces braves gens, et que tu sois confondu avec moi qui suis ton
maître et ton seigneur naturel.

— Grand merci, répondit Sancho ; mais je dois avouer à Votre
Grâce que, pourvu que j'aie de quoi me mettre sous la dent, je man-

gerai aussi bien seul et debout qu'assis aux côtés d'un empereur.
Et même, s'il faut dire toute la vérité, je trouve bien meilleur ce
que je mange dans mon coin, sans cérémonie, fût-ce du pain et un
oignon, que les dindes d'une de ces tables où il me faudrait mâcher
avec lenteur, boire avec modération, m'essuyer à chaque bouchée,
sans éternuer ni tousser s'il m'en venait l'envie. Ainsi, señor, l'honneur que Votre Grâce veut m'accorder au nom de la chevalerie, à
laquelle je suis adhérent comme votre écuyer, je la prie de le changer en toute autre faveur qui me soit moins gênante, et de plus de
profit. Bien qu'ils me flattent, je renonce à ces honneurs jusqu'à la
fin du monde.

— Tu ne t'en assoiras pas moins, reprit Don Quichotte en le
saisissant par le bras et en le forçant à prendre place à son côté,
car celui qui s'humilie, Dieu l'élève. »

Les chevriers ne comprenaient rien à ce jargon d'écuyer et de
chevalier; ils se contentaient de manger et de regarder leurs hôtes,
qui dévoraient de bonne grâce et avec appétit des morceaux gros
comme le poing. Le service des viandes terminé, les chevriers étendirent sur les peaux une grande quantité de glands doux et la moitié d'un fromage aussi dur que s'il eût été fait de mortier. Pendant
ce temps, la corne ne restait pas oisive; elle circulait si souvent,
tantôt pleine et tantôt vide, comme les godets d'une noria, qu'elle
épuisa une des deux outres qui se trouvaient en évidence. Aussitôt
que Don Quichotte eut satisfait les nécessités de son estomac, il
prit une poignée de glands, et, après les avoir regardés attentivement, s'exprima de la façon suivante :

« Heureux âges et heureux siècles que ceux désignés par les anciens sous le nom d'âge d'or, non parce que l'or, si estimé dans
notre âge de fer, pouvait se recueillir sans travail, mais parce que
ceux qui vivaient alors ignoraient ces deux mots : le tien et le
mien. Dans ces temps heureux, tout était commun. Il suffisait à
chacun, pour se procurer les aliments indispensables au soutien de
la vie, de lever la main pour les cueillir sur les chênes robustes qui
offraient avec prodigalité leurs fruits doux et savoureux. Les claires
fontaines et le lit des rivières donnaient en abondance à l'homme
leurs eaux limpides et fraîches. Dans les anfractuosités des rochers

ou dans le creux des arbres, les abeilles diligentes établissaient leur république et livraient au premier venu la fertile récolte de leur

doux travail. Les liéges audacieux se dépouillaient d'eux-mêmes, comme par courtoisie, de leurs larges et légères écorces, qui servaient à recouvrir les maisons alors soutenues par des poutres rustiques et uniquement élevées pour mettre les mortels à l'abri de l'inclémence des saisons. Tout était paix, alors, amitié et concorde. Le fer recourbé de la charrue n'avait pas encore ouvert les saintes entrailles de notre première mère, qui, sans y être forcée, étalait sur son sein fertile et vaste de quoi satisfaire, alimenter et réjouir les fils qu'elle portait. La fraude, la tromperie, la malice ne se mêlaient pas à la vérité et à la franchise. La justice était ce qu'elle doit être, sans que la faveur ou l'intérêt qui la persécutent et l'amoindrissent osassent l'offenser ou la troubler. La prévarication de la loi ne troublait pas encore la conscience du juge, car il n'y avait pas de coupables à juger. Les méfaits croissant avec le temps, on institua l'ordre des chevaliers errants pour défendre les filles, protéger les veuves, secourir les orphelins et les malheureux. J'appartiens à cet ordre, chevriers mes frères, et je vous remercie du gracieux et cordial accueil que vous m'avez fait ainsi qu'à mon écuyer; car, bien que, d'après la loi naturelle, chacun soit tenu d'aider les chevaliers errants, comme je sais que vous ignoriez cette obligation quand vous m'avez hébergé et nourri, c'est une raison de plus pour que ma bonne volonté fasse son possible pour vous remercier de la vôtre. »

Cette longue harangue, — qu'il eût pu s'éviter, — notre chevalier l'avait prononcée parce que les glands lui rappelaient l'âge d'or. Il lui avait alors pris fantaisie d'adresser ce discours inutile aux chevriers, qui l'écoutèrent attentifs et ébahis. Sancho lui-même se tut et mangea des glands, visitant de temps à autre la seconde outre, suspendue à un liége pour que le vin se rafraîchît.

« Votre Grâce, dit-il tout à coup à son maître, fera bien de choisir l'endroit où elle veut dormir; ces braves gens ont travaillé tout le jour et ne peuvent passer la nuit à causer.

— Je te comprends, Sancho, répondit Don Quichotte, et je devine que tes visites à l'outre méritent une récompense de sommeil.

— Que Dieu soit béni! répondit Sancho, le vin semble bon à tout le monde.

— Je ne le nie pas, répliqua Don Quichotte; accommode-toi donc pour la nuit où tu voudras; mais les gens de ma profession aiment mieux veiller que dormir. En attendant, il serait bon, Sancho, de me panser une autre fois cette oreille qui me fait plus de mal qu'il n'est besoin. »

Sancho obéit, et l'un des chevriers, voyant la blessure, lui dit de ne pas se mettre en peine, qu'il connaissait un remède qui la guérirait promptement. Il prit alors quelques feuilles de romarin, plante qui croissait là en abondance, les mâcha, y ajouta un peu de sel; appliquant alors ce mélange sur l'oreille de Don Quichotte, il la banda fortement, assurant qu'il n'était pas besoin d'autre médecine, — prophétie qui se réalisa.

Alors Sancho, étendu entre Rossinante et le grison, dormit comme un homme moulu de coups.

CHAPITRE XI

Où l'on raconte la malheureuse aventure que rencontra Don Quichotte
avec de cruels Yangois.

 E sage Cid Hamet Ben-Engeli, auteur de cette
véridique histoire, raconte que le lendemain,
après s'être séparé de ses hôtes, Don Quichotte
et son écuyer pénétrèrent dans un bois. Ils
atteignirent une prairie arrosée par un ruisseau paisible qui semblait les inviter à faire
la sieste. Don Quichotte et Sancho mirent
pied à terre, puis, laissant le grison et Rossi-
nante paître à leur gré l'herbe épaisse qui croissait en ce lieu, ils
s'attaquèrent au bissac.

Mais le sort ou le diable, qui ne dort pas toujours, voulut qu'une
troupe de chevaux galiciens fût en train de paître dans ce vallon,
sous la garde de muletiers yangois, dont la coutume est de camper
dans les lieux pourvus d'herbe et d'eau, tel que celui où se trouvait
Don Quichotte. Or, il arriva que le désir de se divertir avec ses
pareils s'empara de Rossinante ; il sortit de ses allures ordinaires,
et, sans demander la permission de son maître, prit un petit trot
provocateur. Les chevaux, mauvais camarades, reçurent le visiteur
par des ruades et des morsures, rompirent en un instant les sangles
de sa selle et le laissèrent nu. Ce qui lui fut le plus désagréable,
c'est que les muletiers accoururent avec des pieux et le frappèrent
si dru qu'ils le renversèrent assez maltraité sur le sol.

Au même instant, Don Quichotte et Sancho accouraient hors
d'haleine.

« A ce que je vois, ami Sancho, s'écria Don Quichotte, ces gens

ne sont point des chevaliers, mais des rustres de basse extraction.
Je te le dis afin que tu m'aides à tirer vengeance de l'insulte qu'ils
viennent de faire sous nos yeux à Rossinante.

— Quelle diable de vengeance voulez-vous que nous prenions?
répondit Sancho. Ils sont plus de vingt, nous ne sommes que
deux, et même à peine un et demi.

— Je compte pour cent, » répliqua Don Quichotte.

Et sans ajouter une parole, il mit l'épée à la main et attaqua les
muletiers. Sancho, excité et entraîné par l'exemple, seconda son
maître. Le premier coup de Don Quichotte fendit la casaque de
cuir dont était vêtu un des muletiers et lui endommagea l'épaule.
Les muletiers, se voyant maltraités par deux hommes isolés, alors
qu'ils étaient eux-mêmes si nombreux, recoururent à leurs pieux,
et, entourant leurs antagonistes, se mirent à frapper à tour de bras.
Dès le second coup, il est vrai, Sancho roula par terre, et il en advint autant à Don Quichotte, sans que son adresse ou son courage
pussent le protéger. Le hasard fit choir notre chevalier aux pieds
de Rossinante, qui ne réussissait pas encore à se relever, ce qui
montre la force avec laquelle frappent les pieux, lorsqu'ils sont
maniés par des mains rustiques que la colère rend encore plus
pesantes.

A la vue du bel ouvrage qu'ils avaient fait, les muletiers chargè-
rent leurs bêtes en toute hâte et reprirent leur chemin, laissant les
deux aventuriers dans un piteux état. Le premier à se plaindre fut
Sancho Pança, qui, se trouvant près de son maître, dit d'une voix
dolente :

« Señor Don Quichotte ! Aïe ! señor Don Quichotte ! .

— Que veux-tu, frère Sancho ? répondit le chevalier sur le même
ton lamentable.

— Je voudrais, s'il est possible, reprit Sancho Pança, que Votre
Grâce me donnât deux gorgées de cette boisson du Laid-Blas, si
vous en avez sous la main. Peut-être sera-t-elle aussi bonne pour les
os cassés que pour les blessures.

— Si j'en avais ici, malheureux que je suis, répondit Don Quichotte, que nous manquerait-il ? Je te jure, Sancho, foi de chevalier errant, qu'avant deux jours, si la fortune n'en ordonne pas
autrement, je serai pourvu de ce baume, ou mal m'en adviendra.

— Dans combien de temps Votre Grâce croit-elle donc que nous
pourrons remuer les pieds ? demanda Sancho.

— Pour ma part, dit le moulu chevalier Don Quichotte, je ne
saurais fixer d'époque. C'est ma faute, je ne devais pas tirer l'épée
contre des gens qui n'étaient pas, comme moi, armés chevaliers,
et je crois que c'est pour avoir manqué à cette loi de la chevalerie,
que le Dieu des batailles a permis que je reçusse ce châtiment.

Par cette raison, frère Sancho, il convient que tu te tiennes bien averti, pour notre santé à tous deux, que, lorsque tu verras semblables canailles nous insulter, tu ne dois pas t'attendre dorénavant à ce que je tire l'épée. Toi, c'est autre chose, châtie-les tout ton saoul. Et si des chevaliers accourent à leur défense, je saurai les contenir et te protéger. Tu connais déjà, par mille exemples, jusqu'où s'étend la valeur de mon valeureux bras. »

Telle était l'arrogance conservée par le pauvre homme de sa victoire sur le brave Biscaïen.

Le conseil de son maître ne parut pas si bon à Sancho qu'il crût pouvoir se dispenser d'y répondre.

« Señor, dit-il, je suis un homme doux, pacifique, tranquille, et je sais avaler une injure, car j'ai une femme à soutenir et des enfants à élever. Aussi que Votre Grâce soit donc bien avertie de son côté, car je ne puis lui donner d'ordre, qu'en aucune façon je ne mettrai l'épée à la main ni contre vilains ni contre chevaliers, et que d'ici au moment de paraître devant Dieu, je pardonne toutes les insultes qui m'ont été ou doivent m'être faites ; que ceux qui me les ont faites, font ou feront, soient de haute ou basse condition, riches ou pauvres, nobles ou manants, enfin à quelque état que l'offenseur appartienne.

— Je voudrais, répondit Don Quichotte, après avoir écouté son écuyer, que la douleur que je ressens dans le côté pût se calmer un moment afin de te faire comprendre, Pança, quelle est ton erreur. Sache attendre, pécheur ! Si le vent de la fortune, qui nous est aujourd'hui contraire, se tourne de notre côté et gonfle assez les voiles de nos désirs pour que, sûrement et sans encontre, nous abordions dans une des îles que je t'ai promises, qu'arrivera-t-il si, après l'avoir gagnée, je t'en rends seigneur ? Tu ne pourras accepter ce don, faute d'être chevalier, faute de valeur pour venger les injures que tu recevrais ou pour défendre ton domaine.

— Dans l'aventure de tout à l'heure, répondit Sancho, j'aurais voulu posséder cette valeur dont parle Votre Grâce ; mais je jure, foi de pauvre homme, qu'en ce moment je suis mieux disposé pour les emplâtres que pour les conversations. Que Votre Grâce voie si elle peut se lever, et nous aiderons Rossinante, qui ne le mérite guère, car il est la principale cause de cette courbature. Je n'aurais jamais cru cela de lui, que je tenais pour une personne aussi réservée que moi. Enfin on a raison de dire qu'il faut du temps pour connaître les gens, et qu'il n'y a rien de sûr dans la vie. Qui aurait pensé qu'après les grands coups d'épée administrés par Votre Grâce à ce malheureux chevalier errant, il nous arriverait par la poste cette tempête de coups qui s'est abattue sur nos épaules ?

— Au moins les tiennes, Sancho, répliqua Don Quichotte, doivent être accoutumées à de tels orages ; mais les miennes, élevées dans la fine batiste et dans la toile de Hollande, ressentent d'autant mieux la douleur de cette mésaventure; si je n'étais sûr que toutes ces incommodités sont aussi vieilles que l'exercice des armes, je mourrais ici de colère.

— Señor, répliqua l'écuyer, puisque les coups sont la moisson de la chevalerie, que Votre Grâce veuille bien me dire si les récoltes sont fréquentes ou si elles n'arrivent qu'à des époques déterminées, car il me paraît qu'après deux semblables épreuves nous serons incapables de subir la troisième, à moins que la miséricorde infinie de Dieu ne nous vienne en aide.

— Sache, ami Sancho, répondit Don Quichotte, que les chevaliers errants sont exposés à mille périls et à mille mésaventures ; de même qu'ils sont toujours à la veille de devenir empereurs ou rois, comme l'expérience le prouve par l'exemple de maints chevaliers dont je connais l'histoire. Je pourrais te raconter, si la douleur m'en laissait le loisir, les aventures de plusieurs chevaliers élevés par la seule force de leurs bras aux dignités dont j'ai parlé, qui, avant ou après ces aventures, se sont vus en proie à de grandes calamités et à de grandes misères. Je puis bien me mettre de pair avec ces braves gens ; les affronts dont ils eurent à se plaindre sont plus graves que celui que nous venons de subir. Je te dis ces choses afin que tu ne croies pas que si nous sommes restés moulus de cette aventure, nous soyons déshonorés, parce que les armes que portaient ces hommes et dont ils nous ont frappés étaient des pieux; car ils n'avaient, si je me souviens bien, ni épée, ni poignard.

— Ils ne m'ont pas laissé le temps d'en voir si long, répondit

5

Sancho ; j'avais à peine mis la main à ma *tisonne* qu'ils me sancti-
fièrent les épaules de leurs bâtons, de telle sorte que je perdis
l'usage de la vue, puis celui des pieds, et que je roulai là où je gis
encore. Et je ne me mets pas tant en peine de savoir si c'est un
affront ou non de recevoir des coups de pieux, que de la douleur
que je ressens de ces coups; je vous réponds qu'ils me resteront
aussi bien gravés dans la mémoire que sur les épaules.

— Ne te préoccupe pas tant, Sancho, et puise des forces dans ta
faiblesse, répondit Don Quichotte; c'est ainsi que je compte faire.
Voyons maintenant dans quel état est Rossinante ; à ce qu'il me
semble, le malheureux a eu sa bonne part de cette mésaventure.

— Il ne faut pas s'en étonner, répondit Sancho; n'est-il pas, lui
aussi, chevalier errant ? Ce qui me surprend c'est que mon âne
soit sorti sain et sauf d'une bagarre dont nous sortons les côtes
endommagées.

— La fortune, répondit Don Quichotte, laisse toujours une porte
ouverte dans les malheurs pour qu'on puisse s'en tirer. Je le dis
parce que cette pauvre bête remplacera Rossinante, et me portera
d'ici dans quelque château où l'on soignera mes blessures. Et je
ne croirai pas déshonorer la chevalerie en agissant ainsi, car je me
souviens d'avoir lu que le vieux Silène, maître et nourricier du
joyeux dieu du rire, entra dans la ville aux cent portes, à cheval
sur un âne magnifique.

— Il allait peut-être à cheval comme l'affirme Votre Grâce,
répondit Sancho, cependant il y a une grande différence entre être
monté à califourchon ou posé en travers comme un sac d'ordures.

— Les blessures reçues dans les combats, répliqua Don Quichotte, honorent et ne déshonorent pas. Mais laissons ce sujet,
Sancho, et partons avant qu'il arrive à l'âne quelque mésaventure.

— Il ne nous manquerait plus qu'un pareil malheur ! » s'écria
Sancho.

Et lâchant des aïes et des soupirs par douzaines, puis des centaines
de malédictions contre celui qui l'avait amené là, il se mit sur ses
jambes. Au milieu de la besogne, il dut s'arrêter, courbé comme un
arc turc, ne pouvant réussir à se redresser. Malgré ses douleurs, il

harnacha son âne qui s'était un peu émancipé, grâce à la liberté
dont il avait joui ce jour-là. Il réussit ensuite à relever Rossinante,
qui, s'il eût pu s'expliquer et se plaindre, aurait laissé bien en
arrière son maître et Sancho. Enfin ce dernier hissa Don Quichotte
sur l'âne, attacha Rossinante au bât à l'aide d'une longe, et, prenant le licou du grison, se dirigea du côté où il espérait retrouver
le grand chemin. La fortune, qui de bien en mieux conduisait ses
affaires, l'amena, au bout d'une petite lieue, sur une route où se
dressait une hôtellerie, que Don Quichotte soutint être un château.
Sancho affirmait que c'était une auberge, son maître croyait voir un
château, et la querelle dura si longtemps qu'ils arrivèrent sans la
terminer jusqu'à la porte, par laquelle Sancho pénétra avec sa
cavalcade, sans plus d'examen.

CHAPITRE XII

De ce qui arriva à l'ingénieux hidalgo dans l'hôtellerie qu'il s'imaginait
être un château.

L'hôtelier, voyant Don Quichotte assis
en travers de l'âne, demanda à Sancho
ce qu'avait son compagnon. L'écuyer
répondit que ce n'était rien, que son
maître, en tombant du haut d'un rocher,
s'était un peu froissé les côtes. Peu
semblable aux femmes de sa condition
et de son état, l'hôtesse était naturelle-
ment charitable et pleine de compassion pour les maux du prochain. Aidée de sa fille, jeune personne de mine avenante, elle s'empressa donc de panser le pauvre chevalier.

La servante de l'auberge se trouvait être une Asturienne large de
figure, plate de l'occiput, pourvue d'un nez assez camard, borgne
d'un œil et ne voyant pas très-bien de l'autre. La grâce de son
corps, il est vrai, rachetait ces défauts. Haute de sept palmes des
pieds à la tête, elle avait des épaules qui, la surchargeant un peu,
l'obligeaient à regarder le sol plus qu'elle ne l'eût souhaité. Cette
gentille personne seconda la fille de l'hôte, et toutes deux prépa
rèrent à Don Quichotte un très-mauvais lit. Elles l'établirent au
fond d'un galetas qui avait dû longtemps servir de grenier à paille.
Dans ce galetas logeaient déjà un muletier et son valet dont la
couche se trouvait un peu plus loin de l'entrée que celle de Don
Quichotte. Le lit des muletiers, bien qu'il fût composé des bâts et
des couvertures de leurs mules, valait beaucoup mieux que celui du
chevalier, formé de quatre planches mal rabotées, posées sur des
bancs de hauteur inégale, et d'un matelas si maigre qu'on eût dit

une courte-pointe. Quant aux draps, ils semblaient faits de cuir de
buffle, et il aurait été facile de compter jusqu'au dernier les fils de
la couverture.

Don Quichotte se coucha sur ce misérable lit; puis éclairées par
Maritornes, — la servante asturienne, — l'hôtesse et sa fille le couvrirent d'emplâtres du haut en bas. L'hôtesse, voyant Don Quichotte
si meurtri par endroits, dit que ces bleus paraissaient plutôt venir
de coups que d'une chute.

« Ce ne sont pas des coups, répondit Sancho; mais la roche avait
tant d'aspérités que chacune d'elles a laissé sa marque. Que Votre
Grâce, señora, ajouta-t-il, veuille bien réserver un peu d'étoupe; il
se trouvera quelqu'un pour la mettre à profit, car moi aussi j'ai les
reins légèrement endoloris.

— Ah çà, dit l'hôtesse, vous aussi vous êtes donc tombé?

— Je ne suis pas tombé, répliqua Sancho Pança; seulement la chute de mon maître m'a causé une telle émotion que je sens dans le corps des douleurs qui me donneraient à croire que j'ai reçu mille coups de bâton.

— Cela peut bien être, dit à son tour la jeune fille; souvent il m'est arrivé de rêver que je tombais du haut d'une tour sans jamais atteindre le sol, et de me réveiller aussi brisée que si j'étais véritablement tombée.

— Voilà mon cas, répondit Sancho; moi, señora, sans avoir rêvé et tout en restant plus éveillé que je ne le suis à cette heure, j'ai presque autant de bleus que mon maître Don Quichotte.

— Comment dites-vous que se nomme votre maître? demanda Maritornes.

— Don Quichotte de la Manche, répondit Sancho Pança; c'est un chevalier d'aventures, l'un des meilleurs et des plus forts qui se soient vus au monde depuis longtemps.

— Qu'est-ce qu'un chevalier d'aventures? demanda la servante.

— Êtes-vous donc si neuve au monde que vous l'ignoriez? répondit Sancho. Eh bien! ma sœur, sachez qu'un chevalier d'aventures est un individu qui, en un tour de main, se voit bâtonné ou empereur; aujourd'hui la plus misérable et la plus malheureuse créature de l'univers, et demain possédant deux ou trois royaumes dont il peut disposer en faveur de son écuyer.

— Comment se fait-il, répliqua l'hôtesse, qu'étant l'écuyer d'un si bon maître, vous n'ayez pas, si j'en juge par votre apparence, au moins quelque comté?

— Il est encore de bonne heure, répondit Sancho; il y a tout au plus un mois que nous cherchons les aventures. Jusqu'à présent, nous n'avons pu en rencontrer de bonnes, car il arrive souvent qu'on cherche une chose et qu'on en trouve une autre. La vérité, c'est que si mon maître Don Quichotte guérit de cette blessure ou de cette chute, et que de mon côté je ne reste pas contrefait, je ne troquerais pas mes espérances contre le meilleur titre d'Espagne. »

Don Quichotte écoutait cette conversation; et, s'asseyant sur le lit du mieux qu'il lui fut possible, il prit la main de l'hôtesse et lui dit :

« Croyez-moi, belle dame, vous pouvez vous estimer heureuse
d'avoir recueilli ma personne dans votre château ; je ne veux pas
me vanter, car on a coutume de dire que la louange qu'on se donne
à soi-même avilit ; mais mon écuyer vous apprendra qui je suis. Je
veux seulement vous assurer que le service que vous me rendez
restera éternellement gravé dans ma mémoire, et que je vous en
serai reconnaissant tant que ma vie durera. »

L'hôtelière, sa fille et Maritornes étaient confuses d'entendre les
paroles du chevalier errant, qu'elles comprenaient à peu près
comme s'il eût parlé grec. Peu accoutumées à un semblable langage, elles contemplaient leur hôte avec autant de surprise que
d'admiration, et le trouvaient tout différent des autres hommes.
Après l'avoir remercié de ses offres en langage d'hôtellerie, elles le
laissèrent. L'Asturienne Maritornes pansa alors Sancho, qui en
avait autant besoin que son maître.

Le lit dur, étroit, misérable et peu solide sur lequel reposait Don
Quichotte, placé le plus près de l'entrée, se trouvait vers le milieu
de ce bouge, qui laissait voir les étoiles à travers un toit délabré.

Près de là, Sancho disposa le sien, composé d'une natte de jonc et d'une couverture qui semblait plutôt faite de grosse toile d'Anjou que de laine. Après ces deux lits, venait celui des muletiers, formé de bâts et de harnais. Déjà Sancho, frotté d'onguent et couché, essayait de dormir, mais le mal qu'il sentait dans les côtes l'en empêchait, et Don Quichotte, grâce aux douleurs des siennes, avait les yeux ouverts comme un lièvre. Toute l'hôtellerie restait plongée dans le silence; il ne brillait plus d'autre lumière que celle d'une lampe suspendue sous le portail. Cette quiétude et les pensées de notre chevalier, toujours portées vers les événements racontés dans les livres auteurs de sa folie, firent naître dans son esprit une idée des plus singulières qu'on puisse imaginer. Il se figura être dans un célèbre château — on sait que toutes les hôtelleries où il logeait se transformaient à ses yeux en châteaux — et que la fille de l'aubergiste était une princesse prisonnière.

Tandis qu'il songeait à cette extravagance, le valet du muletier, après avoir visité les mules afin de leur donner une seconde ration, rentra à pas sourds pour regagner son lit. Don Quichotte l'entendit, se dressa sur son séant en dépit de ses emplâtres et de ses douleurs de côtes, et le saisit par le bras. Croyant qu'on voulait lui faire peur, le valet déchargea un si terrible coup de poing sur l'étroite mâchoire du chevalier, qu'il lui mit la bouche en sang. Non satisfait de cette vengeance, il grimpa ensuite sur le lit et se promena au trot sur les côtes du malheureux. Le lit, dont les fondements manquaient de solidité, ne put supporter la surcharge du valet, et s'effondra avec un bruit formidable qui réveilla le muletier et l'hôtelier. Celui-ci se leva, alluma une lampe, et se dirigea du côté où il avait entendu du bruit.

En ce moment, Sancho s'éveilla, le valet venait de tomber sur lui; il crut avoir le cauchemar, et commença à distribuer à tort et à travers des coups de poing. Le valet, déjà en colère, rendit ses coups à Sancho dans une telle mesure que, bon gré, malgré, il lui enleva toute envie de dormir. Se voyant traité de cette façon sans savoir par qui, Sancho se redressa comme il put, saisit son adversaire, et la plus rude lutte du monde commença entre eux. Le muletier, qui vit, à la lumière apportée par l'hôte, la façon dont on traitait son valet, courut à son secours. Alors, comme on a coutume de dire, le chat au rat et le rat au chat! Le muletier frappait Sancho, Sancho le valet, le valet Sancho, l'hôtelier le muletier, et les coups pleuvaient si dru que les antagonistes se laissaient à peine le temps de respirer. Le plus beau moment fut celui où la lampe de l'hôte s'éteignit soudain. Alors les combattants, plongés dans l'obscurité, frappèrent dans la masse avec tant d'entrain et si peu de compassion, que chaque coup causait une meurtrissure.

Dans l'hôtellerie logeait, par hasard, ce soir-là, un archer de la Sainte-Hermandad qui, entendant l'étrange vacarme, saisit sa verge, la boîte de fer-blanc renfermant son titre d'archer, et pénétra dans la pièce obscure en criant :

« Arrêtez, au nom de la justice ! »

Le premier contre lequel il se heurta fut le moulu Don Quichotte, qui gisait privé de sentiment sur son lit brisé ; il le saisit par la barbe sans cesser de répéter :

« Respect à la justice. »

Voyant que celui qu'il tenait ne bougeait pas, l'archer le crut mort, et soupçonna ceux qui se trouvaient dans la pièce d'être les meurtriers ; aussi cria-t-il d'une voix plus forte :

« Qu'on ferme la porte de l'hôtellerie et que personne ne sorte ! Il y a ici un homme mort. »

Cette déclaration stupéfia les combattants, et chacun d'eux suspendit ses coups. L'hôtelier se retira dans sa chambre, le muletier et son valet sur leurs lits. Seuls, le pauvre Don Quichotte et le malheureux Sancho ne purent bouger. L'archer lâcha en ce moment la barbe de Don Quichotte et sortit pour chercher de la lumière. Il ne put en trouver, l'hôtelier ayant eu soin d'éteindre la lampe du portail en se retirant. Il dut donc recourir à la cheminée, où il lui fallut beaucoup de temps et beaucoup de peine pour allumer une autre lampe.

CHAPITRE XIII

Où l'on continue le récit des innombrables peines que souffriront Don Quichotte et son bon écuyer Sancho Pança, dans l'hôtellerie que, pour son malheur, le brave chevalier croyait être un château.

URANT ce temps, Don Quichotte revint à lui, et, du même ton de voix dont le jour précédent il avait appelé son écuyer dans la vallée des pieux, il lui dit :

« Sancho, mon ami, dors-tu ? dors-tu, ami Sancho ?

— Malheureux que je suis, comment voulez-vous que je dorme ? répondit Sancho, l'âme pleine de chagrin et de colère ; on dirait que tous les diables se sont déchaînés contre moi cette nuit !

— Tu peux le croire sans aucun doute, répondit Don Quichotte ; je ne m'y connais pas ou ce château est enchanté. Apprends que cette nuit il m'est arrivé une des plus étranges aventures dont je puisse m'enorgueillir. En deux mots, tu sauras qu'il y a peu d'instants, une noble dame qu'on retient prisonnière dans ce château, est venue implorer mon aide. Au moment où je lui promettais assistance, une main collée au bras d'un géant démesuré, sans que je la visse venir, sans que je susse d'où elle sortait, me donna un tel coup de poing dans la mâchoire que j'ai la bouche tout en sang. Ensuite, la main m'a moulu de telle sorte que je suis en pire état qu'hier, lorsque les muletiers, à cause de la promenade de Rossinante, nous firent l'insulte que tu sais. D'où je conjecture,

Sancho, que la princesse doit être gardée par quelque Maure enchanté.

— Pour moi, répondit Sancho, plus de quatre cents Maures
m'ont si bien maltraité que les meurtrissures des pieux ne me paraissent plus qu'une plaisanterie. Dites-moi, señor, comment nom-
mez-vous bonne et rare une aventure qui nous a mis dans l'état où
nous sommes? Passe pour Votre Grâce; elle est un peu moins à
plaindre; quant à moi, qu'ai-je attrapé, sinon la plus rude volée
que je pense recevoir de ma vie? Malheureux moi et malheureuse
la mère qui m'a mis au monde; je ne suis pas chevalier errant,
j'espère bien ne l'être jamais, et de tous les guignons c'est moi qui
prends la plus grosse part!

— As-tu donc été moulu de ton côté? demanda Don Quichotte.

— Foin de mes aïeux! Ne vous l'ai-je pas déjà dit? répondit
Sancho.

— Ne t'afflige pas, ami, reprit Don Quichotte, je vais préparer
tout à l'heure le précieux baume qui nous rétablira en un clin d'œil. »

L'archer, ayant réussi à rallumer la lampe, entra en ce moment
pour examiner celui qu'il croyait mort. Sancho, voyant arriver un
homme d'assez mauvaise mine qui se présentait en chemise, en coiffe
de nuit, une lampe à la main, dit à son maître :

« Señor, pourvu que ce ne soit pas là le Maure enchanté qui vient
de nouveau nous châtier et vérifier s'il reste quelque chose dans l'encrier ?

— Ce ne peut être le Maure, répondit Don Quichotte, les enchantés ne se laissent voir de personne.

— S'ils ne se laissent pas voir, ils se font sentir, répliqua Sancho, et mes épaules peuvent le certifier.

— Les miennes pourraient rendre le même témoignage, répondit
Don Quichotte, mais ce ne sont pas des indices suffisants pour nous
convaincre que celui qui vient là soit le Maure enchanté. »

L'archer s'approchait. En entendant parler si tranquillement, il
demeura surpris. Il faut dire cependant que Don Quichotte gisait
encore sur le dos, incapable de bouger, tant il était moulu et couvert d'emplâtres. L'archer se dirigea enfin vers lui et dit :

« Comment allez-vous, bonhomme?

— A votre place je parlerais plus poliment, répondit Don Quichotte; a-t-on coutume, en cette contrée, de s'adresser ainsi aux chevaliers errants, sot que vous êtes? »

L'archer, si mal reçu par un homme de si mauvaise figure,
s'indigna; il souleva sa lampe pleine d'huile et la laissa tomber sur
la tête de Don Quichotte, dont elle endommagea sérieusement le
crâne; puis, profitant de l'obscurité, il s'empressa de sortir.

« Sans aucun doute, señor, s'écria Sancho, cet homme est le
Maure enchanté.

— Tu as raison, répondit Don Quichotte; néanmoins il ne faut
pas tenir compte des enchantements; ce ne sont là que des aventures
fantastiques et invisibles, et nous chercherions en vain quelqu'un
sur qui nous venger. Essaie de te lever, Sancho; appelle le châtelain, et tâche de me procurer un peu d'huile, de vin, de sel et de
romarin, afin que je prépare le baume salutaire. Je crois vraiment
en avoir grand besoin pour le quart d'heure, car je perds beaucoup
de sang par la blessure que vient de me faire ce fantôme. »

Sancho se leva, non sans grande douleur pour ses os, et se dirigea
à tâtons vers l'endroit où gisait l'hôte; en route il rencontra l'archer qui écoutait ce que devenait son ennemi.

« Señor, lui dit-il, qui que vous soyez, rendez-nous le service de
nous donner un peu de romarin, d'huile, de sel et de vin, qui sont
nécessaires pour guérir un des meilleurs chevaliers errants qui soient
au monde, lequel est étendu sur son lit, grièvement blessé par les
mains du Maure enchanté caché dans cette hôtellerie. »

L'archer, en entendant de semblables paroles, tint Sancho pour
un homme privé de raison. Comme le jour naissait, il ouvrit la
porte, appela l'hôtelier, et lui dit ce que le bonhomme voulait. L'hôtelier donna les ingrédients demandés, et Sancho les porta à Don Quichotte. Celui-ci se tenait la tête à deux mains, se plaignant de la
douleur que lui causait le coup de lampe, dont il n'était pourtant
résulté d'autre mal que deux bosses respectables, car ce que le chevalier s'imaginait être du sang n'était que l'huile de la lampe. Il prit
les simples dont il composa un mélange qu'il fit bouillir jusqu'à ce
que le remède lui parût cuit à point. Il demanda ensuite une fiole
pour y verser le liquide, et comme on n'en trouva pas dans l'hôtel-

tellerie, il résolut de garder son baume dans une burette en fer-
blanc, dont l'hôte lui fit gracieusement don.

L'opération terminée, le chevalier voulut expérimenter la vertu
du baume précieux qu'il se figurait avoir composé. Il but un peu
de ce qui n'avait pu tenir dans la burette; le chaudron qui avait
servi à le préparer en contenait encore près d'une demi-pinte.
A peine eut-il bu, qu'il ordonna qu'on l'enveloppât et qu'on le laissât en repos. On lui obéit; il dormit plus de trois heures, puis se
réveilla si bien remis de sa courbature qu'il crut avoir réussi dans
la préparation du baume de Fierabras, et tint pour certain qu'avec
ce remède il pouvait dorénavant affronter sans crainte les batailles
et les querelles les plus périlleuses.

Sancho Pança, qui considéra aussi comme un miracle le rétablis-
sement de son maître, le pria de lui donner ce qui restait du baume
dans la marmite, et la quantité n'était pas minime. Don Quichotte
accéda à cette demande; Sancho saisit alors la marmite à deux mains,
et se versa dans l'estomac, avec une entière bonne foi et avec une
grâce sans pareille, une dose de baume presque égale à celle que son
maître avait avalée.

Mais le malheur voulut que l'estomac de Sancho fût loin d'être
aussi délicat que celui de Don Quichotte. L'écuyer éprouva tant de
nausées, de maux de cœur, de sueurs froides et d'étourdissements,
qu'il crut sa dernière heure arrivée. Se voyant si malade et en si
pitoyable état, il maudissait de toute son âme le baume et celui
qui le lui avait donné.

« Je crois, Sancho, dit Don Quichotte, que tout ce mal vient de
ce que tu n'es pas armé chevalier : cette liqueur, à mon avis, ne
devant être profitable qu'à ceux qui le sont.

— Maudit sois-je, moi et ma parenté! répliqua Sancho. Si Votre
Grâce savait cela, pourquoi m'a-t-elle permis d'y goûter? »

En ce moment, le breuvage fit son effet, et cela si brusquement
que la natte de jonc et la couverture de toile d'Anjou sur lesquelles
le pauvre écuyer s'était recouché, furent mises hors de service.
Il suait et ressuait avec de tels efforts et de tels paroxysmes, que
non-seulement lui, mais les assistants crurent qu'il allait expirer.
Cette bourrasque et ce malaise durèrent au moins deux heures, au

bout desquelles il se trouva, à l'envers de son maître, si moulu et si brisé qu'il ne pouvait se tenir debout.

Don Quichotte, ragaillardi, voulait se mettre en route, car il s'imaginait toujours ravir le temps qu'il perdait au monde et aux malheureux qui avaient besoin de secours et d'appui. Entraîné par son désir, il sella lui-même Rossinante, bâta l'âne de son écuyer, qu'il aida ensuite à se vêtir et à grimper sur le grison. Une fois à cheval, Don Quichotte se dirigea vers un coin de la cour de l'hôtellerie et s'empara d'une petite lance qui se trouvait là. Tous ceux qui logeaient dans l'auberge le contemplaient avec curiosité.

L'écuyer et le maître étant à cheval, Don Quichotte, arrêté près de la porte de l'hôtellerie, appela l'hôte et lui dit d'une voix lente et grave :

« J'ai reçu dans votre château de si grandes et de si nombreuses faveurs, seigneur châtelain, que je vous en garderai une reconnaissance éternelle. Si je puis vous les payer en vous vengeant de quelque orgueilleux qui vous ait insulté, sachez que ma profession est de soutenir les faibles, de venger ceux qui sont victimes d'un tort quelconque, et de châtier les félonies.

— Señor chevalier, répondit l'hôte avec la même gravité, je n'ai pas besoin que Votre Grâce me venge d'aucune injure, car je sais tirer la vengeance qui me convient de celui qui m'insulte. Ce dont j'ai besoin, c'est que Votre Grâce me paye les dépenses qu'elle a faites dans mon hôtellerie.

— Est-ce véritablement une hôtellerie? demanda Don Quichotte.

— Et des plus honnêtes, répondit l'hôte.

— J'ai donc vécu dans l'erreur jusqu'à cet instant, répliqua Don Quichotte; j'étais persuadé que c'était un château, et un bon. Puisque au lieu d'être un château ce n'est qu'une auberge, tout ce qu'il y a à faire pour le moment, c'est que vous renonciez à l'écot; je ne puis violer les lois de la chevalerie errante qui, je le sais de source certaine, dispensent les chevaliers de payer leurs dépenses dans les auberges où ils logent.

— Je n'ai rien à voir à cela, répondit l'hôte; que l'on me paye ce que l'on me doit, et laissons ces contes de chevalerie.

— Alors vous êtes un sot et un méchant hôtelier, » répliqua Don Quichotte.

Éperonnant aussitôt Rossinante et baissant sa lance, il sortit de l'auberge sans que personne s'y opposât. Puis, sans regarder si son écuyer le suivait, il prit une bonne avance.

L'hôtelier, le voyant partir, présenta le compte à Sancho Pança, qui répondit que, si son maître avait refusé de payer, il ne pouvait que l'imiter. L'hôte se fâcha tout rouge, déclarant à Sancho que, si on ne le payait pas, il saurait recouvrer le compte de façon qu'il en cuirait au débiteur. Sancho répondit que, par l'ordre de chevalerie qu'avait reçu son maître, il ne débourserait pas un maravédis, dût-il lui en coûter la vie.

Le triste sort du malheureux Sancho voulut que, parmi les gens qui logeaient dans l'hôtellerie, se trouvassent quatre ouvriers drapiers de Ségovie, aimant les jeux de mains. Mus soudain par la même pensée, ces braves gens s'approchèrent de Sancho, l'enlevèrent de dessus son âne, tandis que l'un d'eux apportait la couverture du lit de l'hôte. Après avoir placé l'écuyer sur la couverture, ils levèrent les yeux au plafond; le trouvant un peu bas pour le jeu qu'ils méditaient, ils sortirent dans la cour qui n'avait que le ciel pour limite. Là, posant Sancho bien au milieu, ils commencèrent à l'envoyer en l'air et à se jouer de lui comme d'un chien en temps de carnaval.

Les cris poussés par le malheureux berné furent si nombreux, qu'ils arrivèrent aux oreilles de son maître, qui s'arrêta pour écouter et crut qu'une nouvelle aventure lui arrivait. Il reconnut enfin clairement que ces cris sortaient du gosier de son écuyer; tournant bride aussitôt, il essaya de faire galoper Rossinante et se rapprocha de l'hôtellerie. Trouvant la porte fermée, il se mit à rôder pour chercher un moyen d'entrer; arrivé près du mur de la cour, à un endroit où il était peu élevé, il vit le mauvais tour que l'on jouait à son écuyer, qui montait et descendait dans les airs si vite et avec tant de grâce que Don Quichotte aurait certes ri s'il n'eût été en proie à la colère. Il s'efforça de grimper de sa selle sur le mur; par malheur, ses membres étaient si endoloris qu'il ne put même mettre pied à terre. Aussi, du haut de son cheval, commença-t-il à défier et à insulter ceux qui bernaient Sancho en termes si vifs qu'on ne peut les écrire. Mais, pour cela, les autres ne suspendirent ni leur jeu ni leurs éclats de rire, et le voltigeur Sancho ne cessait de se plaindre, tantôt avec des menaces, tantôt avec des prières qui demeurèrent sans résultat, jusqu'au moment où ses bourreaux se trouvèrent fatigués. Alors on amena l'âne, et plaçant l'écuyer dessus, on l'enveloppa de son manteau. La servante Maritornes, le voyant si exténué, alla lui chercher une jarre d'eau qu'elle tira du puits pour l'avoir plus fraîche. Sancho s'en empara, et il allait boire, lorsqu'il s'arrêta aux cris perçants que poussait son maître.

« Ne bois pas, fils Sancho ; ne bois pas cette eau qui te tuera, répétait le chevalier ; j'ai ici le saint baume — et il montrait la burette qui contenait le breuvage — dont deux gouttes suffiront pour te rétablir. »

A ces cris, Sancho tourna les yeux comme s'il louchait, et dit entre autres choses :

« Est-ce que par hasard Votre Grâce a oublié que je ne suis pas chevalier? Par tous les diables, qu'elle garde sa liqueur, et qu'elle me laisse en repos ! »

Prononcer ces paroles et boire fut tout un ; mais s'apercevant, à la première gorgée, que la jarre ne contenait que de l'eau, il ne poussa pas l'épreuve plus loin, et pria Maritornes de lui apporter du vin.

Après avoir bu, Sancho talonna son âne et s'éloigna satisfait de n'avoir pas payé et d'être sorti sans avoir manqué à sa résolution, bien que c'eût été aux dépens de ses répondantes ordinaires, c'est-à-dire ses épaules. Il est vrai que l'hôtelier gardait le bissac en payement de ce qu'on lui devait ; mais Sancho ne s'en aperçut pas, tant il était encore étourdi.

6

CHAPITRE XIV

*Où l'on raconte les propos échangés entre Sancho Pança et son maître Don Quichotte,
ainsi que d'autres aventures dignes d'être racontées.*

ANCHO, abattu et moulu au point d'a-
voir à peine la force de conduire son
âne, rejoignit son maître qui s'écria
en le voyant en cet état :

« Je commence à me persuader,
mon bon Sancho, que cette forteresse ou cette hôtellerie est enchantée. Que pouvaient être ceux qui ont
pris avec toi un si cruel passe-temps, sinon des fantômes ? Ce
qui me confirme dans cette idée, c'est qu'en regardant par-dessus
le mur chacun des actes de ta triste tragédie, il me fut impossible
de le franchir et moins encore de quitter la selle de Rossinante,
preuve évidente qu'on m'avait ensorcelé. Je te jure, par mes ancê-
tres, que si j'avais réussi à monter ou à descendre, je t'aurais vengé
de ces drôles et de ces malandrins.

— Moi aussi j'aurais voulu me venger, répondit Sancho, par
malheur je n'ai pas pu. Ce qu'il y a de sûr, c'est que ceux qui se
sont moqués de moi n'étaient ni des êtres enchantés ni des fantômes, comme le prétend Votre Grâce, mais des gens de chair et
d'os comme nous. Ainsi, señor, si vous n'avez réussi ni à franchir
la crête du mur, ni à descendre de cheval, cela ne vient pas d'enchantement. Ce qui ressort clairement pour moi de tout cela, c'est
que ces aventures que nous allons cherchant nous conduiront petit
à petit à de telles mésaventures que nous ne pourrons plus distinguer notre pied droit. Ce qu'il serait bon et sage de faire, à mon

humble avis, ce serait de nous en retourner au village, maintenant que voici l'époque de la moisson, et de nous occuper de nos récoltes plutôt que d'aller de mal en pis et de pis en mal.

— Que tu as peu d'expérience sur les incidents de la chevalerie, Sancho! répondit Don Quichotte. Tais-toi et patiente; un jour viendra où tu verras de tes propres yeux combien il est honorable d'exercer cette profession. Sinon, dis-moi s'il peut y avoir un plus grand bonheur au monde que de sortir vainqueur d'un combat? Quelle satisfaction peut égaler celle de triompher de ses ennemis? Aucune sans doute.

— C'est possible, répondit Sancho, mais je n'en sais rien. Ce que je sais, c'est que tout chevaliers errants que nous sommes, du moins Votre Grâce, — car pour moi je n'ai pas l'honneur d'être compté dans le nombre, — nous n'avons jusqu'ici été vainqueurs dans aucun combat, sauf dans la rencontre avec le Biscaïen, et encore Votre Grâce s'en est-elle tirée avec une moitié d'oreille et une moitié de salade en moins. Depuis ce jour, tout a été volée sur volée, coups de poing sur coups de poing, et je garde pour moi l'avantage d'avoir été berné par des personnes ensorcelées dont je ne puis me venger, afin de connaître jusqu'à quel point il est agréable de triompher de son ennemi, comme le dit Votre Grâce.

— C'est bien la peine que je ressens et que tu dois ressentir, Sancho, répondit Don Quichotte. Dorénavant, je ferai en sorte d'avoir en main une épée si bien fabriquée qu'on ne parviendra jamais à ensorceler celui qui la porte.

— Je suis si chanceux, dit Sancho, que, si la chose est vraie et que Votre Grâce rencontre une semblable épée, elle ne servira, comme le baume, qu'à ceux qui sont armés chevaliers : quant aux écuyers, qu'ils se frottent le ventre !

— Ne crois pas cela, Sancho, le ciel sera plus clément pour toi. »

Don Quichotte et Sancho marchaient tout en causant, lorsque le chevalier remarqua, sur le chemin qu'ils suivaient, un épais nuage de poussière qui semblait s'avancer vers eux.

« Voici le jour, Sancho, s'écria tout à coup Don Quichotte, où va se manifester le bien que la fortune me tient en réserve. Tu vois cette poussière qui s'élève là-bas? Eh bien! elle est produite par une armée nombreuse composée de diverses nations.

— A ce compte, il doit y en avoir deux, répliqua Sancho, car de l'autre côté j'aperçois un second nuage. »

Don Quichotte se retourna, et voyant que son écuyer disait vrai, il se réjouit beaucoup, croyant sans doute à l'approche de deux armées ennemies en marche et qui allaient se heurter dans cette immense plaine.

Or, la poussière qu'il voyait était soulevée par deux grands troupeaux de moutons qui, venant de lieux différents, avançaient l'un vers l'autre le long de cette route. On ne les distingua que lorsqu'ils commencèrent à se rapprocher. En attendant, Don Quichotte affirmait avec tant de conviction que c'étaient deux armées, que Sancho finit par le croire.

« Alors, dit il, qu'allons-nous faire, señor?

— Ce que nous allons faire? s'écria Don Quichotte, nous allons favoriser et aider les faibles et ceux qui ont besoin de nous! Il faut que je t'apprenne, Sancho, que ceux qui s'avancent vers nous sont conduits par le grand empereur Alifanfaron, seigneur de la grande île de Taprobane. En arrière vient son ennemi, le roi des Garamantes, Pentapolin à la manche retroussée, ainsi nommé parce qu'il combat le bras droit nu.

— Et pourquoi ces deux seigneurs s'en veulent-ils tant? demanda Sancho.

— Alifanfaron, répondit Don Quichotte, est un païen furibond qui s'est mis en tête d'épouser la fille de Pentapolin, belle et gracieuse damoiselle. Elle est chrétienne et son père ne veut pas la marier au roi païen, à moins que celui-ci ne renonce d'abord à la loi du faux prophète Mahomet.

— Par ma barbe! s'écria Sancho, Pentapolin a raison, et je l'aiderai autant que je pourrai.

— Tu feras en cela ce que tu dois, Sancho, répondit Don Quichotte; pour prendre part à de semblables batailles, il n'est pas nécessaire d'être armé chevalier.

— Je comprends, répondit Sancho. Mais où mettrons-nous l'âne pour être certain de le retrouver après la mêlée? Quant à m'y fourrer sur une pareille monture, je crois que jusqu'à présent cela n'a jamais été l'usage.

— Tu dis vrai, reprit Don Quichotte ; ce que tu peux faire de mieux, c'est de le laisser aller à l'aventure : qu'il se perde ou non, nous aurons tant de chevaux, après la victoire, que Rossinante lui même court risque d'être troqué. Mais regarde et écoute-moi avec attention ; je veux t'énumérer les principaux chevaliers qui se trou vent dans les deux armées. Afin que tu puisses les mieux voir, gravissons cette éminence qui se trouve là, et du haut de laquelle on doit découvrir les deux partis. »

Aussitôt dit aussitôt fait ; ils s'établirent sur une petite colline d'où l'on aurait bien vite reconnu les deux troupeaux que Don Quichotte prenait pour des armées, si des nuages de poussière n'eussent intercepté la vue. Cependant Don Quichotte, apercevant en imagination ce qui n'existait pas, dit à haute voix :

« Ce chevalier que tu vois là-bas, couvert d'armes dorées et dont l'écu porte un lion couronné, couché aux pieds d'une damoiselle, est le valeureux Laurcalco, seigneur du Pont-d'Argent. L'autre, aux armes semées de fleurs d'or, dont l'écu porte trois couronnes d'argent sur champ d'azur, est le terrible Micocolambo, grand duc de Quirocia. Celui qui marche à sa droite, et dont les membres sont gigantesques, est l'intrépide Brandabarbaran de Boliche, sei gneur des trois Arabies. Il est revêtu d'une peau de serpent, et son écu est une porte qui, d'après la renommée, est l'une de celles du temple renversé par Samson lorsqu'il mourut pour se venger de ses ennemis. Regarde de ce côté maintenant, et tu verras, devant toi, à la tête de l'autre armée, le vainqueur invaincu Timonel de Carcassonne, prince de la nouvelle Biscaye. Son armure est ornée de bandes bleues, vertes, blanches et jaunes, et son écu porte un chat sur un champ lionné, avec ce mot *Miau*, qui forme la première syllabe du nom de sa dame, l'incomparable Miaulina, dit-on, fille du duc Alfénique d'Algarbe. Cet autre qui charge et fatigue les reins d'une puissante jument, et dont les armes sont blanches comme la neige et l'écu sans devise, est un chevalier novice, Français de nation ; il se nomme Pierre Papin, seigneur des baronnies d'Utrique. »

Don Quichotte continua à désigner ainsi les nombreux chevaliers des armées qu'il croyait voir, leur donnant à tous des armes, des couleurs, des devises qu'il improvisait, inspiré par son incroyable folie. Sans reprendre haleine, il continua :

« Cet escadron, qui nous fait face, est composé de gens de diverses nations : voici les peuples qui boivent les douces eaux du Xante fameux ; les montagnards qui foulent les champs massiliens ; ceux qui criblent la fine poudre d'or dans l'Arabie heureuse; ceux qui habitent les fraîches et célèbres rives du clair Thermodon; ceux qui divisent et entraînent dans une multitude de canaux le cours du Pactole doré. Voici les Numides aux promesses perfides; les Perses renommés pour leurs arcs et leurs flèches ; les Parthes et les Mèdes qui combattent en fuyant; les Arabes aux tentes mobiles; les Scythes cruels à la peau blanche; les Éthiopiens aux lèvres percées, et mille autres nations dont je connais et vois les visages, bien que je ne puisse me souvenir de leurs noms. »

Que de provinces énuméra Don Quichotte! Que de nations il nomma, donnant à chacune, avec une rapidité merveilleuse, les attributs qui lui appartenaient, tant il était imbu des récits qu'il avait lus dans ses livres menteurs! Sancho Pança écoutait, bouche béante, les paroles de son maître, ne soufflait mot et tournait de temps en temps la tête pour voir s'il apercevait les chevaliers et les géants si bien décrits. Comme il n'en voyait aucun, il s'écria :

« Je veux être écorché vif, señor, si un seul homme, un seul géant, un seul chevalier de ceux que vous nommez se montre par ici! Ce sont là des enchantements du genre des fantômes de cette nuit.

— Comment peux-tu proférer une telle énormité? répondit Don Quichotte ; n'entends-tu pas le hennissement des chevaux, le bruit des trompettes, le roulement des tambours?

— Je n'entends autre chose, répondit Sancho, que de nombreux bêlements de moutons et de brebis. »

Ce qui était vrai, les deux troupeaux commençant à se rapprocher.

« La peur que tu ressens, ami Sancho, reprit Don Quichotte, t'empêche de voir ou d'entendre. Si tu éprouves la moindre crainte, retire-toi à l'écart et laisse-moi seul ; mon bras suffira pour donner la victoire au parti que je soutiendrai. »

Il éperonna aussitôt Rossinante, et, la lance en arrêt, descendit, rapide comme la foudre, le versant de la colline.

Sancho lui criait de toutes ses forces :

« Revenez, señor Don Quichotte, que Votre Grâce revienne, au nom de Dieu ! Ce sont des moutons et des brebis qu'elle va combattre. Il n'y a ni géants, ni chevaliers, ni chat, ni armures, ni écus soit rompus, soit entiers, ni verres bleus, ni endiablés. Que faites-vous? Ah! pauvre pécheur que je suis! »

Don Quichotte ne se retourna même pas; il avançait, criant à haute voix :

« Holà, chevaliers qui combattez sous les ordres du vaillant empereur Pentapolin, suivez-moi tous, et vous verrez avec quelle facilité je le vengerai de son ennemi Alifanfaron de Taprobane ! »

A ces mots, il pénétra dans l'escadron des brebis et commença à les frapper de sa lance avec autant de courage et d'audace que

s'il eût véritablement frappé de mortels ennemis. Les bergers qui
conduisaient les troupeaux lui criaient de se tenir en repos. Voyant
qu'il ne les écoutait pas, ils déroulèrent leurs frondes et commen -
cèrent à lui saluer les oreilles de pierres grosses comme le poing.
Don Quichotte n'y prit garde et continua son carnage en criant :

« Où es-tu, orgueilleux Alifanfaron? Viens à moi, je ne suis
qu'un chevalier et je désire me mesurer avec toi, afin d'éprouver ta
force et de t'ôter la vie pour punir tes outrages envers Pentapolin
de Garamante ! »

En ce moment, une dragée de rivière vint le frapper au côté et
lui rentrer deux côtes dans le corps. Sentant le mauvais coup, il se
crut sans doute mort ou grièvement blessé, et, se rappelant son
baume, il saisit sa burette, la porta à sa bouche et commença à
boire. Avant qu'il eût fini de s'administrer la dose de liquide qu'il
jugeait nécessaire, une seconde amande arriva et frappa si en plein
la main qui tenait la burette qu'elle brisa celle-ci, lui écrasa deux
doigts et lui rompit en chemin deux ou trois dents. Telle fut la
violence du premier et surtout du second coup, que le pauvre chevalier roula à bas de sa monture. Les pâtres s'approchèrent et crurent l'avoir tué. Ils rassemblèrent leurs troupeaux à la hâte, puis,
se chargeant des sept ou huit victimes, ils reprirent leur route sans
demander leur reste.

Durant tout ce temps, Sancho contemplait les folies de son
maître du haut de l'éminence, et il s'arrachait la barbe, maudissant
l'heure et le lieu où la fortune le lui avait fait connaître. Voyant les
bergers partis et Don Quichotte étendu sur le sol, il descendit de la
colline et le trouva dans un piteux état, quoiqu'il n'eût pas perdu
connaissance.

« Ne vous disais-je pas, señor Don Quichotte, s'écria-t-il, que
ceux que vous alliez combattre n'étaient pas des armées, mais bien
des troupeaux de moutons ?

— C'est ainsi, répondit Don Quichotte, que ce gredin d'enchanteur, mon ennemi, peut faire apparaître et métamorphoser les
choses. Sache, Sancho, que rien n'est plus facile pour ces brigands
que de nous montrer ce qu'ils veulent, et le malin sage qui me
persécute, envieux de la gloire que j'allais acquérir dans ce combat,

a changé les escadrons ennemis en troupeaux de brebis. Par ma
vie ! si tu en doutes, Sancho, monte sur ton âne, suis les troupeaux, et tu verras qu'une fois éloignés d'ici ils se transformeront,
et de brebis redeviendront des hommes faits et vêtus de la façon
dont je te les ai décrits. Mais n'y va pas tout de suite, j'ai besoin
de ton aide et de tes secours. Approche-toi et regarde combien il
me manque de dents et de molaires ; il me semble qu'il ne m'en
reste pas une dans la bouche. »

Sancho courut d'abord à son âne, afin de prendre dans le bissac
de quoi panser le blessé, mais il faillit perdre l'esprit en ne retrou-
vant pas ses provisions. Il maudit de nouveau Don Quichotte, se
proposa intérieurement de l'abandonner et de retourner au village,
dût-il renoncer au salaire des jours durant lesquels il l'avait servi,
voire à l'espérance de gouverner l'île promise.

Don Quichotte se leva ; se couvrant la bouche de la main gauche
pour retenir ses dents, il saisit de la droite les rênes de Rossinante
qui, tant il était loyal et de bonne composition, n'avait pas bougé
d'auprès de son maître. Le chevalier se dirigea alors vers son écuyer
qui, la poitrine appuyée contre son âne et la main sur la joue,
demeurait immobile dans une attitude pensive. Le voyant si abattu,
Don Quichotte lui dit :

« Apprends, Sancho, qu'un homme ne vaut pas plus qu'un
autre tant qu'il n'a pas fait davantage. Toutes ces bourrasques
qui nous arrivent sont des signes précurseurs du beau temps. Ne
t'afflige donc pas sur les malheurs qui peuvent m'arriver, puisque
tu n'en prends pas ta part.

— Comment ! s'écria Sancho, est-ce que par hasard celui qui a
été berné hier est un autre que le fils de mon père ? Le bissac qui
me manque aujourd'hui, et qui renfermait mes bijoux, apparte-
nait-il à un autre qu'à moi ?

— Quoi ! le bissac est perdu, Sancho ? demanda Don Quichotte.

— Il est perdu, répondit Sancho.

— De façon, reprit son maître, que nous n'avons rien à manger
aujourd'hui.

— Il en serait ainsi, répondit Sancho, si les plantes que Votre
Grâce prétend connaître, et dont se repaissent les malencontreux

chevaliers errants qui lui ressemblent, ne poussaient pas dans ces prairies.

— J'avoue, répondit Don Quichotte, que je préférerais en ce moment un morceau de pain bis et deux harengs à toutes les plantes décrites par Dioscoride. En attendant, monte sur ton âne, mon bon Sancho, et suis-moi. Dieu, le grand pourvoyeur de la nature, ne nous oubliera pas, nous qui pouvons nous considérer comme étant à son service, lorsque nous le voyons nourrir les mouches de l'air, les vers de terre, et les têtards de l'eau.

— Bon! dit Sancho, et qu'il en soit ainsi que le prétend Votre Grâce. Pour le quart d'heure, allons-nous-en d'ici, afin de chercher un gîte pour la nuit, et Dieu veuille que ce soit dans un endroit où il n'y aura ni couverture, ni berneurs, ni fantômes, ni Maures enchantés, car si nous en rencontrons, je donne au diable le manche et la cognée.

— Demande-le toi-même à Dieu, répondit Don Quichotte, et conduis-nous où tu voudras; je veux, pour aujourd'hui, que tu nous choisisses toi-même un abri. Mais donne ici ta main, tâte avec le doigt, et dis-moi combien il me manque de dents du côté droit de la mâchoire supérieure, où je ressens une grande douleur.

— Combien de dents Votre Grâce avait-elle l'habitude d'avoir de ce côté? demanda Sancho, après avoir tâté.

— Quatre, répondit Don Quichotte, sans compter les deux de sagesse, et toutes saines et entières.

— Que Votre Grâce réfléchisse bien à ce qu'elle dit, répliqua Sancho

— Je dis quatre et plutôt cinq, répondit Don Quichotte; de ma vie on ne m'a sorti ni dent ni molaire de la bouche, et aucune n'est tombée par cause de carie ou de rhumatisme.

— Ici en bas, dit Sancho, Votre Grâce n'a plus que deux dents et demie; en haut, pas même une demie; la gencive est aussi unie que la paume de ma main.

— Malheureux que je suis! s'écria Don Quichotte en apprenant la triste nouvelle que lui donnait son écuyer; je préférerais avoir perdu un bras, pourvu que ce n'eût pas été celui qui tient l'épée. Voilà à quels accidents sont exposés ceux qui professent l'ordre

étroit de la chevalerie. Monte sur l'âne, ami, et je te suivrai au pas
que tu voudras. »

Sancho obéit, et se dirigea du côté où il espérait trouver un gîte,
sans abandonner la grande route très-fréquentée en cet endroit.
Ils avançaient avec lenteur, la douleur que Don Quichotte ressentait
aux mâchoires l'empêchant de s'occuper de Rossinante et de le
presser.

CHAPITRE XV

Des propos échangés entre Sancho Pança et son maître; puis de l'aventure qui arriva à Don Quichotte avec un corps mort, ainsi que d'autres événements fameux.

 L me semble, señor, dit Sancho, que ces mésaventures qui nous arrivent depuis quelques jours doivent être la peine du péché commis par Votre Grâce contre l'ordre de la chevalerie, car vous avez manqué à votre serment de ne pas manger pain sur nappe et tout ce qui s'ensuit, jusqu'au moment où vous auriez enlevé l'armet de Malandrin, je crois... je ne me rappelle pas bien du nom de ce Maure.

— Tu as raison, Sancho, répondit Don Quichotte; à vrai dire, ce serment m'était sorti de la mémoire. Tu peux être certain que c'est pour ne pas me l'avoir rappelé à temps que tu as eu affaire à la couverture.

— Avais-je par aventure juré quelque chose? demanda Sancho.

— Il n'est pas nécessaire que tu jures toi-même, répondit Don Quichotte; il suffit que tu m'entendes jurer pour participer à mon serment; en tout cas, il sera bon de prendre nos précautions. »

La nuit les surprit durant cette conversation, au milieu du chemin, sans qu'ils vissent d'endroit où se réfugier. Marchant de cette façon au milieu des ténèbres, l'écuyer affamé et le maître avec grande envie de manger, ils virent se diriger vers eux, par le même chemin, une multitude de lumières qui ressemblaient à des étoiles mobiles. Sancho s'épouvanta à cette vue, et Don Quichotte

se sentit troublé. L'un tira le licou de son âne, l'autre les rênes de
son roussin, et ils se tinrent cois, regardant avec attention, sans
deviner ce que pouvait être cette vision.

« A n'en pas douter, Sancho, dit Don Quichotte, voici une périlleuse aventure où je vais avoir besoin de tout mon courage.

— Malheureux que je suis! s'écria Sancho, si c'est une aventure
de fantômes, où sont les côtes qui pourront la supporter?

— Si fantômes qu'ils soient, répondit Don Quichotte, je ne
souffrirai pas qu'ils touchent un seul fil de tes habits.

— Et si l'on vous ensorcelle et qu'on vous rende immobile
comme la dernière fois? répondit Sancho.

— Malgré tout, Sancho, je te prie d'avoir bon courage.

— J'en aurai, s'il plaît à Dieu, » répondit l'écuyer.

Se plaçant sur un des côtés du chemin, ils cherchèrent à deviner
de nouveau ce que pouvaient être ces lumières mobiles. Au bout

d'un instant, ils découvrirent un grand nombre d'hommes en chemise, effrayante apparition qui acheva d'anéantir le courage de Sancho Pança, dont les dents commencèrent à s'entre-choquer comme celles d'un fiévreux. Sa peur et son claquement de dents s'accrurent lorsqu'il vit de plus près vingt hommes en longues chemises, tous à cheval, une torche enflammée à la main, derrière lesquels venait une litière tendue de noir suivie de six cavaliers vêtus de deuil jusqu'aux pieds de leurs mules, — car le pas lent et tranquille dont ils marchaient prouvait que leurs montures n'étaient pas des chevaux. Les fantômes semblaient se parler entre eux d'une voix basse et plaintive.

Cette étrange apparition, à une telle heure, dans un lieu si désert, était plus que suffisante pour faire pénétrer la peur jusqu'au cœur de Sancho et même dans celui de son maître. L'écuyer se sentait au comble de la terreur, lorsqu'une réaction s'opéra chez Don Quichotte, qui crut tout à coup voir en action une des aventures racontées dans ses livres. Il se figura que la litière était un brancard sur lequel on portait un chevalier grièvement blessé ou mort, et qu'il lui était réservé de venger. Sans prononcer un mot, il mit sa lance en arrêt, s'affermit sur sa selle, et, plein de courage, se planta au milieu du chemin sur lequel avançaient les fantômes. Aussitôt qu'il les vit approcher, il cria :

« Arrêtez, chevaliers, qui que vous soyez, et faites-moi savoir qui vous êtes, d'où vous venez, où vous allez, et ce que vous portez sur ce brancard ?

— Nous sommes pressés, répondit un des fantômes, l'hôtellerie est encore éloignée, et nous ne pouvons nous arrêter pour répondre à vos questions. »

En même temps, il piqua sa mule et passa outre. Blessé de cette réponse, Don Quichotte saisit la mule par le frein et s'écria :

« Arrêtez ! soyez plus courtois, et rendez-moi compte de ce que je veux savoir, ou apprêtez-vous à me livrer bataille. »

La mule était ombrageuse ; en se sentant saisie par le frein, elle se dressa sur ses pieds, et le cavalier roula de la croupe par terre. Un valet, qui marchait à pied, voyant tomber son maître, injuria Don Quichotte. Celui-ci, déjà en colère, n'attendit rien de plus,

fondit sur un des hommes en deuil, qu'il renversa d'un coup de
lance, puis se jeta au milieu des autres. C'était un spectacle mer-

veilleux de voir comment il les attaquait : on eût cru, en cet
instant, que des ailes avaient poussé à Rossinante, tant il se
retournait avec légèreté et orgueil. Les fantômes blancs étaient
gens craintifs et sans armes; aussi abandonnèrent-ils vite la partie pour fuir à travers champs avec leurs torches allumées. Les
fantômes noirs, embarrassés par les longs plis de leurs robes, se
trouvaient gênés ; aussi Don Quichotte put-il, sans aucun péril, les
bâtonner tous, car tous croyaient avoir affaire non pas à un homme,
mais à un diable envoyé par l'enfer pour leur enlever le corps
qu'ils emmenaient dans la litière.

Sancho regardait la scène, émerveillé de l'ardeur de son maître.

« A n'en pas douter, se répétait-il, mon maître est réellement
aussi courageux qu'il le prétend. »

Une torche qui continuait à brûler sur le sol, près du cavalier tombé de la mule, permit à Don Quichotte d'apercevoir le blessé. Notre chevalier s'approcha, posa la pointe de sa lance sur la gorge du vaincu et lui intima l'ordre de se rendre, s'il ne voulait être tué.

« Je suis déjà assez rendu, répondit le cavalier désarçonné ; j'ai la jambe cassée et ne puis bouger. Faites attention toutefois que je suis licencié.

— Étant homme d'église, reprit Don Quichotte, qui diable vous a amené ici ?

— Qui, señor ? répliqua le vaincu, mon malheur.

— Un plus grand encore vous menace, répliqua Don Quichotte, si vous ne répondez à tout ce que je vous ai demandé.

— Votre Grâce sera promptement satisfaite, répondit le blessé ; qu'elle sache donc que je viens de la ville de Baésa, ainsi que les onze autres ecclésiastiques qui fuient là-bas avec leurs torches, et nous nous rendons à Ségovie, accompagnant le corps d'un gentilhomme que l'on porte dans cette litière.

— Et qui l'a tué ? demanda Don Quichotte.

— Dieu, à l'aide d'une fièvre putride, répondit le bachelier.

— De cette façon, reprit Don Quichotte, la Providence m'épargne la peine que j'aurais dû me donner pour venger ce trépassé, si tout autre que Dieu l'eût tué. Mais je veux apprendre à Votre Révérence que je suis un chevalier de la Manche nommé Don Quichotte, et que ma profession est d'aller par le monde redressant les torts et vengeant les injustices.

— Je ne sais comment vous redressez les torts, dit le bachelier ; pour ma part, de droit que j'étais, vous m'avez fait tordu. Je supplie Votre Grâce, seigneur redresseur de torts qui m'avez si mal redressé, de m'aider à me retirer de dessous cette mule qui me presse la jambe entre la selle et l'étrier.

— J'aurais pu parler jusqu'à demain, s'écria Don Quichotte ; qu'attendiez-vous pour me dire votre peine ? »

Il cria aussitôt à Sancho Pança d'approcher ; mais celui-ci se garda d'obéir, occupé qu'il était à dégarnir le bât d'un mulet

7

chargé de provisions que ces bonnes gens emportaient avec eux.
Sancho fit un sac de son manteau, recueillant tout ce qu'il put

trouver dans les poches du bât, et en chargea son âne. Il accourut
ensuite aux cris de son maître, l'aida à retirer le pauvre bachelier
de dessous la mule, et, le remettant en selle, lui rendit sa torche.
Alors Don Quichotte engagea le blessé à rejoindre ses compagnons,
et le pria de leur demander pardon du tort qu'il leur avait involon-
tairement causé.

« Si ces bons seigneurs, dit aussi Sancho, veulent savoir le nom
du vaillant chevalier qui les a mis en tel état, que Votre Grâce leur
dise que c'est le fameux Don Quichotte de la Manche, nommé aussi
le Chevalier de la Triste-Figure.

Le bachelier partit, et Don Quichotte demanda à Sancho ce qui
lui avait inspiré l'idée, cette fois plutôt qu'une autre, de le nommer
Chevalier de la Triste-Figure.

« Je vous avouerai, répondit Sancho, que je vous ai regardé un
instant à la lueur de la torche que portait ce malheureux, et en
vérité Votre Grâce a la plus mauvaise mine que j'aie jamais vue.
Cela tient, je crois, à la fatigue du combat ou à la perte de vos
dents.

— Tu te trompes, reprit Don Quichotte ; il aura paru au sage
qui s'est chargé d'écrire l'histoire de mes exploits, qu'il serait bon
que je prisse un surnom, à l'exemple de tous les chevaliers passés,
dont l'un se nommait de l'Ardente-Épée, l'autre de la Licorne,
celui-ci des Damoiselles, celui-là du Phénix, cet autre du Griffon

ou de la Mort. Je suis donc persuadé que le savant en question t'aura inspiré la pensée de me qualifier de Chevalier de la Triste-Figure, nom que j'adopte dès aujourd'hui, et afin qu'il me convienne mieux encore, j'ai l'intention de faire peindre sur mon écu, à la première occasion, une très-triste figure.

— Il n'est pas nécessaire, señor, de dépenser du temps et de l'argent à faire peindre cette figure ; Votre Grâce pourra se contenter de montrer la sienne de face à ceux qui la regarderont. »

Don Quichotte se mit à rire de la plaisanterie de Sancho ; mais il persista dans son intention de garder le surnom et de faire orner son bouclier d'une figure triste.

Avant de s'éloigner, il voulut voir le corps qui venait dans la litière. Sancho s'y opposa en disant :

« Votre Grâce, señor, a terminé cette périlleuse aventure avec plus de bonheur qu'aucune autre de celles auxquelles j'ai assisté ; ces gens, bien que vaincus et dispersés, pourraient réfléchir qu'ils n'ont eu affaire qu'à une seule personne, et, honteux de leur fuite, se réunir, nous poursuivre et prendre leur revanche. L'âne est en état convenable, la montagne est proche, la faim se fait sentir, retirons nous au grand trot, et, comme on dit, que le mort aille à la sépulture et le vivant au pain. »

Puis, entraînant son grison, il pria de nouveau son maître de l'imiter. Don Quichotte, convaincu que Sancho avait raison, le suivit. Après avoir cheminé entre deux collines, ils débouchèrent à l'improviste dans une vallée spacieuse où ils mirent pied à terre. Sancho soulagea l'âne des vivres, et les deux aventuriers, étendus sur l'herbe verte, avec la faim pour sauce, déjeunèrent, goûtèrent, dînèrent, soupèrent sans désemparer, satisfaisant leurs estomacs avec des viandes froides dont les bons prêtres qui accompagnaient le défunt avaient pourvu leur mulet. Mais il leur arriva une aventure que Sancho tint pour la plus malheureuse de toutes : ils n'avaient pas de vin à boire, pas même d'eau pour se rincer la bouche. Tourmenté par la soif, Sancho, voyant que la prairie était couverte d'herbe fine et verte, dit ce qu'on lira dans le chapitre suivant.

CHAPITRE XVI

De la merveilleuse aventure que, sans péril, Don Quichotte mena à bien, aventure telle que jamais chevalier fameux n'en eut de pareille.

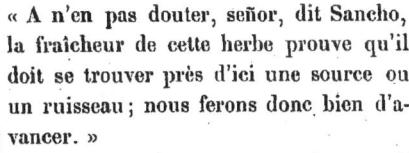 « A n'en pas douter, señor, dit Sancho, la fraîcheur de cette herbe prouve qu'il doit se trouver près d'ici une source ou un ruisseau ; nous ferons donc bien d'avancer. »

Don Quichotte, trouvant le conseil bon, prit la bride de Rossinante, tandis que Sancho, après avoir chargé le grison des restes du souper, le tirait par le licou. Ils avaient à peine parcouru deux cents pas, lorsque le fracas d'une chute d'eau parvint jusqu'à eux. Ce bruit agréable les réjouit, ils s'arrêtèrent pour écouter de quel côté il venait ; mais ils furent surpris d'entendre un autre son qui diminua leur joie, surtout celle de Sancho, naturellement peu courageux. Il semblait que l'on frappait en mesure de grands coups avec accompagnement de cliquetis de chaînes de fer, vacarme auquel se mêlait le bruit du torrent, et assez étrange pour remplir de crainte tout autre cœur que celui de Don Quichotte. La solitude, le lieu, l'obscurité, le bruit de l'eau, le murmure des feuilles, tout contribuait donc à épouvanter les chercheurs d'aventures qui, en outre, continuaient à entendre résonner les coups mystérieux et le vent gémir. Don Quichotte, soutenu par son cœur intrépide, sauta sur Rossinante, embrassa son bouclier, saisit sa lance et s'écria :

« Tu sais, ami Sancho, que le ciel a voulu que je naquisse dans notre âge de fer pour rétablir l'âge d'or sur la terre. Je veux accomplir en ce siècle, où je suis né, tant de prouesses, tant d'étranges faits d'armes, qu'ils dépasseront ce qui a jamais été fait. Remarque, écuyer fidèle et loyal, les ténèbres de la présente nuit, son silence singulier, le murmure sourd et confus de ces arbres, le bruit terrible de cette eau à la recherche de laquelle nous sommes venus et qui semble tomber du haut des montagnes immenses de la lune. Eh bien ! ce que je viens de t'énumérer est un excitant qui réveille mon courage ; depuis longtemps mon cœur bat du désir d'entreprendre cette aventure, si difficile qu'elle paraisse. Resserre donc les sangles de Rossinante, Sancho, et demeure ici avec Dieu. Tu m'attendras pendant trois jours ; si, au bout de ce temps, tu ne me vois pas reparaître, tu pourras retourner à notre village, et de là te rendre au Toboso, où tu raconteras à l'incomparable Dulcinée, ma souveraine, que son chevalier captif est mort en voulant entreprendre des exploits qui le rendissent digne d'elle. »

En entendant les paroles de son maître, Sancho se mit à pleurer de tout son cœur.

« Señor, s'écria-t-il, je ne sais pourquoi Votre Grâce veut se jeter dans cette terrible aventure ; il est nuit, personne ne nous voit, nous pouvons donc très-bien retourner en arrière et fuir le péril, dussions-nous ne pas boire d'ici à trois jours. Et puisque nous sommes seuls, nul ne pourra nous appeler lâches. Il ne faut pas tenter Dieu et s'obstiner à entreprendre une aventure effrayante d'où l'on ne peut échapper que par miracle. Il suffit de ceux que le ciel a déjà faits pour Votre Grâce en vous préservant d'être berné comme je l'ai été. Si ces raisons n'émeuvent pas votre cœur endurci, qu'il s'attendrisse au moins en pensant que, Votre Grâce partie, la peur me fera aussitôt donner mon âme à celui qui voudra l'emporter.

— Ni à présent ni dans aucun temps, reprit Don Quichotte, on ne pourra dire de moi que des larmes et des supplications m'aient empêché de remplir mes devoirs de bon chevalier. Je te prie donc de te taire, Sancho, et de m'attendre ici. Mort ou vif, je serai promptement de retour. »

Voyant son maître si résolu, Sancho eut recours à son esprit inventif pour tenter de le retenir jusqu'à l'aube. A cet effet, au moment où l'écuyer resserrait les sangles de Rossinante, il lia tout

doucement les deux jambes du cheval à l'aide du licou de l'âne, de
façon que, lorsque Don Quichotte voulut partir, Rossinante entravé
ne put avancer que par sauts. Sancho Pança, content du résultat
de sa supercherie, s'écria :

« Voyez, señor ! Le ciel, ému par mes larmes, ordonne que Rossinante reste immobile ; si vous persistez à l'éperonner, ce sera
tenter la fortune et, comme on dit, donner du poing contre l'aiguillon. »

Don Quichotte se désespérait ; il avait beau éperonner son cheval,
il ne réussissait pas à le faire bouger. Sans soupçonner le lien qui
retenait la pauvre bête, il se détermina à attendre que le jour parût,
ou que Rossinante pût avancer. Loin de supposer que l'immobilité
de son coursier venait de la malice de son écuyer, il lui dit :

« Puisqu'il en est ainsi, Sancho, et que Rossinante est incapable de remuer, je me résous à attendre les sourires de l'aurore. »

Lorsque Sancho vit que le jour ne pouvait tarder à paraître, il
délia les pieds du cheval. A peine libre, Rossinante, qui, par
caractère, n'était rien moins que fougueux, s'égaya et commença à
battre des pieds, car pour les courbettes, qu'il me pardonne ma
franchise, il ne savait pas les faire. Don Quichotte, sentant que
son cheval pouvait enfin bouger, crut voir là un bon augure et

un signe que l'heure était venue d'entreprendre la terrible aventure.

Peu à peu, le jour éclaira distinctement les alentours, et notre chevalier reconnut qu'il se trouvait sous de hauts châtaigniers dont l'ombre est toujours épaisse. Les coups ne cessaient de résonner, et Don Quichotte, ne réussissant pas à découvrir la cause du bruit, éperonna Rossinante, fit de nouveau ses adieux à Sancho et lui rappela l'ambassade dont il l'avait chargé pour sa dame Dulcinée. Enfin, touchant la question des gages, il engagea Sancho à ne pas s'en mettre en peine, attendu qu'il avait fait un testament par lequel il ordonnait de payer son écuyer au prorata du temps qu'ils auraient passé ensemble.

En écoutant les tristes paroles de son bon maître, Sancho pleura de nouveau et prit la résolution de ne l'abandonner qu'à la dernière extrémité. De ces larmes et de cette honorable résolution, l'auteur de cette histoire conclut que l'écuyer devait être bien né, ou pour le moins un vieux chrétien.

Sancho suivit à pied son maître, tirant, selon sa coutume, le licou du grison, perpétuel compagnon de sa bonne et de sa mauvaise fortune. Après avoir marché assez longtemps sous des châtaigniers et des arbres au sombre feuillage, ils débouchèrent dans une petite prairie, au pied de rochers du haut desquels se précipitait un torrent. A la base des rochers, se dressaient quelques pauvres maisons d'où s'échappait le bruit formidable qui ne cessait de retentir. Rossinante s'effraya du vacarme produit par l'eau et par les coups; Don Quichotte, l'apaisant, s'approcha peu à peu des maisons. Sancho ne le quittait pas d'un pouce, allongeait le cou, regardait entre les jambes de Rossinante et cherchait à découvrir ce qui le tenait si inquiet et si craintif. Ils franchirent une centaine de pas de plus, et, à un détour, apparut, à découvert et patente, la cause de l'horrible et épouvantable vacarme qui, toute la nuit, avait causé tant d'effroi aux aventuriers. Et c'était, — ô lecteur! ne te fâche pas, ne te dépite pas, — six marteaux de moulins à foulon qui, s'abattant à tour de rôle, produisaient le tapage.

A cette vue, Don Quichotte demeura muet et la surprise le paralysa complétement. Sancho le regarda et vit qu'il se tenait la tête

inclinée sur la poitrine, comme un homme honteux. De son côté,
Don Quichotte regarda Sancho et vit qu'il avait les joues gonflées

et pouffait d'envie de rire, avec des signes évidents de vouloir en
crever. En dépit de sa mélancolie, le chevalier ne put s'empêcher
de rire lui-même de la mine de Sancho qui, voyant l'exemple
donné par son maître, lâcha la bonde et dut bientôt se tenir les
côtes pour ne pas étouffer. Quatre fois il se calma, et quatre fois il
reprit son rire avec la même impétuosité, ce qui fit que Don Quichotte se donna au diable, surtout lorsqu'il entendit son écuyer
s'écrier d'un ton moqueur :

« Il faut que tu saches, ô Sancho, mon ami, que je suis né par la
volonté du Ciel dans notre âge de fer pour ressusciter l'âge doré. Je
suis celui pour lequel ont été réservés les périls, les hauts faits, les
vaillants exploits. »

Et l'écuyer répéta une à une les paroles prononcées par Don Quichotte, lorsqu'il avait entendu le bruit formidable des marteaux. Le
chevalier, voyant Sancho se moquer de lui, devint plus honteux, et
se mit si bien en colère, qu'il leva sa lance et appliqua deux coups
de manche à son écuyer. Sancho, ainsi puni de sa moquerie, crai-
gnit que Don Quichotte n'allât plus loin, et lui dit avec humilité :

« Que Votre Grâce s'apaise, ne voit-elle pas que je plaisante? »

— Et c'est parce que vous plaisantez que je ne plaisante pas, répondit Don Quichotte. Venez ici, señor plaisant; croyez-vous que,
s'il s'était agi d'une aventure périlleuse aussi bien qu'il s'agit de
marteaux, je n'aurais pas montré le courage nécessaire pour l'en-

treprendre et la mener à bien? Si j'ai tort, faites que ces six marteaux se changent en géants, puis jetez-les moi à la face un à un
ou tous ensemble, et si je ne les renverse tous, les jambes en l'air,
plaisantez sur moi tant que vous voudrez.

— Qu'il n'en soit plus question, mon bon señor, répliqua Sancho, je confesse que j'ai été trop loin. Mais que Votre Grâce me
dise, à présent que nous sommes en paix, — et que Dieu vous sorte
de toutes les aventures aussi sain et sauf que de celle-ci ! — que
Votre Grâce me dise donc s'il n'y a pas matière à rire et à raconter
dans cette grande peur que nous avons eue, — moi, du moins, car
je sais que Votre Grâce ne connaît ni la peur ni la crainte.

— Je ne nie pas, répondit Don Quichotte, que l'aventure qui
nous est arrivée ne prête à rire, seulement elle ne mérite pas d'être
racontée, attendu que tout le monde n'est pas assez discret pour
mettre les choses à leur véritable point de vue.

— Au moins, répondit Sancho, Votre Grâce a su mettre le manche de sa pique à point, puisque, me visant la tête, elle m'a attrapé
les épaules, grâce à Dieu et à la vivacité avec laquelle je me suis
jeté de côté. Mais tout se blanchit avec la lessive, et je connais le
proverbe : « Il t'aime bien celui qui te fait pleurer. » Les grands
seigneurs, après de mauvaises paroles adressées à leurs serviteurs,
ont coutume de leur donner des chausses ; quant aux chevaliers errants, après les coups de bâton, ils doivent donner au moins une île
ou un royaume en terre ferme.

— Les dés pourraient nous favoriser de telle sorte, répondit Don
Quichotte, que ce que tu dis devînt vrai. Pardonne le passé ; tu es
fin et tu sais que nous ne sommes pas maîtres de nos premiers
mouvements. A l'avenir, sois averti qu'il est bon que tu t'abstiennes
de tant causer avec moi ; dans le nombre infini de livres de chevalerie que j'ai lus, je n'ai jamais vu un écuyer parler autant avec
son maître que toi avec le tien. Ainsi donc, Sancho, à dater d'aujourd'hui, nous nous traiterons avec plus de cérémonie, sans prendre trop de licence. Car, de toute façon, si je me fâche contre toi, ce
sera toujours tant pis pour la cruche. Les grâces et les faveurs que
je t'ai promises arriveront en leur temps, et si elles n'arrivent pas,
le salaire ne sera pas perdu, comme tu le sais déjà.

— Tout ce que dit Votre Grâce est fort bon, répliqua Sancho ; mais je voudrais savoir, pour le cas où le temps des faveurs n'arriverait pas, et où il faudrait se contenter bonnement d'un salaire, combien gagnait un écuyer de chevalier errant dans les époques passées. S'engageait-il au mois ou au jour, comme les gâcheurs qui aident les maçons ?

— Je ne crois pas, répondit Don Quichotte, que ces écuyers fussent à gages, mais bien à merci. Et si je t'ai couché sur le testament que j'ai laissé chez moi, c'est dans le doute de ce qui pourrait arriver. Ne sachant pas à quel point la chevalerie errante peut réussir dans nos temps calamiteux, je ne voulais pas mettre mon âme en peine dans l'autre monde ; car je veux que tu saches, Sancho, qu'il n'y a pas d'état plus périlleux que celui de chercheur d'aventures.

— C'est la vérité, répondit Sancho, puisque le bruit des marteaux d'un moulin à foulon a pu troubler le cœur d'un aussi valeureux aventurier errant que l'est Votre Grâce. Soyez assuré que dorénavant je n'ouvrirai jamais les lèvres pour plaisanter sur les actions de Votre Grâce, mais au contraire pour l'honorer comme mon maître et seigneur naturel.

— De cette façon, répondit Don Quichotte, tu vivras longtemps sur la terre, car, après les pères, on doit, à leur égal, respecter les maîtres. »

CHAPITRE XVII

Qui traite de la grande aventure et riche conquête de l'armet de Mambrin et d'autres
choses arrivées à notre invincible chevalier.

 N ce moment, il commença à pleuvoir légère-
ment, et Sancho eût voulu se réfugier dans
les moulins à foulon. Don Quichotte, qui
avait pris les fouleries en haine par suite de
la méprise dont elles étaient cause, refusa de
s'y abriter. Aussi, s'engageant sur un chemin
qui se trouvait à sa droite, déboucha-t-il sur
une route semblable à celle qu'il avait suivie
quelques jours auparavant. Un peu plus loin,
notre chevalier aperçut un cavalier qui portait sur la tête un objet
aussi luisant que s'il eût été d'or. A peine l'eut-il vu, qu'il se tourna
vers Sancho et lui dit :

« Il me semble, Sancho, qu'il n'y a pas de proverbe qui ne soit
vrai, car ce sont des sentences tirées de l'expérience, mère de toutes les sciences. Ainsi, celui qui affirme que, lorsqu'une porte se

ferme, une autre s'ouvre, me paraît des plus justes. Je dis cela, parce que, si je ne me trompe, voici un homme qui vient vers nous coiffé de l'armet de Mambrin, au sujet duquel j'ai prêté le serment dont tu dois te souvenir.

— Que Votre Grâce prenne garde à ce qu'elle dit, et plus encore à ce qu'elle va faire, répondit Sancho, et n'allons pas trouver d'autres marteaux pour achever de nous fouler et de nous marteler le bon sens.

— Que le diable soit de l'homme! s'écria Don Quichotte; qu'y a-t-il de commun entre un armet et des marteaux?

— Je n'en sais rien, répondit Sancho; mais, si je pouvais parler autant que j'en avais l'habitude, je donnerais peut-être des raisons qui prouveraient à Votre Grâce qu'elle se trompe.

— Comment puis-je me tromper, traître méticuleux? reprit Don Quichotte. Réponds! ne vois-tu pas ce chevalier qui se dirige vers nous, monté sur un cheval gris pommelé, et qui porte sur la tête un armet d'or?

— Ce que je vois et ce que je conjecture, répondit Sancho, c'est que ce chevalier est un homme monté sur un âne gris comme le mien, et que cet homme porte sur la tête un objet qui reluit.

— Eh bien! cet objet est l'armet de Mambrin, répondit Don Quichotte. Retire-toi à l'écart et laisse-moi seul avec ce chevalier; tu verras comment, sans parler, afin d'économiser le temps, je vais conclure cette aventure et m'emparer de l'armet que j'ai tant désiré.

— J'aurai soin de me tenir à l'écart, répliqua Sancho; cependant, je le répète, que Dieu veuille que ce soit là de l'origan et non des marteaux.

— Je vous ai déjà dit, frère, de ne plus mentionner ces moulins à foulon, même par allusion, s'écria Don Quichotte, car je jure.... je n'en dis pas plus. »

Sancho se tut, craignant que son maître n'achevât le serment qu'il venait de prononcer.

Or voici ce qu'étaient l'armet, le cheval et le cavalier vus par Don Quichotte. Dans ces environs se trouvaient deux villages, l'un si peu important qu'il n'avait ni apothicaire ni barbier, tandis que le

bourg voisin possédait l'un et l'autre. Le barbier du grand village
desservait donc le petit, et, ce jour-là, un malade ayant besoin d'une
saignée et un autre client voulant se faire faire la barbe, notre
homme s'était mis en route, portant un plat à barbe en cuivre. La
pluie survenant, le frater, pour ne pas gâter son chapeau, se couvrit la tête du plat à barbe, lequel reluisait à une demi-lieue. Le
barbier montait un âne gris, ainsi que l'affirmait Sancho. Voilà
pourquoi Don Quichotte croyait voir un cheval gris pommelé et un
armet d'or, son esprit accommodant tout ce qui se présentait à ses
rêves et à ses pensées de chevalerie.

Lorsque le pauvre cavalier approcha, Don Quichotte, sans l'in-
terpeller, lança contre lui Rossinante et le menaça de sa pique
avec l'intention de l'embrocher. Sur le point de l'atteindre, il lui
cria :

« Défends-toi, vile créature, ou livre-moi volontairement l'objet
qu'en toute justice j'ai le droit de réclamer. »

Le barbier qui, au moment où il y songeait le moins, vit ce fantôme fondre sur lui, ne trouva d'autre moyen, pour éviter le coup
de lance, que de se laisser tomber de l'âne. A peine eut-il touché le
sol, qu'il se releva plus léger qu'un daim et se mit à courir à tra-

vers la plaine de façon à devancer le vent. Il avait abandonné son
plat à barbe, ce qui suffisait à Don Quichotte.

« Le païen n'est pas sot, s'écria-t-il ; il a imité le castor qui, traqué par les chasseurs, coupe avec ses dents la poche à cause de laquelle on le poursuit. »

Don Quichotte commanda à Sancho de ramasser l'armet; l'é-
cuyer, le soupesant, s'écria :

« Le bassin est bon, pardieu! et vaut un réal comme un maravédis. »

Il le passa à son maître, qui le posa aussitôt sur sa tête, le faisant tourner pour en chercher le point. Ne le trouvant pas, il
dit :

« Sans aucun doute, le païen pour lequel on a forgé cette fameuse salade devait avoir une tête énorme; ce qu'il y a de pire,
c'est qu'il en manque la moitié. »

Lorsque Sancho entendit son maître qualifier le plat à barbe de
salade, il ne put s'empêcher de rire ; mais la récente colère du chevalier lui revint à la mémoire, et il s'arrêta au milieu de son
accès.

« De quoi ris-tu, Sancho? demanda Don Quichotte.

— Je ris, répondit l'écuyer, en pensant à la grosse tête que devait
avoir le païen, premier maître de cet armet, qui ressemble à un
plat à barbe de barbier comme une goutte d'eau à une autre.

— Sais-tu ce que j'imagine, Sancho? Cette pièce de l'armure enchantée sera tombée par hasard entre les mains de quelqu'un qui
n'a pas su la reconnaître et comprendre sa valeur. Le propriétaire,
la voyant d'or pur, a dû fondre l'autre moitié sans savoir ce qu'il
faisait, afin d'en tirer du profit. Cette moitié qui reste a donc l'air
d'un plat de barbier, ainsi que tu le dis. En attendant, je la porte-
rai comme je pourrai, car peu vaut mieux que rien, et elle suffit
pour me protéger contre des coups de pierre.

— Oui, répondit Sancho, pourvu que les pierres ne soient pas
lancées par des frondes, ainsi qu'il arriva dans la rencontre des
deux armées lorsqu'on démolit les dents de Votre Grâce et qu'on lui
brisa entre les mains la burette du breuvage.

— Je ne regrette pas beaucoup de l'avoir perdu, répondit Don
Quichotte; tu n'ignores pas, Sancho, que je sais la recette par
cœur.

— Et moi aussi, répondit Sancho; mais si j'en prépare ou si
j'y goûte encore, que ce soit ma dernière heure. Du reste, je pense
bien éviter toutes les occasions d'en avoir besoin, en employant mes

cinq sens à me garder d'être blessé ou de blesser personne. Quant
à être berné, je n'en dis rien : de semblables malheurs sont diffici-
les à prévoir ; s'il vous arrivent, il n'y a d'autre mesure à prendre
qu'à courber les épaules, retenir son haleine, fermer les yeux et se
laisser aller là où le sort et la couverture vous envoient.

— Tu es mauvais chrétien, Sancho, dit Don Quichotte à ces paroles de son écuyer, car tu n'oublies jamais les injures qui te sont
faites. Tu devrais savoir que les âmes nobles n'attachent aucune im-
portance à ces enfantillages. De quel pied boites-tu? quelle est la
côte qu'on t'a enfoncée? où est la tête qu'on t'a cassée? pour que
tu ne puisses oublier cette plaisanterie. Si je l'avais comprise d'une
autre manière, je serais retourné là-bas et j'aurais causé plus de
mal pour te venger que les Grecs n'en ont causé pour le rapt d'Hé-
lène, laquelle, si elle vivait de notre temps, ou si ma Dulcinée avait
vécu du sien, n'aurait certes pas la réputation de beauté qu'elle
possède. »

Don Quichotte poussa un soupir qui s'éleva jusqu'au ciel, et
Sancho répondit :

« Que mon aventure passe donc pour une plaisanterie, puisque
la vengeance ne peut devenir une vérité ; mais je sais de quelle qualité ont été les vérités et les plaisanteries, et je sais aussi que ces
dernières ne me sortiront pas plus de la mémoire qu'elles ne me
tomberont des épaules. Laissons cela, et que Votre Grâce me dise
ce que nous ferons de ce cheval gris pommelé qui ressemble à un
âne gris, et qu'abandonne ce Martin. Par ma foi, à la façon dont il
a pris ses jambes à son cou, il n'est guère probable qu'il revienne
jamais chercher le grison qui, par ma barbe, n'a pas l'air mauvais.

— Je n'ai pas coutume, répondit Don Quichotte, de dépouiller
ceux que j'ai vaincus. Ainsi, Sancho, laisse ce cheval ou cet âne
ou ce que tu veux qu'il soit ; aussitôt que son maître nous verra
loin d'ici, il viendra le reprendre.

— Dieu sait si j'ai envie de l'emmener ! dit Sancho. Les lois de
la chevalerie sont véritablement étroites, puisqu'elles ne permettent
pas le troc d'un âne contre un autre ; je voudrais savoir au moins
si je puis troquer les bâts.

— Je n'en suis pas trop sûr, répondit Don Quichotte, et, jusqu'à plus ample informé, je te permets de faire l'échange si tu en as un besoin extrême.

— Si extrême, répondit Sancho, que, s il s'agissait de ma propre personne, je n'en aurais pas plus besoin. »

Fort de cette autorisation, l'écuyer opéra la *mutatio capparum*, et para si bien son âne que le grison parut valoir un tiers de plus. Les deux aventuriers déjeunèrent ensuite des restes de la prise faite sur les moines, burent l'eau des moulins à foulon sans les regarder, tant ils leur gardaient rancune de la peur qu'ils leur avaient causée. Leur colère et même leur tristesse passées, ils se mirent en selle, et, sans suivre aucun chemin déterminé, — les chevaliers errants devant aller à l'aventure, — ils prirent la route qu'il plut à Rossinante, dont la volonté entraînait celle de son maître et même celle du grison, qui suivait toujours les pas du cheval en bon ami et en bon compagnon. Les deux cavaliers rejoignirent le grand chemin, et s'avancèrent au hasard sans dessein arrêté.

Tout en cheminant, Sancho dit à son maître :

« Votre Grâce veut-elle me permettre de m'émanciper un peu avec elle ? car, depuis l'ordre rigoureux qu'elle m'a imposé de garder le silence, plus de quatre bonnes choses se sont pourries dans mon estomac, et il en est une qui me démange en ce moment le bout de la langue et que je voudrais bien ne pas laisser perdre.

— Dis-la, répondit Don Quichotte ; mais sois bref dans tes raisonnements ; aucun n'est de bon goût s'il est long.

— Depuis plusieurs jours, señor, reprit Sancho, j'ai songé au peu que l'on gagne et que l'on amasse en courant après les aventures que cherche Votre Grâce dans ces déserts et ces carrefours, où il n'y a personne pour voir si vous êtes vainqueur ; de sorte que vos exploits seront toujours passés sous silence au préjudice des intentions de Votre Grâce. Il me paraît donc qu'il serait préférable, — sauf meilleur avis de Votre Grâce, — de nous en aller aider quelque grand empereur qui soit en guerre. A son service, Votre Grâce pourra montrer sa valeur, sa force et son bon jugement. Ces qualités, reconnues du seigneur que nous servirons, nous vaudront forcément une récompense, chacun selon notre mérite.

— Tu as bien parlé, Sancho, répondit Don Quichotte; mais,
avant d'en arriver là, il faut chercher des aventures pour faire ses
preuves, et en mener quelques-unes à bien. Il faut gagner un nom
et le rendre assez fameux pour qu'en se présentant à la cour d'un
grand monarque le chevalier soit déjà connu par ses œuvres, et
que les enfants, en le voyant franchir les portes de la ville, le sui-

vent en criant : « Voici le chevalier du Soleil, du Serpent, » ou de
tout autre insigne sous lequel il ait accompli ses exploits. « Voici,
dira-t-on encore, celui qui vainquit en combat singulier le gigantesque Brocabruno aux forces surhumaines ; celui qui a désenchanté
le mameluck de Perse, ensorcelé depuis près de neuf cents ans. »
Ainsi de bouche en bouche on proclamera ses exploits, et, au bruit
des acclamations, le souverain de ce royaume apparaîtra à la fenêtre
de son royal palais. A la vue du chevalier, le reconnaissant à ses
armes ou à la devise de son écu, il dira forcément : « Holà, sus !
que tous les chevaliers de ma cour aillent recevoir la fleur de la
chevalerie qui nous arrive! » Sur ce, tous se précipiteront, et le
roi descendra jusqu'au milieu de l'escalier, pour embrasser étroitement le nouveau venu et le baiser au visage en signe de paix.
Ensuite, il le conduira par la main aux appartements de la reine,

où le chevalier verra l'infante, qui ne peut manquer d'être une des
plus belles et des plus parfaites damoiselles qu'on puisse rencontrer
sur la surface de la terre. De chez la reine, on conduira probablement le chevalier dans un appartement richement orné du palais,
où, après l'avoir aidé à se désarmer, on lui apportera un riche
manteau de pourpre dont il se couvrira, et s'il paraissait beau sous
ses armes, il ne le paraîtra pas moins en pourpoint.

« La nuit venue, le chevalier soupera avec le roi. On desservira
les tables, et, sur le tard, on verra entrer par la porte de la salle
un affreux nain précédant une jolie duègne qui, entre deux géants,
viendra proposer une aventure préparée par un ancien sage, laquelle vaudra à celui qui la terminera le titre de premier chevalier
du monde. Le roi ordonnera aussitôt à tous les chevaliers présents
de tenter ladite entreprise ; aucun ne pourra la terminer, si ce n'est,
pour sa plus grande gloire, le chevalier hôte du roi. Le plus beau,
c'est que ce roi ou ce prince, — peu importe son titre, — sera en
guerre avec un voisin aussi puissant que lui. Le chevalier étranger, après quelques jours de résidence à la cour, demandera à son
hôte la permission de le servir dans cette guerre ; le roi la lui ac-
cordera avec plaisir, et le chevalier lui baisera courtoisement les
mains pour le remercier de la grâce qu'il lui accorde.

« Le chevalier est parti ; il vainc l'ennemi du roi, revient à la
cour, épouse l'infante et monte sur le trône. Son premier soin est
alors de récompenser son écuyer, et il le marie avec la fille d'un
des principaux ducs du royaume.

— Voilà ce que je demande, s'écria Sancho, et vogue la galère !
Je me tiens pour satisfait, pourvu que tout nous arrive au pied de
la lettre et que Votre Grâce prenne le nom de *Chevalier de la Triste-
Figure.*

— N'en doute pas, Sancho, répliqua Don Quichotte, car c'est de
la manière et par les moyens que je viens de te raconter que les
chevaliers errants obtiennent et ont toujours obtenu le titre de roi
ou d'empereur.

— Eh bien, pour qu'il en soit ainsi, répliqua Sancho, il n'y a
qu'à nous recommander à Dieu, et à laisser courir la chance sur le
chemin où il la poussera.

— Que Dieu accomplisse mes désirs, Sancho, répondit Don Quichotte, qu'il pourvoie à tes besoins ; et qu'il reste vil celui qui se tient pour vil !

— Ainsi soit-il, répondit Sancho ; je suis un vieux chrétien, et cela me suffit pour devenir comte.

— C'est même trop, répliqua Don Quichotte ; tu ne le serais pas que cela ne ferait rien à l'affaire. En te nommant comte, je te crée chevalier, et, qu'on dise ce qu'on voudra, il faudra, sur ma foi, quoi qu'il en coûte, te traiter de seigneurie !

— Croyez-vous que je ne saurai pas honorer le *tile ?* s'écria Sancho.

— Il faut dire titre, Sancho, et non pas *tile*, reprit Don Quichotte.

— Soit, répliqua Sancho Pança, je dis que je saurai m'en accommoder ; car, par ma vie ! j'ai été dans un temps bedeau d'une confrérie, et la robe de bedeau m'allait si bien que chacun disait que j'avais assez d'apparence pour devenir majordome. Que sera-ce quand je me couvrirai d'un manteau ducal, ou quand je m'habillerai d'or et de perles, selon l'usage des comtes étrangers ! Je parierais qu'on me viendra voir de cent lieues.

— Tu auras bonne apparence, dit Don Quichotte, mais il faudra te raser souvent ; tu as la barbe si épaisse, si mal peignée et si mal plantée, que si le rasoir ne te racle le menton au moins deux fois par semaine, on verra ce que tu es à une portée d'escopette.

— Que la chose du barbier reste à ma charge, répliqua Sancho, et que Votre Grâce s'occupe de devenir roi et de me faire comte.

— Il en sera ainsi, » répondit Don Quichotte.

Et, levant les yeux, il vit ce qu'on dira dans le chapitre suivant.

CHAPITRE XVIII

De la liberté rendue par don Quichotte à de nombreux infortunés qu'on emmenait
contre leur gré là où ils ne voulaient pas aller.

Cid Hamet Ben-Engeli, auteur arabe et manchois, raconte dans cette grave, pompeuse, humble et curieuse histoire, qu'après la conversation qu'eurent ensemble le fameux Don Quichotte de la Manche et son écuyer Sancho Pança, conversation rapportée à la fin du XVII° chapitre, Don Quichotte leva les yeux et vit avancer sur le chemin qu'il suivait une douzaine d'hommes à pied, portant des menottes, et enfilés par le cou, comme les grains d'un chapelet, à une grande chaîne de fer. Ils étaient escortés par deux hommes à cheval et deux à pied, les deux cavaliers armés d'arquebuses à rouet, les piétons de piques et d'épées. Aussitôt que Sancho Pança les aperçut, il s'écria :

« Voici la chaîne des forçats du roi que l'on mène aux galères !

— Comment ! forçats ? répondit Don Quichotte ; est-il possible que le roi fasse violence à personne ?

— Je ne dis pas cela, répondit Sancho, mais que ce sont là des gens qui, pour leurs délits, ont été condamnés à servir de force le roi, en ramant sur ses galères.

— En résumé, répliqua Don Quichotte, ces gens sont conduits de force et contre leur volonté ?

— Certes, répondit Sancho.

— Puisqu'il en est ainsi, reprit son maître, ici se présente l'oc-

casion d'exercer mon office en m'opposant à la violence et en secourant ces malheureux.

— Que Votre Grâce remarque, dit Sancho, que la justice ne
commet aucune violence et n'offense pas de semblables gens ; elle
les châtie en punition de leurs crimes. »

La chaîne des galériens approchait, et Don Quichotte demanda
avec politesse à ceux qui l'escortaient s'ils auraient la bonté de lui
dire la cause ou les causes pour lesquelles ils emmenaient ces gens
ainsi attachés. Un des gardiens à cheval répondit que c'étaient des
galériens appartenant à Sa Majesté, que l'on conduisait aux galères,
qu'il n'y avait rien de plus à dire, et qu'on n'avait rien de plus à
savoir.

Derrière tous les autres venait un homme d'apparence robuste,
âgé d'environ trente ans, qui, en regardant, semblait vouloir réunir les prunelles de ses yeux. Attaché autrement que ses compagnons, il portait aux pieds une chaîne si longue qu'il se l'enroulait
autour du corps, puis deux anneaux au cou à l'un desquels se rat-
tachait la chaîne ; de l'autre, espèce de carcan, descendaient deux
barres de fer qui arrivaient jusqu'à sa ceinture et assujettissaient
deux menottes fermées par un gros cadenas. Le malheureux ne
pouvait donc ni porter sa main à sa bouche ni baisser la tête. Don
Quichotte demanda pourquoi cet homme était plus garrotté que ses

compagnons; un des gardiens répondit que ce prisonnier avait
commis à lui seul plus de délits que tous les autres ensemble; en
outre, sa hardiesse et sa coquinerie étaient telles que, bien que lié

d'une si rude manière, on craignait encore qu'il ne réussît à s'é-
chapper.

« Quels délits peut avoir commis cet homme, demanda de nouveau Don Quichotte, s'ils ne lui ont valu que la peine des galères?

— Il y va pour dix ans, répondit le gardien, ce qui équivaut à
la mort civile. Sachez seulement que ce bonhomme est le fameux
Ginès de Passamont, qu'on nomme aussi Ginésille de Parapilla.

— Doucement, s'il vous plaît, señor commissaire, dit le galérien;
ne défigurons ni les noms ni les surnoms; je me nomme Ginès et
non Ginésille, et Passamont est mon lignage et non Parapilla,
comme vous le dites.

— Parlez avec moins d'arrogance, señor voleur, répliqua le commissaire, si vous ne voulez que je vous fasse taire.

— On voit bien, répondit le galérien, que l'homme se conduit aussi mal que Dieu est servi ; on saura un jour si je me nomme ou non Ginésille de Parapilla.

— Ne te nomme-t-on pas ainsi, imposteur ? s'écria le garde.

— Si, répondit Ginès, mais je ferai en sorte qu'on ne m'appelle plus ainsi. Señor cavalier, si vous avez quelque chose à nous donner, donnez vite et allez avec Dieu ; il devient fatigant de vouloir connaître la vie de son prochain. Si vous tenez à apprendre la mienne, sachez que je suis Ginès de Passamont dont l'histoire a été écrite par ces doigts.

— Tu parais habile, dit Don Quichotte.

— Et malheureux, ajouta Ginès ; l'infortune persécute toujours le génie.

— Elle poursuit les coquins, répliqua le commissaire.

— Je vous ai déjà prié, señor commissaire, répondit Passamont, de mesurer vos paroles ; on ne vous a pas donné cette verge noire pour que vous nous maltraitiez, nous autres pauvres diables, mais pour que vous nous conduisiez à l'endroit ordonné par Sa Majesté. Sinon, par la vie de.... En route, c'est assez plaisanter ! »

En réponse aux menaces de Passamont, le commissaire leva sa verge pour le frapper ; Don Quichotte s'interposa, pria qu'on ne le maltraitât pas, car c'était bien le moins qu'un homme si étroitement garrotté eût un peu de liberté de langue. Alors, le chevalier, s'adressant aux galériens, leur dit :

« De tout ce que je sais, mes très-chers frères, je conclus clairement que, bien qu'on vous châtie pour vos fautes, les peines que vous allez souffrir ne sont pas de votre goût, et que vous vous rendez aux galères à contre-cœur et contre votre volonté. Ces considérations me viennent à la fois à l'esprit, et me conseillent, me persuadent, me forcent même de montrer en votre faveur pourquoi le ciel m'a jeté dans le monde en me poussant à professer l'ordre de la chevalerie que je professe, puis le vœu que j'ai fait alors de secourir les malheureux et les faibles contre l'oppression des puissants. Cependant, comme je sais qu'une des parties de la prudence

consiste à ne pas recourir à la force là où l'on peut employer la
douceur, je veux prier vos gardiens et le señor commissaire de vouloir bien vous détacher et vous laisser aller en paix, attendu qu'il
me paraît cruel de rendre esclaves ceux que Dieu et la nature ont
créés libres. D'autant plus, messieurs les gardes, ajouta Don Quichotte, que ces pauvres gens n'ont rien fait contre vous. Je vous
demande donc avec douceur la liberté de ces malheureux, afin de
pouvoir vous en être reconnaissant, si vous me l'accordez ; si vous
ne vous y prêtez de bon gré, cette lance, cette épée et la valeur de
mon bras vous y obligeront.

— Voilà une agréable sottise ! s'écria le commissaire, et la plaisanterie n'est pas mauvaise pour avoir été longue à sortir. Que Votre
Grâce, señor, suive son chemin sous l'œil de Dieu. Redressez ce
bassin que vous avez sur la tête, et ne cherchez pas trois pattes à
un chat.

— C'est vous qui êtes le chat, le rat et le coquin ! » s'écria Don
Quichotte.

Ajoutant l'action à la parole, il se jeta avec tant de vivacité sur
son interlocuteur, que celui-ci n'eut pas le temps de se mettre sur
la défensive. Il roula par terre, grièvement blessé d'un coup de
lance, et la chance voulut que ce fût l'homme armé de l'arquebuse.
Les autres gardes demeurèrent indécis devant cette attaque inat-
tendue. Reprenant bientôt leur sang-froid, les cavaliers empoignè-
rent leurs épées, les piétons leurs piques, et ils se jetèrent sur
Don Quichotte, qui les attendait avec calme. Il eût passé sans nul
doute un mauvais quart d'heure si les galériens, voyant une bonne
occasion de recouvrer leur liberté, n'eussent essayé de rompre la
chaine.

La bagarre fut telle que les gardes, soit pour maintenir les forçats qui se détachaient, soit pour répondre à Don Quichotte qui les
frappait, ne firent qu'une mauvaise besogne. Sancho, de son côté,
aida à la délivrance de Ginès de Passamont, qui fut le premier à
se trouver libre. Le bandit se précipita sur le commissaire renversé,
lui enleva son épée et son arquebuse, puis visant celui-ci, mena-
çant celui-là, sans tirer jamais, il ne resta bientôt plus un garde
sur le champ de bataille, car ils fuyaient devant l'arquebuse de

Passamont aussi bien que devant les pierres lancées par les galériens devenus libres.

Sancho s'affligea beaucoup de ce succès, en pensant que les fuyards allaient raconter le cas à la Sainte-Hermandad, laquelle, au son des cloches, se mettrait à la poursuite des coupables. Il le dit à son maître, le priant de s'éloigner au plus vite et de pénétrer dans les montagnes voisines.

« C'est bien, répondit Don Quichotte, je sais à présent ce qu'il convient de faire. »

Il appela alors les galériens qui couraient çà et là, et qui avaient si bien dépouillé le commissaire qu'il était nu. Ils se groupèrent autour de notre chevalier pour savoir ce qu'il voulait.

« Il est de règle, leur dit-il, que les gens bien nés se montrent reconnaissants des bienfaits qu'ils reçoivent, et un des péchés qui offensent le plus Dieu, c'est l'ingratitude. Je vous rappelle ce devoir parce que vous avez vu, señores, le service que je viens de vous rendre, et en payement duquel je voudrais que, chargés de cette chaîne que je vous ai enlevée du cou, vous vous mettiez tout de suite en route pour la ville de Toboso. Là, vous vous présenterez devant la señora Dulcinée, et vous lui direz que le Chevalier de la Triste-Figure se recommande à elle. Ce devoir rempli, vous irez où bon vous semblera. »

Ce fut Ginès de Passamont qui se chargea de répondre :

« Ce que Votre Grâce nous demande, señor et libérateur, il est de toute impossibilité de l'accomplir ; nous ne pouvons marcher ensemble le long des routes, mais bien un par un et chacun de notre côté, cherchant à nous réfugier jusque dans les entrailles de la terre pour ne pas être découverts par la Sainte-Hermandad, qui, sans aucun doute, va se mettre à nos trousses.

— Je jure Dieu, s'écria Don Quichotte en colère, don Ginésille de Parapillo, ou quel que soit votre nom, que vous irez vous tout seul et portant la chaîne ! »

Passamont, qui n'était rien moins que patient, — et il avait compris que Don Quichotte ne devait pas être dans son bon sens pour avoir commis la folie de délivrer des forçats, — fit signe à ses compagnons, et ils commencèrent à faire pleuvoir un si grand nom-

bre de pierres sur Don Quichotte, qu'il ne réussit pas à se garantir
avec son bouclier ; quant au pauvre Rossinante, il ne se souciait
pas plus des éperons que s'il eût été de bronze.

Sancho s'accroupit derrière son âne, s'abritant ainsi de la grêle

de pierres qui leur tombaient à tous deux sur le dos. Don Quichotte
ne put se protéger suffisamment pour éviter que je ne sais combien
de cailloux le frappassent avec tant de force qu'ils le renversèrent.
A peine fut-il à terre qu'un des voleurs s'approcha, lui enleva le
plat à barbe de dessus la tête, lui en donna deux ou trois coups sur
les épaules, puis lançant à plusieurs reprises l'armet contre le sol,
il essaya de le mettre en pièces. On retira au chevalier le pourpoint
qu'il portait sous ses armes, et on lui eût retiré jusqu'à ses bas, si
les grèves de son armure n'y eussent mis obstacle. Les forçats enlevèrent aussi son manteau à Sancho, et le laissèrent en manches
de chemise. Après s'être partagé les autres dépouilles de la bataille,
chacun d'eux tira de son côté, plus soucieux d'échapper à la Sainte-
Hermandad que d'aller se présenter devant madame Dulcinée du
Toboso.

L'âne, Rossinante, Don Quichotte et Sancho restèrent seuls : le grison, la tête basse et pensif, secouait de temps à autre les oreilles, croyant sans doute que la bourrasque de pierres n'avait pas encore cessé ; Rossinante demeurait étendu près de son maître qu'une pierre avait renversé ; Sancho, en bras de chemise, tremblait à l'idée de la Sainte-Hermandad, et enfin Don Quichotte maugréait de s'être vu maltraiter par des gens auxquels il avait fait du bien.

CHAPITRE XIX

De ce qui arriva au fameux Don Quichotte dans la Sierra-Morena, aventure la plus curieuse
de celles que l'on raconte dans cette véridique histoire.

ON Quichotte dit à son écuyer :

« J'ai toujours entendu affirmer, Sancho, que rendre service à la canaille, c'est
jeter l'eau à la mer. Si je t'avais cru, je
me serais épargné ce chagrin. Mais le
vin est tiré, patience ! et que cette leçon
nous profite pour l'avenir.

— Votre Grâce profitera autant de cette
leçon que je suis Turc, répondit San-
cho ; néanmoins, puisqu'elle regrette de n'avoir pas suivi mes
conseils, qui lui auraient épargné un mal, qu'elle me croie maintenant et elle en évitera un plus grand. Je la préviens qu'avec
la Sainte-Hermandad il n'y a pas d'usages de chevalerie qui tiennent. Bon Dieu ! il me semble que ses flèches me sifflent déjà aux
oreilles.

— Tu es naturellement poltron, Sancho, répliqua Don Quichotte ;
cependant, afin que tu ne puisses prétendre que je suis entêté, je
veux, pour cette fois, me laisser guider par toi et m'éloigner du danger qui te cause tant de peur, — à une condition pourtant : —
jamais, mort ou vif, tu ne diras à personne que c'est par crainte
que je me suis éloigné de ce péril.

— Señor, répondit Sancho, se retirer n'est pas fuir. Croyez bien
que, si rustre que je sois, je possède ma petite part de ce qu'on
nomme esprit de conduite. Montez sur Rossinante, si vous le pouvez, sinon laissez-vous aider, et suivez-moi. La raison me répète

que pour le moment nous avons plus besoin de nos pieds que de nos mains. »

Don Quichotte se mit en selle sans répondre, et guidé par Sancho monté sur le grison, il pénétra dans la Sierra-Morena qui se trouvait proche.

Cette nuit-là, les deux aventuriers atteignirent le milieu de la Sierra-Morena, où Sancho résolut de passer la nuit et même autant de jours que dureraient les provisions du bissac. On dormit entre deux rochers, sous des liéges ; mais le sort fatal qui, selon l'opinion de ceux que n'éclaire pas la vraie foi, dirige et conduit les événements à sa guise, en disposa autrement. Le destin voulut que Ginès de Passamont eût lui-même cherché un refuge dans ces montagnes, redoutant de son côté, et non sans raison, la Sainte-Hermandad. Le sort et la peur conduisirent le brigand à l'endroit choisi par Don Quichotte et Sancho, à temps pour les reconnaître et les voir s'endormir. Comme les méchants sont ingrats, Ginès, qui n'était ni reconnaissant ni bien intentionné, eut l'idée de voler le grison de Sancho Pança. Quant à Rossinante, il le dédaigna, le jugeant trop mauvais pour être avantageusement vendu ou mis en gage. Il profita donc du sommeil de Sancho Pança pour s'emparer de l'âne, et, avant qu'il fît jour, il était assez loin pour ne pouvoir être rejoint.

L'aurore parut, réjouissant la terre et désespérant Sancho qui, ne trouvant plus son grison, se prit à pleurer si fort que Don Quichotte se réveilla au bruit de ses lamentations et l'entendit répéter :

« O fils de mes entrailles, né dans ma propre maison, jouet de mes enfants, joie de ma femme, envie de mes voisins, allégement de mes fardeaux et finalement soutien de la moitié de ma personne, car les vingt-six maravédis que tu gagnais chaque jour couvraient une partie de mes dépenses.... »

Don Quichotte, à la vue des larmes de Sancho, qui lui en dit la cause, le consola du mieux qu'il put, et le pria de patienter. Il promit de lui donner une lettre de change d'une valeur de trois ânons, sur cinq qu'il avait laissés chez lui. Sancho se consola peu à peu, essuya ses larmes, retint ses soupirs, et remercia son maître de ce don généreux.

Don Quichotte, dès qu'il eut pénétré dans les montagnes, se sentit le cœur joyeux, car le lieu lui parut propre aux aventures qu'il cherchait. Tous les merveilleux événements arrivés aux chevaliers errants en de semblables solitudes lui revenaient à la mémoire, et il avançait si bien perdu dans ses pensées, qu'il ne se souvenait d'aucune autre chose. Pour Sancho, son unique souci, après avoir veillé à ce qu'on prît une bonne direction, fut de satisfaire son estomac avec le reste des dépouilles cléricales. Chargé de ce qu'aurait dû porter le grison, il suivait son maître, vidait le bissac pour remplir sa panse, et, tout en marchant ainsi, il n'eût pas donné une obole de n'importe quelle aventure. Cependant, il mourait d'envie de causer avec son maître et souhaitait que ce dernier commençât la conversation, car il ne voulait pas contrevenir à la loi qu'il lui avait imposée. A la fin, incapable de garder plus longtemps le silence, l'écuyer s'écria :

« Que Votre Grâce, señor Don Quichotte, veuille bien me donner sa bénédiction et mon congé ; je veux retourner chez moi, près de ma femme et de mes enfants, avec lesquels je puis au moins parler et lâcher ce qui me vient à l'esprit. Pour ce qui est d'occuper Votre Grâce jour et nuit dans ces solitudes sans pouvoir ouvrir la bouche lorsque j'en ai l'envie, autant vaudrait m'enterrer vif. Si le sort permettait au moins aux animaux de parler, comme au temps d'*Hisòpe*, je ne me plaindrais pas ; je pourrais alors discourir avec mon âne de ce que bon me semble, et me consoler ainsi de ma mauvaise chance. C'est un rude métier qui use la patience, que de passer sa vie à chercher des aventures et de ne rencontrer que des horions, des coups de trique, des coups de poing, ou d'être berné. Puis, par-dessus le marché, il faudrait se coudre la bouche, sans plus oser dire ce qu'on a sur le cœur que si l'on était muet !

— Je te comprends, Sancho, répondit Don Quichotte ; tu meurs d'envie que je retire le frein que j'ai mis à ta langue. Eh bien, je te rends la parole ; dis ce que tu voudras, à condition que cette permission ne durera que le temps pendant lequel nous cheminerons dans ces montagnes.

— Soit, dit Sancho, pourvu que je parle à présent, Dieu seul sait ce qui arrivera plus tard ; et afin de jouir sans délai du sauf-conduit que vous m'accordez, je demanderai à Votre Grâce si c'est une bonne règle de chevalerie de nous promener perdus dans ces montagnes, hors de tout chemin et de tout sentier.

— Je t'ordonne pour la seconde fois de te taire, Sancho, répliqua Don Quichotte, et je t'apprends que le désir qui m'amène dans cette solitude, c'est la pensée d'y accomplir une prouesse qui donnera à mon nom une gloire immortelle sur toute la surface connue de la terre. Et ce haut fait sera tel, qu'il mettra le sceau à ce qui peut rendre parfait et fameux un chevalier errant.

— Est-il très-dangereux, ce haut fait? demanda Sancho Pança.

— Non, répondit le Chevalier de la Triste-Figure; et les dés pourraient rouler de façon que nous rencontrions la chance au lieu du guignon. Tout dépendra de ta diligence.

— De ma diligence? répéta Sancho.

— Oui, répliqua Don Quichotte, si tu reviens promptement du lieu où je pense t'envoyer, plus tôt finira ma peine et commencera ma gloire. Mais je ne veux pas te tenir plus longtemps en suspens sur le sens de mes paroles. Sache, Sancho, que le fameux Amadis de Gaule a été un des plus parfaits chevaliers errants. Ce n'est pas *un* que je dois dire; il a été le *seul*, le premier, l'unique, le maître de tous ceux qui existaient en même temps que lui. J'ajoute que lorsqu'un peintre veut devenir célèbre dans son art, il cherche à imiter les tableaux des plus grands peintres qu'il connaisse. Cette règle est observée dans tous les métiers et dans tous les arts qui contribuent aux splendeurs des États. Aussi, celui qui veut acquérir la réputation d'homme prudent et patient doit agir et agit de cette façon, imitant Ulysse, dans lequel Homère nous a peint au vif la prudence et la patience; de même que Virgile nous a montré dans la personne d'Énée le courage d'un fils pieux, et la sagacité d'un capitaine vaillant et expérimenté. Ces faits étant exacts, ainsi qu'ils le sont, je trouve, ami Sancho, que le chevalier qui imitera le mieux Amadis sera celui qui approchera le plus de la perfection chevaleresque. Et une des circonstances dans lesquelles ce chevalier prouva le mieux sa prudence, sa valeur, sa patience et sa fermeté, ce fut lorsqu'il se retira pour faire pénitence sur la Roche-Pauvre, changeant son nom en celui de Beau-Ténébreux, nom expressif et convenable à la vie qu'il se condamnait à mener.

— En résumé, dit Sancho, que compte faire Votre Grâce dans un lieu si retiré?

— Ne t'ai-je pas dit, répliqua Don Quichotte, que je veux imiter Amadis en simulant ici le désespéré, l'insensé et le furieux? D'autant plus que j'imiterai en même temps le fameux Roland. Lorsqu'il devint fou de chagrin, il arracha les arbres, troubla l'eau des fontaines, tua des bergers, détruisit des troupeaux, incendia des chaumières, renversa des maisons, traîna des juments, et fit cent mille extravagances dignes d'un éternel renom.

— Il me semble, dit Sancho, que des chevaliers qui se sont conduits de la sorte devaient avoir un motif pour se livrer à ces sottises et s'imposer de telles pénitences. Quelle raison a Votre Grâce pour devenir folle?

— Voilà le nœud de l'aventure, répondit Don Quichotte, et c'est en cela que consiste la délicatesse de ma résolution. Qu'un chevalier errant devienne fou avec raison, il n'y a là ni grâce ni mérite. Le sublime, c'est de divaguer sans motif et de donner à entendre à ma dame, en me conduisant ainsi à sec, ce que je ferais si j'étais mouillé. Dis-moi, Sancho, as-tu bien gardé l'armet de Mambrin? J'ai vu que tu le ramassais lorsqu'un ingrat voulut le mettre en pièces, sans y réussir, ce qui montre combien cet armet est finement trempé.

— Vive Dieu! señor Chevalier de la Triste-Figure, répondit Sancho, je ne puis supporter avec patience certaines choses que soutient Votre Grâce, et qui me font imaginer que tout ce que vous me dites de la chevalerie, de la conquête de royaumes, d'empires, et d'îles données en cadeau, ne sont que vents, mensonges ou contes d'enfants. Celui qui entendrait soutenir par Votre Grâce qu'un plat à barbe est l'armet de Mambrin, et qui ne la verrait pas sortir de cette erreur en quatre jours, que pourrait-il penser, sinon que pour affirmer une telle extravagance on doit avoir la cervelle brouillée?

— Par le nom que tu as juré, je jure à mon tour, Sancho, reprit Don Quichotte, que tu as l'esprit le plus étroit qu'ait jamais eu écuyer au monde. Est-il possible, depuis le temps que tu voyages avec moi, que tu ne te sois pas encore aperçu que tout ce qui arrive aux chevaliers errants semble des chimères, des sottises et des extravagances ? Non pas qu'il en soit ainsi, mais parce que nous sommes sans cesse la proie d'une troupe d'enchanteurs dont le pouvoir transforme ce qui nous entoure. Par conséquent, ce qui te paraît à toi un plat à barbe, me paraît à moi l'armet de Mambrin, et paraîtra tout autre objet à un troisième. »

Tout en parlant, les deux aventuriers arrivèrent au pied d'une haute montagne qui se dressait isolée parmi celles des alentours. A ses pieds, courait un paisible ruisseau qui arrosait une prairie si verte qu'elle réjouissait les yeux. Çà et là croissaient de nombreux arbres sauvages, puis des plantes et des fleurs qui rendaient ce lieu agréable. Le Chevalier de la Triste-Figure choisit cet endroit pour accomplir sa pénitence, et en le découvrant il cria de toute sa force, comme s'il avait perdu le jugement :

« Voici la place que je choisis, ô cieux ! pour pleurer les malheurs dans lesquels vous m'avez plongé ; voici le lieu où mes larmes augmenteront les eaux de ce petit ruisseau, le lieu où mes profonds soupirs agiteront sans cesse les feuilles de ces arbres sauvages, en témoignage de la peine dont souffre mon cœur foulé aux pieds. O Dulcinée du Toboso, jour de mes nuits, gloire de mes peines, pôle de mes chemins, étoile de ma félicité, que le ciel t'accorde tous les dons que tu pourras lui demander, si tu daignes considérer l'état où m'a réduit ton absence ! Et toi, mon écuyer, aimable compagnon de mes destins propices ou contraires, grave bien dans ta mémoire ce que tu me verras faire ici, pour le raconter à celle qui en est la cause. »

En achevant ce discours, il mit pied à terre, enleva le mors et la selle de Rossinante, et le frappant sur la croupe de la paume de la main, il dit :

« Celui qui a perdu sa liberté te rend la tienne, ô cheval aussi grand par tes œuvres que malheureux par ton sort ! va où tu voudras, tu portes écrit sur le front que ni l'hippogriffe d'Astolphe, ni le renommé Frontin, qui coûta si cher à Bradamante, n'ont pu t'égaler en légèreté. »

Voyant cela, Sancho s'écria :

« Béni soit celui qui nous a débarrassé de la peine de débâter l'âne ! sur ma foi, nous pourrions lui caresser la croupe et la ma-

9

tière ne manquerait pas pour le louanger. En vérité, señor Chevalier de la Triste-Figure, si mon voyage et la folie de Votre Grâce
sont pour tout de bon, il faudra de nouveau seller Rossinante qui
suppléera à l'absence du grison ; je gagnerai ainsi du temps dans
l'allée et la venue. Si je dois faire la route à pied, je ne sais ni
quand j'arriverai, ni quand je reviendrai, tant je suis mauvais
marcheur.

— Il en sera, Sancho, répondit Don Quichotte, ce que tu voudras. Tu partiras dans trois jours, ce qui te donnera le temps de
voir ce que je ferai et dirai, afin que tu puisses le raconter à ma
souveraine.

— Que puis-je voir de plus que ce que j'ai vu ? répondit Sancho.

— Tu es loin du compte, répliqua Don Quichotte ; à présent, il
me faut déchirer mes vêtements, semer les pièces de mon armure,
faire des culbutes sur ces rochers et mille autres actions du même
genre qui te surprendront.

— Pour l'amour de Dieu, reprit Sancho, que Votre Grâce prenne
bien garde à la façon dont elle fera ses culbutes ! Vous pourriez
tomber sur un rocher ou sur une pointe telle que la première mît
fin à toute cette machine de pénitence. Je serais même d'avis, puisque Votre Grâce croit les culbutes nécessaires, qu'elle les exécutât
dans l'eau ou sur une chose molle, sur du coton par exemple ; laissez-moi ensuite le soin de raconter à madame Dulcinée que Votre
Grâce les exécutait sur la pointe d'une roche plus dure que celle
d'un diamant.

— Je te remercie de ta bonne intention, ami Sancho, répondit
Don Quichotte, mais je tiens à ce que tu saches que toutes mes actions, loin d'être des plaisanteries, sont choses sérieuses ; s'il en était
autrement, je contreviendrais aux regles de la chevalerie qui nous
défendent de mentir. Aussi mes culbutes seront réelles et vala-
bles, non sophistiquées et fantastiques. Il est même utile que tu me
laisses un peu de charpie pour me panser, puisque la fortune veut
que nous ayons perdu le baume.

— La perte de l'âne a été plus déplorable, répondit Sancho ;
avec lui ont disparu la charpie et le reste. Mais je prie Votre Grâce
de ne plus jamais me rappeler ce maudit breuvage dont le nom

seul me trouble l'âme et surtout l'estomac. Je la prie aussi de considérer comme écoulés les trois jours qu'elle m'a fixés pour voir ses
folies ; je les tiens pour vues et jugées, et j'en dirai merveille à
madame Dulcinée. Écrivez donc la lettre, et surtout la lettre de
change des ânons.

— Elles iront ensemble, répondit Don Quichotte, et il serait bon,
puisque nous manquons de papier, de suivre l'exemple des anciens, et d'employer des feuilles d'arbres ou des tablettes de cire,
bien que la cire soit peut-être aussi difficile à trouver ici que le
papier. Par bonheur, il me vient à l'esprit que nous possédons un
portefeuille, et c'est là qu'il sera bien de tracer la lettre. Seulement,
tu auras soin de la faire copier dans le premier village où tu ren-
contreras un maître d'école.

— Et comment fera-t-on la signature ? demanda Sancho.

— Les lettres d'Amadis n'ont jamais été signées, répondit Don
Quichotte.

— C'est possible, répliqua Sancho ; il est pourtant nécessaire que
la lettre de change le soit ; si on la copie, on dira que la signature
est fausse, et je resterai sans ânons.

— La lettre de change sera écrite et signée, reprit Don Quichotte, et après l'avoir lue, ma nièce ne fera aucune difficulté pour
la payer. Pour ce qui est de la lettre à Dulcinée, tu mettras à la
place de la signature : *Votre, jusqu'à la mort, Chevalier de la Triste-
Figure.* Et peu importe que ceci soit écrit par une main étrangère,
attendu que, si je me souviens bien, Dulcinée ne sait ni lire ni
écrire, car son père, Lorenzo Corchuelo et sa mère Aldonza Noga-
les, l'ont élevée dans la réserve et la retraite.

— Ta, ta, ta ! s'écria Sancho ; quoi ! la fille de Lorenzo Corchuelo,
que l'on nomme Aldonza Lorenzo, est madame Dulcinée du Toboso ?

— Elle-même, répondit Don Quichotte ; et elle mérite d'être la
reine du monde.

— Je la connais très-bien, reprit Sancho, et je puis affirmer
qu'elle jette la barre aussi loin que le plus robuste garçon du village. Vive Dieu ! c'est une fille de tête, ferme et droite. Je dois cependant confesser une vérité à Votre Grâce, señor Don Quichotte ;

c'est que j'ai vécu jusqu'ici dans une grande ignorance, croyant de tout mon cœur que madame Dulcinée devait être une princesse ou au moins une personne de haute condition.

— Je t'ai dit depuis longtemps et à plusieurs reprises, Sancho, répondit Don Quichotte, que tu es un grand parleur. Il me suffit de croire que la bonne Aldonza Lorenzo est sage et honnête, sa condition importe peu; personne n'ira s'en informer, et je tiens, moi, qu'elle est la plus haute princesse du monde.

— Votre Grâce a raison en tout et pour tout, répondit Sancho, et je ne suis qu'un âne. Mais je ne sais pourquoi le mot âne me vient à la bouche, lorsqu'il ne faut pas parler de corde dans la maison du pendu. Donnez-moi la lettre, et adieu, je déménage. »

Don Quichotte, se retirant à l'écart, commença à écrire avec beaucoup de calme. La lettre terminée, il appela Sancho et lui dit qu'il voulait la lui lire afin qu'il l'apprît par cœur pour le cas où il perdrait les tablettes.

« Que Votre Grâce, répondit Sancho, écrive la lettre deux ou trois fois sur le livre ; quant à penser que je vais l'apprendre par cœur, c'est une erreur, car ma mémoire est si malheureuse que j'oublie parfois comment je m'appelle. Cependant, lisez-la-moi toujours, elle doit être bien drôle !

— Écoute donc, reprit Don Quichotte ; voici ce que j'écris :

LETTRE DE DON QUICHOTTE A DULCINÉE DU TOBOSO.

« Souveraine et haute dame,

« Celui qu'a blessé la pointe de l'absence, t'envoie la santé qui
« lui manque. Si ta beauté me dédaigne, bien que je sois des plus
« patients, je supporterai mal ce souci. Mon bon écuyer Sancho te
« fera un récit complet, ô belle ingrate, de la façon dont je vis à
« cause de toi. Si tu veux me prendre, je suis à toi : sinon ordonne
« ce qui te fera plaisir ; en terminant ma vie j'aurai satisfait ta
« cruauté et mon désir.

« A toi jusqu'à la mort,

« Le Chevalier de la Triste-Figure. »

— Par la vie de mon père ! s'écria Sancho, c'est la plus belle chose que j'aie jamais entendue. Bonté de Dieu, comme Votre Grâce dit bien là tout ce qu'elle veut dire, et comme le parafe enchâsse bien la signature ? En vérité, Votre Grâce est le diable lui-même, il n'y a rien qu'elle ne sache.

— Il faut tout savoir, répondit Don Quichotte, dans la profession que j'ai adoptée.

— Maintenant, reprit Sancho, que Votre Grâce écrive de l'autre côté du papier l'ordre pour les trois ânons, et qu'elle signe bien clairement, de façon que l'on reconnaisse sa signature rien qu'en la voyant.

— Avec plaisir, » répondit Don Quichotte.

Et après avoir écrit, il lut à Sancho ce qui suit :

« Votre Grâce voudra bien, par cette première d'ânons, madame
« ma nièce, compter à Sancho Pança, mon écuyer, trois des cinq
« que j'ai laissés à la maison aux soins de Votre Grâce. Lesquels

« trois ânons je fais livrer à Sancho en échange de trois autres
« reçus ici comptant; au vu de cette lettre et sur quittance ils lui
« seront dûment acquis. Fait dans les entrailles de la Sierra-
« Morena le vingt-trois août de l'année courante. »

— Elle est très-bien, dit Sancho ; que Votre Grâce signe à
présent.

— Il n'est pas besoin de signer, répondit Don Quichotte ; il me
suffit d'y apposer mon parafe, qui serait valable non-seulement pour
trois ânes, mais pour trois cents.

— J'ai confiance en Votre Grâce, répondit Sancho ; préparez-
vous à me donner votre bénédiction ; je vais seller Rossinante et
partir tout de suite, sans voir les sottises que va faire Votre Grâce ;
je pourrai dire que je lui en ai vu exécuter autant qu'on en peut
désirer.

— Je veux au moins, Sancho, et il doit en être ainsi, je veux,
dis-je, que tu me voies commettre une ou deux douzaines de folies ;
je les exécuterai en moins d'une demi-heure. Les ayant vues de tes
yeux, tu seras à même de jurer, sans te compromettre, que tu as été
témoin de celles que tu pourras inventer ; car je t'assure que tu
n'en diras jamais autant que je compte en accomplir.

— Pour l'amour de Dieu, señor, que je ne voie pas Votre Grâce
exécuter ses cabrioles, elle m'affligera, je ne pourrai m'empêcher
de pleurer, et j'ai la tête encore si enflée des pleurs que j'ai versés
l'autre nuit à cause du grison, que je ne suis pas en humeur de
recommencer. Si Votre Grâce désire que je voie quelques-unes de
ses extravagances, qu'elle fasse les plus courtes et les plus appro-
priées aux circonstances, d'autant plus que pour moi rien de tout
cela n'est nécessaire, et, ainsi que je l'ai dit, partir sur l'heure sera
rapprocher l'époque de mon retour. Je rapporterai, je le répète à
Votre Grâce, les nouvelles qu'elle souhaite et qu'elle mérite. Et
si madame Dulcinée ne file pas droit, je fais le vœu solennel, à qui
m'entend, de lui arracher une bonne réponse de l'estomac à l'aide
de gifles. Car enfin, peut-on souffrir qu'un chevalier errant, aussi
fameux que l'est Votre Grâce, devienne fou sans plus ni moins ?

— Sur ma foi, Sancho, dit Don Quichotte, tu ne parais guère
plus sage que moi.

— Je ne suis pas si fou, répondit Sancho, mais je suis plus colérique. Laissons ce sujet. Que mangera Votre Grâce en attendant que je revienne ?

— Que cela ne te mette pas en peine, répondit Don Quichotte ; eussé-je des provisions, je ne mangerais pas autre chose que les fruits que me fourniront ces arbres, ou l'herbe que je récolterai dans ces prés.

— Votre Grâce sait-elle ce que je crains ? répliqua Sancho. Ce lieu est si caché que j'ai peur de ne pas vous retrouver lorsque je reviendrai.

— Prends bien les indices nécessaires, répondit Don Quichotte, j'aurai soin de ne pas m'éloigner de ces alentours, et je monterai sur les rochers les plus élevés afin de t'apercevoir plus tôt, quand tu reviendras. D'ailleurs, afin d'être plus sûr de me retrouver et de ne pas te perdre, coupe quelques-uns des genêts qui croissent par ici, et sème les çà et là jusqu'à ce que tu aies gagné la plaine ; comme le fil du labyrinthe de Thésée, ils te serviront de guide pour me découvrir.

—Ainsi ferai-je, » répondit Sancho Pança.

Puis, après avoir coupé des branches de genêt, il demanda la bénédiction de son maître, et ils se dirent adieu non sans un mutuel attendrissement. Enfourchant enfin Rossinante, sur lequel Don Quichotte lui recommanda de veiller comme sur lui-même, l'écuyer se mit en route vers la plaine, semant de loin en loin ses branches de genêt pour obéir à son maître. Il partit, bien que Don Quichotte le pressât de le regarder exécuter au moins une ou deux folies. Sancho avait à peine parcouru cent pas qu'il revint en arrière.

« Je crois, señor, dit-il, que Votre Grâce a raison, et qu'afin que je puisse jurer sans danger pour ma conscience que je vous ai vu commettre des folies, il faut au moins que j'en voie une, bien que la résolution de Votre Grâce à rester ici en soit une assez grande.

— Ne te le disais-je pas ! s'écria Don Quichotte. Attends, Sancho ; le temps de réciter un *Credo* et tu seras satisfait. »

Se dépouillant de ses chausses en toute hâte, le chevalier resta en

chemise, et, sans plus de façon, exécuta deux cabrioles et deux culbutes la tête en bas, les jambes en l'air. Sancho rendit la bride à
Rossinante, et se crut autorisé à jurer que son maître était fou.
Nous le laisserons suivre sa route jusqu'à son retour qui ne tarda
guère.

CHAPITRE XX

Où se continue le récit des prouesses accomplies par Don Quichotte
dans la Sierra-Morena.

REVENANT au récit des actions du Chevalier de la Triste-Figure, l'histoire
rapporte qu'aussitôt qu'il se vit seul,
il gravit la cime d'un énorme rocher.
Là il se mit à penser à ce qui l'avait
déjà souvent préoccupé, c'est-à dire à
ce qu'il lui convenait le mieux de faire:
imiter Roland dans ses folies ou Amadis dans ses mélancolies? Se parlant
à lui-même, Don Quichotte se disait:

« Si Roland a été aussi vaillant que
chacun l'affirme, quelle merveille est-
ce là, puisqu'il était enchanté et que
nul ne pouvait le tuer qu'en lui enfonçant une épingle sous la plante
du pied, alors que ses souliers étaient garnis de sept semelles de fer?
Et pourtant cet artifice lui devint inutile contre Bernardo del Carpio
qui, l'ayant deviné, étouffa son ennemi entre ses bras à Roncevaux.
Mais comment puis-je imiter ses folies, n'ayant pas les mêmes motifs? A quoi bon détruire ces arbres qui ne m'ont fait aucun mal et
pourquoi troubler l'eau claire de ces ruisseaux qui me donneront à
boire quand j'aurai soif? Vive la mémoire d'Amadis! et qu'il soit
autant que possible imité par Don Quichotte, dont on dira comme
de son modèle, que s'il ne put mener à fin de grandes choses, il est
mort pour les avoir entreprises. »

Le temps de notre chevalier se passait donc à écrire, à soupirer, à supplier les Faunes et les Sylvains des bois, les nymphes des fontaines et la plaintive Écho de l'écouter, de lui répondre et de le consoler. Il s'occupait aussi à recueillir des plantes pour se nourrir en attendant le retour de Sancho. Si le voyage de l'écuyer eût duré trois semaines au lieu de trois jours, le Chevalier de la Triste-Figure eût été si défiguré que sa mère elle-même ne l'aurait pas reconnu. Nous le laisserons plongé dans ses vers et dans ses soupirs pour raconter ce qui advint à Sancho Pança, dans son ambassade.

A peine le fidèle écuyer eut-il gagné la grand'route, qu'il se mit en quête du Toboso ; et le jour suivant il atteignit l'hôtellerie où lui était arrivée la mésaventure de la couverture. A peine l'eut-il vue qu'il lui sembla voltiger une seconde fois dans les airs, et il ne voulut pas y entrer, bien que l'heure l'y conviât, car c'était celle du dîner. Il souhaitait cependant prendre quelque chose de chaud, attendu que depuis longtemps il n'avait goûté que de la viande froide. Le besoin l'obligea de s'approcher de l'auberge. En ce moment, deux personnes sortirent de l'hôtellerie ; en apercevant l'écuyer, l'un de ces individus demanda à l'autre :

« Dites-moi, señor licencié, ce cavalier n'est-il pas Sancho Pança, l'homme que la gouvernante de notre aventurier nous a dit avoir été emmené par son maître en qualité d'écuyer ?

— C'est lui, répondit le licencié, et c'est bien là le cheval de notre Don Quichotte. »

Les deux interlocuteurs reconnurent d'autant mieux Rossinante, que l'un était le curé et l'autre le barbier du village de Don Quichotte, ceux qui avaient fait l'examen des livres. Aussitôt qu'ils furent certains d'avoir devant eux Sancho Pança et Rossinante, ils s'approchèrent de l'écuyer pour avoir des nouvelles de leur compatriote.

« Ami Sancho Pança, cria le curé, où avez-vous laissé votre maître ? »

Sancho, le reconnaissant à son tour, résolut de ne rien révéler sur le lieu où se trouvait Don Quichotte, ni sur son état; aussi répondit-il que son maître s'occupait d'une chose importante dans un certain endroit qu'il ne pouvait désigner, dût-il lui en coûter les yeux de la tête

« Bon, bon ! Sancho Pança, s'écria le barbier, si vous ne nous dites pas où est votre maître, nous croirons, comme nous le sup-

posons déjà, que vous l'avez tué et volé puisque vous êtes monté sur son cheval. Vous nous révélerez donc où est le propriétaire du roussin, ou dites adieu au pain bis.

— Les menaces sont inutiles avec moi, répondit Sancho, je ne suis homme à tuer ni à voler personne. Mon maître, señores, fait pénitence à son goût au milieu des montagnes. »

Et, tout d'un trait, l'écuyer raconta dans quel état il avait laissé Don Quichotte, et les aventures qui leur étaient arrivées. Puis il parla de la lettre qu'il portait à madame Dulcinée du Toboso, qui se trouvait être la fille de Lorenzo Corchuelo. Le curé et le barbier demeurèrent surpris de ce que leur raconta Sancho ; bien qu'ils fussent instruits du genre de folie de Don Quichotte, chaque fois qu'ils en apprenaient de nouveaux traits, ils ne pouvaient que

s'émerveiller. Ils demandèrent à Sancho de leur montrer la lettre
destinée à madame Dulcinée du Toboso. Il leur dit qu'elle était
écrite sur un livre de souvenirs, et qu'il avait ordre de la faire copier dans le premier village qu'il rencontrerait. Le curé insista pour
la voir, déclarant qu'il se chargeait de la transcrire de sa plus belle
écriture. Sancho plongea la main dans l'ouverture que sa chemise
avait sur la poitrine, cherchant le petit livre. Il ne le trouva pas et
ne pouvait pas le trouver, l'eût-il cherché jusqu'à aujourd'hui, Don
Quichotte ayant oublié de le lui remettre et lui de le demander.
Lorsque Sancho vit que le livre manquait à l'appel, il devint d'une
pâleur mortelle ; se tâtant de nouveau le corps entier avec précipitation, il se convainquit qu'il ne l'avait pas. Alors, il se prit la barbe
à deux mains, s'en arracha la moitié, et s'administra sur l'heure
une demi-douzaine de coups de poing sur le visage et sur le nez
qu'il se mit en sang. A cette vue, le curé et le barbier lui demandèrent ce qui lui arrivait pour qu'il se traitât aussi mal.

« Que peut-il m'être arrivé, s'écria Sancho, sinon d'avoir perdu,
de la main à la main, en un instant, trois ânons dont le moindre
valait un château ?

— Comment cela? demanda le barbier.

— J'ai perdu, répondit Sancho, le portefeuille sur lequel se trouvaient écrits la lettre de Dulcinée, et un ordre signé de mon maître
par lequel il commandait à sa nièce de me donner trois ânons sur les
quatre ou cinq qui sont dans sa maison. »

Puis il raconta la perte du grison. Le curé le consola et lui dit
qu'en rejoignant son maître il se ferait remettre un ordre valable,
une nouvelle lettre de change sur papier, celles que l'on rédige
sur un portefeuille ne se payant jamais. Sancho se calma et déclara que, puisqu'il en était ainsi, il ne se mettait pas en peine
de la perte de la lettre de Dulcinée, attendu qu'il savait presque
ladite lettre par cœur et pourrait la dicter où et quand il lui plairait.

« Dites-nous-la donc, Sancho, dit le barbier, et nous la transcri-
rons ensuite. »

Sancho se gratta la tête, s'appuya sur un pied, puis sur l'autre,
regardant tantôt la terre et tantôt le ciel ; après s'être rongé la moi-

tié d'un ongle, tenant en suspens ceux qui le regardaient, il s'écria après un long silence :

« Par Dieu, señor licencié, que le diable emporte ce qui m'est resté de la lettre! toujours est-il qu'elle disait au commencement : « Haute et *souterraine* dame. »

— Elle ne disait pas *souterraine*, reprit le barbier ; elle devait dire surhumaine ou souveraine dame.

— C'est cela même, s'écria Sancho; ensuite, autant que je puis me souvenir, elle continuait.... autant que je puis me souvenir.... « Le blessé et manquant de sommeil, » et « le piqué baise à Votre Grâce les mains, ingrate et très-inconnue beauté; » puis je ne sais quoi de santé et de maladie qu'il lui envoyait. Là-dessus, il s'étendait jusqu'au moment où il finissait par : « Vôtre, jusqu'à la mort, le Chevalier de la Triste-Figure. »

Le curé et le barbier ne se divertirent pas médiocrement de la bonne mémoire de Sancho Pança; ils le louèrent beaucoup et lui firent répéter deux fois sa lettre, sous prétexte de l'apprendre à leur tour par cœur afin de la transcrire à l'heure voulue. Sancho la répéta trois fois et redit mille autres sottises. Il raconta ensuite les aventures de son maître, mais ne souffla mot de la façon dont il avait été berné lui-même dans cette hôtellerie où il refusait d'entrer. Il dit aussi comment son maître, s'il lui rapportait de bonnes nouvelles de madame Dulcinée du Toboso, devait se mettre en route pour tâcher de devenir quelque chose comme empereur, ainsi qu'ils avaient concerté la chose entre eux deux. Il ajouta que l'entreprise était facile en raison de la valeur de Don Quichotte et de la force de son bras. Une fois empereur, son maître le marierait, car lui, Sancho, serait devenu veuf, et on lui donnerait pour femme une des suivantes de l'impératrice, héritière d'un grand et riche État en terre ferme, sans îles et sans insulaires, attendu qu'il n'en voulait plus. Sancho racontait ces choses si tranquillement, tout en s'essuyant le nez de temps à autre, que les deux auditeurs admirèrent de nouveau la puissance communicative de la folie de Don Quichotte, qui avait emporté le bon sens de ce brave homme. Ils ne voulurent pas se fatiguer à le tirer de son erreur; puisque sa crédulité n'attaquait en rien sa conscience, il valait bien mieux la lui laisser, ses sottises pouvant devenir pour eux une cause de divertissement. Aussi lui recommandèrent-ils de prier Dieu pour la santé de son maître, l'assurant qu'il était très-capable de devenir empereur un jour ou l'autre, ainsi qu'il le disait, ou pour le moins archevêque ou quelque chose d'équivalent.

« Señores, répondit Sancho, si la fortune tourne sa roue de telle façon que mon maître cesse de vouloir être empereur pour devenir archevêque, je voudrais savoir ce que les archevêques errants ont coutume de donner à leurs écuyers?

— Parfois, répondit le curé, ils leur donnent un bénéfice simple, parfois une cure.

— Pour cela, répliqua Sancho, il faut que l'écuyer ne soit pas marié. Malheureux que je suis, s'il en est ainsi! je suis marié et je ne connais pas la première lettre de l'ABC. Que deviendrai-je s'il prend à mon maître la fantaisie de se faire archevêque et non empereur, comme c'est l'usage et la coutume des chevaliers errants?

— Ne vous affligez pas, ami Sancho, lui dit le barbier; nous prierons votre maître de devenir empereur et non archevêque, ce qui lui sera plus facile, attendu qu'il est plus vaillant qu'érudit.

— C'est ce qu'il m'a toujours semblé, répondit Sancho, bien que je puisse dire qu'il est habile en tout.

— Vous parlez en homme de sens, dit le curé. Maintenant il faut songer au moyen de sortir votre maître de cette pénitence inutile à laquelle vous dites qu'il s'est condamné, et tant pour réfléchir aux mesures à prendre que pour dîner, — car il est l'heure, — il sera bon d'entrer dans l'hôtellerie. »

Sancho leur dit d'entrer, qu'il les attendrait dehors, et qu'il leur raconterait ensuite pourquoi il ne lui convenait pas de pénétrer dans l'auberge. Il les pria de lui apporter quelque chose de chaud à manger, et, en même temps, de l'orge pour Rossinante. Ils disparurent, laissant là l'écuyer, et un peu plus tard le barbier lui apporta à manger.

Après avoir discuté avec son compagnon les moyens d'atteindre le but qu'ils se proposaient, il vint au curé une idée très-appropriée au goût de Don Quichotte, et qui devait servir leur dessein. Il annonça donc au barbier qu'il songeait à se vêtir en damoiselle er-

rante, tandis que maître Nicolas s'accommoderait de son mieux en
écuyer. Ainsi accoutrés, ils se rendraient au lieu où se trouvait Don
Quichotte. Là, feignant d'être une damoiselle affligée, le curé demanderait une faveur au pénitent, lequel ne pouvait manquer de la
lui accorder en qualité de valeureux chevalier errant. La grâce que
le curé transformé en damoiselle voulait demander, était que Don
Quichotte le suivît partout où il le conduirait pour venger une injure
qu'un méchant chevalier lui avait faite. Il le supplierait en même
temps de lui permettre de garder son voile, et de ne pas l'interroger
avant de l'avoir vengé. Le curé, convaincu qu'on obtiendrait ainsi
tout ce qu'on voudrait de Don Quichotte, pensait pouvoir le tirer
de la montagne et le reconduire au village, où l'on verrait à trouver un remède à son étrange folie.

CHAPITRE XXI

De la façon dont le curé et le barbier réalisèrent leur dessein, ainsi que d'autres
aventures dignes d'être racontées dans cette grande histoire.

 E barbier ne put qu'approuver
l'invention du curé, et tous deux
se mirent aussitôt à l'œuvre. Ils
empruntèrent à l'hôtesse une robe
et des coiffes, lui laissant en gage
une soutane neuve du curé. Le
barbier se fabriqua une grande
barbe avec la queue rouge d'une
vache, queue dont l'hôtelier se servait pour accrocher ses peignes.
L'hôtelière leur ayant demandé ce qu'ils pensaient faire de tous ces
objets, le curé lui expliqua en quelques paroles la folie de Don Quichotte, et son espoir de tirer, à l'aide d'un déguisement, le pauvre
chevalier de la montagne où il était en ce moment. L'hôte et sa femme comprirent que le fou devait être l'homme au baume, le maître
de l'écuyer berné, et racontèrent au curé toute cette histoire. Finalement, l'hôtesse vêtit le curé d'une façon galante; elle lui prêta une
jupe de drap toute tailladée; puis un corsage de velours vert brodé
de satin blanc, vêtements qui devaient dater du temps du roi Wamba.

Le curé ne voulut pas se laisser mettre de coiffe; il se couvrit la
tête d'un bonnet de toile piqué dont il se coiffait à l'heure de se mettre au lit. Puis, s'attachant sur le front une bande de taffetas noir,
il se fit, à l'aide d'une autre bande, un voile dont il se couvrit le visage et la barbe. Il se coiffa alors de son chapeau, assez grand pour
lui servir de parasol, et, se drapant dans son manteau, il monta sur
sa mule à la manière des femmes. Le barbier, orné d'une barbe blan-

che et rousse, fabriquée, on l'a vu, à l'aide d'une queue de vache
qui lui descendait jusqu'à la ceinture, se mit à son tour en selle. Les

deux amis dirent alors adieu aux hôtes, sans oublier la bonne Maritornes. A peine hors de l'hôtellerie, il vint à la pensée du curé qu'il
serait mal qu'un prêtre allât vêtu comme il l'était, bien que son but
fût charitable. Communiquant ses scrupules au barbier, il le pria de
changer avec lui de vêtements, attendu qu'il valait mieux que maître Nicolas se chargeât du rôle de la damoiselle affligée, tandis qu'il
représenterait lui-même l'écuyer. Il déclara au barbier que, s'il ne
consentait pas à cet échange, il renonçait pour sa part à exécuter le
projet.

En ce moment, Sancho s'approcha, et à la vue des déguisements
il ne put s'empêcher de rire. Le barbier consentit à tout ce que dé-
sirait le curé. Ils changèrent de vêtements, et le licencié indiqua à
son compère la contenance qu'il devait garder, et les paroles qu'il
devait adresser à Don Quichotte afin de l'émouvoir et de le décider
à les suivre en abandonnant le lieu qu'il avait choisi pour accomplir sa vaine pénitence. Le barbier répondit que, sans qu'il fût besoin de leçon, il saurait jouer convenablement son rôle. Jugeant inutile de s'habiller avant de se trouver près du lieu où se tenait Don
Quichotte, il plia ses vêtements ; le curé garda sa barbe et ils se remirent en route, guidés par Sancho Pança.

Le jour suivant, ils atteignirent l'endroit où Sancho avait semé les rameaux qui devaient l'aider à retrouver son maître. En les rencontrant, l'écuyer annonça qu'on pénétrait dans les montagnes, et qu'il était temps de s'habiller. Le curé et le barbier, avant de se mettre en route, avaient prévenu Sancho que le but de leur déguisement était de tirer son maître de la mauvaise voie qu'il avait choisie, lui recommandant de ne pas révéler qu'il les connût ni qui ils étaient. Dans le cas probable où son maître lui demanderait s'il avait remis la lettre à Dulcinée, il devait répondre que oui ; mais que celle-ci, ne sachant pas lire, avait ordonné de vive voix que, sous peine de l'affliger, son chevalier partît aussitôt pour se rendre près d'elle. De cette façon, et grâce à ce qu'eux-mêmes pensaient dire à Don Quichotte, ils se croyaient certains de le décider à se mettre en route avec eux pour devenir empereur, sans qu'il y eût à craindre qu'il se fît archevêque.

Sancho écouta avec attention ses deux interlocuteurs, se grava chaque point de leurs discours dans la mémoire, et les remercia de l'intention où ils étaient de conseiller à son maître de se faire empereur et non archevêque, car il était persuadé que les empereurs étaient plus à même que les chevaliers errants de récompenser leurs écuyers. Il dit aussi qu'il serait bon qu'il prît les devants pour chercher Don Quichotte et lui donner la réponse de Dulcinée, dont l'ordre serait peut-être suffisant pour le faire sortir de la montagne sans qu'ils se missent en peine. Ils trouvèrent juste l'idée de Sancho Pança, et résolurent de l'attendre jusqu'à ce qu'il leur rapportât la nouvelle qu'il avait rencontré son maître.

Sancho pénétra dans la sierra, laissant les deux amis dans une vallée arrosée par un ruisseau paisible, auquel les roches et de grands arbres qui croissaient là prêtaient une ombre agréable et fraîche. On était au mois d'août, saison où la chaleur, dans ces gorges étroites, a d'intolérables ardeurs. Les deux voyageurs commençaient à sommeiller, lorsqu'une voix douce et agréable résonna :

« O Dieu, est-il possible, disait la voix, que j'aie enfin découvert un endroit qui puisse me servir d'abri ! Je l'espère, si la solitude que promettent ces montagnes n'est pas trompeuse. »

Le curé et son compagnon entendirent ces paroles, et comme il leur parut, non sans raison, qu'elles partaient d'un endroit assez rapproché de celui où ils se tenaient, ils se levèrent pour chercher le malheureux qui les prononçait. Ils n'avaient pas fait vingt pas que, derrière un rocher, assis au pied d'un frêne, ils aperçurent un jeune garçon vêtu en paysan, et dont la tête, inclinée sur le ruisseau dans lequel il se lavait les pieds, ne leur permit pas de voir le visage. Ils approchèrent en silence et sans être entendus.

Le jeune homme retira son bonnet, puis, secouant la tête à droite et à gauche, déroula des cheveux que ceux du soleil eussent pu envier. Les deux curieux reconnurent alors que celui qu'ils avaient pris pour un jeune paysan était une femme délicate. Ils se déterminèrent alors à se montrer; au mouvement qu'ils firent pour se relever, la belle jeune femme redressa la tête, écarta de ses deux mains les cheveux qui lui voilaient le visage, et découvrit les auteurs du bruit qu'elle venait d'entendre. A leur vue, elle se mit debout, et, sans prendre le soin de se rechausser ni de rassembler ses cheveux, elle saisit avec vivacité un paquet en apparence plein de hardes qui se trouvait à son côté, puis s'enfuit effarouchée et craintive. Au bout

de dix pas, ses pieds délicats étant incapables de supporter les as-

pérités du sol, elle tomba. Les deux curieux s'approchèrent d'elle,
et le curé s'empressa de lui dire :

« Qui que vous soyez, madame, cessez de fuir ; nous n'avons
d'autre intention que de vous être utiles. Ne cherchez donc pas à
vous éloigner de nous, vos pieds se blesseraient et nous en serions
désolés. »

Confuse et surprise, la jeune femme garda le silence ; alors le
curé lui prenant la main, continua :

« Ce que votre costume nous cache, madame, vos cheveux nous
le révèlent ; ils nous prouvent avec évidence que la cause qui vous
a conduite dans cette solitude et vous oblige à déguiser votre beauté
sous un habit si humble ne peut être légère. Nous sommes heureux de vous avoir rencontrée, sinon pour remédier à vos peines,
au moins pour vous donner des conseils. Tant que la vie dure,
aucun mal ne peut arriver en effet à ce degré, que celui qui en
souffre refuse d'écouter les avis que dicte la charité. Ainsi donc,
madame, ou señor, selon qu'il vous plaira, remettez-vous de l'effroi que notre apparition vous a causé, et racontez-nous votre
bonne ou votre mauvaise fortune ; dans chacun de nous vous trouverez un être prêt à compatir à vos malheurs. »

Tandis que le curé parlait, la belle travestie demeurait interdite, regardant sans remuer les lèvres ni prononcer une parole,
comme un paysan à qui l'on montre des objets qu'il n'a jamais
vus. Mais le curé continuant à lui parler dans le même sens, elle
poussa un profond soupir et dit :

« Puisque le désordre de mes cheveux ne me permet pas de
mentir, j'essayerais en vain de feindre ; vous ne pourriez me croire
que par courtoisie. Or, señores, je vous remercie de votre offre qui
me met dans l'obligation de répondre à vos questions. »

Ces paroles furent dites par la belle jeune femme avec tant de
naturel et d'une voix si suave, que ses deux interlocuteurs admirèrent autant son esprit que sa beauté. Alors, sans se faire prier
davantage, elle leur raconta en peu de mots qu'elle se nommait
Dorothée, et qu'elle était mariée au capitaine Fernando Viezma,
depuis six mois prisonnier à Alger. Ne trouvant personne autour
d'elle qui consentît à l'accompagner en Barbarie, elle avait résolu

d'entreprendre elle-même le voyage, d'aller racheter son époux ou partager sa captivité. Afin de s'aguerrir, et aussi pour ménager ses ressources, elle voyageait à pied et avait endossé le costume d'un paysan, autant pour éviter les insultes que les questions indiscrètes.

Le curé, tout ému, parla longuement à la jeune femme, et la décida à l'accompagner jusqu'à son village. On réfléchirait alors au moyen le plus sûr de racheter son mari. Le barbier, qui jusqu'alors avait écouté en silence, joignit ses offres à celles du curé; puis il raconta le motif qui l'avait amené lui et son ami en cet endroit, et l'étrange folie de Don Quichotte dont ils attendaient l'écuyer.

Au même instant, ils entendirent appeler et reconnurent la voix de Sancho Pança qui, ne les trouvant pas là où il les avait laissés, criait de toute sa force. On alla à sa rencontre et on l'interrogea sur Don Quichotte; il raconta qu'il venait de le voir en chemise, maigre, jaune, presque mort de faim et soupirant pour sa dame Dulcinée. Bien qu'il eût dit à son maître qu'elle lui commandait de sortir de ce lieu et de se rendre au Toboso, celui-ci avait répondu qu'il ne voulait paraître devant sa beauté qu'après avoir accompli des hauts faits qui le rendissent digne des bonnes grâces de sa dame. Sancho ajouta que, pour peu que cela durât plus longtemps, son maître était exposé à ne pas devenir empereur comme il s'y était engagé, ni même archevêque, ce qui était le moins qu'il pût être. Il fallait donc aviser au moyen de le tirer de là.

Le curé lui répondit de ne pas se mettre en peine, qu'ils emmèneraient son maître de gré ou de force. Il raconta ensuite à Dorothée ce qu'il avait imaginé pour guérir Don Quichotte, ou du moins pour le ramener chez lui. Dorothée s'offrit alors pour jouer le rôle de la jeune fille affligée, rôle où elle remplacerait d'autant mieux le barbier qu'elle possédait des vêtements féminins. Elle pria les deux amis de se reposer sur elle pour l'exécution de ce qui serait nécessaire afin de mener à bien leur entreprise, attendu qu'elle avait lu beaucoup de livres de chevalerie, et qu'elle savait dans quel style les damoiselles désolées réclamaient l'aide des chevaliers errants.

« Il ne nous en faut pas plus, répondit le curé; mettons-nous donc sans retard à l'œuvre. »

Dorothée sortit aussitôt de son paquet une longue jupe de riche étoffe et une mantille de couleur verte; puis elle tira d'un coffret un collier et d'autres joyaux. Elle se para en un instant et se montra vêtue en riche et noble dame. Le plus surpris fut Sancho Pança, qui déclara n'avoir vu de sa vie une si belle personne. Aussi demanda-t-il avec empressement au curé de lui apprendre qui était cette jolie dame et ce qu'elle cherchait dans ces lieux non fréquentés.

« Cette belle dame, frère Sancho, répondit le curé, est tout bonnement l'héritière en ligne directe du grand royaume de Micomicon. Elle vient à la recherche de votre maître pour lui demander une faveur. Il s'agit de la venger d'un méchant géant qui lui a fait une insulte. C'est grâce à la renommée que Don Quichotte s'est acquise dans le monde, que cette princesse est venue à sa recherche du fond de la Guinée.

— Heureuse recherche et heureuse trouvaille, s'écria aussitôt Sancho, surtout si mon maître est assez fortuné pour venger cet outrage en tuant le géant dont parle Votre Grâce, et s'il le rencontre il le tuera, à moins qu'il n'ait affaire à un fantôme; car mon maître n'a aucun pouvoir sur les fantômes. En attendant, j'ai une prière à adresser à Votre Grâce, señor curé. Je crains toujours que l'envie ne prenne à mon maître de devenir archevêque; que Votre Grâce veuille donc bien lui conseiller de se marier tout de suite avec cette princesse. J'ai femme et enfants, et me mettre à l'heure qu'il est en quête de dispenses pour jouir d'une prébende, ce serait à n'en jamais finir. Ainsi, señor, le plus simple est que mon maître se marie tout de suite avec cette dame, que je ne nomme pas pour le moment, faute de connaître son nom.

— Elle s'appelle la princesse Micomicona, répondit le curé; son royaume étant nommé Micomicon, elle ne peut s'appeler autrement.

— Il n'y a pas de doute à cela, répliqua Sancho; j'ai vu beaucoup de gens emprunter leur nom de famille au lieu où ils sont nés, et devenir Pierre d'Alcala, Jean d'Ubéda, ou Diégo de Valladolid. »

Pendant ce temps, Dorothée s'était placée sur la mule du curé, et le barbier avait paré son visage de la queue de bœuf. Ils dirent alors à Sancho de les guider vers l'endroit où se trouvait Don Quichotte, lui recommandant de nouveau de ne pas révéler qu'il connaissait le curé et le barbier, attendu que de cette circonstance dépendait l'empire futur de son maître.

Ils avaient parcouru trois quarts de lieue environ, lorsqu'ils découvrirent Don Quichotte au milieu de roches amoncelées, déjà vêtu mais non armé. Dorothée, aussitôt qu'elle l'eut aperçu, piqua son palefroi, suivie du barbier barbu. Arrivé près du chevalier, l'écuyer improvisé sauta à bas de sa mule, présenta son bras à Dorothée qui, mettant pied à terre avec désinvolture, alla s'agenouiller aux pieds de Don Quichotte. Tandis qu'il essayait de la relever, elle lui parla en ces termes :

« Je ne me relèverai, ô valeureux et courageux chevalier, que lorsque votre bonté et votre courtoisie m'auront octroyé un don qui doit tourner au profit de votre honneur et de votre réputation, et au bénéfice de la plus désolée, de la plus offensée damoiselle que le soleil ait jamais vue.

— Belle dame, je ne vous répondrai et ne prêterai l'oreille à vos plaintes, qu'après que vous serez relevée, s'écria Don Quichotte.

— Je ne me relèverai pas, seigneur, répondit la damoiselle affligée, tant que votre courtoisie ne m'aura pas octroyé la grâce que je demande.

— Je vous l'octroie, reprit Don Quichotte, pourvu que son accomplissement ne tourne pas au préjudice de l'honneur de mon roi, de ma patrie ou de la beauté qui tient la clef de ma liberté. »

En ce moment, Sancho s'approcha de l'oreille de son maître et lui dit tout bas :

« Votre Grâce, señor, peut bien lui accorder ce qu'elle demande, cela n'est presque rien; il s'agit de tuer un gros géant, et cette dame est la haute princesse Micomicona, reine du grand royaume de Micomicon d'Ethiopie.

— Qu'elle soit ce qu'elle voudra, répondit Don Quichotte, je ferai ce à quoi je suis obligé et ce que me dicte ma conscience, conformément à ce que j'ai confessé. »

Et, se tournant vers la damoiselle, il reprit :

« Que votre grande beauté se relève; je lui accorde la faveur qu'il lui plaira de me demander.

— Je demande, dit la damoiselle, que votre magnanime personne m'accompagne sur l'heure là où je voudrai la conduire, et qu'elle me promette de n'entreprendre aucune aventure, de n'écouter aucune supplique avant de m'avoir vengée d'un traître qui, contre tout droit divin et humain, a usurpé mon royaume.

— Je vous l'octroie, répéta Don Quichotte; vous pouvez donc, señora, chasser dès aujourd'hui la mélancolie qui vous attriste. »

Il ordonna à Sancho de visiter les sangles de Rossinante et de l'aider lui-même à s'armer sur l'heure. Sancho décrocha les armes suspendues à un arbre, comme un trophée, puis resserrant les sangles du cheval, il arma son maître en un instant. Celui-ci, se voyant revêtu de son armure, s'écria :

« Allons, au nom de Dieu, secourir cette noble dame. »

Le barbier, toujours agenouillé, prenait grand soin de dissimuler son rire et d'empêcher la chute de sa barbe, accident qui
eût peut-être réduit à néant toutes leurs bonnes intentions. Lorsqu'il vit la faveur accordée, et la diligence avec laquelle Don Quichotte se préparait à se mettre en campagne, il se releva, donna

la main à sa maîtresse, et, aidé par le chevalier, il établit la dame
sur la mule. Don Quichotte enfourcha aussitôt Rossinante, le
barbier s'accommoda sur sa monture, Sancho resta à pied, ce qui
renouvela le chagrin que lui causait la perte du grison, dont il re-
grettait l'absence en ce moment. Néanmoins, il supportait tout
avec joie, car il lui semblait voir son maître en bon chemin et à
la veille d'être empereur; sans aucun doute, il pensait que Don
Quichotte allait se marier avec la princesse et devenir au moins
roi de Micomicon. Une seule chose le chagrinait, c'était de songer
que, ce royaume devant être peuplé de nègres, les vassaux qu'on
lui donnerait seraient tous noirs.

Le curé avait vu toute cette scène à travers un taillis. Aussitôt
que Don Quichotte et ses compagnons débouchèrent dans la plaine,
le curé se mit à regarder le chevalier avec attention, faisant dés
gestes comme s'il le reconnaissait. Après l'avoir longuement exa-
miné, il courut vers lui les bras ouverts et criant:

« Béni soit Dieu qui me fait rencontrer le miroir de la cheval
rie, mon cher compatriote Don Quichotte de la Manche, crème
fleur de la galanterie, soutien et vengeur des opprimés, quinte
sence des chevaliers errants! »

Tout en parlant, il embrassait la jambe gauche de Don Qu
chotte qui, surpris de ce qu'il voyait faire et entendait dire à c
homme, le contemplait de haut en bas. Il le reconnut enfin, d
meura émerveillé de le rencontrer là, et voulut aussitôt descendı
de cheval. Le curé s'y opposait et le chevalier répétait :

« Que Votre Grâce me laisse agir, señor licencié; il n'est p
juste que je sois à cheval lorsqu'une aussi révérende personne qı
Votre Grâce est à pied.

— Je n'y consentirai en aucune façon, répondit le curé; qı
Votre Grandeur reste sur Rossinante; ainsi montée, elle accompl
les plus grandes prouesses et mène à bien les plus grandes aveı
tures qui se soient vues dans notre siècle. Pour moi, humb
prêtre, il me suffira de me placer en croupe sur la mule d'uı
des personnes qui vous accompagnent, et je me figurerai que
chevauche sur Pégase ou sur le zèbre que montait le fameux Mau
Muzaraque.

— Je ne voyais pas si loin, señor licencié, répondit Don Quichott
mais je suis sûr que madame la princesse consentira, en ma faveu
à donner ordre à son écuyer de vous céder la selle de sa mule;
pourra se loger lui-même en croupe, si la bête le tolère.

— Elle le tolérera, à ce que je crois, répondit la princesse, et
sais qu'il ne sera pas nécessaire de commander à mon écuyer
céder sa place; il est trop courtois, trop bon chrétien, et conna
trop les usages de la cour pour consentir à ce qu'un ecclésiastiqı
marche à pied lorsqu'il peut aller à cheval.

— C'est vrai, répondit le barbier. »

Et mettant aussitôt pied à terre, il invita le curé, qui ne se fit p
trop prier, à profiter de la selle. Le malheur voulut qu'au mome
où le barbier sautait en croupe, la mule, qui était de louage, —
n'en faut pas dire davantage pour que l'on comprenne qu'elle éta
mauvaise, — leva le train de derrière et lança deux ruades, qui,
elles eussent atteint maître Nicolas à la poitrine ou à la tête, l

auraient fait donner au diable son voyage en faveur de Don Quichotte. Toutefois, les ruades secouèrent si bien le barbier, qu'il roula

sur le sol, et avec tant de dommage pour sa barbe qu'elle se détacha. Pour dissimuler cet accident, il ne trouva rien de mieux
que de se couvrir aussitôt le visage de ses deux mains, et de se
plaindre d'avoir les dents brisées. Don Quichotte, voyant cette masse
de barbe se détacher du visage de l'écuyer sans lui emporter la mâchoire et sans laisser trace de sang, s'écria :

« Vive Dieu, voici un miracle insigne ! le sabot de la bête lui a
rasé le menton en un clin d'œil. »

Le curé, qui vit sa ruse sur le point d'être découverte, saisit
aussitôt la barbe postiche et se rapprocha de maître Nicolas qui
continuait à crier ; puis, d'un seul coup, appuyant la tête du barbier sur sa poitrine, il lui rattacha la barbe, tout en marmottant
quelques versets d'un psaume, qui avaient, dit-il, le pouvoir de
recoller les barbes, ainsi qu'on allait le voir. En effet, lorsqu'il se
releva, l'écuyer était aussi barbu et aussi sain qu'avant l'accident.
Don Quichotte, émerveillé, pria le curé de vouloir bien lui apprendre,
aussitôt qu'il en aurait le temps, les paroles de ce psaume, dont la
vertu, à son avis, devait s'étendre plus loin qu'à recoller les barbes.

« C'est vrai, » répondit le curé ; et il promit de livrer son secret
à la première occasion.

Il fut alors décidé que le curé seul monterait la mule, que de
temps à autre il céderait sa place au barbier, jusqu'au moment où

l'on atteindrait l'hôtellerie, éloignée de deux lieues environ. Don Quichotte, la princesse et le curé étant à cheval, suivis du barbier et de Sancho marchant à pied, le chevalier dit à la damoiselle :

« Que Votre Grandeur, madame, nous guide selon son bon plaisir. »

Le curé, avant que Dorothée n'eût le temps de répondre, s'écria :

« Vers quel royaume veut nous guider Votre Seigneurie ? Serait-ce par hasard vers celui de Micomicon ? Je pense que oui, ou je me connais peu en royaumes. »

La jeune femme était assez au courant pour comprendre que sa réponse devait être affirmative.

« Oui, seigneur, dit-elle ; c'est vers ce royaume que je veux me diriger.

— S'il en est ainsi, reprit le curé, nous traverserons précisément mon village ; de là Votre Grâce prendra la direction de Carthagène, où elle pourra s'embarquer à la bonne aventure. Si le vent est propice, la mer tranquille et sans bourrasque, en un peu moins de neuf ans vous arriverez en vue des Palus-Méotides, situées à cent journées de marche en deçà du royaume de Votre Grandeur.

— Votre Grâce se trompe, monseigneur, répondit Dorothée, il n'y a que deux ans que je suis partie de mes États, et, en vérité, je n'ai jamais eu bon temps. Cependant, j'ai réussi à voir celui que je désirais tant rencontrer, le seigneur Don Quichotte de la Manche, dont les hauts faits parvinrent à mes oreilles dès que j'eus mis le pied en Espagne. Je me suis aussitôt lancée à sa recherche pour me recommander à sa courtoisie, et confier ma juste cause à la valeur de son invincible bras.

— Assez, madame, et cessez vos louanges, s'empressa de dire Don Quichotte, je suis l'ennemi de toute adulation. Mais je prie le señor licencié de me dire la cause qui a pu l'amener dans ces lieux, seul, sans domestique et si à la légère que j'en suis tout surpris.

— Je répondrai brièvement, dit le curé ; vous saurez, señor Don Quichotte, que moi et notre ami et barbier maître Nicolas, nous nous rendions à Séville pour toucher certain argent qu'un de mes parents, — passé depuis longtemps aux Indes, — m'a envoyé, et la

somme ne s'élève pas à moins de soixante mille piastres fortes.
Comme nous traversions hier ces lieux, quatre voleurs nous assail-
lirent, nous enlevèrent jusqu'à nos barbes, et nous les enlevèrent si
bien que maître Nicolas a jugé bon de s'en mettre une postiche. Le
plus curieux, c'est que le bruit court, dans ces environs, que ceux
qui nous ont dépouillés sont des galériens rendus à la liberté en ce
même endroit par un homme si courageux qu'il a rompu leurs
chaînes, en dépit du commissaire et des gardiens. Sans aucun doute,
cet homme est privé de jugement, ou bien c'est un coquin comme
ceux qu'il a délivrés, puisqu'il a eu l'idée de lâcher les loups au
milieu des brebis, les renards parmi les poules, et les mouches sur
le miel. »

Sancho avait raconté au curé et au barbier l'aventure des galériens,
menée à bien avec tant de gloire par son maître. C'est pourquoi le
curé y faisait une allusion si directe, afin de voir ce que ferait ou
dirait Don Quichotte. Le chevalier pâlissait ou rougissait à chaque
parole de son ami, et n'osait révéler qu'il était le libérateur des
bonnes gens en question.

« Ce sont donc ces galériens, continua le curé, qui nous ont volés ;
et que Dieu, dans sa miséricorde, pardonne à celui qui ne les a pas
laissé conduire au supplice qu'ils avaient mérité ! »

CHAPITRE XXII

Qui traite de l'esprit de la belle Dorothée, et d'autres choses agréables
et divertissantes.

Le curé achevait à peine de parler que Sancho dit :

« Par ma foi, señor licencié, l'auteur de cet exploit est mon maître.

— Sot ! s'écria aussitôt Don Quichotte, il n'appartient pas aux chevaliers errants de vérifier si les enchaînés et les opprimés qu'ils rencontrent se trouvent dans cette position pour leurs fautes ou pour leurs mérites. Il ne leur appartient que de les aider en les voyant malheureux ; considérant leurs peines et non leurs coquineries. J'ai rencontré un chapelet de gens mécontents et misérables, je me suis conduit avec eux comme ma religion l'exige, advienne que pourra ! A celui qui me blâmera je dis qu'il connaît peu les usages de la chevalerie, et je soutiendrai ce dire de mon épée où et quand il voudra. »

Tout en parlant, Don Quichotte s'affermit sur ses étriers et enfonça son morion. Quant au plat à barbe qu'il tenait pour l'armet de Mambrin, il le portait à l'arçon de sa selle, attendant l'occasion de faire réparer le dommage causé par les galériens.

Dorothée, connaissant la folle humeur de Don Quichotte et s'apercevant que chacun se moquait de lui, à l'exception de Sancho Pança, ne voulut pas demeurer en reste. Le voyant si courroucé, elle lui dit :

« Souvenez-vous, señor chevalier, de la faveur que vous m'avez octroyée, et par laquelle vous ne pouvez entreprendre aucune autre aventure si urgente qu'elle soit. Que le ressentiment de Votre Grâce s'apaise donc ; si le señor licencié eût su que les galériens ont été délivrés par votre invincible bras, il se fût cousu la bouche avant de prononcer une seule parole qui pût être préjudiciable à Votre Grâce.

— Je le jure, reprit le curé, et je me serais même plutôt enlevé la moustache.

— Je me tairai, madame, répondit Don Quichotte, et je me tiendrai tranquille jusqu'à ce que j'aie accompli ma promesse. Mais, en récompense de cette bonne intention, je vous supplie de me dire, — si vous n'y trouvez pas d'inconvénient, — quelle est votre peine, puis le nombre et la qualité des personnes auxquelles je dois demander satisfaction et desquelles je dois tirer en votre nom une complète vengeance.

— Je le ferai avec grand plaisir, répondit Dorothée, si vous ne craignez l'ennui que vous causeront mes plaintes et le récit de mes malheurs.

— Votre histoire ne peut ennuyer, madame, » répliqua Don Quichotte.

La jeune femme, après s'être bien accommodée sur sa selle, après avoir toussé et fait d'autres mines, parla ainsi qu'il suit :

« Je veux que vous sachiez d'abord, messeigneurs, qu'on me nomme.... »

Ici Dorothée fit une pause ; elle ne se rappelait plus le nom que le curé lui avait donné. Celui-ci, qui s'en aperçut, vint aussitôt à son secours.

« Il n'est pas étrange, señora, dit-il, que Votre Grandeur se trouble et hésite en racontant ses malheurs ; ils sont quelquefois tels qu'ils enlèvent la mémoire à ceux qui en sont victimes, au point qu'on ne se souvient plus de son propre nom. C'est ce qui arrive à Votre Grandeur ; elle me semble avoir oublié qu'elle se nomme la princesse Micomicona, légitime héritière du grand royaume de Mi-

cómicon. Avec cette légère indication, Votre Grandeur peut maintenant rappeler à sa pitoyable mémoire tout ce qu'elle voudra nous
raconter.

— C'est la vérité, répondit la jeune femme ; mais je crois qu'il
sera dorénavant inutile de rien m'indiquer, et que j'arriverai à bon
port avec ma véridique histoire. Or mon père, qui se nommait Trinacrio le Sage, était très-savant dans l'art de la magie. Par sa
science, il parvint à savoir que ma mère, la reine Jaramilla, mour-
rait avant lui ; que peu de temps après il perdrait la vie à son tour,
et que je resterais orpheline de père et de mère. Il prétendait ne pas
s'affliger autant de ces événements, que de savoir d'une façon certaine qu'un géant démesuré, souverain d'une grande île qui touche
presque à notre royaume, et nommé Pandafilando de la Vue-Hagarde, aussitôt qu'il me saurait orpheline, envahirait mon royaume
avec une puissante armée, et me dépouillerait de mes États, sans
me laisser même un hameau où me réfugier ; ce désastre, je pouvais
l'éviter, si je me décidais à épouser le conquérant. Mon père me recommanda, lorsque je serais orpheline et que je verrais Pandafilando
commencer à pénétrer dans mon royaume, de ne pas me mettre en
défense. La résistance ne devant me conduire qu'à ma perte, il fallait
laisser le champ libre à l'envahisseur, si je voulais éviter la destruction de mes bons et loyaux vassaux. Il me conseilla en outre de partir
aussitôt avec quelques serviteurs fidèles pour les Espagnes, où je
trouverais remède à mes maux en la personne d'un chevalier errant
dont la renommée s'étendrait alors par tout le royaume, lequel
chevalier, si je me souviens bien, se nommait Don Azote ou Don
Gigote.

— Il a dû dire Don Quichotte, madame, s'écria Sancho, ou le
Chevalier de la Triste-Figure !

— En effet, reprit Dorothée ; il me prévint encore que ce chevalier
devait être de haute taille et sec de visage, et je suis tombée juste en
me recommandant au señor Don Quichotte, qui est bien le chevalier désigné, puisque les signes de son visage se rapportent à la
bonne renommée dont jouit ce chevalier, non-seulement en Espagne, mais dans toute la Manche. J'étais à peine débarquée à Ossuna, que j'entendis parler de ses prouesses en des termes qui

firent comprendre à mon âme que c'était celui que je venais chercher.

— Comment Votre Grâce a-t-elle pu débarquer à Ossuna, qui n'est pas un port de mer? » demanda Don Quichotte.

Sans laisser à Dorothée le temps de répondre, le curé s'interposa en disant :

« Madame la princesse veut sans doute dire qu'après avoir débarqué à Malaga, Ossuna est le premier endroit où elle a eu des nouvelles de Votre Grâce.

— C'est bien là ce que j'ai voulu dire, reprit Dorothée.

— Le chemin est indiqué, dit le curé, Votre Majesté peut poursuivre.

— Je n'ai rien à ajouter, répondit Dorothée ; grâce à l'heureux sort qui m'a fait rencontrer le seigneur Don Quichotte, je me crois et me tiens déjà pour reine et maîtresse de mon royaume ; il me suivra où je voudrai le conduire, c'est-à-dire devant Pandafilando de la Vue-Hagarde, afin de le tuer et de me rendre ce que mon ennemi m'a enlevé contre toute justice. Et ces choses arriveront tout naturellement, attendu qu'elles ont été prédites par mon père Trinacrio le Sage. En outre, il a laissé un écrit, en lettres chaldéennes ou grecques, — que je ne sais pas lire, — où il est dit que, si le chevalier de la prophétie veut se marier avec moi, après avoir tranché la tête du géant, je dois me constituer aussitôt et sans réplique son épouse légitime, et lui donner possession de mon royaume.

— Que t'en semble, ami Sancho? dit alors Don Quichotte. Entends-tu ce qui arrive? Ne te l'avais-je pas dit? Vois un peu si nous avons un royaume à gouverner et une reine à épouser.

— J'en jurerais maintenant, s'écria Sancho, et niais celui qui ne se marierait pas après avoir tranché l'avaloir du seigneur Panfilando. »

Tout en parlant, l'écuyer fit deux gambades pour montrer sa joie, puis, saisissant la bride de la mule de Dorothée, il la força de s'arrêter, s'agenouilla devant la jeune femme, lui demandant sa main à baiser en signe qu'il la reconnaissait pour sa reine et maîtresse.

Qui n'eût pas ri, parmi les assistants, en voyant la folie du maî-

11

tre et la simplicité de Sancho? Dorothée présenta sa main à l'écuyer,
lui promettant de le faire grand seigneur de son royaume aussitôt
que le ciel lui permettrait de le recouvrer et d'en jouir. Sancho la
remercia en de tels termes qu'il provoqua un nouveau rire général.

« Voilà donc mon histoire, messeigneurs, continua Dorothée; je
n'ai plus qu'à vous dire que, des nombreux serviteurs qui m'accompagnaient à mon départ de mon royaume, il ne me reste que cet
écuyer si barbu, tous les autres s'étant noyés dans une tempête
qui nous assaillit en vue du port. Et si, en quelque point, j'ai été
exagérée ou moins mesurée que je l'aurais dû, rejetez-en la faute
sur ce que le señor licencié a dit au commencement de mon récit :
les peines continuelles et extraordinaires enlèvent la mémoire à
ceux qui souffrent.

— Elles ne m'enlèveront pas la mienne, ô haute et vaillante
dame, répondit Don Quichotte, quels que soient les maux inouïs
que j'aurai à endurer pour votre service. Aussi, je vous confirme
de nouveau ma promesse, et je jure de vous suivre au bout du
monde, jusqu'au jour où je me rencontrerai avec votre fier ennemi,
dont je compte, avec l'aide de Dieu et de mon bras, trancher la tête
orgueilleuse du fil de mon épée. Après avoir tranché cette tête, et
vous avoir rétablie dans la libre possession de vos Etats, vous resterez maîtresse de disposer de votre personne à votre gré; car tant
que ma mémoire sera occupée, ma volonté captivée par.... il ne
m'est pas possible de songer, même de loin, à me marier, fût-ce
avec l'oiseau phénix. »

Les dernières paroles de son maître choquèrent si fort Sancho,
qu'il s'écria en colère :

« Par tous les diables, señor Don Quichotte, Votre Grâce dérai-
sonne. Comment peut-elle hésiter à se marier avec une aussi haute
princesse? Pensez-vous que la fortune vous offrira sous chaque
caillou un bonheur semblable à celui-ci? Est-ce que, par aventure,
madame Dulcinée est plus belle que madame? Non certes, pas même
de moitié, et je suis même prêt à dire qu'elle n'arrive pas à la semelle des souliers de la personne qui est devant moi. »

Don Quichotte ne put souffrir qu'on proférât de telles insultes
contre sa dame, il leva sa lance et, sans rien dire à Sancho, pas
même « gare à toi, » il lui en appliqua deux si bons coups qu'il le
renversa. Sans Dorothée, qui commanda au chevalier de ne pas
frapper davantage, Sancho eût sans doute perdu la vie.

« Pensez-vous, méchant vilain, dit Don Quichotte après un moment de silence, qu'il soit toujours l'heure de m'échauffer les
oreilles, et que notre temps doive se passer, vous à divaguer,
et moi à pardonner? Ne le croyez pas plus longtemps, coquin, et tu
l'es sans aucun doute, puisque ta langue vient d'offenser l'incomparable Dulcinée. Ne savez-vous pas, rustre, faquin, que sans la valeur qu'elle communique à mon bras, je n'aurais pas la force de
tuer une puce? Dites, traître à langue vipérine, qui, à votre avis,
a gagné ce royaume, coupé la tête de ce géant, et fait de vous un
marquis? — car je considère ces choses comme terminées, passées
et jugées, — qui donc, dis-je, sinon la vaillance de Dulcinée se servant de mon bras comme instrument de ses prouesses? Comment
êtes-vous si peu reconnaissant envers celle qui vous a tiré de la
poussière pour faire de vous un seigneur titré? Comment répondez-
vous à une si grande faveur? En disant du mal de celle qui vous l'a
value! »

Sancho n'était pas assez maltraité pour ne pas entendre les paroles de son maître; se levant avec assez de prestesse, il alla se placer derrière le palefroi de Dorothée, et de là, il s'écria :

« Dites-moi, señor, si Votre Grâce a résolu de ne pas se marier
avec cette grande princesse, il est clair que le royaume ne sera pas
à vous, et le royaume n'étant pas à vous, quelles faveurs pourrez-

vous m'accorder? C'est de cela que je me plains. Que Votre Grâce
se marie une bonne fois avec cette reine. Pour ce qui est de la
beauté, je n'en dis rien; s'il faut parler en toute sincérité, les deux
dames me paraissent bien, quoique je n'aie jamais vu madame Dulcinée.

— Comment, tu ne l'as pas vue, traître blasphémateur! Ne viens-
tu pas de m'apporter un message de sa part?

— Je voulais dire que je ne l'ai pas vue assez à loisir, reprit Sancho, pour noter, point par point, sa beauté et ses bonnes qualités;
mais, vue en gros, elle me semble bien.

— Je t'excuse, répondit Don Quichotte; pardonne-moi de ton
côté le chagrin que je t'ai causé; les premiers mouvements ne dé-
pendent pas de la main de l'homme.

— J'en suis convaincu, répliqua Sancho; ainsi chez moi le premier mouvement est toujours l'envie de parler.

— Qu'il ne soit plus question de rien, dit Dorothée; allez baiser
la main de votre maître, Sancho; demandez-lui pardon, et dorénavant soyez plus mesuré dans vos louanges ou dans vos blâmes. »

Sancho, la tête basse, alla baiser la main de son maître, qui la
lui tendit d'un air grave, et lui donna sa bénédiction. Il lui dit ensuite de prendre les devants, qu'il avait quelques questions à lui
adresser. Sancho obéit, et lorsque tous deux eurent pris un peu
d'avance, Don Quichotte lui dit :

« Depuis ton retour, je n'ai trouvé ni le temps ni la liberté de
t'interroger sur les détails de ton ambassade et sur la réponse que
tu m'as apportée. A cette heure, puisque la fortune nous accorde
l'occasion et le loisir, ne me refuse pas le bonheur que me causeront
tes bonnes nouvelles.

— Que Votre Grâce m'adresse les questions qu'elle voudra, répondit Sancho, je sortirai de mon ambassade aussi bien que j'y suis
entré. »

En ce moment, ils virent déboucher sur le chemin qu'ils suivaient un homme monté sur un âne; lorsqu'ils purent le distinguer,
l'inconnu leur parut être un bohémien. Sancho Pança, qui jamais
ne voyait un grison sans que ses yeux et son âme ne suivissent
l'animal, reconnut soudain Ginès de Passamont, et par le fil du

galérien, il tira le peloton de son âne, car c'était bien le grison que
Passamont montait.

Le galérien, afin de n'être pas reconnu et de pouvoir vendre
l'âne, avait revêtu le costume des bohémiens, dont il parlait la

langue ainsi que bien d'autres idiomes, comme s'ils lui étaient
naturels Le voir et le reconnaître fut tout un pour Sancho, qui
lui cria :

« Ah! voleur de Ginésille, rends-moi mon bien, ne te prélasse
pas sur mon lieu de repos; laisse mon âne et ma joie Fuis, coquin! détale, voleur! et restitue ce qui n'est pas à toi. »

Tant d'injures n'étaient pas nécessaires; au premier cri, Ginès
sauta à bas de sa monture et disparut en un instant à tous les yeux.
Sancho, arrivé près de son grison, l'embrassa et lui dit :

« Comment t'es-tu porté, mon bien, grison de mon âme, mon
cher camarade? »

Et il le baisait et le caressait comme s'il eût eu affaire à une per
sonne intelligente. L'âne se taisait, se laissant embrasser et caresser

par Sancho sans répondre une seule parole. La cavalcade rejoignit
l'écuyer, et chacun le félicita d'avoir recouvré le grison, surtout Don
Quichotte qui lui déclara ne pas annuler pour cela la lettre de
change des trois ânons, ce dont Sancho le remercia.

« Jetons un voile sur nos querelles passées, ami Sancho, reprit
Don Quichotte, et dis-moi, sans bouderie et sans rancune, où, comment et quand tu as rencontré Dulcinée. Que faisait-elle? Que lui
as-tu dit? Que t'a-t-elle répondu? Qu'as-tu lu sur son visage, tandis
qu'elle parcourait ma lettre? Qui te l'a transcrite? Enfin tout ce
qu'en cette occasion tu as vu qui soit digne d'être su, dis-le-moi
sans rien ajouter et sans mentir pour m'être agréable, mais aussi
sans rien retrancher qui puisse amoindrir ma satisfaction.

— Señor, répondit Sancho, s'il faut avouer la vérité, personne
ne m'a transcrit la lettre, attendu que je ne l'ai pas emportée.

— C'est juste, répondit Don Quichotte. Deux jours après ton départ, j'ai retrouvé les tablettes où j'avais écrit la lettre, ce qui me
causa un grand chagrin; je croyais toujours que tu reviendrais la
chercher dès que tu t'apercevrais qu'elle te manquait.

— J'aurais agi ainsi, répondit Sancho, si je ne l'avais pas ap-
prise par cœur lorsque Votre Grâce m'en fit la lecture, de façon

que je l'ai dictée à un sacristain qui l'a tirée de ma tête, mot à mot,
si bien qu'il déclara que de sa vie, quoiqu'il eût lu beaucoup de
lettres d'*excommunion*, il n'avait ni vu ni lu une aussi belle lettre
que celle-là.

— Et la sais-tu encore par cœur, Sancho? demanda Don Quichotte.

— Non, señor, répondit Sancho; après l'avoir dictée, comme je
vis qu'il était inutile de la retenir plus longtemps, je me mis à l'ou
blier. Et s'il m'en reste quelque chose dans l'esprit, c'est la *souterraine....* la souveraine dame, veux-je dire; puis tout ce qui venait
en dernier : « Votre jusqu'à la mort, le Chevalier de la Triste-Figure. » Entre ces deux choses, j'ai placé plus de trois cents : « mon
âme, ma vie, » et « mes yeux! »

CHAPITRE XXIII

De l'agréable conversation qu'eut Don Quichotte avec son écuyer Sancho Pança,
et d'autres aventures.

Tout cela ne me déplaît pas, répondit Don Quichotte; mais continue. Lorsque tu es arrivé près d'elle, que faisait cette reine de beauté? Tu l'as trouvée, j'en suis sûr, enfilant des perles ou brodant avec du fil d'or une devise pour son chevalier captif.

— Je l'ai trouvée, dit Sancho, vannant deux mesures de blé dans une basse-cour de son logis.

— Tu peux compter, reprit Don Quichotte, que, touchés par ses mains, les grains de blé se changeaient en perles; as-tu vu de près, ami, si ce blé était du froment ou du blé noir?

— Ce n'était que du blé blond, répondit Sancho.

— Je t'assure, répliqua Don Quichotte, que, vanné par ses mains, ce blé sans aucun doute a donné du pain de première qualité. Mais poursuis; lorsque tu lui as remis ma lettre, l'a-t-elle élevée au-dessus de sa tête? A-t-elle accompli quelque cérémonie digne d'une telle missive? enfin qu'a-t-elle fait?

— Au moment où j'allais la lui remettre, répondit Sancho, elle était dans la fougue de son travail, et secouait un bon tas de blé dans un crible. « Posez cette lettre sur ce sac, me dit-elle; je ne « pourrai la lire que lorsque j'aurai fini de cribler ce grain. »

— O dame discrète! s'écria Don Quichotte. C'était afin de lire la
lettre avec lenteur et de la mieux savourer. Continue, Sancho; que

te demanda-t-elle sur mon compte? Finis, raconte-moi tout, et que
pas une syllabe ne reste dans l'encrier.

— Elle ne m'a rien demandé, répondit Sancho; néanmoins, je
lui ai raconté de quelle manière Votre Grâce était restée ici à
faire pénitence pour son service, pleurant et maudissant son destin.

— Tu as eu tort de dire que je maudissais mon destin, Sancho,
reprit Don Quichotte; je le bénis au contraire, et je le bénirai tous
les jours de ma vie pour m'avoir rendu digne d'une aussi haute
dame que Dulcinée du Toboso.

— Elle est si haute, répliqua Sancho, que, sans mentir, elle me
dépasse de la tête.

— Comment, Sancho? demanda Don Quichotte, t'es-tu donc
mesuré avec elle?

— Je me suis mesuré de la manière suivante, répondit Sancho;
voulant l'aider à placer un sac de blé sur le dos d'un âne, nous
nous sommes trouvés si près l'un de l'autre, que j'ai pu juger
qu'elle me dépassait d'une bonne palme.

— Il est vrai, reprit Don Quichotte, que cette grandeur du corps
est accompagnée et ornée de mille millions de grâces de l'esprit.

Maintenant, son blé vanné et parti pour le moulin, que fit-elle
lorsqu'elle lut ma lettre?

— La lettre, répondit Sancho, elle ne l'a pas lue, car elle ne
sait ni lire ni écrire; elle la déchira en petits morceaux, disant
qu'elle ne voulait la donner à lire à personne, afin qu'on ne connût pas ses secrets dans le village. Elle ajouta qu'elle se conten-
tait de ce que je lui avais raconté touchant la pénitence extraordinaire que vous faisiez pour elle. En outre, elle vous prie et vous
ordonne, au reçu de la présente, de sortir de ces broussailles, de
renoncer aux extravagances, et de vous mettre tout de suite, tout
de suite, en route pour le Toboso. Elle a beaucoup ri, lorsque je
lui ai raconté comment Votre Grâce se nomme le *Chevalier de la
Triste-Figure*. Je lui ai demandé si le Biscaïen de l'autre jour
s'était présenté par là. Elle m'a dit que oui et que c'était un homme
de bien. Je lui ai parlé aussi des galériens, elle m'a assuré n'en
avoir encore vu aucun.

— Tout va bien! s'écria Don Quichotte. Sais-tu ce qui m'émer-
veille, Sancho? C'est qu'il me semble que tu as dû aller et revenir

par les airs, attendu que tu n'as employé que trois jours pour te
rendre au Toboso et revenir, et il y a d'ici trente lieues pour le
moins. Je crois comprendre que le savant nécromancien qui est
mon ami et s'occupe de mes affaires, — je dois en avoir un forcément, sous peine de n'être pas un bon chevalier errant, — ce sage
donc a dû t'aider à ton insu à cheminer. Il y a, vois-tu, de ces
magiciens qui prennent un chevalier errant endormi dans un lit;
puis, sans qu'il sache comment, ledit chevalier se réveille à mille
lieues de l'endroit où il s'était couché. Autrement, les chevaliers
errants ne pourraient se porter secours dans leurs périls, ainsi
qu'il arrive à chaque instant. Il se peut que l'un d'eux, qui se trouve
à lutter dans les montagnes d'Arménie contre un Andriaque, un

monstre sauvage ou contre un autre chevalier, se voie prêt à succomber. A l'improviste, sur un nuage ou sur un char de feu,
apparaît un chevalier son ami qui chevauchait en Angleterre
quelques moments auparavant, lequel débarque à temps pour
le secourir et lui sauver la vie. Le soir même, il se retrouve
dans son logis, soupant joyeusement, bien que la distance qui
sépare les deux endroits soit souvent de trois mille lieues. Toutes
ces choses s'accomplissent grâce à l'industrie et à la sagesse des
savants enchanteurs qui prennent soin de ces valeureux cheva-

liers. Aussi, ami Sancho, je crois sans peine que tu as pu aller et
venir d'ici au Toboso en si peu de temps; car, je le répète, le
savant mon ami a dû t'emporter par les airs sans que tu t'en sois
douté.

— Cela a dû être, répondit Sancho; sur ma foi, Rossinante che-

minait comme l'âne d'un bohémien lorsqu'il a du vif-argent dans
les oreilles.

— Il avait non-seulement du vif-argent, répliqua Don Quichotte,
mais une légion de ces démons qui cheminent et font cheminer
sans fatigue ceux qu'ils veulent aider. Laissons maintenant ce
sujet. Que te paraît-il que je doive résoudre, touchant l'ordre que
m'envoie ma dame de l'aller voir? Bien que je comprenne que je
suis obligé de lui obéir, je me trouve embarrassé à cause de la
promesse faite à la princesse que nous accompagnons, les lois de
la chevalerie me forçant à tenir ma parole avant de songer à mon
plaisir. Mon projet serait de cheminer en toute hâte afin d'atteindre
promptement l'endroit où se trouve ce géant, de lui couper la tête
en arrivant, de rétablir pacifiquement la princesse dans ses Etats,
puis de revenir aussitôt vers la lumière qui éclaire mon âme. Je
lui présenterai de si bonnes excuses, qu'elle applaudira elle-même
à mon retard, lorsqu'elle verra qu'il tourne au profit de sa gloire
et de sa renommée.

— Hélas! s'écria Sancho, combien Votre Grâce boite de ce pied! Dites-moi, señor, Votre Grâce compte-t-elle parcourir tant de chemin pour rien, et laisser échapper un si riche et si noble mariage que celui-ci, où l'on vous donne un royaume pour dot! Taisez-vous pour l'amour de Dieu, soyez honteux de ce que vous avez dit, suivez mon conseil, pardonnez-moi et mariez-vous dans le premier village où il y aura un curé; sinon, nous avons là notre licencié qui s'en tirera à merveille. Considérez que j'ai l'âge pour offrir des avis, et que celui-ci vient à propos, attendu qu'un oiseau dans la main vaut mieux qu'un aigle qui vole, et que celui qui, ayant le bien, choisit le mal, n'a plus le droit de se fâcher de ce qui lui arrive.

— Remarque une chose, Sancho, répondit Don Quichotte; si tu me conseilles de me marier afin que je devienne roi après avoir tué le géant, et afin qu'il me soit plus facile de te récompenser et de te donner ce que je t'ai promis, je te dirai que, sans me marier, je puis facilement combler tes vœux. Avant de commencer le combat, je mettrai pour condition que, si je suis vainqueur et que je ne me marie pas, on me cédera une province du royaume, afin que je puisse l'offrir à qui je voudrai. Cette province, à qui veux-tu que je la donne, si ce n'est à toi?

— Ceci est clair, répliqua Sancho; mais je supplie Votre Grâce de choisir un morceau du royaume situé du côté de la mer, de façon que, si je ne m'y plaisais pas, je puisse embarquer mes vassaux noirs. En attendant, que Votre Grâce ne se mette pas en peine pour le moment de rendre visite à madame Dulcinée; allez tout droit tuer le géant et terminons cette affaire qui, de par Dieu, sera de grand honneur et de grand profit.

— Je t'assure, Sancho, reprit don Quichotte, que tu es enfin dans le vrai, et que je suivrai ton conseil en ce qui est d'aller avec la princesse avant de revoir Dulcinée. Je te recommande néanmoins de ne confier à personne, pas même à ceux qui nous accompagnent, ce que nous venons de conclure et d'arrêter.

— S'il en est ainsi, dit Sancho, pourquoi Votre Grâce ordonne-t-elle à tous ceux qui sont vaincus par son bras de se présenter à madame Dulcinée? En outre, comme ceux qui se présentent doi-

vent s'agenouiller devant elle et lui annoncer qu'ils viennent de
votre part lui jurer obéissance, comment voulez-vous que vos pensées et les siennes restent secrètes?

— Que tu es niais et simple! répondit Don Quichotte. Ne vois-tu
pas, Sancho, que ces hommages tournent à sa plus grande gloire?
Il faut que tu saches que, dans notre style de chevalerie, c'est un
grand honneur pour une dame que d'avoir beaucoup de chevaliers
errants qui la servent. »

En ce moment, maître Nicolas leur cria d'attendre un peu, parce
que leurs compagnons voulaient se désaltérer à une petite source
qui se trouvait là. Don Quichotte s'arrêta à la grande satisfaction
de Sancho qui, fatigué de tant mentir, craignait que son maître ne
découvrît la supercherie; car bien qu'il sût que Dulcinée était une
paysanne du Toboso, il ne l'avait vue de sa vie. On mit pied à
terre près de la fontaine, et grâce aux provisions emportées de l'hôtellerie par le curé, chacun put satisfaire à demi sa faim.

Tandis qu'ils mangeaient, vint à passer sur la route un jeune
garçon qui s'arrêta pour regarder avec attention les convives assis
autour de la fontaine; au bout d'un instant, il s'approcha de Don
Quichotte, lui embrassa les genoux et se mit à pleurer à chaudes
larmes en disant :

« Hélas, señor, Votre Grâce ne me reconnaît-elle pas? Regardez-
moi bien, je suis le berger Andrès. C'est moi que Votre Grâce a
délié du chêne auquel j'étais attaché. »

Don Quichotte le reconnut, et, le prenant par la main, il l'amena
près des assistants.

« Vos Grâces, dit-il, pourront juger combien il importe qu'il
y ait au monde des chevaliers errants pour redresser les torts et
réparer les injustices que commettent les insolents et les méchants. Qu'elles sachent que, ces jours passés, me trouvant près
d'un bois, j'entendis des cris et des plaintes qui semblaient poussés par une personne affligée. Mû par le devoir, je courus vers
l'endroit où ces accents lamentables résonnaient, et vis, attaché
à un chêne, le jeune garçon ici présent; il était nu jusqu'à la
ceinture, tandis qu'un vilain, que je sus plus tard être son maître,
lui déchirait les chairs avec les rênes d'une jument. A peine l'eus-

je aperçu, que je lui demandai la cause de l'atroce correction qu'il
infligeait à ce garçon. Le rustre me répondit qu'il fouettait son

serviteur pour certains manques de soins qui sentaient plus le larron que le sot. Ce jeune garçon affirma qu'on le battait parce qu'il
réclamait son salaire, et le maître répliqua par je ne sais quelles
excuses que j'entendis sans les admettre. Enfin, je fis détacher la
victime; je reçus le serment du vilain qu'il emmènerait son serviteur et le payerait rubis sur l'ongle. Tout cela n'est-il pas vrai, fils
Andrès? Réponds sans te troubler, sans hésiter, et explique à ces
señores ce qui s'est passé, afin qu'ils puissent juger combien il est
utile, ainsi que je l'ai dit, qu'il y ait des chevaliers errants sur les
chemins.

— Tout ce que Votre Grâce a dit est la vérité pure; par malheur, la fin de l'histoire est à l'envers de ce que vous vous figurez.

— Comment, à l'envers? répliqua Don Quichotte, le rustre ne
t'a-t-il pas payé?

— Non-seulement il ne m'a pas payé, répondit Andrès, mais à peine Votre Grâce eut-elle mis le pied hors du bois et se vit il seul, qu'il me rattacha au même chêne et me frappa de nouveau au point que je restai écorché comme un saint Barthélemi. A chaque coup, il me lançait une plaisanterie pour se moquer de Votre Grâce, et sans la douleur que je ressentais, j'aurais ri de ce qu'il disait. En résumé, il me laissa dans un tel état que j'ai dû entrer dans un hôpital pour me guérir du mal que ce méchant homme m'a fait.

— Le mal, dit Don Quichotte, vient de ce que je suis parti trop tôt; j'aurais dû attendre qu'il t'eût payé. Néanmoins, tu te souviens, Andrès, que j'ai juré que s'il ne te payait pas, j'irais le chercher et que je le trouverais, se cachât-il dans le ventre d'une baleine?

— C'est très-vrai, répondit Andrès; par malheur, cela n'a servi à rien.

— Tu verras maintenant si cela sert à quelque chose! » s'écria Don Quichotte.

Et se levant avec précipitation, il ordonna à Sancho de seller Rossinante. Dorothée lui demanda ce qu'il voulait faire; il répondit qu'il allait se mettre en quête du vilain, le châtier de sa mauvaise foi, et l'obliger à payer Andrès jusqu'au dernier maravédis. Dorothée le pria de remarquer qu'il ne pouvait, selon sa promesse, entreprendre aucune aventure avant d'avoir rempli son engagement, et qu'il devait calmer sa colère jusqu'à son retour du royaume de Micomicon.

« Vous avez raison, répondit Don Quichotte; il faut forcément, comme vous le dites, madame, qu'Andrès patiente jusque-là. En attendant, je lui promets de nouveau de ne pas m'arrêter tant qu'il ne sera pas vengé et payé.

— Je ne crois guère à ces serments, répondit Andrès, et je préférerais, à toutes les vengeances du monde, posséder de quoi arriver à Séville; donnez-moi, si vous le pouvez, quelque chose à manger et à emporter; puis, que Sa Grâce et tous les chevaliers errants restent avec Dieu, et puissent-ils errer pour leur propre compte aussi bien qu'ils ont erré pour le mien. »

Sancho prit un morceau de pain et un morceau de fromage, et les présentant au jeune garçon, lui dit :

« Tenez, Andrès ; de cette façon, chacun de nous sera atteint par votre mésaventure.

— En quoi ma disgrâce peut-elle vous atteindre ? demanda Andrès.

— Ce pain et ce fromage que je vous offre, répondit Sancho, Dieu sait s'ils me feront faute ou non ; je vous apprends, mon ami, que nous autres écuyers de chevaliers errants, nous sommes sujets à la faim, aux mésaventures et à d'autres choses qui se sentent mieux qu'elles ne se disent. »

Andrès accepta le pain et le fromage, puis, voyant que personne ne lui donnait plus rien, il baissa la tête et reprit sa route. Il est vrai qu'avant de s'éloigner il dit à Don Quichotte :

« Pour l'amour de Dieu, señor chevalier errant, si vous me rencontrez une autre fois, ne m'aidez ni ne me secourez ; laissez-moi avec ma mauvaise chance ; elle ne sera jamais si grande que celle qui me viendrait de l'aide de Votre Grâce, que Dieu maudisse, ainsi que tous les chevaliers errants, passés ou présents. »

Don Quichotte allait se lever pour le châtier ; mais Andrès se mit à courir de façon que nul n'eût envie de le suivre. Don Quichotte demeura confus de l'histoire du jeune garçon, et ses compagnons eurent besoin de tout leur sang-froid pour contenir leur envie de rire, et ne pas mettre le comble à son humiliation.

CHAPITRE XXIV

Qui traite de ce qui arriva dans l'hôtellerie à toute la troupe de Don Quichotte.

E frugal repas terminé, on sella les montures et, sans qu'il arrivât rien qui soit digne d'être raconté, la cavalcade atteignit le jour suivant l'hôtellerie, cauchemar de Sancho Pança qui, bien contre son gré, ne put se dispenser d'y entrer. L'hôte, l'hôtesse, sa fille et Maritornes, lorsqu'ils virent paraître Don Quichotte et Sancho, sortirent pour les recevoir avec de grandes démonstrations de joie. Le chevalier les accueillit d'un air grave et leur dit de lui préparer un meilleur lit que la dernière fois. L'hôtesse répondit que, pourvu qu'il le payât mieux, elle lui donnerait un lit de prince.

Don Quichotte promit; on lui dressa un lit passable dans le même galetas qu'il avait habité, et il s'empressa de se coucher, se sentant aussi exténué de corps que d'esprit.

A peine se fut-il retiré, que l'hôtesse se jeta sur le barbier et le saisit par la barbe.

« Par ma patronne, dit-elle, ma queue ne vous servira pas plus longtemps de barbe, et vous allez me la rendre ; le peigne de mon mari, que j'avais coutume d'y pendre, se promène sur le sol que c'est une honte. »

Le barbier refusait, et elle tirait de plus en plus fort ; mais le curé dit à son compagnon de restituer la queue, la supercherie

devenant inutile et chacun pouvant se montrer sous sa forme naturelle ; il suffirait maintenant de dire à Don Quichotte que, lorsque
les galériens l'avaient dépouillé, il s'était réfugié dans cette hôtellerie. Si le chevalier s'informait de l'écuyer de la princesse, on lui
annoncerait qu'elle l'avait envoyé en avant, afin qu'il prévînt les
habitants de son royaume qu'elle arrivait accompagnée de leur
libérateur.

Tous les gens de l'hôtellerie s'émerveillèrent de la beauté de
Dorothée. Le curé fit en sorte qu'on préparât le dîner à l'aide des
provisions qui se trouvaient dans la maison, et l'hôte, dans l'espoir
d'une bonne paye, disposa un repas présentable. Comme Don Quichotte dormait, on jugea à propos de ne pas le réveiller, le sommeil
lui étant en ce moment plus profitable que la nourriture.

Après le repas, l'hôtelier, sa femme, sa fille, Maritornes et tous
les autres étant présents, on parla de l'étrange folie de Don Quichotte et de l'état dans lequel on l'avait rencontré. L'hôtesse raconta
l'aventure du chevalier avec le muletier ; puis elle chercha des
yeux Sancho ; ne le voyant pas, elle termina son récit par l'histoire
de la couverture qui ne divertit pas médiocrement les convives. Le
curé ayant rapporté que les livres de chevalerie lus par Don Quichotte lui avaient troublé la cervelle, l'hôte répondit :

« Cela m'étonne, car à mon avis il n'y a pas de meilleure lecture
au monde. Je possède ici deux ou trois de ces livres qui, bien certainement, m'ont charmé, moi et bien d'autres. A l'époque de la
récolte, de nombreux moissonneurs se réunissent chez moi les jours
de fête ; il s'en trouve toujours un sachant lire qui prend un de ces
livres, et nous sommes une trentaine à l'entourer et à l'écouter
avec un tel plaisir, que nous nous sentons rajeunis. Pour mon
compte, je puis affirmer que, lorsque j'entends parler de ces coups
d'épée furibonds et terribles que portent les chevaliers, il me prend
l'envie d'en faire autant, et je voudrais écouter jour et nuit.

— Montrez-moi, señor hôte, dit le curé, ces fameux livres que je
veux voir.

— Avec plaisir, » répondit celui-ci.

Et pénétrant dans sa chambre, il rapporta une vieille malle
fermée par une chaînette. Lorsque le curé l'eut ouverte, il y trouva

trois gros volumes. Le premier livre qu'il ouvrit était l'*Histoire de Don Cirongilio de Thrace*, le second *Félix-Mars d'Hircanie* et le troisième l'*Histoire du grand capitaine Gonzalve Hernandez de Cordoue*, suivie de la *Vie de Diégo Garcia de Parédès*. A peine le curé eut-il lu le titre des deux premiers qu'il se tourna vers le barbier et dit :

« La gouvernante et la nièce de notre ami nous font faute en ce moment.

— Nullement, répondit le barbier, je saurai, aussi bien qu'elles, porter ces livres soit dans la basse-cour soit dans la cheminée, où il y a précisément un bon feu.

— Votre Grâce veut-elle donc brûler mes histoires? demanda l'hôte.

— Rien que ces deux-là, dit le curé, *Don Cirongilio*, et *Don Félix-Mars*.

— Mes livres sont-ils par hasard hérétiques ou *flegmatiques*, que vous les condamnez au feu? répondit l'hôte.

— On dit schismatiques, mon ami, reprit le barbier, et non flegmatiques.

— C'est possible, répondit l'hôte ; mais si vous voulez en brûler un, prenez celui du grand capitaine ou celui de Diégo Garcia ; je laisserais plutôt brûler un de mes enfants que les autres livres.

— Mon frère, dit le curé, ces deux volumes ne contiennent que des mensonges, et sont pleins de rêveries et d'extravagances ; tandis que l'histoire du grand capitaine est vraie et rapporte toutes les actions de Gonzalve de Cordoue qui, par ses nombreux hauts faits, a mérité du monde entier et de la renommée le nom de grand. Quant à Diégo Garcia de Parédès, c'est un célèbre chevalier né à Truxillo, dans l'Estramadure, vaillant soldat doué d'une si grande force naturelle, qu'il arrêtait avec le doigt, au milieu de son élan, la roue d'un moulin. Un jour, armé d'une épée à deux mains et posté à l'entrée d'un pont, il empêcha une armée considérable de le traverser.

— Par la mémoire de mon père! s'écria l'hôtelier, de quoi vous étonnez-vous? Belle chose que d'arrêter la roue d'un moulin! Par le ciel, que Votre Grâce lise ce que j'ai lu de Félix-Mars d'Hircanie qui, d'un seul revers, coupa cinq géants par la ceinture, comme s'il se fût agi de ces petits moines que les enfants fabriquent avec des fèves. Une autre fois, il combattit contre une grande et puissante armée de plus d'un million six cent mille soldats, armés de pied en

cap, et il les dispersa comme un troupeau de moutons. Et que direz-vous du brave don Cirongilio de Thrace, qui fut si vaillant et si intrépide, à ce que raconte le livre? On y lit que, naviguant un jour sur une rivière, ce chevalier vit sortir du milieu de l'eau un serpent en feu; à peine l'eut-il vu, qu'il se jeta sur la bête, se mit à califourchon sur ses épaules écailleuses, et lui serra la gorge

de ses deux mains avec tant de force que le monstre, se sentant
étouffer, ne trouva d'autre remède que de se laisser aller au fond
de l'eau, emportant le chevalier qui ne voulut jamais lâcher prise.
Lorsqu'ils arrivèrent en bas, Cirongilio se trouva dans des palais et
des jardins si beaux que c'était une merveille. Le serpent se changea
alors en vénérable vieillard et dit tant de choses qu'on ne peut rien
entendre de plus sublime. Croyez-moi, señor, si vous les entendiez,
vous deviendriez fou de plaisir, et vous ne donneriez pas deux
figues de ce grand capitaine et de ce Diégo Garcia dont vous
parlez.

— Souvenez-vous, frère, reprit le curé, qu'il n'y a jamais eu au
monde de Félix-Mars d'Hircanie, de don Cirongilio de Thrace, ni
aucun chevalier semblable à ceux dont les livres de chevalerie
racontent les histoires. Ce sont des inventions d'esprits ingénieux
et oisifs, qui les ont composées dans le but que vous disiez, celui
de faire passer le temps, ainsi qu'il arrive à vos moissonneurs.

— Jetez cet os à un autre chien, répondit l'hôtelier ; que Votre
Grâce ne pense pas me nourrir de bouillie ; Dieu merci, j'ai des
dents. »

Sancho, survenu au milieu de cette conversation, demeura surpris et pensif de ce qu'il venait d'entendre, à savoir : que les
chevaliers errants n'étaient plus de mode, et que les livres de chevalerie ne contenaient que sottises et mensonges. Il prit cependant la
résolution secrète d'attendre le résultat du voyage entrepris par son
maître ; puis, si cette aventure ne se terminait pas aussi heureusement qu'il en avait l'espoir, de retourner près de sa femme et de
ses enfants pour reprendre son travail ordinaire.

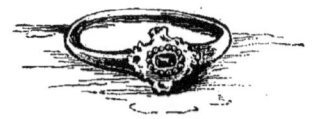

CHAPITRE XXV

Qui traite de la rude et épouvantable bataille livrée par Don Quichotte
à des outres de vin rouge.

Une heure ou deux plus tard, Sancho sortit épouvanté du galetas où reposait Don
Quichotte.

« Accourez, señores, criait-il, secourez mon maître qui est engagé dans le plus
rude combat que mes yeux aient jamais
vu. Vive Dieu ! il a donné un tel coup
d'épée au géant, ennemi de madame la
princesse Micomicona, qu'il lui a coupé
la tête au ras des épaules, comme s'il se
fût agi d'un navet.

— Que dis-tu, frère ? s'écria le curé ;
êtes-vous dans votre sens, Sancho ? Comment ce que vous avancez
peut-il être, puisque le géant est à deux mille lieues d'ici ? »

En ce moment on entendit un grand bruit dans la chambre, et
Don Quichotte vociférait :

« Arrête, voleur, malandrin, lâche ! Je te tiens ici et ton cimeterre
te sera inutile. »

Et on eût dit qu'il frappait de grands coups d'épée contre les
murailles.

« Il ne faut pas s'arrêter à écouter, s'écria Sancho ; entrons pour
secourir mon maître, bien que ce soit inutile, car, sans aucun
doute, le géant est déjà mort. J'ai vu le sang inonder le sol, la tête
coupée rouler dans un coin, elle a la taille d'une grosse outre de
vin.

— Qu'on me tue, s'écria aussitôt l'hôtelier, si Don Quichotte ou
Don Diable n'a pas donné quelques coups d'épée dans les outres
pleines de vin rouge qui sont suspendues près de son chevet, et le
vin répandu doit être ce que ce bonhomme a pris pour du sang ! »

Tout en parlant, il se dirigea vers la chambre, suivi de tous les
assistants, et l'on trouva Don Quichotte dans le plus singulier
costume du monde. Il portait sur la tête un petit bonnet rouge et
gras qui appartenait à l'hôte, et autour du bras gauche la couverture à laquelle Sancho gardait rancune. De la main droite, Don
Quichotte tenait son épée nue, avec laquelle il s'escrimait à tort et

à travers, parlant haut comme si véritablement il eût combattu
contre un géant. Le plus singulier, c'est qu'il avait les yeux fermés.
L'aventure qu'il allait entreprendre avait tellement frappé son

imagination, qu'elle lui fit rêver qu'il était arrivé dans le royaume
de Micomicon et qu'il se trouvait aux prises avec son ennemi. Il
avait donné tant de coups d'épée aux outres, croyant les administrer au géant, que la chambre ruisselait de vin.

A la vue de ce dégât, l'hôtelier fut saisi d'une telle colère qu'il
se jeta sur Don Quichotte et commença à le bourrer de si rudes

coups de poing que, si le barbier et le curé ne le lui eussent retiré
des mains, il eût mis fin à la guerre du géant. Cependant le pauvre
chevalier ne se réveillait pas. Le barbier apporta un chaudron plein
d'eau froide tirée du puits, et le lui vida d'un seul coup sur le
corps. Cette fois, Don Quichotte s'éveilla. Quant à Sancho, il
cherchait partout la tête du géant, et comme il ne la trouvait pas,
il s'écria :

« Je sais que tout ce qui se passe dans cette maison est enchantement, attendu que la dernière fois, en ce même endroit, on me
gratifia d'une infinité de gourmades sans que j'aie su qui me les
administrait. A présent, cette tête que j'ai vu couper de mes propres
yeux ne paraît pas être ici, et cependant j'ai vu couler le sang du
corps comme d'une fontaine.

— De quel sang et de quelle fontaine parles-tu ? s'écria l'hôtelier.
Ne vois-tu pas, voleur, que le sang et la fontaine ne sont autre
chose que ces outres qui sont là, percées à jour, tandis que le vin
qu'elles contenaient noie la chambre ?

— Je ne sais rien de cela, répondit Sancho ; mais j'ai peur d'être assez malheureux pour que, faute de trouver cette tête, mon comté ne se fonde comme le sel dans l'eau. »

Sancho, éveillé, était pire que son maître endormi, tant les promesses de celui-ci lui trottaient dans la cervelle.

L'hôte, désespéré du flegme de l'écuyer et des méfaits du maître, jurait qu'il n'en serait pas cette fois comme de la dernière, où tous deux étaient partis sans payer. Il ajouta qu'aujourd'hui, les priviléges de leur chevalerie ne les exempteraient pas d'acquitter jusqu'au prix des outres, bonnes maintenant à jeter dans un coin. Le curé tenait les mains de Don Quichotte qui, croyant avoir terminé l'aventure et se trouver en présence de la princesse Micomicona, s'agenouilla aux pieds de son ami en disant :

« Votre Grandeur peut dorénavant, haute et belle dame, vivre assurée que ce géant ne peut plus lui faire aucun mal; de mon côté, je suis, à dater d'aujourd'hui, dégagé de la promesse que je vous ai faite, car, avec l'aide de Dieu puissant, et avec le soutien de celle par qui je vis et respire, mon serment est accompli.

— Ne le disais-je pas? s'écria aussitôt Sancho Pança. Regardez un peu si mon maître n'a pas mis le géant au sel. Les taureaux sont pris, et mon comté est gagné! »

Qui n'aurait ri des extravagances du maître et de l'écuyer? Aussi chacun riait, à l'exception de l'hôte. A la fin et non sans peine, le barbier et le curé réussirent à remettre au lit Don Quichotte, qui s'endormit aussitôt. On le laissa dormir et l'on se rendit sous le porche de l'hôtellerie pour consoler Sancho Pança de ce qu'il ne retrouvait pas la tête du géant; mais ce fut un plus rude travail d'apaiser l'hôtelier désespéré de la mort subite de ses outres. L'hôtelière, de son côté, criait à tue-tête :

« Maudits soient l'heure et le moment où ce chevalier errant est entré dans ma maison! Il me coûte si cher qu'il vaudrait mieux que mes yeux ne l'eussent jamais vu. La dernière fois, il emporta le prix de la dépense d'une nuit, y compris celui du souper, du lit, de la paille et de l'orge pour lui, son écuyer, un roussin et un âne, disant qu'il était chevalier d'aventure, ce qui le dispensait de rien payer, ainsi que la chose était écrite dans le tarif de la chevalerie errante. »

Toutes ces raisons et bien d'autres, l'hôtesse les exprimait avec
colère, secondée par sa bonne servante Maritornes. Le curé réussit
à mettre la paix en promettant de réparer les pertes autant qu'il le
pourrait et de payer les outres aussi bien que le vin. Dorothée, de
son côté, consola Sancho Pança en lui disant que, puisqu'il paraissait que son maître avait décapité le géant, elle lui promettait,
une fois en pacifique possession de son royaume, de lui donner le
meilleur comté qui s'y trouvait. Sancho pria la princesse de considérer comme sûr qu'il avait vu la tête du géant, lequel, pour plus
de preuves, possédait une barbe qui lui venait jusqu'à la ceinture.
Il ajouta que, si cette tête ne se retrouvait pas, c'est que tout ce
qui se passait dans cette maison n'était qu'enchantement, comme il
l'avait appris lors d'un premier séjour. Dorothée lui affirma de
nouveau qu'elle le croyait, lui dit de ne pas s'affliger, que tout
s'arrangerait pour le mieux et au gré de chacun.

CHAPITRE XXVI

Qui traite d'autres aventures étranges arrivées dans l'hôtellerie.

 N ce moment l'hôte, qui se tenait sur le seuil de l'auberge, s'écria :

« Voici venir une belle troupe de voyageurs ; s'ils s'arrêtent chez moi, ce sera une bonne aubaine.

— Quelle sorte de gens nous annoncez-vous ? dit le barbier.

— Il y a quatre cavaliers armés, répondit l'hôte.

— Sont-ils proches ?

— Si proches que les voilà qui arrivent. »

En entendant ces paroles, Dorothée se couvrit le visage et se mit à regarder les cavaliers. Un d'eux s'approcha de l'hôte et lui demanda des chambres pour lui et ses compagnons. Au son de sa voix, Dorothée s'avança avec rapidité.

« Vous venez de loin, señores ? demanda le barbier.

— D'Alger, señor, répliqua le cavalier ; Dieu, par la main des frères de la Merci, nous a tirés des mains des infidèles. »

Dorothée tremblante tomba à genoux.

« Fernando, s'écria-t-elle, mon cher époux, est-ce bien vous que je revois ? »

A ces mots le cavalier se précipita vers la jeune femme. Bientôt tous les assistants eurent les yeux pleins de larmes, et admirèrent la Providence qui récompensait Dorothée de son dévouement, en lui faisant rencontrer son mari au moment où elle se disposait à braver tant de périls pour aller le chercher.

Après les premiers épanchements, don Fernando, à la prière du curé, raconta l'histoire de sa captivité, et le récit de ses souffrances fit plus d'une fois sangloter sa compagne.

Sancho, l'âme singulièrement affligée, écoutait tout ce qui se disait; il voyait ses espérances de noblesse s'en aller en fumée, la belle princesse de Micomicona métamorphosée en Dorothée, le géant transformé en don Fernando, tandis que Don Quichotte dormait d'un profond sommeil, sans se douter de ce qui arrivait. Dorothée ne pouvait se convaincre que le bonheur qu'elle possédait n'était pas un songe; don Fernando remerciait la Providence de la faveur qu'elle venait de lui accorder. Enfin, tous ceux qui se trouvaient dans l'hôtellerie se réjouissaient. Sancho seul, ainsi qu'il a été dit, se sentait affligé, malheureux et triste; ce fut avec un visage mélancolique qu'il entra dans la chambre de son maître qui venait de se réveiller.

« Votre Grâce, señor Triste-Figure, dit-il, peut dormir tant

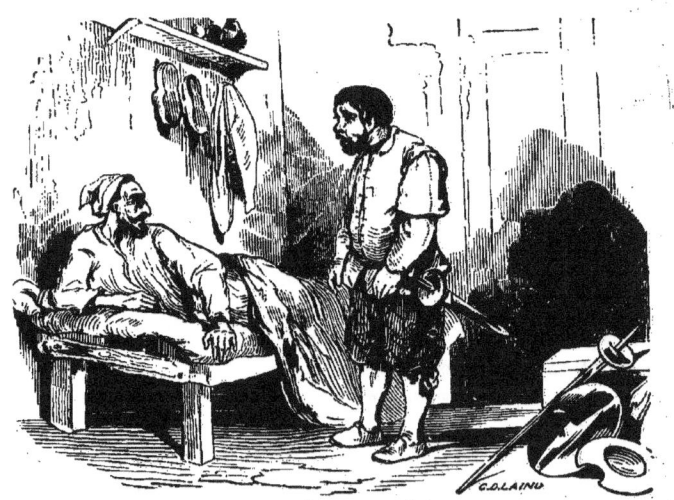

qu'elle voudra, sans se mettre en peine de tuer aucun géant ou de rendre son royaume à la princesse, — tout est conclu et terminé.

— Je le crois sans peine, répondit Don Quichotte; j'ai livré au géant le combat le plus inégal et le plus épouvantable que je pense

livrer de ma vie ; d'un revers de ma lame, — patatra, — j'ai fait
rouler la tête sur le sol, et le sang est sorti en si grande abondance
qu'il en coulait des ruisseaux comme si c'eût été de l'eau.

— Comme si c'eût été du vin rouge, pourriez-vous dire avec
plus de raison, répondit Sancho ; car je veux que Votre Grâce apprenne, si elle ne le sait déjà, que le géant décapité est une outre
percée ; que le sang versé représente les soixante litres de vin rouge
qu'elle avait dans le ventre ; que la tête coupée n'est qu'une frime,
et que Satan emporte tout !

— Que dis-tu, fou que tu es ? s'écria Don Quichotte. Es-tu dans
ton bon sens ?

— Que Votre Grâce se lève, répliqua Sancho, elle verra le bel
ouvrage qu'elle a fait et ce que nous avons à payer. Elle trouvera
la reine changée en une simple dame qui se nomme Dorothée, et
d'autres aventures qui l'étonneront bien, si elle parvient à voir clair.

— Rien de tout cela ne m'émerveillerait, répondit Don Quichotte ; la dernière fois que nous avons logé ici, si tu te souviens
bien, je t'ai dit que tout ce qui s'y passait provenait d'enchantements, et il ne serait pas étrange qu'il en fût de même aujour-
d'hui

— Je le croirais volontiers, répliqua Sancho, si ma berne avait
été de cette qualité ; par malheur, elle était réelle et véritable.

— Sois tranquille, répondit Don Quichotte, Dieu y remédiera.
Donne-moi mes vêtements et laisse-moi sortir ; je veux juger des
événements et des transformations dont tu parles. »

Tandis que Don Quichotte s'habillait, le curé raconta à don
Fernando les folies du chevalier et le stratagème dont il s'était servi
pour le ramener de la Roche-Pauvre, où il s'imaginait être exilé à
cause des dédains de sa dame. Il raconta en outre presque toutes
les aventures qu'il avait apprises de Sancho ; et chacun de rire et
de s'étonner, trouvant que c'était là le plus singulier genre de folie
qui pût se loger dans une cervelle troublée. Le curé ajouta que,
puisque l'heureuse aventure arrivée à la señora Dorothée l'empêchait de continuer le rôle qu'elle avait accepté, il devenait nécessaire d'inventer un nouveau prétexte pour reconduire Don Qui
chotte chez lui.

« Je veux que Dorothée suive son idée, répondit don Fernando, et pourvu que le village de ce bon chevalier ne soit pas trop éloigné, je me réjouirai de contribuer à sa guérison.

— Il n'est qu'à deux journées d'ici, répliqua le curé.

— Fût-il encore plus éloigné, je ferai le chemin de grand cœur, afin d'accomplir cette bonne œuvre. »

En ce moment parut Don Quichotte, armé de toutes pièces, l'armet bossué de Mambrin sur la tête, sa rondache au bras, et appuyé

sur sa pique de messier. Don Fernando et ses compagnons demeurèrent surpris de l'étrange aspect du chevalier, de la maigreur de son visage jaune, long d'une demi-lieue, de son armure dépareillée, de sa contenance calme et grave. Ils se turent afin de l'écouter. D'une voix lente et mesurée, les regards tournés vers Dorothée, notre chevalier lui dit :

« Je suis informé par mon écuyer ici présent, madame, que Votre Grandeur s'est évanouie, car de reine que vous aviez coutume d'être, vous voilà devenue simple damoiselle. Si cela s'est fait par ordre du roi nécromant, votre père, dans la crainte que je ne vous accorde pas l'aide qui vous est nécessaire, je déclare qu'il était peu versé dans les histoires de chevalerie. S'il les eût lues et feuilletées avec autant d'attention que moi, il aurait vu à chaque instant des chevaliers d'une renommée moindre que la mienne, mener à bien des aventures plus rudes que celle-là. Après tout, il n'est guère difficile de tuer un misérable géant, si arrogant qu'il soit. Il y a peu d'heures, je me suis mesuré avec lui, et.... je veux me taire pour qu'on ne dise pas que je mente.

— Vous vous êtes mesuré avec deux outres et non avec un géant, s'écria l'hôtelier, auquel don Fernando ordonna de se taire et de n'interrompre sous aucun prétexte le discours de Don Quichotte.

— Je dis enfin, haute dame déshéritée, continua le chevalier, que, si votre père a opéré cette métamorphose de votre personne pour le motif que je viens de signaler, vous ne devez lui accorder aucune confiance. Il n'y a pas de péril au monde à travers lequel mon épée ne puisse s'ouvrir un chemin, et cette épée, en abattant la tête de votre ennemi, posera en quelques jours sur la vôtre la couronne qui lui appartient. »

Don Quichotte se tut et attendit la réponse de la princesse; celle-ci, connaissant l'intention de son époux, qui voulait que la comédie durât jusqu'à ce que Don Quichotte eût été reconduit à son village, répondit avec grâce et gravité :

« Quiconque vous a dit, valeureux Chevalier de la Triste-Figure, que je m'étais transformée et que j'avais changé d'être, ne vous a pas dit la vérité, attendu que je suis aujourd'hui ce que j'étais hier. Il est vrai que certains événements ont opéré en moi un changement plus heureux que je ne pouvais l'espérer, mais je n'ai pas cessé pour cela d'être ce que j'étais, et je persiste dans la pensée que j'ai toujours eue de me servir de votre valeureux et invincible bras. Ce qui nous reste à faire, c'est de nous mettre en route demain ; aujourd'hui l'étape serait trop courte. Quant aux bons résultats que j'attends de l'entreprise, je me fie à Dieu et à votre bienveillance. »

Don Quichotte, après avoir écouté les paroles de la gracieuse Dorothée, se tourna vers Sancho et lui dit avec colère :

« Je te jure, ami Sancho, que tu es le plus grand coquin que renferme l'Espagne! Dis-moi, vagabond, ne viens-tu pas de me conter tout à l'heure que cette princesse s'était changée en une damoiselle qui se nommait Dorothée? que la tête que je crois avoir coupée à un géant était une frime, et d'autres extravagances qui m'ont plongé dans la plus grande confusion où je me sois vu de ma vie? Je jure.... — il regarda le ciel et serra les dents, — que je suis tenté de faire de ta personne un carnage dont le souvenir mettra du plomb dans la tête de tous les écuyers menteurs qui courront désormais le monde à la suite des chevaliers errants.

— Que Votre Grâce s'apaise, señor, répondit Sancho; il se peut très-bien que je me sois trompé pour ce qui est du changement de la princesse Micomicona; mais quant à la tête du géant, ou du moins à l'éventrement des outres, et au sang qui n'est que du vin rouge, vive Dieu, je ne me trompe pas! Les outres blessées sont là, suspendues au chevet du lit de Votre Grâce, et le vin a formé un lac dans la chambre. Si je mens, vous le verrez au moment de frire les œufs; je veux dire lorsque sa Grâce, le señor hôtelier, réclamera le prix des dégâts. Touchant le reste, à savoir si madame la reine est ce qu'elle était, je m'en réjouis de tout mon cœur, car il m'en revient une part comme à chaque fils du voisin.

— Tout ce que je puis te dire, Sancho, répliqua Don Quichotte, c'est que tu es un sot; pardonne-moi et n'en parlons plus.

— En effet, dit don Fernando, ne parlons plus de ces choses, et puisque madame la princesse ordonne qu'on ne se mette en route que demain, vu qu'il est trop tard pour partir aujourd'hui, qu'il en soit ainsi. Nous pourrons passer la nuit à converser jusqu'à la venue du jour, et nous accompagnerons tous le señor Don Quichotte, car nous voulons être témoins des prouesses inouïes que ne peut manquer d'accomplir sa vaillance dans le cours de la grande entreprise dont il s'est chargé.

— C'est moi qui aurai le plaisir de vous accompagner, répondit Don Quichotte; je remercie de l'honneur qu'on me fait et de la bonne opinion que l'on a de moi, et que j'essaierai de justifier, ou il m'en coûtera la vie et même davantage, s'il peut m'en coûter plus. »

Durant cet entretien la nuit était venue, et, sur les ordres de ceux qui accompagnaient don Fernando, l'hôte avait apprêté avec soin et diligence le meilleur souper qu'il lui avait été possible de

préparer. L'heure du repas arrivée, chacun s'établit devant une
longue table d'office, car il n'y en avait ni de ronde ni de carrée
dans l'auberge. On donna la place principale et le siége d'honneur
à Don Quichotte, qui le refusa d'abord et voulut que la princesse
Micomicona, dont il était le soutien, se tînt à son côté. On soupa
ainsi joyeusement et la satisfaction augmenta lorsqu'on vit que Don
Quichotte cessait de manger et que, mû par le même esprit qui
l'avait poussé à prononcer un si long discours lors de son souper
avec les chevriers, il s'écriait :

« En vérité, messeigneurs, si l'on y réfléchit, on reconnaît que
ceux qui professent la chevalerie errante voient de grandes et singulières choses! sinon, dites-moi s'il est au monde un homme qui,
en franchissant à cette heure la porte de ce château, et nous voyant
assis de la sorte, pourrait supposer que nous sommes ce que nous
sommes? Qui croirait que cette dame qui se trouve à mon côté est
la grande reine que nous savons tous, et que je suis, moi, ce Chevalier de la Triste-Figure que célèbre la bouche de la Renommée?
Aujourd'hui on ne peut douter que cette profession et cet exercice
ne surpassent toutes celles et tout ce que les hommes ont inventé,
et on doit estimer la chevalerie d'autant plus qu'elle est sujette à
plus de périls. Qu'ils se retirent de ma présence, ceux qui préten-

draient que les lettres l'emportent sur les armes! Je leur répondrai,
— quels qu'ils soient, — qu'ils ne savent ce qu'ils disent. Le but et

la fin des lettres, — et je ne parle pas ici des lettres divines qui se
proposent de conduire les âmes au ciel, but si noble qu'aucun
autre ne peut l'égaler, — mais des lettres humaines qui cherchent
à faire triompher la justice distributive, à donner à chacun ce qui
lui appartient, et à faire en sorte que les bonnes lois soient observées. Ce but, certes, est généreux, grand et digne des meilleures
louanges; mais il mérite moins que celui vers lequel tendent les

armes, lesquelles ont pour but la paix, le plus grand.bien que les
hommes puissent désirer ici-bas. La paix est le véritable but de la
guerre, car la guerre et les armes sont une même chose. Cette vérité
établie, que la fin de la guerre est la paix, et qu'en cela elle est
supérieure aux lettres, examinons les travaux du corps lettré, puis
ceux de l'homme qui fait profession de porter les armes et voyons
quels sont les plus considérables. »

Don Quichotte prononçait son discours avec tant de clarté et
en si bons termes, qu'il obligea tous ses auditeurs à repousser
l'idée qu'il fût fou ; au contraire, comme presque tous étaient des
gentilshommes destinés à la carrière des armes, ils l'écoutaient avec
plaisir.

« Je disais, continua-t-il, que les épreuves de l'étudiant sont, en
premier lieu, la pauvreté. En disant que l'étudiant souffre de la
pauvreté, il me semble inutile de rien dire de plus sur son malheur.
Je ne veux pas descendre à d'autres menus détails, à savoir : le
manque de chemises et l'absence de souliers, la rareté et le peu
d'étoffe des habits. Enfin, trébuchant à droite, tombant à gauche,
se relevant là, retombant ici, ils atteignent le degré qu'ils ambi-
tionnent. Une fois ce but atteint, nous en avons vu beaucoup
diriger et gouverner le monde du haut de leur siége, ayant changé
leur faim en satiété, le malaise du froid en fraîcheur, leur nudité
en élégance, et leur sommeil sur une natte en un repos entre des
draps de Hollande et des rideaux de damas, juste récompense
méritée par la vertu. Mais, opposés et comparés à ceux du soldat,
leurs travaux restent bien inférieurs, comme je vais le prouver. »

CHAPITRE XXVII

Qui traite du curieux discours que prononça Don Quichotte
sur les armes et les lettres.

ON Quichotte continua :

« Puisque, à propos d'étudiant, nous avons commencé à parler de la pauvreté et de ses divers inconvénients, examinons si le soldat est plus riche, et nous verrons que nul n'est plus pauvre dans la pauvreté même, car il est réduit à sa misérable paye. Au milieu de l'hiver, en rase campagne, il combat l'inclémence du ciel à l'aide de son haleine, qui, s'échappant d'un lieu vide, sort glacée, en dépit des règles de la nature. Maintenant, attendez que la nuit vienne pour qu'il puisse se dédommager de ces incommodités dans le lit qui l'attend. Ce lit ne manquera d'ampleur que par sa faute, car il peut mesurer le nombre de pieds de terre qui lui conviennent, et se retourner à loisir sans crainte que ses draps remontent. Vienne enfin le jour et l'heure de recevoir les grades de sa profession, c'est-à-dire vienne un jour de bataille ; on lui mettra sur la tête, au lieu d'un bonnet de docteur, une coiffe de charpie pour le panser d'une balle qui lui aura peut-être traversé les tempes, ou le laissera estropié d'un bras ou d'une jambe. Si cela n'arrive pas, si la Providence lui conserve la vie et la santé, il pourra se faire qu'il reste aussi pauvre qu'auparavant, qu'il sorte vainqueur d'autres rencontres et d'autres batailles pour monter un peu en grade, miracles qui ne se voient pas souvent.

« Néanmoins, laissons ces questions de côté et revenons à la supériorité des armes sur les lettres, problème encore à résoudre, grâce aux raisons alléguées par chaque parti. Les amis des lettres disent que, sans elles, les armes ne pourraient subsister, parce que la guerre elle-même a des lois, et que les lois sont du domaine des lettres et des lettrés. A cela, les soldats répondent que les lois ne pourraient subsister sans les armes, attendu que c'est avec les armes qu'on défend les républiques, que l'on garde les villes, que l'on rend les chemins sûrs, que l'on purge la mer des pirates, et qu'enfin, sans les armes, les républiques, les villes et les chemins de terre et de mer seraient exposés à la confusion et aux excès qu'entraîne la guerre. Et c'est une chose prouvée que ce qui coûte le plus s'estime et doit s'estimer davantage. Pour qu'un homme devienne éminent dans les lettres, il lui en coûte du temps, des veilles, des jeûnes, des maux de tête, ainsi que d'autres inconvénients découlant de ceux-là. Pour devenir par degrés bon soldat, il faut subir les mêmes peines que l'étudiant, mais à un plus haut degré sans comparaison, puisqu'à chaque pas on court risque de perdre la vie. Quelle crainte de pauvreté peut assaillir l'étudiant qui ne soit inférieure à celle dont souffre le soldat, lorsque, assiégé dans une forteresse et se trouvant de garde sur quelque ravelin, il sent que l'ennemi est en train de miner le sol sous ses pieds, et qu'il ne peut, sous aucun prétexte, fuir un danger qui le menace de si près? Tout ce qui lui est permis, c'est de prévenir son capitaine de ce qui se passe afin qu'on dispose une contre-mine. En attendant, il doit demeurer là, attendant le moment où, à l'improviste, il montera sans ailes jusqu'aux nuages, ou tombera contre sa volonté dans un abîme. Et si le péril paraît minime, voyons s'il est égalé ou surpassé par celui de l'abordage de deux galères au milieu de la vaste mer, quand les navires enchevêtrés ne laissent aux combattants que deux pieds d'espace sur la planche de l'éperon. Cependant le soldat, menacé par autant de ministres de la mort que l'adversaire possède de pièces d'artillerie, pièces dont il n'est séparé que de la longueur d'une lance, comprend qu'au premier faux pas il ira visiter les grottes profondes de Neptune. Néanmoins, entraîné par son cœur intrépide et excité par l'honneur, il devient

le point de mire de cette arquebusade, et cherche à pénétrer par
cet étroit passage sur le vaisseau ennemi. Et, ce qu'il faut admirer
le plus, c'est qu'à peine en tombe-t-il un qui ne se relèvera qu'à la
fin du monde, qu'un autre prend sa place. Si le second tombe dans
la mer qui le guette comme un ennemi, un troisième, puis un
quatrième lui succèdent avant même que les premiers aient eu le
temps de mourir. Valeur et audace la plus grande qui se puissent
imaginer dans les dangers de la guerre !

« Heureux les siècles bénis qui furent privés de l'épouvantable
furie des instruments terribles de l'artillerie, dont l'inventeur,
j'aime à le croire, reçoit en enfer la récompense de sa diabolique
découverte! Grâce à elle, le bras d'un lâche infâme enlèvera la vie
d'un vaillant chevalier! Grâce à elle, sans qu'on sache comment ni
par où, au moment où la colère et l'audace enflamment les cœurs
valeureux, un boulet inattendu, lancé par un être qui aura peut-
être fui épouvanté par l'éclair sorti de la maudite machine, viendra
couper et anéantir en une minute les pensées et la vie d'un soldat
digne d'en jouir durant de longs siècles! Aussi, pour cette considération, suis-je prêt à dire que je regrette du fond de mon âme

d'avoir adopté la profession de chevalier errant, à une époque aussi
détestable que celle où nous vivons ; car bien qu'aucun péril ne
me fasse peur, je ne songe pas sans crainte que la poudre et le
plomb peuvent m'enlever l'occasion de me distinguer par la valeur
de mon bras et le fil de mon épée dans tout le monde connu. »

Cette longue harangue, Don Quichotte la prononça tandis que
les autres soupaient, oubliant de porter les morceaux à sa bouche,
bien que Sancho lui eût conseillé à plusieurs reprises de manger,
vu qu'il aurait le temps de dire ensuite ce qui lui plairait. Les
auditeurs étaient de nouveau attristés de voir qu'un homme qui, en
apparence, possédait un si bon jugement et raisonnait si juste sur
tous les sujets qu'il traitait, eût perdu l'esprit d'une façon si complète lorsqu'il s'agissait de chevalerie. Le curé approuva la plaidoi-
rie du chevalier en faveur des armes et déclara que lui-même, quoique lettré et gradué, partageait son opinion. Enfin, comme la nuit
était aux deux tiers de son cours, on songea à se reposer durant le
tiers qui restait. Don Quichotte offrit de faire la garde autour du
château, de crainte qu'un géant ne vînt l'attaquer. Sancho Pança
seul se désespérait de ce que l'on tardait à se coucher, et il s'accommoda mieux que personne, s'étendant sur les harnais de son
âne qui faillirent lui coûter cher, comme on le verra plus tard.
Don Quichotte, alors que chacun se retira, sortit de l'hôtellerie pour
faire sentinelle, ainsi qu'il l'avait offert.

CHAPITRE XXVIII

D'un nouvel enchantement de Don Quichotte.

BIENTÔT il n'y eut d'éveillées dans la maison que la fille de l'hôtesse et la servante Maritornes. Sachant de quel pied boitait Don Quichotte, et qu'il était dehors, à cheval, montant la garde, elles eurent l'idée de lui faire une plaisanterie ou du moins de se divertir à écouter ses extravagances.

Or, il faut savoir qu'aucune fenêtre de l'hôtellerie ne donnait sur la campagne, à l'exception de la lucarnl d'un grenier à paille. Les deux demoiselles se postèrent à cette lucarne et aperçurent Don Quichotte à cheval, appuyé sur sa lance, poussant de temps à autre de si profonds soupirs qu'on eût dit que chacun d'eux lui arrachait l'âme. En même temps, elles l'entendirent murmurer un e voix douce :

« O ma dame Dulcinée du Toboso, parangon de toutes les beautés, fin et confin de l'esprit et enfin modèle de tout ce qui est utile, honnête et délectable au monde, que fait en ce moment ta Grâce? Tes pensées sont-elles tournées par aventure vers ton chevalier captif qui, de son propre gré, uniquement pour te servir, s'expose à tant de périls? Donne-moi de tes nouvelles, ô toi, luminaire aux trois faces ! »

Don Quichotte en était là de son discours, lorsque la fille de l'hôtesse commença à le nomme

Don Quichotte releva la tête et vit qu'on l'appelait du haut de la lucarne. Cette lucarne lui parut une fenêtre garnie de barreaux dorés, ainsi qu'il convenait à un aussi riche château que l'hôtel-

lerie lui paraissait être. Sa folle imagination lui persuada une
seconde fois que la belle personne, fille de la châtelaine, était prisonnière. Plein de cette pensée, il rendit la bride à Rossinante,
s'approcha de la lucarne et s'écria en voyant les jeunes filles :

« Je vous plains, belle dame, d'être captive ; mais ordonnez ;
dussiez-vous me demander de vous apporter, enfermés dans une
fiole, des rayons du soleil lui-même, je vous obéirai.

— Ma maîtresse n'a besoin d'aucune de ces choses, seigneur
chevalier, dit Maritornes.

— Que désire-t-elle donc, spirituelle duègne ? reprit Don Quichotte.

— Rien qu'une de vos mains, » répondit Maritornes.

Maritornes comprit que Don Quichotte ne manquerait pas de
livrer la main demandée. Cherchant dans son esprit ce qu'elle
devait faire, elle se retira de la lucarne et se rendit à l'écurie où
elle prit le licou du grison de Sancho ; puis, en grande hâte, elle
revint à son poste au moment où Don Quichotte se mettait debout
sur la selle de Rossinante, afin d'atteindre la fenêtre grillée où se
tenait la demoiselle. Il lui tendit la main en disant :

« Prenez cette main, madame, ou pour mieux dire ce bourreau
des malfaiteurs qui troublent le monde. Je vous la donne, afin que
vous examiniez la contexture de ses nerfs qui vous fera conjecturer
quelle doit être la force du bras que termine une telle main.

— Nous allons voir, » répondit Maritornes.

Et disposant un nœud coulant, à l'aide du licou, elle le lui passa
au poignet. Descendant alors de la lucarne, elle attacha fortement
l'autre bout au verrou de la porte du grenier. Don Quichotte sentant l'aspérité de la corde sur son poignet, s'écria :

« On dirait que Votre Grâce m'égratigne. »

Mais personne n'entendait plus les plaintes de Don Quichotte ; à
peine Maritornes l'eut-elle attaché, que, pouffant de rire, elle partit avec sa compagne, laissant le chevalier si bien lié qu'il lui était
impossible de se détacher. Il se tenait donc, comme il a été dit,
debout sur Rossinante, le bras passé à travers la lucarne, attaché
par le poignet au verrou de la porte, préoccupé de la crainte de
rester pendu par le bras, si Rossinante déviait d'un côté ou de

l'autre. Il n'osait, par conséquent, faire aucun mouvement, bien
qu'on pût espérer du tranquille et patient Rossinante qu'il resterait
un siècle entier sans bouger.

Bref, Don Quichotte, s'apercevant que les dames étaient
parties, s'imagina que toutes
ces choses arrivaient comme
la dernière fois, par enchantement, lorsqu'il avait été
moulu de coups par le Maure
enchanté. Le pauvre chevalier maudissait son peu d'esprit et de réflexion ; car, étant
si mal sorti de ce château une
première fois, il s'était aven-
turé à y entrer une seconde,
tandis que les chevaliers errants, lorsqu'ils ont tenté une
aventure et s'en sont mal
trouvés, ont soin de la laisser
à d'autres et jugent inutile de
la tenter de nouveau. En attendant, il tirait le bras, afin
de savoir s'il pourrait se dégager ; mais il était si bien
attaché que tous ses efforts
furent vains. Il est vrai qu'il
tirait avec prudence afin d'é-
viter que Rossinante ne bou-
geât. Et quoiqu'il eût voulu

s'asseoir ou se mettre en selle, il se voyait condamné à rester debout ou à s'arracher la main.

Il se mit alors à désirer l'épée d'Amadis contre laquelle les
enchantements étaient sans force ; il déplora le tort que son absence
ferait au monde pendant le temps qu'il demeurerait ainsi ensorcelé.
Il se souvint de nouveau de sa chère Dulcinée du Toboso ; il appela

son bon écuyer Sancho Pança, qui, plongé dans le sommeil et
étendu sur le bât de son âne, ne se souvenait même pas en ce
moment de sa femme Thérèse. Il appela à son aide les sages Lirgandée et Alquife, et invoqua sa bonne amie Urgande pour qu'elle
vînt le secourir. Enfin l'aube le surprit se tenant pour ensorcelé,
n'espérant pas que le jour mît fin à une peine qu'il croyait éternelle. Il l'espérait d'autant moins que Rossinante ne bougeait que
peu ou prou, et il pensait que lui et son cheval allaient rester dans
cette position, sans boire, sans manger, sans dormir, jusqu'à ce
que la mauvaise influence des étoiles cessât de se faire sentir. Il se
trompait beaucoup, car le jour commençait à peine à naître,
lorsque quatre hommes à cheval arrivèrent à l'hôtellerie.

Ils frappèrent à coups redoublés à la porte qui était encore fermée. Alors Don Quichotte, qui du haut de son observatoire continuait à faire sentinelle, leur cria d'un ton arrogant :

« Chevaliers, écuyers, ou qui que vous soyez, il est inutile que
vous frappiez à la porte de ce château ; il est clair qu'à une heure
semblable ceux qui sont dans l'intérieur dorment. Retirez-vous ;
attendez que le jour paraisse ; nous verrons alors s'il convient ou
non de vous ouvrir.

— Quelle forteresse ou château voyez-vous là, répondit un des
cavaliers, pour nous obliger à tant de cérémonie? Si vous êtes
l'hôte, ordonnez qu'on nous ouvre, nous sommes des voyageurs et
ne voulons que donner un peu d'orge à nos montures.

— Vous semble-t-il, chevalier, que j'aie la taille d'un hôtelier?
s'écria Don Quichotte.

— Je ne sais pas de qui vous avez la taille, répondit un autre,
mais je sais que vous dites une extravagance en nommant cette
hôtellerie un château.

— C'est un château, répliqua Don Quichotte, et même l'un des
meilleurs de cette province ; il est des gens qui l'habitent, dont
la main a tenu un sceptre et dont la tête a porté une couronne.

— Il vaudrait mieux parler au rebours, répondit le cavalier, et
mettre le sceptre sur la tête, la couronne dans la main ; l'expres-
sion sera exacte, si, comme je le suppose, il y a là une troupe de
comédiens.

« — Vous connaissez peu le monde, répliqua Don Quichotte, puisque vous ignorez les événements auxquels on est exposé dans la chevalerie errante. »

Les compagnons de celui qui causait avec Don Quichotte, impatientés par cette conversation, recommencèrent à frapper avec tant de force que l'hôtelier s'éveilla.

En ce moment, la monture de l'un des cavaliers s'approcha pour flairer Rossinante qui, triste et mélancolique, les oreilles couchées, soutenait sans bouger le corps étiré de son maître. Comme après tout Rossinante était de chair, quoiqu'il parût de bois, il ne put se défendre de remuer. Mais à peine eut-il fait un léger mouvement, que Don Quichotte perdit l'équilibre, et ses pieds glissant de la selle, il serait tombé par terre s'il ne fût resté suspendu par le bras. Il ressentit une telle douleur qu'il crut qu'on lui coupait le poignet, et il resta si près du sol que la pointe de ses pieds l'effleurait. Ce fut à son grand dommage, car sentant combien il s'en fallait de peu qu'il ne trouvât un point d'appui, il se démenait et s'étirait le plus qu'il pouvait pour toucher le sol, accroissant lui-même son supplice.

CHAPITRE XXIX

Où l'on continue le récit des événements inouïs de l'hôtellerie.

NFIN, les clameurs poussées par Don Quichotte devinrent si bruyantes, que l'hôte, ouvrant à la hâte les portes de l'auberge, sortit tout épouvanté pour voir qui criait ainsi, tandis que les cavaliers s'approchaient de leur côté. Maritornes, réveillée par le bruit, et devinant la cause du tumulte, se rendit au grenier où elle détacha, sans être vue de personne, le licou qui soutenait Don Quichotte, de sorte que le chevalier roula sur le sol aux yeux de l'hôtelier et des voyageurs. Ceux-ci, arrivés près de lui, demandaient pourquoi il criait si fort. Don Quichotte, sans répondre un mot, retira la corde de son poignet, se releva, monta sur Rossinante, embrassa son bouclier, baissa sa pique, et, prenant du champ, revint au petit galop en s'écriant :

« Quiconque dira que j'ai mérité d'être enchanté, je lui donne un démenti et le défie en combat singulier, si toutefois madame la princesse Micomicona m'y autorise. »

Les nouveaux venus demeurèrent surpris des paroles de Don Quichotte ; mais l'hôtesse mit fin à leur étonnement en leur apprenant ce qu'était le pauvre chevalier, et en les prévenant qu'il ne fallait pas s'occuper de lui, attendu que le jugement lui manquait. En ce moment, on entendit à la porte de l'hôtellerie de grands cris dont voici la cause. Deux des voyageurs qui venaient d'y passer la nuit, voyant chacun occupé, avaient essayé de partir sans payer leur dépense. L'hôtelier qui songeait plus à ses affaires qu'à celles des autres, les arrêta sur le seuil et réclama son dû, leur reprochant leur mauvaise intention avec de telles paroles qu'il les excita à lui répondre avec les poings, et cela de façon que le pauvre hôtelier fut obligé de crier au secours. L'hôtesse et sa fille ne virent personne plus à portée de le secourir que Don Quichotte, et la jeune fille lui dit :

« Que Votre Grâce, seigneur chevalier, secoure mon pauvre père que deux méchants hommes battent comme blé. »

Don Quichotte répondit avec gravité à cette supplique :

« Je ne saurais accéder à votre demande, belle demoiselle, car il m'est défendu de me mêler d'aucune aventure, tant que je n'aurai pas mené à bien celle pour laquelle ma parole est engagée. Tout ce que je puis faire en ce moment c'est de vous dire : courez et engagez votre père à soutenir le combat de son mieux, à ne se laisser vaincre sous aucun prétexte, tandis que je me rendrai auprès de la princesse Micomicona pour lui demander l'autorisation de le secourir. Si elle me l'accorde, tenez pour certain que je tirerai votre père de ce mauvais pas.

— Pécheresse que je suis, s'écria Maritornes, avant que Votre Grâce obtienne la permission dont elle parle, mon maître sera dans l'autre monde !

— Faites en sorte, señora, que j'obtienne l'autorisation dont j'ai besoin, répondit Don Quichotte ; aussitôt que je l'aurai, il importera peu que votre maître soit dans l'autre monde. En dépit de tous ceux qui voudraient s'y opposer, j'irai l'y chercher. »

Et, sans ajouter un mot, il alla s'agenouiller devant Dorothée, priant dans sa langue chevaleresque Sa Grandeur de vouloir bien lui permettre de soutenir et secourir le maître du château, engagé dans une rixe sérieuse. La princesse accorda gracieusement la demande, et notre chevalier, embrassant aussitôt son écu et saisissant son épée, courut vers la porte de l'auberge où les deux voyageurs continuaient à maltraiter l'hôtelier. Arrivé près des combattants, Don Quichotte s'arrêta et se tint coi, bien que Maritornes et l'ôtesse lui criassent de défendre, l'une son maître, l'autre son mari, lui demandant ce qui le retenait.

. « Je m'arrête, répondit **Don Quichotte**, parce qu'il ne m'est pas
permis de mettre l'épée à la main contre des gens de basse condi-

tion. Amenez-moi mon écuyer Sancho ; c'est lui que cette défense
et cette vengeance regardent. »

Ceci se passait à la porte de l'hôtellerie où les coups de poing
et les coups de pied pleuvaient dru, au grand dommage de l'hôte
et à la grande colère de Maritornes, de l'hôtesse et de sa fille que
désespéraient la poltronnerie de Don Quichotte et le mauvais quart
d'heure que passait leur maître, mari et père.

Néanmoins, comme tout a une fin dans le monde, les hôtes,
plutôt persuadés par les bonnes raisons de Don Quichotte que par
les menaces qu'on leur avait d'abord adressées, consentirent à
payer ce qu'on leur réclamait. Mais le démon, qui ne dort jamais,
amena au même instant dans l'auberge le barbier auquel Don
Quichotte avait enlevé l'armet de Mambrin, et auquel Sancho avait
pris les harnais de son âne en les troquant contre ceux du grison.

Ledit barbier, conduisant sa monture à l'écurie, vit Sancho Pança qui raccommodait je ne sais quelle partie du bât. Dès qu'il aperçut cette pièce, le barbier la reconnut et, se jetant bravement sur Sancho, il s'écria :

« Ah ! don larron, je vous tiens cette fois ; rendez-moi le bât, le plat à barbe et les harnais que vous m'avez volés. »

Sancho, qui se vit assailli à l'improviste et accablé d'injures, saisit le bât d'une main et lança de l'autre un tel coup de poing au barbier qu'il lui mit la bouche en sang. Le barbier, pour cela, ne lâcha pas prise ; il éleva au contraire la voix de telle façon que tous ceux qui se trouvaient dans l'auberge accoururent au bruit de la querelle.

« Au nom du Roi et de la justice, criait-il, ce voleur de grand chemin cherche à me tuer, parce que je veux reprendre mon bien.

— Vous mentez, répondit Sancho, je ne suis pas voleur de grand chemin, et ces dépouilles ont été gagnées par mon maître. »

14

Don Quichotte était présent, content de voir avec quelle vigueur
son écuyer prenait l'offensive et la défensive. A dater de ce jour, il
le tint pour un homme de courage et se promit de l'armer chevalier à la première occasion, convaincu que l'ordre de la chevalerie
serait en bonnes mains. Entre autres choses dites par le barbier
durant la dispute, il en vint à s'écrier :

« Ce bât est à moi comme la mort que je dois à Dieu, seigneurs ;
mon âne est là, dans l'écurie, qui ne me laissera pas mentir. Sinon,
qu'on lui essaie le bât ; s'il ne lui va pas comme un gant, que je
reste infâme ! De plus, le jour où on me l'a enlevé, on m'a aussi
volé un plat à barbe en cuivre, non encore étrenné, qui valait un
écu. »

A ces mots, Don Quichotte ne put se contenir ; se plaçant entre
les deux antagonistes, il posa le bât sur le sol afin qu'on le vît bien,
en attendant que la vérité se fît jour, et dit :

« Afin que Vos Grâces voient d'une manière palpable l'erreur
de ce bon écuyer, sachez qu'il nomme plat à barbe ce qui a été, est
et sera l'armet de Mambrin, armet que je lui ai enlevé de bonne
guerre, et dont je me suis rendu possesseur par droit de conquête.
Pour ce qui est du bât, je ne m'en mêle pas ; tout ce que je puis
dire, c'est que mon écuyer me demanda l'autorisation de retirer les
harnais du cheval de ce lâche vaincu, et de s'en servir pour équiper
le sien. Je la lui accordai, et si les harnais se sont changés en bât,
je ne puis donner de ce fait que l'explication ordinaire, à savoir que
ces transformations sont fréquentes dans les aventures de chevalerie. Afin de confirmer mes paroles, fils Sancho, cours et apporte
ici l'armet que ce bonhomme prétend être un plat à barbe.

— Pardon, señor, dit Sancho, si nous n'avons d'autre justification de notre action que celle avancée par Votre Grâce, nous voilà
bien lotis ! L'armet de Mambrin est aussi plat à barbe que les harnais de ce bonhomme sont un bât !

— Fais ce que je t'ordonne, répliqua Don Quichotte : tout ce
qui arrive dans ce château ne peut se passer que par enchantement. »

Sancho alla chercher le plat à barbe et l'apporta. Aussitôt Don
Quichotte le prit et s'écria :

« Que Vos Grâces observent de quel front cet écuyer osera soutenir que ceci est un plat à barbe, et non l'armet que j'ai annoncé. Je jure, par la chevalerie que je professe, que cet armet est bien celui que je lui ai enlevé, et que je ne l'ai ni diminué ni augmenté.

— Cela ne fait aucun doute, répondit Sancho, car depuis le moment où mon maître l'a gagné jusqu'à ce jour, il n'a livré qu'une seule bataille, celle où il délivra les malheureux galériens, et sans ce plat-armet, il eût passé un mauvais quart d'heure, attendu que les pierres pleuvaient dru dans cette aventure. »

CHAPITRE XXX

Où se résout le doute touchant l'armet de Mambrin et le bât, et où se voient
d'autres aventures véritablement arrivées.

Q ue pensent Vos Grâces, señores, dit le barbier, de ce qu'affirment ces gentilshommes
en soutenant que cet objet n'est pas un
plat à barbe, mais un armet?

— Et à celui qui soutiendrait le contraire, s'écria Don Quichotte, je lui prou-
verai qu'il ment s'il est chevalier, et qu'il
ment mille fois s'il est écuyer. »

Maître Nicolas, qui se trouvait présent, voulut pousser la plaisanterie jusqu'au bout. Aussi dit-il en s'adressant à son confrère :
« Señor barbier, sachez que moi aussi je suis du métier. Je connais à fond tous les instruments de la profession, sans en excepter
aucun. En outre, j'ai été soldat dans ma jeunesse, et je sais ce que
c'est qu'un armet ; or, je prétends, sauf meilleur avis, que la pièce
que ce bon señor tient à la main, non-seulement n'est pas un bassin
de barbier, mais qu'elle est aussi loin de l'être que le blanc est loin
du noir. Et j'ajoute que, bien que ceci soit un armet, ce n'est pas
un armet entier.

— Non certes, répondit Don Quichotte, il lui manque la men-
tonnière.

— C'est vrai, » dit le curé qui avait compris l'intention de son
ami maître Nicolas.

Don Fernando et ses compagnons furent du même avis.

« Que Dieu me soutienne, s'écria le barbier mystifié, est-il possible que tant de personnes honorables disent que ceci n'est pas un

plat à barbe? Il y a de quoi surprendre toute une Université, si sa-
vante qu'elle soit. Alors, si ce bassin est un armet, ce bât doit être
une selle de cheval ?

— Elle me paraît être un bât, répondit Don Quichotte, mais j'ai
déclaré ne pas vouloir me mêler de cette affaire.

— Il appartient au señor Don Quichotte de décider si c'est un
bât ou une selle, dit le curé; car dans les choses de chevalerie, ces
seigneurs et moi reconnaissons sa supériorité.

— Pardieu, messeigneurs, répondit Don Quichotte, les aventures
qui me sont arrivées les deux fois que j'ai logé dans ce château
sont si étranges que, si l'on m'interrogeait sur ce qui s'y passe, je
n'oserais rien affirmer. Aussi donner mon avis sur des points si
confus, ce serait risquer de tomber dans un jugement téméraire. En
ce qui touche l'assertion d'après laquelle cet objet serait un bassin
et non un armet, j'ai déjà répondu. Quant à déclarer si la chose
que nous voyons là est un bât ou une selle, je ne m'aventure pas
à prononcer un jugement définitif, et je m'en remets au bon dis-
cernement de Vos Grâces.

— Sans aucun doute, répondit don Fernando, le seigneur Don
Quichotte a très-bien parlé; c'est à nous qu'appartient la solution
de ce problème. Donc, afin que notre sentence soit appuyée sur de
solides fondements, je recevrai en secret les votes de ces seigneurs,
et je rendrai bon compte du résultat. »

Pour ceux qui connaissaient l'humeur de Don Quichotte, il y
avait là matière à rire; cette aventure leur semblait la plus grosse
extravagance du monde, surtout à trois voyageurs que le hasard
venait d'amener, et dont la mine révélait des archers de la Sainte-
Hermandad. Mais le plus désespéré fut le barbier, dont le bassin,
placé là sous ses yeux, se trouvait transformé en armet de Mambrin,
et dont le bât, sans aucun doute, allait se changer en riche harnais
de cheval. Chacun riait de la façon dont le señor Fernando recueillait
les votes; il allait des uns aux autres, et leur parlait à l'oreille afin
qu'ils déclarassent en secret si le joyau qui avait donné lieu à tant
de querelles était une selle ou un bât. Après avoir consulté ceux
qui connaissaient Don Quichotte, don Fernando dit à haute voix au
barbier :

« En vérité, bonhomme, je n'interroge personne sans qu'on me
réponde que c'est une extravagance de soutenir que c'est là un bât
d'âne ; attendu que c'est bien la selle d'un cheval et d'un cheval de
race.

— Que je perde ma part du ciel, s'écria le pauvre barbier, si
Vos Grâces ne se trompent pas, et puisse mon âme paraître aussi
pure devant Dieu que cette selle me paraît à moi un bât ! »

Les naïvetés débitées par le barbier ne firent pas moins rire que
les folies de Don Quichotte.

Un des archers s'approcha.

« Si ceci n'est pas une plaisanterie convenue, dit-il, je ne puis
me persuader que des personnes d'aussi bon jugement que le sont
ou semblent l'être celles qui se trouvent ici, s'exposent à soutenir
que cet objet n'est pas un plat à barbe et cet autre un bât d'âne.

— Ce pourrait être un bât de bourrique, dit maître Nicolas.

— Qu'importe, répondit l'archer, la question n'est pas là ; il
s'agit de savoir si ceci est un bât ou bien une selle comme le soutiennent Vos Grâces. »

Un de ses compagnons s'écria d'un ton de dépit et de colère :

« C'est aussi bien un bât que mon père était un homme, et
celui qui a dit ou dirait autre chose doit être dans les vignes.

— Vous mentez comme un vilain, » répondit Don Quichotte.

Et, levant sa pique qu'il ne lâchait jamais, il allait lui en dé-
charger un tel coup sur la tête que, si l'archer ne se fût jeté de
côté, il aurait roulé par terre. La pique se brisa sur le sol, et les
autres archers, voyant maltraiter leur compagnon, élevèrent la voix
demandant aide à la Sainte-Hermandad. L'hôtelier, qui appartenait à leur confrérie, courut chercher sa verge et son épée, et se
rangea près des archers. Le barbier, voyant la maison sens dessus
dessous, saisit une seconde fois son bât, et Sancho en fit autant de
son côté. Don Quichotte mit l'épée à la main et se jeta sur les archers. Le curé appelait, l'hôtesse criait, sa fille se lamentait, Maritornes pleurait, Dorothée demeurait muette. Le barbier frappait
Sancho, Sancho battait le barbier. Don Fernando et ses compagnons soutenaient Don Quichotte, de façon que l'auberge était
pleine de pleurs, de voix, de cris, de confusion, d'épouvante, d'an-

goisses, de malheurs, de coups d'épée, de coups de poing, de coups
de bâton et de coups de pied. Au milieu de ce chaos, de cette

mêlée, de ce labyrinthe, il vint à l'esprit de Don Quichotte qu'il
assistait à la discorde du camp d'Agramant, et il s'écria d'une voix
qui ébranla l'hôtellerie :

« Que chacun s'arrête et remette l'épée au fourreau ! »

A l'éclat de sa voix, les combattants s'arrêtèrent et il continua :

« Ne vous ai-je pas bien dit, seigneurs, que ce château est enchanté et qu'une légion de démons doit l'habiter? Comme preuve
de mes paroles, examinez de vos propres yeux comment la discorde
du camp d'Agramant s'est transportée parmi vous. Voyez, on se bat
ici pour l'épée, là pour le cheval, là-bas pour l'aigle, de ce côté
pour l'armet, et nous nous attaquons tous sans nous entendre. Que
Votre Grâce s'approche, señor curé, et rétablisse la paix entre
nous ; car, par le Dieu puissant, c'est une grande sottise de s'entre-
tuer pour des motifs aussi futiles. »

Les archers, qui ne comprenaient rien aux phrases de Don
Quichotte, maltraités d'ailleurs par don Fernando et les compagnons de ce gentilhomme, refusaient de s'apaiser. Le barbier se

calma, attendu que dans la bagarre on lui avait arraché la barbe et
une partie du bât. Sancho, au premier cri de son maître, obéit en
bon serviteur. L'hôte seul s'obstinait à vouloir qu'on châtiât les insolences de ce fou, qui, à chaque pas, troublait le calme de son
auberge. Enfin la rumeur s'apaisa momentanément, et, jusqu'au
jour du jugement dernier, le bât resta selle, le plat à barbe armet
et l'auberge château dans l'imagination de Don Quichotte.

Ce fut ainsi que se termina cette série de querelles. Mais l'ennemi
de la concorde et le rival de la paix, voyant combien il avait peu
gagné à plonger tous les assistants dans un labyrinthe si inextri-
cable, résolut de susciter d'autres troubles.

Les archers, ayant à demi deviné la qualité de ceux contre lesquels ils combattaient, s'étaient retirés de la bataille et se tenaient
tranquilles. Un d'eux se souvint qu'entre autres mandats d'arrêt
dont il était porteur contre divers délinquants, s'en trouvait un
contre Don Quichotte, que la Sainte-Hermandad avait ordonné
d'appréhender pour avoir délivré les galériens. L'archer, aussitôt
qu'il y eut songé, voulut s'assurer si le signalement s'appliquait
bien au chevalier ; tirant de son sein un parchemin, il le lut avec
lenteur, car il n'était pas bon lecteur, jetant à chaque mot un
regard sur Don Quichotte, et comparant les indications du mandat
avec les traits du chevalier. Il reconnut, à n'en pas douter, que ces
indications étaient exactes. A peine fut-il sûr de son fait, qu'il
remit en place son parchemin, prit son mandat de la main gauche
et, de la main droite, empoigna si fortement Don Quichotte au
collet qu'il ne le laissait pas respirer. En même temps il criait :

« Aide à la Sainte-Hermandad ! Et afin qu'on voie que j'ai le
droit de la requérir, lisez ce mandat où il est ordonné de s'emparer
de ce voleur de grand chemin. »

Le curé prit le mandat et vit que l'archer ne disait que la vérité.
Don Quichotte, s'entendant injurier par un vilain, s'enflamma de
colère au point que les os de son corps en craquaient. Du mieux
qu'il put, il saisit des deux mains l'archer, et le malheureux, si ses
compagnons ne l'avaient secouru, aurait perdu la vie avant que
Don Quichotte eût lâché sa proie.

L'hôte, obligé par son mandat à donner assistance à ses con-

frères, accourut prêter main-forte. L'hôtesse, qui vit son mari fourré
dans une nouvelle dispute, cria plus haut que la première fois ; ses
cris ayant attiré sa fille et Maritornes, toutes trois demandèrent aide
au ciel et à ceux qui se trouvaient là.

« Vive Dieu, s'écria Sancho à la vue de ce qui se passait, tout
ce que mon maître dit des enchantements de ce château est vrai,
car il n'est pas possible d'y vivre une heure en repos ! »

Don Fernando sépara l'archer et Don Quichotte, et, à leur
mutuelle satisfaction, desserra les mains des deux adversaires. Les
archers ne cessèrent pas pour cela de réclamer leur prisonnier,
exigeant qu'on les aidât à le garrotter, le service du roi et la Sainte-
Hermandad l'ordonnant ainsi. Don Quichotte, qui riait en les écoutant, leur dit avec beaucoup de calme :

« Venez ici, gens de peu et mal nés ; vous appelez voler sur les
grands chemins rendre la liberté aux prisonniers et secourir les
malheureux. Ah ! gens infâmes, vous ne méritez pas, vu la bassesse

de votre esprit, que le ciel vous permette de comprendre la valeur
renfermée dans la chevalerie errante. Approchez, larrons en troupe,
et dites-moi quel est l'ignorant qui a rédigé ce mandat d'emprisonnement contre un chevalier tel que moi? Qui donc ignore que
les chevaliers errants sont exempts de toute juridiction criminelle?
Leur épée est leur loi ; leur volonté est leur code, et leur courage
leur donne l'inviolabilité. Quel chevalier errant a jamais payé gabelle, dîmes ou corvées? Quel tailleur lui a réclamé le prix des
vêtements qu'il lui a fournis? Quel châtelain l'a jamais accueilli
dans son château avec l'intention de lui faire payer l'écot? Quel roi
ne l'a pas assis à sa table? Et, enfin, quel chevalier errant voit-on,
a-t-on jamais vu ou verra-t-on au monde, qui n'ait pas assez de courage et de force pour donner à lui seul quatre cents coups de bâton
à quatre cents archers qui se présenteraient devant lui? »

CHAPITRE XXXI

De la notable aventure des archers et de la grande férocité de notre
bon chevalier Don Quichotte.

ANDIS que Don Quichotte parlait,
le curé expliquait aux archers
que le pauvre chevalier manquait
de jugement, qu'il était donc inutile de pousser plus loin l'affaire,
car, s'ils l'arrêtaient et l'emmenaient, on le relâcherait aussitôt
en qualité de fou. L'homme au
mandat répondit qu'il ne lui appartenait pas de juger de la folie
de Don Quichotte, mais qu'il devait exécuter ce que ses chefs lui
commandaient. Enfin, le curé dit tant de choses, et Don Quichotte
commit tant d'extravagances, qu'il eût fallu que les archers fussent
plus fous que lui pour ne pas reconnaître sa folie. Ils jugèrent bon
de s'apaiser et même de servir de médiateurs pour rétablir la paix
entre le barbier et Sancho Pança, qui continuaient leur querelle
avec rancune. On troqua les bâts, mais non les sangles et le licou;
quant à l'armet de Mambrin, le curé, sous cape, donna huit réaux
pour le bassin, somme en échange de laquelle le barbier s'engagea, par reçu, à ne plus rien réclamer ni pour le moment ni dans
l'éternité.

L'hôtelier, qui savait que le curé avait désintéressé le barbier,
réclama l'écot de Don Quichotte, y compris le dommage des outres
et la perte du vin, protestant que ni Rossinante, ni le grison de
Sancho ne sortiraient de l'écurie avant qu'on lui eût payé jusqu'au dernier maravédis. Le curé l'apaisa, et don Fernando solda le

compte. Enfin, une telle tranquillité et une telle quiétude s'établirent, que l'hôtellerie ne représentait plus la discorde du camp d'Agramant, ainsi que l'avait dit Don Quichotte, mais le calme et la paix du règne d'Octave.

Don Quichotte, se voyant débarrassé de ses querelles, crut qu'il serait bon de continuer le voyage commencé, afin de terminer la grande aventure pour laquelle il avait été appelé et choisi. Aussi, bien résolu, il alla s'agenouiller devant Dorothée, qui ne lui permit pas de parler avant qu'il se fût relevé. Il se mit debout pour lui obéir et dit :

« C'est un proverbe vulgaire, belle dame, qui prétend que la hâte est mère de la bonne fortune; dans beaucoup de circonstances graves, l'expérience a démontré que la sollicitude du plaideur mène à bonne fin le procès douteux. Mais cette vérité n'est nulle part plus saillante que dans les choses de la guerre, où la célérité prévient les ruses de l'ennemi. Mes paroles, haute et puissante dame, viennent de ce qu'il me semble que notre séjour dans ce château est désormais inutile. Qui sait si, renseigné par des espions diligents et mystérieux, votre ennemi le géant ne sait pas déjà que je vais l'exterminer? Mettant le temps à profit, il peut se fortifier dans quelque château ou forteresse inexpugnable, contre lesquelles seront impuissantes mon activité et la force de mon infatigable bras. Ainsi donc, madame, partons à la bonne aventure. »

Don Quichotte se tut et attendit avec beaucoup de calme la réponse de la belle infante qui, d'un geste souverain et conforme au style de Don Quichotte, répondit :

« Je vous remercie, seigneur chevalier, du désir que vous manifestez de m'aider dans ma grande affliction, comme il convient à un chevalier qui a fait profession de secourir les orphelins et les nécessiteux. Pour ce qui est de mon départ, je n'ai d'autre volonté que la vôtre. Disposez donc de moi à votre guise; celle qui déjà vous a confié la défense de sa personne ne peut vouloir agir contre ce que votre prudence ordonnera.

— A la grâce de Dieu! répondit Don Quichotte. S'il en est ainsi, partons tout de suite. — Selle Rossinante, Sancho, bâte ton âne et

le palefroi de la reine, et faisons nos adieux au châtelain et à ces
seigneurs. »

Sancho, secouant la tête de droite et de gauche, répondit à son
maître :

« Hélas, señor, il y a plus de mal dans le hameau qu'on ne le
croit, soit dit sans offenser les honnêtes coiffes.

— Quel mal peut-il y avoir dans aucun hameau qui puisse
rejaillir à mon préjudice, manant ?

— Si Votre Grâce se met en colère, reprit Sancho, je ne dirai
pas ce que je suis obligé de révéler en ma qualité de bon écuyer.

— Dis ce que tu voudras, répondit Don Quichotte, pourvu que
tes paroles n'aient pas pour but de m'effrayer.

— Ce n'est pas cela, pécheur que je suis devant Dieu, répliqua
Sancho; mais je tiens pour certain et prouvé que cette dame, qui se
dit reine du grand royaume de Micomicon, ne l'est pas plus que
ma mère. Elle est la femme de ce seigneur don Fernando qui vient
de l'embrasser tout à l'heure. »

Dorothée ne put ni ne voulut répondre un seul mot à l'écuyer;
elle le laissa continuer son discours, ce qu'il fit en ces termes :

« Je vous préviens de ces choses, señor, parce que, si après avoir
entrepris des voyages, passé de mauvaises nuits et de pires jours,
le fruit de nos travaux doit être recueilli par ceux qui se divertissent dans cette hôtellerie, il est inutile que je me hâte de seller
Rossinante, de bâter le grison et de harnacher le palefroi. »

Bonté de Dieu ! Qui racontera l'épouvantable colère qui s'empara de Don Quichotte aux insolentes paroles de son écuyer ? Elle
fut telle que, d'une voix tremblante, bégayant et lançant des éclairs
par les yeux, il s'écria :

« O manant misérable, méprisable, insolent calomniateur et
blasphémateur ! Fuis de ma présence, monstre de la nature, récep-
tacle de mensonge, va-t'en, et ne reparais pas devant moi sous
peine d'encourir ma colère. »

En prononçant ces mots, le chevalier fronçait les sourcils, se gon-
flait les joues, regardait de tous côtés et frappait le sol avec violence de son pied droit, signes évidents de la fureur à laquelle
il était en proie. Devant ces imprécations et ces gestes furibonds,

Sancho demeura si effrayé, qu'il se serait réjoui en ce moment si la terre s'était ouverte sous ses pieds pour l'engloutir. Il ne sut faire autre chose que tourner les épaules et se retirer de la présence de son maître irrité. Mais la prudente Dorothée, qui connaissait déjà si bien l'humeur de Don Quichotte, lui dit pour l'apaiser :

« Ne vous fâchez pas, seigneur Chevalier de la Triste-Figure, des naïvetés échappées à votre bon écuyer; peut-être n'est-ce pas sans motif qu'il les a dites, car on ne peut soupçonner sa perspicacité et sa conscience de chrétien de porter un faux témoignage. Il faut donc rester convaincu que, dans ce château, où, d'après vos propres paroles, seigneur chevalier, toutes les choses arrivent et se passent par voie d'enchantement, il peut donc se faire, dis-je, que Sancho ait vu de cette façon diabolique ce qu'il raconte.

— Par le Dieu puissant, s'écria Don Quichotte, je jure que Votre Grandeur vient de trouver le mot de l'énigme! Une mauvaise vision a dû troubler la vue de ce pécheur de Sancho. Je connais l'innocence et la bonté de ce malheureux; il est incapable d'assurer faussement quoi que ce soit.

— Il en est ainsi, dit don Fernando; Votre Grâce doit donc, seigneur Don Quichotte, excuser son écuyer et le réintégrer dans le giron de son amitié. »

Don Quichotte répondit qu'il consentait à pardonner; le curé alla chercher Sancho qui se présenta avec humilité devant son maître et lui demanda sa main à baiser. Le chevalier la lui tendit.

« A présent, tu achèveras de comprendre, fils Sancho, ce que je t'ai déjà répété plusieurs fois, à savoir que tout, dans ce château, se fait par voie d'enchantement.

— Je le crois, répondit Sancho, à l'exception cependant de l'aventure de la couverture, qui est réellement arrivée par les voies ordinaires. »

Deux jours s'étaient déjà écoulés depuis que cette illustre compagnie logeait dans l'auberge. Chacun trouva qu'il serait temps de partir, et l'on chercha un moyen d'éviter à Dorothée et à don Fernando la peine d'accompagner Don Quichotte jusqu'à son village, de façon cependant que, grâce à la fable de la reine Micomicona, le curé et le barbier pussent l'emmener, et essayer

de le guérir lorsqu'il serait rentré chez lui. Voici ce qu'on imagina. On s'entendit avec un bouvier dont les bœufs traînaient
une charrette et que le hasard fit passer là, afin qu'il emmenât
notre chevalier dans les conditions suivantes. On construisit, à
l'aide de poutres entre-croisées, une espèce de cage dans laquelle
Don Quichotte pouvait tenir à l'aise. Alors don Fernando, ses
compagnons, les archers et l'hôte, sur l'avis du curé et sur son invitation, se couvrirent le visage et se déguisèrent, l'un d'une façon,
l'autre d'une autre, de manière à faire croire à Don Quichotte que
c'étaient là d'autres personnes que celles qu'il avait vues dans le
château. Cela fait, ils entrèrent silencieusement dans la chambre
où le chevalier dormait, se reposant de ses querelles passées. Ils

s'approchèrent du bon chevalier qui, libre et loin de s'attendre à
une telle aventure, s'abandonnait à un profond sommeil. Le saisissant avec vigueur, ils lui lièrent les mains et les pieds, si bien que
lorsqu'il se réveilla en sursaut, il ne put bouger et dut se contenter
de s'émerveiller de voir tant de visages autour de lui. Tout aussitôt
il tomba de lui-même dans le piége que lui tendait sans cesse son
imagination en délire; il crut que ces figures étaient des fantômes
habitant ce château enchanté, et que, sans aucun doute, il était ensorcelé, puisqu'il ne pouvait ni remuer ni se défendre. Tout arriva
donc comme l'avait projeté et espéré le curé, inventeur de ce stratagème.

Sancho seul, parmi les assistants, avait gardé ses vêtements ordinaires. Bien qu'il s'en fallût de peu qu'il n'eût la même maladie
que le chevalier, il reconnut pourtant les personnes déguisées. Cependant il n'osa ouvrir la bouche avant de voir à quoi aboutirait
cet assaut contre la liberté de son maître, qui se taisait de son côté,
cherchant à reconnaître quelle serait la fin de son malheur. La fin,
ce fut qu'on apporta la cage, qu'on l'y enferma, et qu'on cloua si

bien les madriers qu'il eût fallu plus de deux secousses pour les
rompre. Les fantômes placèrent ensuite la cage sur leurs épaules,
et, au moment où ils sortaient de la chambre, une voix formidable,

— aussi formidable que put la rendre le barbier, non celui du bât, mais l'autre, — cria :

« O Chevalier de la Triste-Figure, que la prison dans laquelle tu es renfermé ne te décourage pas; il convient qu'il en soit ainsi pour que se termine promptement l'aventure dans laquelle t'a jeté ton grand courage. Cette aventure s'achèvera lorsque le furibond lion manchois ne fera plus qu'un avec la blanche colombe Tobosine, lorsqu'ils auront courbé leurs fronts superbes sous le doux joug matrimonial. Et toi, ô le plus noble et le plus obéissant écuyer qui ait jamais eu une épée au côté, une barbe au menton et un odorat dans le nez, ne te décourage pas de voir emporter ainsi sous tes yeux la fleur de la chevalerie errante. Avant peu, s'il plaît au grand architecte de l'univers, tu te verras élevé si haut que tu ne te reconnaîtras pas, et les promesses que t'a faites ton bon maître ne seront pas trompeuses. Suis les pas du valeureux et enchanté chevalier; il faut que tu ailles jusqu'à l'endroit où vous vous arrêterez tous deux. »

Maître Nicolas, en terminant la prophétie, haussa la voix, puis la baissa avec un accent si attendri, que les assistants, bien au fait pourtant de la plaisanterie, furent sur le point de croire à la réalité de ce qu'ils entendaient.

En écoutant la prophétie, Don Quichotte se consola; il en pesa la signification et vit qu'on lui promettait qu'il serait uni par un saint mariage à sa chère Dulcinée du Toboso. Plein de foi dans les paroles qu'il avait entendues, il poussa un grand soupir et élevant la voix :

« O toi, dit-il, qui que tu sois, qui m'as pronostiqué tant de bien, je te prie de demander de ma part, au sage enchanteur chargé de mes affaires, qu'il ne me laisse pas périr dans cette cage au fond de laquelle on m'emporte, avant que j'aie vu l'accomplissement des bonnes et incomparables promesses que l'on vient de me faire. Touchant la consolation que peut m'offrir la présence de mon écuyer Sancho Pança, je connais assez son bon cœur et ses délicates façons d'agir pour être sûr qu'il ne m'abandonnera ni dans la bonne ni dans la mauvaise fortune. Car lors même que, pour son bonheur ou pour le mien, je ne pourrais lui donner l'île que je lui ai promise

15

ou quelque chose d'équivalent, du moins il ne perdra pas son salaire. Dans mon testament, déjà écrit, j'ai ordonné de le récompenser, non selon la mesure de ses nombreux et loyaux services, mais
selon la mesure de ma fortune. »

Sancho Pança s'inclina devant son maître et lui baisa les mains ;
il n'aurait pu lui en baiser une seule, attendu que toutes deux
étaient liées ensemble. Les fantômes soulevèrent alors la cage sur
leurs épaules, et la placèrent sur la charrette attelée de bœufs.

CHAPITRE XXXII

De l'étrange manière dont fut ensorcelé Don Quichotte, ainsi que
d'autres fameux événements.

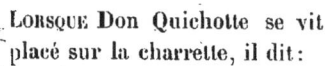 LORSQUE Don Quichotte se vit
placé sur la charrette, il dit :
« J'ai lu de nombreuses histoires de chevaliers errants ; mais
jamais je n'ai lu, ni vu, ni entendu dire que les chevaliers ensor-
celés fussent emmenés de cette façon et avec la lenteur que promet
l'allure paresseuse et tranquille de ces bœufs. On a coutume, au
contraire, d'emporter les chevaliers par les airs avec une légèreté
extrême, soit en les couvrant d'une nuée noire ou sombre, soit en
les plaçant sur un char de feu, sur un hippogriffe ou sur tout
autre monstre du même genre. Vive Dieu, je suis honteux de me
voir emmener sur une charrette de bouvier ! Mais peut-être la chevalerie et les sorcelleries de nos jours suivent-elles une autre mode
que celle des temps passés. Que t'en semble, fils Sancho ?

— Je ne sais ce qu'il m'en semble, répondit Sancho, n'ayant
pas autant lu que Votre Grâce dans les livres errants ; néanmoins,
j'oserai affirmer que les fantômes qui se promènent ici ne sont pas
tout à fait catholiques.

— Par mon père, je le crois bien ! s'écria Don Quichotte. Comment seraient-ils catholiques, puisque ce sont des démons. Si tu
veux te convaincre de cette vérité, Sancho, touche-les et tu verras
que leur corps n'est qu'apparence.

— Par Dieu, señor, répliqua Sancho, je les ai déjà tâtés, et ce
diable qui va là, si empressé, possède une qualité bien différente
de celles que j'ai entendu prêter aux démons ; ceux-ci, au dire

général, sentent le soufre, tandis que ce diable-là sent l'ambre d'une demi-lieue. »

Sancho parlait de don Fernando qui, en sa qualité de grand seigneur, devait être parfumé, ainsi que le disait l'écuyer.

Tandis que cette conversation avait lieu entre le maître et le serviteur, don Fernando et ses compagnons, craignant que Sancho ne parvint à pénétrer leur subterfuge, résolurent de partir au plus vite. Prenant à part l'hôtelier, ils lui ordonnèrent de seller Rossinante et de bâter l'âne de Sancho, ce qui fut promptement exécuté. Pendant ce temps, le curé s'était entendu avec les archers, afin que, moyennant une paye journalière, ils l'accompagnassent jusqu'à son village. Don Fernando suspendit l'écu de Don Quichotte d'un côté de l'arçon de la selle de Rossinante, et, de l'autre, le plat à barbe; puis il fit signe à Sancho d'enfourcher son grison et de prendre la bride du cheval. A droite et à gauche de la charrette, il plaça un archer armé de son escopette. Mais, avant que la cavalerie se mît en route, l'hôtesse, sa fille et Maritornes sortirent

pour faire leurs adieux à Don Quichotte, feignant de pleurer sa disgrâce.

« Ne pleurez pas, bonnes dames, leur dit le chevalier, ces

malheurs font partie de l'existence de ceux qui professent ce que
je professe. Priez Dieu qu'il me tire de cette prison où me plonge
quelque méchant enchanteur; si je recouvre ma liberté, je me
souviendrai des services que vous m'avez rendus dans ce château,
pour vous en témoigner ma reconnaissance et vous en récompenser comme il convient. »

Tandis que les dames du château recevaient les adieux de Don
Quichotte, le curé et le barbier prenaient congé de don Fernando
et de Dorothée. Tous s'embrassèrent, se promettant de se donner
de leurs nouvelles.

Enfin le curé se mit en selle avec son ami le barbier. Le visage
couvert de masques, afin de n'être pas immédiatement reconnus
de Don Quichotte, ils suivirent la charrette. On marchait dans

l'ordre suivant ; d'abord, le chariot, conduit par son propriétaire;
de chaque côté, un archer armé de son escopette; puis Sancho
Pança, monté sur son grison et tenant Rossinante par la bride. Le
curé et le barbier, le visage masqué, l'allure lente et grave, montés sur leurs mules qu'ils contenaient pour se régler sur le pas
tardif des bœufs, formaient l'arrière-garde. Don Quichotte, assis dans
la cage, les mains liées, les jambes étendues, restait appuyé contre
les barreaux, aussi silencieux et patient que si, au lieu d'être un
homme de chair et d'os, il eût été une statue de pierre. On chemina ainsi avec lenteur pendant deux heures, au bout desquelles
on atteignit une vallée que le bouvier jugea convenable pour se
reposer et laisser paître son attelage. Il fit part de son désir au
curé; mais le barbier fut d'avis qu'il fallait marcher encore un

peu, car il savait que, derrière une colline qu'on apercevait à une
courte distance, se trouvait une vallée où l'herbe était plus épaisse

et meilleure que dans l'endroit où on voulait s'arrêter. On suivit
son conseil et on se remit en route.

En ce moment, le curé tourna la tête et vit qu'en arrière
venaient six ou sept hommes à cheval qui eurent bientôt rejoint la caravane. Un des nouveaux venus, chanoine de Tolède,
voyant la procession si bien ordonnée de la charrette, des archers, de Sancho, de Rossinante, du curé et du barbier, puis
en outre de Don Quichotte encagé et prisonnier, ne put s'empê-

cher de demander pourquoi on emmenait ainsi cet homme, bien qu'il eût déjà compris, à la présence des archers, que ce devait être quelque malfaiteur, dont le châtiment appartenait à la Sainte-Hermandad. Un des archers qu'il interrogea répondit :

« Señor, que ce gentilhomme vous dise lui-même ce que signifie la manière dont il voyage, car nous l'ignorons. »

Don Quichotte entendit la conversation et s'écria :

« Vos Grâces, seigneurs cavaliers, sont-elles par bonheur versées et expertes dans les aventures de la chevalerie errante? »

Le curé et le barbier, voyant le chanoine causer avec Don Quichotte de la Manche, se hâtèrent de s'approcher pour répondre de façon que leur artifice ne fût pas découvert. Le chanoine répliquait :

« En vérité, frère, je connais bon nombre de livres de chevalerie.

— Par la main de Dieu, répliqua Don Quichotte, puisqu'il en est ainsi, je veux, seigneur, que vous sachiez que je vais ici ensorcelé, et que je suis dans cette cage par suite de la traîtrise de méchants enchanteurs, la vertu étant plus persécutée par les pervers qu'elle n'est aimée par les bons.

— Le señor Don Quichotte a raison, dit alors le curé; il va ensorcelé, non à cause de ses fautes, mais victime de ceux que la vertu offusque et que dépite le courage. Ce chevalier, señor, est le Chevalier de la Triste-Figure, que vous devez avoir entendu nommer quelquefois. »

Lorsque le chanoine entendit un homme jouissant de sa liberté tenir le même langage que le prisonnier, il fut près de se signer de surprise, tant la chose lui parut incompréhensible. En cet instant, Sancho Pança, qui s'était approché pour écouter la conversation, voulut placer son mot et dit :

« A présent, señores, que vous m'en vouliez ou non de ce que je vais dire, il est sûr et certain que mon maître Don Quichotte n'est pas plus ensorcelé que ma mère. Il a tout son jugement, mange, boit comme les autres hommes, et mon maître, si on ne l'interrompait pas, parlerait plus que trente personnes. »

Et regardant de nouveau le curé, Sancho continua :

« Ah! señor curé, señor curé! Votre Grâce pense-t-elle que je

ne la reconnais pas et que je ne devine pas à quoi tendent ces
nouveaux enchantements? Bref, là où règne l'envie, la vertu ne
peut vivre, ni la libéralité là où règne l'avarice. Si ce n'était à
cause de Votre Révérence, l'heure est déjà loin où mon maître serait marié avec l'infante Micomicona, et je serais déjà comte, pour
le moins! Mais je vois que le proverbe vulgaire a raison : « La
roue de la fortune est mieux graissée qu'une roue de moulin, et
ceux qui étaient hier au pinacle sont par terre aujourd'hui. »
Je le regrette pour ma femme et mes enfants; au moment où
ils pouvaient et devaient espérer voir rentrer par la porte de sa
maison leur père devenu gouverneur ou vice-roi de quelque île
ou royaume, ils le verront rentrer garçon d'écurie. Tout ce que
j'ai dit, señor curé, n'a pour but que de donner à entendre à
Votre Paternité qu'elle doit se faire un cas de conscience des mauvais traitements qu'elle inflige à mon maître; vous aurez à répondre de tout le bien qu'il ne peut accomplir pendant qu'il est
prisonnier.

— A manchot, manchot et demi! s'écria aussitôt le barbier.
Comment, Sancho, vous aussi vous appartenez à la confrérie de
votre maître? Vive Dieu! je vois que vous irez lui tenir compagnie dans la cage, et que vous resterez aussi ensorcelé que lui
pour ce qu'il vous a communiqué de sa folie et de sa chevalerie,
et à mauvaise heure vous vous êtes fourré dans la tête l'île que
vous désirez tant.

— Bien que pauvre, je suis chrétien de la vieille roche et je ne
dois rien au prochain, s'écria Sancho. Si je désire des îles, d'autres
désirent des choses pires. Chacun est fils de ses œuvres, en somme;
et si, étant homme, je puis être pape, à plus forte raison puis-je
devenir gouverneur. »

Le barbier s'abstint de répondre à Sancho, de peur qu'avec ses
naïvetés il ne révélât ce que lui et le curé cachaient avec tant de
soin. Animé de la même crainte, le curé engagea le chanoine à
prendre les devants, afin qu'on lui expliquât le mystère de l'encagé et d'autres incidents qui le divertiraient. Le chanoine suivit
le conseil, s'éloigna en compagnie de ses domestiques et du curé,
et écouta attentivement ce que celui-ci voulut bien lui dire sur la

qualité, la vie, la folie et les habitudes de Don Quichotte. Lorsque le récit fut terminé, le chanoine dit :

« En vérité, señor curé, je trouve pour mon compte, que ces livres, dits de chevalerie, sont préjudiciables dans les États. Bien que j'aie lu, poussé par l'oisiveté et un faux goût, les premiers chapitres de presque tous ceux qui ont été imprimés, je n'ai jamais pu en lire aucun jusqu'au bout, car tous se ressemblent plus ou moins, et celui-ci ne contient rien de plus que tel autre. »

Le curé écouta avec attention le chanoine qui lui parut homme de bon jugement. Aussi répliqua-t-il qu'il partageait sa manière de voir, et que, par rancune contre les livres de chevalerie, il avait brûlé ceux de Don Quichotte qui étaient nombreux, ce qui fit beaucoup rire le chanoine. Celui-ci, reprenant la parole, déclara qu'en dépit de sa critique de ces livres, il leur trouvait un beau côté : le sujet, qui permettait à l'auteur de se montrer épique, lyrique, tragique, comique, de réunir en un mot toutes les parties que renferment les douces et agréables sciences de la poésie et de l'éloquence, l'épopée pouvant aussi bien s'écrire en prose qu'en vers.

CHAPITRE XXXIII

Où le chanoine continue à traiter la matière des livres de chevalerie et d'autres
choses dignes de son esprit.

Votre Grâce est dans le vrai, señor chanoine, reprit le curé; c'est pourquoi il faut blâmer ceux qui, jusqu'à présent, ont composé de tels livres sans se préoccuper de l'art ou des règles qui eussent pu les guider et les rendre fameux en prose, comme le sont en vers les deux princes de la poésie grecque et latine.

— Pour ma part, répliqua le chanoine, j'ai eu certaines velléités de composer un livre de chevalerie en observant toutes les règles que je viens de spécifier, et, si je dois confesser la vérité, j'en ai déjà écrit plus de cent pages. Voulant savoir par expérience si elles répondaient à mon dessein, je les ai lues à des hommes passionnés pour ces légendes, hommes doctes, sages et prudents; puis à des ignorants uniquement préoccupés du désir de lire des extravagances, et j'ai reçu de tous une agréable approbation. Cependant, je n'ai pas continué mon œuvre, tant parce qu'il me semblait faire là une chose contraire à ma profession, que parce que j'ai reconnu que le nombre des gens simples est plus considérable que celui des gens d'esprit. »

Le curé et le chanoine en étaient là de leur entretien, lorsque le barbier les rejoignit et dit à son compère :

« Voici, señor licencié, l'endroit que je vous ai signalé pour notre sieste; ici les bœufs trouveront une fraîche et abondante pâture.

— Je suis de votre avis, » répondit le curé.

Aussitôt qu'il eut instruit le chanoine de ce qu'ils comptaient faire, celui-ci voulut rester avec eux, séduit par la délicieuse vallée qui s'offrait à la vue. Aussi, tant pour jouir du paysage que de la conversation du curé, qu'il commençait à prendre en amitié, qu'afin d'apprendre plus en détail les prouesses de Don Quichotte, il ordonna à ses domestiques de se rendre à une hôtellerie, située à peu de distance, et d'apporter de quoi manger pour tout le monde, son intention, pour cette après-midi, étant de faire la sieste en cet endroit.

Pendant ce temps, Sancho, voyant qu'il pouvait enfin parler à son maître hors de la présence du curé et du barbier, qu'il tenait pour suspects, s'approcha de la cage où se trouvait Don Quichotte.

« Señor, lui dit-il, je veux vous prévenir, pour le soulagement de ma conscience, de ce qui se passe au sujet de votre ensorcellement; sachez que les deux hommes qui nous accompagnent, le visage masqué, sont le curé et le barbier de notre village. Je m'imagine qu'ils ont inventé cette idée de vous emmener par pure jalousie de ce que Votre Grâce les surpasse en exploits fameux. Cette vérité admise, il s'ensuit que vous n'êtes pas enchanté, mais trompé comme un idiot. Pour mieux le prouver, je veux vous adresser une question; si vous me répondez affirmativement, vous toucherez du doigt la fourberie, et vous verrez que vous n'êtes pas ensorcelé.

— Demande-moi ce que tu voudras, fils Sancho, répondit Don Quichotte; pour ta satisfaction, je te répondrai selon ton désir. Quant à ceux qui vont et viennent autour de moi et que tu prétends être le curé et le barbier, nos amis et nos compatriotes, il se peut qu'ils nous paraissent tels; mais ne crois en aucune façon qu'ils soient réellement nos voisins. Il est facile aux enchanteurs d'emprunter la forme qui leur plaît, et ils auront choisi celle de nos amis pour te donner occasion de croire ce que tu crois, et te jeter dans un labyrinthe de suppositions dont tu ne réussirais pas à sortir, lors même que tu posséderais le fil de Thésée. Pour ce qui est de m'adresser une question, interroge, je te répondrai.

— Que la Vierge m'aide ! s'écria Sancho avec force, est-il possible que Votre Grâce ait la tête si dure qu'elle ne reconnaisse pas que ce que j'avance est la pure vérité, et que dans son malheur et son emprisonnement, il y a plus de malice que d'enchantement. Puisqu'il en est ainsi, je vais vous prouver jusqu'à l'évidence que vous n'êtes pas enchanté. Dites-moi.... Que Dieu vous tire de ce péril, et puissiez-vous au moment où vous y penserez le moins....

— Cesse tes conjurations, dit Don Quichotte, et demande-moi
ce que tu voudras ; je t'ai déjà dit que je te répondrai avec exactitude.

— C'est tout ce que je souhaite, reprit Sancho, et tout ce que je
veux savoir, c'est.... que vous me disiez, sans rien omettre ni ajouter, mais en toute vérité, comme on doit espérer que la diront et
comme la disent ceux qui professent les armes ainsi que Votre Grâce
les professe sous le titre de chevaliers errants....

— Je t'assure que je ne déguiserai rien, répondit Don Quichotte ;
achève donc ta demande, Sancho, car tu me fatigues avec tes
préambules, tes prières et tes avertissements.

— Je dis que je suis sûr de la bonté et de la véracité de mon
maître ; aussi, et cela importe à notre conte, je demande, parlant
par respect, si par hasard, depuis que Votre Grâce est encagée et à
son avis ensorcelée, l'envie et le désir ne lui sont pas venus de manger ou de boire ?

— Oui, plusieurs fois, Sancho, et cela m'arrive même en ce moment.

CHAPITRE XXXIV

Où l'on traite de la conversation secrète de Sancho Pança,
avec son maître Don Quichotte.

An! s'é-
cria
Sancho,
voilà ce
que je
voulais
savoir.
Voyons,
señor,
pouvez -
vous
nier ce
qu'on
dit com-
muné-

ment lorsqu'une personne montre de la mauvaise humeur ? « Je ne
sais ce qu'a un tel, il ne boit plus, ne mange plus, ne dort plus, il
a l'air d'être ensorcelé. » D'où il faut conclure que ceux qui ne
mangent pas, ne boivent pas, ne dorment pas sont enchantés, et
non ceux qui ont l'envie qu'a Votre Grâce.

— Tu dis vrai, Sancho, répondit Don Quichotte, mais je t'ai déjà
prévenu qu'il y a plusieurs genres d'ensorcellement. Il se pourrait
qu'on les eût changés avec le temps, et que la mode soit venue de
faire ce que je fais, bien qu'on ne le fît pas autrefois. J'ai la conviction que je suis enchanté ; cela suffit au repos de ma conscience.

— En attendant, répliqua Sancho, je déclare que, pour plus de satisfaction, il serait bon que Votre Grâce essayât de sortir de cette prison ; je m'offre à faciliter votre évasion de tout mon pouvoir et même à vous tirer de là. Vous essayerez de monter de nouveau sur votre bon Rossinante qui semble lui-même ensorcelé, tant il chemine avec tristesse. Cela fait, nous tenterons une autre fois la fortune en cherchant des aventures, et si elles ne sont pas favorables, il sera toujours temps de revenir à la cage dans laquelle, en qualité de bon et loyal écuyer, je promets de m'enfermer avec Votre Grâce, si elle est assez malheureuse et si moi je suis assez sot pour que nous ne réussissions pas dans notre entreprise.

— Je ferai volontiers ce que tu désires, frère Sancho, répliqua Don Quichotte, et lorsque tu trouveras moyen de me rendre ma liberté, je t'obéirai en tout et pour tout. »

Le chevalier errant et son errant écuyer conversèrent ainsi jusqu'au moment où ils rejoignirent le curé, le chanoine et le barbier, qui avaient déjà mis pied à terre. Le bouvier détela ses bœufs et les laissa paître à leur gré dans cette agréable prairie dont la fraîcheur conviait au repos. Sancho pria le curé de permettre à son maître de sortir un instant de la cage. Le curé dit qu'il accorderait volontiers la permission demandée s'il ne craignait que Don Quichotte, se voyant libre, ne fît des siennes et ne leur faussât compagnie.

« Je réponds de lui, dit Sancho.

— Moi aussi, s'écria le chanoine, surtout s'il me donne sa parole de chevalier de ne pas s'éloigner de nous sans notre permission. »

Don Quichotte, qui écoutait, répondit qu'il donnait d'autant plus volontiers sa parole qu'un homme ensorcelé comme il l'était n'avait pas la liberté de disposer à son gré de sa personne, l'enchanteur ayant assez de pouvoir pour l'empêcher de changer de place pendant trois siècles. Il ajouta que ces considérations devaient décider leurs Grâces à le laisser libre. Le chanoine lui prit les mains, bien qu'elles fussent attachées, et, sous la garantie de sa parole et de sa foi, on le désencagea, ce qui lui causa une grande joie.

La première chose que fit Don Quichotte fut de s'étirer les membres, puis, s'approchant de Rossinante, il lui frappa sur la croupe de la paume de la main et dit ·

« J'espère avec la grâce de Dieu et de sa sainte mère, fleur et
miroir des coursiers, que nous nous verrons bientôt tous deux

comme nous le désirons, toi avec ton maître sur le dos, et moi
assis sur ta selle, exerçant l'office pour lequel Dieu m'a mis au
monde. »

Le chanoine examinait le chevalier, et s'étonnait de l'étrangeté de
la folie d'un homme dont les propos et les réponses annonçaient un
esprit très-sensé, lequel ne perdait les étriers, comme il a été souvent
dit, que lorsqu'on lui parlait chevalerie. Aussi, mû de compassion,
lorsque tout le monde fut assis sur l'herbe verte pour attendre les
provisions, il dit à Don Quichotte :

« Est-il possible, señor hidalgo, que l'oisive lecture des livres
de chevalerie ait été assez puissante sur Votre Grâce pour lui tourner
la tête au point qu'elle croie être ensorcelée, ainsi que d'autres choses du même genre aussi éloignées d'être véritables que le mensonge
est loin de la vérité? Comment peut-il se trouver au monde un esprit capable d'ajouter foi à l'existence de cette infinité d'Amadis, de
cette tourbe de fameux chevaliers, tels que l'empereur de Trébisonde,

Félix-Mars d'Hircanie, à tant de palefrois, de damoiselles errantes, de dragons, d'andriaques, de géants, d'aventures incroyables?

Voyons, señor Don Quichotte, ayez pitié de vous-même, revenez au giron du sens commun, et sachez faire usage de l'intelligence qu'il a plu au ciel de vous accorder, en employant votre esprit à des lectures qui tournent au profit de votre conscience et à celui de votre réputation. Cependant si, poussé par votre inclination naturelle, vous voulez lire des récits de hauts faits et de chevalerie, lisez les livres des Juges dans les saintes Écritures ; vous trouverez là des vérités grandioses et des exemples aussi vrais que courageux. La Lusitanie eut un Viriarte, Rome un César, Carthage un Annibal, la Grèce un Alexandre, la Castille un comte Fernand Gonzalès, Valence un Cid, l'Andalousie un Gonzalve ; la lecture de leurs vaillants exploits peut intéresser, instruire, surprendre les meilleurs esprits. Cette lecture, señor Don Quichotte, sera digne

16

de l'intelligence de Votre Grâce, et vous en sortirez érudit en histoire,
amoureux de la vertu, disposé au bien, vaillant sans témérité; tout
cela pour la gloire de Dieu, votre profit et l'honneur de la Manche,
où, à ce que j'ai appris, Votre Grâce est née. »

Don Quichotte écouta les raisons du chanoine avec beaucoup
d'attention, puis il dit :

« Il me semble, señor hidalgo, que toutes les paroles de Votre
Grâce ont eu pour but de me persuader qu'il n'y a jamais eu de
chevaliers errants, que les livres de chevalerie sont faux, menteurs, préjudiciables, inutiles aux États, que je n'aurais pas dû les
lire, que j'ai augmenté mes torts en y croyant, et que j'ai plus mal
fait encore de les imiter, en m'adonnant au dur exercice de la chevalerie errante?

— Tout cela est au pied de la lettre, répondit le chanoine.

— Votre Grâce a déclaré en outre, reprit Don Quichotte, que lesdits livres m'ont été très-nuisibles; qu'ils m'ont troublé l'esprit,
conduit dans une cage, et qu'il vaudrait beaucoup mieux me repentir et changer de lecture en feuilletant des histoires plus vraies, plus
agréables et plus instructives?

— Parfaitement, répondit le chanoine.

— Eh bien! moi, reprit Don Quichotte, je trouve que l'homme
privé de raison et l'ensorcelé n'est autre que Votre Grâce, puisqu'elle a prononcé tant de blasphèmes contre une chose si bien acceptée par le monde, et tenue pour si vraie que celui qui la nie, ainsi
que le fait Votre Grâce, mérite la peine que vous désiriez infliger
aux livres de chevalerie, lorsque vous les lisez et qu'ils vous en-
nuient. Vouloir persuader à quelqu'un qu'Amadis et les autres
chevaliers d'aventures dont l'histoire regorge n'ont pas existé,
c'est vouloir nous persuader que le soleil n'éclaire pas, que la glace
n'est pas froide, que la terre ne nous nourrit pas.

— Mais ce n'est pas une raison, répliqua le chanoine, pour qu'un
gentilhomme comme Votre Grâce, honorable, plein de qualités,
et doté d'une si belle intelligence, se persuade que tant de folies
étranges écrites dans vos extravagants livres de chevalerie soient
vraies

— Voilà qui est bon! s'écria Don Quichotte. Quoi, les livres im-

primés avec l'approbation des rois et celle des examinateurs chargés de les lire, les livres goûtés et vantés par la généralité des grands
et des petits, des riches et des pauvres, des lettrés et des ignorants,
des nobles et des plébéiens, enfin par toute espèce de personnes, de
quelque état et de quelque condition qu'elles soient, ne seraient que
mensonges ? Que Votre Grâce s'en rapporte à moi, qu'elle lise ces
livres et elle verra qu'ils dissiperont la tristesse qu'elle peut avoir
et qu'ils amélioreront sa condition si elle est mauvaise. Pour moi,
depuis que je suis chevalier errant, je suis vaillant, mesuré, généreux, poli, courtois, audacieux, doux, patient, supportant sans
me plaindre le mal des prisons et des enchantements. Et, bien qu'il
y ait si peu de temps que je sois enfermé dans une cage en
qualité de fou, j'espère, par la valeur de mon bras, le ciel m'aidant
et la fortune ne m'étant pas contraire, me voir, d'ici à peu, roi de
quelque royaume où je pourrai montrer la reconnaissance et la générosité de mon âme. Car, par ma foi, señor, le pauvre, si disposé
qu'il soit à se montrer prodigue, ne peut témoigner sa générosité à
personne, et la reconnaissance qui ne se manifeste que par des intentions est chose morte, comme la foi sans les œuvres. C'est pourquoi je souhaite que le sort m'offre promptement l'occasion de devenir empereur, afin de faire connaître le fond de mon cœur en
comblant de biens mes amis, à commencer par ce pauvre Sancho
Pança, mon écuyer, qui est le meilleur homme du monde. Je voudrais lui donner le comté que je lui ai promis depuis si longtemps,
quoique je craigne qu'il n'ait pas assez d'expérience pour gouverner un État. »

Sancho entendit ces dernières paroles de son maître et s'écria :

« Que Votre Grâce, señor Don Quichotte, travaille à me donner
ce comté, si souvent promis par Votre Grâce, et si ardemment attendu par moi ; je vous réponds que l'habileté ne me manquera pas
pour gouverner.

— Il y a beaucoup à dire sur cette question des comtés, répliqua
le chanoine.

— J'ignore ce qu'il peut y avoir à dire, répondit Don Quichotte,
je me guide sur l'exemple du grand Amadis de Gaule qui fit son
écuyer comte de l'Ile-Ferme. Aussi puis-je, sans scrupule de con-

science, faire comte Sancho Pança, qui est l'un des meilleurs écuyers
que chevalier errant ait jamais eus. »

Le chanoine demeura émerveillé des extravagances raisonnables,
— si les extravagances peuvent l'être, — de Don Quichotte. Enfin il
admira la naïveté de Sancho qui tenait tant à posséder le comté que
son maître lui avait promis.

Sur ces entrefaites, reparurent les domestiques qui s'étaient rendus à l'auberge pour ramener la mule chargée de provisions. En
guise de table, ils étendirent un tapis sur l'herbe verte de la prairie ; les convives s'assirent à l'ombre des arbres, et goûtèrent en cet
endroit, afin que les animaux du bouvier profitassent, ainsi qu'il
a été dit, de ce gras pâturage.

CHAPITRE XXXV

De la surprenante aventure des pénitents, que le chevalier termina
à la sueur de son front.

En ce moment, retentit un son de trompette. Don Quichotte, se relevant, aperçut une file d'hommes qui descendaient une colline. Cette procession avait pour cause la sécheresse de l'année ; les nuages avaient refusé leur rosée à la terre, et, dans les villages de ce territoire, on faisait des processions pour demander à Dieu d'ouvrir les mains de sa miséricorde et de répandre la pluie. A cet effet, les habitants d'un hameau voisin se rendaient à un ermitage situé sur la pente de ce vallon.

Don Quichotte, à la vue des étranges vêtements des pénitents, sans se rappeler qu'il avait dû les voir maintes fois, s'imagina que c'était une chose d'aventure et qu'à lui seul, en qualité de chevalier errant, il appartenait de l'entreprendre.

Ce qui le confirma dans cette pensée, c'est qu'il prit une image de sainte, portée dans la procession, pour une noble dame que ces malandrins, félons et discourtois, entraînaient de force. A peine cette idée se fut-elle logée dans sa tête, qu'il courut d'un pas léger vers Rossinante qui paissait, saisit le frein et son bouclier suspendu à l'arçon de la selle, brida son cheval en un clin d'œil, puis, demandant son épée à Sancho, il embrassa son écu et dit à ceux qui se trouvaient là :

« A cette heure, vaillante compagnie, vous verrez combien il importe qu'il y ait au monde des hommes professant la chevalerie

errante ; à présent, dis-je, vous verrez, lorsque cette bonne dame
qu'on emmène captive sera rendue à la liberté, si l'on doit estimer
les chevaliers errants. »

Pressant alors les flancs de Rossinante de ses genoux, faute d'é-
perons, et au grand trot, — car pour le galop on ne lit nulle part
dans cette véridique histoire que Rossinante ait jamais pris cette
allure, — il s'avança à la rencontre des pénitents, bien que le curé,
le chanoine et le barbier eussent essayé de le retenir, et malgré les
cris de Sancho qui réussit encore moins à l'arrêter.

« Où allez-vous, señor Don Quichotte ? criait l'écuyer, quel démon
avez-vous dans le corps qui vous pousse à combattre notre foi catholique ? Malheur à moi ; remarquez que c'est une procession de
pénitents, et que cette dame qu'on porte sur un piédestal est l'image
de la Sainte-Vierge immaculée ! »

Sancho se fatiguait en vain ; son maître était si résolu à délivrer
la dame en deuil, qu'il n'entendit pas un mot de ce discours, et,
l'eût-il entendu, il n'aurait pas tourné bride, alors même que le roi
le lui eût commandé. Il rejoignit donc la procession, arrêta Rossinante qui souhaitait déjà de reprendre haleine, et d'une voix rauque, il s'écria :

« O vous qui vous couvrez sans doute le visage en qualité de méchants, arrêtez et écoutez ce que j'ai à vous dire. »

Les premiers qui obéirent à cette sommation furent les porteurs de l'image ; alors un des quatre prêtres qui chantaient les litanies, voyant l'étrange mine de Don Quichotte, la maigreur de Rossinante et d'autres particularités risibles qu'il remarqua dans l'esprit du chevalier, lui répondit :

« Si vous avez quelque chose à nous dire, señor frère, dites-le promptement, car ces braves gens ont mal aux épaules, et nous ne pouvons nous arrêter à écouter quoi que ce soit, s'il faut plus de deux paroles pour l'expliquer.

— Une seule me suffira, répliqua Don Quichotte, et la voici : Vous allez, sur l'heure, lâcher cette belle dame, dont les larmes et le visage attristé montrent clairement que vous l'emmenez contre sa volonté, et que vous lui avez infligé quelque insulte. »

Ces arguments prouvèrent à ceux qui les entendirent que Don Quichotte devait être un fou, et ils se mirent à rire de bon cœur. Leur hilarité fut de la poudre jetée sur la colère de Don Quichotte ; sans prononcer une parole de plus, il tira son épée et assaillit le brancard. Un des porteurs, laissant la charge à ses compagnons, s'avança à la rencontre du chevalier, brandissant l'espèce de fourche qui soutenait le brancard lorsqu'on se reposait. Elle lui servit à parer un grand coup d'épée que lui porta Don Quichotte, coup qui la trancha en deux. Le porteur, avec la moitié qui lui restait entre les mains, asséna un tel coup sur l'épaule de Don Quichotte, du côté où il tenait l'épée, que son bouclier ne pouvait protéger contre la force du rustre, que le pauvre chevalier roula sur le sol dans un piteux état. Sancho Pança, tout essoufflé, cherchait à rejoindre son maître ; le voyant tomber, il cria au vainqueur de ne pas frapper une seconde fois ; que c'était là un malheureux chevalier enchanté qui, de sa vie, n'avait fait de mal à personne.

En ce moment, ceux qui accompagnaient Don Quichotte arrivèrent près de lui ; les gens de la procession, les voyant courir suivis des archers avec leurs arbalètes, craignirent un accident, se groupèrent autour de la sainte image, relevèrent leurs cagoules, saisirent leurs disciplines, tandis que les prêtres s'emparaient des chande-

liers, et attendirent, faisant mine de vouloir se défendre, prêts au
besoin à prendre l'offensive. La fortune disposa les choses mieux

qu'on ne s'y attendait ; car Sancho se jeta sur le corps de son
maître qu'il croyait mort, pleurant et accompagnant ses larmes
des plus risibles lamentations qu'on puisse entendre. Le curé fut
reconnu par un de ses collègues mêlé à la procession, et cette
reconnaissance calma les craintes conçues par les deux escadrons.
En deux mots, notre curé expliqua à son ami ce que c'était que
Don Quichotte, et, suivis de la foule des pénitents, ils allèrent voir
si véritablement le pauvre chevalier était mort. En approchant, ils
entendirent Sancho crier, avec des larmes plein les yeux :

« O fleur de la chevalerie, un simple coup de bâton a terminé la
carrière de tes ans si bien employés. O honneur de ta race, honneur et gloire de la Manche et même du monde entier, qui, maintenant que tu n'es plus, restera couvert de malfaiteurs, sûrs de l'im-
punité de leurs méfaits ! O chevalier, plus généreux que tous les

Alexandre, puisque, pour neuf mois seulement de service, tu m'avais donné la meilleure île que renferme et entoure la mer ! O toi, humble avec les orgueilleux et arrogant avec les humbles, entrepreneur de périls, supporteur d'affronts, imitateur des bons, fléau des méchants, chevalier errant enfin, ce qui est le comble de ce qu'on peut dire ! »

Les cris et les gémissements de Sancho ranimèrent Don Quichotte, et les premiers mots qu'il prononça, furent :

« Celui qui vit loin de vous, douce Dulcinée, est exposé à de plus rudes misères que celle-ci. Aide-moi, ami Sancho, à remonter sur le char enchanté ; je ne suis pas en état de m'asseoir sur la selle de Rossinante, car j'ai cette épaule brisée.

— Je le ferai de grand cœur, mon cher maître, répondit Sancho ; retournons à notre village, en compagnie de ces señores qui veulent votre bien ; là, nous concerterons une nouvelle sortie qui nous sera plus profitable et plus glorieuse.

— Tu parles sagement, Sancho, répondit Don Quichotte ; et il sera très-prudent d'attendre que la mauvaise influence des étoiles qui règne en ce moment soit passée. »

Le chanoine, le curé et le barbier lui dirent qu'il ferait bien d'agir ainsi, et, après s'être divertis de la simplicité de Sancho, ils replacèrent Don Quichotte sur la charrette. La procession se reforma et continua son chemin. Les archers, ne voulant pas aller plus loin, le curé leur paya ce qu'il leur devait ; le chanoine pria le curé de l'aviser de ce qui arriverait à Don Quichotte, s'il guérissait ou non de sa folie, et demanda la permission de continuer son voyage. Enfin tous se séparèrent, laissant seuls le curé, le barbier, Don Quichotte, Sancho Pança et le bon Rossinante, qui supportait tout ce qu'il avait vu avec la même patience que son maître. Le bouvier attela ses bœufs, installa Don Quichotte sur une botte de foin, et, avec son flegme accoutumé, suivit la route désignée par le curé. Au bout de six jours, ils atteignirent le village de Don Quichotte, où ils entrèrent vers le milieu de la journée qui se trouva être un dimanche. Les habitants inondaient la place que traversa la charrette de Don Quichotte, et tous accoururent voir ce qu'elle renfermait. Lorsqu'ils reconnurent leur compatriote, ils demeurèrent surpris.

Un gamin courut prévenir la gouvernante et la nièce du chevalier que leur maître et oncle arrivait maigre, jaune, couché sur un tas de foin dans une charrette traînée par des bœufs. Ce fut un spectacle déchirant d'entendre les cris poussés par les deux bonnes dames, de voir les soufflets qu'elles se donnaient, les malédictions qu'elles lancèrent de nouveau contre les livres de chevalerie, scène qui se renouvela lorsqu'elles virent Don Quichotte franchir la porte.

A la nouvelle de l'arrivée du chevalier, accourut prestement la femme de Sancho Pança. La première chose qu'elle demanda à son mari, ce fut si l'âne se portait bien. Sancho répondit qu'il revenait en meilleur état que le maître.

« Grâces soient rendues à Dieu, répliqua-t-elle, qui me cause un tel plaisir. Mais dites-moi à présent, ami, quel profit avez-vous tiré de votre état d'écuyer? Quelle jupe à la savoyarde m'apportez-vous? Quel genre de souliers apportez-vous à vos enfants?

— Je n'apporte rien de tout cela, ma femme, répondit Sancho ; j'apporte des choses plus intéressantes et plus précieuses.

— Cela me cause un grand plaisir, répondit la femme ; montrez-moi ces choses, mon ami ; je veux les voir pour réjouir un peu ce cœur qui a été si triste durant les siècles qu'a duré votre absence.

— Je vous les montrerai à la maison, femme, dit Pança ; pour le moment, soyez contente, car s'il plaît à Dieu que mon maître et moi nous nous remettions en voyage à la recherche d'aventures, vous me verrez promptement revenir comte ou gouverneur d'île, et non de la première venue, mais de la meilleure qu'on puisse trouver.

— Plaise au ciel qu'il en soit ainsi, cher mari, attendu que nous en avons grand besoin. Mais, dites-moi, qu'est-ce que c'est qu'une île? Je ne le comprends pas bien.

— Le miel n'est pas pour la bouche de l'âne, s'écria Sancho ; tu le sauras en temps opportun, femme, et tu seras bien surprise de t'entendre nommer *seigneurie* par tes vassaux.

— Que dites-vous là, Sancho, de seigneurie, d'île et de vassaux?

— Ne sois pas si pressée de le savoir, Juana ; il suffit que ce que je te dis soit la vérité, et couds-toi la bouche. Tout ce que je puis t'annoncer en passant, c'est qu'il n'y a rien de plus agréable au monde que d'être l'honnête écuyer d'un chevalier errant, chercheur d'aventures. Il est vrai que la plus grande partie de celles que l'on rencontre ne sont pas aussi favorables qu'on pourrait le désirer, et que, sur cent, quatre-vingt-dix-neuf sortent creuses et de travers. Je le sais par expérience ; de quelques-unes je suis sorti berné, et d'autres moulu ; malgré cela, c'est une belle chose d'attendre les événements en traversant les montagnes, en sondant les forêts, en foulant les rochers, en visitant les châteaux et en se logeant dans les auberges à discrétion, sans payer ni même offrir au diable un maravédis de pourboire. »

Cette conversation entre Sancho Pança et sa femme fut échangée tandis que la gouvernante et la nièce de Don Quichotte le déshabil-

laient et l'étendaient sur son antique lit. Il les regardait de travers
et ne parvenait pas à comprendre où il se trouvait. Le curé recommanda à la nièce de bien fêter son oncle et de se tenir sur ses gardes,
de peur qu'il ne s'échappât encore. Il raconta aux deux femmes tout
ce qu'il avait fallu faire pour le ramener à la maison, et elles élevèrent de nouveau leurs cris vers le ciel, maudissant une fois de plus
les livres de chevalerie, priant Dieu d'ensevelir au fond des abîmes
les auteurs de ces extravagances et de ces mensonges. Enfin, elles
demeurèrent inquiètes, craignant de perdre l'une son maître et l'autre son oncle, aussitôt que Don Quichotte serait un peu rétabli. Et
la chose arriva comme elles le redoutaient.

FIN DE LA PREMIÈRE PARTIE.

DON QUICHOTTE

DE LA MANCHE

DEUXIÈME PARTIE

CHAPITRE I

De la façon dont se conduisirent le curé et le barbier au sujet de la maladie
de Don Quichotte.

ID HAMET BEN-ENGELI, dans la seconde partie
de cette histoire, raconte que le curé et le barbier demeurèrent presque un mois sans voir
Don Quichotte, afin de ne pas réveiller dans
sa mémoire le souvenir des choses passées.
Mais, pour cela, ils ne cessèrent pas de visiter sa nièce et sa gouvernante, leur recom-
mandant de lui servir des mets réconfortants. La nièce et la gouvernante déclarèrent qu'elles agissaient ainsi et qu'elles continue-
raient, car elles remarquaient que leur seigneur donnait par moments des signes de bon sens. Les deux amis se réjouirent de cette
nouvelle, et crurent avoir atteint le but qu'ils s'étaient proposé. Ils
résolurent donc de rendre visite au chevalier, et de s'assurer de

l'amélioration de sa santé, bien que sa guérison leur parût presque impossible. Ils convinrent de ne toucher devant Don Quichotte aucun point de chevalerie errante, afin de ne pas s'exposer au danger de découdre les points d'une blessure encore si récente.

Ils se présentèrent enfin devant lui, et le trouvèrent assis sur son lit, si sec, si décharné, qu'il ressemblait à une momie. Ils lui demandèrent des nouvelles de sa santé : il en rendit compte avec beaucoup de bon sens, et parla avec tant de justesse sur tous les sujets qu'on aborda, que les deux examinateurs le crurent revenu à la raison.

Le curé, modifiant sa première résolution, en arriva à raconter quelques nouvelles de la cour, et dit entre autres choses que les

Turcs avaient pris la mer avec une puissante flotte, qu'on ignorait leurs desseins, et que Sa Majesté avait fait mettre en état les côtes de Naples et de l'île de Malte.

« Sa Majesté, répondit Don Quichotte, agit en prudent capitaine; mais si elle acceptait mon avis, je lui conseillerais une précaution à laquelle elle doit être bien loin de songer. »

A peine le curé eut-il entendu ces mots qu'il se dit en lui-même :

« Que Dieu te soutienne, pauvre Don Quichotte; il me semble que tu retombes de toute la hauteur de ta folie dans l'abîme de ta simplicité. »

Le barbier, qui avait eu la même pensée que le curé, demanda à Don Quichotte quelle était la précaution qu'il jugeait convenable de prendre.

« Ce que je propose, répondit Don Quichotte, n'est ni impossible, ni extravagant; mon expédient, au contraire, est le plus habile qui puisse venir à l'esprit.

— Vous tardez bien à nous le révéler, señor Don Quichotte, dit le curé.

— Je ne voudrais pas, reprit Don Quichotte, le révéler en ce moment, de crainte qu'il n'arrivât demain aux oreilles de messieurs les conseillers, et qu'un autre me ravît les honneurs dus à mon travail.

— Pour ma part, dit le barbier, je jure sur mon salut de ne révéler ce que Votre Grâce dira ni à roi, ni à Roch.

— Et qui répondra de Votre Grâce, señor curé? reprit Don Quichotte.

— Ma profession, qui consiste à garder les secrets.

— Corbleu! s'écria alors Don Quichotte, Sa Majesté n'a qu'à faire battre un ban pour ordonner à tous les chevaliers qui errent à travers l'Espagne de se réunir à Madrid. N'en vînt-il qu'une demi-douzaine, il pourrait s'en rencontrer un, parmi eux, capable d'anéantir la puissance du Turc. Est-ce par hasard chose nouvelle qu'un chevalier culbutant à lui seul une armée de douze cent mille hommes?

— Hélas! s'écria la nièce, qu'on me tue si mon oncle ne songe pas à redevenir chevalier errant.

17

— Je mourrai chevalier errant, répondit Don Quichotte, et que
le Turc monte ou descende, on pourra.... Je répète que **Dieu** me
comprend. »

Le curé et le barbier continuèrent à discuter avec leur ami. Soudain ils entendirent la gouvernante et la nièce de Don Quichotte,
qui avaient abandonné la conversation, pousser de grands cris dans
la cour, et ils accoururent au bruit.

CHAPITRE II

Qui traite de la notable querelle de Sancho Pança avec la nièce et la gouvernante
de Don Quichotte, ainsi que d'autres gracieux événements.

'HISTOIRE raconte que les cris entendus par Don Quichotte, le curé et le barbier, étaient poussés par la gouvernante et la nièce du bon chevalier, défendant la porte contre Sancho Pança, qui luttait pour entrer chez son maître.

« Que veut ce vagabond dans cette maison? criaient-elles. Retournez à la vôtre, frère, car c'est vous et non un autre qui entraînez et embauchez notre señor et l'emmenez hors des chemins.

— Gouvernante de Satan, répondit Sancho, l'entraîné, l'embauché, l'emmené hors des chemins c'est moi, et non votre maître; c'est lui qui m'a promené à travers le monde, et vous vous trompez juste de la moitié du prix. Il m'a tiré de ma maison par des duperies, me promettant une île que j'attends encore.

— Que de mauvaises îles t'étranglent, Sancho maudit, s'écria la nièce; ce doit être quelque chose à manger, glouton que tu es.

— Cela ne se mange pas, répliqua Sancho, cela se gouverne et se régente.

— En attendant, reprit la gouvernante, vous n'entrerez pas ici, sac à malice ; allez gouverner votre maison, labourer votre terre, et cessez de prétendre aux îles et aux îlots. »

Le curé et le barbier prenaient grand plaisir au dialogue de ces trois personnes ; quant à Don Quichotte, craignant que Sancho ne débridât sa langue pour lâcher un tas de naïvetés malicieuses et toucher quelques points nuisibles à sa réputation, il se hâta d'appeler son écuyer, fit taire les deux femmes et leur ordonna de le laisser entrer.

Sancho parut ; le curé et le barbier prirent congé de Don Quichotte, désespérant de sa guérison après avoir vu combien il était ancré dans ses pensées extravagantes. Aussi le curé dit-il au barbier :

« Vous verrez, compère, qu'au moment où nous y songerons le moins, notre hidalgo reprendra sa volée, suivi de son écuyer.

— C'est vrai, répondit le barbier, et je voudrais savoir de quoi ils vont parler tous les deux.

— Je suis sûr, répliqua le curé, que la nièce et la gouvernante de notre ami nous le raconteront ; elles ne sont pas femmes à négliger d'écouter. »

Cependant Don Quichotte s'enferma dans sa chambre avec Sancho et lui dit :

« Je suis très-peiné, Sancho, que tu prétendes et répètes que je t'ai attiré hors de ta chaumière, lorsque tu sais que je ne suis pas resté dans ma maison. Nous sommes partis ensemble et ensemble nous avons voyagé ; nous avons couru les mêmes risques et les mêmes chances ; si l'on t'a berné une fois, on m'a moulu à cent reprises. C'est là l'unique avantage que j'aie sur toi.

— Et c'était juste, répondit Sancho, car, d'après ce que dit Votre Grâce, les mauvaises chances atteignent plus souvent les chevaliers que leurs écuyers.

— Tu te trompes, Sancho, reprit Don Quichotte, d'après ce principe que : *Quando caput dolet*, etc.

— Je n'entends d'autre langue que la mienne, répondit Sancho.

— Je veux dire, reprit Don Quichotte, que lorsque la tête souffre, tous les membres s'en ressentent. Or, étant ton maître et seigneur, je suis la tête et toi l'un de mes membres, puisque tu es mon écuyer. Pour cette raison, le mal qui m'arrive ou m'arrivera, tu dois le ressentir comme je ressentirai le tien.

— Il devrait en être ainsi, répondit Sancho ; néanmoins, lorsqu'on me bernait en qualité de membre, ma tête était derrière le mur, me regardant voltiger en l'air sans ressentir aucune douleur ; et puisque les membres sont condamnés à ressentir le mal de la tête, celle-ci devrait être obligée de ressentir le mal des membres.

— Prétendrais-tu donc, Sancho, demanda Don Quichotte, que je ne souffrais pas lorsqu'on te bernait ? Si tu as cette idée, hâte-toi d'y renoncer, car je sentais alors une plus grande douleur dans l'âme que toi dans le corps. Mais dis-moi, parle-t-on de la résolution que j'ai prise de ressusciter et de rendre au monde l'ordre de la chevalerie ? Je veux que tu me racontes, Sancho, sans rien ajouter au bien ni amoindrir en quoi que ce soit le mal, ce qui se dit de moi.

— Je le ferai de bon cœur, señor, répondit Sancho, à condition pourtant que Votre Grâce ne se fâchera pas.

— Je ne me fâcherai sous aucun prétexte, dit Don Quichotte ; tu peux donc, Sancho, parler librement et sans détours.

— Je vous dirai d'abord, señor, que le vulgaire tient Votre Grâce pour un grand fou, et moi pour un non moins grand imbécile. Quant à ce qui touche au courage, à la courtoisie et aux prouesses de Votre Grâce, il y a plusieurs opinions. Les uns disent : « Il est fou, mais spirituel ; » les autres : « Il est courtois, mais impertinent. » Et, là-dessus, ils discourent si bien que ni vous ni moi ne gardons un os sain.

— Vois, Sancho, s'écria Don Quichotte, là où la vertu brille à un degré éminent, elle est persécutée. Presque aucun des hommes célèbres du temps passé n'a échappé aux méchancetés de la calomnie. Aussi, Sancho, je puis supporter celles qui s'adressent à moi, si toutefois il n'y en a pas d'autres que celles que tu as rapportées.

— Corps de mon père ! là est la plaie, répliqua Sancho.

— Il y en a donc d'autres ? s'écria Don Quichotte.

— La queue reste à écorcher, répondit Sancho, et ce que j'ai dit jusqu'à présent n'est que pain blanc. Si Votre Grâce veut savoir tout ce que l'on débite sur son compte en fait de calomnies, je puis vous amener ici sur l'heure un homme qui vous les répétera toutes sans qu'il y manque une obole. Hier au soir est arrivé le fils de Bartholomé Carrasco, qui vient d'étudier à Salamanque. Je suis allé lui souhaiter la bienvenue, et il m'a raconté que l'histoire de Votre Grâce circulait déjà en livre, sous le titre de : l'*Ingénieux hidalgo Don Quichotte de la Manche* ; il prétend qu'on parle de moi dans ce livre, qu'on me désigne sous mon propre nom de Sancho Pança, tout comme madame Dulcinée du Toboso, et qu'on y raconte des aventures qui nous sont arrivées lorsque nous étions seuls.

— Je t'assure, Sancho, dit Don Quichotte, que l'auteur de notre histoire doit être un de ces sages enchanteurs, gens à la plume desquels rien n'est caché.

— C'est possible, répondit Sancho ; mais si Votre Grâce veut que je fasse venir ici le bachelier Samson Carrasco, je cours le chercher.

— Tu me feras plaisir, ami, répondit **Don Quichotte**, ce que tu m'as dit m'intrigue, et je ne mangerai rien avec saveur avant d'être bien renseigné.

— Je vais vous l'amener, » s'écria **Sancho**.

Et, laissant son maître, il se mit en quête du bachelier.

CHAPITRE III

De l'amusant entretien qui eut lieu entre Don Quichotte, Sancho Pança
et le bachelier Samson Carrasco.

ON Quichotte demeura pensif en attendant le bachelier Carrasco, de la bouche
duquel il espérait apprendre sa propre
histoire, mise en livre ainsi que le disait Sancho. Notre chevalier ne pouvait
se persuader que cette histoire existât.
Le sang des ennemis qu'il avait tués
n'étant pas encore sec sur la lame de
son épée, comment ses prouesses pou-
vaient-elles être déjà imprimées? Il était plongé dans ces pensées
quand parurent Sancho et Carrasco, et il accueillit le bachelier
avec beaucoup de courtoisie.

Ce dernier, bien qu'il se nommât Samson, était petit de taille,
mais grandement rusé. Il avait le teint blafard, l'esprit alerte, était
âgé d'environ vingt-quatre ans, possédait un visage rond, un nez
camard et une bouche large, signes qui révélaient une humeur
malicieuse et moqueuse. Il en donna une preuve en apercevant Don
Quichotte, devant lequel il s'agenouilla en disant :

« Que Votre Grandeur me donne ses mains, señor Don Quichotte de la Manche. Votre Grâce est un des plus fameux chevaliers qu'il y ait eu et qu'il y aura sur la surface de la terre. Béni
soit Cid Hamed-Engeli qui a laissé écrite l'histoire de vos grandes
actions.

— Il est donc vrai que mon histoire existe et qu'elle a été composée
par un savant Maure ?

— Le fait est si vrai, señor, que je suis sûr qu'aujourd'hui il circule plus de dix mille exemplaires de la dite histoire.

— Une des plus vives satisfactions que puisse éprouver un homme éminent et vertueux, reprit Don Quichotte, c'est de voir, lui vivant, sa bonne réputation imprimée passer de bouche en bouche ; je dis bonne réputation, car dans le cas contraire la mort serait préférable.

— S'il ne faut qu'une bonne réputation et de la renommée, dit le bachelier, Votre Grâce a la palme sur tous les chevaliers errants ; le Maure dans sa langue, et le chrétien dans la sienne, ont eu soin de nous peindre au vif votre belle prestance, votre audace à vous précipiter dans les périls, votre patience dans l'adversité, votre résignation à supporter les malheurs et les blessures, votre honnêteté avec doña Dulcinée du Toboso.

— Jamais, dit en ce moment Sancho, je n'ai entendu traiter madame Dulcinée du Toboso de doña ; on la nomme simplement madame Dulcinée du Toboso, et voilà déjà une erreur dans l'histoire.

— Certes, ajouta Don Quichotte ; mais dites-moi, señor bachelier, lesquelles de mes prouesses sont les plus vantées ?

— Sur ce point, répondit le bachelier, il y a différentes opinions : les uns s'en tiennent à l'aventure des moulins à vent ; d'autres à celle des moulins à foulon ; ceux-ci à la description des deux armées qui devinrent ensuite deux troupeaux de moutons ; celui-là exalte l'aventure du mort qu'on allait enterrer à Ségovie ; l'un prétend que l'aventure des galériens mis en liberté l'emporte sur toutes ; l'autre qu'aucune n'égale celle des deux géants bénédictins et du combat avec le vaillant Biscaïen.

— Dites-moi, señor bachelier, demanda alors Sancho, parle-t-on là de l'aventure des Yangois, lorsque l'envie prit à notre bon Rossinante de s'asseoir à table ?

— Rien n'est resté dans l'encrier du sage auteur, répondit le bachelier ; il a tout noté, jusqu'aux cabrioles du bon Sancho sur la couverture.

— Je n'ai pas fait de cabrioles sur la couverture, dit Sancho ; dans l'air, c'est autre chose, et même plus que je n'aurais voulu.

— A ce que j'imagine, reprit Don Quichotte, il n'y a pas au monde d'histoire humaine qui n'ait ses hauts et ses bas.

— Cependant, répondit le bachelier, plusieurs de ceux qui ont lu l'histoire déclarent qu'ils eussent été plus contents, si les auteurs avaient oublié quelques-uns des nombreux coups de bâton reçus en différentes rencontres par le señor Don Quichotte.

— Ici apparaît la vérité de l'histoire, dit Sancho.

— On eût pu les taire par équité, reprit Don Quichotte ; les actions qui ne changent et n'altèrent pas la vérité de l'histoire sont inutiles à écrire, si elles doivent tourner au détriment du héros.

— Si ce seigneur maure se met à dire des vérités, s'écria Sancho, parmi les coups de bâton de mon maître doivent certainement se trouver les miens, attendu qu'on n'a jamais pris la mesure des épaules de Sa Grâce sans prendre celle de mon corps. Mais je n'ai pas lieu d'en être surpris ; ainsi que le dit mon maître, les membres doivent participer aux douleurs de la tête.

— Vous êtes rusé, Sancho, dit Don Quichotte, et, sur ma foi, la mémoire ne vous manque pas quand vous voulez en avoir.

— Alors même que je voudrais oublier les coups de bâton qu'on m'a donnés, répliqua Sancho, les noirs qui sont encore frais sur mes côtes ne me le permettraient pas.

— Taisez-vous, Sancho, et n'interrompez pas le seigneur bachelier, que je prie de vouloir bien continuer à m'apprendre ce que l'on raconte de moi dans l'histoire en question.

— Et de moi, reprit Sancho, ne dit-on pas que je suis un des principaux *présonnages?*

— Personnages, ami Sancho, reprit Samson, et non *présonnages*.

— Nous voilà avec un nouvel éplucheur de mots, s'écria Sancho; occupez-vous de cela et nous en avons pour le reste de notre vie.

— Que Dieu me la donne mauvaise, répondit le bachelier, si vous n'êtes pas, Sancho, le second personnage de l'histoire; il y a même des gens qui aiment mieux vous entendre parler que d'écouter le plus huppé de ceux dont elle s'occupe. Cependant, quelques lecteurs prétendent que vous avez été par trop crédule en comptant sur le gouvernement de l'île offerte par le señor Don Quichotte ici présent.

— Il y a encore de l'eau à la rivière, dit Don Quichotte, et plus Sancho avancera en âge, plus l'expérience que donnent les années le rendra apte à devenir gouverneur.

— Par Dieu, señor, répliqua Sancho, l'île que je ne pourrais gouverner avec les années que je possède, je ne la gouvernerai pas avec les ans de Mathusalem.

— Recommande-toi à Dieu, dit Don Quichotte, tout finira bien, et peut-être mieux même que tu ne crois; mais la feuille de l'arbre ne bouge pas sans la volonté de Dieu.

— C'est la vérité, reprit Samson; si Dieu le veut, Sancho peut avoir à gouverner mille îles, et une à plus forte raison.

— J'ai vu de nos côtés des gouverneurs, répondit Sancho, qui, à mon avis, n'arrivent pas à la semelle de mes souliers; tout ce que je puis dire, c'est que, si mon maître m'écoutait, nous serions déjà en campagne, défaisant les outrages et redressant les torts, selon la coutume et l'usage des chevaliers errants. »

Sancho n'avait pas fini de parler que l'on entendit les hennissements de Rossinante, ce qui parut d'un si heureux augure à Don Quichotte qu'il résolut de faire une nouvelle sortie. Il communiqua son intention au bachelier et lui demanda conseil sur la meilleure direction à suivre. Celui-ci lui conseilla de se rendre à Saragosse, où devaient bientôt avoir lieu des joûtes en l'honneur de la fête de Saint-Georges. Il loua l'honorable et vaillante détermination de Don Quichotte, lui recommanda plus d'attention au moment d'affronter les périls, attendu que sa vie ne lui appartenait pas, mais bien à ceux qui, dans leur infortune, comptaient sur son aide et son secours.

— Voilà ce qui me fait damner, señor Samson, s'écria Sancho; mon maître se jette sur cent hommes armés comme un enfant goulu sur une demi-douzaine de pastèques. Cordieu, señor bachelier, il y a des moments pour attaquer et d'autres pour battre en retraite, et il n'est pas toujours l'heure de crier : Saint Jacques et Espagne, en avant! Je préviens mon maître que, s'il m'emmène avec lui, c'est à la condition qu'il livrera toutes les batailles et que je ne serai obligé de m'occuper de sa personne qu'au point de vue de la nourriture. En cela je le servirai utilement. Quant à espérer que je mettrai l'épée à la main, ne fût-ce que contre des malandrins de sac et de corde, c'est se tromper du tout au tout. Moi, señor Samson, je ne cherche pas à gagner la réputation d'homme vaillant, mais bien celle du meilleur et du plus loyal écuyer qui ait jamais servi chevalier errant. Si mon maître Don Quichotte, reconnaissant de mes nombreux et bons services, veut me donner une de ces îles dont Sa Grâce prétend qu'elle trouvera par là une multitude, je l'accepterai avec plaisir. Et lors même qu'il ne me la donnerait pas, je suis au monde, et un homme ne doit pas vivre sur la foi d'un autre, mais sur celle de Dieu.

— Sur ma parole, frère Sancho, s'écria Carrasco, vous avez parlé en professeur. Malgré tout, confiez-vous en Dieu et dans le señor Don Quichotte, qui vous donnera plutôt un royaume qu'une île.

— Le plus vaut mieux que le moins, répondit Sancho; bien que je puisse affirmer, señor Carrasco, que mon maître ne jettera pas le royaume dans un sac troué.

— Considérez, Sancho, reprit Samson, que les métiers changent les mœurs; il pourrait arriver que, vous voyant gouverneur, vous ne reconnussiez plus la mère qui vous a mis au monde.

— Il faut laisser cela, reprit Sancho, à ceux qui sont nés parmi les Maures, et non à ceux qui, comme moi, ont quatre doigts de graisse chrétienne sur le corps.

— Dieu fasse qu'il en soit ainsi, répondit Don Quichotte; nous en jugerons du reste quand viendra le gouvernement, et il me semble déjà le voir d'ici. »

Ils en restèrent là, et le départ fut fixé à huitaine. Don Quichotte recommanda au bachelier de tenir cette nouvelle secrète, surtout pour sa nièce, sa gouvernante, le curé et maître Nicolas, afin qu'ils ne vinssent pas contrarier ses courageuses résolutions. Ils se quittèrent enfin, et Sancho alla mettre en ordre les objets nécessaires pour sa prochaine campagne.

CHAPITRE IV

De la spirituelle et gracieuse conversation qui eut lieu entre Sancho Pança
et sa femme Thérèse Pança.

ANCHO arriva chez lui si content et
si joyeux, que, reconnaissant son allégresse à une portée de mousquet,
sa femme ne put s'empêcher de lui
dire :

« Qu'apportez-vous, ami Sancho,
que vous rentrez si gai?

— Femme, répondit-il, si Dieu
le voulait, je serais bien aise de
ne pas être si gai que j'en ai l'air.

— Je ne vous comprends pas, cher mari, répliqua Thérèse, et je
ne sais ce que vous voulez dire.

— Voici l'affaire, Thérèse, répondit Sancho : je suis gai parce que
je suis décidé à servir de nouveau mon maître Don Quichotte, qui
veut sortir une troisième fois à la recherche d'aventures, et je me
décide à l'accompagner parce que ma pauvreté l'exige.

— Remarquez, Sancho, que depuis que vous vous êtes fait membre de chevalier errant, vous parlez d'une manière si embrouillée
que personne ne vous comprend plus.

— Il suffit que Dieu me comprenne, femme, répliqua Sancho;
il est le grand auditeur de toutes choses; n'en parlons plus. N'oubliez pas, sœur, qu'il vous appartient de bien soigner le grison durant les trois jours qui vont suivre, afin qu'il soit propre à prendre
les armes. Doublez-lui les rations, vérifiez l'état du bât et des autres harnais, car nous n'allons pas à la noce, mais faire le tour du

monde, nous mesurer avec des géants, des vampires, et entendre des sifflements, des rugissements, des beuglements et des cris formidables. Et encore tout cela ne serait que des roses si nous n'avions affaire ni à des Yangois ni à des Maures enchantés.

— Je crois bien, cher mari, répondit Thérèse, que les écuyers des chevaliers errants ne mangent pas le pain gratis ; aussi resterai-je à prier Dieu qu'il vous tire promptement de ce mauvais pas.

— Je vous assure, femme, répondit Sancho, que si je n'espérais me voir avant peu gouverneur d'une île, je tomberais mort à cette place.

— N'en faites rien, cher mari, s'écria Thérèse ; vive la poule, même avec la pépie ! Il y en a plus d'un au monde qui vivent sans gouvernement, et ils ne laissent pas pour cela de vivre et d'être comptés au nombre des gens. La meilleure sauce du monde c'est la faim ; or, comme la faim ne manque jamais aux pauvres, ils mangent toujours avec plaisir. Néanmoins, Sancho, si par hasard vous vous voyez un jour avec un gouvernement, ne m'oubliez pas moi et mes enfants. Remarquez que Sanchico a déjà quinze ans sonnés, et qu'il est temps qu'il aille à l'école si son oncle l'abbé doit le faire entrer dans les ordres.

— Sur ma foi, femme, répondit Sancho, si Dieu m'accorde le moindre bout de gouvernement, je marierai Marie Sancha si haut qu'on ne l'atteindra qu'en lui disant seigneurie.

— Mesurez-vous à votre état, Sancho, répondit Thérèse, et ne cherchez pas à vous élever jusqu'aux grands. Ce serait certes une belle chose que de marier notre Maria avec un comte qui la traiterait de fille de Piocheterre et de dame Tournerouet. Non, par ma vie, Sancho, je n'ai pas élevé ma fille pour cela. N'allez donc pas me la marier dans ces cours où elle ne comprendrait personne et où on ne la comprendrait pas.

— Sotte, répliqua Sancho, pourquoi veux-tu m'empêcher, sans rime ni raison, de marier ma fille avec qui me donnera des petits-fils qu'on appellera seigneurs ? Ne te semble-t-il pas qu'il me serait bon de tomber, de tout le poids de mon corps, sur quelque gouvernement profitable qui nous tirerait le pied de la boue et me permettrait de marier Marie Sancha à qui je voudrais ? Tu verras alors comme on t'appellera Thérèse Pança, comme tu t'assiéras à l'église sur des tapis. Mais ne soufflons plus mot sur ce sujet; quoi que tu puisses dire, Sanchica sera comtesse.

— Pesez un peu vos paroles, Sancho, répondit Thérèse; je crains, moi, que ce comté ne soit la perdition de ma fille. Agissez à votre guise; que Sanchica devienne comtesse ou princesse, je vous préviens que ce sera contre ma volonté. J'ai toujours été, frère, amie de l'égalité, et je ne puis voir faire des embarras sans motif. A l'heure de mon baptême, on m'a nommée Thérèse, nom sans prétention et sans garniture de *dons* et de *doñas*. Mon père se nommait Cascajo, et moi, parce que je suis votre femme, on m'appelle Thérèse Pança. Vous, frère, devenez gouvernement ou insulaire, et gonflez-vous à votre aise; par la mémoire de ma mère, ni moi ni ma fille ne mettrons le pied hors de notre village. Allez donc à vos aventures avec votre Don Quichotte, et laissez-nous ici avec nos mésaventures; si nous savons nous conduire, Dieu y remédiera.

— J'affirme, s'écria Sancho, que tu as un démon familier dans le crops. Ecoute, sotte ignorante, — je puis t'appeler ainsi, puisque tu ne comprends pas mes raisonnements, — viens ici et écoute. Si je voulais que ma fille se jetât du haut d'une tour, tu aurais raison de ne pas te prêter à mon goût ; mais si, en un clin d'œil, je te lui plante un *don* et une seigneurie sur les épaules ; si de glaneuse je la prends pour l'asseoir sous un dais ou sur une estrade, pourquoi n'y consentirais-tu pas, et ne ferais-tu pas ce que je veux ?

— Vous voulez savoir pourquoi, frère, dit Thérèse, c'est à cause du proverbe : « Les regards passent en courant sur le pauvre, ils s'ar- « rêtent sur le riche. » Et si ce riche a été pauvre, on murmure et

on médit, car les médisants sont tenaces, et il y en a par les rues des tas plus nombreux que les essaims d'abeilles. Néanmoins, faites ce que vous voudrez, et ne me cassez pas la tête davantage avec vos harangues, si vous êtes *dissolu* à faire ce que vous dites.

— Il faut dire résolu, femme, et non dissolu.

— Ne vous mettez pas à disputer avec moi, mari, répondit Thérèse, je parle comme il plaît à Dieu, sans chercher midi à quatorze heures. Je répète que si vous persistez à avoir un gouvernement, il faut que vous emmeniez avec vous votre fils Sancho, afin de lui apprendre dès aujourd'hui à être gouvernement, car il est bon que les fils apprennent le métier de leurs pères pour leur succéder.

— Quand j'aurai le gouvernement, dit Sancho, j'enverrai chercher

18

le petit par la poste, et je t'adresserai de l'argent. Tu l'habilleras de
façon à ce qu'il paraisse ce qu'il doit être.

— Envoyez l'argent, dit Thérèse, et je l'habillerai comme un petit saint.

— Enfin, nous sommes d'accord, s'écria Sancho, et notre fille sera
comtesse.

— Le jour où je la verrai comtesse, dit Thérèse, je croirai l'enterrer; mais je vous répète encore de faire ce que vous voudrez. »

Et elle se mit à pleurer avec autant de chagrin que si elle eût déjà
vu Sanchica morte et enterrée. Sancho la consola en lui répétant
que, bien qu'il dût faire sa fille comtesse, il ne lui donnerait ce titre
que le plus tard possible. Ainsi finit la conversation, et Sancho retourna chez Don Quichotte afin de mettre ordre à leur départ.

CHAPITRE V

De ce qui se passa entre Don Quichotte, sa nièce et sa gouvernante, chapitre qui est
un des plus importants de toute l'histoire.

ANDIS que les propos qui viennent d'être
rapportés s'échangeaient entre Sancho
Pança et sa femme, la nièce et la gouvernante de Don Quichotte n'étaient
pas oisives. Elles avaient reconnu à mille
indices que leur maître voulait s'échapper une troisième fois, et elles tentaient
par tous les moyens possibles de dé-
tourner le chevalier de cette mauvaise pensée. Dans une des nombreuses discussions que la gouvernante eut avec son maître, elle
lui dit :

« En vérité, señor, si Votre Grâce ne renonce pas à errer par
vaux comme une âme en peine, cherchant des aventures que je
nomme, moi, des mésaventures, je crierai si fort vers Dieu et
vers le roi qu'ils y mettront bon ordre. Et dites-moi, señor, n'y
a-t-il pas de chevaliers à la cour de Sa Majesté ?

— Certes, répondit Don Quichotte.

— Votre Grâce, répliqua la gouvernante, ne pourrait-elle être un
de ceux qui, étant à la cour, servent leur roi sans courir ?

— Remarquez, ma mie, répondit Don Quichotte, que tous les
chevaliers ne peuvent pas être courtisans, et que tous les courtisans
ne peuvent et ne doivent pas être chevaliers errants. Nous autres,
les vrais chevaliers errants, exposés au soleil, à la froidure, à l'air,
à l'inclémence du temps de nuit et de jour, à pied ou à cheval, nous
mesurons la terre de nos pas. Ce n'est pas seulement par ouï-dire

que nous connaissons les ennemis, c'est en personne, attendu qu'en mainte occasion nous les combattons sans regarder s'ils ont des lances trop longues ou trop courtes, s'ils portent sur eux des reliques ou des talismans cachés. En outre, il faut que vous appreniez que le vrai chevalier errant, même en face de dix géants dont la tête toucherait non-seulement les nuages mais les dépasserait,

dont les jambes auraient l'air de deux énormes tours, dont les bras ressembleraient aux mâts de puissants navires, dont chaque œil serait grand comme la roue d'un moulin et plus ardent que le four d'une verrerie, ne doit pas en avoir peur.

— Ah! mon oncle, s'écria la nièce, que Votre Grâce remarque que tout ce qu'elle vient de dire des chevaliers errants n'est que fable et mensonge.

— Par le Dieu qui me nourrit! s'écria Don Quichotte, si tu n'étais ma nièce, je châtierais le blasphème que tu viens de prononcer de telle façon que le monde en retentirait. Quoi, est-il possible qu'une petite fille, qui sait à peine remuer douze fuseaux à filet, ose censurer les histoires des chevaliers errants? Que dirait le seigneur Amadis s'il pouvait l'entendre? Mais il est certain qu'il te pardonnerait, car il fut le plus humble et le plus courtois chevalier de son temps.

— Que Dieu m'aide, répondit la nièce, que de choses sait Votre Grâce, señor oncle! Se peut-il, malgré cela, que vous tombiez dans un si grand aveuglement que vous vous croyiez vaillant en

dépit des années; fort, étant malade; capable de redresser des
torts, étant courbé par l'âge; et surtout que vous vous croyiez chevalier, ne l'étant pas?

— Brisons là, s'écria Don Quichotte; c'est en vain que vous
vous efforceriez de me convaincre. »

En ce moment on frappa à la porte; la gouvernante ayant
demandé qui était là, Sancho Pança répondit que c'était lui. La
bonne dame, reconnaissant la voix de l'écuyer, courut se cacher
pour ne pas le voir, tant elle le détestait. La nièce ouvrit. Don
Quichotte alla recevoir son écuyer les bras ouverts, l'entraîna dans
sa chambre dont il ferma la porte, et tous deux eurent une longue
conversation qui ne le cède en rien à la précédente.

CHAPITRE VI

De ce qui se passa entre Don Quichotte et son écuyer.

A peine la gouvernante eut-elle vu son maître s'enfermer en compagnie de Sancho Pança, qu'elle devina l'objet de leur conférence. Conjecturant qu'une troisième sortie résulterait de ce conciliabule, elle prit sa mante et, pleine de trouble et de chagrin, se mit en quête du bachelier Samson Carrasco qui, en sa qualité de beau parleur et de nouvel ami de Don Quichotte, réussirait peut-être à le persuader de renoncer à son dessein extravagant. Elle le trouva qui se promenait dans la cour de sa demeure, et elle se laissa tomber à ses pieds toute suffoquée. Lorsque Carrasco la vit ainsi désolée et désespérée, il lui dit :

« Qu'avez-vous, dame gouvernante, que vous est-il arrivé? Vous semblez prête à rendre l'âme.

— Ce n'est rien, señor; mais mon maître fuit, il fuit à n'en pas douter.

— Et d'où fuit-il, señora? demanda Samson, s'est-il ouvert quelque partie du corps?

— Il fuit, répondit-elle, par la porte de sa folie ; je veux dire, mon bon señor bachelier, qu'il veut sortir une autre fois pour chercher par le monde ce qu'il nomme de bonnes aventures, bien que je ne puisse comprendre pourquoi il leur donne ce nom. La première fois, on nous l'a ramené, couché en travers d'un âne et moulu

de coups de bâton. Pour le refaire un peu, j'ai employé plus de six
cents œufs.

— Je le crois sans peine, répondit le bachelier. Enfin, dame
gouvernante, il n'est arrivé d'autre malheur que celui que vous
redoutez du señor Don Quichotte?

— Pas d'autre, répondit-elle.

— Alors ne vous mettez pas en peine, reprit le bachelier, retournez chez vous et préparez-moi quelque chose de chaud pour
déjeuner. »

La gouvernante se retira, et le bachelier se mit aussitôt à la
recherche du curé pour lui communiquer ce qu'on rapportera à
l'heure voulue.

Don Quichotte et Sancho ne perdaient pas leur temps, et ils

échangèrent les propos suivants, rapportés avec scrupule et véracité par l'histoire.

« Señor, dit Sancho à son maître, j'ai enfin *élucidé* ma femme à ce qu'elle me laisse aller avec Votre Grâce.

— Il faut dire décidé, Sancho, répondit Don Quichotte, et non *élucidé*. Enfin, que dit Thérèse?

— Thérèse dit, répliqua Sancho, que j'attache bien mon doigt à Votre Grâce ; que les bouches doivent se taire devant les livres. Moi, je dis que le conseil d'une femme est peu de chose, et que cependant celui qui ne le suit pas est un sot.

— Je le dis aussi, répliqua Don Quichotte. Continuez, ami Sancho.

— Le cas, reprit Sancho, et Votre Grâce le sait mieux que moi, c'est que nous sommes tous sujets à la mort; que l'agneau disparaît aussi vite que le mouton, et que nul en ce monde ne peut se promettre plus d'heures d'existence que celle que Dieu consent à lui accorder.

— Tout cela est vrai, répondit Don Quichotte; mais je ne sais pas où tu veux en venir.

— Je veux en venir, dit Sancho, à ce que Votre Grâce me désigne le chiffre de ce qu'elle m'allouera chaque mois, durant le temps que je la servirai, et que ce salaire me soit payé sur ses biens, attendu que je ne veux pas être réduit à des mercis qui arrivent tard ou n'arrivent jamais. Je veux savoir enfin ce que je gagne, que ce soit peu ou beaucoup. La poule pond sur un œuf, et l'on ne perd rien tandis que l'on gagne. Il est certain que s'il arrivait, — ce que je ne crois ni n'espère, — que Votre Grâce me fît don de l'île qu'elle m'a promise, je ne suis pas si ingrat et ne pousse pas les choses si à l'extrême, que je ne consente à ce que l'on fasse le compte de la rente que produirait ladite île, et qu'on en déduise mes gages au *prorachat* de la somme.

— Ami Sancho, répondit Don Quichotte, le chat est parfois aussi bon que le rat.

— Je comprends, dit Sancho, je parie que j'aurais dû dire *rata* et non *rachat ;* peu importe, puisque Votre Grâce a compris.

— Si bien compris, reprit Don Quichotte, que j'ai pénétré le fond de ta pensée, et je sais vers quel but tu décoches les innombrables flèches de tes proverbes. En vérité, Sancho, je ne verrais aucun inconvénient à fixer le prix de ton salaire, si j'avais trouvé dans les histoires de chevalerie le moindre exemple qui m'indiquât ce que les écuyers avaient coutume de gagner par mois ou par année. Bien que j'aie lu toutes ces histoires, je n'ai jamais vu qu'aucun chevalier ait donné des gages fixes à son écuyer, car tous servaient à merci. Si, avec ces espérances et ces conditions, Sancho, il vous plaît de me servir de nouveau, à la bonne heure. Quant à penser que je dépasserai les limites de l'usage de la chevalerie errante, ou que je sortirai de ses gonds, c'est croire à l'impossible. Ainsi donc, ami Sancho, retournez chez vous, et faites part de mes intentions à votre Thérèse. Si elle consent, et s'il vous plaît de me servir à merci, *bene quidem;* sinon, nous resterons aussi amis que par le passé; si l'appât ne manque pas au colombier, les pigeons n'y manqueront pas non plus. Et remarquez, fils, que mieux vaut bon esprit que mauvaise possession, et bonne plainte que mauvaise paye. Je parle de cette façon, Sancho, pour vous faire comprendre que je sais aussi bien que vous lâcher une pluie de proverbes. »

Lorsque Sancho vit la ferme résolution de son maître, il lui sembla voir le ciel se couvrir de nuages et l'espérance perdre ses ailes, car il avait cru que Don Quichotte ne partirait pas sans lui pour tous les trésors du monde. Il était perplexe et pensif lorsque Samson Carrasco entra, suivi de la gouvernante et de la nièce de Don Quichotte, curieuses d'entendre les raisons dont se servirait le bachelier pour convaincre leur señor de ne plus se mettre en quête d'aventures. Le rusé Samson s'approcha du chevalier, puis l'embrassant comme la première fois, lui dit :

« O fleur de la chevalerie errante, ô lumière resplendissante des armes, honneur et miroir de la nation espagnole; plaise à Dieu tout-puissant que ceux qui mettraient empêchement à ta troisième sortie ne puissent plus sortir eux-mêmes du labyrinthe de leurs désirs! »

Se tournant alors vers la gouvernante, il continua :

« J'ai appris, bonne dame, qu'une immuable détermination des sphères oblige le señor Don Quichotte à exécuter ses hautes pensées.

Ce serait donc charger ma conscience que de ne pas chercher à lui persuader qu'il ne doit pas tenir plus longtemps oisive la force de son valeureux bras. Le monde souffre de ces retards, les torts ne sont pas redressés, les orphelins manquent de protection, les damoiselles de soutien, les veuves de secours, les femmes mariées d'appui. Sus donc, señor Don Quichotte, que Votre Grandeur se mette en campagne plutôt aujourd'hui que demain. Si quelque objet vous fait faute, je suis là pour y suppléer de ma personne ou de mes biens, s'il est nécessaire ; de servir d'écuyer à Votre Magnificence, c'est un bonheur que je sollicite. »

A ces mots Don Quichotte se tourna vers Pança :

« Ne t'avais-je pas dit, Sancho, que je trouverais trop d'écuyers ? Vois un peu qui s'offre à l'être, rien de moins que l'illustre bachelier Carrasco. A Dieu ne plaise que pour suivre mon goût je renverse la colonne des lettres ! Je me contenterai de n'importe quel écuyer, puisque Sancho ne daigne plus m'accompagner.

— Si, je daigne, s'écria Sancho les yeux remplis de larmes ; ce n'est pas de moi qu'on dira, señor, continua-t-il : le pain mangé, adieu la compagnie. Je suis convaincu du désir qu'a Votre Grâce de me rendre heureux ; et si je me suis mis dans le compte du plus ou du moins par rapport à mes gages, c'est pour complaire à ma femme. »

Don Quichotte et Sancho s'embrassèrent et demeurèrent amis. D'après les conseils du grand Carrasco, devenu leur oracle, on disposa que le départ aurait lieu trois jours plus tard, temps qui permettrait de se pourvoir des choses nécessaires pour le voyage et de chercher une salade à visière que Don Quichotte voulait à toute force emporter.

Les malédictions prodiguées au bachelier par la gouvernante et la nièce de Don Quichotte furent innombrables. Les deux femmes s'arrachèrent les cheveux, s'égratignèrent le visage et, semblables aux pleureuses de profession qui suivent les convois, elles se lamentèrent sur le départ de leur maître comme s'il se fût agi de sa mort.

Durant les trois jours qui précédèrent leur départ, Don Quichotte et Sancho se munirent de ce dont ils pensaient avoir besoin ; puis,

Sancho ayant consolé sa femme et **Don Quichotte** sa nièce et sa gouvernante, ils prirent le chemin du Toboso à la tombée de la nuit,

sans que personne les vît, à l'exception du bachelier qui voulut les accompagner jusqu'à une demi-lieue du village ; Don Quichotte sur son bon Rossinante, Sancho sur son ancien grison, le bissac plein de vivres et la poche garnie d'écus donnés par Don Quichotte pour les besoins qui pourraient se présenter. Samson embrassa le chevalier, et le pria de le tenir au courant de sa bonne comme de sa mauvaise fortune, afin qu'il pût se réjouir de l'une et s'attrister de l'autre, ainsi que l'exigeaient les lois de leur bonne amitié. Don Quichotte promit, Samson regagna le village, et le maître et l'écuyer continuèrent à s'avancer vers la grande ville du Toboso.

CHAPITRE VII

Don Quichotte en route pour le Toboso.

ÉNI soit le puissant Allah ! » s'écrie Hamet Ben-Engeli en tête de ce chapitre. « Béni soit Allah ! » répète-t-il par trois fois. Il ajoute qu'il adresse à Dieu ces bénédictions, heureux de voir enfin Don Quichotte et Sancho en campagne, et de songer que les lecteurs de son agréable histoire peuvent se figurer que ce n'est qu'à dater de cet instant que commencent les prouesses du chevalier et les facéties de son écuyer.

Samson venait à peine de s'éloigner, que Rossinante se mit à hennir et le grison à braire, ce qui fut tenu pour un heureux augure par le maître et l'écuyer. Cependant, s'il faut avouer la vérité, les braiements du grison furent plus nombreux que les hennissements du roussin, d'où Sancho conclut que sa bonne chance surpasserait celle de son maître.

« Ami Sancho, dit soudain Don Quichotte, à mesure que nous avançons, la nuit nous gagne, et elle est plus obscure qu'il ne nous la faudrait pour découvrir le Toboso d'ici au coucher du soleil. C'est dans cette ville que j'ai résolu d'aller avant d'entreprendre aucune aventure, afin de prendre l'autorisation de l'incomparable Dulcinée. Avec son agrément, je pense et tiens pour sûr que je mènerai à bonne fin toute aventure périlleuse, rien au monde ne rendant les chevaliers errants plus courageux que de se voir approuvés de leurs dames.

— Je le crois volontiers, répondit Sancho; mais il me semble
difficile que Votre Grâce puisse parler à sa dame, à moins cepen-

dant que ce ne soit par-dessus le mur de la basse-cour, où je l'ai
vue pour la première fois.

— Un mur de basse-cour, Sancho! s'écria Don Quichotte, ce
serait dans un pareil endroit que tu aurais vu cette charmante et
incomparable belle! Ce devait être sous la galerie d'un riche et
royal palais.

— C'est possible, répondit Sancho, mais j'ai cru reconnaître les
murs d'une basse-cour, à moins que je n'aie perdu la mémoire.

— Allons-y toujours, Sancho; si je réussis à lui parler, peu importe que ce soit par-dessus un mur, par une fenêtre ou par la
grille d'un jardin. Le moindre rayon qui, du soleil de sa beauté,
arrivera jusqu'à mes yeux, éclairera mon esprit et fortifiera mon
cœur.

— En vérité, señor, répondit Sancho, lorsque j'ai vu ce soleil de
madame Dulcinée du Toboso, il n'était pas assez brillant pour lancer
le moindre rayon. Cela doit provenir de ce que Sa Grâce était en
train de vanner du blé; la poussière qui s'en dégageait s'interposa
comme un nuage devant sa figure et l'obscurcit.

— Quoi, Sancho, s'écria Don Quichotte, en es-tu donc encore à
répéter que ma souveraine Dulcinée vannait du blé! L'envie d'un
méchant enchanteur fait qu'il donne à toutes les choses qui pourraient me causer quelque plaisir un aspect différent de celui qu'elles
ont en réalité. Aussi je crains que dans cette histoire de mes hauts

faits qui, dit-on, circule imprimée, l'auteur, s'il est par malheur un sage mon ennemi, n'ait rapporté une aventure pour une autre, mêlant mille mensonges à la vérité, et s'amusant à narrer d'autres actions que celles qu'exige une histoire véritable. O envie, racine de tous les maux, ver rongeur de toutes les vertus !

— C'est bien mon opinion, répliqua Sancho, et je pense que dans cette histoire sur notre compte dont nous a parlé le bachelier Samson Carrasco, mon honneur doit aller comme dans un carrosse mal sanglé, sautant et balayant les rues. Foi d'honnête homme, je n'ai dit de mal d'aucun enchanteur, et je ne suis pas assez riche pour être envié. »

Ce fut dans de semblables entretiens que les deux aventuriers passèrent la nuit et le jour suivant sans qu'il leur arrivât rien qui mérite d'être raconté, au grand chagrin de Don Quichotte. Enfin, le surlendemain, à la nuit tombante, ils découvrirent la grande ville du Toboso, dont la vue réjouit Don Quichotte et attrista Sancho, qui ne connaissait pas la demeure de Dulcinée, et, pas plus que son maître, n'avait vu la dame. Enfin Don Quichotte se décida à ne pénétrer dans la ville qu'à la nuit close. En attendant l'heure, ils s'établirent sous des chênes qui se trouvent près du Toboso, et, le moment venu, ils entrèrent dans la ville, où il leur arriva des choses importantes.

CHAPITRE VIII

Où l'on raconte ce que l'on verra.

Il était minuit, plus ou moins, lorsque Don Quichotte et Sancho abandonnèrent le bois et entrèrent dans le Toboso. On n'entendait dans tout le bourg que l'aboiement des chiens dont les cris assourdissaient Don Quichotte et troublaient le cœur de Sancho. De temps en temps un âne brayait, des porcs grognaient, des chats miaulaient; leurs voix, aux sons différents, semblaient plus formidables, grâce au silence de la nuit, ce qui paraissait de mauvais augure au chevalier. Cependant il dit à son écuyer :

« Guide-moi, fils Sancho, vers le palais de Dulcinée ; peut-être la trouverons-nous encore éveillée.

— Par le corps du soleil, s'écria Sancho, vers quel palais voulez-vous que je vous guide ? Celui dans lequel j'ai vu Sa Grandeur n'était qu'une maison, et très-petite.

— Elle s'était sans doute retirée dans les petits appartements de son palais, répondit Don Quichotte.

— Señor, reprit Sancho, puisque Votre Grâce veut, contre mon gré, que la maison de madame Dulcinée soit un palais, est-il l'heure où l'on trouve les portes ouvertes, et sera-t-il convenable de soulever le heurtoir de la porte, au risque d'éveiller et d'effrayer le voisinage ?

— Trouvons d'abord le palais, répliqua Don Quichotte ; je te dirai ensuite, Sancho, ce qu'il convient de faire.

— Que Votre Grâce nous guide donc, répondit Sancho ; mais je verrais ce palais de mes yeux et je le toucherais de mes mains que j'y croirais encore comme je crois qu'il fait jour en ce moment. »

Don Quichotte prit les devants ; il arriva près d'une haute tour. Reconnaissant aussitôt que ce n'était pas là un palais mais l'église paroissiale du village, il dit :

« Nous avons trouvé l'église, Sancho.

— Je le vois bien, répondit celui-ci, et plaise à Dieu que nous ne trouvions pas notre sépulture ; si je me souviens bien, j'ai prévenu Votre Grâce que la maison de sa dame doit être au fond d'une impasse.

— Maudit sois-tu de Dieu, double sot ! s'écria Don Quichotte ; où as-tu vu que les palais royaux soient construits dans des impasses ?

— Señor, répondit Sancho, chaque pays a ses usages, et c'est peut-être la coutume ici, au Toboso, de bâtir les palais et les grands édifices dans les impasses. Je supplie donc Votre Grâce de me laisser chercher dans les rues et les ruelles qui se présentent à nous ; il se peut que je découvre le palais dans quelque coin, et puisse-t-il être mangé des chiens pour nous entraîner ainsi loin des sentiers battus.

— Parle avec plus de respect de ce qui concerne ma dame, Sancho, dit Don Quichotte, et ne troublons pas la fête.

— Je me contiendrai, répondit Sancho ; néanmoins, comment supporter avec patience que Votre Grâce, pour une fois que j'ai vu la maison de madame Dulcinée, exige que je la retrouve au milieu de la nuit, quand Votre Grâce elle-même, qui doit l'avoir vue plus de mille fois, ne la retrouve pas ?

— Tu me feras désespérer, Sancho, s'écria Don Quichotte ; ne t'ai-je pas répété cent fois que je n'ai vu de ma vie l'incomparable Dulcinée, que je n'ai jamais franchi le seuil de son palais.

— Je le sais à présent, répondit Sancho, et puisque Votre Grâce déclare ne l'avoir jamais vue, je puis bien dire que je suis dans le même cas.

— Cela ne peut être, répondit Don Quichotte ; tu m'as assuré l'avoir aperçue vannant du blé.

— Ne faites pas attention à cela, señor, répondit Sancho ; il est

bon que vous sachiez que la visite que je lui ai rendue et la réponse que je vous ai apportée ont été par ouï-dire, et que je ne con-

nais pas plus madame Dulcinée que je ne puis donner un coup
de poing au ciel.

— Sancho, Sancho! s'écria Don Quichotte, il y a un temps pour
les plaisanteries et un temps où elles viennent mal à propos. »

Ils en étaient là lorsqu'ils virent s'avancer vers l'endroit où ils
se trouvaient un homme conduisant deux mules. Au bruit produit
par la charrue qui traînait sur le sol, ils jugèrent que ce devait
être un laboureur levé avant le jour pour se rendre à son travail.

« Sauriez-vous me dire, mon ami, lui demanda Don Quichotte,
où sont situés les palais de l'incomparable princesse doña Dulcinée
du Toboso ?

— Je ne suis pas du pays, répondit le laboureur. Cependant, à
ce que je crois, aucune princesse n'habite ici; mais nous avons
beaucoup de dames de qualité qui sont peut-être princesses chez
elles.

19

— Parmi celles-là, mon ami, répondit Don Quichotte, doit se trouver celle que je cherche.

— C'est possible, répondit le laboureur. Adieu, voici l'aube. »

Et, fouettant ses mules, il n'attendit pas d'autres questions. Sancho qui vit son maître indécis et assez mécontent, lui dit :

« Le jour va paraître, señor, et il ne serait pas prudent que le soleil nous trouvât dans les rues. Il vaut mieux, je crois, sortir de la ville, Votre Grâce s'embusquera dans quelque bois des environs. Je reviendrai lorsqu'il fera jour, et je ne laisserai pas un coin du village sans y chercher le palais de ma maîtresse.

— Tu viens de renfermer, Sancho, s'écria Don Quichotte, mille sentences dans le cercle de ton bref discours. Le conseil que tu me donnes, je l'accepte avec joie. Suis-moi, fils ; mettons-nous en quête d'un endroit où je puisse me poster, tandis que tu reviendras auprès de ma dame. »

Sancho mourait d'envie d'entraîner son maître hors du village, afin qu'il ne découvrît pas le mensonge de la réponse qu'il lui avait portée dans la Sierra Morena de la part de Dulcinée. Il pressa donc le départ qui s'exécuta aussitôt. A deux milles du Toboso, ils trouvèrent un petit bois où Don Quichotte s'embusqua, tandis que Sancho revenait en arrière pour parler à Dulcinée, ambassade durant laquelle il lui arriva des choses qui demandent une nouvelle attention et un nouveau récit.

CHAPITRE IX

Où se raconte de quel moyen adroit se servit Sancho pour ensorceler madame Dulcinée,
et d'autres événements aussi bizarres que vrais.

N se disposant à raconter
ce que contient ce chapi-
tre, l'auteur de cette grande
histoire dit qu'il voudrait
le passer sous silence, de
crainte de n'être pas cru,
les folies de Don Quichotte
atteignant ici la limite de
ce que l'on peut imaginer.
Néanmoins, continuant son récit, l'auteur raconte qu'aussitôt que
Don Quichotte se fut embusqué dans le bois, bosquet ou forêt située
près du Toboso, il ordonna à Sancho de se rendre à la ville, et de
ne pas reparaître en sa présence avant d'avoir entretenu sa souveraine de sa part.

« Cours, fils, lui dit-il, et ne te trouble pas lorsque tu te verras en
face de la lumière du soleil de beauté que tu vas chercher, ô le plus
heureux des écuyers du monde.

— J'irai et reviendrai promptement, répondit Sancho ; que
Votre Grâce, señor, élargisse donc un peu ce petit cœur que vous
semblez n'avoir pas plus gros qu'une noisette. N'a-t-on pas coutume de dire qu'un bon cœur rompt la mauvaise fortune? On dit
encore : là où on s'y attend le moins, le lièvre saute.

— En vérité, Sancho, tu amènes toujours tes proverbes d'une façon
si heureuse dans les sujets que nous traitons, que je ne demande
pas à Dieu plus de bonheur dans l'accomplissement de mes désirs. »

A ces mots, Sancho fit volte-face et sangla son âne. Don Quichotte demeura à cheval, appuyé sur ses étriers et sur le bois de sa lance, en proie à de tristes et sombres pensées. Nous le laisserons là pour suivre Sancho Pança qui s'éloignait aussi pensif et aussi morne que son maître. A peine hors du bosquet il tourna la tête, et, voyant que Don Quichotte ne pouvait plus l'apercevoir, il descendit de sa monture, s'assit au pied d'un arbre et commença le monologue suivant :

« Voyons, à présent, frère Sancho, se dit-il, où va Votre Grâce? Va-t-elle à la recherche d'un âne perdu ? — Non certes. — Alors, qu'allez-vous chercher? — Je vais chercher, comme s'il ne s'agissait de rien, une princesse qui est à elle seule un soleil de beauté et tout un ciel. — Et où pensez-vous rencontrer ce que vous dites, Sancho? — Où ? dans la grande ville du Toboso. — Bon. Et de la part de qui allez-vous la chercher? — De la part du fameux chevalier Don Quichotte de la Manche, lequel redresse les torts, donne à manger à qui a soif et à boire à qui a faim. — Tout cela est très-bien. Et savez-vous où demeure la princesse, Sancho ? — Mon maître assure qu'elle doit habiter de riches palais et de superbes alcazars. — Et l'avez-vous vue quelquefois, par aventure? — Ni moi ni mon maître ne l'avons jamais aperçue. — Et ne vous semble-t-il pas que les gens du Toboso, s'ils apprenaient que vous arrivez ici avec l'intention d'enlever leurs princesses, feraient bien de vous moudre les côtes à coups de bâton sans vous laisser un seul os en bon état? — Ils auraient certes raison, surtout s'ils oubliaient que je suis un simple envoyé et que :

Puisque vous êtes messager
La faute n'est pour vous charger.

— Ne vous fiez pas à ce refrain, Sancho ; la gent manchoise est aussi colérique qu'honnête et ne souffre pas qu'on la chatouille. Vive Dieu ! si l'on vous sent venir, je vous prédis une mauvaise aventure ! Range-toi, sot, et n'attire pas la foudre ! Je serais bien fou de chercher trois pattes au chat pour le plaisir du prochain. D'autant plus que chercher Dulcinée à travers le Toboso, ce serait chercher midi à quatre heures; c'est le diable et nul autre qui m'a mis dans cette affaire. »

Sancho, après avoir tenu cette conversation avec lui-même, en tira la conclusion que voici :

« Fort bien ; mais il y a remède à tout, excepté à la mort. J'ai reconnu, à mille indices, que mon maître est fou à lier, et je ne lui cède guère en cela si le proverbe est vrai : « Dis-moi qui tu hantes, je te dirai qui tu es. » Je suis même plus sot que lui, puisque je le sers et le suis. Or, fou comme il l'est d'une folie qui le plus souvent lui fait voir une chose pour une autre, ainsi qu'il l'a prouvé en prenant les moulins pour des géants et bien d'autres choses du même calibre, il ne me sera pas bien difficile de lui persuader qu'une paysanne, la première que je rencontrerai, est madame Dulcinée. S'il ne le croit pas, je le jurerai; s'il jure de son côté, je jurerai plus fort; s'il s'entête, je m'entêterai davantage, et peut-être pensera-t-il, comme je le suppose, qu'un de ces méchants enchanteurs qu'il prétend lui vouloir du mal, a changé la figure de sa dame pour le désespérer. »

Tranquillisé par ces réflexions, Sancho tint son ambassade pour dûment terminée. Il demeura sous son arbre jusque vers l'après-midi, afin de convaincre Don Quichotte qu'il avait eu le temps d'aller au Toboso et de le rejoindre. Tout lui réussit si bien, qu'au moment où il se leva pour enfourcher son grison, il vit venir du Toboso trois paysannes montées sur des ânons ou des ânesses, — l'auteur ne s'explique pas à ce sujet.

Aussitôt que Sancho aperçut les paysannes, il retourna au trot vers son maître.

« Qu'y a-t-il, ami Sancho ? s'écria le chevalier en apercevant son écuyer. Dois-je marquer ce jour d'une pierre blanche ou d'une pierre noire ?

— Il vaut mieux, répondit Sancho, que Votre Grâce le marque en rouge, comme les écriteaux de collége, afin que ceux qui les aperçoivent les voient mieux.

— Ainsi donc, reprit Don Quichotte, tu m'apportes de bonnes nouvelles ?

— Si bonnes, répondit Sancho, que Votre Grâce n'a qu'à épe-

ronner Rossinante et à sortir en rase campagne. Elle verra madame
Dulcinée du Toboso, qui, accompagnée de deux de ses damoiselles, vient lui rendre visite.

— Dieu saint! Que dis-tu, ami Sancho! s'écria Don Quichotte.
Ne me trompe pas, et ne cherche pas par de fausses joies à soulager
mes chagrins trop réels.

— Que gagnerais-je à tromper Votre Grâce, répondit Sancho, surtout ma véracité étant si près d'être reconnue? Donnez de l'éperon,
señor, suivez-moi, et vous verrez arriver la princesse, notre maîtresse, habillée et parée d'une façon qui révèle ce qu'elle est. Ses
suivantes, ainsi qu'elle-même, ne sont que ruisseaux d'or, épis de
perles, diamants, rubis, toiles de brocard de dix étages. Leurs cheveux, répandus sur leurs épaules comme des rayons de soleil, flot-
tent au gré du vent. Elles sont montées sur des *cananées* tachetées,
après lesquelles il n'y a plus rien à voir.

— Haquenées, veux-tu dire, Sancho?

— Il y a peu de différence, répondit Sancho, entre haquenées et
cananées.

— Avançons, fils Sancho, reprit Don Quichotte, et, en récompense de ces nouvelles aussi bonnes qu'inespérées, je te donne le
butin que je gagnerai dans la première aventure que j'entrepren-
drai, et si tu n'es pas satisfait, je te donne les poulains que je possède
dans le pré communal de notre village.

— Je m'en tiens aux poulains, dit Sancho, car nous ne sommes
pas sûrs que le butin de la première rencontre vaille quoi que ce
soit. »

Ils sortirent alors du bois et virent à peu de distance les trois
paysannes. Don Quichotte explorait du regard le chemin du
Toboso; comme il n'aperçut que les villageoises, il se troubla
et demanda à Sancho s'il avait laissé Dulcinée hors de la ville.

« Comment, hors de la ville! s'écria Sancho. Votre Grâce a-t-elle
par hasard les yeux sur la nuque, qu'elle ne la voit pas venir, là,
plus resplendissante que le soleil à midi?

— Je ne vois, Sancho, que trois paysannes juchées sur des bourriques.

— Que Dieu me délivre du diable! s'écria Sancho. Est-il possible

que trois haquenées, blanches comme un champ de neige, paraissent trois bourriques à Votre Grâce ? Dieu du ciel, qu'on me tonde
la barbe si cela est !

— Je te dis, ami Sancho, reprit Don Quichotte, que ce sont des
bourriques ; du moins elles me semblent telles.

— Taisez-vous, señor, dit Sancho, et ne prononcez pas de telles
paroles. Frottez-vous les yeux et venez faire la révérence à la dame
de vos pensées qui approche. »

Tout en parlant, il s'avança à la rencontre des trois paysannes.
Descendant du grison, il prit le licou de la monture d'une des jeunes
femmes, se mit à genoux devant elle et lui dit :

« Reine, princesse et duchesse de la beauté, que Votre Hauteur
et Grandeur daigne recevoir dans sa grâce et avec faveur ce chevalier votre captif, qui reste là comme une statue de marbre, muet

et troublé par votre magnifique présence. Je suis Sancho Pança, son écuyer, et il est le chevalier coureur de sentiers, Don Quichotte de la Manche, appelé aussi le Chevalier de la Triste-Figure. »

Durant ce temps, Don Quichotte s'était agenouillé près de Sancho, et regardait d'un œil hagard celle que son écuyer nommait reine. Comme il ne distinguait en elle qu'une villageoise, il était surpris et n'osait ouvrir la bouche. Les paysannes, de leur côté, étaient étonnées de voir ces deux hommes agenouillés et barrant le passage à leur compagne. Celle-ci, rompant le silence, s'écria d'un ton de mauvaise humeur :

« Otez-vous de là et laissez-moi passer ; nous sommes pressées.

— Ah ! princesse du Toboso, répondit Sancho, comment votre grand cœur ne s'attendrit-il pas en voyant agenouillé en votre sublime présence le soutien de la chevalerie errante ? »

A ces mots, l'une des paysannes s'écria :

« Viens donc que je t'étrille ! Voyez un peu ces gens qui viennent se moquer des villageoises, comme si nous ne savions pas chanter aussi bien qu'eux ! Suivez votre chemin, laissez-nous continuer le nôtre, ou il vous en cuira.

— Relève-toi, Sancho, dit alors Don Quichotte ; la fortune, non satisfaite de mes malheurs, ferme toutes les voies par lesquelles un peu de joie pourrait arriver dans cette âme misérable. Et toi, limite des mérites que l'on peut souhaiter, puisque le méchant enchanteur qui me poursuit a couvert mes yeux de cataractes, et que pour eux seuls il a transformé ton visage en celui d'une villageoise vulgaire, ne laisse pas de me regarder avec douceur.

— Par mon grand'père ! s'écria la villageoise, gare ! »

Sancho se recula et lâcha le licou, heureux de s'être bien tiré de son mensonge. A peine la paysanne qui avait passé pour Dulcinée se vit-elle libre, que, piquant sa haquenée, elle prit sa course vers une prairie. La bourrique, sentant l'aiguillon la tourmenter plus que de coutume, se mit à ruer et envoya madame Dulcinée par terre. A cette vue, Don Quichotte accourut pour la relever, et Sancho pour sangler de nouveau le bât, descendu sous le ventre de l'ânesse. Le bât rajusté, Don Quichotte voulut prendre sa dame ensorcelée dans ses bras, pour la placer sur l'âne. La dame lui épargna cette peine ;

une fois debout, elle prit un peu d'élan, posa les deux mains sur la croupe de l'ânesse, et, plus légère qu'un faucon, retomba sur le bât.

« Par saint Roch! s'écria Sancho, notre maîtresse est plus légère qu'un oiseau. Elle a franchi l'arçon d'un bond, et, bien qu'elle n'ait pas d'éperons, elle fait galoper sa haquenée comme un zèbre, sans compter que ses suivantes ne lui arrivent pas à la cheville, bien qu'elles courent comme le vent. »

Et c'était vrai; en voyant Dulcinée en selle, ses compagnes piquèrent leurs bêtes, prirent le grand trot sans regarder en arrière, si ce n'est une demi-lieue plus loin. Don Quichotte les suivait du regard; lorsqu'elles eurent disparu, il se tourna vers son écuyer:

« Qu'en dis-tu, Sancho? s'écria-t-il. Suis-je assez mal vu des enchanteurs? Remarque jusqu'où s'étend leur malice à mon égard, puisqu'ils m'ont privé du bonheur que j'aurais éprouvé à contempler ma dame sous sa véritable forme.

— Ah! canailles! s'écria Sancho, enchanteurs pervers et mal intentionnés! quand vous verra-t-on enfilés par les ouïes comme les sardines du marché?

— Dis-moi, Sancho, ce qui m'a paru à moi un bât, et que tu as redressé, était-ce une selle plate ou une selle à fauteuil?

— C'était, répondit Sancho, une selle à l'écuyère avec une housse de campagne, si riche qu'elle doit valoir la moitié d'un royaume.

— Et tout cela était invisible pour moi, Sancho ! s'écria Don Quichotte ; je te répète de nouveau et te répéterai dix mille fois que je suis le plus malheureux des hommes. »

Le goguenard Sancho avait fort à faire pour dissimuler son envie de rire, en entendant les sottises de son maître si délicatement trompé. Enfin, après beaucoup d'autres propos, ils se remirent en selle et prirent la route de Saragosse, où ils espéraient arriver à temps pour assister à des fêtes solennelles qui se célébraient chaque année dans cette ville insigne.

CHAPITRE X

De l'étrange aventure qui arriva au valeureux Don Quichotte avec le char
ou la charrette des Assises de la Mort.

ON Quichotte continuait sa route tout pensif, songeant au mauvais tour que venaient de lui jouer les enchanteurs en transformant sa dame Dulcinée, et il ne découvrit aucun moyen de lui rendre sa figure première. Cette pensée le tenait tellement hors de lui, que, sans s'en apercevoir, il lâcha la bride de Rossinante. Celui-ci, s'étant aperçu de la liberté qu'on lui accordait, s'arrêtait à chaque pas pour paître l'herbe verte. Sancho tira son maître de cette prostration en lui disant :

« Les chagrins, señor, n'ont pas été faits pour les bêtes, mais pour les hommes ; cependant, si les hommes s'y abandonnent par trop, ils deviennent semblables aux bêtes.

— Tais-toi, Sancho, répondit Don Quichotte d'une voix éteinte, tais-toi, dis-je, et laisse-moi songer à ma dame ; sa mésaventure est née de l'envie que me portent les méchants.

— C'est ce que je répète, dit Sancho ; le cœur de celui qui l'a vue hier et qui la voit aujourd'hui ne peut que pleurer.

— Tu peux en parler, toi, Sancho, reprit Don Quichotte, car tu l'as vue dans l'éclat de sa beauté. Cependant, Sancho, j'ai reconnu à un détail que tu me dépeignais mal Dulcinée ; si je me souviens bien, tu as dit qu'elle avait des yeux de perle ; or, les yeux qui ressemblent aux perles sont les yeux des poissons, et non ceux des dames. A ce que je vois, ceux de Dulcinée doivent être de vertes émeraudes, bien fendus, avec deux arcs-en-ciel qui leur servent de sourcils. Retire donc ces perles des yeux pour les mettre aux dents ; sans doute tu as transposé les mots.

— C'est possible, répondit Sancho, car j'étais troublé par la beauté de ma maîtresse, comme Votre Grâce l'était par sa laideur. Un doute, señor, me chagrine particulièrement : je me demande quel moyen il faudra employer, lorsque Votre Grâce aura vaincu un géant ou un chevalier et qu'elle l'enverra se présenter devant sa dame. Où la trouvera-t-il, ce pauvre géant, ou ce pauvre et misérable chevalier ?

— Peut-être, Sancho, reprit Don Quichotte, l'enchantement ne s'étend-il pas jusqu'à rendre Dulcinée méconnaissable pour les géants et les chevaliers vaincus. Nous en ferons l'expérience. »

Don Quichotte allait continuer ; il en fut empêché par une charrette qui traversa le chemin, chargée des plus étranges personnages qu'on puisse imaginer. Celui qui remplissait l'office de cocher était un affreux démon. La charrette était découverte, sans vache ni toile. La première figure qui s'offrit aux yeux de Don Quichotte fut celle de la Mort, avec un visage humain. Près d'elle se tenait un ange aux longues ailes peintes, et, d'un autre côté, un empereur le front ceint d'une couronne qui semblait d'or. Aux pieds de la Mort se tenait aussi le dieu qu'on nomme Cupidon, privé de son bandeau, mais chargé de son arc, de son carquois et de ses flèches. On voyait encore un chevalier armé de toutes pièces, n'ayant pourtant ni morion, ni salade, et coiffé d'un chapeau orné de plumes de diverses couleurs. Enfin suivaient d'autres personnages différents d'aspect et de visage. Cette apparition imprévue troubla quelque peu Don Quichotte et jeta l'effroi dans le cœur de Sancho. Cependant notre chevalier se réjouit bientôt, croyant qu'une nouvelle et périlleuse aventure s'offrait à lui. Plein de cette pensée, il se plaça devant la charrette et s'écria d'une voix haute et menaçante :

« Charretier, cocher, démon, hâte-toi de me dire qui tu es, où tu vas, et qui sont ceux que tu emmènes dans ton chariot, qui ressemble plus à la barque de Caron qu'aux charrettes ordinaires. »

Le diable, arrêtant son véhicule, répondit avec douceur :

« Nous sommes, señor, des comédiens de la troupe d'Angulo-le-

Mauvais. Ce matin, qui est l'octave de la Fête-Dieu, nous avons
représenté dans un village, derrière cette colline, le mystère des
Assises de la Mort ; nous devons le représenter de nouveau cette
après-midi dans le bourg que l'on voit d'ici, et, pour nous éviter la
peine de nous déshabiller, nous nous y rendons vêtus des costumes
de nos rôles Ce jeune homme représente la Mort, cet autre un
ange, cette femme, qui est celle du directeur, représente les reines,
celui-ci les soldats, celui-là les empereurs, et moi le démon. Si
Votre Grâce désire savoir autre chose de nous, qu'elle interroge,
je saurai lui répondre d'une façon exacte ; rien ne m'échappe en
ma qualité de diable.

— Foi de chevalier errant, répondit Don Quichotte, en aperçe-
vant ce char, je me suis figuré qu'une grande aventure se présentait
à moi; j'avoue à présent qu'il faut toucher du doigt les appa-
rences pour se détromper. Allez avec Dieu, bonnes gens, et voyez
si je puis vous être utile. »

Tandis qu'ils causaient ainsi, le sort voulut qu'un homme de la
troupe, vêtu en bouffon, l'habit garni de grelots, et portant au bout
d'un bâton trois vessies gonflées, les rejoignît. Ce paillasse, s'approchant de Don Quichotte, s'escrima de son bâton, frappa le sol de
sa vessie et exécuta maintes cabrioles qui firent résonner ses grelots. Cette étrange apparition épouvanta Rossinante qui prit le mors
aux dents, et, sans que Don Quichotte pût le retenir, l'animal

s'élança dans les champs avec plus de légèreté que sa construction
anatomique n'eût jamais permis de l'espérer. Sancho, voyant que
son maître risquait d'être désarçonné, sauta à bas du grison et
s'élança à toutes jambes derrière le chevalier. Lorsqu'il l'atteignit,
il le trouva par terre, près de sa monture, tous deux ayant roulé de
concert, résultat ordinaire des gaietés et des hardiesses de Rossinante. Mais à peine Sancho eut-il abandonné l'âne pour secourir
Don Quichotte, que le démon armé des vessies sauta sur le grison,
le fustigea de son singulier fouet, et la peur et le bruit, plus que la
douleur des coups, emportèrent l'âne à travers la campagne, vers le
village où devait avoir lieu la fête. Sancho regardait la fuite de son
grison, la chute de son maître, et ne savait auquel de ces deux
maux remédier d'abord. Enfin, en bon écuyer et en bon serviteur,
son amitié pour son maître l'emporta sur sa tendresse pour l'âne.

Néanmoins, chaque fois que les vessies voltigeaient et tombaient
sur la croupe du grison, il éprouvait des angoisses mortelles, et il

eût préféré recevoir ces coups sur la prunelle de ses yeux, plutôt
que de les voir atteindre le plus mince poil de la queue de son âne.
Dans cette cruelle perplexité, il s'approcha de Don Quichotte, plus
maltraité qu'il ne l'aurait voulu, et l'aidant à remonter sur Rossinante, il lui dit :

« Señor, le diable a emporté l'âne.

— Quel diable ? demanda Don Quichotte.

— Celui des vessies, répondit Sancho.

— Je le retrouverai, s'écria Don Quichotte, allât-il s'enfermer
avec lui dans les plus profonds cachots de l'enfer. Suis-moi, Sancho,
la charrette n'avance qu'avec lenteur, et je remplacerai l'âne par
les mules qui la traînent.

— Cette peine est inutile, señor, répondit Sancho ; que Votre
Grâce apaise sa colère, il me semble que le diable a abandonné le
grison qui revient au gîte. »

En effet, le diable venait de tomber pour imiter Don Quichotte
et Rossinante, et il gagnait le village à pied, tandis que le grison
revenait vers son maître.

« En attendant, s'écria Don Quichotte, il sera bon de châtier
l'impudence de ce diable dans la personne d'un de ceux qui sont
dans la charrette, fût-ce sur l'empereur.

— Renoncez à cette idée, señor, répliqua Sancho, et suivez

mon conseil qui est qu'on ne doit jamais s'en prendre aux comédiens.

— En dépit de ce que tu dis, répliqua Don Quichotte, je ne laisserai pas échapper ce démon farceur pour qu'il s'en vante. »

Tout en parlant, il suivit la charrette qui atteignait presque le village et cria :

« Arrêtez, attendez, tourbe joyeuse et plaisante ; je veux vous apprendre comment on doit traiter les ânes et autres nobles bêtes qui servent de monture aux écuyers des chevaliers errants. »

Les cris de Don Quichotte étaient si formidables que les gens de la charrette les entendirent ; jugeant des intentions du chevalier par ses paroles, la Mort sauta aussitôt sur la route, suivie de l'empereur, du diable-cocher et de l'ange, sans excepter la reine et le dieu Cupidon. Tous recueillirent des pierres et se mirent en rang, prêts à recevoir Don Quichotte sur la pointe de leurs cailloux. Le chevalier, les voyant rangés, les bras levés, prêts à lancer puissamment leurs projectiles, retint la bride de Rossinante et réfléchit un instant au meilleur moyen de les attaquer sans trop de péril pour sa personne. Durant ce temps d'arrêt, arriva Sancho qui, voyant son maître se disposer à fondre sur l'intrépide escadron, lui dit :

« Une telle entreprise serait une folie ; que Votre Grâce remarque, señor, que contre des pois de rivière il n'y a d'autre défense au monde que de se fourrer sous une cloche de bronze. Il faut considérer aussi que, pour un homme seul, il y a plus de témérité que de courage à attaquer une armée où se trouve la Mort, où les empereurs combattent en personne, aidés par les bons et les mauvais anges. Si cette considération ne vous décide pas à rester tranquille, laissez-vous convaincre en réfléchissant qu'aucun de ces gens, bien qu'ils paraissent rois et empereurs, n'est chevalier errant.

— Pour le coup, Sancho, répondit Don Quichotte, tu viens de toucher la seule chose qui pût me faire changer de résolution. C'est à toi, Sancho, qu'il appartient de le faire, si tu veux tirer vengeance de l'insulte infligée à ton grison. D'ici, je te soutiendrai de ma voix et de mes avis salutaires.

— Il n'y a pas matière, señor, de tirer vengeance de personne, répondit Sancho. Il n'est pas d'un bon chrétien de se venger d'une

injure. Je m'entendrai avec mon âne pour qu'il confie sa vengeance
à ma volonté, qui est de passer en paix les jours que le ciel m'ac-
cordera.

— Quoi! c'est là ta détermination, ô bon Sancho, Sancho spirituel,
chrétien Sancho et Sancho véridique ! répliqua ironiquement Don
Quichotte ; mais laissons ces fantômes et allons à la recherche
d'aventures de meilleur aloi ; je gage que ce pays nous en fournira
de nombreuses et de merveilleuses. »

Il tourna bride aussitôt ; Sancho reprit son âne ; la Mort et son
escadron remontèrent dans leur charrette et continuèrent leur
voyage. Telle fut l'heureuse fin de l'aventure du char de la Mort ;
grâces en soient rendues au salutaire conseil donné par Sancho
Pança à son maître, auquel, le jour suivant, arriva une aventure
non moins intéressante que celle-ci avec un chevalier errant.

CHAPITRE XI

De l'étrange aventure qui arriva au valeureux chevalier Don Quichotte
avec un vaillant chevalier.

A nuit qui suivit le jour de la rencontre de la Mort, Don Quichotte et son écuyer la passèrent sous de grands arbres touffus. Le chevalier, sur les instances de Sancho, accepta sa part des provisions renfermées dans le bissac que portait le grison. Durant le souper, Sancho dit à son maître :

« Aurais-je été assez sot, señor, si j'avais choisi pour étrennes le butin de la première aventure menée à bien par Votre Grâce, plutôt que les poulains de vos trois juments? En vérité, mieux vaut l'oiseau dans la main que le vautour qui vole.

— Cependant, répondit Don Quichotte, si tu m'avais laissé attaquer, ainsi que je le voulais, Sancho, tu aurais au moins eu pour butin la couronne de l'impératrice et les ailes peintes de Cupidon, car je les lui aurais arrachées pour te les donner.

— Les couronnes des comédiens, répondit Sancho Pança, n'ont jamais été d'or pur; elles sont de fer-blanc garni d'oripeaux.

— C'est la vérité, répliqua Don Quichotte, et il ne serait pas raisonnable que les accoutrements de la comédie fussent des réalités; ils doivent être simulés comme elle-même. Un acteur fait le fanfaron, un autre le fourbe, celui-ci le marchand, celui-là le soldat, cet autre le naïf malicieux; puis, la comédie terminée, les comédiens, dépouillés de leurs vêtements, redeviennent tous égaux.

— J'ai vu cela, répondit Sancho.

— Ce qui se voit dans la comédie, reprit Don Quichotte, se voit aussi dans le monde, où les uns représentent les empereurs, les autres les pontifes, tous les personnages en un mot qu'on peut introduire dans une comédie; en arrivant à la fin, c'est-à-dire au terme de la vie, la mort enlève aux uns et aux autres les vêtements qui les rendaient différents, et ils entrent égaux dans la tombe.

— Bonne comparaison, s'écria Sancho; néanmoins, elle n'est pas si neuve que je ne l'aie entendu faire plusieurs fois, de même que celle du jeu d'échecs, où, tant que la partie dure, chaque pièce a son rang; le jeu fini, on les confond dans un sac, ce qui est comme si on les jetait de la vie dans la mort.

— Chaque jour, Sancho, dit Don Quichotte, tu deviens moins naïf et plus avisé.

— Il faut bien, répondit Sancho, que le contact me communique un peu de l'esprit de Votre Grâce; les terres naturellement stériles s'améliorent lorsqu'on les fume, et finissent par produire de bons fruits. Je veux dire que la conversation de Votre Grâce a été le fumier qui est tombé sur la terre stérile de mon esprit, et la culture a été le temps que j'ai passé à vous accompagner et à vous entendre. »

Don Quichotte se mit à rire des phrases prétentieuses de Sancho, et il lui parut que ce qu'il disait de ses progrès était vrai, car de temps à autre il parlait de façon à le surprendre.

Une grande partie de la nuit se passa ainsi à converser; mais l'envie vint à Sancho de laisser tomber les rideaux de ses yeux, ainsi qu'il disait lorsqu'il voulait dormir; relâchant alors les sangles du grison, il le laissa paître en liberté. Il n'enleva pas la selle du cheval, son maître lui ayant défendu, lorsqu'ils ne dormiraient pas sous un toit, de dessangler Rossinante. Don Quichotte se conformait en cela à l'antique coutume des chevaliers errants. Ainsi fit Sancho, qui laissa à Rossinante la même liberté qu'au grison. L'amitié du cheval et de l'âne fut si étroite que l'auteur de cette véridique histoire y consacra plusieurs chapitres, puis il les retrancha afin de conserver le décorum dû à un livre si héroïque. Néanmoins, il oublie parfois sa résolution et écrit que les deux animaux pouvaient se rejoindre, lorsqu'ils se grattaient mutuellement ; qu'une fois fatigués ou satisfaits, Rossinante plaçait son cou en croix sur celui du grison qu'il dépassait d'une demi-aune. Alors, contemplant tous deux la terre avec attention, ils demeuraient ainsi jusqu'à ce que la faim les poussât. Je répète qu'on prétend que l'auteur écrit qu'on a comparé leur amitié à celle d'Oreste et Pylade. Si cela est, l'amitié de ces deux pacifiques bêtes doit exciter une admiration universelle et causer de la honte aux hommes qui, entre eux, respectent si mal l'amitié. Et que nul ne s'imagine que l'auteur se soit trompé en comparant l'amitié de ces deux bêtes à celle des hommes, car ceux-ci ont reçu plus d'un enseignement des animaux et appris d'eux des choses importantes, par exemple la reconnaissance du chien, la vigilance des grues, la prévoyance des fourmis et la loyauté du cheval.

Enfin Sancho s'endormit au pied d'un liége, et Don Quichotte sommeilla près du tronc d'un robuste chêne. Au bout de quelques instants, il fut réveillé par un bruit qu'il entendit derrière lui. Se levant avec un soubresaut, il aperçut soudain deux hommes à cheval dont l'un, en se laissant glisser de sa selle, dit à l'autre :

« Mets pied à terre, ami, et enlève le mors des chevaux ; ce lieu est couvert d'une herbe qui leur conviendra, et le silence et la solitude dont ont besoin mes pensées semblent y régner. »

Prononcer ces mots et s'étendre sur le sol fut tout un pour l'inconnu, et l'on entendit résonner l'armure dont il était couvert. A cet indice manifeste, Don Quichotte reconnut un chevalier errant. S'approchant de Sancho qui dormait, il le saisit par le bras, réussit, non sans peine, à l'éveiller et lui dit à voix basse :

« Frère Sancho, nous tenons une aventure.

— Que Dieu nous l'envoie bonne, répondit Sancho. Et où est, señór, Sa Grâce madame l'aventure ?

— Où, Sancho ? reprit Don Quichotte, tourne-toi et regarde ; tu verras, couché là-bas, un chevalier errant qui ne doit pas être des plus joyeux ; je l'ai vu se jeter à bas de son cheval et s'étendre sur la terre avec des démonstrations évidentes de chagrin. En se couchant, il a fait résonner ses armes.

— Et en quoi Votre Grâce trouve-t-elle que ce soit là une aventure? demanda Sancho.

— Je ne veux pas dire, reprit Don Quichotte, que ce soit là une aventure complète, mais c'en est le commencement. Écoute; il me semble que l'inconnu accorde un luth, et, à la façon dont il se dégage la gorge, il doit se préparer à chanter. »

Sancho allait répliquer; la voix du chevalier du Bocage, qui n'était ni bonne, ni mauvaise, l'en empêcha. Le nouveau venu termina son chant par un « hélas » arraché en apparence du fond de son âme, et un instant après il s'écria d'une voix plaintive :

« O la plus ingrate femme de l'univers ! Comment est-il possible, belle Casildée de Vandalie, que tu consentes à ce que se consume en continuelles pérégrinations ce chevalier ton captif? Ne suffit-il pas que j'aie déjà fait confesser à tous les chevaliers de Navarre, à tous les Castillans et enfin à tous les chevaliers de la Manche, que tu es la plus belle personne du monde ?

— Pour cela non, dit aussitôt Don Quichotte ; je suis de la Manche et je n'ai jamais pu confesser une chose si préjudiciable à la
beauté de ma souveraine. Ce chevalier divague, Sancho. Mais écou-
tons ; peut-être se découvrira-t-il davantage.

— Je le crois, dit Sancho, car il prend le chemin de se désoler
durant un mois. »

Il n'en fut pas ainsi ; le chevalier du Bocage, ayant entendu qu'on
parlait près de lui, cessa ses lamentations, se releva et demanda
d'une voix sonore :

« Qui va là ? Êtes-vous par hasard du nombre des heureux ou
des malheureux ?

— Des malheureux, répondit Don Quichotte.

— Venez à moi, alors, reprit le chevalier, et vous pouvez croire
que vous vous approcherez de la tristesse en personne. »

Don Quichotte, voyant qu'on lui répondait avec tant de sensibilité et de politesse, s'avança suivi de Sancho. Le chevalier pleureur
saisit alors Don Quichotte par le bras et lui dit :

« Asseyez-vous ici, seigneur chevalier. Pour comprendre que
vous l'êtes, il me suffit de vous rencontrer dans ce lieu où la solitude
et le serein vous tiennent compagnie.

— Je suis chevalier, répondit Don Quichotte, et, bien que la tristesse et le malheur aient établi leurs demeures dans mon âme, je
n'ai pas perdu pour cela toute compassion pour les peines d'autrui.
Des vers que vous avez chantés il y a un instant, j'ai conclu que
vos peines proviennent de votre respect pour cette belle ingrate
que vous avez nommée dans vos plaintes. »

Au moment où ceci se passait, les deux chevaliers étaient déjà
assis sur la dure, comme si dès l'aurore ils ne devaient pas se
casser la tête.

« Par bonheur, señor, demanda le chevalier du Bocage à Don
Quichotte, avez-vous une dame de vos pensées ?

— Oui, par malheur, répondit Don Quichotte, bien que les
maux qui naissent d'affections bien placées doivent se considérer
comme des bonheurs et non comme des malheurs.

— Ceci serait la vérité, répondit le chevalier du Bocage, si les
dédains ne nous troublaient la raison.

— Je n'ai jamais été dédaigné de ma souveraine, répondit Don Quichotte.

— Non certes, s'écria Sancho, ma maîtresse est douce comme une brebis et plus tendre que du beurre.

— Est-ce là votre écuyer? demanda le chevalier du Bocage à Don Quichotte.

— Oui, répondit celui-ci.

— Je n'ai jamais vu, reprit le chevalier du Bocage, qu'un écuyer osât parler devant son maître. Du moins voici le mien, qui est aussi grand que son père, et on ne pourrait prouver qu'il ait desserré les dents là où je parle.

— Par ma foi, je les ai desserrées, moi, dit Sancho, et je puis parler devant un autre aussi et même.... n'en disons pas plus, il vaut mieux n'y pas toucher. »

L'écuyer du chevalier du Bocage prit Sancho par le bras en lui disant :

« Allons tous deux dans un endroit où nous puissions causer à l'écuyère autant que nous le voudrons, et laissons ces seigneurs nos maîtres se donner des coups de corne en se racontant leur histoire.

— A la bonne heure, dit Sancho, et je raconterai à Votre Grâce qui je suis, afin que vous jugiez si l'on en trouve comme moi à la douzaine parmi les écuyers parlants. »

Les deux écuyers se retirèrent alors, et ils eurent une conversation aussi plaisante que celle de leurs maîtres fut sérieuse.

CHAPITRE XII

SÉPARÉS, ainsi que le rapporte le chapitre précédent, chevaliers et écuyers se racontèrent leur vie. L'histoire enregistre d'abord l'entretien des serviteurs, puis continue par celui des maîtres. Elle raconte donc qu'aussitôt que les premiers se trouvèrent à l'écart, l'écuyer du Bocage dit à Sancho :

« L'existence que nous menons, señor, nous autres écuyers de chevaliers errants, est une existence laborieuse; sur nous retombe une des malédictions dont Dieu accabla nos premiers parents; nous mangeons notre pain à la sueur de nos fronts.

— On peut dire également, ajouta Sancho, que nous le mangeons au froid de nos corps; qui donc a plus à souffrir de la gelée ou de la chaleur que les pauvres écuyers de la chevalerie errante? Et encore ce ne serait que demi-mal si nous mangions à l'heure : chagrins avec du pain ne sont rien. »

— Tout cela peut se supporter, dit l'écuyer du Bocage, avec l'espoir que nous avons d'une récompense; si le chevalier errant que l'on sert n'est pas trop malheureux, au bout de peu de temps on se voit à la tête d'un bon gouvernement d'île quelconque, ou avec un comté de bonne mine.

— Moi, répliqua Sancho, j'ai déjà dit à mon maître que le gouvernement d'une île me suffit, et il est si généreux qu'il me l'a promis à plusieurs reprises.

— Moi, dit l'écuyer du Bocage, un canonicat me payera de mes services, et mon maître me l'a déjà octroyé.

— A ce compte, reprit Sancho, le maître de Votre Grâce est chevalier à l'ecclésiastique. Le mien est simplement laïque, quoique je me souvienne que des personnes d'esprit lui ont conseillé de devenir archevêque. Par bonheur il s'est décidé à devenir empereur; néanmoins, j'ai tremblé de crainte que le désir ne lui vînt d'appartenir à l'Église, n'étant pas en état de profiter de ses bénéfices.

— Votre Grâce a bien tort, en vérité, répondit l'écuyer du Bocage; tous les gouvernements d'îles sont loin d'être de bonne qualité; il y en a de pauvres, de mélancoliques, et le mieux organisé comporte une charge pesante de réflexions et d'incommodités. Il vaudrait bien mieux que nous tous, qui professons cette servitude, nous nous retirions dans nos demeures pour nous occuper d'exercices plus doux, comme qui dirait à chasser ou à pêcher. Car enfin, quel écuyer est assez pauvre pour qu'il lui manque un bidet, une paire de lévriers, et une ligne de pêche pour s'occuper dans son village?

— Rien de cela ne me manque, répondit Sancho; il est vrai que je n'ai pas de bidet, mais je possède un âne qui vaut deux fois plus que le cheval de mon maître. Dieu me donne une mauvaise

Pâque et que ce soit celle qui vient, si je le changerais contre Rossinante, m'offrît-on quatre charges d'orge de retour. Votre Grâce
prendra pour une plaisanterie la valeur de mon grison — le gris
est la couleur de ma bête.

— Véritablement, señor écuyer, répondit celui du Bocage, je
suis décidé à renoncer à ces griseries de chevaliers errants, et à me
retirer dans mon village pour y élever mes enfants, attendu que j'en
ai trois qui sont comme des perles orientales.

— J'en ai deux, moi, répondit Sancho, que l'on pourrait présenter au pape en personne, particulièrement une fillette que
j'élève pour être comtesse, s'il plaît à Dieu, et contre le gré de sa
mère.

— Et quel âge a cette damoiselle que vous élevez pour être comtesse? demanda l'écuyer du Bocage.

— Quinze ans, deux de plus ou de moins, répondit Sancho; elle
est droite comme une lance, fraîche comme une matinée d'avril et
forte comme un portefaix.

— Ce sont là des qualités, reprit l'écuyer du Bocage, non-seulement pour devenir comtesse, mais nymphe du Vert-Bosquet.
Quelle poigne doit vous avoir la coquine !

— Elle n'est pas coquine, s'écria Sancho un peu vexé; parlez
plus poliment, je vous prie. De la part d'un homme élevé parmi
les chevaliers errants qui sont la courtoisie même, vos paroles me
semblent mal choisies.

— O señor écuyer, répondit l'autre, comme Votre Grâce comprend mal la forme des louanges! Comment, vous ne savez pas que
lorsqu'un cavalier, dans le cirque, donne un bon coup de lance au
taureau, le peuple a coutume de s'écrier : « Le coquin, comme il
« s'en est bien tiré! » et ces mots qui seraient une injure autre
part, deviennent alors un éloge insigne. Reniez plutôt les fils et
les filles qui ne méritent pas qu'on adresse ces louanges à leurs
parents.

— Je les renie, s'écria Sancho, attendu que, de cette manière et
avec ces raisons, Votre Grâce pourrait jeter sur moi, sur mes enfants et sur ma femme une coquinerie entière, car tout ce qu'ils
font et disent est digne de telles louanges. Pour les revoir, je prie

Dieu qu'il me tire de péché mortel, ou, ce qui est la même chose, de ce périlleux métier d'écuyer où je suis retombé une seconde fois, par folie.

— S'il faut parler de folie, répliqua l'écuyer du Bocage, il n'y en a pas de pire au monde que celle de mon maître; il est de ceux dont on dit : « Les soucis du prochain tuent l'âme. » Pour faire recouvrer l'esprit à un autre chevalier, il est devenu fou lui-même et cherche une chose qui, lorsqu'il l'aura trouvée, pourrait bien lui retomber sur le dos.

— Serait-il par hasard serviteur d'une dame?

— Oui, répondit l'écuyer du Bocage, d'une certaine Casildée de Vandalie.

— Il n'y a de chemin si uni, répondit Sancho, qui n'ait sa pierre ou son trou. Si dans d'autres maisons on fait cuire des fèves, chez nous c'est à pleine marmite, et la folie doit avoir un plus nombreux cortége que la sagesse. Néanmoins, si ce que l'on dit vulgairement est vrai, qu'un compagnon dans la peine aide à la supporter, je puis me consoler avec Votre Grâce, puisqu'elle sert un maître aussi bête que le mien.

— Bête mais vaillant, répondit l'écuyer du Bocage, et plus coquin encore que bête et vaillant.

— Ceci ne s'applique pas au mien, dit Sancho; il n'a rien d'un coquin, au contraire, il a l'âme d'un enfant. Il ne sait faire de mal à personne. C'est à cause de cette bonté que je l'aime et que je ne me décide pas à l'abandonner, quelque extravagance qu'il commette.

— En attendant, frère, reprit l'écuyer du Bocage, si l'aveugle guide l'aveugle, tous deux courent risque de tomber dans le trou.»

Sancho crachait fréquemment une espèce de salive épaisse; le charitable écuyer du Bocage l'ayant remarqué s'écria :

« Il me semble que nous avons tant causé que nos langues se collent à nos palais; je porte à l'arçon de ma selle un remède qui n'est pas à dédaigner. »

Il se leva et revint au bout d'un instant avec une outre pleine de vin et un pâté long d'une demi-aune, ce qui n'est pas une exagération, attendu qu'il était garni d'un lapin blanc de telle taille

que Sancho, en le touchant, crut que s'il ne contenait pas un bouc,
il contenait au moins un chevreau.

« C'est là, señor, le remède que porte Votre Grâce ? s'écria-t-il.

— Que croyiez-vous donc ? répondit l'autre. Suis-je par hasard
un écuyer au pain sec ? »

Sancho mangea sans se faire prier ; il avala dans l'obscurité des
morceaux doubles.

« On voit bien, dit-il, que Votre Grâce est un écuyer fidèle, magnifique et généreux, ainsi que le prouve ce banquet qui, s'il n'est
pas arrivé par voie d'enchantement, en a du moins tout l'air. Ce
n'est pas comme moi, misérable et malheureux écuyer, dont le
bissac ne renferme qu'un peu de fromage si dur qu'on pourrait,
avec son aide, casser la tête d'un géant, et auquel tiennent compagnie quatre douzaines de caroubes et autant de noix et de noisettes : tout cela grâce à la pauvreté de mon maître et à son opinion
que les chevaliers errants ne doivent s'alimenter que de fruits secs
et d'herbes des champs.

— Par ma foi, frère, répondit l'écuyer du Bocage, mon estomac
n'est pas fait pour des chardons. Je porte des viandes froides et
cette outre à l'arçon ; je l'aime tant, que peu de moments s'écou-
lent sans que je la presse sur ma poitrine et lui donne mille
baisers. »

Tout en parlant, il plaça l'outre entre les mains de Sancho qui,
la soulevant, après avoir appliqué sa bouche à l'ouverture, regarda les étoiles durant un quart d'heure. En achevant de boire,
il laissa tomber sa tête sur son épaule, poussa un grand soupir
et dit :

« Le coquin est excellent.

— Vous voyez, s'écria l'écuyer du Bocage, vous avez fait l'éloge
de ce vin en l'appelant coquin !

— Je déclare, reprit Sancho, que ce n'est un déshonneur pour
personne d'être appelé coquin, quand le fond de la pensée est de
louer. Mais dites-moi, señor, est-il de Ciudad Réal ?

— Quel connaisseur ! répondit l'écuyer ; il n'est d'aucun autre
endroit et il est âgé de quelques années.

— Pour qui me prenez-vous, reprit Sancho, pour croire que je

ne réussirais pas à connaître votre vin? J'ai un instinct si déve-
loppé pour apprécier les vins, señor écuyer, qu'il suffit de m'en
donner un flacon à sentir pour que je devine sa patrie, son cru, sa
saveur et toutes les qualités habituelles au vin. Il ne faut pas s'en
étonner ; j'ai eu dans ma famille les deux plus célèbres dégustateurs
que la Manche ait possédés durant de longues années. Et comme
preuve de leur habileté, voici ce qui leur arriva. On leur donna à
tous deux à goûter le vin d'une cuve, leur demandant leur avis sur
l'état, la qualité, la bonté ou les défauts de ce vin. L'un le goûta
du bout de la langue, l'autre ne fit que l'approcher de son nez. Le
premier déclara que le vin avait une saveur de fer ; le second déclara qu'il sentait plus encore le cuir. Le propriétaire du vin affirma que la cuve était propre et que son vin, sans mélange, ne
pouvait sentir ni le fer ni le cuir. Les deux dégustateurs soutinrent
cependant leur dire. Le temps passa, le vin se vendit, et, en net-
toyant la cuve, on trouva au fond une petite clef suspendue à une
lanière de cuir de Cordoue. Que Votre Grâce juge si, lorsqu'on des-
cend d'une telle race, on peut donner son avis en de telles causes.

— C'est pourquoi je répète que nous devons renoncer à chercher
les aventures, répondit l'écuyer du Bocage ; puisque nous avons du
pain, ne cherchons pas la tourte ; retournons à nos chaumières, où
Dieu nous trouvera s'il a besoin de nous.

— Je servirai mon maître jusqu'à Saragosse, dit Sancho ; une
fois là, peut-être nous entendrons-nous. »

Enfin les deux écuyers rirent tant et parlèrent tant, que le sommeil se vit obligé de leur lier la langue et d'apaiser leur soif, car
l'assouvir était impossible. Tenant l'outre presque vide chacun par
un côté, ils s'endormirent. Nous les laisserons là pour raconter ce
qui se passa entre le chevalier du Bocage et celui de la Triste-
Figure.

CHAPITRE XIII

Où se continue l'aventure du chevalier du Bocage.

ENTRE autres nombreux propos qu'é-
changèrent Don Quichotte et le chevalier du Bocage, l'histoire rapporte
que celui-ci dit à notre hidalgo :

« Enfin, seigneur chevalier, sachez
que mon destin me rendit serviteur de
l'incomparable Casildée de Vandalie.
Je la nomme incomparable parce
qu'elle l'est, aussi bien à cause de sa
taille élevée que de sa grande noblesse et de son extrême beauté. Or,
ladite Casildée paya mes bonnes pen-
sées en m'employant, ainsi qu'Hercule fut employé par sa marâtre,
à maint périlleux travail. Dernièrement, elle m'a ordonné de traverser les provinces de l'Espagne et d'obliger tous les chevaliers errants qui les parcourent à confesser qu'elle est la plus belle des
femmes et que je suis le plus vaillant chevalier de l'univers. Pour
me conformer à sa volonté, j'ai déjà vaincu les nombreux chevaliers
qui ont osé me contredire. Mais la victoire dont je m'enorgueillis
le plus, celle qui me rend le plus fier, c'est d'avoir défait en combat singulier ce chevalier si fameux, Don Quichotte de la Manche,
et de l'avoir forcé à reconnaître que ma Casildée est plus belle que
sa Dulcinée. »

Don Quichotte demeura stupéfait en écoutant les assertions du
chevalier du Bocage, et vingt fois il fut sur le point de l'accuser
de mensonge.

« Que Votre Grâce, seigneur chevalier, lui dit-il, ait vaincu la plupart des chevaliers de l'Espagne, cela ne me regarde en rien ; mais qu'elle ait vaincu Don Quichotte de la Manche, je me permets d'en douter.

— Comment, je ne l'ai pas vaincu ! s'écria le chevalier du Bocage. Par le ciel qui nous couvre, j'ai lutté contre Don Quichotte et je l'ai désarçonné et forcé à se rendre. Il combat sous le nom de la Triste-Figure et a pour écuyer un paysan nommé Sancho Pança. Il presse le flanc et dirige les rênes d'un cheval fameux nommé Rossinante. Si ces renseignements ne sont pas suffisants pour établir ma véracité, mon épée est là pour convaincre l'incrédulité en personne.

— Calmez-vous, seigneur chevalier, répondit Don Quichotte, et écoutez ce que je vais vous dire : Sachez que ce Don Quichotte, dont vous parlez, est mon meilleur ami, à tel point que je puis déclarer le tenir pour un autre moi-même. Il a beaucoup d'ennemis parmi les enchanteurs, dont un surtout le poursuit sans relâche et aura pris sa figure avec l'intention de se laisser vaincre, et de le dépouiller ainsi frauduleusement de la gloire que ses hauts faits chevaleresques lui ont méritée et acquise dans l'univers. Enfin, si ce que je viens de vous dire ne vous démontre la vérité de ce que j'avance, voici Don Quichotte en personne qui le soutiendra par ses armes, à pied, à cheval ou de quelque façon qu'il vous plaira. »

Tout en parlant, Don Quichotte se leva, saisit son épée et attendit la résolution du chevalier du Bocage qui répondit d'une voix calme :

« Celui qui a pu vous vaincre une fois, seigneur Don Quichotte, alors que vous étiez transformé, peut conserver l'espoir de vous vaincre de nouveau sous votre propre forme. Mais, comme il n'est pas convenable que les chevaliers accomplissent leurs faits d'armes dans l'obscurité, ainsi que des vilains ou des bandits, attendons le jour, afin que le soleil soit témoin de nos œuvres. Une des conditions de notre combat sera que le vaincu restera à la merci du vainqueur, afin que celui-ci dispose de lui à son gré, pourvu qu'il n'exige rien qu'un chevalier ne puisse décemment accomplir.

— Je suis plus que satisfait de cette condition et de cette règle, »
répondit Don Quichotte.

Les deux chevaliers rejoignirent alors leurs écuyers et les trouvèrent ronflant dans la position où le sommeil les avait surpris.
Ils les réveillèrent et leur ordonnèrent de tenir les chevaux prêts,
attendu qu'au lever du soleil un formidable combat singulier et
sanglant devait avoir lieu. A cette nouvelle, Sancho demeura surpris et effrayé, craignant pour la santé de son maître à cause des
traits de bravoure que son compagnon avait attribués au chevalier du Bocage. Mais, sans prononcer une seule parole, les deux
écuyers allèrent chercher leur bétail, c'est-à-dire les trois chevaux
et l'âne qui, après s'être flairés, s'étaient réunis. Chemin faisant,
l'écuyer du Bocage dit à Sancho :

« Il faut que vous sachiez, frère, que les braves d'Andalousie,
lorsqu'ils sont parrains dans une querelle, ont coutume de ne pas
rester oisifs pendant que leurs filleuls combattent. Je vous donne
cet avis, afin que vous soyez prévenu que, durant la rencontre de
nos maîtres, nous nous empoignerons de notre côté pour nous
mettre en pièces.

— Señor écuyer, répondit Sancho, cette coutume qui peut exis-
ter chez les gens de peu dont vous parlez, n'est pas adoptée par
les écuyers des chevaliers errants. Du moins, jamais je n'ai entendu mon maître souffler mot d'un pareil usage, et il sait par
cœur toutes les règles de la chevalerie. D'un autre côté, je veux
bien croire qu'une loi expresse oblige les écuyers à se battre, tandis que leurs maîtres sont aux prises, mais je refuse d'obéir à cette
loi; je préfère payer l'amende imposée aux écuyers pacifiques,
laquelle ne peut dépasser deux livres de cire. Encore une fois,
j'aime mieux payer la cire que la charpie qu'il faudrait pour me
panser la tête, que je tiens déjà pour rompue en deux. Une autre
cause qui m'empêche de me battre est que je n'ai pas d'épée, et
que de ma vie je n'en ai porté.

— Pour ces cas, je connais un bon remède, répondit l'écuyer du
Bocage; j'ai là deux sacs de toile de même dimension, vous en
prendrez un et moi l'autre, et nous nous battrons à armes égales,
c'est-à-dire à coups de sacs.

— De cette façon, à la bonne heure! s'écria Sancho. Notre combat servira ainsi à nous épousseter plutôt qu'à nous blesser.

— Nenni, répliqua l'autre; dans les sacs, afin que le vent ne les emporte pas, nous placerons une demi-douzaine de cailloux bien choisis, pesant autant les uns que les autres. Ainsi armés, nous pourrons nous épousseter sans nous faire de mal ni nous blesser.

— Corps de mon père! s'écria Sancho, voyez quel coton cardé il fourre dans les sacs pour que nos crânes ne soient pas moulus et nos os brisés! Mais les sacs fussent-ils remplis de cocons de soie, sachez, señor, que je ne me battrai pas. Que nos maîtres s'écharpent, grand bien leur fasse; nous, buvons et vivons; le temps se charge assez bien de nous enlever la vie, sans que nous cherchions des excitants pour qu'elle s'achève avant la saison et sans être mûre.

— Néanmoins, répliqua l'écuyer du Bocage, il sera bon de nous battre une petite demi-heure.

— Non, dit Sancho, je ne serai ni assez discourtois, ni assez ingrat pour accepter une lutte, si peu dangereuse qu'elle soit, avec l'homme qui m'a fait boire et manger, d'autant plus que sans colère et sans motifs, qui diable aurait l'idée de se battre?

— Je trouverai remède à cela, répondit l'écuyer; avant de commencer la bataille, je m'approcherai bonnement de Votre Grâce, et je vous appliquerai trois ou quatre soufflets qui vous renverseront à mes pieds, ce qui réveillera votre colère, fût-elle plus endormie qu'un loir.

— Contre ce coup j'en sais un autre, répondit Sancho, et qui vaut encore mieux. J'empoignerai un gourdin, et, avant que Votre Grâce ait réussi à réveiller ma colère, j'endormirai si bien la vôtre à coups de bâton, qu'elle ne se réveillera que dans l'autre monde, où l'on sait que je ne suis pas homme à souffrir que personne lui manie le visage. Que chacun se tienne sur ses gardes, quoiqu'il soit préférable de laisser sommeiller les colères; nul ne connaît l'âme du prochain; tel qui vient pour la laine s'en retourne tondu. Aussi, dès à présent, señor écuyer, je préviens Votre Grâce qu'elle sera responsable de tout le mal qui pourra résulter de notre bataille.

21

— C'est bon, répondit l'écuyer ; Dieu ramènera le jour et nous
en profiterons. »

En cet instant, mille espèces d'oiseaux aux vives couleurs commençaient à gazouiller dans les arbres ; leurs chants, joyeux et
variés, semblaient saluer la fraîche aurore qui montrait son beau
visage aux portes de l'orient, et secouait de ses cheveux une multitude de globules liquides. A peine la clarté du jour permit-elle
de distinguer les objets, que la première chose qui s'offrit à la vue
de Sancho Pança fut le nez de l'écuyer du Bocage, nez si formi-

-dable qu'il lui couvrait presque le corps de son ombre. On raconte
en effet que ce nez démesuré était courbé vers le milieu, semé de
verrues et d'une couleur violacée rappelant celle des aubergines.
Il dépassait de deux doigts la barbe de l'écuyer, et sa taille, sa

couleur, ses verrues et sa courbe enlaidissaient le visage du malheureux au point que Sancho, en l'apercevant, se mit à trembler.

Don Quichotte, de son côté, examina son adversaire, qui avait déjà coiffé sa salade et baissé sa visière. Notre chevalier ne put donc lui voir le visage; il remarqua seulement qu'il était de moyenne taille et trapu. Sur son armure il portait une tunique tissée d'or en apparence, ornée de brillants miroirs en forme de petites lunes qui lui donnaient véritablement bon air. Sur le cimier de sa salade se balançait un panache de plumes vertes, jaunes et blanches; sa lance, appuyée contre un arbre, était longue, grosse et armée d'un fer acéré large d'une palme. Don Quichotte conclut de son examen que le chevalier du Bocage devait être très-robuste.

« Si votre vif désir de combattre, señor chevalier, dit-il, n'altère pas votre courtoisie, je vous prie de lever un instant votre visière, afin que je puisse voir si l'aspect de votre visage répond à votre bonne mine.

— Que vous sortiez vaincu ou vainqueur de cette entreprise, señor chevalier, répondit celui des Miroirs, vous aurez tout le temps de m'examiner.

— Pendant que nous nous mettons en selle, reprit Don Quichotte, vous pouvez au moins me dire si je suis ce Don Quichotte que vous prétendez avoir vaincu.

— A cela nous vous répondons, dit le chevalier des Miroirs, que vous ressemblez, comme un œuf ressemble à un autre, au chevalier que j'ai vaincu; cependant, puisque vous m'avez déclaré que Don Quichotte est persécuté par les enchanteurs, je n'ose affirmer si votre armure contient ou non ma victime.

— Cela suffit, répondit Don Quichotte, pour me convaincre de votre erreur; si Dieu, ma dame et mon bras me secourent, je verrai votre visage et vous verrez que je ne suis pas le Don Quichotte que vous croyez avoir vaincu. »

Coupant ainsi court à l'entretien, ils se mirent en selle; Don Quichotte fit tourner bride à Rossinante afin de prendre le champ nécessaire pour revenir contre son adversaire. Don Quichotte s'était à peine éloigné de vingt pas, qu'il s'entendit appeler par le chevalier des Miroirs, qui lui cria :

« N'oubliez pas, señor chevalier, que la condition de notre combat est, ainsi que je l'ai déjà dit, que le vaincu restera à la discrétion du vainqueur.

— Je le sais, répondit Don Quichotte, pourvu néanmoins que rien de ce qui sera ordonné au vaincu ne soit en dehors des règles de la chevalerie. »

En ce moment Don Quichotte aperçut l'étrange nez de l'écuyer; il fut tout aussi surpris que Sancho, et le prit même pour un monstre ou pour un de ces hommes d'espèce nouvelle dont on ne fait pas usage dans notre monde. Sancho ne voulut pas demeurer seul avec le grand nez, craignant que d'un seul coup de son terrible appendice l'écuyer ne le mît hors de combat. Cramponné à une étrivière de Rossinante, il suivit donc son maître, et, lorsqu'il vit Don Quichotte prêt à faire volte-face, il lui dit :

« Je supplie Votre Grâce, señor, de m'aider à grimper sur ce liége, d'où je verrai mieux que du sol votre brillante rencontre avec ce chevalier.

— Je crois plutôt, Sancho, répondit Don Quichotte, que tu veux t'exhausser afin de contempler les taureaux sans péril.

— S'il faut dire la vérité, reprit Sancho, le nez de cet écuyer m'épouvante.

— Ce nez est si monstrueux, en effet, répondit Don Quichotte, que si je n'étais qui je suis, il m'épouvanterait moi-même. »

Pendant que Don Quichotte aidait Sancho à grimper sur le liége, le chevalier des Miroirs avait pris le champ qui lui convenait. Persuadé que Don Quichotte en avait fait autant, sans attendre le son d'une trompette ou tout autre signal, il rendit la bride à son cheval qui n'était ni plus léger ni de meilleur aspect que Rossinante, et, à bride abattue, c'est-à-dire à un trot modéré, il revint à la rencontre de l'ennemi. Le voyant occupé à aider Sancho, il s'arrêta au milieu de sa carrière, ce dont le cheval fut enchanté, car il ne pouvait déjà plus remuer. Don Quichotte, qui crut voir son adversaire fondre sur lui avec la rapidité d'un faucon, piqua vigoureusement de l'éperon les maigres flancs de Rossinante, et le pressa si fort que l'histoire raconte que ce fut la seule fois que la bête faillit galoper, attendu que, dans toutes les autres

occasions, ses courses n'étaient que des trots bien avérés. Don
Quichotte, avec cette impétuosité, arriva près du chevalier des
Miroirs, lequel enfonçait ses éperons dans le ventre de sa monture,
sans réussir à la faire bouger de l'endroit où elle s'était arrêtée.
Ce fut dans cette position favorable que notre chevalier atteignit
le provocateur, celui-ci étant aux prises avec son cheval et embarrassé par sa lance, qu'il ne parvenait pas à relever ou qu'il
n'eut pas le temps de mettre en arrêt. Don Quichotte, qui ne se
préoccupait guère de pareils contre-temps, affronta le choc sans
aucun péril, et porta un tel coup au chevalier des Miroirs que,
bon gré mal gré, il le fit descendre de cheval par la croupe. Le
vaincu tomba si lourdement sur le sol qu'il y demeura étendu

sans plus remuer qu'un mort. A peine Sancho l'eut-il vu choir,
qu'il se glissa à bas de son liège et rejoignit à la hâte son maître
qui, mettant pied à terre, s'approcha du chevalier des Miroirs, lui
dénoua les cordons de l'armure afin de voir s'il était mort, et pour
lui donner de l'air s'il respirait encore. Il vit alors, — qui pourra
dire ce qu'il vit sans émerveiller ceux qui l'entendront? — il vit,
dit l'histoire, les traits, le visage, la physionomie du bachelier
Samson Carrasco, et aussitôt il cria :

« Accours, Sancho, et contemple ce que tu verras, sans y croire;

hâte-toi, fils, et remarque ce que peut la magie, ce que peuvent les sorciers et les enchanteurs. »

Sancho arriva ; lorsqu'il reconnut le visage du bachelier Samson Carrasco, il se mit à se signer et à réciter des oraisons.

« Mon avis, señor, dit-il, est que, sans plus de scrupule, Votre Grâce fourre son épée dans la bouche de celui qui paraît être le bachelier Samson Carrasco ; peut-être tuerez-vous ainsi un des enchanteurs vos ennemis.

— Tu as raison, répondit Don Quichotte ; en fait d'ennemis, un de moins est autant de gagné. »

Il tirait son épée afin de suivre le conseil donné par Sancho, lorsque l'écuyer du chevalier des Miroirs s'approcha dépourvu du nez qui le rendait si laid, et se mit à crier :

« Que Votre Grâce prenne garde à ce qu'elle va faire, señor Don Quichotte ; celui qui est à vos pieds est le bachelier Samson Carrasco votre ami, et je suis son écuyer. »

Sancho, le voyant sans sa difformité première, s'écria à son tour:
« Et le nez?

— Je l'ai dans ma poche, » répliqua l'autre.

Fouillant en effet dans ses chausses, il en tira un nez de carton verni, semblable à ceux des masques. Sancho, regardant l'écuyer avec plus d'attention, dit avec surprise :

« Que sainte Marie me protége! N'est-ce pas là Tomé Cécial, mon voisin et mon compère?

— Oui, répondit l'écuyer sans nez; je suis Tomé Cécial, compère et ami Sancho Pança, et je vous conterai tout à l'heure les mensonges et les détours par lesquels je suis arrivé jusqu'ici. En attendant, suppliez votre maître de ne pas maltraiter, blesser ou tuer le chevalier des Miroirs, qui est à ses pieds ; car, sans aucun doute, c'est l'audacieux et malavisé bachelier Samson Carrasco, notre compatriote. »

En ce moment, le chevalier des Miroirs reprit ses sens, ce que voyant, Don Quichotte lui plaça la pointe nue de son épée au-dessus du visage en lui disant :

« Vous êtes mort, chevalier, si vous ne confessez que l'incomparable Dulcinée l'emporte en beauté sur votre Casildée de Vandalie; en outre, vous allez promettre de vous rendre à la ville du Toboso et de vous présenter de ma part devant ma dame, afin qu'elle fasse de vous ce qui lui plaira.

— Je confesse, dit le chevalier tombé, que le soulier de madame Dulcinée vaut mieux que la barbe de Casildée, et je promets d'aller en sa présence et de revenir vous rendre compte de ce que vous me demandez.

— Il vous faut aussi confesser et croire, ajouta Don Quichotte, que le chevalier que vous avez vaincu n'était pas et ne pouvait pas être Don Quichotte de la Manche ; de même que je confesse et crois que vous n'êtes pas le bachelier Samson Carrasco, mais quelqu'un à qui mes ennemis ont donné sa figure pour contenir et dissiper l'impétuosité de ma colère.

— Je confesse, juge et sens comme vous jugez, croyez et sentez, répondit le moulu chevalier; je vous prie maintenant de me laisser me relever. »

Sancho ne se lassait pas de regarder l'écuyer; il l'interrogeait et restait de plus en plus convaincu, à chaque réponse qu'il recevait, que son compagnon était véritablement le Tomé Cécial qu'il prétendait être. Mais l'impression produite sur l'esprit de Sancho par l'assertion de son maître, qui soutenait que les enchanteurs avaient changé le visage du chevalier des Miroirs en celui du bachelier Carrasco, le faisait douter de la vérité que lui montraient ses yeux. Enfin, maître et serviteur demeurèrent dans cette croyance, et le chevalier des Miroirs, ainsi que son écuyer, tous deux vexés et mal errants, se séparèrent de Don Quichotte et de Sancho avec l'intention de chercher un endroit où l'on pût emplâtrer et remettre les côtes d'un blessé. Don Quichotte et Sancho continuèrent leur route vers Saragosse, où l'histoire les abandonne pour dire qui étaient le chevalier des Miroirs et son écuyer.

CHAPITRE XIV

Où l'on raconte et révèle qui étaient le chevalier des Miroirs et son écuyer.

ON QUICHOTTE s'en allait content, fier, glorieux de la victoire remportée sur le chevalier des Miroirs qu'il regardait comme un vaillant ennemi, et il espérait apprendre, grâce à la chevaleresque promesse du vaincu, si l'enchantement de madame Dulcinée persistait; le chevalier, sous peine de ne pas l'être, devant forcément revenir lui rendre compte de son entrevue avec elle. Mais Don Quichotte pensait d'une façon et le chevalier des Miroirs d'une autre; car ce dernier, pour le moment, ne songeait qu'à trouver un endroit où se faire couvrir d'emplâtres, ainsi qu'il a été dit.

Or l'histoire rapporte que le bachelier Samson Carrasco, avant de conseiller à Don Quichotte de se remettre en campagne, s'était concerté avec le curé et le barbier sur le meilleur moyen à employer pour obliger leur ami à rester paisiblement chez lui. Il résulta de cette conférence, et sur la proposition particulière de Carrasco, qu'il fallait laisser partir Don Quichotte, puisque le retenir était impossible. Après son départ, Samson, sous l'aspect d'un chevalier errant, devait aller à sa rencontre sur la grande route, engager avec lui un combat pour lequel les motifs ne manqueraient pas; il le vaincrait, la chose lui paraissait facile, et les conditions de la lutte

obligeraient le vaincu à rester à la merci du vainqueur. Don Quichotte désarçonné, le bachelier-chevalier comptait lui ordonner de
retourner dans son village et de ne pas sortir de sa demeure avant
deux années écoulées, ou jusqu'à ce que le vainqueur ordonnât
autre chose. Il était clair que Don Quichotte tiendrait religieuse-
ment sa parole, afin de ne pas enfreindre les lois de la chevalerie.
Il pouvait arriver que, pendant la durée de cette reclusion, il ou-
bliât ses bizarreries, ou qu'on eût le temps de trouver un remède
efficace à sa folie.

Carrasco se chargea donc de l'entreprise, et Tomé Cécial, compère et voisin de Sancho Pança, homme de joyeuse humeur et
d'esprit vif, offrit de lui servir d'écuyer. Samson Carrasco s'arma,
ainsi qu'il a été raconté, et Tomé Cécial, pour ne pas être reconnu
de son compère lorsqu'il le rencontrerait, surmonta son nez naturel
du faux nez de carton déjà mentionné. Ils avaient suivi la même
route que Don Quichotte, et il s'en était fallu de bien peu qu'ils ne

se trouvassent à l'aventure du char de la Mort. Enfin, ils découvrirent ceux qu'ils cherchaient dans le bois où il leur arriva ce que le sage lecteur a lu. Sans les pensées extravagantes de Don Quichotte, qui se persuada que le bachelier n'était pas le bachelier, celui-ci demeurait à tout jamais empêché de prendre son grade de licencié, n'ayant pas même trouvé de nid là où il croyait trouver des oiseaux.

Tomé Cécial, voyant combien leur projet avait mal tourné, et le mauvais résultat de leur voyage, dit au bachelier :

« En vérité, señor Samson Carrasco, nous avons ce que nous méritons. On imagine et l'on commence facilement une entreprise; mais, le plus souvent, on en sort avec peine. Don Quichotte est fou, nous sommes sensés, et il se retire sain et satisfait, tandis que Votre Grâce reste triste et moulue. Voyons maintenant lequel est le plus fou : celui qui l'est ne pouvant être autrement, ou celui qui le devient par sa volonté?

— La différence qu'il y a entre les deux fous, répondit le bachelier, c'est que celui qui l'est malgré lui le sera toujours, et que celui qui l'est volontairement cessera de l'être quand il le voudra.

— Puisqu'il en est ainsi, reprit Tomé Cécial, et que j'ai été fou volontairement lorsque j'ai consenti à servir d'écuyer à Votre Grâce, par cette même volonté je veux cesser de l'être et retourner à mon logis.

— C'est votre affaire, répondit Samson ; quant à penser que je rentrerai dans le mien avant d'avoir moulu Don Quichotte de coups de bâton, c'est croire l'impossible. »

Ils s'entretinrent ainsi jusqu'à l'instant où ils arrivèrent dans un village ; là, un rebouteur pansa le malheureux Samson. Tomé Cécial quitta son compagnon pour regagner son village, et le bachelier resta seul, songeant à sa vengeance. Plus tard, l'histoire reparle de lui, mais elle l'abandonne pour le moment afin de se réjouir avec Don Quichotte.

CHAPITRE XV

De ce qui arriva à Don Quichotte avec un sage gentilhomme de la Manche.

 DON QUICHOTTE continuait sa route et s'imaginait, en raison de sa dernière victoire, être le plus brave chevalier errant que possédât le monde. Il tenait pour terminées et achevées, à sa satisfaction, autant d'aventures qu'il pourrait lui en arriver désormais.

Enfin notre chevalier se disait que, s'il trouvait un moyen quelconque de désenchanter sa dame Dulcinée, il n'aurait rien à envier au plus heureux chevalier des siècles passés. Il marchait absorbé par ces pensées, lorsque Sancho lui dit :

« N'est-il pas singulier, señor, que j'aie encore devant les yeux le nez formidable de mon compère Tomé Cécial ?

— Crois-tu donc par hasard, Sancho, que le chevalier des Miroirs soit le bachelier Carrasco, et que son écuyer soit Tomé Cécial, ton compère ?

— Je ne sais qu'en penser, répondit Sancho ; ce qui est certain, c'est qu'il m'a donné sur ma maison, ma femme et mes enfants, des renseignements que nul autre que lui ne pouvait me donner.

— Parlons raison, Sancho, répliqua Don Quichotte. Voyons, quel esprit peut imaginer que le bachelier Samson Carrasco, armé de pied en cap, soit venu se présenter pour se battre avec moi ?

— Alors que dirons-nous, señor, répondit Sancho, de la ressemblance de ce chevalier et de cet écuyer avec le bachelier Carrasco et mon compère Tomé Cécial ?

— Tout n'est qu'artifice et apparence, répondit Don Quichotte, ou tromperies des méchants magiciens qui me persécutent. Souviens-toi de Dulcinée.

— Dieu connaît le fin mot de tout cela, » répondit Sancho.

Et comme il savait que la métamorphose de Dulcinée n'était qu'une fourberie de son invention, les chimères de son maître ne le satisfaisaient pas. Cependant il ne voulut pas répliquer, dans la crainte de lâcher un mot qui révélât sa supercherie. Le maître et l'écuyer discutaient à ce propos, lorsqu'ils furent rejoints par un cavalier vêtu d'un gaban de fin drap vert, garni de velours fauve, et coiffé d'un bonnet de même étoffe. Arrivé près de nos aventuriers, le voyageur les salua courtoisement, et piqua sa monture pour passer outre.

« Señor, lui dit Don Quichotte, si Votre Grâce suit le même chemin que nous et qu'il ne lui importe pas d'aller vite, nous serons heureux de cheminer en sa compagnie. »

Le voyageur ralentit le pas de sa monture, surpris de la tournure et du visage de Don Quichotte qui marchait tête nue, Sancho
portant la salade comme une valise, à l'arçon du bât de l'âne.
L'attention avec laquelle le voyageur l'examinait n'échappa pas à
Don Quichotte, qui devina sa curiosité; et comme dans sa courtoisie
il se complaisait toujours à être agréable, il prévint ses questions.

« La tenue que Votre Grâce remarque en moi, dit-il, est si nouvelle et si en dehors de celles qui sont en usage, que je ne serais
pas étonné qu'elle l'émerveillât; la surprise de Votre Grâce cessera
lorsqu'elle saura que je suis un de ces chevaliers qui cherchent les
aventures. J'ai abandonné ma patrie, engagé mes biens, renoncé à
mes loisirs, pour me jeter dans les bras de la fortune afin qu'elle
m'emporte où il lui plaira. J'ai voulu ressusciter la défunte chevalerie errante, et il y a longtemps que, trébuchant ici, tombant là,
roulant ailleurs, me relevant plus loin, j'ai réalisé en grande
partie mes desseins, en secourant les veuves, en soutenant les
damoiselles, en protégeant les dames mariées, les orphelins et les
mineurs, office propre et naturel aux chevaliers errants. Enfin,
pour tout résumer en deux mots ou plutôt en un seul, je suis Don
Quichotte de la Manche, nommé aussi le Chevalier de la Triste-
Figure. »

Don Quichotte se tut; l'homme aux habits verts tarda si longtemps à répondre, qu'on eût dit que les expressions lui manquaient.
Au bout d'un long intervalle, il dit enfin :

« Mon hésitation, señor chevalier, vous a fait deviner ma curiosité; mais vous n'avez pas réussi à dissiper la surprise que me
cause votre vue. Quoi, il existerait de nos jours des chevaliers
errants? Je ne puis me persuader qu'il y ait encore sur la terre des
gens qui aident les veuves, soutiennent les jeunes filles, honorent
les dames et secourent les orphelins, et je ne le croirais pas si je ne
le voyais en vous de mes yeux. Béni soit le ciel! Les hauts faits
chevaleresques de Votre Grâce feront oublier les contes innombrables
de ces chevaliers imaginaires dont le monde est rempli.

— Il y a beaucoup à dire, répondit Don Quichotte, sur la question
de savoir si les histoires des chevaliers errants sont feintes ou
véritables.

— Quelqu'un doute-t-il de la fausseté de ces histoires? s'écria l'homme aux habits verts.

— J'en doute, pour ma part, répliqua Don Quichotte; mais n'en disons pas plus; si notre voyage dure, j'espère en Dieu arriver à convaincre Votre Grâce qu'elle a tort de suivre l'opinion de ceux qui affirment que ces histoires sont fantastiques. »

Cette dernière remarque de Don Quichotte fit soupçonner au voyageur que son compagnon devait être fou, et il en attendit d'autres pour s'en assurer. Avant de passer à un nouveau sujet d'entretien, Don Quichotte pria son interlocuteur de lui dire qui il était, puisque lui-même l'avait mis au courant de sa vie et de son état.

« Moi, señor Chevalier de la Triste-Figure, répondit l'homme au gaban vert, je suis un hidalgo né dans un village où nous irons dîner aujourd'hui, s'il plaît à Dieu. Je suis plus que médiocrement riche, et je m'appelle don Diégo de Miranda. Ma vie s'écoule entre ma femme, mes enfants et mes amis; mes exercices sont la chasse et la pêche. Cependant, je n'entretiens ni faucons, ni lévriers, mais un chien d'arrêt docile ou un furet hardi. Je possède environ six douzaines de volumes, les uns en espagnol, les autres en latin, quelques-uns d'histoire, d'autres de dévotion. Quant aux livres de chevalerie, ils n'ont jamais franchi le seuil de ma porte. De temps à autre, je dîne chez mes amis et je les invite souvent. Mes repas sont servis avec propreté et abondance. Je n'aime pas à médire et je ne permets pas qu'on médise devant moi; je ne scrute pas la vie des autres et ne suis pas aux aguets pour savoir ce qu'ils font. Je partage mes biens avec les pauvres, sans me vanter de mes bonnes œuvres, afin de ne pas laisser entrer dans mon cœur l'hypocrisie et la vanité, ennemis qui se glissent doucement dans l'âme la plus modeste. Je cherche à rétablir la bonne harmonie entre ceux qui sont brouillés, je suis dévot à la Vierge, et je me fie toujours à la miséricorde infinie du Seigneur. »

Sancho avait écouté avec beaucoup d'attention l'histoire de la vie et des amusements de l'hidalgo. Il se jeta à bas de son grison, saisit à la hâte l'étrier droit du voyageur et lui baisa le pied à plusieurs reprises.

« Que faites-vous, frère? s'écria le voyageur en voyant cette
action. Quels baisers sont-ce là?

— Laissez-moi baiser votre pied, répondit Sancho, car il me
semble que Votre Grâce est le premier sage que j'aie vu de ma vie.

— Je ne suis pas un sage, répondit l'hidalgo, mais un grand
pécheur; vous, frère, vous devez être bon; du moins votre simplicité le prouve. »

Sancho remonta sur son bât, ayant réussi à tirer un éclat de
rire de la mélancolie profonde de son maître, et il surprit de nouveau
don Diégo, auquel Don Quichotte demanda combien il avait d'enfants. Il ajouta que les anciens philosophes faisaient consister le
bonheur suprême dans la profusion des biens de la nature et de la
fortune, et dans celle de nombreux amis et de vertueux enfants.
Enfin, notre chevalier fit une de ces harangues sensées qui surprenaient toujours ses interlocuteurs.

Le voyageur au gaban vert demeura si surpris du discours de Don
Quichotte, qu'il cessa peu à peu de le prendre pour un fou. Vers le
milieu de la conversation, Sancho s'était écarté du chemin pour
demander un peu de lait à des pasteurs qui, non loin de là,
trayaient leurs brebis. Au moment où l'hidalgo, satisfait des raisonnements et de l'esprit de Don Quichotte, se disposait à lui
répondre, le chevalier releva la tête et découvrit, sur la route qu'ils
suivaient, un chariot surmonté de bannières aux armes royales.
Considérant que ce devait être là une nouvelle aventure, il appela
à grands cris Sancho. Celui-ci, s'entendant appeler, laissa les bergers, talonna en toute hâte le grison, et rejoignit son maître auquel
arriva une épouvantable et extraordinaire aventure.

CHAPITRE XVI

Où se montre la dernière limite qu'atteignit et que pouvait atteindre le courage de Don Quichotte, et où se voit l'heureuse façon dont se termina l'aventure des lions.

'HISTOIRE raconte qu'au moment où Don Quichotte appela Sancho, l'écuyer était en train
d'acheter un fromage blanc à des bergers;
dans sa hâte d'obéir, ne sachant que faire
dudit fromage et ne voulant pas perdre
une denrée qu'il avait payée, il eut l'idée
de la déposer dans la salade du chevalier.
Après cette bonne précaution, il accourut savoir ce que voulait
Don Quichotte, qui lui cria :

« Donne-moi cette salade, ami ; ou je me connais peu en aventures, ou ce que j'aperçois en est une qui va m'obliger à prendre
les armes. »

L'homme au gaban vert entendit ces paroles, regarda de tous
côtés, et ne découvrit autre chose qu'un chariot qui venait à leur rencontre, surmonté de deux ou trois petits drapeaux. Il présuma que
ce chariot devait porter de l'argent appartenant au roi, et le dit à
Don Quichotte. Celui-ci, toujours persuadé qu'il ne pouvait lui
arriver qu'aventure sur aventure, refusa de croire l'hidalgo et
répondit :

« Le danger découvert est à demi conjuré ; je ne perds rien à
me tenir sur mes gardes. »

Se tournant alors vers Sancho, il lui demanda la salade ; celui-ci,
n'ayant pas eu le temps de retirer son fromage, dut la donner telle
quelle. Don Quichotte s'en empara sans remarquer ce qu'elle contenait, et s'en coiffa. Le fromage, ainsi pressé, laissa suinter aus-

22

sitôt le petit-lait sur le visage de Don Quichotte, qui s'écria épouvanté :

« Qu'est-ce que cela, Sancho? On dirait que mon crâne est
ramolli, que ma cervelle se fond ou que je sue des pieds à la tête.
Je crois que l'aventure qui va m'arriver sera terrible; en attendant,
donne-moi, si tu peux, quelque chose pour essuyer cette copieuse
sueur qui m'aveugle. »

Sancho se tut, présenta un mouchoir à son maître, rendant
grâce à Dieu qu'il n'eût pas découvert la cause de la mésaventure.
Don Quichotte s'essuya, retira sa salade afin de voir ce qui lui
rafraîchissait la tête, et, apercevant une bouillie blanche au fond de
son casque, il l'approcha de son nez :

« Par la vie de ma souveraine Dulcinée du Toboso, dit-il, c'est
du fromage que tu as mis là dedans, écuyer déloyal, impudent et
mal élevé !

— Si c'est du fromage, répondit Sancho avec beaucoup de
flegme, donnez-le-moi, je le mangerai; mais que le diable, qui l'a
placé là, le mange plutôt lui-même. Comment, moi, j'aurais eu
l'audace de salir l'armet de Votre Grâce? En vérité, señor, Dieu
me donne à entendre que je dois avoir aussi des enchanteurs qui
me persécutent. Ce sont eux qui auront déposé là ces immondices
pour exciter votre colère et me faire moudre les côtes comme d'habitude. Pour cette fois, ils auront sauté dans le vide, car je me fie
au bon jugement de mon maître qui a déjà réfléchi que je n'ai ni
fromage, ni lait, ni rien qui y ressemble; et que si j'en avais, je les
mettrais plutôt dans mon estomac que dans la salade.

— Tout cela peut être, » répondit Don Quichotte.

L'hidalgo regardait et s'étonnait, surtout lorsqu'il vit Don Quichotte, après s'être nettoyé la tête, le visage, la barbe, et avoir vidé
la salade, s'en coiffer, s'affermir sur ses étriers, tirer à demi son
épée du fourreau et s'écrier en empoignant sa lance :

« Vienne à présent qui voudra, je suis d'humeur à me mesurer
avec Satan en personne. »

Le chariot aux bannières approchait, sans autre escorte que le
charretier, monté sur une des mules, et un homme assis sur le
siége. Don Quichotte se plaça en face d'eux et s'écria :

« Où allez-vous, frères? Quel est ce chariot? Que contient-il?
et quelles sont ces bannières?

— Ce chariot est à moi, répondit le charretier, il contient deux
lions féroces, enfermés dans des cages, que le commandant d'Oran
envoie à Sa Majesté.

— Sont-ils grands ces lions? demanda Don Quichotte.

— Si grands, répondit l'homme monté sur le siége, que jamais
plus grands n'ont été amenés d'Afrique en Espagne. »

Don Quichotte, souriant légèrement, répondit :

« Des petits lions à moi, à moi des petits lions, et à une heure
pareille! De par Dieu, ceux qui les envoient verront si je suis un
homme que des lions épouvantent! Mettez pied à terre, brave
homme, et, puisque vous êtes le conducteur, ouvrez cette cage et
lâchez-moi ces bêtes; c'est au milieu de cette campagne que je
leur ferai connaître qui est Don Quichotte de la Manche, pour
l'édification de ceux qui me les envoient.

— Ta, ta, ta, se dit à lui-même l'hidalgo, notre bon chevalier
vient de découvrir ce qu'il est. »

En ce moment, Sancho s'approcha de lui et dit :

« Au nom de Dieu, señor, que Votre Grâce s'interpose afin que
mon maître ne combatte pas ces lions.

— Votre maître est-il donc si fou? demanda l'hidalgo, que vous
croyiez qu'il s'attaquera à ces animaux sauvages?

— Il n'est pas fou, mais audacieux, répondit Sancho.

— Je ferai en sorte qu'il ne le soit pas, » répondit l'hidalgo.

S'adressant alors à Don Quichotte, qui pressait le gardien des
lions d'ouvrir les cages, il lui dit :

« Un chevalier errant, señor, ne doit entreprendre que des aventures qui laissent quelque espoir d'en bien sortir. Ces lions ne
viennent pas en ennemis de Votre Grâce, ils n'y songent même pas;
ce sont des présents pour Sa Majesté, et il ne sera pas bien d'interrompre leur voyage.

— Que Votre Grâce, señor hidalgo, répondit Don Quichotte,
s'occupe de son chien d'arrêt docile et de son hardi furet, et laisse
chacun accomplir son métier. Ceci est de mon ressort, et je ne me
mets pas en peine de savoir si ces seigneurs lions arrivent ou non

pour moi. Je jure Dieu, don coquin, ajouta-t-il en se tournant vers le conducteur, que si vous n'ouvrez ces cages sur l'heure, je vous cloue de cette lance contre le chariot. »

Le charretier, voyant la résolution de ce fantôme armé, lui dit :

« Que Votre Grâce, señor, daigne me permettre, par charité, de dételer mes mules et de me mettre à l'abri avec elles avant que l'on rende aux lions leur liberté.

— Homme de peu de foi, répondit Don Quichotte, mets pied à terre, dételle et fais ce que tu voudras; mais tu verras promptement que tu aurais pu t'épargner cette peine. »

Le charretier mit pied à terre, détela à la hâte, et le gardien s'écria à haute voix :

« Que les personnes ici présentes soient témoins que j'ouvre les cages contre ma volonté, et que je rends ce seigneur responsable du mal que pourront faire ces bêtes, de mon salaire et de mes autres droits. »

L'hidalgo tenta de nouveau de persuader à Don Quichotte de ne pas commettre une pareille folie, déclarant que c'était tenter Dieu que d'entreprendre une semblable extravagance. Don Quichotte répondit qu'il savait ce qu'il faisait. L'hidalgo répliqua qu'il devait prendre garde, qu'il était convaincu qu'il se trompait.

« Après tout, señor, dit Don Quichotte, si Votre Grâce ne veut pas être spectateur de ce qui, à votre avis, va devenir une tragédie, piquez votre cheval et retirez-vous. »

A cette réponse, Sancho, les larmes aux yeux, supplia son maître de renoncer à cette entreprise, en comparaison de laquelle les prouesses qu'il avait accomplies depuis sa naissance n'étaient que de l'eau claire.

« Considérez, señor, dit l'écuyer, qu'il n'y a ici ni enchantement ni rien qui y ressemble; j'ai vu, à travers la grille de la cage, une griffe véritable, et j'en conclus que le lion qui a une telle griffe, doit être plus grand qu'une montagne.

— La peur te le fera paraître pour le moins plus grand que la moitié du monde, répondit Don Quichotte. Retire-toi, Sancho; si je meurs ici, tu connais notre ancienne convention, tu te rendras près de Dulcinée; je ne t'en dis pas plus. »

A ces paroles il en ajouta quelques autres qui firent perdre l'espoir de le voir renoncer à son extravagant projet. Le voyageur au gaban vert eût voulu s'y opposer par la force, mais, vu l'inégalité de ses armes, il ne lui parut pas sage de se battre avec un fou fieffé tel que Don Quichotte lui paraissait être. Notre chevalier, recommençant à presser le gardien des lions et à réitérer ses menaces, donna le temps à l'hidalgo d'éperonner sa jument, à Sancho de talonner son grison, au charretier d'entraîner ses mules, chacun cherchant à s'éloigner le plus possible avant que les lions sortissent de leur cage. Sancho pleurait la mort de son maître, persuadé qu'il la recevrait cette fois de la griffe des lions. Il maudissait son sort et l'heure où il lui était venu à la pensée de servir de nouveau Don Quichotte. Néanmoins, tout en pleurant et en se lamentant, il ne cessait de bâtonner son grison pour l'éloigner du chariot.

Le gardien, trouvant que ceux qui fuyaient étaient à une distance suffisante, renouvela les remontrances qu'il avait déjà adressées à Don Quichotte. Celui-ci lui ordonna de cesser ses réclamations inutiles et de se hâter. Durant le temps que mit le conducteur à ouvrir la première cage, Don Quichotte réfléchit, afin de décider s'il fallait livrer le combat à pied ou à cheval. Il se détermina à combattre à pied, craignant que Rossinante ne s'épouvantât à la vue des lions. Il descendit donc de sa monture, rejeta sa lance, embrassa son écu, dégaina son épée, puis, pas à pas, avec une merveilleuse intrépidité et un cœur indomptable, il vint se placer devant le chariot, se recommandant du fond de son âme à Dieu et à sa dame Dulcinée.

Le gardien des animaux ayant vu Don Quichotte en posture, et ne pouvant se dispenser de lâcher le lion mâle, sous peine de tomber sous les coups du colérique chevalier, ouvrit à deux battants la première cage. On vit alors la taille extraordinaire, l'épouvantable aspect de la noble bête dont la première action fut de s'étendre paresseusement et d'étirer ses pattes. Il ouvrit ensuite la gueule, bâilla tranquillement, et, à l'aide d'une langue longue de deux palmes, il se lécha la patte, se frotta les yeux et se débarbouilla. Cela fait, il passa la tête en dehors de la cage, regarda de

tous côtés avec des prunelles semblables à deux charbons ardents,
regard et geste suffisants pour épouvanter la témérité elle-même.

Don Quichotte seul osa le regarder, désirant qu'il sautât du chariot
et vînt se mesurer avec lui, combat dans lequel il comptait le mettre
en pièces.

Voilà à quel excès son incroyable folie entraîna notre chevalier ;
mais le généreux lion, plus sage qu'arrogant, dédaignant les bra-
vades, après avoir regardé à droite et à gauche, ainsi qu'il a été dit,
montra son train de derrière à Don Quichotte et s'étendit de nouveau dans la cage. A cette vue, Don Quichotte ordonna au gardien
de le frapper pour l'obliger à sortir.

« Voilà ce que je ne ferai pas, répondit le gardien ; si je l'irrite,
le premier qu'il mettra en morceaux ce sera moi. La grandeur

d'âme de Votre Grâce est maintenant bien prouvée; un brave combattant, à mon avis, peut se borner à défier son ennemi et à
l'attendre. Si l'adversaire ne se présente pas, il recueille l'infamie,
et celui qui l'a attendu remporte la couronne de la victoire.

— C'est vrai, répondit Don Quichotte; ferme la porte, ami, et
dans la meilleure forme que tu pourras, donne-moi un certificat de
ce que tu m'as vu accomplir ici. Je vais faire signe aux fuyards et
aux absents de revenir, pour qu'ils apprennent cette prouesse de ta
bouche. »

Le gardien obéit. Don Quichotte, plaçant sur la pointe de sa
lance le linge avec lequel il s'était nettoyé le visage de la pluie de
fromage, se mit à appeler ceux qui ne cessaient de fuir. Sancho,
ayant remarqué le signal, s'écria :

« Qu'on me tue, si mon maître n'a pas vaincu les bêtes féroces,
car il nous appelle. »

Chacun s'arrêta et reconnut que celui qui agitait le signal était
Don Quichotte. Perdant en partie leur peur, les fuyards se rapprochèrent peu à peu, jusqu'à entendre clairement la voix du chevalier
qui les appelait. Enfin ils rejoignirent le chariot, et Don Quichotte
dit au charretier :

« Rattelez vos mules, frère, et continuez votre voyage; toi,
Sancho, donne-lui deux écus d'or pour lui et pour le gardien, à
titre de dédommagement de la perte de temps que je leur ai
causée.

— Je les donnerai de très-bon cœur, répondit Sancho; mais que
sont devenus les lions? sont-ils vivants ou morts? »

Alors le gardien, lentement et avec des pauses, raconta la fin
de l'aventure, exagérant de son mieux le courage de Don Quichotte,
à la vue duquel le lion terrifié n'avait pas osé sortir de la cage,
bien que la porte fût restée ouverte un bon moment.

« Que t'en semble, Sancho? dit Don Quichotte. Y a-t-il des
enchantements qui puissent prévaloir contre la véritable valeur? »

Sancho donna les écus, le charretier attela ses mules, le gardien
baisa les mains de Don Quichotte pour la récompense reçue, et lui
promit de raconter ce vaillant exploit au roi lui-même, lorsqu'il le
verrait à la cour.

« Si par hasard Sa Majesté demande qui l'a accompli, s'écria
Don Quichotte, vous lui répondrez que c'est le *Chevalier des Lions ;*
dorénavant je veux changer, troquer et transformer ainsi le nom de
Chevalier de la Triste-Figure. »

Le chariot continua sa route ; Don Quichotte, Sancho et l'homme
au gaban vert reprirent la leur.

Durant cette scène, don Diégo de Miranda n'avait soufflé mot,
attentif à écouter et à noter les faits et les paroles de Don Quichotte, qui lui semblait un sage à demi fou, ou un fou qui ressemblait à un sage. Quelle plus grande folie peut-il y avoir que de
coiffer une salade pleine de fromage blanc et de croire que des
enchanteurs vous ramollissent le crâne ? Quelle plus grande témérité et extravagance que de vouloir à toute force se battre contre
des lions ?

Don Quichotte le tira de ce soliloque et de ces pensées en lui
disant :

« Qui peut douter, señor don Diégo, que Votre Grâce ne me
tienne en bonne conscience pour un homme extravagant et fou ? et
il ne serait pas surprenant qu'il en fût ainsi, mes actions ne pouvant prouver autre chose. Cependant, je veux que Votre Grâce
remarque que je ne suis ni si fou ni si insensé que je dois le paraître.
Il sied bien à un chevalier, couvert d'armes resplendissantes, de
parcourir la lice devant les dames dans un joyeux tournoi, et il
sied bien à tous les gentilshommes, dans les exercices militaires ou
dans ceux qui leur ressemblent, d'honorer pour ainsi dire la cour de
leurs princes. Comme le sort a fait de moi l'un des membres de la
chevalerie errante, je ne puis m'empêcher d'entreprendre tout ce
qui me paraît ressortir de la juridiction de ma profession. Il
m'appartenait donc de combattre les lions que j'ai combattus tout à
l'heure, bien que j'eusse reconnu que c'était une témérité hors
ligne. Je sais bien, croyez-le, ce que c'est que la valeur, vertu qui
tient le milieu entre deux vices extrêmes, la lâcheté et la témérité.
Mais il sonne mieux aux oreilles de ceux qui en entendent parler
que l'on dise : « Tel chevalier est audacieux et téméraire, » que :
« Tel chevalier est timide et lâche. »

— Je déclare, señor Don Quichotte, répondit don Diégo, que tout

ce que Votre Grâce a dit et fait est conforme à la droite raison.
Hâtons-nous, je vous prie, l'heure avance; tâchons d'atteindre mon
village et ma maison, où Votre Grâce se reposera de son travail
passé qui, s'il n'a pas fatigué le corps, a fatigué l'esprit, ce dont les
membres se ressentent toujours un peu. »

Et pressant leurs chevaux, ils atteignirent vers deux heures le
village et la demeure de don Diégo, que Don Quichotte nommait le
chevalier du Vert-Gaban.

CHAPITRE XVII

Où se racontent les noces de Camache le riche.

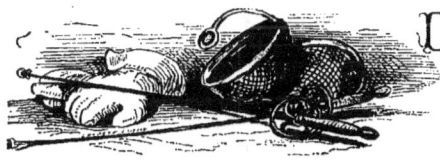

ON QUICHOTTE n'était encore qu'à peu de distance du village de don Diégo, chez lequel il avait passé trois jours, lorsqu'il rencontra deux étudiants chevauchant sur des montures à longues oreilles. L'un des étudiants, en guise de valise, portait quelques hardes enveloppées dans une toile verte, tandis que son compagnon ne portait que deux fleurets neufs et boutonnés.

Don Quichotte les salua, et apprenant qu'ils suivaient le même chemin que lui, il leur offrit sa compagnie, les priant de modérer le pas de leurs ânes qui marchaient plus vite que Rossinante. Afin de les y engager, il leur fit connaître en peu de mots son nom, sa qualité, sa profession de chevalier errant, et leur raconta qu'il parcourait le monde à la recherche d'aventures. Il ajouta qu'il s'appelait Don Quichotte de la Manche, surnommé le *Chevalier des Lions*.

« Si Votre Grâce, señor chevalier, dit l'un des étudiants, ne suit pas un chemin déterminé, venez avec nous; vous verrez une des plus belles noces qui se soient célébrées jusqu'à présent dans la Manche. »

Don Quichotte demanda s'il s'agissait du mariage de quelque prince pour qu'on en parlât ainsi.

« Il ne s'agit que du mariage d'un paysan et d'une paysanne, répondit l'étudiant; le fiancé est le plus riche propriétaire de la

contrée, et la fiancée la plus belle fille qu'on ait jamais vue. La
pompe avec laquelle ce mariage va s'accomplir est aussi neuve que
singulière ; on le célèbre dans un pré, situé non loin du village de
la fiancée, jeune personne de dix-huit ans que l'on nomme par
excellence Quitéria la belle. Le fiancé s'appelle Camache le riche,
il est âgé de vingt-deux ans. Camache est généreux, et l'envie lui
est venue de couvrir la prairie entière de branchages, de façon
que le soleil aura quelque peine à pénétrer, s'il veut rendre visite
à l'herbe fraîche qui tapisse le sol. Le futur a fait aussi organiser
des danses d'épées et de grelots. Pour ce qui est des danseurs de
zapateo, je n'en dis rien ; il en a invité une cohue. »

La nuit était venue ; mais, avant que les voyageurs atteignissent
le village, ils crurent l'apercevoir au milieu d'un ciel resplendis-
sant d'étoiles. Ils entendirent en même temps les sons confus de
divers instruments, tels que flûtes, psaltérions, fifres et tambours
de basque. En approchant, ils reconnurent que les branches d'une
ramée, élevée à l'entrée du village, étaient garnies de lumières que
respectait le vent, dont l'haleine était en ce moment si douce
qu'elle avait à peine assez de force pour remuer les feuilles des
arbres. Les musiciens étaient les boute-en-train de la noce ; divi-
sés par groupes, ils se promenaient dans cet agréable endroit, les
uns dansant, les autres chantant, d'autres jouant des instruments
nommés plus haut. Des ouvriers dressaient des estrades afin que
l'on pût voir commodément les représentations qui devaient avoir
lieu le jour suivant pour solenniser les noces du riche Camache.

Don Quichotte ne voulut pas entrer dans le village, bien qu'il
en fût prié par les étudiants. Il donna pour excuse, suffisante à son
avis, que c'était la coutume des chevaliers errants de dormir au
milieu des champs et des forêts, plutôt que dans les lieux habités
ou sous des lambris dorés. Il se détourna donc un peu du chemin, contre la volonté de Sancho, à qui revint en mémoire le
bon gîte qu'il avait trouvé dans le château ou maison de don
Diégo.

A peine la blanche Aurore eut-elle donné au brillant Phœbus le
temps de sécher les perles liquides de sa chevelure d'or, que Don
Quichotte secouait ses membres fatigués, se levait et appelait San-

cho qui ronflait encore. Don Quichotte, contemplant son écuyer,
s'écria avant de le réveiller :

« O toi, bienheureux parmi ceux qui vivent sur la surface de la
terre, car, sans envie et sans être envié, tu dors l'esprit tranquille!
Tu n'es ni persécuté par les enchanteurs, ni troublé par les enchantements. Dors, dirai-je et répéterai-je cent fois, toi que le souci
de payer tes dettes ne prive pas plus de sommeil que l'inquiétude
de savoir comment tu feras pour manger demain. L'ambition ne te
tourmente pas plus que la vaine pompe du monde, et les limites
de tes désirs ne s'étendent pas plus loin qu'à songer aux soins ré-
clamés par ton âne ! »

A tout cela Sancho ne répondait rien ; il dormait, et il n'aurait
pas bougé de sitôt, si Don Quichotte ne l'eût réveillé en le touchant
du bout de sa lance. L'écuyer ouvrit des yeux somnolents, regarda
de tous côtés et dit :

« Des environs de cette ramée, si je ne me trompe, vient un par-
fum qui rappelle plutôt le fumet de jambon rôti que celui du jonc
et du thym. Par mon saint patron ! des noces qui commencent par
de telles senteurs doivent être abondantes et généreuses.

— Tais-toi, glouton, répondit Don Quichotte, et lève-toi.

— Si Votre Grâce avait bonne mémoire, dit Sancho, elle se sou-
viendrait des chapitres du traité que nous avons conclu avant

notre dernière sortie du village. Un de ces chapitres me permet de
dire tout ce que je voudrai, pourvu que je ne parle ni contre le
prochain, ni contre l'autorité de Votre Grâce ; or, jusqu'à présent,
je ne crois pas avoir violé ledit chapitre.

— Je ne me souviens pas de cette clause, Sancho ; mais si elle
existe, je veux que tu te taises et me suives. Les instruments que
nous avons entendus hier réjouissent de nouveau les vallées, et la
noce se célébrera probablement à la fraîcheur du matin et non durant la chaleur de l'après-midi. »

Sancho exécuta les ordres de son maître, sella Rossinante et bâta
le grison, puis le chevalier et l'écuyer se mirent à cheval et pénétrèrent pas à pas sous la ramée. Le premier spectacle que vit Sancho fut celui d'un bœuf entier embroché dans un tronc d'orme, et

le feu à l'aide duquel on allait le rôtir était alimenté par une véritable montagne de bois. Six marmites, disposées autour du foyer,
n'avaient certes pas été fabriquées sur le moule ordinaire des mar-

mites; c'étaient six de ces cruches à vin, pouvant contenir chacune
le produit d'un abattoir; aussi renfermaient-elles des moutons entiers sans qu'on s'en aperçût plus que s'il se fût agi de pigeon-
neaux. Les lièvres dépouillés, les poules plumées, suspendus aux
arbres et destinés à disparaître dans les marmites, étaient innombrables. Sancho compta plus de soixante outres d'une contenance
de cinquante pintes, pleines d'un vin généreux, ainsi qu'on le vit
plus tard. Il y avait des piles de pains aussi volumineuses que le
sont les tas de blé dans les greniers. Les fromages, rangés comme
des briques, formaient une muraille, et deux chaudrons pleins
d'huile, plus grands que ceux des teinturiers, servaient à cuire des
gâteaux, qu'on retirait à l'aide de deux énormes pelles, pour
les plonger dans un autre chaudron rempli de miel clarifié. Les
cuisinières et les cuisiniers, au nombre de plus de cent cinquante,
étaient tous propres, vifs et contents. Dans le ventre du bœuf, afin
de le rendre plus savoureux, on avait cousu douze cochons de lait.
Quant aux épices de toute espèce, on semblait les avoir achetées
par quintaux plutôt que par livres, et elles débordaient d'un énorme
coffre. En somme, si les préparatifs de la noce étaient rustiques,
les vivres étaient assez abondants pour nourrir toute une armée.

Sancho Pança examinait, admirait, approuvait tout. Les marmites le séduisirent d'abord, et il en eût volontiers tiré un léger pot-
au-feu. Les outres le fascinèrent ensuite, et enfin les fruits de
poêle, si l'on pouvait appeler poêles d'aussi vastes chaudrons. N'y
tenant plus, il s'approcha d'un des soigneux cuisiniers, et, avec
une politesse et des raisons d'estomac affamé, le pria de lui laisser
tremper une croûte de pain dans une des marmites.

« Aujourd'hui, frère, répondit le cuisinier, nul ne doit souffrir
de la faim, grâce au riche Camacho. Mettez pied à terre, voyez si
vous ne trouvez pas là une cuiller à pot, puis écumez une poule ou
deux, et grand bien vous fasse.

— Je ne vois pas de cuiller, répliqua Sancho.

— Pécheur que je suis! s'écria le cuisinier, quel homme de peu
de ressource vous devez être! Attendez. »

Tout en parlant, il prit une casserole, la plongea dans une des
marmites, en tira trois poules et deux oies et dit à Sancho :

« Mangez, ami, et déjeunez avec cette écume, en attendant l'heure
du dîner.

— Je n'ai rien pour la mettre, répondit Sancho.

— Emportez la cuiller et son contenu, dit le cuisinier; la richesse
et la joie de Camache suppléent à tout aujourd'hui. »

Tandis que cette aventure arrivait à Sancho, Don Quichotte regardait entrer, par un des côtés de la ramée, douze laboureurs montés sur de magnifiques juments parées de riches et brillants harnais
de campagne, et dont la courroie du poitrail était garnie de nombreux grelots. Les laboureurs, vêtus de leurs habits de fête, exécutè-
rent plusieurs courses sur la prairie, poussant des cris de joie et répétant :

« Vivent Camache et Quitéria! lui, aussi riche qu'elle est belle ;
elle, la plus belle du monde !

— On voit bien, s'écria Don Quichotte, en entendant ces ex-

clamations, que ces gens ne connaissent pas ma Dulcinée du Toboso. »

Peu de temps après, pénétrèrent de tous côtés sous la ramée des
groupes de danseurs exécutant des danses diverses; un de ces groupes, composé de vingt-quatre jeunes hommes vifs, de bonne mine,
vêtus de fine toile blanche, la tête couverte de mouchoirs de soie
aux brillantes couleurs, exécuta la danse des épées. Ils étaient conduits par un jeune homme agile auquel un des cavaliers demanda
si quelque danseur avait été blessé.

« Pas un seul jusqu'à présent; nous sommes tous sains, et Dieu
soit béni, » répondit-il.

Aussitôt, simulant une mêlée avec ses compagnons, ils exécutè-
rent tant d'adroites évolutions que Don Quichotte, bien qu'accoutumé à voir de semblables danses, s'émerveilla de la perfection de
celles-là. Il admira aussi un autre groupe composé de belles jeunes
filles, dont aucune ne paraissait avoir moins de quatorze ans ni plus
de dix-huit. Elles étaient vêtues de drap vert, les cheveux à demi
tressés et à demi épars, si blonds qu'ils pouvaient rivaliser avec ceux
du soleil, et ornés de guirlandes de jasmins, de roses, d'amarantes
et de chèvrefeuille entrelacés. Les jeunes filles étaient guidées par
un vieillard vénérable et par une respectable matrone, plus légers
que leur âge ne le comportait. Une cornemuse de Zamora marquait
la mesure; la pudeur peinte sur leurs visages et dans leurs yeux,
puis l'agilité de leurs pieds, faisaient paraître ces jeunes paysannes
les meilleures danseuses du monde.

« Vive Camache! s'écria en ce moment Sancho Pança.

— On voit bien que tu n'es qu'un manant, Sancho, s'écria Don
Quichotte, et de ceux qui crient : Vive le vainqueur!

— Je ne sais au juste ce que je suis, reprit Sancho, mais je ne tirerais jamais des marmites de personne une aussi grosse écume que
celle que je viens de tirer de celles de Camache. »

Il présenta à son maître la casserole pleine de poules et d'oisons,
puis, saisissant un des volatiles, il commença à manger de bon
appétit en disant :

« On vaut selon ce qu'on possède, et l'on possède autant que l'on
vaut. Aujourd'hui, señor Don Quichotte, on tâte le pouls de l'avoir

avant de tâter celui du savoir, et un âne couvert d'or paraît plus beau qu'un cheval bâté. Aussi je répète que je m'en tiens à Camache, dont les marmites produisent une écume abondante d'oiseaux, de poules, de lièvres et de lapins.

— Ta harangue est-elle terminée, Sancho? demanda Don Quichotte.

— Je la termine, répondit Sancho, parce que je vois qu'elle chagrine Votre Grâce; sans cette circonstance, j'avais de l'ouvrage préparé pour trois jours.

— Plaise à Dieu, Sancho, que je te voie mort avant que je meure.

— Au pas dont nous y allons, répliqua Sancho, je mâcherai moi-même de la terre avant Votre Grâce; je serai alors si muet que je ne prononcerai plus un mot jusqu'au jour du jugement dernier.

— En fût-il ainsi, ô Sancho, répliqua Don Quichotte, tu ne te tairas jamais autant que tu as parlé, que tu parles et que tu parleras durant ta vie. Or, comme les lois naturelles veulent que le jour de ma mort arrive avant le tien, je n'ai pas l'espoir de te voir jamais muet, fût-ce même lorsque tu bois ou que tu dors, et c'est ce que je peux dire de plus fort.

— Sur ma foi, señor, répondit Sancho, on ne saurait se fier à la mort. J'ai entendu dire à notre curé qu'elle foule aussi bien aux pieds les hautes tours des rois que les humbles chaumières des pauvres Ce n'est pas une moissonneuse qui fasse la sieste, elle fauche à toute heure, coupant aussi bien l'herbe fraîche que la sèche; elle ne mâche pas, mais engouffre et avale tout ce qu'elle trouve, grâce à une faim canine que rien ne rassasie.

— Arrête-toi, Sancho, s'écria Don Quichotte; en vérité, ce que tu viens de dire de la mort, avec tes expressions rustiques, est précisément ce qu'en pourrait dire un bon prédicateur. Je t'avoue, Sancho, que si, de même que tu as du bon sens naturel, tu avais de l'instruction, tu pourrais aller par le monde, prêchant de bonnes choses.

— Celui qui vit bien prêche bien, répondit Sancho; je ne connais pas d'autre théologie.

— Et tu n'en as pas besoin, reprit Don Quichotte; mais la crainte

23

de Dieu étant le commencement de la sagesse, je ne réussis pas à
m'expliquer comment toi, qui as plus peur d'un lézard que de lui,
tu peux en savoir si long.

— Que Votre Grâce juge des choses de chevalerie, señor, répondit Sancho, et ne se mette pas à juger de la peur ou de la bravoure du prochain, attendu que je crains autant Dieu que le peut
craindre le premier venu. Pour le moment, que Votre Grâce me
laisse apprécier cette écume ; tout le reste n'est que paroles oiseuses
dont on nous demandera compte dans l'autre vie. »

Aussitôt Sancho recommença l'assaut de sa casserole avec tant
d'appétit qu'il réveilla celui de Don Quichotte.

Le lendemain, après avoir été fêtés des deux époux, Don
Quichotte et son écuyer se mirent en route. Vers le soir, ils virent
s'avancer vers eux un piéton cheminant à la hâte, et bâtonnant
un mulet chargé de lances et de hallebardes. En les rejoignant, le
voyageur les salua et continua sa route.

« Arrêtez, brave homme, lui dit **Don Quichotte**, vous semblez aller plus vite que ne le voudrait votre bête.

— Je ne puis m'arrêter, señor, répondit l'homme ; les armes que vous voyez doivent servir demain, je suis donc forcé d'avancer, et adieu. Cependant, si vous voulez savoir à quoi ces armes sont destinées, je compte loger cette nuit dans l'hôtellerie qui se trouve au-dessus de l'ermitage ; si vous suivez le même chemin, vous me rejoindrez ; là je vous conterai des merveilles. Adieu donc et au revoir. »

Comme le chevalier était curieux et toujours en quête de choses nouvelles, il donna aussitôt l'ordre de se mettre en route pour aller loger dans l'hôtellerie, qu'on atteignit à l'heure où la nuit tombait. Sancho ne vit pas sans plaisir que son maître la prit pour une véritable auberge, et non pour un château, ainsi qu'il en avait coutume. A peine furent-ils entrés, que Don Quichotte demanda à l'hôtelier des nouvelles de l'homme aux hallebardes ; l'hôtelier répondit qu'il était dans l'écurie, en train de caser son mulet. Sancho en fit autant pour son âne, donnant à Rossinante la meilleure mangeoire et la meilleure place.

CHAPITRE XVIII

Où s'ébauche l'aventure du braiment, ainsi que la divertissante aventure du joueur de
marionnettes, et où sont racontées les mémorables réponses du singe devin.

ON QUICHOTTE, désireux d'entendre les révélations promises par l'homme qui conduisait le mulet chargé d'armes, trouvait le pain long à cuire, comme on dit vulgairement. Il se dirigea vers l'écurie, et pria le nouvel hôte de répondre sans retard aux questions qu'il lui avait adressées en chemin.

« C'est posément et non debout qu'il faut écouter les merveilles que j'ai à raconter, répondit l'homme ; que Votre Grâce, mon bon señor, attende que j'aie achevé de donner la provende à ma bête, je vous dirai ensuite des choses qui vous surprendront.

— Ne perdons pas de temps, répondit Don Quichotte, je vais vous aider. »

Et il se mit à cribler l'orge et à nettoyer la mangeoire, humilité qui engagea l'autre à raconter de bonne grâce ce que son interlocuteur voulait savoir. S'asseyant alors sur un banc de pierre, ayant pour auditoire Sancho Pança et l'hôtelier, le conducteur du mulet débuta en ces termes :

« Vos Grâces sauront que, dans un village situé à quatre lieues et demie de cette auberge, vivait un régidor qui, grâce à la malice d'une jeune servante, — ce serait long à conter en détail, — perdit un jour un âne. Bien que ledit régidor fît toutes les démarches possibles pour retrouver la bête, il ne put mettre la main dessus. Quinze jours s'étaient écoulés depuis la perte de l'âne, lorsque le régidor rencontra sur la place du village un de ses collègues qui lui dit : « — Donnez-moi des étrennes, compère, votre bête a reparu. « — Je vous en donnerai et de bonnes, compère, mais sachons d'abord « où est l'âne. — Dans le bois, répondit le trouveur ; je l'ai vu ce « matin sans harnais, si maigre qu'il faisait pitié. J'ai voulu le « chasser devant moi et vous le ramener, mais il est déjà devenu si « sauvage que, lorsque je me suis approché de lui, il s'est enfui « pour s'enfoncer dans le bois. Si vous voulez que nous allions « tous deux à sa recherche, laissez-moi reconduire cette bourrique « chez moi ; je reviendrai sur l'heure. — Vous me ferez un grand « plaisir, répondit le propriétaire de l'âne, et je tâcherai de vous « payer en même monnaie. »

« Enfin, les deux régidors, à pied et côte à côte, se rendirent au bois ; parvenus à l'endroit où ils croyaient rencontrer l'âne, ils ne le trouvèrent pas et visitèrent en vain tous les environs. Comme l'animal ne se montrait pas, le régidor qui l'avait aperçu dit à son compagnon : « — Écoutez, compère, il me vient une idée. Je sais « braire à merveille ; si, de votre côté, vous vous y entendez tant « soit peu, tenez l'affaire pour conclue. — Tant soit peu, com- « père ! s'écria l'autre ; pardieu, pour ce qui est de braire, je n'ai « pas de rival, même parmi les ânes. — Nous allons en juger, ré- « pondit le second régidor ; je viens de décider que vous suivrez « une des lisières du bois et moi l'autre, de façon à en faire le « tour. De distance en distance, vous brairez et je brairai ; l'âne ne « pourra manquer de nous entendre et de nous répondre, s'il est « encore dans le bois. — Je dis, compère, que votre plan est excel- « lent et digne de votre grand esprit, » répondit le maître du baudet.

« Tirant chacun de leur côté, selon leur convention, ils se mirent à braire presque en même temps, et chacun d'eux, trompé par le braiment de l'autre, accourut dans l'espoir de retrouver l'âne. Ils se rejoignirent et le perdant s'écria : « — Est-il possible, compère, « que ce ne soit pas mon âne qui vienne de braire ? — Ce n'est que

« moi, répondit l'autre. — Alors, je déclare, compère, qu'entre
« vous et un âne il n'y a aucune différence, pour ce qui est du
« braiment; de ma vie je n'ai vu ni entendu une imitation plus
« parfaite. — Ces louanges vous conviennent mieux qu'à moi, ré-
« pondit l'inventeur; par le Dieu qui m'a créé, vous pouvez rendre
« deux braiments au plus habile brailleur du monde! Le son que
« vous produisez est fort, soutenu, bien en mesure; les inflexions
« sont nombreuses et pressées; enfin je me reconnais vaincu, et je
« vous cède la palme et la bannière que mérite votre immense ta-
« lent. — Je vous assure, répondit le maître de l'âne, que je m'es-
« timerai dorénavant davantage, et je croirai savoir quelque chose
« et posséder une supériorité. Je pensais braire d'une façon passa-
« ble, mais non avec la perfection que vous dites. — Je vous assure
« à mon tour, reprit le second, qu'il y a au monde de rares talents
« perdus ou accordés à des gens qui ne savent pas s'en servir. —
« Les nôtres, répondit le propriétaire de l'âne, sont inutiles, si ce
« n'est dans des occasions semblables à celle-ci, et encore plaise à
« Dieu qu'ils nous soient utiles. »

« Sur ce, ils se séparèrent de nouveau, et recommencèrent leurs
braiments; se trompant sans cesse, ils se rejoignirent jusqu'au
moment où, pour s'annoncer que les braiments venaient d'eux,
et non de l'âne, ils convinrent de braire deux fois de suite.

« Redoublant ainsi les braiments à chaque pas, ils firent le tour
du bois sans que l'âne perdu donnât signe de vie. Comment le
malheureux eût-il pu répondre, puisque les deux corrégidors le
trouvèrent enfin à demi dévoré par les loups ? En l'apercevant, son
maître s'écria : « — J'étais bien surpris qu'il ne me répondît pas;
« s'il n'eût été mort, il se serait mis à braire en nous entendant,
« ou il n'eût pas été un âne. Néanmoins, puisque je vous ai en-
« tendu braire avec tant de grâce, compère, je tiens pour bien em-
« ployée la peine que j'ai prise à chercher l'animal, bien que je le
« retrouve mort. — Nous sommes logés à la même enseigne, répon-
« dit l'autre, car si l'abbé chante bien, le novice ne lui cède en
« rien. »

« Ils regagnèrent ensuite le village, tristes et enroués, et racontèrent à leurs amis, voisins et connaissances, ce qui leur était arrivé,

chacun d'eux exagérant le talent de l'autre à braire, si bien que
l'aventure fut bientôt connue dans tous les villages des environs. Le diable, qui aime à semer partout la discorde, fit que les
habitants de ces villages, en apercevant quelqu'un des nôtres,
se mettaient à braire comme pour lui jeter à la face le braiment
de nos régidors. Les enfants s'en mêlèrent, et le braiment s'é-
tendit de hameau en hameau. Cette malheureuse raillerie a été
si loin que, plus d'une fois, armés et formés par escadrons, les
victimes de la plaisanterie sont sorties pour livrer bataille aux
mauvais plaisants. Demain ou après, les gens de mon village, —
celui des brailleurs, — doivent se mettre en campagne contre les
habitants d'un village éloigné d'environ deux lieues, et où l'on nous
persifle le plus. Afin d'armer convenablement mes compatriotes, je
viens d'acheter les lances et les hallebardes que vous avez vues.
Voilà les merveilles que j'ai promis de vous raconter; si elles ne
vous paraissent pas curieuses, je n'en sais pas d'autres. »

Le bonhomme terminait à peine son récit qu'un homme, tout
vêtu de peau de chamois, — bas, grègues et pourpoint, — se présenta à la porte de l'hôtellerie.

« Señor hôte, dit-il à haute voix, pouvez-vous nous loger? Voici
le singe devin et le spectacle de la délivrance de Mélisandre qui
arrivent.

— Bonté de Dieu ! s'écria l'hôte, c'est maître Pierre; une bonne
soirée nous attend. »

J'allais oublier de noter que ledit maître Pierre avait l'œil gauche et la moitié d'une joue couverts d'emplâtres de taffetas vert,
ce qui indiquait que tout un côté de son visage devait être malade.

« Que Votre Grâce soit la bienvenue, maître Pierre, continua
l'hôtelier; où sont le singe et le théâtre ? Je ne les vois pas.

— Ils ne sont pas loin, répondit l'homme vêtu de peau; j'ai pris
les devants, afin de savoir s'il y avait de la place.

— Je renverrais le duc d'Albe lui-même, pour faire place à maître Pierre, répondit l'hôtelier ; viennent le singe et le théâtre, il y a
ce soir dans la maison des personnes qui payeront pour voir l'un
et pour juger des talents de l'autre. »

Il s'éloigna, et Don Quichotte demanda qui était ce maître Pierre, et de quel théâtre et de quel singe il s'agissait.

« C'est un fameux montreur de marionnettes, répondit l'hôte ; il parcourt depuis longtemps notre Manche aragonaise, représentant la délivrance de Mélisandre par le célèbre don Gaïferos. Maître Pierre possède aussi un singe, le plus malin de son espèce, et bien fait pour surprendre les hommes. Quand on lui adresse une question, il écoute celui qui l'interroge, s'approche de l'oreille de son maître, lui répond à ce que l'on a demandé, réponse que maître Pierre répète aussitôt. »

En ce moment, maître Pierre reparut suivi d'une charrette sur laquelle venaient les tréteaux et un grand singe sans queue. Don Quichotte l'eut à peine vu qu'il lui demanda :

« Que Votre Grâce veuille bien me dire, señor devin, quel genre
de poisson nous pêchons. Voici mes deux réaux. »

Et il ordonna à Sancho de remettre la somme à maître Pierre,
qui répondit pour le singe.

« Cet animal, señor, ne prédit pas l'avenir; il connaît un peu
les choses passées et un peu aussi les présentes.

— Tudieu! s'écria Sancho, je ne donnerais pas un maravédis
pour qu'on me rappelle ce qui m'est arrivé; qui peut le savoir
mieux que moi? Mais puisque le seigneur singe connaît le présent,
voici mes deux réaux; qu'il me dise maintenant ce que fait à cette
heure ma femme Thérèse Pança? »

Maître Pierre refusa de prendre l'argent.

« Je ne veux pas, dit-il, recevoir la récompense avant d'avoir
rendu le service. »

Il frappa de sa main droite deux coups sur son épaule gauche où
le singe s'élança d'un bond. Approchant alors sa bouche de l'oreille
de son maître, l'animal se mit à claquer des dents avec rapidité, et,
après ce manége, il retomba d'un autre bond sur le sol. Maître

Pierre courut s'agenouiller devant Don Quichotte et lui entoura les
jambes de ses bras.

« J'embrasse ces jambes, s'écria-t-il, comme j'embrasserais les
deux colonnes d'Hercule. O ressusciteur insigne de cette chevalerie errante que l'on oublie! O jamais assez loué chevalier Don
Quichotte de la Manche, âme des défaillants, soutien de ceux qui
vont succomber, bras de ceux qui sont tombés, appui et consolation
des infortunés! »

Don Quichotte demeura stupéfait, Sancho ébahi, l'homme aux
braiments bouche béante, l'hôte troublé.

« Et toi, ô bon Sancho Pança, continua maître Pierre, le meilleur
écuyer du meilleur chevalier du monde, réjouis-toi, ton excellente
femme Thérèse est en bonne santé; à cette heure, elle peigne une
livre de chanvre, à telles enseignes qu'à sa gauche se trouve un pot
ébréché, contenant une bonne dose de vin qui rend sa besogne
moins lourde.

— Je le crois sans peine, s'écria Sancho; ma femme est une
bienheureuse, et si elle n'était pas jalouse, je ne la troquerais pas
contre la géante Andadona qui, au dire de mon maître, a été une
femme de bien, dans toute la force du mot. Ma Thérèse est de celles
qui ne se laissent manquer de rien, fût-ce aux dépens de leurs
héritiers.

— J'avoue maintenant, reprit Don Quichotte, que celui qui
voyage et lit beaucoup, voit et apprend beaucoup. Je suis en effet

le Don Quichotte de la Manche que ce brave animal a nommé, bien
qu'il se soit un peu trop étendu sur mes mérites. Maintenant,
voyons la représentation du bon maître Pierre, je me figure qu'elle
doit offrir quelques nouveautés.

— Comment, quelques nouveautés! s'écria maître Pierre; ma
pièce en renferme plus de soixante mille. A l'œuvre donc, il se
fait tard, et nous avons beaucoup à faire, à dire et à montrer. »

Don Quichotte et Sancho gagnèrent l'endroit où le théâtre était
dressé, illuminé par de petites bougies de cire qui répandaient une
vive clarté. Maître Pierre se glissa derrière les tréteaux, car c'était
lui qui devait mettre en mouvement le mécanisme des marionnettes.
Au dehors, s'établit un jeune garçon chargé d'expliquer les mystères
de la représentation; il tenait à la main une baguette dont il se
servait pour désigner les figures qui se montraient sur la scène.
Lorsque tous ceux qui se trouvaient dans l'hôtellerie se furent
placés, quelques-uns debout, en face du théâtre, Don Quichotte
et Sancho assis aux meilleures places, le truchement commença
à dire ce que verra et entendra celui qui lira ou se fera lire le chapitre suivant.

CHAPITRE XIX

Où se raconte l'amusante aventure des montreurs de marionnettes et où se voient
d'autres choses vraiment excellentes.

OUS se turent, Tyriens et Troyens; je veux dire que chacun des assistants demeura suspendu aux lèvres de celui qui expliquait les merveilles du théâtre. Soudain on entendit résonner une multitude de cymbales et de trompettes, puis les détonations d'une nombreuse artillerie, fracas qui dura peu. Le jeune garçon, élevant alors la voix, s'écria :

« L'histoire véritable qu'on représente devant Vos Grâces est tirée au pied de la lettre des chroniques françaises et espagnoles qui circulent dans la bouche des grandes personnes et des enfants dans tous les carrefours. Elle traite de la liberté que rendit le seigneur Gaïferos à son épouse Mélisandre, prisonnière des Maures d'Espagne, et renfermée dans la ville de Sansueña, nom que portait alors Saragosse. Que Vos Grâces remarquent don Gaïferos jouant ici au trictrac, conformément à ce qui se chante :

« Et don Gaïferos, oubliant Mélisandre,
Se divertissait au trictrac. »

« Le personnage qui apparaît en ce moment, couronne en tête et sceptre en main, est l'empereur Charlemagne, père de ladite Méli-

sandre ; indigné de l'oisiveté et de l'oubli de son gendre, il vient le
réprimander. Remarquez avec quelle véhémence il le gronde ; ne
dirait-on pas qu'il veut lui administrer quelques coups de son sceptre ? Certains auteurs rapportent même qu'il les administra, et bien
appliqués. L'empereur, après avoir parlé longuement à Gaïferos du
péril que court son honneur s'il n'essaie de délivrer Mélisandre,
ajouta, dit-on :

« — Je vous ai prévenu ; maintenant prenez garde. »

« Il faut que Vos Grâces remarquent de quelle façon l'empereur
tourne le dos, laissant don Gaïferos en colère. Voyez avec quelle
fureur celui-ci renverse la table et le trictrac. Il demande ses armes

à la hâte et prie son cousin Roland de lui prêter sa fameuse épée
Durandal. Roland refuse, et lui offre son aide dans la tâche difficile
qu'il va entreprendre, aide que repousse le valeureux et colérique
don Gaïferos. Il prétend que son bras seul suffira pour délivrer
son épouse, fût-elle renfermée au plus profond de la terre, et il va
s'armer afin de se mettre aussitôt en route.

« Maintenant, que Vos Grâces tournent leurs regards vers cette
tour qui apparaît et qu'elles doivent supposer être une de celles du
palais de Saragosse, palais nommé aujourd'hui l'Aljaferia. La dame
vêtue à la mauresque, qui se montre en ce moment au balcon, c'est
l'incomparable Mélisandre : elle se met souvent là pour regarder la

route de la France. Songeant à Paris et à son époux, ces pensées la consolent de son esclavage. Attention maintenant à une nouvelle aventure qui va arriver, et qui peut-être n'a jamais été vue. Ne remarquez-vous pas ce Maure qui, silencieusement, à petits pas, le doigt sur la bouche, avance en tapinois derrière Mélisandre. Il la prend par le bras, elle pousse un cri et s'arrache les cheveux d'effroi. Voyez aussi ce Maure à l'air grave qui traverse les corridors. C'est le roi Marsilio qui, témoin de l'insolence du Maure, ordonne qu'on saisisse le coupable, qu'on lui administre deux cents coups de fouet, et qu'on le promène par les rues de la ville, précédé de crieurs et suivi par des archers. Voilà qu'on sort pour exécuter la sentence, quoique la faute vienne à peine d'être commise; chez les Maures, il n'y a pas comme chez nous de confrontation des parties, de témoignage et d'appel.

— Enfant, enfant, s'écria Don Quichotte, suivez votre histoire en ligne droite, sans vous perdre dans les lignes courbes ou transversales; pour tirer une vérité au clair, il faut plus d'une preuve et d'une contre-épreuve.

— Ne mets pas ta cuiller où elle n'a que faire, garçon, dit aussi maître Pierre, de l'intérieur, et profite des conseils que te donne ce señor; c'est le plus sage. Chante simplement ton histoire et ne cherche pas de contrepoints; le fil est si fin qu'il pourrait casser.

— Je vais obéir, » répondit le jeune garçon.

Et il continua ainsi qu'il suit :

« Le personnage qui apparaît à cheval, couvert d'un manteau gascon, est don Gaïferos lui-même, que son épouse attendait. Celle-ci, déjà vengée de l'insolence du Maure, s'est replacée, le visage plus calme, au balcon de la tour, et cause avec son mari qu'elle prend pour un voyageur. Elle échange avec lui tous les propos que rapporte la romance qui dit :

> « Beau chevalier, si vous allez en France,
> Informez-vous de don Gaïferos, »

romance que je ne vous récite pas, pour le moment, car la prolixité engendre souvent l'ennui. Il suffit de voir comment don Gaïferos révélera sa présence; les gestes joyeux de Mélisandre nous indiquent qu'elle l'a reconnu; on ne saurait en douter maintenant

qu'on la voit descendre par le balcon pour se mettre en croupe de
son bon mari. Mais, ô malheureuse! un pan de sa jupe s'est accroché à l'un des fers du balcon, et la voilà suspendue en l'air, sans

pouvoir atteindre le sol. Voyez comme le ciel miséricordieux nous
secourt dans les plus grands besoins ; don Gaïferos approche, et,
sans réfléchir si la riche jupe se déchire ou non, il tire sa femme,
lui fait toucher la terre bon gré mal gré, la place d'un bond sur son
cheval. Il lui recommande de se bien tenir, de lui passer les bras
autour du corps, de les croiser sur sa poitrine afin de ne pas tomber, attendu que madame Mélisandre n'est guère habituée à che-
vaucher ainsi. Remarquez encore que les hennissements du cheval
donnent à entendre qu'il est content de la valeureuse et belle charge
qu'il porte dans la personne de son maître et celle de sa maîtresse.
Voyez ; les fugitifs tournent bride, sortent de la ville pour prendre,
joyeux et satisfaits, le chemin de Paris. Allez en paix, ô paire sans
pair de vrais époux ; regagnez sains et saufs votre patrie désirée
sans que la fortune mette d'obstacles à votre heureux voyage. Que
les yeux de vos parents et de vos amis vous voient jouir des jours
qu'il vous reste à vivre, et puissent ces jours être aussi longs que
ceux de Nestor ! »

Ici maître Pierre haussa de nouveau la voix et cria :

« Reste simple, garçon, et ne monte pas sur les cimes; toute affectation est mauvaise. »

L'interprète continua sans répondre :

« Il ne manqua pas de ces regards oisifs à qui rien n'échappe, pour voir la descente et la montée de Mélisandre, et pour en instruire le roi Marsilio. Celui-ci ordonna aussitôt d'appeler aux armes. Voyez avec quelle rapidité on lui obéit; la ville semble vouloir s'écrouler au son des cloches qui retentissent dans la tour des mosquées.

— Pour cela, non ! s'écria Don Quichotte. Maître Pierre est ici dans l'erreur; les cloches ne sont pas en usage parmi les Maures. Ils se servent de cymbales et d'une espèce de flûte qui ressemble à nos hautbois, et sonner les cloches à Sansueña est une grande extravagance. »

Maître Pierre cessa aussitôt de sonner et dit :

« Que Votre Grâce ne s'arrête pas aux enfantillages, señor Don Quichotte, et ne cherche pas à si bien mener les choses qu'on ne puisse découvrir le fil. »

Et le jeune garçon reprit :

« Voyez quelle nombreuse et brillante cavalerie sort de la ville à

la poursuite des deux époux; combien de trompettes, combien de flûtes et de tambours résonnent. Je crains qu'on ne rejoigne les fugitifs et qu'on ne les ramène attachés à la queue de leur propre cheval, ce qui serait un spectacle affreux. »

Don Quichotte, voyant une telle tourbe de Maures et entendant
un tel bruit, crut qu'il serait convenable d'aider ceux qui fuyaient,
et s'écria en se redressant :

« Je ne consentirai pas qu'à mon époque et en ma présence, on
joue un mauvais tour à un aussi vaillant chevalier que don Gaïferos.
Arrêtez, canailles ; ne le suivez ni ne le poursuivez, ou je vous
déclare la guerre. »

Parlant et agissant, il dégaina son épée, s'approcha d'un bond
de la scène, et les coups rapides commencèrent à pleuvoir avec une
furie sans exemple sur les marionnettes maures, renversant les
unes, décapitant les autres, estropiant celles-ci, meurtrisant celles-
là. Entre autres coups, notre chevalier en porta un de haut en bas,
coup si formidable que si maître Pierre ne fût descendu et ne se

fût blotti sous les planches, il aurait eu la tête fendue avec plus de
facilité que si elle eût été de pâte de massepain.

24

« Que Votre Grâce s'arrête, señor Don Quichotte, criait maître
Pierre, et qu'elle remarque que ceux qu'elle renverse, détruit et
tue, ne sont pas de véritables Maures, mais des figures de carton !
Regardez, pécheur que je suis, vous anéantissez tout mon bien ! »

Malgré ces cris, Don Quichotte ne cessait de décocher, drus et
menus, des revers, des coups de taille et d'estoc et des fendants.
En moins de temps qu'il n'en eût fallu pour réciter deux *credo*, il
jeta le théâtre par terre, ayant mis en pièces décors et personnages.
Le roi Marsilio était grièvement blessé; la couronne et la tête de
l'empereur Charlemagne étaient fendues en deux. Le sénat des
assistants s'épouvanta, le singe s'enfuit par le toit de l'hôtellerie,
l'hôtelier trembla, et Sancho Pança lui-même eut une peur terrible;
ainsi qu'il le raconta, une fois la bourrasque passée, il n'avait
jamais vu son maître en proie à une colère aussi aveugle.

La destruction presque totale du théâtre achevée, Don Quichotte
se calma un peu et dit :

« Je voudrais tenir ici à cette heure ceux qui refusent de croire
combien les chevaliers errants sont utiles dans le monde. Voyez; si
je ne m'étais trouvé présent, que serait-il advenu du brave don
Gaïferos et de la belle Mélisandre? Il est certain que ces chiens les
auraient déjà rejoints et leur auraient causé quelque tort. Au résumé, vive, avant toutes les choses du monde, la chevalerie
errante !

— Qu'elle vive avec bonheur, répondit maître Pierre d'un ton
dolent, et que je meure puisque je suis si malheureux que je puis
dire avec le roi Rodrigue :

> « Hier j'étais maître de l'Espagne,
> Aujourd'hui je n'ai plus une ville à créneaux ! »

« Il n'y a pas une demi-heure, ni même un instant, j'étais propriétaire de rois, d'empereurs ; mes écuries et mes malles étaient
pleines d'un nombre infini de chevaux et d'innumérables richesses;
à présent, me voilà désolé, abattu, pauvre, mendiant, et surtout
privé de mon singe, car, avant de le rattraper, il me faudra suer
jusqu'aux dents. Et tout cela à cause de la colère inconsidérée de ce
señor chevalier qui, dit-on, protège les orphelins, redresse les torts

et fait d'autres œuvres de charité. Il a fallu qu'envers moi seul il manquât à ses intentions généreuses. Puissent les cieux être bénis jusque dans leurs plus sublimes profondeurs ! Enfin, c'était le Chevalier de la Triste-Figure qui devait défigurer les miennes. »

Sancho Pança s'attendrit aux plaintes de maître Pierre, et lui dit :

« Ne pleure pas et ne te lamente pas ainsi, maître Pierre, tu me fends le cœur. Sache que mon maître Don Quichotte est si bon chrétien, que, s'il découvre qu'il t'a causé quelque tort, il voudra et saura te le payer avec usure.

— Pourvu que le señor Don Quichotte me rembourse quelques-unes des figures qu'il a détruites, je serai satisfait, et Sa Grâce tranquillisera sa conscience ; car celui qui possède le bien d'autrui sans sa permission et refuse de le rendre, ne peut faire son salut.

— C'est vrai, dit Don Quichotte, mais, jusqu'à présent, je ne sache pas avoir rien à vous, maître Pierre.

— Comment, s'écria maître Pierre, et ces débris de marionnettes qui gisent sur le sol dur et stérile, qui les y a semés, sinon l'invincible force de votre bras puissant ? A qui appartenaient leurs corps, sinon à moi ? Et avec quoi gagnais-je ma vie, si ce n'est avec leur aide ?

— Je suis convaincu maintenant, répondit alors Don Quichotte, de ce que j'ai déjà cru bien des fois, à savoir que les enchanteurs qui me persécutent ne font autre chose que mettre devant moi les figures telles qu'elles sont, puis ils me les changent et les transforment soudain en ce qu'ils veulent. Je puis affirmer à tous ceux qui m'entendent que, réellement et véritablement, il m'a semblé que tout ce qui est arrivé tout à l'heure se passait au pied de la lettre. Néanmoins, devant le résultat de mon erreur, je veux me condamner aux dépens. Que maître Pierre dise ce qu'il réclame pour les figures détruites, je m'offre à les lui payer en bonne monnaie courante d'Espagne.

— Je n'attendais pas moins du vaillant Don Quichotte de la Manche, véritable aide et soutien des vagabonds nécessiteux, dit maître Pierre ; le señor hôtelier et le grand Sancho seront médiateurs et experts entre Votre Grâce et moi, afin d'estimer ce que valent ou pouvaient valoir les figures détruites. »

L'hôtelier et Sancho se déclarèrent prêts ; aussitôt maître Pierre releva du sol le roi Marsilio de Saragosse, privé de sa tête, et s'écria :

« Vous voyez combien il est impossible de remettre ce roi dans son état primitif ; aussi me semble-t-il, sauf meilleur jugement, que l'on doit m'accorder pour sa mort, fin et trépas, quatre réaux et demi.

— Passons outre, dit Don Quichotte.

— Pour cette ouverture du haut en bas, continua maître Pierre, en ramassant les deux moitiés de l'empereur Charlemagne, je ne serai pas exigeant en réclamant cinq réaux un quart.

— Ce n'est pas peu, dit Sancho.

— Ni beaucoup, répliqua l'hôte ; prenons un moyen terme et accordons cinq réaux.

— Qu'on lui donne cinq réaux et un quart, dit Don Quichotte ; ce n'est pas à un quart de plus ou de moins qu'il faut estimer la valeur d'un si notable malheur ; mais que maître Pierre finisse promptement. L'heure du souper approche, et j'éprouve certains symptômes de faim.

— Pour cette figure, reprit maître Pierre, qui est celle de la belle Mélisandre, sans nez et avec un œil de moins, je veux, — et je me tiens dans le juste prix, — deux réaux et douze maravédis.

— Ce serait bien le diable, s'écria Don Quichotte, si déjà Mélisandre n'était arrivée avec son époux sur la frontière de France. Le cheval sur lequel ils étaient montés me paraissait voler plutôt que courir ; aussi ne faut-il pas chercher à me vendre un chat pour un lièvre, en me présentant ici Mélisandre camuse, lorsque la véritable, en y regardant bien, se repose en ce moment en France avec son mari. Que Dieu laisse à chacun son bien, señor maître Pierre, et cheminons droit de pied et d'intention. Continuez. »

Maître Pierre, qui vit que Don Quichotte tournait à gauche et revenait à son premier thème, ne voulut pas qu'il lui échappât et lui dit :

« Cette figure ne doit pas être Mélisandre, mais une des demoiselles qui la servaient ; aussi, qu'on me donne en échange soixante maravédis, et je me tiendrai pour satisfait et bien payé. »

Maître Pierre estima ainsi beaucoup d'autres figures endomma-

gées. Les deux arbitres modifièrent ensuite la somme à la satisfaction des deux parties, somme qui s'éleva à quarante réaux trois
quarts.

Enfin, la bourrasque du théâtre passée, tous soupèrent en paix
aux dépens de Don Quichotte, qui était généreux à l'extrême.
Avant le jour, l'homme aux lances et aux hallebardes se mit en
route.

L'hôtelier, qui ne connaissait pas le chevalier, était aussi surpris de sa folie que de sa générosité. Sancho le paya grassement
sur l'ordre de son maître, et, lui adressant leurs adieux, ils abandonnèrent l'hôtellerie vers huit heures du matin et se mirent en
route. Nous les laisserons cheminer, ce qui nous donnera le loisir
de raconter d'autres faits relatifs à cette fameuse histoire.

CHAPITRE XX

Où l'on explique qui étaient maître Pierre et son singe, et qui traite du mauvais résultat obtenu
par Don Quichotte dans l'aventure du braiment, aventure qu'il ne termina ni comme il
l'aurait voulu, ni comme il l'avait pensé.

 Or, Cid Hamet, chroniqueur de cette
grande histoire, espère que quiconque a lu
la première partie, se souvient de ce Ginès
de Passamont auquel, dans la Sierra-Morena, Don Quichotte rendit la liberté en
même temps qu'à plusieurs autres galériens.

Ginès, craignant d'être pris par les gens de justice, résolut de se
rendre dans le royaume d'Aragon, de se couvrir l'œil gauche d'un
emplâtre, et de se faire montreur de marionnettes, métier qu'il connaissait aussi bien que celui de faiseur de tours. Il acquit ensuite
de chrétiens qui revenaient de Barbarie, un singe auquel il apprit
à lui sauter sur l'épaule à un certain signal, et à lui murmurer en
apparence des mots à l'oreille. Cela fait, avant de pénétrer dans un
village avec son théâtre et son singe, il s'informait de son mieux,
dans le bourg voisin ou ailleurs, des événements notables survenus
dans ce village, et des personnes qui s'y étaient trouvées mêlées. La
mémoire bien pourvue, il montrait d'abord ses marionnettes qui re-
présentaient tantôt une histoire, tantôt une autre, histoires toujours
joyeuses et divertissantes. La représentation terminée, il proposait
de mettre à l'épreuve le talent de son singe, déclarant au peuple
que l'animal devinait le passé et le présent, mais qu'il était moins
habile à prédire l'avenir.

Dès son entrée dans l'hôtellerie, maître Pierrre avait reconnu

Don Quichotte et Sancho, ce qui lui permit de les émerveiller, ainsi que les assistants. Il eût pu lui en coûter cher si Don Quichotte eût baissé un peu plus la main, lorsqu'il trancha la tête du roi Marsilio et détruisit sa cavalerie, fait raconté dans le précédent chapitre. Voilà ce qu'il y avait à dire sur maître Pierre et son singe ; revenons maintenant à Don Quichotte. Je dirai donc qu'après être sorti de l'auberge, il résolut d'atteindre les bords de l'Èbre et de visiter les environs avant de pénétrer dans la ville de Saragosse, l'époque fixée pour les joutes lui en laissant le loisir. Il se mit en route dans cette intention, et chemina durant deux jours, sans qu'il lui arrivât rien qui soit digne d'être écrit. Le troisième jour, gravissant une colline, il entendit un grand bruit de tambours et de trompettes. Il crut d'abord qu'un régiment défilait par là ; afin de le voir passer, il piqua Rossinante et arriva au sommet de la colline. Une fois là, il aperçut à ses pieds — selon son calcul — plus de deux cents hommes portant des armes différentes, lances, arbalètes, pertuisanes, hallebardes et triques ; quelques-uns avaient des arquebuses et un grand nombre des boucliers. Don Quichotte descendit la côte, et s'approcha du bataillon assez près pour distinguer les bannières, leur couleur et leurs devises. Il en remarqua surtout une, espèce de guidon de satin blanc sur lequel était peint au naturel un petit âne de Sardaigne, la tête levée, la bouche ouverte, la langue dehors, dans la posture d'un âne qui brait. Autour de l'animal on lisait en grosses lettres les deux vers suivants :

> « Ils n'auront pas brait en vain
> L'un et l'autre alcade. »

La vue de cet insigne fit supposer à Don Quichotte que ces gens appartenaient au village du braiment, et il le dit à Sancho, en lui communiquant ce qu'on lisait sur l'étendard. Il ajouta que l'homme qui leur avait communiqué la première nouvelle de cette aventure s'était trompé en donnant les deux brailleurs pour des régidors, attendu que, d'après la légende de la bannière, ils étaient alcades.

« Señor, répondit Sancho Pança, il ne faut pas s'arrêter à cela ; les deux régidors brailleurs ont pu, depuis lors, devenir alcades de leur village, ce qui permet de les désigner sous les deux titres.

D'ailleurs, il importe peu à la véracité de l'aventure que les brailleurs soient alcades ou régidors; qu'ils aient brait, c'est là l'important, et un alcade est aussi capable de braire qu'un régidor. »

Enfin, les deux aventuriers apprirent que les habitants du village
bafoué sortaient pour combattre ceux d'un autre village qui se
montraient plus moqueurs que ne le permet le bon voisinage. Don
Quichotte s'approcha des combattants, bien contre le gré de Sancho,
qui ne se souciait jamais de se trouver en semblables rencontres.

Les gens armés, croyant que le chevalier appartenait à leur parti,
le laissèrent pénétrer au milieu d'eux. Don Quichotte, haussant sa
visière d'un geste rapide et plein de noblesse, alla se poster près de
l'homme qui portait l'étendard de l'âne, et les principaux chefs de

l'armée l'entourèrent, s'empressant pour le voir. Don Quichotte,
remarquant l'attention avec laquelle on le considérait sans que per-

sonne lui adressât la parole, voulut profiter de ce silence, et élevant
la voix :

« Bons señores, dit-il, je vous supplie de ne pas interrompre le
discours que je veux vous adresser, du moins jusqu'au moment où
il vous déplaira. Si ce moment arrive, au plus léger signe que
vous me ferez, je poserai un sceau sur ma bouche et mettrai un
frein à ma langue. »

Chacun lui cria de dire ce qu'il voudrait, qu'on l'écouterait avec
plaisir. Fort de cette permission, Don Quichotte continua :

« Señores, dit-il, je suis un chevalier errant ; ma profession consiste à secourir les malheureux. J'ai appris, il y a plusieurs jours, le
motif qui vous pousse à prendre à chaque instant les armes. Ayant
réfléchi sur votre affaire, je trouve que, d'après les lois du duel,
vous êtes dans l'erreur en vous tenant pour outragés, attendu qu'aucun particulier ne peut offenser un village, si ce n'est en l'accusant
en masse de trahison, faute de connaître l'auteur du méfait pour
lequel il le défie. Nous avons un exemple de cette manière de procéder dans don Diégo Ordoñer de Lara, qui défia la ville de Zamora, ignorant que Vellido Dolfos était seul coupable de la trahison
qui avait coûté la vie au roi. Or, puisqu'un seul homme ne peut
offenser un royaume, une province, une ville, une république et
un peuple entier, il est clair qu'il est inutile de vouloir tirer vengeance d'une telle provocation, qui n'est pas une offense.

« Les sages, dans les républiques bien ordonnées, ne doivent prendre les armes, dégainer l'épée, exposer leurs vies et leurs biens que
pour quatre causes : la première, pour défendre la religion ; la
deuxième, pour défendre leur vie, ce qui est une loi naturelle et
divine ; la troisième, pour défendre leur honneur, celui de leur famille ou leurs biens ; la quatrième, pour servir leur pays dans une
guerre juste. Quant à prendre les armes pour des niaiseries ou
pour des causes plutôt risibles et futiles qu'offensantes, il faudrait
pour cela manquer de bon sens, d'autant plus que se venger in-
justement, — et la vengeance ne saurait jamais être juste, — offense
directement la sainte religion que nous professons, laquelle nous
ordonne de faire du bien à nos ennemis et d'aimer qui nous hait.
Ce commandement, bien qu'il paraisse un peu difficile à suivre, ne

l'est que pour ceux qui préfèrent le monde à Dieu. Ainsi, señores,
Vos Grâces seront obligées, en vertu des lois divines et humaines,
de laisser tomber leur colère. »

« Que l'on me pende, se dit en ce moment Sancho, si ce mien
maître n'est pas *thologien*. »

Don Quichotte reprit haleine, et voyant qu'on l'écoutait avec at
tention, voulut continuer son discours, ce qu'il aurait fait si la
finesse de Sancho ne se fût jetée à la traverse. L'écuyer, s'apercevant
que son maître se taisait, prit les devants et s'écria :

« Mon maître, Don Quichotte de la Manche qui dans un temps
se nomma le *Chevalier de la Triste-Figure*, et se nomme aujourd'hui
le *Chevalier des Lions*, est un hidalgo judicieux, qui sait le latin aussi
bien qu'un bachelier. Dans tout ce qu'il traite ou conseille, il pro-
cède en excellent soldat, et connaît sur le bout des doigts les lois et
ordonnances de ce qu'on nomme le duel. Il n'y a donc qu'à suivre
ses avis ; s'il se trompe, que l'on s'en prenne à moi. D'ailleurs,
ainsi qu'il l'a fort bien dit, c'est une sottise de se fâcher au bruit
seul d'un braiment. Je me souviens que, lorsque j'étais petit, je
brayais chaque fois que l'envie m'en prenait, sans que personne y
mît obstacle. Et je brayais avec tant de naturel que tous les ânes du
village se mettaient à braire. Je n'en étais pas moins, pour cela, le
fils de mes pères, gens des plus honorables. Et, bien que je fusse
envié par plus de quatre des coqs de l'endroit pour ce talent, je n'en
faisais pas plus de cas que d'un maravédis. Afin qu'on voie que
je dis la vérité, attendez et écoutez ; cette science est comme celle de
la natation : une fois sue, elle ne s'oublie jamais. »

Aussitôt, le nez serré entre ses doigts, Sancho commença à
braire si fort que toutes les vallées des environs en retentirent. Un
de ceux qui se trouvaient près de lui, croyant qu'il se moquait
d'eux, leva la gaule qu'il tenait à la main, et en déchargea un tel
coup sur les épaules de Sancho que le malheureux, étourdi, ne
put que rouler sur le sol. Don Quichotte, voyant maltraiter son
écuyer, se jeta la lance en arrêt sur l'agresseur, mais tant de gens
s'interposèrent qu'il ne put venger son serviteur. Remarquant, au
contraire, qu'une nuée de pierres pleuvait sur lui, qu'il était mis
en joue par mille arquebuses et autant d'arbalètes, le chevalier

rendit la bride à Rossinante, s'éloigna des combattants de tout le
galop de sa monture, se recommandant à Dieu pour qu'il le tirât
de ce péril, et craignant à chaque pas qu'une balle ne lui entrât
par les épaules et ne lui sortît par la poitrine. Aussi, reprenait-il
à chaque instant haleine pour voir s'il conservait son souffle. Les
hommes du bataillon se contentèrent de le voir fuir sans tirer. On
replaça sur l'âne Sancho à peine revenu à lui, et on le laissa partir
sur les traces de son maître, non que l'écuyer fût en état de guider
sa bête, mais le grison suivit les traces de Rossinante, dont il ne se
séparait jamais. Don Quichotte, déjà assez éloigné, retourna la tête,
vit venir Sancho, et l'attendit. Les gens du bataillon demeurèrent
là jusqu'à la nuit ; leurs adversaires ne s'étant pas présentés pour
combattre, ils regagnèrent leur village, joyeux et fiers. S'ils avaient
connu l'antique coutume des Grecs, ils eussent élevé un trophée en
cet endroit.

CHAPITRE XXI

Des choses rapportées par Ben-Engeli, et qu'apprendra le lecteur de ce chapitre s'il le lit avec attention.

Quand le brave fuit, c'est que l'embuscade est découverte, et les hommes prudents se conservent pour une occasion meilleure. Cette vérité fut prouvée par Don Quichotte qui, laissant le champ libre à la fureur des persiflés, prit la poudre d'escampette. Sans songer à Sancho ni au péril qui le menaçait, il s'éloigna de toute la distance qui lui parut nécessaire pour se mettre en sûreté. Sancho le suivait, couché de travers sur son âne, ainsi qu'il a été rapporté. Ayant repris ses sens, il rejoignit enfin son maître, et se laissa tomber du grison aux pieds de Rossinante, haletant, moulu et rompu de coups. Don Quichotte descendit de cheval pour examiner les blessures de l'écuyer; le trouvant sain des pieds à la tête, il lui dit avec un peu de colère:

« Vous avez su braire à mauvaise heure, Sancho; où avez-vous vu qu'il fût bon de parler de corde dans la maison du pendu? A musique de braiment, quelle mesure pouvait-on marquer, si ce n'est à coups de gaule?

— Je ne suis pas en état de répondre, dit Sancho; car il me semble que je parle par les épaules. Remontons à cheval et éloignons-nous d'ici; j'imposerai silence à mes braiments, mais je ne cesserai de répéter que les chevaliers errants fuient et abandonnent leurs écuyers, les laissant, moulus comme plâtre, au pouvoir de leurs ennemis.

— Celui qui se retire ne fuit pas, répondit Don Quichotte; il
faut que tu saches, Sancho, que la valeur qui n'a pas la prudence
pour guide se nomme témérité, et que les hauts faits du téméraire
sont plutôt attribués à la bonne fortune qu'à son courage. Aussi je
confesse que je me suis retiré, non que j'ai fui. »

Sancho était remonté sur l'âne, aidé par Don Quichotte qui, de
son côté, enfourcha Rossinante ; peu à peu, ils gagnèrent un petit
bois qu'on apercevait à un quart de lieue de distance. De temps
à autre, Sancho poussait des gémissements douloureux. Don Quichotte lui ayant demandé la cause d'un si amer chagrin, il répondit que, de l'extrémité de l'échine à la nuque, il souffrait à en perdre connaissance.

« La cause de cette douleur vient sans doute, lui dit Don Quichotte, de ce que la gaule dont on t'a frappé était longue et droite ;
elle t'a cinglé les épaules où se trouvent les parties dont tu te
plains ; si elle eût frappé plus bas, tu souffrirais davantage.

— Pardieu, s'écria Sancho, Votre Grâce m'a tiré d'un grand

doute et vient de me l'expliquer en bons termes. Corps de ma vie !
la cause de mon mal est-elle si cachée qu'il soit besoin de me dire
que j'ai mal partout où la gaule m'a frappé ? Si les chevilles me
cuisaient, il faudrait peut-être chercher pourquoi elles me cuisent;
mais déclarer que j'ai mal où l'on m'a gaulé, ce n'est pas être
devin. Sur ma foi, señor notre maître, le mal d'autrui pend à un
cheveu, et je découvre chaque jour le peu de fonds que je dois
faire du résultat de mon association avec Votre Grâce. Si vous
m'avez laissé bâtonner tout à l'heure, nous reviendrons cent fois au
bernement de l'autre jour et aux autres enfantillages qui, s'ils m'ont
frappé aujourd'hui les épaules, me frapperont demain les yeux. Je
ferais bien mieux, — mais je suis un niais, et je ne ferai rien de bon
dans ma vie, — je ferais bien mieux, dis-je, de retourner vers ma
demeure, ma femme et mes enfants; de soutenir l'une et d'élever
les autres à l'aide de ce qu'il plaira à Dieu de m'accorder, plutôt
que de cheminer derrière Votre Grâce par des routes et des sentiers
qui n'en sont pas, buvant mal et mangeant plus mal encore. Pour
ce qui est de dormir, mesurez sept pieds de terre, frère écuyer, — si
vous en voulez plus, prenez-en le double, vous êtes libre de commander, — puis étendez-vous à votre aise. Je voudrais voir brûlé
et réduit en cendres le premier qui s'est avisé de chevalerie errante,
ou du moins le premier qui a consenti à servir d'écuyer aux sots
tels qu'ont dû l'être les chevaliers errants passés. De ceux d'aujourd'hui je ne dis rien; je les respecte même, parce que Votre
Grâce est du nombre, et aussi parce que je reconnais que vous en
savez un peu plus que le diable dans tout ce que vous dites ou
pensez.

— Je parierais à coup sûr avec vous, Sancho, s'écria Don Quichotte, qu'en ce moment où vous parlez sans que personne s'y
oppose, nulle partie de votre corps ne vous fait mal. Parlez, mon
fils, dites tout ce qui vous viendra à l'esprit ou à la bouche; pourvu
que rien ne vous fasse mal, je tiendrai à plaisir l'ennui que me
causent vos impertinences. Et si vous désirez si fort retourner dans
votre demeure, auprès de votre femme et de vos enfants, Dieu me
préserve de vous en empêcher. Vous avez de l'argent à moi; voyez
combien il y a de temps, depuis cette troisième sortie, que nous

sommes hors de notre village, voyez ce que vous pouvez et devez
gagner chaque mois, et payez-vous de votre main.

— Lorsque je servais Tomé Carrasco, répondit Sancho, je gagnais deux cents ducats par mois, la nourriture en sus. Avec Votre
Grâce, j'ignore ce que je peux gagner, mais je sais que l'écuyer
d'un chevalier errant a plus de mal que l'homme qui sert un laboureur. Car enfin, lorsqu'on sert un laboureur, autant que l'on travaille dans la journée, et autant de peine qu'on se donne, on mange
le soir le pot-au-feu et l'on dort dans un lit, ce qui ne m'est pas
arrivé depuis que je sers Votre Grâce, si ce n'est durant le temps
trop court que nous avons passé chez don Diégo Miranda.

— J'avoue, répondit Don Quichotte, que ce que vous dites est la
vérité, Sancho; maintenant, combien vous paraît-il que je doive
vous donner en plus de ce que vous donnait Tomé Carrasco ?

— A mon avis, répliqua Sancho, avec deux réaux que Votre
Grâce ajouterait par mois, je me tiendrais comme bien payé, touchant le salaire de mon travail. Pour ce qui a trait à la parole et à
la promesse de Votre Grâce de me donner le gouvernement d'une
île, il serait juste d'ajouter six réaux, ce qui ferait trente en tout.

— C'est bien, répliqua Don Quichotte, j'accorde le salaire que
vous-même établissez. Il y a vingt-cinq jours que nous sommes sortis de notre village; faites le compte, Sancho, et payez-vous vous-
même, ainsi que je vous l'ai dit.

— Par mon corps! s'écria Sancho, Votre Grâce est dans l'erreur
à propos de ce compte, car celui de la promesse de l'île doit courir
du jour où Votre Grâce me l'a promise jusqu'à l'heure où nous
sommes.

— Y a-t-il donc si longtemps que je vous ai fait cette promesse,
Sancho? demanda Don Quichotte.

— Si je me souviens bien, répondit Sancho, il doit y avoir plus
de vingt ans, trois jours de plus ou de moins. »

Don Quichotte se frappa le front de la paume de sa main, se
mit à rire et dit:

« Le temps passé dans la Sierra-Morena et toutes nos sorties font
à peine deux mois, et tu prétends, Sancho, qu'il y a vingt ans que
je t'ai promis l'île? Je vois à présent que tu veux que l'argent que

tu as à moi te reste pour ton salaire ; s'il en est ainsi et qu'il te
fasse plaisir, je te le donne, et puisse-t-il te profiter! Pourvu que je
sois débarrassé d'un si mauvais écuyer, je me réjouirai de rester
pauvre et sans un maravédis. Mais, dis-moi, prévaricateur des lois
écuyères de la chevalerie errante, où as-tu vu ou lu qu'aucun écuyer
de chevalier errant se soit jamais mis à discuter avec son maître,
lui disant : Vous me donnerez plus ou moins chaque mois pour que
je vous serve ? Entre, malandrin, filou, vampire, — tu ressembles
à tout cela, — entre, te dis-je, dans la *mare magnum* de leurs histoires, et si tu trouves qu'un écuyer ait dit ou pensé ce que tu
viens de dire, je veux que tu me cloues ce passage sur le front et
que tu me donnes en outre quatre soufflets. Tire les rênes ou le
licou de ton grison, et retourne chez toi ; tu ne feras pas un pas de
plus en ma compagnie. O pain mal agréé, ô promesses mal placées,
ô homme qui tiens plus de la brute que de l'humanité! c'est au
moment où je songeais à t'établir de façon qu'en dépit de ta
femme on t'appelât Seigneurie, que tu me quittes. Tu pars, lorsque
j'avais la ferme et valable intention de te rendre maître de la meilleure île du monde. Enfin, ainsi que tu l'as dit en d'autres occasions, le miel n'est pas fait pour la bouche de l'âne. Ane tu es, âne
tu seras, et âne tu resteras jusqu'à la fin de tes jours ; car, à mon
avis, tu atteindras ce terme avant de comprendre que tu n'es
qu'une bête. »

Sancho, tandis que Don Quichotte lui adressait ces reproches,
le regardait fixement, et il fut pris d'un tel remords que les larmes
lui en vinrent aux yeux.

« Cher señor, lui dit-il d'une voix émue, j'avoue que, pour être
un âne complet, il ne me manque que la queue. Si Votre Grâce veut
me la poser, je la tiendrai comme méritée, et je vous servirai comme
une bête de somme tout le temps qui me reste à vivre. Que Votre
Grâce me pardonne et ait pitié de ma jeunesse ; remarquez que je
sais peu et que je parle beaucoup, cela vient plutôt de maladie que
de malice. Mais qui erre et se repent, se recommande à Dieu.

— J'aurais été émerveillé, Sancho, si tu n'avais mêlé un petit
proverbe à ton discours. Soit, je te pardonne, à la condition que tu te
corrigeras, que tu essaieras de t'agrandir l'âme, et que tu attendras

avec confiance l'accomplissement de mes promesses qui, bien qu'elles tardent à s'accomplir, ne sont pas d'une réalisation impossible. »

Sancho répondit qu'il se conduirait ainsi, et ils pénétrèrent dans le petit bois. Don Quichotte s'étendit au pied d'un orme, Sancho au pied d'un hêtre, attendu que ces arbres et leurs pareils ont toujours des pieds et jamais de mains. Sancho passa une nuit pénible, les coups de gaule se faisant davantage sentir avec le serein. Don Quichotte la passa dans ses continuels souvenirs. Néanmoins, le sommeil ferma leurs yeux, et, dès l'aube, ils continuèrent leur chemin, cherchant les rives de l'Èbre fameux.

CHAPITRE XXII

De ce qui arriva à Don Quichotte avec une belle chasseresse.

 E jour suivant, au coucher du soleil, et au sortir d'un bois, Don Quichotte, promenant ses regards sur une vaste prairie, aperçut à l'extrémité une troupe de gens. En avançant, il reconnut des chasseurs de haute volée. S'approchant davantage, il distingua parmi eux une belle dame montée sur un palefroi d'une blancheur parfaite, aux harnais verts et à la selle ornée d'argent. La dame, de son côté, était vêtue d'un costume vert, si élégant et si riche, qu'elle semblait l'élégance même. Elle portait un faucon sur le poing gauche, et Don Quichotte la reconnut à ce détail pour une grande dame.

« Cours, fils Sancho, dit-il à son écuyer, et préviens la dame du palefroi que moi, le Chevalier des Lions, je baise les mains de sa grande beauté; que si Sa Grandeur m'en accorde l'autorisation, j'irai les lui baiser en réalité, la servir dans la mesure de mes forces, et obéir à ce que Son Altesse voudra me commander. Fais attention, Sancho, à la façon dont tu parleras, et aie soin de ne pas fourrer quelques-uns de tes proverbes dans ton ambassade.

— Vous êtes loin d'avoir trouvé le fourreur, répondit Sancho; l'avis est de trop. Ce n'est pas la première fois de ma vie que je vais en ambassade auprès de hautes et puissantes dames.

— Hors celle de la señora Dulcinée, je ne sache pas que tu en aies rempli d'autres, Sancho, du moins depuis que tu es à mon service.

— C'est vrai, dit Sancho; mais je veux dire qu'il est inutile de me faire aucune recommandation. Je suis bon à tout, et m'entends un peu à tout.

— Je le crois, Sancho, répondit Don Quichotte; va donc en paix, et que Dieu te guide. »

Sancho, forçant le pas de son grison, rejoignit la belle chasseresse. Mettant pied à terre et s'agenouillant devant elle, il lui dit :

« Belle dame, ce chevalier que l'on voit d'ici, et qu'on nomme le *Chevalier des Lions*, est mon maître, je suis un de ses écuyers, et, dans ma maison, on m'appelle Sancho Pança. Ledit Chevalier des Lions, qui se nommait il y a peu de temps le *Chevalier de la Triste-*

Figure, m'envoie demander à Votre Grandeur qu'elle daigne lui permettre de venir, — sous votre bon plaisir et consentement, — mettre son désir à exécution, désir qui n'est autre, à ce qu'il prétend, que de servir votre haute cime et votre beauté.

— Certes, bon écuyer, répondit la dame, vous avez rempli votre ambassade avec toutes les formalités requises en de semblables cas; relevez-vous, il n'est pas juste que l'écuyer d'un si notable chevalier que celui de la Triste-Figure reste agenouillé. Relevez-vous donc, ami, et dites à votre maître qu'il soit le bienvenu auprès de moi et auprès du duc mon mari, et que nous nous mettons à sa disposition dans la maison de plaisance que nous possédons près d'ici. »

Sancho se releva, aussi émerveillé de la beauté de la dame que de sa courtoisie.

La duchesse, dont le nom est encore inconnu, dit à Sancho :

« Répondez, frère écuyer; votre maître n'est-il pas ce chevalier dont l'histoire imprimée circule sous le titre de *l'Ingénieux hidalgo Don Quichotte de la Manche*, lequel chevalier a pour dame de son âme une nommée Dulcinée du Toboso ?

— C'est lui-même, madame, répondit Sancho; et l'écuyer qui paraît dans ladite histoire et que l'on nomme Sancho Pança, c'est moi, à moins qu'on ne m'ait changé en nourrice, je veux dire à l'imprimerie.

— Je me réjouis beaucoup de ces nouvelles, reprit la duchesse; allez, frère Pança; répétez à votre maître qu'il sera le bienvenu dans mes états. »

Chargé d'une si agréable réponse, Sancho retourna tout joyeux vers son maître, à qui il raconta ce que venait de lui dire la noble dame, portant aux nues, dans son rustique langage, la beauté merveilleuse, le grand air et la courtoisie de la chasseresse. Don Quichotte se redressa avec grâce sur sa selle, s'affermit sur ses étriers, arrangea sa visière, éperonna Rossinante, et, d'un air intrépide, alla baiser la main de la duchesse. Celle-ci, ayant fait appeler le duc son mari, lui raconta l'ambassade qu'elle venait de recevoir. Le duc et la duchesse, ayant lu la première partie de cette histoire, et étant instruits par elle de l'humeur extravagante de Don Quichotte, étaient très-désireux de le connaître. Ils l'attendaient donc avec l'intention de se prêter à ses fantaisies, et de le traiter, durant les jours qu'il resterait avec eux, en chevalier errant et avec les cérémonies usitées dans les livres de chevalerie qu'ils avaient lus.

En cet instant, Don Quichotte arriva, la visière levée; lorsqu'il fit mine de vouloir mettre pied à terre, Sancho se disposa à venir lui tenir l'étrier. Par malheur, au moment de descendre de son âne, l'écuyer se prit le pied de telle façon dans une des courroies du bât, qu'il ne put se dégager et resta suspendu, la tête et les épaules à terre. Don Quichotte, qui n'avait pas coutume de descendre sans qu'on lui tînt l'étrier, et qui croyait Sancho à son poste, se laissa peser de tout son poids et emporta la selle de Rossinante, lequel devait être mal sanglé. Selle et chevalier roulèrent sur le sol, à la honte de ce dernier qui, entre ses dents, lança plus d'une malédiction au malheureux Sancho, encore suspendu le pied dans l'entrave. Le duc ordonna aux chasseurs de secourir le chevalier et l'écuyer; ils relevèrent d'abord Don Quichotte qui, assez meurtri de sa chute et clopin-clopant, alla du mieux qu'il put s'agenouiller devant le duc et la duchesse. Le duc ne voulut sous aucun prétexte consentir à cet hommage; descendant au contraire de cheval, il alla embrasser Don Quichotte en lui disant :

« Je suis peiné, seigneur Chevalier de la Triste-Figure, que les premiers pas de Votre Grâce sur mes terres aient été aussi mal chanceux qu'on vient de le voir; mais les négligences des écuyers causent parfois de pires accidents.

— Il est impossible que les pas qui me permettent de vous voir soient malheureux, vaillant prince, répondit Don Quichotte. Mon écuyer, que Dieu maudisse, sait mieux délier sa langue pour dire des malices qu'attacher ou sangler une selle avec solidité. Néanmoins, de quelque façon que je me trouve, tombé ou debout, à pied ou à cheval, je serai toujours à votre service et à celui de madame la duchesse, véritable reine de beauté.

— Allons doucement, seigneur Don Quichotte de la Manche, s'écria le duc; là où règne madame Dulcinée du Toboso, il n'est pas juste de louer d'autres beautés. »

Sancho, libre enfin de la courroie, et s'étant approché, répondit avant son maître :

« On ne peut nier que madame Dulcinée ne soit très-belle ; mais
on lève le lièvre là où on y pense le moins. J'ai entendu dire que ce
qu'on nomme la nature est comme le potier qui fabrique des vases
de terre ; celui qui fait un beau vase peut en faire deux, trois et
cent. Je le dis, parce que sur ma foi, madame la duchesse ne le
cède en rien à ma maîtresse Dulcinée du Toboso.

— Que Votre Grandeur s'imagine, dit Don Quichotte en se
tournant vers la duchesse, que jamais dans le monde chevalier
errant n'a possédé un écuyer plus bavard ni plus plaisant que le
mien.

— Que le bon Sancho soit plaisant, répondit la duchesse, c'est
là une chose dont je fais grand cas, et je le tiens dès à présent
pour spirituel.

— Et bavard, ajouta Don Quichotte.

— Tant mieux, dit le duc ; beaucoup de bons mots ne se peuvent
dire en peu de paroles ; mais que le Chevalier de la Triste-Figure
vienne....

— C'est *des Lions*, que doit dire Votre Altesse, s'écria Sancho
Pança ; il n'y a plus de Triste-Figure, ce sont des Lions.

— Je dis, continua le duc, que le Chevalier des Lions veuille
bien m'accompagner dans un de mes châteaux, situé ici près ; il y
recevra l'accueil que mérite une aussi haute personne que la sienne,
accueil que la duchesse et moi avons coutume de faire à tous les
chevaliers errants qui nous rendent visite. »

Durant ce temps, Sancho avait redressé et bien sanglé la selle de
Rossinante ; Don Quichotte enfourcha sa monture, le duc remonta
sur son magnifique cheval, la duchesse prit place entre les deux
cavaliers, et ils se dirigèrent vers le château. La duchesse ordonna
à Sancho de se tenir près d'elle, car il lui plaisait beaucoup d'entendre ses saillies. Sancho ne se fit pas prier ; se glissant entre les
trois cavaliers, il fit le quatrième dans la conversation, au grand
plaisir de la duchesse et du duc, qui regardèrent comme une bonne
fortune de pouvoir loger dans le château un tel chevalier errant et
un écuyer si naïf.

CHAPITRE XXIII

Qui traite de nombreuses et grandes choses.

ANCHO ressentait une grande joie en se voyant, à ce qu'il croyait, en privauté avec la duchesse ; car il espérait trouver dans le château l'abondance qu'il avait rencontrée chez don Diégo. Toujours amateur de la bonne chère, il prenait aux cheveux chaque occasion de se régaler qui s'offrait à lui.

Or, l'histoire raconte qu'avant d'arriver au château, le duc prit les devants et donna des ordres à ses domestiques sur la façon dont ils devaient traiter Don Quichotte. Lorsque le chevalier arriva en compagnie de la duchesse, deux laquais ou palefreniers sortirent pour le recevoir, l'enlevèrent entre leurs bras et lui dirent :

« Que Votre Grandeur aille aider madame la duchesse à mettre pied à terre. »

Don Quichotte obéit, et, à cette occasion, il y eut entre lui et la duchesse grand échange de politesses. Lorsqu'ils eurent pénétré dans une grande cour, deux belles damoiselles apparurent et jetèrent sur

les épaules de Don Quichotte un vaste manteau écarlate. En un
instant, les corridors se peuplèrent des domestiques criant à haute
voix :

« Bien venu soit la fleur et la crème des chevaliers errants ! »

Et la plupart d'entre eux répandaient des flacons d'eau de senteur sur Don Quichotte et sur la duchesse, ce qui surprenait le
chevalier. Ce jour, où Don Quichotte se vit traiter ainsi qu'il avait
lu que l'on traitait les chevaliers errants dans les siècles passés, fut
le premier où il se crut fermement un véritable et non un fantastique chevalier.

Sancho, abandonnant le grison, n'abandonna pas la jupe de
la duchesse et la suivit dans le château. Mais, ayant un remords de
conscience de laisser l'âne seul, il s'approcha d'une duègne qui
avait paru en compagnie de plusieurs autres pour recevoir les ordres de la duchesse, et lui dit à voix basse :

« Señora Gonzalès, ou quel que soit le nom de Votre Grâce...

— Je me nomme doña Rodriguez de Gonzalve, répondit la duègne; qu'y a-t-il pour votre service, frère?

— Je voudrais, répondit Sancho, que Votre Grâce me fît celle d'aller jusqu'à la porte du château, où elle trouvera un âne gris qui m'appartient. Votre Grâce voudra bien le faire conduire ou le conduire à l'écurie ; le pauvre petit est un peu timide et se trouverait mal d'être seul.

— Si le maître est aussi bien élevé que le serviteur, s'écria la duègne, nous voilà bien loties. —Allez à la male heure, frère, ainsi que celui qui vous a amené ici, et soignez votre âne vous-même ; les duègnes de cette maison ne sont pas accoutumées à pareille besogne.

— En vérité, répondit Sancho, j'ai entendu raconter à mon maître, qui est un lynx en histoire, que lorsque Lancelot vint de Bretagne,

> « Les dames prenaient soin de lui
> Et les duègnes de son roussin. »

— Frère, répliqua la duègne, si vous êtes bouffon, gardez vos grâces pour les endroits où elles pourront paraître telles, et où on vous les payera ; de moi vous ne tirerez rien qu'une figue. »

Elle criait si fort que la duchesse l'entendit, revint sur ses pas et lui demanda à qui elle en avait.

« A ce bonhomme, répondit-elle, qui m'a suppliée de conduire à l'écurie un âne qui lui appartient et se trouve à la porte du château, me citant pour exemple que des dames le firent ainsi je ne sais où.

— Sont-ce là des conversations pour un tel lieu, Sancho ? dit alors Don Quichotte.

— Señor, dit Sancho, chacun doit parler de ses besoins là où il est ; ici je me suis souvenu du grison, et c'est ici que j'ai parlé de lui ; si je m'étais souvenu de lui dans l'écurie, c'est dans l'écurie que j'en aurais parlé.

— Sancho est dans le vrai, répondit le duc, il n'y a rien à lui reprocher. On donnera au grison des rations à bouche que veux-tu ; que Sancho ne se mette donc pas en peine ; son âne sera soigné comme lui-même. »

Avec ces raisons, divertissantes pour tout le monde, Don Quichotte excepté, on atteignit le premier étage, et on fit pénétrer le chevalier dans une salle ornée de riches tentures d'or. Six damoiselles, stylées par le duc et la duchesse sur la façon dont elles devaient se conduire avec Don Quichotte, le désarmèrent et lui servirent de pages. Une fois dépouillé de ses armes, Don Quichotte apparut avec son étroit haut-de-chausses et son pourpoint de peau de chamois, grand, sec, allongé, les joues si creuses qu'elles semblaient se baiser dans l'intérieur de sa bouche, figure si étrange que, si les damoiselles n'eussent dissimulé leur envie de rire, — suivant l'ordre précis de leur maître, — elles auraient éclaté.

Le chevalier se retira ensuite avec Sancho dans une chambre où se trouvait un lit magnifique. Là, se voyant seul avec son écuyer, il lui dit :

« Raconte-moi, truand moderne, et sot de vieille date ; te paraît-il convenable d'outrager une duègne aussi digne de respect que celle de tout à l'heure ? Était-ce le moment de te rappeler le grison ? Au nom de Dieu lui-même, Sancho, observe-toi et ne montre pas la corde, de manière qu'on découvre sur l'heure que tu n'es qu'un tissu vulgaire et grossier. Songe, pécheur que tu es, que le maître est d'autant plus considéré qu'il possède des serviteurs honorables et bien élevés. »

Sancho promit sincèrement de se coudre la bouche et de se mordre la langue avant de lâcher une parole qui ne fût à propos et bien mesurée, ainsi que son maître le lui commandait.

Don Quichotte se vêtit, endossa le baudrier qui soutenait son épée, se couvrit les épaules d'un manteau écarlate, se coiffa d'un bonnet de velours vert que lui donnèrent les damoiselles, puis, ainsi paré, il retourna dans la grande salle où il les trouva rangées sur deux files, armées de flacons d'eau de senteur qu'elles lui versèrent sur les mains avec mille cérémonies. Douze pages, précédés d'un maître d'hôtel, vinrent ensuite chercher le chevalier pour le conduire à table, où le duc et la duchesse l'attendaient. Plaçant Don Quichotte au milieu d'eux, les pages l'emmenèrent dans la salle à manger où se dressait un riche couvert de quatre personnes.

Le duc et la duchesse vinrent jusqu'à la porte recevoir leur hôte, accompagnés d'un de ces graves ecclésiastiques qui gouvernent la maison des princes.

Des courtoisies et des compliments furent échangés de part et

d'autre ; à la fin, emmenant le chevalier au milieu d'eux, ils allèrent s'asseoir à table. Le duc invita Don Quichotte à prendre le
haut bout, et, bien qu'il s'y refusât, les instances du duc furent si
pressantes qu'il dut accepter. L'ecclésiastique s'assit en face de lui,
et le duc et la duchesse de chaque côté. Sancho était présent, la
bouche ouverte, surpris des honneurs rendus à son maître par ces
princes.

« Si Vos Grâces m'en donnent la permission, dit-il, je leur raconterai une histoire arrivée dans mon village, touchant le haut bout et
le bas bout de la table. »

A peine Sancho eut-il prononcé ces paroles, que Don Quichotte
trembla, croyant sans aucun doute qu'il allait lâcher quelque sottise. Sancho le regarda, comprit sa crainte et lui dit :

« Que Votre Grâce ne craigne pas que je m'oublie, señor, ou
que je dise une chose qui ne vienne pas à point ; je n'ai pas encore
oublié les conseils que Votre Grâce m'a donnés, il y a peu de temps,
sur ce qui est de parler peu ou beaucoup.

— Je ne me souviens de rien, Sancho, répondit Don Quichotte ;
dis ce que tu voudras, pourvu que tu le dises promptement.

— Eh bien ! ce que je veux raconter est si vrai, reprit Sancho,
que mon maître Don Quichotte, ici présent, ne me laissera pas
mentir.

— Pour ce qui est de moi, Sancho, répliqua Don Quichotte, tu
peux mentir tant que tu voudras, je ne te démentirai pas ; mais
prends garde à tes paroles.

— J'y prends si bien garde qu'on peut assurer que celui qui
carillonne est à l'abri, ainsi qu'on le verra par le résultat.

— Il serait bon, reprit Don Quichotte en se tournant vers ses
hôtes, que Vos Grandeurs fissent mettre ce sot dehors, attendu
qu'il racontera mille impertinences.

— Par la vie du duc ! s'écria la duchesse, Sancho ne s'éloignera
pas de moi d'un pas.

— Or, le conte que je veux rapporter est le suivant, reprit Sancho : Un noble et riche hidalgo de mon village, — il descendait des
Alamos de Medina del Campo, — s'était marié avec doña Mencia
de Quinoñès, fille de don Alonzo de Marañon, chevalier de l'ordre

de Saint-Jacques, qui se noya dans l'île d'Herradura, et pour lequel eut lieu, dans notre village, il y a des années, cette querelle à laquelle je crois que mon maître fut mêlé, et d'où Tomasillo l'espiègle, le fils de Balbestro, le serrurier, sortit blessé. Tout cela n'est-il pas vrai, señor notre maître? Dites-le, par votre vie, afin que ces seigneurs ne me prennent pas pour un menteur bavard.

— Jusqu'à présent, dit l'ecclésiastique, je vous tiens pour plus bavard que menteur; mais j'ignore encore ce que je penserai de vous plus tard.

— Tu cites tant de témoins, Sancho, et tu donnes tant de renseignements, que je ne puis laisser d'avouer que tu dois dire la vérité. Poursuis et abrége ton récit, car tu prends le chemin de ne pas finir en deux jours.

— Il ne faut rien abréger, s'écria la duchesse; il faut, au contraire, pour me faire plaisir, que Sancho raconte l'histoire comme il la sait, dût-il ne pas la terminer en six jours.

— Je disais donc, messeigneurs, reprit Sancho, que cet hidalgo, que je connais comme mes mains, attendu qu'il n'y a pas une portée d'arquebuse entre ma maison et la sienne, invita à dîner un laboureur pauvre, mais honnête.

— Au fait, frère, s'écria le religieux, vous prenez le chemin de n'achever votre histoire que dans l'autre monde.

— Je n'arriverai qu'à mi-chemin, s'il plaît à Dieu, répondit Sancho. Je disais donc que ledit laboureur, en arrivant dans la maison du susdit hidalgo, qui l'avait invité, — puisse son âme reposer en paix, car il est mort, et pour plus de renseignements on prétend même qu'il eut la mort d'un ange, mais je n'y assistai pas, attendu que vers cette époque j'avais été semer du côté de Temblèque....

— Par votre vie, fils, reprit le religieux, revenez promptement de Temblèque, et sans enterrer l'hidalgo; si vous ne voulez pas lui faire plus d'obsèques, achevez votre histoire.

— Or, le cas est, répliqua Sancho, que les convives étant prêts à s'asseoir à table.... il me semble que je les vois à présent mieux que jamais.... »

Le duc et la duchesse se divertissaient beaucoup du déplaisir que manifestait le bon religieux, de la lenteur et des pauses avec lesquelles Sancho racontait son histoire; et Don Quichotte étouffait de colère.

« Je disais donc, continua Sancho, que tous deux étant, ainsi que je l'ai dit, prêts à s'asseoir à table, le laboureur luttait avec l'hidalgo pour que celui-ci prît le haut bout, et l'hidalgo s'opiniâtrait de son côté à vouloir l'abandonner au laboureur, vu que chez lui on devait faire ce qu'il commandait. Mais le laboureur, qui se piquait d'être bien élevé, ne voulut jamais y consentir, jusqu'à ce que l'hidalgo, fâché, lui posant les deux mains sur les épaules, le fit asseoir de force en disant : « Asseyez-vous, lourdaud; n'importe « où je m'assoeirai, je tiendrai toujours le haut bout. » Voilà mon conte, et, en vérité, je crois qu'il n'a pas été amené ici hors de propos. »

Don Quichotte devint de mille couleurs qui jaspèrent son teint brun d'une façon visible. Le duc et la duchesse, ayant compris la malice de Sancho, dissimulèrent leur envie de rire, afin que le chevalier n'achevât pas de se troubler. Puis, dans le but de changer la conversation et d'empêcher Sancho de lâcher d'autres sottises, la duchesse demanda à Don Quichotte quelles nouvelles il avait de madame Dulcinée; si, dans les jours précédents, il lui avait envoyé en cadeau quelques géants ou malandrins, car il ne pouvait manquer d'en avoir vaincu un grand nombre.

« Madame, répondit Don Quichotte, mes malheurs, bien qu'ils aient eu un commencement, n'auront jamais de fin. J'ai vaincu des géants, envoyé des félons et des malandrins à ma dame, mais comment l'auraient-ils trouvée, puisqu'elle est ensorcelée et changée en la plus laide paysanne qu'on puisse se figurer?

— Pour moi, répondit Sancho Pança, elle me paraît la plus belle créature du monde. Sur ma foi, madame la duchesse, elle s'élance du sol sur une bourrique, comme si elle était une chatte.

— Vous l'avez donc vue ensorcelée, vous, Sancho? demanda le duc.

— Comment, si je l'ai vue? s'écria Sancho. Qui, si ce n'est moi, a donné le premier dans l'histoire de l'enchantement? »

L'ecclésiastique, qui entendit parler de géants, de félons et d'enchantements, comprit enfin que l'hôte devait être le Don Qui-

chotte de la Manche dont le duc lisait ordinairement l'histoire, ce
qu'il lui avait reproché plusieurs fois, en déclarant qu'il était
extravagant de lire de telles billevesées. Une fois convaincu que
ses soupçons étaient fondés, il s'écria en s'adressant au duc :

« Votre Excellence, monseigneur, aura à rendre compte à Dieu
de ce que fait ce bonhomme. Ce Don Quichotte, Don Nigaud, ou
quel que soit son nom, n'est pas aussi fou, j'imagine, que Votre
Grâce désire qu'il le soit, puisque vous lui fournissez des occasions
de manifester sa sottise et sa folie. Et vous, continua le religieux
en se tournant vers Don Quichotte, qui vous a fourré dans la
cervelle que vous êtes chevalier errant, que vous vainquez des
géants et arrêtez des malandrins? Allez en paix, je vous le conseille;
retournez chez vous, élevez vos enfants si vous en avez, soignez votre
bien, et cessez de vaguer par le monde, bayant aux corneilles et
prêtant à rire à ceux qui vous connaissent et ne vous connaissent
pas. »

Don Quichotte écouta avec attention le discours du vénérable
personnage; voyant qu'il se taisait, sans respect pour le duc ni
pour la duchesse, le visage troublé et encoléré, il se leva et dit....

Mais cette réponse mérite un chapitre à part.

CHAPITRE XXIV

De la réponse que fit Don Quichotte à son censeur, et d'autres graves
et agréables événements.

'ÉTANT donc levé, tremblant des pieds à la tête, Don Quichotte s'écria, avec tant de vivacité qu'il ne parlait qu'en bégayant : « Le lieu où je suis, la présence des personnes devant lesquelles je me trouve, le respect que j'ai toujours eu et que j'ai encore pour la profession de Votre Grâce, retiendront les éclats de ma juste colère. En me reprenant en public avec tant de dureté, vous avez dépassé les limites d'un juste blâme, attendu que la douceur rend les conseils plus profitables que la sévérité. Il n'est pas bien, sans connaître le péché de celui que l'on veut reprendre, de traiter de but en blanc le pécheur de sot et d'extravagant. Sinon, que Votre Grâce veuille bien me répondre ; quelle extravagance m'a-t-elle vu commettre qui l'autorise à me condamner, à me blâmer et m'ordonner de retourner administrer ma maison, ma femme et mes enfants, sans savoir si je possède rien de tout cela? Est-ce, par aventure, une occupation vaine ou un temps mal employé que celui que l'on consacre à parcourir l'univers, non à la poursuite des plaisirs, mais en s'exposant aux souffrances grâce auxquelles les bons arrivent à prendre place sur le trône de l'immortalité? Si les chevaliers, les magnifiques, les généreux, les gentilshommes me tenaient pour un sot, je le considérerais comme un affront irréparable; mais que des étudiants qui n'ont jamais vu ni parcouru les sentiers de la chevalerie errante me blâment, je m'en soucie comme d'un maravédis. Chevalier je suis, et chevalier je mourrai, s'il plaît au Tout-Puissant. Les uns suivent la vaste route de l'ambition superbe; d'autres celle de l'adulation basse et servile; d'autres celle de l'hypocrisie; quelques-uns, celle de la vraie religion. Moi, entraîné par mon étoile, je suis l'étroit sentier de la chevalerie errante, pour l'exercice de laquelle je méprise les biens, non l'honneur. J'ai vengé des injures, redressé des torts, châtié des insolences, vaincu des géants, affronté des vampires. Mes intentions sont toujours droites; je veux faire du bien à tout le monde et ne nuire à personne. Si celui qui pense ainsi, qui agit ainsi, qui essaie de réaliser ces desseins, mérite d'être appelé sot, que Vos Grâces le disent, seigneur duc et madame la duchesse.

— Bien répondu, de par Dieu! s'écria Sancho. Que Votre Grâce n'en dise pas plus pour sa justification, señor mon maître; il n'y a rien à ajouter, rien de plus à penser, rien de plus à discuter.

— Seriez-vous, par hasard, frère, demanda l'ecclésiastique, ce Sancho Pança que l'on cite, et auquel son maître a promis une île?

— Je le suis, répondit Sancho, et je suis celui qui mérite cette île tout autant qu'un autre. Je suis celui qui s'en tient au proverbe: « fréquente les bons, tu seras l'un d'eux. » Je suis de ceux qui, « choisissant un bon arbre, sont couverts d'une bonne ombre. » Je me suis abrité sous un bon maître; il y a nombre de mois que je voyage en sa compagnie, et je deviendrai ce qu'il est, si Dieu le permet. Vive lui et vive moi; il ne lui manquera pas plus d'empires à gouverner qu'à moi d'îles à administrer.

— Non certes, ami Sancho, dit alors le duc, car, au nom du señor Don Quichotte, je vous nomme gouverneur d'une île vacante que je possède, et qui est de bonne dimension.

— Agenouille-toi, Sancho, s'écria Don Quichotte, et baise les pieds de Son Excellence pour la grâce qu'elle te fait. »

Sancho obéit. A cette vue, l'ecclésiastique se leva de table.

« Par l'habit que je porte, dit-il, je suis prêt à déclarer que Votre Excellence est aussi folle que ces pécheurs. Comment ne seraient-ils pas fous lorsque les sages encouragent leurs extravagances? Que Votre Excellence demeure en leur compagnie; tant qu'ils habiteront cette maison, je resterai dans la mienne; de cette façon, je serai dispensé de critiquer ce à quoi je ne puis remédier. »

Et, sans prononcer une parole de plus, ni achever son repas, l'ecclésiastique se retira, insensible aux prières du duc et de la duchesse qui voulurent le retenir. Il est vrai que le duc ne lui dit pas grand'chose, empêché qu'il était par l'envie de rire que lui donnait la colère du bon prêtre.

La duchesse riait de son côté en écoutant Sancho, et elle le tenait pour plus amusant et plus fou que son maître. Enfin Don Quichotte se calma, le repas se termina, et au moment d'enlever les nappes, quatre damoiselles se présentèrent. La première portait une aiguière d'argent; la seconde, une cuvette de même métal; la troisième, deux blanches et riches serviettes posées sur son épaule; la quatrième, les bras à demi nus, portait dans ses blanches mains une boule de savon napolitain.

La damoiselle chargée de la cuvette s'approcha, et la fourra gracieusement et avec désinvolture sous le menton de Don Quichotte qui, bien que surpris d'une pareille cérémonie, crut qu'il était d'usage en ce pays de se laver la barbe au lieu de se laver les mains. Aussi tendit-il le cou le plus qu'il put. L'aiguière laissa couler l'eau, et la damoiselle au savon frotta vigoureusement le menton du chevalier, produisant une mousse blanche comme la neige, dont elle couvrit non-seulement la barbe mais le visage de l'obéissant chevalier, forcé de fermer les yeux. Le duc et duchesse, qui ne comprenaient rien à cette savonnade, attendaient perplexes le résultat de cette étrange ablution. Lorsque la damoiselle barbière eut produit de la mousse haut comme la main, elle feignit de n'avoir plus d'eau et envoya sa compagne à l'aiguière en chercher, disant que le señor Don Quichotte consentirait à attendre. Don Quichotte attendit en effet, et resta avec le plus singulier et le plus

26

risible visage que l'on puisse imaginer. Lorsque les spectateurs,
qui étaient nombreux, le virent avec un cou d'une demi-aune, plus
que brun, les yeux fermés, la barbe pleine de savon, il leur fallut
de grands efforts et une grande discrétion pour garder leur sérieux.
Les damoiselles de la plaisanterie n'osaient regarder ni leur maître
ni leur maîtresse, qui, partagés entre l'envie de rire et la colère, ne

savaient s'ils devaient châtier les jeunes filles de leur audace, ou
les récompenser du plaisir qu'ils prenaient à voir Don Quichotte en
cet état. Enfin, la jeune fille à l'aiguière reparut et acheva de
savonner le chevalier, puis celle qui portait les serviettes l'épongea
et l'essuya avec lenteur. Alors toutes quatre, faisant à la fois une
profonde révérence, se disposèrent à se retirer; mais le duc, afin
que Don Quichotte ne soupçonnât pas la plaisanterie, appela la
damoiselle au bassin :

« Venez me laver à mon tour, dit-il, et prenez soin que l'eau ne
vous manque pas. »

La jeune fille, diligente et avisée, plaça le bassin sous le menton
du duc, ainsi qu'elle l'avait fait pour Don Quichotte, et, secondée
par ses compagnes, elle le savonna et l'essuya rapidement, après
quoi toutes quatre sortirent renouvelant leurs révérences.

Sancho, attentif aux cérémonies du savonnage, dit entre ses
dents :

« Que Dieu me protége! L'usage, en ce pays, est-il de laver la
barbe des écuyers aussi bien que des chevaliers? Sur mon âme, j'en
ai bon besoin, et l'on me raserait que je considérerais l'opération
comme un grand service.

— Que marmotte Sancho? demanda la duchesse.

— Je dis, madame, répondit-il, que j'ai toujours entendu raconter
qu'à la cour des autres princes, lorsqu'on enlève les nappes, on
apporte de l'eau pour les mains, mais non de la lessive pour les
barbes. C'est pourquoi il est bon de vivre beaucoup afin de beaucoup
apprendre; il est vrai qu'on dit aussi que celui qui vit longtemps
passe de durs instants; néanmoins, passer par un pareil lessivage
est plutôt un plaisir qu'une peine.

— Ne regrettez rien, ami Sancho, dit la duchesse, j'ordonnerai
à mes suivantes de vous laver et même de vous passer à la lessive,
s'il en est besoin.

— Je me contenterai de la barbe, du moins pour le moment,
répondit Sancho ; plus tard, Dieu a prévu ce qui doit arriver.

— Voyez, maître d'hôtel, ce que demande le bon Sancho, et
satisfaites ses désirs au pied de la lettre. »

Le maître d'hôtel répondit que le señor Sancho serait obéi en tout

ce qu'il ordonnerait, et comme il se disposait à aller dîner, il emmena
l'écuyer. Le duc, la duchesse et Don Quichotte restèrent à table,
causant de choses diverses, mais toutes ayant trait à la carrière
des armes et à la chevalerie errante.

La duchesse pria Don Quichotte de lui décrire, puisqu'il paraissait
avoir une bonne mémoire, la beauté et les traits de doña Dulcinée
du Toboso, qu'elle tenait, au dire de la renommée, pour la plus
belle créature de l'univers et même de la Manche. Don Quichotte,
en entendant ce que lui demandait la duchesse, soupira et dit :

« Si je pouvais m'arracher le cœur et le placer sous les yeux de
Votre Grandeur, sur cette table et dans un plat, j'épargnerais à ma
langue le travail de peindre ce qui peut à peine être imaginé, et
Votre Excellence verrait alors le portrait ressemblant de ma souveraine. Mais à quoi bon me mettre à décrire la beauté de l'incomparable Dulcinée? C'est là une charge digne d'autres épaules que les
miennes, une entreprise à laquelle devraient se consacrer les pin-
ceaux de Parrhasius, de Timante ou d'Apelle ; ou le burin de
Lysippe, si l'on voulait graver l'image de cette beauté sur le marbre
ou sur l'airain. Pour la louer dignement, les rhétoriques cicéro-
nienne et démosthénienne seraient nécessaires.

— Néanmoins, reprit le duc, le señor Don Quichotte nous cau-
serait un grand plaisir s'il consentait à nous peindre sa dame.

— Je le ferais certainement, répondit Don Quichotte, si le malheur qui lui est récemment arrivé ne l'avait si bien effacée de mon
esprit, que je suis plutôt disposé à la pleurer qu'à la dépeindre. Il
faut que Vos Grandeurs sachent que, allant ces jours derniers
baiser les mains de Dulcinée et prendre ses ordres pour cette troisième sortie, je la trouvai ensorcelée ; de princesse transformée en
paysanne ; de belle en laide ; d'ange en démon.

— Que Dieu me protége, s'écria le duc, quel est celui qui a fait
ce mal au monde de lui enlever la beauté qui le réjouissait, la grâce
qui le séduisait, la vertu qui l'honorait?

— Qui? répondit Don Quichotte, et qui pourrait-ce être sinon
l'un des nombreux envieux et méchants enchanteurs dont je suis
victime? C'est dans la partie la plus douloureuse qu'ils me frappent
et me blessent, car enlever sa dame à un chevalier errant, c'est lui

enlever les yeux qui lui permettent de voir, le soleil qui l'éclaire, l'aliment qui le nourrit.

— Il n'y a rien de plus à ajouter, dit la duchesse; néanmoins, si nous devons en croire l'histoire du señor Don Quichotte, il faut en conclure que Votre Grâce n'a jamais vu madame Dulcinée; que ladite dame n'est qu'un être fantastique, créé par votre esprit, qui l'a orné de toutes les grâces et de toutes les perfections qu'il a voulu lui prêter.

— Il y a beaucoup à dire sur ce sujet, répondit Don Quichotte; Dieu sait s'il existe ou non une Dulcinée au monde, et si elle est ou non fantastique; ce sont là de ces choses dont il ne faut pas pousser la vérification jusqu'à ses dernières limites. Je la vois, ma dame, telle qu'il convient qu'elle soit, c'est-à-dire réunissant toutes les qualités qui peuvent la rendre célèbre dans l'univers, telle que la qualité d'être belle sans tache, grave sans orgueil, reconnaissante par politesse, polie étant bien élevée.

— Je prétends, señor Don Quichotte, répliqua la duchesse, que toutes vos paroles ont du poids. Dorénavant, je croirai et obligerai toute ma maison, et même au besoin le duc mon seigneur, à croire qu'il existe une Dulcinée au Toboso, qu'elle est belle, bien née et mérite d'être servie par un chevalier tel que Don Quichotte, ce qui est le comble de tout ce que je pourrais dire à sa louange. »

L'entretien du duc, de la duchesse et de Don Quichotte en était là, lorsqu'ils entendirent une grande rumeur dans le palais. Sancho, tout épouvanté, pénétra à l'improviste dans la salle, ayant autour du cou un torchon en guise de bavette. Derrière lui venaient plusieurs domestiques; un d'eux portait une sébile pleine d'une eau que sa couleur trouble révélait être de l'eau de vaisselle; il poursuivait l'écuyer, essayant avec sollicitude de la lui fourrer sous le menton, tandis qu'un autre faisant mine de vouloir le laver, dit :

« Ce señor ne veut pas qu'on le débarbouille, selon l'usage.

— Si, je le veux bien, répondit Sancho en colère; mais je voudrais que ce fût avec des serviettes plus blanches, une lessive plus claire et des mains moins sales. J'ai la barbe propre, et n'ai pas besoin de semblables rafraîchissements. Celui qui s'approchera pour me laver ou me toucher un poil de la barbe, parlant avec le respect dû, je

lui enverrai un tel coup de poing que ma main restera incrustée
dans son crâne. »

La duchesse étouffait de rire en voyant la colère de Sancho ; mais
Don Quichotte se montra mécontent de voir son écuyer si mal
accoutré. S'inclinant vers le duc et la duchesse comme pour demander l'autorisation de parler, il dit d'une voix calme à la canaille :

« Holà, señores, que Vos Grâces laissent ce garçon et s'en retour-
nent par où elles sont venues, ou par un autre chemin, s'il leur
plaît ; ni mon écuyer ni moi n'entendons raillerie. »

Sancho coupa la parole à son maître et continua :

« Sinon, venez un peu vous moquer du pauvre homme, je le
souffrirai comme il est nuit.

— Sancho Pança a raison, dit la duchesse sans cesser de rire,
et il l'aura en tout ce qu'il dira. Si nos coutumes lui sont désa-
gréables, il est libre de les rejeter ; d'autant plus que vous autres,
ministres de la propreté, vous avez été peu soigneux en apportant à

un tel personnage une sébile de bois et des torchons de cuisine. Au reste, vous êtes méchants et mal nés, et, en qualité de malandrins, vous ne pouvez laisser de montrer votre haine contre les écuyers des chevaliers errants. »

Les espiègles servantes, et même le maître d'hôtel qui les accompagnait, croyant que la duchesse parlait sérieusement, enlevèrent le torchon suspendu au cou de Sancho et sortirent. Sancho, délivré de ce qu'il considérait comme un grand péril, alla s'agenouiller devant la duchesse et lui dit :

« Des grandes dames on ne peut attendre que de grandes faveurs. Celle que Votre Grâce vient de m'accorder ne saurait se payer que par le désir de me faire armer chevalier errant, afin d'employer ma vie à servir une si haute personne. Je suis laboureur, je me nomme Sancho Pança, je suis marié, j'ai des enfants, et je sers d'écuyer. Si, à un de ces titres, je puis être utile à Votre Grandeur, je tarderai moins à lui obéir que Votre Seigneurie à commander.

— On voit bien, Sancho, répondit la duchesse, que vous avez été nourri dans le giron du señor Don Quichotte, qui est la crème de la civilité et la fleur de la cérémonie, ainsi que vous le dites. »

Ici cessa la conversation. Don Quichotte alla faire la sieste, et la duchesse demanda à Sancho, s'il n'avait pas trop sommeil, de venir passer l'après-midi en sa compagnie et celle de ses damoiselles, dans une salle pleine de fraîcheur. Sancho répondit que, bien qu'il eût coutume de faire une sieste de quatre ou cinq heures en été, il s'efforcerait de ne pas fermer l'œil un instant ce jour-là, pour répondre aux bontés de sa protectrice, à l'invitation de laquelle il se rendait avec obéissance.

CHAPITRE XXV

De la savoureuse conversation que la duchesse et ses damoiselles eurent avec
Sancho Pança, conversation digne d'être lue et rapportée.

 Or, l'histoire raconte que Sancho, pour tenir sa parole, se rendit, dès qu'il eut dîné, auprès de la duchesse. Celle-ci, qui prenait grand plaisir à écouter l'écuyer, insista pour qu'il s'assît à son côté, sur une chaise basse, quoique Sancho, en homme bien élevé, voulût rester debout. La duchesse lui dit de s'asseoir en qualité de gouverneur et de parler en écuyer. Sancho obéit et s'assit; les suivantes et les duègnes de la duchesse l'entourèrent alors, silencieuses et attentives à ce qu'il dirait. Ce fut la duchesse qui parla la première.

« Maintenant que nous sommes seuls, dit-elle, et que personne ne nous entend, je voudrais que le seigneur gouverneur dissipât certains doutes nés de la lecture de l'histoire du grand Don Quichotte. Voici un de ces doutes : comment le bon Sancho, n'ayant jamais vu la señora Dulcinée du Toboso, et ne lui ayant pas remis la lettre du señor Don Quichotte, a-t-il osé feindre la réponse et raconter qu'il avait trouvé sa maîtresse vannant du blé? »

A ces mots, Sancho se leva de sa chaise sans répondre, et, le doigt sur les lèvres, parcourut la salle en soulevant les tapisseries. Cette inspection terminée, il revint s'asseoir et dit :

« A présent, madame, que j'ai vu que personne ne nous écoute sournoisement, hors les auditeurs ici présents, je répondrai sans crainte à votre question et à toutes celles qu'on m'adressera. Ce

que je dirai d'abord, c'est que je tiens mon maître Don Quichotte
pour fou à lier, bien qu'il lâche parfois des propos qui, à mon avis
et dans l'opinion de ceux qui l'entendent, sont si sensés, si bien
dans le droit chemin, que Satan lui-même ne pourrait les mieux
dire. Néanmoins, j'avoue en réalité, sans scrupule, que je me suis
logé dans la tête qu'il n'est qu'un niais. Convaincu que je ne me
trompe pas, je me risque à lui faire croire des choses qui n'ont ni
queue ni tête, telles que la réponse à sa lettre, puis l'ensorcellement
de madame Dulcinée qui n'est pas plus vrai que l'ensorcellement
des montagnes d'Ubéda. »

Continuant la conversation, la duchesse reprit :

« Un doute me tourmente encore l'âme au sujet de ce que m'a
narré le bon Sancho, et un certain murmure me sonne aux oreilles
qui me dit : Puisque Don Quichotte de la Manche est fou, insensé,

extravagant; pour que Sancho Pança, son écuyer, qui n'ignore pas cette vérité, continue néanmoins à suivre le chevalier, à le servir, et croie à ses vaines promesses, ledit Sancho doit certes être plus fou et plus sot que son maître. La chose étant vraie ainsi qu'elle l'est, tu auras des comptes à rendre, madame la duchesse, si tu donnes audit Sancho Pança une île à gouverner.

— Par Dieu, madame, ce scrupule vient au monde à point nommé. Si j'avais de l'esprit, il y a longtemps que j'aurais abandonné mon maître; mais tel est mon sort et ma mauvaise chance que, bon gré mal gré, je ne puis m'abstenir de le suivre. Nous sommes du même village, j'ai mangé son pain, je l'aime beaucoup, il est reconnaissant, il m'a donné des ânons, et surtout je suis fidèle. Il est donc impossible qu'un autre événement que la mort puisse nous séparer. Si Votre Grandeur ne me donne le gouvernement promis, Dieu m'a créé de rien, et qui sait si cette mesure ne tournera pas au profit de ma conscience. Bien que sot, je comprends le proverbe qui dit : « C'est pour son mal que des ailes croissent à la « fourmi, » et il pourrait se faire que Sancho écuyer montât plus droit au ciel que Sancho gouverneur. Les petits oiseaux des champs ont Dieu pour majordome et pourvoyeur, et quatre aunes de drap de Cuença tiennent plus chaud que quatre aunes de drap de Ségovie. Je répète donc que si Votre Seigneurie hésite à me donner l'île à cause de ma sottise, je saurai y renoncer en sage.

— Le bon Sancho sait que lorsqu'un gentilhomme fait une promesse, il la tient, fût-ce aux dépens de sa vie. Le duc, mon mari, quoique non errant, n'en est pas moins chevalier, il tiendra donc sa parole au sujet de l'île promise. Ce que je recommande au bon Sancho, c'est de prendre garde à la façon dont il gouvernera ses vassaux, et de remarquer qu'ils sont loyaux et bien nés.

— Pour ce qui est de les bien gouverner, répondit Sancho, il est inutile de me le recommander; je suis naturellement charitable et j'ai pitié des pauvres. Ce n'est pas à celui qui brasse et cuit la pâte qu'il faut voler le pain. Je dis cela parce que les bons me trouveront la main et l'oreille ouvertes, et que les méchants n'auront chez moi ni pied ni accès. Il me semble, à moi, qu'en fait de gouvernement, le tout est de commencer; il pourrait arriver qu'au bout de quinze jours j'aie si bien mis la main à l'œuvre, que je connaisse mieux le métier que celui de laboureur, dans lequel j'ai été élevé.

— Vous avez raison, Sancho, dit la duchesse, nul ne naît instruit, et c'est avec des hommes, non avec des pierres, que l'on fait des évêques. Mais revenant à notre conversation de tout à l'heure à propos de l'ensorcellement de madame Dulcinée, je regarde comme certain et prouvé que cette invention, qui vint à l'idée de Sancho lorsqu'il trompa son maître, a dû être ordonnée par un des enchanteurs qui persécutent le señor Don Quichotte.

— Cela se peut, répondit Sancho Pança, et je suis disposé maintenant à croire ce que mon maître raconte des dragons, des andriaques, des enchanteurs et des magiciens, car il prétend avoir vu madame Dulcinée du Toboso sous la même forme et les mêmes habits que j'ai déclaré avoir vus lorsque je l'ai ensorcelée pour mon plaisir. Mais peu importe, qu'on me colloque un gouvernement et on verra des merveilles; celui qui a été bon écuyer sera bon gouverneur.

— Jusqu'à présent, s'écria la duchesse, le bon Sancho n'a prononcé que des sentences catoniennes. Enfin, pour parler son langage, sous un mauvais manteau peut se trouver un bon buveur.

— En vérité, madame, répondit Sancho, de ma vie je n'ai bu par malice; par soif, cela peut être, car je n'ai rien d'un hypocrite. Je bois chaque fois que l'envie m'en vient, ou lorsqu'on m'offre à boire, afin de ne pas paraître dégoûté ou mal élevé.

— Je le crois, répondit la duchesse; pour le moment, que Sancho aille se reposer; nous causerons ensuite plus longuement, et nous donnerons des ordres pour qu'on lui colloque promptement, ainsi qu'il le dit, le gouvernement en question. »

Sancho baisa de nouveau les mains de la duchesse, et la pria de lui faire la grâce de recommander qu'on prît soin de son grison, qui était la prunelle de ses yeux.

« Quel grison est-ce là? demanda la duchesse.

— Mon âne, répondit Sancho; pour ne pas le nommer de ce nom, j'ai coutume de l'appeler le grison.

— Le régal de l'âne reste à ma charge, dit la duchesse, et comme c'est un joyau appartenant à Sancho, il sera soigné comme la prunelle de mes yeux.

— Il suffit qu'il soit à l'écurie, dit Sancho; ni lui ni moi ne
sommes dignes d'être soignés, même un instant, comme la prunelle des yeux de Votre Grâce.

— Emmenez le grison dans votre gouvernement, dit la duchesse;
là vous pourrez le régaler à votre aise et le tenir à jeun de travail.

— Que Votre Grâce, madame la duchesse, ne croie pas avoir
exagéré, répondit Sancho; j'ai vu plus de deux ânes dans les gouvernements, et si j'emmenais le mien, ce ne serait pas une nouveauté. »

La réponse de Sancho provoqua de nouveau la gaieté et les rires
de la duchesse, et, après l'avoir envoyé se reposer, elle alla rendre
compte au duc de la conversation qu'elle venait d'avoir avec
l'écuyer.

CHAPITRE XXVI

Qui rend compte de la manière dont on apprit le moyen de désensorceler l'incomparable
Dulcinée du Toboso, ce qui est une des plus fameuses aventures de ce livre.

E duc et la duchesse pre-
naient un vif plaisir à la conversation de Don Quichotte et
de Sancho Pança, et ils per-
sistaient à vouloir leur jouer
un tour qui eût les apparen-
ces d'une aventure. Ils tirè-
rent parti des récits que leur
avait faits le chevalier de ses
prouesses et de ses malheurs, pour organiser une bonne plaisanterie. Environ six jours plus tard, le duc, ayant prévenu ses domestiques du rôle qu'ils auraient à jouer, emmena Don Quichotte
à une grande chasse, avec un train de veneurs et de chasseurs aussi
complet que celui d'un roi. On pourvut Don Quichotte d'un habit
de chasse, et Sancho d'un habit vert de drap fin. Don Quichotte
refusa d'endosser le sien, déclarant que, dès le lendemain, il lui
faudrait reprendre l'exercice des armes, et qu'il ne pouvait porter
avec lui ni garde-robe, ni vêtements de rechange. Sancho accepta
l'habit qu'on lui offrait, avec l'intention de le vendre à la première
occasion. Le jour désigné arrivé, Don Quichotte s'arma, Sancho se
vêtit, et, monté sur son grison, qu'il ne voulut pas abandonner,
bien qu'on eût mis un cheval à sa disposition, il se mêla à la troupe
des chasseurs.

La duchesse se présenta, élégamment vêtue; par un raffine-
ment de courtoisie à laquelle le duc voulut en vain s'opposer, Don

Quichotte lui tint la bride de son palefroi. Enfin, ils gagnèrent un
bois situé entre deux montagnes ; une fois les gens postés, les uns
à l'affût, les autres à l'issue des sentiers, on commença la chasse à
grand bruit de voix et de cor, qui, mêlé aux aboiements des chiens,
ne permettait plus de s'entendre. La duchesse mit pied à terre, et,
armée d'un javelot aigu, s'établit près d'un passage où elle savait
que débouchaient les sangliers. Don Quichotte et le duc descendirent de cheval et s'établirent à ses côtés. Quant à Sancho, il se
plaça derrière eux, sans bouger de dessus son âne, dont il n'osait
se séparer, de peur qu'il ne lui arrivât quelque accident. A peine
les chasseurs se furent-ils établis qu'ils virent se diriger vers eux
un énorme sanglier, traqué par les chiens et suivi des veneurs. La
bête, faisant claquer ses dents et ses défenses, jetait de l'écume par
la bouche. A cette vue, Don Quichotte embrassa son écu, saisit son
épée et s'avança vers l'ennemi. Le duc, armé d'un épieu, l'imita,
et la duchesse les eût devancés si son mari ne s'y fût opposé. Sancho seul, dès qu'il aperçut le terrible animal, abandonna le grison,
se mit à courir de toutes ses forces, et essaya de grimper sur un gros
chêne Il ne put y réussir, car, tandis que, cramponné à une bran

che, il essayait de s'élever jusqu'à la cime de l'arbre, il eut si peu
de chance que la branche se rompit, et qu'il demeura accroché à

l'un des éclats sans pouvoir regagner le sol. Suspendu, sentant que son habit vert se déchirait, et se figurant que le sanglier furieux pourrait l'atteindre s'il se dirigeait de son côté, Sancho cria si fort et appela au secours avec tant d'angoisse que ceux qui l'entendirent sans le voir le crurent entre les dents d'une bête féroce. Enfin, le sanglier aux longues défenses tomba traversé par les coutelas de nombreux veneurs, qui lui barrèrent la route, et Don Quichotte, se retournant aux cris qu'il reconnaissait être poussés par Sancho, le vit pendu au chêne, la tête en bas, et auprès de lui le grison, qui ne l'abandonnait pas dans son malheur. A ce propos, Cid Hamet ajoute qu'il a rarement vu Sancho Pança sans voir le grison, ni le grison sans voir Sancho, tant était grande l'amitié qui les unissait et la fidélité qu'ils se gardaient. Don Quichotte s'approcha et décrocha son écuyer, qui, se voyant libre et sur le sol, regarda la déchirure de son habit et s'en affligea jusqu'au fond de l'âme, car, dans ce vêtement, il croyait posséder un majorat.

On plaça le sanglier sur une mule de bât, puis, le couvrant de touffes de romarin et de branches de myrte, on le porta en triomphe vers de grandes tentes de campagne dressées au milieu du bois, et sous lesquelles se trouvaient des tables somptueusement servies qui attestaient la magnificence de ceux qui offraient ce repas.

La nuit vint, moins claire et moins sereine qu'on ne devait l'espérer de la saison ; on était au milieu de l'été. Mais un certain clair-obscur favorisa le projet du duc et de la duchesse ; un peu

avant le crépuscule, les quatre coins de la forêt parurent s'embraser. Soudain, de tous côtés, résonnèrent des trompettes et d'autres
instruments de guerre, comme si une troupe considérable de cavalerie défilait à peu de distance. Tandis que les lumières aveuglaient
les personnes présentes, le son belliqueux des instruments les
assourdissait, ainsi que les gens éparpillés dans la forêt. Le duc
s'effraya, la duchesse demeura interdite, Sancho Pança trembla, et,
enfin, les auteurs mêmes du bruit s'épouvantèrent. Avec la crainte
vint le silence, et un postillon, sous forme de démon, passa soufflant
dans une énorme corne, qui produisait un son rauque et lugubre.

« Holà, frère courrier, cria le duc. Qui êtes-vous? Où allez-vous?
Et quels sont les guerriers qui semblent traverser cette forêt? »

Le courrier répondit, d'une voix formidable et joyeuse :

« Je suis le diable, et je viens chercher Don Quichotte de la Manche; les gens qui se dirigent de ce côté sont six troupes d'enchanteurs, montés sur un char de triomphe; ils amènent l'incomparable
Dulcinée du Toboso.

— Si vous étiez le diable que vous prétendez être, et que votre
figure indique, reprit le duc, vous auriez déjà reconnu Don Quichotte, car il est devant vous.

— Sur Dieu et ma conscience, répliqua le diable, je ne le voyais pas.

— Ce démon est sans aucun doute un homme de bien et un bon chrétien, dit Sancho ; sans cela, il se garderait de jurer par Dieu et sa conscience. »

Le diable, sans mettre pied à terre, dirigea ses regards du côté de Don Quichotte, et s'écria :

« C'est vers toi, Chevalier des Lions, — puissé-je te voir entre leurs griffes, — que m'envoie le malheureux mais vaillant chevalier Montésinos, lequel t'ordonne, par mon entremise, de l'attendre dans le lieu où je te rencontrerais, attendu qu'il est accompagné de la nommée Dulcinée du Toboso, et qu'il est chargé de te révéler ce que tu dois faire pour la désenchanter. »

En prononçant ces derniers mots, le démon souffla dans sa corne, tourna bride et disparut sans attendre de réponse.

Chacun sentit s'accroître sa surprise, surtout Don Quichotte et Sancho : Sancho, parce qu'il voyait que, contrairement à la vérité, tout le monde voulait que Dulcinée fût ensorcelée ; et Don Quichotte, parce qu'il n'espérait pas revoir sa dame sous les traits grossiers d'une paysanne. Il se perdait dans cette pensée, lorsque le duc lui dit :

« Votre Grâce, señor Don Quichotte, a-t-elle l'intention d'attendre ?

— Certes, répondit-il, j'attendrai ici, vaillant et intrépide, l'enfer entier vînt-il m'assaillir.

— Si je vois un autre diable, et si j'entends une autre corne semblable à la première, j'attendrai ici comme en Flandre, » s'écria Sancho.

Pendant ce temps, la nuit devint plus obscure, et des lumières commencèrent à courir à travers la forêt, semblables à ces sèches exhalaisons qui, sorties de la terre, se montrent dans le ciel et paraissent à nos yeux des étoiles filantes. On entendit en même temps un bruit épouvantable, pareil à celui que produisent les roues massives des chariots que traînent des bœufs. A ce vacarme, vint s'en joindre un autre qui redoubla le tintamarre. On eût dit qu'une bataille se livrait simultanément à chaque coin de la forêt. La valeur de Sancho tomba à plat, et il roula évanoui sur les pans de la robe de la duchesse, qui s'empressa de lui faire jeter de l'eau au

27

visage. Cette aspersion ranima l'écuyer au moment où un chariot aux roues criardes arrivait près du duc. Ce char était attelé de quatre bœufs paresseux couverts de housses noires, portant, attachée à chacune de leurs cornes, une grande torche de cire enflammée. Sur le char, se dressait un haut siége sur lequel était assis un vieillard à la barbe aussi blanche que la neige, et d'une telle dimension qu'elle lui dépassait la ceinture. Il était vêtu d'une longue robe de boucassin noir. Une multitude de lumières, éclairant le char, permettaient de distinguer ce qu'il renfermait. Il était guidé par deux affreux démons, aux visages si laids, que Sancho, les ayant aperçus, ferma les yeux pour ne plus les voir.

Le char était arrivé en face de l'endroit où se tenaient les assistants; le vénérable vieillard se leva de son siége, se tint debout et cria d'une voix forte :

« Je suis le sage Lirgandée! »

Derrière ce char en venait un second, tout semblable, monté par un autre vieillard qui, arrêtant ses bœufs, s'écria, d'une voix non moins forte que le premier :

« Je suis le sage Alquife, le grand ami d'Urgande la méconnue! »

Et il suivit son chemin.

Un peu plus loin, les chars s'arrêtèrent, et le bruit fatigant de leurs roues cessa. On n'entendit alors que le son d'une musique suave et harmonieuse, qui réjouit Sancho et lui parut de bon augure.

CHAPITRE XXVII

Où se poursuit le récit de la façon dont notre chevalier apprit le moyen de désensorceler
Dulcinée et où se racontent d'autres événements non moins merveilleux.

 Au son de l'agréable
musique, on vit s'avan-
cer un char triomphal
traîné par six mules
brunes caparaçonnées
de housses blanches. L'attelage était monté par six hommes portant
à la main une grosse torche de cire allumée. Sur un trône élevé,
venait assise une nymphe parée de voiles au tissu d'argent, sur lesquels brillaient mille paillettes d'or, — ornement qui formait une
parure sinon riche, du moins brillante. Elle avait le visage couvert
d'une gaze légère et transparente, à travers la trame de laquelle on
distinguait un charmant visage de jeune fille. Près d'elle, se tenait
un personnage affublé d'une riche robe qui lui tombait jusqu'aux
pieds, coiffé d'un voile noir. Au moment où le char arriva en face
du duc et de Don Quichotte, les flûtes se turent, puis la musique
produite par les luths et les harpes cessa. Le personnage à la longue robe se redressa, entr'ouvrit son vêtement, et, arrachant son
voile, ne montra que la figure hideuse et décharnée de la Mort.
Cette mort vivante, debout, d'une voix endormie et d'une langue
peu alerte, parla ainsi qu'il suit :

« De par tous les pouvoirs infernaux, dont je suis le mandataire,
il a été résolu, après mûres délibérations, que Dulcinée du Toboso
ne sera désensorcelée que le jour où Sancho Pança, ici présent, se
sera administré sur les épaules trois mille trois cents coups de fouet,
moins cinq. Tels sont les décrets des enchanteurs. J'ai dit, Merlin.

— Je jure, s'écria aussitôt Sancho, que je ne m'administrerai pas plus trois mille coups de fouet que trois coups de poignard. Que le diable emporte cette façon de désensorceler, et j'ignore ce qu'ont à voir mes épaules avec les enchantements. Par Dieu, si le señor Merlin n'a pas trouvé d'autre manière de désensorceler madame Dulcinée du Toboso, elle descendra enchantée dans la tombe.

— Je vous prendrai, moi, s'écria Don Quichotte, don rustre bourré d'ail, je vous attacherai à un arbre, et je vous administrerai, non pas trois mille coups de fouet, mais six mille; et ne répliquez pas un mot, ou je vous arrache l'âme. »

En entendant ces menaces, Merlin reprit :

« Il ne peut en être ainsi ; les coups de fouet du bon Sancho doivent être reçus volontairement, non appliqués par force, et cela, dans le temps qu'il lui plaira, car on ne lui fixe aucun délai. S'il veut racheter le châtiment pour la moitié des coups, on le lui permettra à la condition de se les laisser appliquer par une main étrangère, fût-elle un peu lourde.

— Aucune main étrangère propre, lourde ou légère, ne me touchera, répliqua Sancho. Suis-je par hasard le père de la señora Dulcinée du Toboso, pour que mes épaules rachètent ses péchés ? »

Sancho achevait à peine de parler, que la nymphe qui se tenait près du fantôme de Merlin se leva, retira son voile léger et montra un visage si beau qu'il émerveilla les assistants. Alors, d'un air délibéré, masculin, et s'adressant directement à Sancho Pança d'une voix fort peu féminine, elle lui dit :

« Misérable écuyer ! cœur de liége, entrailles de pierre, si l'on t'ordonnait, larron, écorcheur, de te jeter du haut d'une tour ; si l'on te demandait de manger une douzaine de crapauds, vingt-quatre lézards et trente-six couleuvres ; si l'on te conseillait de tuer ta femme et tes enfants avec un cimeterre homicide et effilé, il serait naturel que tu te montrasses timide et rétif. Mais faire cas de trois mille trois cents coups de fouet, cela surprend, étourdit, épouvante les pieuses entrailles de ceux qui ont entendu ta réponse. Fixe, misérable endurci, fixe tes regards sur la prunelle de mes yeux, que l'on peut comparer à de rutilantes étoiles, et tu verras mes larmes couler goutte à goutte, creusant des sillons, des sentiers et des routes à travers les belles campagnes de mes joues. Émeus-toi ; les larmes d'une beauté affligée changent les rochers en coton et les tigres en brebis. Frappe donc, bête indomptée, montre ce courage que tu n'emploies qu'à manger et à manger encore, et rends-moi la douceur de mon caractère et la beauté de mon visage. Et si tu ne veux ni t'attendrir pour moi, ni prendre un parti raisonnable, aie pitié de ce pauvre chevalier, ton maître.

— Que répondez-vous à cela, Sancho ? demanda la duchesse.

— Je réponds, madame, dit Sancho, ce que j'ai déjà répondu : pour les coups de fouet, *abernuncio*.

— C'est *ab renuncio* que vous devez dire, Sancho, reprit le duc.

— Que Votre Grâce me laisse en repos, répliqua Sancho; pour le moment, je ne suis pas en humeur de m'amuser à des subtilités; ces coups de fouet, que l'on doit ou que je dois m'administrer, me mettent si hors de moi que je ne sais plus où j'en suis. Cependant, je voudrais apprendre de la señora, madame doña Dulcinée du Toboso, qui lui a enseigné la manière de supplier qu'elle emploie. Elle vient me demander de m'ouvrir les chairs à coups de fouet, et elle m'appelle bête indomptée, avec une litanie de noms injurieux que le diable ne tolérerait pas. Mes chairs sont-elles de bronze par hasard, ou m'importe-t-il qu'elle se désensorcèle ou non? Quelle corbeille de linge, de chemises, de coiffes ou d'escarpins apporte-t-elle pour m'attendrir? Rien qu'injure sur injure; elle connaît pourtant le proverbe que l'on répète par ici : « Un âne chargé d'or « grimpe légèrement une montagne. » Quant au señor mon maître, qui devrait me cajoler afin que je me change en laine ou en coton cardé, il prétend que, s'il m'empoigne, il m'attachera nu à un arbre et me doublera la dose des coups de fouet. Ces malheureuses gens devraient considérer que c'est non-seulement un écuyer qu'ils veulent voir se fouetter, comme s'il s'agissait de boire un verre d'eau, mais un gouverneur. Sur ma foi, qu'ils apprennent à leurs dépens à être polis; tous les jours ne se ressemblent pas, et les hommes ne sont pas toujours de bonne humeur. Quoi, je meurs en cet instant de douleur de voir mon habit vert déchiré, et ils viennent me demander de me fouetter volontairement!

— En vérité, ami Sancho, dit le duc, si vous ne vous amollissez pas comme une figue mûre, vous ne prendrez pas possession du gouvernement. Il serait beau que j'envoyasse à mes insulaires un gouverneur cruel, qui ne cédât pas aux prières de vieux enchanteurs sages et impérieux. En résumé, Sancho, ou vous vous fouetterez, ou l'on vous fouettera, ou vous ne serez pas gouverneur.

— Seigneur, répondit Sancho, ne peut-on m'accorder deux jours pour réfléchir à ce qui me convient le mieux?

— Non, en aucune façon, s'écria Merlin, cette affaire doit être terminée sur l'heure et en ce lieu.

— Holà, brave Sancho, dit la duchesse, bon courage et soyez reconnaissant d'avoir mangé le pain du señor Don Quichotte. Acceptez, fils, cette flagellation, car la mauvaise fortune se brise contre un bon cœur, ainsi que vous le savez. »

A ces raisons, Sancho, se tournant vers Merlin, répondit les sottises suivantes :

« Que Votre Grâce me dise, señor Merlin, lorsque le diable-courrier est arrivé, il a remis à mon maître un message du señor Montésinos, qui lui ordonnait de l'attendre en cet endroit où il se rendait pour lui indiquer le moyen de désenchanter madame Dulcinée du Toboso; or, nous n'avons vu encore ni Montésinos ni son ombre.

— Le diable, ami Sancho, répondit Merlin, est un ignorant et un grand coquin. Pour le moment, décidez-vous, acceptez les coups de discipline, et, croyez-moi, ils vous seront de grand profit, aussi bien pour votre âme que pour votre corps. Pour votre âme, par la charité que vous montrerez; pour votre corps, parce que vous êtes de complexion sanguine, et qu'il ne peut que vous être profitable de vous tirer un peu de sang.

— Il y a assez de docteurs de par le monde, répliqua Sancho, sans que les enchanteurs se mêlent de médecine. Mais, alors que chacun me presse sans que je voie bien pourquoi, je déclare consentir à me donner les trois mille trois cents coups de fouet, à la condition que je me les donnerai quand je voudrai, sans qu'on me fixe ni les jours ni le temps. Une autre condition, c'est que je ne serai pas obligé de me frapper jusqu'au sang, et que, si quelques coups sont pour chasser les mouches, il m'en sera tenu compte. Item, si je me trompe sur le nombre des coups, le seigneur Merlin, qui sait tout, aura soin de les compter et de me prévenir si je suis en deçà ou au delà du chiffre voulu.

— Pour les coups en trop, tout avis sera inutile, répondit Merlin, car le chiffre complet atteint, madame Dulcinée sera subitement désenchantée, et, en personne reconnaissante, elle se rendra près du brave Sancho pour le remercier.

— A la grâce de Dieu, alors, dit Sancho; je consens à mon malheur; je veux dire que j'accepte la pénitence aux conditions stipulées. »

A peine Sancho eut-il prononcé ces dernières paroles, que la
musique des clairons retentit; on déchargea de nouveau un nombre
infini d'arquebuses, et Don Quichotte se suspendit au cou de son

écuyer. La duchesse, le duc et les assistants manifestèrent une
grande joie, et le char reprit sa route. En passant, la belle Dulcinée
inclina la tête vers la duchesse et fit une profonde révérence à
Sancho. En ce moment, l'aube souriante se montrait; les fleurs des
champs se redressaient. Les ruisseaux au cristal limpide, murmurant sur de blancs et bruns cailloux, allaient rendre hommage aux
rivières qui les attendaient. La terre joyeuse, le ciel clair, l'air pur,
la lumière sereine, annonçaient que le jour, qui foulait déjà les pans
de la robe de l'aurore, serait paisible et beau. Le duc et la duchesse,
satisfaits de la chasse et du bon résultat de leur comédie, reprirent
le chemin du château avec l'intention de continuer à se divertir du
maître et de l'écuyer.

CHAPITRE XXVIII

Où l'on raconte l'étrange et inimaginable aventure de la duègne Doloride, *alias*, comtesse Trifaldi, et où se lit une lettre écrite par Sancho à sa femme Thérèse Pança.

LE duc possédait un majordome doué d'un esprit jovial, lequel avait représenté Merlin, construit l'échafaudage de l'aventure précédente, et fait jouer le rôle de Dulcinée par un page. Secondé par ses maîtres, le majordome prépara une nouvelle aventure.

Le lendemain de la chasse, la duchesse s'informa près de Sancho s'il avait commencé la pénitence qu'il devait accomplir pour le désensorcellement de Dulcinée. L'écuyer fit une réponse affirmative, ajoutant que, cette même nuit, il s'était administré cinq coups. La duchesse lui ayant demandé avec quoi il s'était frappé, il répondit qu'il s'était servi de sa main.

« C'est là plutôt une claque qu'un coup de fouet, répliqua la duchesse, et le seigneur Merlin ne sera pas content d'une telle mollesse. Il est nécessaire que le bon Sancho confectionne une discipline avec des orties ou des cordes dont le choc se fasse sentir.

— Que Votre Seigneurie, répondit Sancho, me donne une lanière convenable, je m'en frapperai, pourvu qu'elle ne me fasse pas trop de mal. Je dois prévenir Votre Grâce que, bien que je sois un paysan, mes chairs tiennent plus du coton que du genêt, et il n'est pas juste que je me détruise pour le bien d'autrui.

— A la bonne heure, reprit la duchesse ; je vous fournirai demain une discipline qui vous ira comme un gant, et se prêtera à la sensibilité de vos chairs comme si elle était leur sœur.

— Que Votre Altesse sache, dame de mon âme, reprit Sancho,
que j'ai écrit à ma femme, Thérèse Pança, une lettre où je lui rends
compte de tout ce qui m'est arrivé depuis que je l'ai quittée. La lettre est là, sur ma poitrine, il n'y manque plus que l'adresse ; mais
je voudrais que Votre Discrétion lût ma missive ; car il me semble
qu'elle est gouvernementale, je veux dire conforme au style que
doivent employer les gouverneurs.

— Qui l'a composée ? demanda la duchesse.

— Qui l'aurait pu composer, si ce n'est moi ? répondit Sancho.

— Et c'est vous qui l'avez écrite ? reprit la duchesse.

— Je n'y ai même pas songé, répondit Sancho ; je ne sais ni lire
ni écrire, bien que je sache signer.

— Donnez-la-moi, reprit la duchesse ; je suis sûre que vous
montrez dans cette lettre la qualité et l'étendue de votre esprit. »

Sancho tira de sa poitrine une lettre ouverte, et la duchesse,
l'ayant prise, lut ce qui suit :

A SA FEMME, THÉRÈSE PANÇA.

« Si l'on me donnait de bons coups de fouet, je serais bon cavalier, et si j'ai un bon gouvernement, il m'en coûte de bons coups
de fouet. Tu n'entendras rien à cela pour le moment, ma Thérèse,
mais tu comprendras une autre fois. Sache, Thérèse, que j'ai résolu que tu iras en carrosse ; c'est là l'important, car toute autre
façon d'aller, c'est marcher à quatre pattes. Tu es femme d'un
gouverneur, vois si personne osera te censurer. Je t'envoie, ci-joint,
un habit vert de chasseur que m'a donné madame la duchesse ;
arrange-le de façon à en tirer une jupe et un corsage pour notre
fille. Mon maître Don Quichotte, à ce que j'ai entendu dire dans ce

pays, est un extravagant spirituel, et on ajoute que je suis de sa force. Nous avons vu des enchanteurs endiablés, et le sage Merlin m'a choisi pour le désensorcellement de Dulcinée du Toboso, qui, chez nous, se nomme Aldonza Lorenzo. Avec trois mille trois cents coups de fouet, moins cinq, que je dois m'appliquer, elle restera désensorcelée. Ne raconte rien de cela à personne, attendu que, si tu demandes un conseil, l'un te dira blanc et l'autre noir. D'ici à peu de jours, je partirai pour le gouvernement, où je me rends avec le plus grand désir d'amasser de l'argent, car on m'a dit que tous les nouveaux gouverneurs sont poussés par ce même désir. Je t'aviserai si tu dois ou non venir me rejoindre.

« Le Grison se porte bien et se rappelle à ton souvenir ; je compte l'emmener. La duchesse, ma maîtresse, te baise mille fois les mains ; dans ta réponse, baise-les-lui deux mille fois ; rien ne coûte moins, selon mon maître, que les politesses.

« Que Dieu me conserve pour te servir. De ce château, le 20 juillet 1614.

« Ton mari le gouverneur,

La duchesse, après avoir achevé la lecture, dit à Sancho :

« Notre bon gouverneur s'éloigne un peu du vrai chemin sur deux points : le premier, c'est en disant que son gouvernement lui a été donné pour les coups de fouet qu'il doit s'appliquer, quand il sait que lorsque mon seigneur le duc le lui a promis, on ne son-

geait pas qu'il pût y avoir des coups de fouet au monde. La se
conde, c'est qu'il se montre trop avide, et le gouverneur avare
administre mal.

— Madame, répondit Sancho, si la lettre ne paraît pas à Votre
Grâce telle qu'elle doit être, il n'y a qu'à la déchirer pour en écrire
une autre qui peut-être sera pire, si on la laisse à mon jugement.

— Non, non, répliqua la duchesse, celle-ci est bonne, et je désire
la montrer au duc. »

On se rendit au jardin, où l'on devait dîner ce jour-là. La duchesse communiqua la lettre de Sancho au duc qui s'en divertit
beaucoup. On mangea; puis, les nappes enlevées, et après s'être
longuement diverti de l'amusante conversation de l'écuyer, on entendit, sur le tard, le son triste d'un fifre et celui d'un tambour
discordant. Chacun parut troublé au bruit de cette martiale et mélancolique harmonie, surtout Don Quichotte qui, inquiet, ne tenait
plus sur son siége. De Sancho, il n'y a rien à dire, sinon que la
peur le conduisit vers son refuge habituel, aux côtés de la duchesse.
Le bruit qui résonnait était véritablement sinistre, et, au milieu de
la stupeur qu'il causait, on vit pénétrer dans le jardin deux hommes
frappant sur des tambours couverts de crêpe noir et vêtus d'habits
de deuil si longs qu'ils traînaient sur le sol; près d'eux se tenait le
fifre, vêtu d'une façon aussi sombre que ses compagnons. Derrière
les musiciens, venait un personnage au corps gigantesque, enveloppé d'un manteau et d'une robe noire aux pans interminables.
Par-dessus cette espèce de soutane, il portait un baudrier également
noir d'où pendait un énorme cimeterre à la poignée et au fourreau
de la même couleur. Son visage était couvert d'un crêpe transpa-
rent, à travers lequel on distinguait une longue barbe aussi blanche que la neige.

L'inconnu vint s'agenouiller devant le duc, qui, placé au milieu
de ses convives, l'attendait debout. Mais le duc ne lui permit pas
de parler avant qu'il se fût relevé. Le prodigieux fantôme obéit,
souleva le voile noir qui lui couvrait le visage, et montra la barbe
la plus longue, la plus blanche et la mieux fournie que l'on ait jamais vue. Arrachant alors du fond de sa vaste poitrine une voix
mâle et sonore, il s'écria en regardant le duc :

« Haut et puissant seigneur, on me nomme Trifaldin de la
Barbe-Blanche ; je suis écuyer de la comtesse Trifaldi, nommée
aussi la duègne Doloride, laquelle m'envoie en ambassade près de
Votre Grandeur. Elle réclame de Votre Magnificence l'autorisation
d'entrer, afin de vous raconter son chagrin, qui est un des plus
originaux et des plus admirables que l'esprit le plus chagriné de
l'univers ait pu imaginer. Mais d'abord elle veut savoir si le vaillant et invaincu chevalier Don Quichotte de la Manche se trouve

dans votre château. Car, depuis le royaume de Candaya jusqu'à vos
États, elle le cherche à pied et à jeun, ce qu'il faut considérer
comme un enchantement. Elle est à la porte de cette forteresse ou
de cette maison de campagne, dans l'attente de votre bon plaisir.
J'ai dit. »

Il toussa aussitôt, caressa sa barbe de haut en bas des deux
mains, et attendit avec patience la réponse du duc qui répliqua :

« Il y a longtemps, bon écuyer Trifaldin de la Barbe-Blanche, que
nous avons appris le malheur de madame la comtesse Trifaldi, con-
damnée par les enchanteurs à se nommer la duègne Doloride. Vous
pouvez, surprenant écuyer, lui dire d'entrer, qu'elle rencontrera ici
le vaillant chevalier Don Quichotte de la Manche, de l'humeur
généreuse duquel elle peut espérer avec confiance aide et protection.
Vous pouvez lui annoncer en même temps que, si mes services lui
sont nécessaires, ils ne lui feront pas défaut, car je suis tenu de les
lui prêter en ma qualité de gentilhomme, qualité qui a obligé de
tous temps à secourir les femmes, particulièrement les duègnes
veuves. »

A ces mots, Trifaldin mit un genou en terre, fit signe au fifre de
jouer, aux tambours de battre, puis se retira du même pas, au son
de la même musique qui avait présidé à son entrée, laissant ses
auditeurs émerveillés de sa tournure et de son accoutrement.

Le duc s'adressant alors à Don Quichotte lui dit :

« Enfin, célèbre chevalier, les ténèbres de l'ignorance et de la
malice sont impuissantes à voiler la lumière de la valeur et de la
vertu. Il y a six jours à peine que Votre Bonté réside en ce château, et déjà les malheureux et les affligés viennent vous quérir de
pays lointains, non en carrosses ou sur des dromadaires, mais à
pied et à jeun, tant ils sont certains de trouver remède à leurs maux
dans votre fortissime bras. Et cela, grâce à vos exploits dont la renommée se répand sur toute la suface de la terre connue.

— Je voudrais, seigneur duc, répondit Don Quichotte, tenir ici
ce saint homme qui, l'autre jour, à votre table, donna des preuves
de mauvais vouloir et de colère contre les chevaliers errants, afin
qu'il vît de ses propres yeux si lesdits chevaliers sont ou non néces-

saires au monde. Il se convaincrait par lui-même que les gens affligés outre mesure ou inconsolables ne vont, dans leur détresse
extrême, chercher remède à leurs peines ni dans la demeure des
lettrés, ni près du chevalier qui n'a jamais mis le pied hors de chez
lui, ni près des courtisans paresseux, plutôt en quête de nouvelles à
raconter que de prouesses à accomplir afin que d'autres les écrivent
ou les rapportent. Il n'est que les chevaliers errants pour porter
remède aux maux, secourir les nécessiteux. Je rends au ciel des
grâces infinies d'appartenir à cet ordre, et, quels que soient les travaux ou les accidents qui puissent m'assaillir dans cet honorable
exercice, je les accepte de grand cœur. Vienne donc cette duègne ;
qu'elle demande ce qu'elle voudra, je soulagerai ses peines par
la force de mon bras, et l'intrépide résolution de mon bouillant
courage. »

CHAPITRE XXIX

Où se continue la fameuse aventure de la duègne Doloride.

L E duc et la duchesse se réjouirent beaucoup de voir Don Quichotte seconder si bien leurs intentions, et Sancho dit alors :

« Je ne voudrais pas que cette madame la duègne vînt mettre quelque entrave à la promesse de mon gouvernement.

— Soyez sans crainte, Sancho, répondit le duc, je n'ai qu'une parole. »

On entendit résonner de nouveau le fifre et les tambours, ce qui fit comprendre que la duègne Doloride entrait. La duchesse demanda au duc s'il ne serait pas convenable d'aller la chercher, puisqu'elle était comtesse et personne de qualité.

« Pour ce qu'elle a de comtesse, répondit Sancho avant le duc, je suis d'avis que Vos Grandeurs sortent pour la recevoir; pour ce qu'elle a de duègne, il vaut mieux ne pas faire un pas.

— Qui te prie de te mêler de cela, Sancho? demanda Don Quichotte.

— Qui, señor? répondit Sancho, mais moi; et je m'en mêle comme un écuyer qui a appris les termes de la courtoisie à l'école de Votre Grâce.

— Sancho a raison, reprit le duc; nous verrons la taille de la comtesse, et nous mesurerons par elle la courtoisie que nous lui devons. »

A la suite des tristes musiciens, douze duègnes, rangées sur deux files, pénétrèrent dans le jardin. Elles étaient vêtues de larges robes en laine noire et coiffées de toques blanches de fines mousseline. Derrière elles marchait la comtesse Trifaldi, que l'écuyer Trifaldin de la Barbe-Blanche conduisait par la main. Elle était habillée d'une fine étoffe de bayette noire. La basque ou la queue de sa robe, comme on voudra la nommer, se composait de trois pointes soutenues par des pages également vêtus de deuil. Ces pointes formaient, avec les trois angles aigus des basques, une agréable figure géométrique, d'où chacun conclut que la comtesse devait se nommer Trifaldi, ce qui équivalait à dire comtesse à trois queues.

Les douze duègnes et leur maîtresse marchaient d'un pas de procession, le visage couvert de voiles noirs. Au lieu d'être transparents comme celui de Trifaldin, ces voiles étaient d'un tissu si serré qu'on n'apercevait rien au travers. A l'apparition de l'escadron des duègnes, le duc, la duchesse et Don Quichotte se levèrent, ainsi que ceux qui regardaient le long défilé. Les douze duègnes s'arrêtèrent, formant une double haie au milieu de laquelle Doloride s'avança sans que Trifaldin lui lâchât la main. A cette vue, le duc, la duchesse et Don Quichotte firent environ douze pas pour la recevoir. Alors, s'agenouillant, et d'une voix plutôt forte et rauque que faible et délicate, elle dit :

« Que Vos Grandeurs veuillent bien ne pas combler de tant de politesse leur serviteur, — leur servante, veux-je dire ; — car je suis si affligée que je ne pourrai y répondre ainsi que je le devrais. Mon incroyable malheur m'a emporté l'esprit je ne sais où, mais ce doit être très-loin, attendu que plus je le cherche, moins je le trouve.

— Celui-là l'aurait aussi perdu, madame la comtesse, répondit le duc, qui, à votre aspect, ne découvrirait pas votre mérite. »

La relevant alors par la main, il la conduisit vers un siége, près de la duchesse, qui la reçut avec mille compliments.

Chacun se tint coi, gardant le silence et attendant que quelqu'un le rompît ; ce fut la duègne Doloride qui s'en chargea, en prononçant les paroles suivantes :

« J'ai l'espoir, très-puissant seigneur, très-belle dame et très-discrets assistants, que mon malheur rencontrera dans vos bons cœurs un accueil non moins affable que généreux. Il est tel qu'il suffirait pour attendrir le marbre, amollir les diamants, et détremper l'acier des cœurs les plus endurcis de l'univers. Avant de le confier à vos oreilles, je voudrais que l'on m'apprît si, dans cette société, se trouve le très-haut chevalier Don Quichotte de la Manchissime et son écuyérissime Pança?

— Le Pança, s'écria Sancho avant que personne répondît, le voilà; et le Don Quichottissime aussi. Vous pouvez donc, doulou-reusissime duégnissime, dire ce que vous voudrissime; nous som-mes tous disposés à devenir vos serviteurissimes. »

En ce moment, Don Quichotte se leva, et s'adressant à la duègne Doloride, lui dit :

« Si vos peines, dame affligée, peuvent espérer un remède de la force ou de la valeur de quelque chevalier errant, voici les miennes, bien que faibles et insuffisantes, je les emploierai tout entières à votre service. Je suis Don Quichotte de la Manche, dont l'occupa-tion consiste à secourir toute espèce de malheureux. »

La duègne Doloride parut vouloir se précipiter aux pieds de Don Quichotte; elle s'y jeta même et s'efforça de les lui baiser.

« Je me jette à ces pieds, ô chevalier invaincu; ils sont la base de la chevalerie errante. »

Laissant alors Don Quichotte, elle se retourna vers Sancho, lui saisit les mains et s'écria :

« O toi, le plus loyal écuyer qui, dans le siècle présent et les siècles passés, ait jamais servi chevalier errant; écuyer dont la bonté est plus grande que la barbe de mon guide Trifaldin, ici présent, je te conjure d'être mon intermédiaire auprès de ton maî-tre, afin que sur l'heure il protége cette humblissime et malheu-reusissime comtesse.

— Que ma bonté soit aussi grande que la barbe de votre écuyer, chère dame, répondit Sancho, peu m'importe. Mais, sans que ces câlineries soient nécessaires, je prierai mon maître, qui m'aime bien, — surtout à présent qu'il a besoin de moi pour certaine affaire, — d'aider Votre Grâce. »

Le duc et la duchesse mouraient de rire et louaient entre eux l'esprit et la ruse de la Trifaldi, qui s'assit et reprit ainsi la parole :

« Sur le célèbre royaume de Candaya, situé entre la grande Taprobane et la mer du Sud, deux lieues en deçà du cap Comorin,
régna la reine Maguncia, veuve du roi Archipicla, son maître et
mari, mariage duquel provint et naquit l'infante Antonomasia, héritière du royaume. Ladite infante Antonomasia fut élevée sous ma
tutelle et par mes soins, attendu que j'étais la plus ancienne et la
plus noble des duègnes de sa mère.

« A l'âge de dix-sept ans, Antonomasia était si belle que tous les
princes des alentours voulaient l'épouser et, au premier rang, se
présentait le grand prince Clavijo. Mais le géant Malambruno,
cousin d'Antonomasia, réclama d'autorité la main de sa cousine.
Considérant que ce méchant enchanteur rendrait malheureuse notre
maîtresse, je prêtai, moi et toutes les duègnes mes compagnes, aide
et protection à Clavijo qui épousa la princesse. Au sortir de l'église,
Malambruno, auquel nous ne songions plus, apparut soudain dans
les airs et, touchant de sa baguette magique les deux époux, il mé-
tamorphosa la princesse en guenon et le prince en un affreux cro-
codile d'un métal inconnu. Entre eux se dresse une colonne du
même métal, sur laquelle sont gravés en langue syriaque des mots
qui signifient : « Les deux audacieux époux ne reprendront leur
« première forme que lorsque le vaillant Manchois viendra se
« mesurer avec moi en combat singulier ; c'est uniquement à son
« grand courage que le destin réserve cette aventure inouïe. » Cela
fait, le géant tira du fourreau un large et gigantesque cimeterre,
me saisit par les cheveux, et fit le geste de m'ouvrir la gorge et de
me couper la tête. Je me troublai, ma voix expira dans mon gosier
et je demeurai très-vexée. Je fis néanmoins le plus grand effort possible pour lui dire, d'une voix tremblante et plaintive, tant et tant
de choses, qu'il suspendit l'exécution de son rigoureux châtiment.
Enfin, il ordonna d'amener en sa présence toutes les duègnes du
château, — les mêmes qui sont ici présentes, — et, après avoir exagéré notre faute, il déclara consentir à nous infliger, non la peine
capitale, mais d'autres peines plus lentes qui nous donneraient une
mort civile et perpétuelle. Au moment où il acheva de prononcer
ces paroles, nous sentîmes s'ouvrir les pores de nos visages, et à
chacun d'eux se produisit une piqûre semblable à celle que cause

une aiguille. Nous portâmes aussitôt nos mains à nos joues, et nous nous trouvâmes dans l'état que vous allez voir. »

Aussitôt la Doloride et les autres duègnes, levant les voiles qui les couvraient, montrèrent des mentons ornés de barbes, les unes blondes, les autres noires, celles-ci blanches et celles-là grisonnantes, vue qui émerveilla les assistants. La Trifaldi, après une pause, continua ainsi :

« Voilà de quelle façon nous châtia ce filou malintentionné de Malambruno, en peuplant de l'aspérité de ses crins notre peau dé-

licate; plût au ciel qu'il nous eût tranché la tête de son cimeterre
démesuré, plutôt que d'assombrir la lumière de nos visages par
cette tache qui les couvre! Car enfin, seigneur, où peut aller une
duègne barbue? Quel père ou quelle mère aura pitié d'elle? Qui
lui prêtera aide? »

A ces mots, elle fut sur le point de s'évanouir.

CHAPITRE XXX

Qui traite de choses ayant rapport à l'aventure précédente
et à cette mémorable histoire.

RÉELLEMENT, quicon-
que aime les histoires
semblables à celles-ci,
doit se montrer recon-
naissant envers Cid Ha-
met Ben-Engeli, en rai-
son du soin qu'il a pris
de nous raconter les faits
les plus minimes qui
s'y rapportent. Il décrit
les pensées, nous révèle les rêves, répond aux questions tacites,
éclaire les doutes, résout les problèmes. O célèbre auteur! O heureux Don Quichotte! O Dulcinée fameuse! O plaisant Sancho
Pança! Ensemble et chacun de votre côté, puissiez-vous vivre un
nombre infini de siècles pour le plaisir et le passe-temps général
des vivants.

Or, l'histoire rapporte que Sancho, voyant la Doloride évanouie,
s'écria :

« Foi d'homme de bien, mon maître ne m'a jamais rien raconté
de pareil, et il n'a jamais rien imaginé d'aussi singulier. Que mille
démons te soutiennent — pour ne pas te maudire, — géant enchanteur Malambruno! Ne pouvais-tu choisir un autre genre de
châtiment pour ces pécheresses que de les barbifier? Je parierais
qu'elles n'ont pas assez de bien pour payer qui les rase.

— C'est la vérité, señor, répondit une des douze duègnes; aussi

quelques-unes d'entre nous ont-elles adopté, comme remède écono-
mique, de se servir d'emplâtres poisseux. En nous les appliquant
sur le visage et en tirant d'un seul coup, nous restons le menton aussi
lisse que le fond d'un mortier de pierre. Si le señor Don Quichotte n'a
pitié de nous, nous descendrons dans la tombe avec nos barbes.

— Je m'arracherai plutôt la mienne, que de ne pas vous enlever
les vôtres! » s'écria Don Quichotte.

La Trifaldi revint de son évanouissement et dit :

« Le tintement de cette promesse, valeureux chevalier, est par-
venu à mes oreilles au milieu de mon évanouissement, et a servi
en partie à me rappeler à moi. Je vous supplie donc de nouveau,
errant chevalier et indomptable seigneur, d'accomplir votre gracieuse promesse.

— Il ne dépendra pas de moi qu'elle reste inaccomplie, répondit
Don Quichotte; voyez, madame, ce que je dois exécuter; mon courage est prêt à vous suivre.

— La difficulté, reprit Doloride, c'est que d'ici à Candaya, si
l'on prend la route de terre, il y a cinq mille lieues, deux de plus
ou de moins. Mais si l'on s'y rend en ligne directe par les airs, il
n'y en a que trois mille deux cent vingt-sept. Il faut savoir aussi
que Malambruno m'a prévenue que, lorsque le sort m'aurait fait
rencontrer le chevalier notre libérateur, il lui enverrait le cheval
de bois sur lequel le vaillant Pierre enleva la belle Magalone. Ce
cheval se guide à l'aide d'une cheville placée sur son front; il vole
avec tant de légèreté qu'on dirait que le diable l'emporte. Ledit
cheval, d'après une antique tradition, a été construit par le sage
Merlin. Malambruno s'en est emparé par son art, et s'en sert pour
ses voyages. Ce qu'il y a de plus agréable, c'est que ce cheval ne
mange ni ne dort, et n'a pas besoin d'être ferré. Il marche à l'amble dans les airs, sans ailes, et chemine si doucement et si posément que son cavalier peut porter à la main une tasse pleine d'eau
sans qu'il en tombe une goutte.

— Pour ce qui est d'aller doucement et posément, dit Sancho,
parlons de mon grison, bien qu'il ne voyage pas par les airs. Je
parierais qu'il n'y a pas au monde une bête marchant à l'amble qui
puisse lutter avec lui. »

Chacun rit et la Doloride reprit :

« Ledit coursier, si Malambruno veut mettre fin à notre malheur, sera ici une demi-heure avant la tombée de la nuit.

— Et combien de cavaliers peut-il porter, ce cheval ? demanda Sancho.

— Deux, répondit la Doloride ; un sur la selle, l'autre en croupe ; ordinairement, ces deux personnes sont un chevalier et son écuyer.

— Je voudrais savoir, señora Doloride, reprit Sancho, le nom de ce cheval.

— Son nom, répondit la Doloride, ne ressemble ni à celui du cheval de Bellérophon qui se nommait Pégase, ni à celui du cheval d'Alexandre le Grand qui se nommait Bucéphale, ni à celui de la monture de Roland le Furieux qui se nommait Brillador.

— Je parierais, interrompit Sancho, que puisqu'on ne lui donne le nom d'aucun de ces fameux chevaux, on ne lui a pas donné davantage le nom du cheval de mon maître, Rossinante, qui, comme nom propre, surpasse tous ceux qu'on vient de citer.

— C'est vrai, répondit la comtesse barbue, mais il en a un qui lui sied bien, il se nomme Chevillard le Rapide.

— Le nom ne me déplaît pas, dit Sancho. Et à l'aide de quel frein ou de quelle bride gouverne-t-on ce Chevillard ?

— J'ai déjà dit, répondit la Trifaldi, que c'est à l'aide de la cheville qu'il a sur le front ; en la tournant dans un sens ou dans l'autre, son cavalier le fait marcher comme il veut, soit à travers les airs, soit en rasant où en balayant presque le sol, soit dans ce juste milieu que l'on doit chercher et dans lequel il faut se tenir dans toutes les actions sages.

— Je voudrais le voir, reprit Sancho ; quant à croire que je monterai dessus, soit en selle, soit en croupe, c'est demander à l'orme de produire des poires. C'est à peine si je puis me tenir sur mon grison, assis sur un bât plus doux que la soie, et l'on voudrait à présent que j'aille me placer sur une croupe de bois, sans coussinet ni oreiller d'aucune espèce ! Par Dieu, je n'ai pas envie de me maltraiter pour enlever la barbe de personne ; que chacun se rase de son mieux ; je ne songe nullement à accompagner mon maître dans un si long voyage, d'autant plus que je ne dois pas être utile pour la tonte de ces barbes, comme je le suis pour le désensorcellement de madame Dulcinée.

— Si vraiment, ami, répondit la Trifaldi ; et, sans votre présence, je suis persuadée que nous n'arriverons à rien.

— Dieu garde le roi ! s'écria Sancho ; qu'ont à voir les écuyers avec les aventures de leur maître ? Quoi ! la renommée leur reviendrait, tandis que nous aurions à supporter la peine ? Vive Dieu ! si les historiens disaient seulement : tel chevalier mena à bonne fin telle et telle aventure, avec l'aide d'un tel, son écuyer, sans lequel il lui eût été impossible de la terminer, soit. Mais ils écrivent tout sec : « Don Paralipomenon de trois étoiles a conclu l'aventure des « six vampires, » et cela sans plus nommer la personne de son écuyer, qui se trouvait présent, que s'il n'existait pas ! Pour le moment, señores, je répète que mon maître peut aller seul, et grand bien lui fasse ; je resterai ici en compagnie de madame la duchesse.

— C'est bien, répondit Don Quichotte ; dame Trifaldi et compagnie, j'espère que la Providence regardera vos peines avec compassion, et que Sancho fera ce que je lui commanderai, soit que Chevillard arrive, soit que je me rencontre avec Malambruno. Je sais qu'il n'y a pas de rasoir capable de raser Vos Grâces avec autant de facilité que mon épée raserait la tête du géant de dessus ses épaules. Dieu supporte les méchants, mais non éternellement.

— Hélas ! dit alors Doloride, que les étoiles des régions célestes, ô vaillant chevalier ! contemplent Votre Grandeur avec des yeux bénins, qu'elles enflamment votre âme et trempent votre courage pour en faire le bouclier et le soutien de l'ordre ! O géant Malambruno, qui, bien qu'enchanteur, sais tenir tes promesses, envoie-nous vite l'incomparable Chevillard, afin que nos maux aient un terme. Si les chaleurs surviennent et que nos barbes persistent, adieu notre bonheur ! »

La Trifaldi prononça ces mots avec tant de tristesse qu'elle tira des larmes des yeux de tous les assistants, et mouilla même ceux de Sancho. Il se proposa alors du fond de son cœur d'accompagner son maître jusqu'aux dernières parties du monde, si, par ce moyen, on pouvait enlever la toison du vénérable visage de ces dames.

CHAPITRE XXXI

De l'arrivée de Chevillard, et fin de cette longue aventure.

A nuit vint, et avec elle le moment indiqué pour l'apparition du fameux coursier Chevillard, dont l'absence inquiétait déjà Don Quichotte. Il lui semblait que si Malambruno tardait à lui envoyer la monture, c'est que cette aventure était réservée à un autre chevalier, ou que le géant n'osait se mesurer avec lui en combat singulier. Mais soudain quatre sauvages, vêtus de feuilles de lierre, pénétrèrent dans le jardin, portant sur leurs épaules un grand cheval de bois. Ils le placèrent debout sur le sol, et l'un d'eux s'écria :

« Que le chevalier qui en aura le courage, monte sur cette machine.

— Pour ma part, interrompit Sancho, je n'y monte pas; je n'ai pas de courage et ne suis pas chevalier.

— Que l'écuyer, si le chevalier en a un, se place en croupe, continua le sauvage, on peut se fier au valeureux Malambruno ; c'est à son épée seule qu'on aura affaire, sans avoir à redouter aucune embûche. Il suffit de tourner la cheville placée sous le cou du cheval, pour qu'il emporte le chevalier et son serviteur par les airs, jusqu'à l'endroit où les attend Malambruno. Mais, afin que la hauteur et la sublimité de la route ne leur causent pas de vertiges, ils devront se bander les yeux jusqu'au moment où

le cheval hennira et les préviendra ainsi que le voyage est terminé. »

Cela dit, les sauvages reprirent le chemin par lequel ils étaient
venus. A peine la Doloride eut-elle vu le cheval, que les larmes
aux yeux, ou peu s'en faut, elle dit à Don Quichotte :

« Les promesses de Malambruno s'accomplissent, valeureux
chevalier; voici Chevillard, nos barbes poussent, et chacune de
nous, par chacun des poils de sa barbe, te supplie de nous raser;
il te suffit pour cela de te mettre en selle avec ton écuyer.

— C'est ce que je vais faire de grand cœur, répondit Don Quichotte. J'ai hâte de vous voir, madame, vous et vos duègnes, rasées
et imberbes.

— Et c'est ce que moi je ne ferai en aucune façon, s'écria
Sancho. Si ces barbes ne peuvent être rasées sans que je monte en
croupe, que mon maître cherche un autre écuyer pour l'accompagner, et ces dames un autre moyen de se rendre le menton lisse.
Que diraient mes insulaires en apprenant que leur gouverneur se
promène parmi les vents? Puis, autre chose encore : il y a trois
mille et quelques lieues d'ici à Candaya; si le cheval se fatigue ou
si le géant se fâche, il nous faudra une demi-douzaine d'années
pour aller et revenir; et il n'y aura plus au monde d'insulaires ou
d'îles qui me connaissent.

— Ami Sancho, répondit le duc, l'île que je vous ai promise,
n'est ni mobile ni fugitive; elle a des racines si profondément
implantées dans les abîmes de la terre, qu'on ne pourrait l'arracher
ni la retirer d'où elle est en trois secousses. Or, nous savons tous
deux qu'il n'existe aucun emploi, important surtout, qui s'obtienne
autrement que par un pot de vin plus ou moins considérable.
Celui que je désire en retour de ce gouvernement, c'est que vous
accompagniez votre maître pour mener à bien cette mémorable
aventure.

— N'en dites pas plus, seigneur, dit Sancho, je suis un pauvre
écuyer et ne puis supporter tant de courtoisies. Que mon maître
monte, qu'on me bande les yeux et qu'on me recommande à Dieu.

— Depuis la mémorable aventure des moulins à foulon, dit
Don Quichotte, je n'ai pas vu Sancho aussi effrayé qu'à cette

heure. Approchez, Sancho, sous le bon plaisir de ces seigneurs, je veux vous dire deux mots à part. »

· Entraînant son écuyer sous les arbres du jardin, et lui prenant les deux mains, Don Quichotte lui dit :

« Tu vois, frère Sancho, le long voyage que nous allons entreprendre ; Dieu sait quelles difficultés nous rencontrerons et combien de temps exigera cette affaire. Aussi, je voudrais te voir gagner ta chambre, comme si tu allais chercher un objet nécessaire pour la route, et là, en un clin d'œil, tu pourrais t'administrer quatre ou cinq cents coups, à compte des trois mille trois cents que tu dois te donner ; tu sais que les choses commencées sont à demi terminées.

— Par le ciel, s'écria Sancho, Votre Grâce est-elle folle ? Comme dit le proverbe : « Tu me vois en peine et tu me demandes des « verges ? » A l'heure où il me faut m'asseoir sur un morceau de bois, Votre Grâce veut que je me blesse le séant ! Pour le moment, allons raser ces duègnes ; au retour, je promets à Votre Grâce, aussi vrai que je suis Sancho, de me donner tant de hâte à accomplir ma parole que vous serez content, et je n'en dis pas plus.

— Cette promesse me console, bon Sancho, répondit Don Quichotte ; je crois que tu la tiendras. Bien que sot, tu es un homme véridique. »

Ils se rapprochèrent alors pour monter sur Chevillard, et, en se plaçant en selle, Don Quichotte dit à son écuyer :

« Couvrez-vous les yeux, Sancho, et asseyez-vous. Celui qui nous envoie chercher de si loin ne peut vouloir nous tromper, en raison du peu de gloire que l'on acquiert à leurrer celui qui se fie à vous.

— Partons, señor, reprit Sancho, j'ai les barbes et les larmes de ces dames sur le cœur, et je ne mangerai pas une bouchée avec plaisir avant de voir leurs mentons redevenus lisses. Que Votre Grâce se place et se bande les yeux le premier ; il est clair que celui qui va en selle doit monter d'abord.

— C'est la vérité, » répondit Don Quichotte.

Et, tirant un mouchoir de sa poche, il pria la Doloride de lui bien bander les yeux. L'opération terminée, il se découvrit et dit :

« Si je ne me trompe, j'ai lu dans Virgile l'histoire du Palladium
de Troie; c'était un cheval de bois que les Grecs offrirent à la
déesse Pallas, et qui était plein de chevaliers armés. Ce furent ces
chevaliers qui consommèrent la ruine totale de la ville, aussi
serait-il bon de voir ce que Chevillard a dans l'estomac.

— C'est inutile, dit la Doloride, je réponds de lui, et je sais que
Malambruno n'est ni traître ni malicieux. »

Il parut à Don Quichotte que tout ce qu'il ajouterait touchant sa
sécurité pourrait s'interpréter au détriment de son courage; il enfourcha donc Chevillard sans plus discuter, et tâta la cheville qui
tournait avec facilité. Comme il n'avait pas d'étrier et que ses jambes pendaient, il ressemblait à une de ces figures peintes ou tissées
des tapisseries flamandes, dont le sujet représente un triomphe ro-
main. De mauvaise grâce, et peu à peu, Sancho en arriva à monter à son tour; s'accommodant de son mieux sur la croupe, il la
trouva plus dure que molle, et demanda au duc s'il ne serait pas
possible de lui disposer un coussin ou un oreiller, ne fût-ce que
celui de l'estrade de sa dame la duchesse. La Trifaldi déclara que
le cheval ne supportait ni harnais ni ornement, mais que l'écuyer
pouvait se placer de côté, à la façon des femmes ; de cette manière il trouverait le siége moins dur. Sancho suivit le conseil, et
tout en faisant ses adieux, se laissa bander les yeux. A peine le
bandeau fut-il placé qu'il le rabattit, regarda ceux qui se trouvaient dans le jardin avec attendrissement, leur demandant de prier
pour lui.

« Coquin, s'écria Don Quichotte, es-tu par hasard suspendu à
une potence ou arrivé au dernier terme de la vie? Remets ton bandeau, animal sans cœur, et que la peur ne te sorte pas par la bouche, du moins en ma présence. »

Enfin, on leur banda les yeux. Don Quichotte, sentant que
tout était prêt, tourna la cheville. Il l'avait à peine tournée que les
duègnes et les assistants s'écrièrent :

« Que Dieu te guide, valeureux chevalier, et qu'il t'accompagne,
écuyer intrépide! vous voilà traversant les airs avec plus de rapidité qu'une flèche, et votre vue commence à émerveiller ceux qui
vous aperçoivent de la terre. »

Sancho entendit ces cris, et se pressant contre son maître en l'entourant de ses bras, il lui dit :

« Comment peuvent-ils répéter que nous sommes si haut, señor, puisque leurs voix parviennent jusqu'à nous ?

— Ne te préoccupe pas de cela, Sancho. Ces voyages aériens étant en dehors du cours ordinaire des choses, tu verras et tu entendras ce que tu voudras à mille lieues de distance. Ne me serre pas tant, tu me fais perdre l'équilibre. En vérité, je ne sais d'où viennent ton trouble et ta peur ; j'oserais jurer que, de ma vie, je n'ai monté de cheval plus doux d'allure ; il semble que nous ne bougeons pas de place. Chasse ta peur, ami, l'aventure va comme elle doit aller ; nous avons le vent en poupe.

— C'est vrai, répondit Sancho ; je le sens même si fort de ce côté qu'on dirait qu'il sort de mille soufflets. »

Ce qui était positif, car on l'éventait en ce moment à l'aide de ces ustensiles. Don Quichotte s'écria :

« Sans aucun doute, Sancho, nous voici déjà arrivés à la seconde région de l'air, là où s'engendre la grêle et la neige. Le tonnerre, les éclairs et la foudre naissent dans la troisième région, et, si nous continuons à monter, nous atteindrons promptement la région du feu. Je ne sais comment tourner cette cheville pour éviter que nous allions nous embraser. »

En cet instant, on leur chauffait le visage à l'aide de légères étoupes placées à l'extrémité d'un roseau, et faciles à enflammer et à éteindre.

« Qu'on me tue, s'écria Sancho, si nous ne traversons l'endroit du feu ou ses environs ! Une bonne partie de ma barbe est roussie : je suis tenté, señor, de soulever mon bandeau, afin de voir où nous sommes.

— Garde-t'en bien, répondit Don Quichotte, peut-être nous élevons-nous pour tomber en ligne droite sur le royaume de Candaya, comme le faucon sur le héron qui cherche en vain à s'élever pour l'éviter. Bien qu'il nous semble qu'une demi-heure s'est à peine écoulée depuis que nous sommes partis du jardin, crois-moi, nous devons avoir parcouru beaucoup de chemin. »

Le duc et la duchesse entendaient la conversation des deux braves

champions, et s'en divertissaient outre mesure. Voulant terminer
cette aventure aussi originale que bien imaginée, on mit le feu à la
queue de Chevillard à l'aide d'étoupes ; aussitôt le cheval, qui était

rempli de pétards, se disjoignit avec un bruit formidable et envoya
Don Quichotte et Sancho rouler sur le sol, à demi roussis. En ce
moment, l'escadron des duègnes barbues avait disparu du jardin,

ainsi que la Trifaldi, tandis que les gens demeurés près de Chevillard s'étaient étendus par terre, comme s'ils étaient évanouis. Don Quichotte et Sancho se relevèrent meurtris; regardant de tous côtés, ils furent surpris de se retrouver à l'endroit d'où ils étaient partis, et de voir tant de gens couchés autour d'eux. Leur surprise s'accrut lorsqu'ils aperçurent une grande lance fichée en terre, à l'extrémité de laquelle se balançait, soutenu par deux cordons de soie verte, un parchemin lisse et blanc sur lequel était écrit en lettres d'or :

« L'insigne chevalier Don Quichotte de la Manche, rien qu'en l'entreprenant, a mis fin à l'aventure de la comtesse de Trifaldi, nommée aussi la duègne Doloride et compagnie.

« Malambruno se tient pour entièrement satisfait; les barbes des duègnes sont tondues et leurs mentons lisses; le roi Clavijo et la reine Antonomasia sont rendus à leur premier état. Lorsque la fla-

gellation écuyère sera accomplie, la blanche colombe se verra déli
vrée des gerfauts pestilentiels qui la poursuivent. »

Don Quichotte, ayant lu le parchemin, comprit clairement qu'il
s'agissait du désensorcellement de Dulcinée. Il rendit grâce au ciel
d'avoir accompli un tel haut fait presque sans péril, et rendu leur
teint primitif aux visages des vénérables duègnes. Il s'approcha du
duc et de la duchesse qui n'étaient pas encore revenus à eux, et
saisissant la main du duc, il lui dit :

« Holà ! seigneur, bon courage, cela n'est rien ; l'aventure est
terminée sans préjudice pour l'âme ni pour le corps, ainsi que le
prouve l'écrit suspendu à cette lance. »

Le duc reprit ses sens peu à peu, comme un homme qui sort d'un
sommeil profond, imité en cela par la duchesse et par ceux qui
s'étaient étendus dans le jardin. Le duc, les yeux à demi fermés,
lut l'écriteau ; puis il alla embrasser Don Quichotte, le déclarant
le meilleur chevalier que le monde eût jamais vu. Sancho cherchait
des yeux la Doloride, afin de voir quel visage elle avait sans barbe,
et si elle était aussi belle sans cet ornement que sa gaillarde prestance le donnait à croire. On lui dit qu'à l'instant où Chevillard
était descendu tout enflammé et avait touché terre, l'escadron des
duègnes avait disparu, y compris la Trifaldi ; mais que ces dames
étaient rasées et sans racine de poil. La duchesse demanda à Sancho comment il s'était porté durant ce long voyage.

« Moi, señora, répondit Sancho, j'ai senti que nous allions, d'a-
près ce que me dit mon maître, volant vers la région du feu, et j'ai
voulu me découvrir un peu les yeux. Mon maître, à qui je demandai permission, s'y opposa. Mais moi, qui ai je ne sais quel
brin de curiosité, bonnement, sans que personne s'en doutât,
je soulevai un peu le mouchoir qui me bouchait les yeux du
côté de mon nez, et, par là, je regardai vers la terre qui ne me
parut pas plus grosse qu'un grain de moutarde, tandis que les
hommes qui marchaient dessus étaient un peu plus gros que des
noisettes, ce qui me permit de juger à quelle hauteur nous nous
trouvions.

— Faites attention à vos paroles, ami Sancho, répondit la duchesse. Il est clair que, si la terre vous semblait un grain de mou-

29

tarde, et les hommes des noisettes, un seul homme devait couvrir toute la terre.

— C'est vrai, répliqua Sancho ; néanmoins, je me suis un peu découvert de côté, et j'ai vu la terre entière. Si on ne me croit pas sur ce point, Votre Grâce ne croira pas non plus que, m'étant découvert du côté des sourcils, je me suis vu si près du ciel qu'à peine une palme et demie m'en séparait. »

On ne voulut pas interroger davantage l'écuyer sur son voyage. Au résumé, ce fut la fin de l'aventure de la duègne Doloride, aventure qui prêta à rire au duc et à la duchesse, non-seulement pour un instant, mais pour le reste de leurs jours, et à Sancho de quoi raconter durant un siècle, s'il l'eût vécu.

CHAPITRE XXXII

Des conseils que donna Don Quichotte à Sancho Pança, avant qu'il se mit
en route pour aller gouverner l'île.

L'HEUREUX et amusant succès de l'aventure de la Doloride divertit si bien le duc et la duchesse, qu'ils résolurent de continuer leurs plaisanteries, excités à cela par la crédulité de leur hôte. Ils donnèrent donc des ordres à leurs domestiques et à leurs vassaux sur la conduite à tenir à l'égard de Sancho dans le gouvernement de l'île promise. Le duc, le lendemain du voyage aérien de Chevillard, dit à l'écuyer de s'équiper et de se disposer à partir pour le gouvernement, ses insulaires l'attendant comme la pluie de mai. Sancho s'inclina et répondit :

« Depuis que je suis descendu du ciel, que j'ai contemplé d'en haut la terre, et que je l'ai vue si petite, ma grande envie d'être gouverneur s'est en partie calmée. Après tout, quelle grandeur y a-t-il à commander sur un grain de moutarde? Quelle dignité et quel empire est-ce que de gouverner une demi-douzaine d'hommes gros comme des noisettes? S'il plaisait à Votre Seigneurie de me donner une petite part du ciel, ne fût-elle que d'une demi-lieue, je l'accepterais plus volontiers que la plus grande île du monde.

— Vous oubliez, ami Sancho, répondit le duc, que je ne puis donner à personne une part du ciel, ne fût-elle pas plus large que

mon ongle. Je vous offre ce que je possède, une île droite, ronde,.
bien proportionnée, fertile à l'excès, où, si vous savez vous conduire, il vous sera facile, à l'aide des richesses de la terre, de gagner celles du ciel.

— Soit, répondit Sancho ; vienne l'île, et je m'arrangerai de façon
à devenir un si excellent gouverneur que j'irai au ciel en dépit des
coquins. Et ce n'est pas l'ambition de briller ni de m'élever au-
dessus de ma condition qui me pousse, mais le désir d'apprendre
quel goût a le gouvernement.

— Si vous y goûtez une fois, Sancho, répondit le duc, vous vous
mangerez ensuite les doigts jusqu'aux coudes ; c'est chose exquise
que de commander et d'être obéi.

— Seigneur, répliqua Sancho, je comprends qu'il est doux de
commander, ne fût-ce qu'un troupeau de bœufs.

— Qu'on m'enterre avec vous, Sancho ! s'écria le duc, vous vous
entendez à tout, et j'espère que vous serez aussi bon gouverneur
que votre jugement le promet. Laissons cela ; demain, sans plus
tarder, vous vous rendrez dans votre île ; cette après-midi, on vous
pourvoira du costume voulu, ainsi que des choses nécessaires pour
votre départ.

— Qu'on m'habille comme on voudra, répondit Sancho ; de
quelque manière que je sois vêtu, je serai Sancho Pança.

— C'est vrai, dit le duc ; mais les vêtements doivent être en rapport avec la dignité que l'on possède ou l'emploi que l'on remplit.
Vous, Sancho, vous serez vêtu moitié en lettré, moitié en soldat, car,
dans l'île dont je vous fais don, les armes sont aussi indispensables
que les lettres et les lettres aussi indispensables que les armes.

— Je connais peu les lettres, répondit Sancho, pas même
l'ABC ; mais il me suffit de savoir le *Christus* par cœur pour être
bon gouverneur. Quant aux armes, je me servirai de celles qu'on
me donnera jusqu'à ce que je tombe, et que Dieu m'assiste ! »

Sur ces entrefaites parut Don Quichotte ; ayant appris ce qui se
passait et avec quelle hâte Sancho devait partir pour son gouvernement, il pria le duc de l'excuser, prit son écuyer par la main et
l'emmena dans l'intention de le conseiller sur la façon dont il serait bon qu'il se conduisît. Arrivé dans sa chambre, il ferma la

porte derrière lui, obligea presque par force Sancho à s'asseoir à
son côté, et lui dit d'une voix lente :

« Je rends au ciel des grâces infinies, Sancho, de ce que le bonheur est venu à ta rencontre avant de venir à la mienne. Moi qui
comptais sur mon heureux sort pour te payer tes services, j'en
suis encore aux espérances, et toi, avant le temps, contre toute
sage prévision, tu vois tes désirs comblés. Ici vient à propos le pro
verbe qui dit : « Dans la chasse aux places, il y a heur et malheur. »
Toi qui n'étais qu'un lourdaud, voilà que, sans te lever matin, sans
veiller, sans la moindre démarche, uniquement parce que tu as
été touché du souffle de la chevalerie errante, on te nomme d'emblée gouverneur d'une île. Je te dis cela, Sancho, afin que tu
n'ailles pas attribuer à tes mérites la faveur que tu as reçue ;
afin que tu rendes grâce au ciel qui dispose doucement les choses,
puis à la grandeur que renferme en elle la profession de chevalier
errant. Le cœur bien pénétré de ce que je viens de te dire, sois
attentif, mon fils, aux paroles du nouveau Caton qui veut te conseiller, te servir de guide et de boussole au milieu de cette mer
orageuse sur laquelle tu vas te lancer.

« D'abord, ô mon fils, il te faut craindre Dieu ; cette crainte est
le commencement de la sagesse.

« En second lieu, fais tous tes efforts pour te connaître toi-même ;

c'est l'étude la plus difficile qu'on puisse imaginer. Cette connaissance t'ôtera l'envie de te gonfler comme le fit la grenouille qui
voulut rivaliser avec le bœuf; jointe au souvenir que tu as gardé
les porcs dans ton village, elle devra, comme pour le paon lorsqu'il
regarde ses pattes, empêcher ta vanité de faire la roue.

— Ceci est vrai pour l'époque où j'étais enfant, dit Sancho;
en grandissant, ce sont des oies que j'ai gardées, et non des porcs.
Mais il me semble que cela n'a rien à voir avec ce qui nous occupe,
tous ceux qui nous gouvernent ne descendent pas de souche royale.

— Tu as raison, répondit Don Quichotte; c'est pourquoi ceux
qui ne sont pas nobles d'origine font bien de tempérer la gravité de
la charge qu'ils remplissent par une douceur qui, tempérée à son
tour par la prudence, les préserve des médisances auxquelles nul
état ne peut échapper.

« Vante-toi, Sancho, de l'humilité de ta naissance, et ne crains
pas d'avouer que tu es fils de laboureur. Voyant que tu n'en rougis
pas, nul ne songera à t'en faire rougir.

« N'oublie pas, Sancho, que si tu mets tes soins à n'accomplir
que de vertueuses actions, tu n'auras rien à envier aux princes ou
aux grands seigneurs; on hérite de la noblesse, mais la vertu s'acquiert, et la vertu par elle-même vaut plus que la noblesse.

« Cela étant, si, lorsque tu seras dans ton gouvernement, un de
tes parents venait te voir, ne le repousse pas et ne lui fais aucun
affront; accueille-le au contraire; caresse-le et fête-le; tu satisferas
ainsi le ciel qui aime à ce que nul ne méprise ce qu'il a créé, et tu
accompliras tes devoirs envers la nature.

« Si tu appelles ta femme près de toi, instruis-la, façonne-la,
dégrossis sa rudesse naturelle; car tout ce que peut acquérir un
gouverneur sage, une femme sotte et rustique peut le perdre.

« Ne te laisse pas guider par la loi de l'arbitraire, elle ne triomphe que parmi les ignorants qui se croient habiles.

« Que les larmes du pauvre trouvent en toi plus de compassion,
mais non plus de justice que les plaintes du riche.

« Cherche à découvrir la vérité dans les promesses et les dons du
riche, aussi bien que dans les gémissements et les importunités du
pauvre.

« Quand il y a lieu d'écouter l'équité, ne frappe pas le coupable
de toute la rigueur de la loi ; la renommée de juge implacable ne
vaut pas mieux que celle de juge compatissant.

« Si, par hasard, tu fais incliner la balance de la justice, que ce
ne soit jamais sous le poids d'un cadeau, mais sous celui de la miséricorde.

« S'il t'arrive de juger le procès d'un de tes ennemis, écarte ta
pensée du souvenir de l'injure que tu as reçue, pour ne la porter
que sur la vérité du cas.

« Que la passion ne t'aveugle pas dans la cause du prochain ; les
erreurs que tu commettrais seraient le plus souvent sans remède,
ou ne pourraient se réparer qu'aux dépens de ta renommée et même
de ta bourse.

« Celui que tu dois châtier en action, ne le maltraite pas en paroles ; la peine du supplice suffit à ce malheureux sans y ajouter
celle des injures.

« Considère le coupable qui tombera sous ta juridiction comme
un homme malheureux, sujet aux faiblesses de notre nature, et,
autant qu'il te sera possible, montre-toi pitoyable et clément. Bien
que tous les attributs de Dieu soient égaux, la miséricorde brille
encore plus à nos yeux que la justice.

« Si tu suis ces règles et ces préceptes, Sancho, ton existence sera
longue, ta renommée éternelle, tes désirs seront comblés, ton bonheur sera indicible. Au dernier terme de ta vie, la mort te surpren-
dra dans une douce et mûre vieillesse, et les mains délicates de
tes arrière-petits-enfants te fermeront les yeux. Jusqu'à présent,
tous mes discours ont été des avis pour ton âme ; écoute maintenant ceux qui doivent servir à parer ton corps. »

CHAPITRE XXXIII

Des seconds conseils que donna Don Quichotte à Sancho Pança.

 ui donc en entendant les précédents raisonnements de Don Quichotte, ne l'eût tenu pour un esprit des plus sages et des mieux intentionnés ? Mais, ainsi qu'on l'a répété dans le cours de cette insigne histoire, le chevalier ne déraisonnait que lorsqu'il parlait de sa chevalerie. Dans les seconds conseils qu'il donna à Sancho, il montra toute la finesse et toute l'étendue de son esprit, en même temps que l'excès de sa folie.

« En ce qui touche à la façon dont tu dois régir ta personne et ta maison, Sancho, reprit-il, je te recommande d'abord d'être propre.

« Ne sois jamais négligé ni débraillé ; des vêtements en désordre donnent l'idée d'une âme lâche, à moins que ce désordre ne cache la fourberie, comme on interprète celui de Jules César.

« Tâte discrètement le pouls à la valeur de ta charge, afin de savoir ce qu'elle peut produire ; si elle te permet de vêtir tes serviteurs d'une livrée, donne-la-leur honnête et de profit plutôt que brillante et singulière ; quant au surplus, partage-le avec tes domestiques et avec les pauvres. Je veux dire que si tu as les moyens d'habiller six pages, qu'il te suffise d'en habiller trois, et donne des habits à trois pauvres. De cette façon, tu auras des pages au ciel et sur la terre ; c'est là une manière nouvelle de posséder une livrée que ne connaissent pas les vaniteux.

« Ne mange ni ail ni oignon, afin que l'odeur ne révèle pas ton humble origine; marche avec lenteur; parle posément, non pourtant de manière à paraître t'écouter, attendu que toute affectation est mauvaise.

« Dîne peu et soupe encore moins; la santé du corps s'élabore dans l'officine de l'estomac.

« Sois modéré dans le boire en songeant que le vin, pris en excès, ne sait ni garder un secret, ni tenir une parole.

« Il te faut éviter encore, Sancho, de mêler à ta conversation cette multitude de proverbes dont tu abuses. Les proverbes sont de courtes sentences, mais tu les amènes si souvent par les cheveux, que, dans ta bouche, ils semblent plutôt des extravagances.

— A cela, Dieu seul peut porter remède, s'écria Sancho; je sais plus de proverbes que n'en renferme un livre, et, lorsque je parle, ils me viennent si nombreux à la bouche qu'ils se battent à qui sortira. Alors ma langue lance les premiers qu'elle rencontre, qu'ils arrivent ou non à propos. A dater d'aujourd'hui, je prendrai garde de ne citer que ceux qui conviendront à la gravité de ma charge : en bon logis, le souper est bientôt servi; celui qui fait son prix n'a pas de dispute; celui qui sonne les cloches est à l'abri, et, pour donner et posséder, il faut de la cervelle.

— Bien, Sancho, s'écria Don Quichotte, enfile, embroche, dévide des proverbes; personne ne s'y oppose. Je te recommande d'éviter les proverbes et, en un instant, tu m'en récites une litanie qui s'applique aussi bien au sujet que nous traitons qu'aux montagnes d'Ubéda.

« Enfin, Sancho, continua le chevalier, que ton sommeil soit modéré; celui qui ne se lève pas avec le soleil ne jouit pas du jour.

« Le dernier conseil que je veux te donner pour le moment, c'est, Sancho, de ne jamais te mettre à disputer sur la noblesse des naissances, du moins en les comparant entre elles. Dans les objets que l'on compare, l'un l'emporte forcément, et tu serais détesté de celui que tu aurais abaissé, sans être récompensé en rien de celui que tu aurais élevé.

« Pour l'heure, ce sont là, Sancho, les conseils qui me vien-

nent à l'esprit. Le temps passera, et mes avis suivront les événements, si tu as soin de me tenir au courant de tes affaires.

— Señor, répondit Sancho, je le vois bien, toutes les choses que
vient de me dire Votre Grâce sont bonnes, saintes et de profit;
mais à quoi me serviront-elles si je les oublie? Aussi, il serait nécessaire de me les mettre par écrit, quoique je ne sache ni lire ni
écrire; je donnerai le papier à mon confesseur, afin qu'il me le
remémore lorsqu'il en sera besoin.

— Pécheur que je suis! s'écria Don Quichotte, qu'il convient
peu aux gouverneurs de ne savoir ni lire ni écrire! Rappelle-toi, ô
Sancho, que ne savoir pas lire ou être gaucher prouvent de deux
choses l'une, ou que l'on est fils de parents de basse condition, ou
que l'on est si mauvais sujet qu'on n'a pu profiter du bon usage de
l'enseignement. C'est un grand mal que tu portes avec toi, et je
voudrais que tu apprisses au moins à signer.

— Je sais très-bien signer, répondit Sancho; quand j'étais syndic
de confrérie, au village, j'ai appris à former des lettres semblables
à celles dont on marque les ballots, et on disait qu'elles formaient
mon nom. D'ailleurs, je feindrai d'avoir la main droite paralysée,
ou je ferai en sorte qu'un autre signe à ma place. Il y a remède à
tout, excepté à la mort; possédant le commandement et la verge,
j'agirai comme je voudrai. Approchez-vous, et vous serez bien
reçu. Dieu connaît la demeure de celui qu'il aime, et les sottises
du riche passent dans le monde pour des sentences. Donnez du
miel, et les mouches vous suceront; on vaut selon ce qu'on
possède, disait ma grand'mère, et de l'homme bien établi tu ne
seras jamais vengé.

— Maudit sois-tu, Sancho, s'écria Don Quichotte, et puisse
le ciel te confondre, toi et tes proverbes! Il y a une heure que
tu les enfiles, m'infligeant une torture avec chacun de ceux que
tu me fais avaler. Je t'assure que ces proverbes te mèneront un
jour à la potence; à cause d'eux, tes vassaux te chasseront de tout
gouvernement. Dis-moi, où les ramasses-tu, ignorant? et comment les appliques-tu, double niais? Lorsque je veux, moi, en citer
un et le bien placer, je sue et travaille comme si je creusais la
terre.

— Pardieu, señor notre maître, Votre Grâce se plaint de bien peu de chose, répliqua Sancho. Qui peut se fâcher que je me serve de mon bien, alors que je ne possède d'autre capital que des proverbes? Tenez, il m'en vient quatre à la bouche qui tomberaient ici comme des poires dans un panier; je ne les dirai pas, car celui qui sait se taire, on le nomme Sancho.

— Le Sancho de ce proverbe, ce n'est pas toi, répondit Don Quichotte; non-seulement tu ne te tais pas, mais tu parles mal, et avec persistance. Néanmoins, je voudrais connaître ces quatre proverbes qui se présentaient si à propos à ta mémoire; j'ai beau interroger la mienne, et je l'ai bonne, je n'en trouve aucun.

— Quels meilleurs proverbes pour les cas qui nous occupent que les suivants, répondit Sancho : « Entre deux grosses dents ne mets « jamais le doigt. » Puis : « Si la pierre frappe la cruche, tant pis « pour la cruche. » Tous ces proverbes ne viennent-ils pas à point? Ils veulent dire que personne ne se mette contre un gouverneur, car il se retirera blessé comme le doigt d'entre les dents mâchelières; — elles ne seraient pas mâchelières que ce serait la même chose. — Quant à la pierre et à la cruche, un aveugle comprendrait. Ainsi, il est nécessaire que celui qui voit la paille dans l'œil de son voisin voie la poutre qui est dans le sien, afin qu'on ne dise pas de lui : « La mort a peur du décapité. » Et Votre Grâce n'ignore pas que le sot en sait plus dans sa maison que le sage dans la maison d'autrui.

— Pour cela non, Sancho, répondit Don Quichotte, le sot n'en sait pas plus chez lui que chez les autres, attendu que, sur les fondements de la sottise, on ne peut élever aucun édifice raisonnable. Laissons cela, Sancho; si tu gouvernes mal, la faute en sera à toi, et moi j'en recueillerai la honte. Ce qui me console, c'est que j'ai rempli mon devoir en te donnant de bons conseils avec le zèle dont je suis capable, et ma promesse est accomplie. Que Dieu te guide, Sancho, qu'il te gouverne dans ton gouvernement, et me délivre du scrupule qui me reste, à savoir que tu vas mettre l'île sens dessus dessous, ce que je pourrais éviter en révélant au duc qui tu es, ou en le prévenant que toute cette graisse dont se compose ta personne ne représente qu'un sac plein de malices et de proverbes.

— Señor, répliqua Sancho, s'il paraît à Votre Grâce que je ne suis pas propre pour ce gouvernement, j'y renonce dès aujourd'hui, par la raison que je préfère la moindre rognure d'ongle de mon âme à mon corps entier. Je nourrirai aussi bien de pain et d'oignons

Sancho tout sec, que Sancho gouverneur de perdrix et de chapons. D'ailleurs, lorsqu'ils dorment, les hommes sont égaux, grands et petits, pauvres et riches. Si Votre Grâce y regarde de près, elle verra que c'est elle qui m'a mis en tête l'idée de gouverner, car je ne m'entends pas plus au gouvernement des îles qu'un vautour. Néanmoins, si vous croyez que le diable doive m'emporter parce que je serai gouverneur, j'aime mieux aller Sancho au ciel que gouverneur en enfer.

— Par Dieu, Sancho, répondit Don Quichotte, uniquement pour les paroles que tu viens de prononcer, je te juge capable de gouverner un millier d'îles. Tu as un bon naturel, qualité sans laquelle toute science est vaine. Recommande-toi à Dieu, et tâche de ne pas

te tromper dans ton intention première. Maintenant, allons dîner ; je
crois que leurs Seigneuries nous attendent. »

Sancho partit enfin, accompagné de beaucoup de monde. Il était
vêtu en magistrat et portait par-dessus sa robe un large gaban de
camelot fauve, ainsi qu'un bonnet de même étoffe. Il avait enfour-
ché un mulet, et derrière lui, par ordre du duc, marchait le grison
avec des harnais et des ornements de soie neufs. De temps à autre,
Sancho tournait la tête pour regarder son âne, en compagnie duquel il s'en allait si content qu'il n'eût pas consenti à changer de
place avec l'empereur d'Allemagne. Il fit ses adieux au duc et à la
duchesse en leur baisant les mains, demanda la bénédiction de son
maître, qui la lui donna les larmes aux yeux, et qu'il reçut avec
non moins d'émotion.

CHAPITRE XXXIV

*Comment le grand Sancho prit possession de son île, et de quelle façon
il commença à gouverner.*

O toi qui dé-
couvres per-
pétuelle-
ment les an-
tipodes,
flambeau du
monde, œil
du ciel, Thy-
nibrius ici,
Phœbus là-
bas, tireur d'arc plus loin, médecin autre part, père de la poésie,
inventeur de la musique, toi qui te lèves toujours et qui ne te cou-
ches jamais, bien que tu paraisses le faire, ô soleil, c'est toi que je
supplie de me soutenir et d'éclairer les ténèbres de mon esprit, afin
que je puisse raconter ce qui se passa dans le gouvernement du
grand Sancho Pança, car, sans toi, je me sens tiède, découragé et
troublé.

Or, Sancho, suivi de son cortège, atteignit un bourg d'environ
mille âmes, un des plus considérables que possédât le duc, et on
lui fit croire que ce bourg se nommait l'île de Barataria. Lorsqu'il
atteignit les portes de la ville, la foule du peuple sortit à la rencontre du gouverneur, on mit les cloches en branle, et les habitants se montrèrent satisfaits. On conduisit Sancho en grande
pompe à l'église paroissiale, pour rendre grâces à Dieu. Ensuite,
avec des cérémonies burlesques, on lui présenta les clefs du bourg

et on l'accueillit en qualité de gouverneur perpétuel de l'île de Barataria.

Le costume, la barbe, l'embonpoint et la petite taille du nouveau
gouverneur surprenaient ceux qui ne connaissaient pas le dessous
des cartes, et même ceux qui le connaissaient, et le nombre en était
grand.

Enfin, au sortir de l'église, on le conduisit à la salle du tribunal
et on l'installa sur le fauteuil du juge.

Au même instant, deux hommes pénétrèrent dans la salle d'audience : l'un vêtu en laboureur, l'autre en tailleur, car il tenait
une paire de ciseaux à la main.

« Seigneur gouverneur, dit le tailleur, moi et ce paysan nous
nous présentons devant Votre Grâce, parce que ce bonhomme,
venu hier dans ma boutique, me plaça un morceau de drap
entre les mains : « Señor, me dit-il, ce drap suffit-il pour me faire
« un chaperon ? » Je mesure le drap, et je lui réponds que oui. Il
dut s'imaginer, à ce que je supposai, que je voulais lui voler une
partie de son étoffe, se fondant en cela sur la mauvaise opinion
que l'on a des tailleurs. Il me pria donc de voir si on ne pourrait
pas en tirer deux chaperons de drap. Je devinai sa pensée et lui ré-

pondis que oui. Continuant, il augmenta le nombre de ses chaperons, et moi celui de mes *oui,* si bien que nous arrivâmes à
cinq. Il y a un instant, il vint chercher ses chaperons ; je les lui
donne, et il refuse de m'en payer la façon, me demandant, au contraire, de lui rendre sa pièce de drap, ou de la lui rembourser.

— Tout s'est-il passé ainsi, frère ? demanda Sancho.

— Oui, seigneur, répondit le paysan ; mais que Votre Grâce
exige que ce tailleur montre les cinq chaperons qu'il m'a faits.

— De grand cœur, » répondit le tailleur.

Sortant aussitôt la main de dessous son manteau, il montra ses
cinq doigts couronnés d'autant de chaperons.

« Voici, dit-il, les cinq chaperons que me réclame ce bonhomme ; sur ma conscience et devant Dieu, il ne me reste rien
du drap ; au besoin je soumettrai l'ouvrage à des experts de la
profession. »

Les assistants se mirent à rire du nombre de chaperons et de la
nouveauté du procès. Sancho réfléchit un instant et dit :

« Il me semble que les lenteurs seraient superflues dans ce procès,
et qu'il peut être jugé sur l'heure par le bon sens d'un honnête
homme. Ma sentence, c'est que le tailleur doit perdre sa façon et le
laboureur son drap. J'ai dit. »

On exécuta l'ordre du gouverneur, devant lequel se présentèrent
ensuite deux vieillards dont l'un s'appuyait sur une canne de roseau. Celui qui n'avait pas de canne, dit :

« Seigneur, j'ai prêté à ce brave homme, il y a quelque temps,
dix écus d'or, à la condition qu'il me les rembourserait lorsque je
les lui réclamerais. Bien des jours se sont écoulés sans que je les
lui aie redemandés, ne voulant pas le plonger dans un besoin plus
grand que celui dans lequel il se trouvait lorsqu'il me les emprunta. Voyant qu'il négligeait de s'acquitter, j'exigeai une et plusieurs fois mes dix écus ; or, non-seulement il ne me les restitue
pas, mais il prétend que je ne les lui ai jamais prêtés, et que, si je
les lui ai prêtés, il me les a rendus. Je n'ai de témoins ni du prêt
ni du remboursement, attendu qu'il ne m'a rien restitué. Je voudrais que Votre Grâce exigeât de lui le serment ; s'il jure qu'il m'a
désintéressé, je le tiens quitte ici et devant Dieu.

— Que répondez-vous à cela, bonhomme au roseau? dit Sancho.

— Moi, seigneur, répliqua le vieillard, je confesse qu'il m'a prêté dix écus; puisque mon accusateur s'en rapporte à mon serment, que Votre Grâce baisse sa verge, je jurerai que je l'ai réellement et dûment payé. »

Le gouverneur abaissa sa verge; le vieillard au roseau pria son adversaire de lui tenir son bâton tandis qu'il prêtait serment, comme si cette canne l'eût beaucoup gêné. Il étendit ensuite la main au-dessus de la croix formée par la verge, jura qu'il était vrai qu'on lui avait prêté les dix écus qu'on réclamait, mais qu'il les avait rendus au prêteur, de la main à la main, et que c'était faute de l'avoir remarqué que celui-ci les lui réclamait de temps à autre.

Le grand gouverneur demanda au prêteur ce qu'il avait à répondre à son adversaire; le créancier déclara que son débiteur devait dire la vérité, car il le tenait pour un homme de bien et un bon chrétien.

« J'aurai oublié, ajouta-t-il, où et comment il m'a remboursé. Dorénavant, je ne lui réclamerai jamais rien. »

Le créancier reprit sa canne, et, baissant la tête, sortit de la salle d'audience. Sancho, le voyant se retirer sans plus de cerémonie et remarquant la résignation du demandeur, inclina la tête sur sa poitrine, se posa l'index de la main droite sur le nez, entre les sourcils, et demeura pensif. Il releva bientôt le front et ordonna de rappeler le vieillard à la canne, lequel était déjà loin. On le ramena, et, en l'apercevant, Sancho lui dit :

« Donnez-moi, brave homme, cette canne dont j'ai besoin.

— Avec plaisir, répondit le vieillard, la voici, seigneur. »
Et il la lui remit.

Sancho la prit et la donna à l'autre vieillard, en disant :

« Allez avec Dieu, vous êtes payé.

— Moi, seigneur? répondit le prêteur. Cette canne vaut-elle donc dix écus d'or?

— Oui, répliqua le gouverneur, ou sinon, je suis le plus grand niais du monde; on va voir, à présent, si je n'ai pas assez de jugement pour gouverner un royaume. »

Il commanda alors de rompre le roseau. On obéit, et les dix écus d'or furent trouvés dans l'intérieur. Chacun demeura surpris et

tint le gouverneur pour un nouveau Salomon. On lui demanda ce qui l'avait porté à supposer que la canne renfermât la somme en litige. Il répondit qu'ayant vu le vieillard passer sa canne à son adversaire avant de jurer qu'il l'avait payé, pour la reprendre une fois le serment prêté, il lui vint à l'esprit que le roseau devait renfermer la somme réclamée, d'où l'on pouvait conclure que ceux qui gouvernent, fussent-ils des sots, sont souvent guidés par Dieu dans leurs sentences. Enfin, le vieillard honteux et le vieillard payé se retirèrent; les assistants demeurèrent émerveillés, et l'homme chargé d'enregistrer les paroles, faits et gestes de Sancho, ne pouvait décider s'il le tiendrait pour sot ou pour sage.

CHAPITRE XXXV

Où l'on continue à raconter la conduite de Sancho Pança dans son gouvernement.

'HISTOIRE raconte que, du tribunal, on conduisit Sancho vers un palais somptueux; là, dans une grande salle, était dressée une table richement servie. A l'entrée de Sancho, les trompettes retentirent, et quatre pages se présentèrent pour lui répandre de l'eau sur les mains, ce qu'il se laissa faire avec beaucoup de gravité. La musique cessa, et l'écuyer s'assit à la place d'honneur, attendu qu'il n'y avait pas d'autre couvert. Un personnage se posta debout, une baguette de baleine à la main, auprès du gouverneur. On enleva une riche et blanche nappe qui couvrait une grande quantité de mets. Un jeune homme, qui semblait un étudiant, bénit la table, et un page attacha une bavette frangée sous le menton de Sancho. Un second, qui remplissait les fonctions de maître d'hôtel, posa un plat de fruits devant le gouverneur; mais à peine celui-ci y eut-il goûté, que l'homme à la baguette toucha le plat qui fut emporté. Le maître d'hôtel le remplaça aussitôt par un autre mets, dont Sancho se disposait à se régaler; avant qu'il y eût réussi, la baguette avait déjà touché le plat, et un page l'enlevait avec la même rapidité que les fruits. A cette vue, Sancho, regardant autour de lui, demanda si l'on devait manger ce dîner comme au jeu de passe-passe.

« Il ne faut manger, seigneur gouverneur, répondit l'homme à
la baguette, que selon l'usage et la coutume des îles pourvues de

gouverneurs. Moi, seigneur, je suis médecin des gouverneurs de
cette île, poste qui me vaut un salaire, et je surveille leur santé
beaucoup mieux que la mienne. J'étudie et j'examine jour et nuit
la complexion du gouverneur, afin de réussir à le guérir s'il tombe
malade. Mon emploi principal est de présider à ses repas, de ne
lui laisser manger que ce qui me semble lui convenir, et de l'empêcher de toucher aux mets que je m'imagine être nuisibles pour
son estomac. Aussi ai-je ordonné d'enlever le plat des fruits, parce
qu'ils sont trop humides ; l'autre plat, je l'ai fait emporter parce
que son contenu me paraissait trop irritant, à cause des épices qui
augmentent la soif. Celui qui boit beaucoup, tue et détruit l'humidité radicale d'où résulte la vie.

— A ce compte, dit Sancho, ces perdrix rôties qui sont là, bien
assaisonnées, ne me feront aucun mal ?

— Le seigneur gouverneur ne mangera pas de perdrix tant que je serai vivant, s'écria le médecin.

— Et pourquoi ? demanda Sancho.

— Parce que notre maître Hippocrate, boussole et lumière de la médecine, reprit le docteur, a dit, dans un de ses aphorismes : *Omnis saturatio mala, perdicis autem pessima.* Ce qui signifie : Toute indigestion est mauvaise, mais celle de la perdrix est la pire.

— S'il en est ainsi, répondit Sancho, que le señor docteur dé signe, parmi les mets placés sur cette table, quels sont ceux qui me seront le plus profitables ou le moins nuisibles, et qu'il m'en laisse manger sans me les bâtonner de sa baguette. Car, par ma vie de gouverneur, — que Dieu me permette de jouir de ce titre ! — je meurs de faim, et me priver de nourriture, quoi qu'en dise le señor docteur, c'est plutôt abréger mes jours que les allonger.

— Votre Grâce a raison, seigneur gouverneur, répondit le médecin ; aussi suis-je d'avis que vous ne mangiez pas de ce ragoût de lapin, c'est un mets dangereux. Ce morceau de veau, s'il était en daube au lieu d'être rôti, pourrait se goûter ; tel qu'il est, il n'y faut pas songer.

— Et ce grand plat que j'aperçois là-bas? dit Sancho ; il me semble que c'est une *olla-podrida; les ollas-podridas* renferment tant de choses diverses, que je ne puis manquer d'y trouver quelque morceau à mon goût, et de profit pour ma santé.

— *Absit*, s'écria le médecin ; éloignons de nous une si pernicieuse pensée. Il n'y a rien au monde de moins substantiel qu'une *olla-podrida*. Laissons l'*olla-podrida* aux recteurs de collége, ou pour les noces de campagne ; mais qu'elle ne souille pas la table des gouverneurs, où doit briller l'élégance. »

En entendant ces paroles, Sancho se renversa sur le dossier de son siége, regarda fixement le médecin, et lui demanda d'une voix grave comment il se nommait et en quel endroit il avait étudié.

« Moi, seigneur gouverneur, répondit le médecin, je suis le docteur Pedro Récio d'Agüero. Je suis né dans un village nommé Tirtéafuéra, situé entre Caracuel et Almodovar del Campo, à main droite ; et j'ai obtenu le grade de docteur à l'Université d'Ossuna.

— Eh bien, s'écria Sancho, rouge de colère, señor docteur Pedro

Récio de mauvais augure, gradué à Ossuna, naturel de Tirtéafuéra, village qui se trouve à main droite en allant de Caracuel à Almo-

dovar del Campo, retirez-vous vite de devant moi, sinon, je jure par le Soleil qu'à coups de chaise ou de bâton, en commençant par vous, je chasserai tous les médecins de cette île, du moins ceux que je reconnaîtrai pour des ignorants. Quant aux médecins instruits, sages et prudents, je les élèverai et les respecterai comme des personnes divines. Maintenant, qu'on me donne à manger ou qu'on reprenne le gouvernement; un métier qui ne nourrit pas son maître ne vaut pas deux fèves. »

Le docteur eut peur à la vue de la colère du gouverneur, et

voulut justifier son nom en s'éloignant de la salle; mais en ce moment un cor de postillon résonna dans la rue, et le maître d'hôtel, s'étant penché à la fenêtre, se retourna en disant :

« C'est un courrier de notre seigneur le duc; il doit apporter une dépêche importante. »

Le courrier entra, suant et haletant, tira un pli de son sein et le remit à Sancho, qui le passa au majordome, en lui ordonnant de lire la suscription, ainsi conçue : A Don Sancho Pança, gouverneur de l'île de Barataria, à remettre en ses mains ou dans celles de son secrétaire.

« Qui est ici mon secrétaire? demanda Sancho.

— Moi, seigneur, répondit un des assistants; car je sais lire, écrire, et je suis Biscaïen.

— Avec cette seule qualité, répondit Sancho, vous pourriez être secrétaire de l'empereur lui-même. Ouvrez ce pli et voyez ce qu'il dit. »

Le secrétaire nouveau-né obéit, et déclara, après avoir lu la dépêche, qu'il s'agissait d'une affaire qui devait se traiter secrètement. Sancho fit désoccuper la salle, de façon qu'il ne resta que le majordome et le maître d'hôtel. Aussitôt le secrétaire lut la missive qui était ainsi conçue :

« Il est arrivé à ma connaissance, seigneur Don Sancho Pança, que des ennemis à moi, qui le sont en même temps de cette île, doivent, je ne sais quelle nuit, lui livrer un furieux assaut. Il convient donc de veiller et de se tenir sur le qui-vive, afin de n'être pas pris au dépourvu. Je sais aussi, par de véridiques espions, que quatre personnes déguisées se sont introduites dans la ville pour vous ôter la vie; elles ont peur de votre esprit. Ouvrez l'œil, méfiez-vous de ceux qui s'approcheront pour vous parler, et ne mangez rien de ce qu'on vous présentera. J'aurai soin de vous secourir si vous vous trouvez trop pressé; mais agissez en tout comme on l'attend de votre intelligence.

« De tel endroit, le 16 août, à quatre heures du matin.

« Votre ami,

« Le Duc. »

Sancho demeura stupéfait, et les assistants parurent aussi étonnés que lui. Se retournant vers le majordome, il lui dit :

« Ce qu'il faut faire à présent et sans retard, c'est de mettre en prison le docteur Pedro Récio, car si quelqu'un doit me tuer, c'est lui, et de mort *minuscule* et terrible comme l'est celle que procure la faim.

— Je crois, pour ma part, dit le maître d'hôtel, que Votre Grâce aurait tort de goûter aucun des mets placés sur cette table. Ce sont des nonnes qui les ont envoyés, et, ainsi qu'on a coutume de dire : derrière la croix se tient le diable.

— Je ne le nie pas, répondit Sancho. Pour le quart d'heure, qu'on me donne un morceau de pain et environ quatre livres de raisin, il ne pourra contenir de poison, car, enfin, je ne saurais vivre sans manger. Puis, si nous devons bientôt livrer ces batailles dont on nous menace, il est nécessaire d'être bien rassasié ; c'est le ventre qui porte le cœur, et non le cœur le ventre. Vous, secrétaire, répondez à monseigneur le duc et dites-lui qu'on fera ce qu'il commande. Vous baiserez de ma part les mains de madame la duchesse, et vous la supplierez de ne pas oublier d'envoyer, par un exprès, ma lettre et mon paquet à ma femme Thérèse Pança. Vous ajouterez que je lui serai très-reconnaissant de cette grâce, et que j'aurai soin de la servir autant que mes forces me le permettront. Pendant que vous y serez, vous pourrez baiser la main de ma part à mon maître Don Quichotte, afin qu'il voie que je suis de pâte reconnaissante. En bon secrétaire et en bon Biscaïen, vous pourrez ajouter tout ce que vous voudrez qui viendra à propos. Maintenant, qu'on enlève ces nappes et qu'on me donne à dîner; ensuite, peu m'importe combien d'espions, d'assassins et d'enchanteurs viendront fondre sur moi et sur mon île.

CHAPITRE XXXVI

De ce qui arriva à Sancho Pança durant une ronde autour de son île.

SANCHO attendit avec impatience la venue de la nuit et l'heure du souper. Bien qu'à son avis le temps se tînt immobile, le moment qu'il souhaitait finit par arriver, et on lui servit un saupiquet de viande de vache garni d'oignons, puis les pieds d'un veau un peu âgé. Il s'en régala néanmoins avec plus de plaisir que si on lui eût apporté des francolins de Milan. Durant le souper, se tournant vers le docteur, il lui dit :

« Voyez, señor docteur; n'ayez cure dorénavant de m'offrir des plats de choix; ce serait sortir mon estomac de ses gonds, car il est accou-

tumé à la viande de chèvre, de vache et de porc, ainsi qu'aux navets
et aux oignons. Si, par hasard, on lui présente des aliments de palais, il fait des façons pour les accepter, et témoigne quelquefois du
dégoût. Le maître d'hôtel n'a qu'à servir ce qu'on nomme une *olla-
podrida*, et, plus elles sont *podridas*, mieux elles sentent; qu'il ne
craigne pas d'y entasser tout ce qu'il voudra, pourvu que ce soient
choses mangeables, je lui en serai reconnaissant et le lui revaudrai
un jour. Et que nul ne me cherche noise, car nous sommes ou nous
ne sommes pas. Vivons et mangeons en bonne paix et compagnie;
quand Dieu fait lever le soleil, c'est pour tout le monde. Je gouvernerai cette île sans frustrer aucun droit et sans rien détourner;
que chacun ouvre donc l'œil et suive le vol de la flèche; je vous
préviens que le diable est à son poste, et qu'on verra des merveilles
si on me fournit l'occasion de les montrer, car changez-vous en
miel, les mouches vous mangeront.

— En vérité, seigneur gouverneur, dit le maître d'hôtel, Votre
Grâce a trois fois raison dans ce qu'elle vient d'exprimer; mais au
nom des insulaires de cette île, j'affirme que chacun d'eux vous
servira avec exactitude, amour et bienveillance, attendu que la façon bénévole dont Votre Grâce a commencé à gouverner ne permettra à personne de faire ou songer à faire rien qui puisse vous
désobliger.

— Je le crois, répondit Sancho, et les insulaires seraient des sots
s'ils pensaient ou se conduisaient différemment. J'en reviens à ordonner de nouveau que l'on s'occupe de ma subsistance et de celle
de mon grison; c'est là le point le plus important de cette affaire.
Si l'heure est arrivée, allons faire la ronde : mon intention est de
nettoyer cette île de toute espèce d'immondices et de vagabonds. Je
veux que vous sachiez, mes amis, que, dans un État, les vagabonds et les paresseux sont semblables aux frelons dans une ruche;
ils mangent le miel que préparent les abeilles travailleuses. Je
compte protéger les laboureurs, conserver aux hidalgos leurs priviléges, récompenser les gens vertueux, et surtout respecter la religion
et l'honneur des prêtres. »

La nuit vint. On s'arma pour la ronde, et le gouverneur sortit
accompagné du chroniqueur chargé de noter ses actions, du major-

dome, du secrétaire, du maître d'hôtel et d'une suite d'alguazils et de gens de justice assez nombreuse pour former un demi-escadron. Sancho, armé de sa verge, marchait au centre du groupe, et le spectacle méritait d'être vu.

Un archer s'approcha, il amenait un jeune homme.

« Seigneur gouverneur, dit-il, ce garçon venait à notre rencontre ; à peine eut-il aperçu la justice qu'il tourna le dos et se mit à courir comme un daim, signe qu'il doit être coupable. Je me lançai à sa poursuite et, sans un faux pas qui l'a fait tomber, je ne l'aurais jamais rejoint.

— Pourquoi fuyais-tu, garçon ? demanda Sancho.

— Pour n'avoir pas à répondre, señor, aux nombreuses questions que pose la justice.

— Quel est ton métier ?

— Tisserand.

— Et que tisses-tu ?

— Des fers de lance, sous le bon plaisir de Votre Grâce.

— Vous faites le plaisant et le bouffon, c'est bon. Et où alliez-vous à cette heure ?

— Señor, j'allais prendre l'air.

— Et où prend-on l'air dans cette île ?

— Là où il souffle.

— Bon ; vous répondez à propos, et vous êtes spirituel, mon garçon. Mais figurez-vous que je suis l'air, que je vous souffle en poupe, et que je vous pousse en prison. Holà ! qu'on le saisisse et qu'on l'emmène ; je veux qu'il dorme ce soir à l'abri de l'air.

— Pardieu, reprit le jeune homme, Votre Grâce ne me fera pas plus dormir en prison qu'elle ne me fera roi.

— Et pourquoi ne te ferai-je pas dormir en prison ? demanda Sancho. N'ai-je pas le pouvoir de te prendre et de te relâcher lorsqu'il me plaira ?

— Si puissante que soit Votre Grâce, répondit le jeune garçon, elle ne l'est pas assez pour m'obliger à dormir en prison.

— Pourquoi pas ? s'écria Sancho. — Emmenez-le tout de suite, il se désabusera par ses propres yeux. Et si le geôlier ose user envers ce garçon d'une générosité intéressée, et lui permettre de faire un pas hors de la prison, je lui infligerai une amende de deux mille ducats.

— Tout cela est risible, répondit le jeune homme; il est certain que tous ceux qui vivent à l'heure qu'il est ne me feraient pas dormir en prison.

— Dis-moi, démon, reprit Sancho, connais-tu quelque ange qui puisse t'ouvrir les portes ou t'enlever la chaîne que je vais ordonner de te mettre?

— Voyons, seigneur gouverneur, reprit le jeune homme avec aisance, parlons raison et venons au fait. Supposons que Votre Grâce m'envoie en prison, que là on me mette des chaînes et des menottes, qu'on me plonge dans un cachot, que l'on menace le geôlier de peines sévères s'il me laisse sortir, et qu'il exécute les ordres qu'il aura reçus. Malgré ces ordres, si je ne veux pas dormir, si je veux rester éveillé toute la nuit, Votre Grâce, en dépit de tout son pouvoir, réussira-t-elle à me faire dormir contre ma volonté?

— Non certes, dit le secrétaire, et ce garçon s'en tire à son honneur.

— De façon, reprit Sancho, que vous resterez éveillé pour votre plaisir, et non pour braver ma volonté.

— Je ne songe nullement à la braver, señor, répondit le jeune homme.

— Allez en paix, alors, allez dormir chez vous, et que Dieu vous accorde un bon sommeil, que je ne veux pas vous enlever. Je vous conseille néanmoins de ne plus vous moquer de la justice; vous pourriez rencontrer un juge qui vous en fît repentir. »

Le jeune garçon s'éloigna, et le gouverneur continua sa ronde, sans se douter que deux jours plus tard son gouvernement devait s'en aller en fumée.

CHAPITRE XXXVII

Qui rapporte l'aventure du page envoyé à Thérèse Pança.

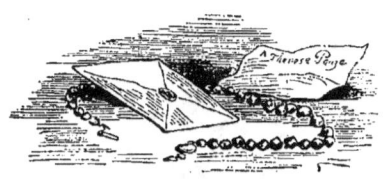

Persistant dans l'idée de s'amuser de Don Quichotte et de Sancho, la duchesse envoya le page qui avait joué le rôle de Dulcinée, dans la comédie du désensorcellement, porter à Thérésa Pança la lettre de son mari, une autre lettre d'elle-même et un riche collier de corail, à titre de présent.

Or, l'histoire rapporte que le page, plein du désir de servir ses maîtres, partit très-volontiers pour le village de Sancho. Au moment d'y pénétrer, il aperçut un groupe de femmes lavant leur linge dans un ruisseau ; il leur demanda si elles pouvaient le renseigner sur la nommée Thérèse Pança, épouse d'un certain Sancho Pança, écuyer d'un chevalier appelé Don Quichotte de la Manche. A cette question, une jeune fille qui savonnait se redressa :

« Cette Thérèse Pança est ma mère, dit-elle ; ce certain Sancho est mon cher père, et le chevalier est notre maître.

— Alors, mademoiselle, conduisez-moi vers votre mère, reprit le page ; je lui apporte une lettre et un présent de votre susdit père.

— C'est ce que je ferai de grand cœur, señor, » répondit la fillette, qui paraissait avoir environ quatorze ans.

Confiant le linge qu'elle blanchissait à une de ses compagnes, sans se coiffer ni se chausser, bien qu'elle eût les cheveux épars et les pieds nus, elle se plaça d'un bond devant la monture du page et lui dit :

« Que Votre Grâce me suive, notre maison est à l'entrée du village, et ma mère est bien triste de n'avoir depuis longtemps aucune nouvelle de mon cher père.

— Je lui en apporte de si bonnes, dit le page, qu'elle aura sujet de rendre grâce à Dieu. »

Enfin, sautant, courant, gambadant, la fillette atteignit le village ; sur le seuil, avant de pénétrer dans la maison, elle cria à haute voix :

« Sortez, mère Thérèse, sortez ; voici un seigneur qui apporte des lettres et d'autres choses de mon père. »

A ces cris, Thérèse parut filant une quenouille d'étoupe, et vêtue d'une jupe brune si courte qu'elle semblait avoir été coupée près de la chute des reins. Elle n'était pas très-âgée, bien qu'on vît qu'elle dépassait la quarantaine. Elle était forte, droite, nerveuse, et avait le teint brûlé. En apercevant sa fille, puis le page à cheval, elle dit :

« Qu'est-ce que cela, fillette, et quel seigneur est-ce là ?

— Un serviteur de madame doña Thérèse Pança, » répondit le page.

Parlant et agissant, il sauta à bas de son cheval et vint humblement s'agenouiller devant doña Thérèse, en lui disant :

« Donnez-moi vos mains à baiser, madame doña Thérèse, en qualité de femme du seigneur Sancho Pança, gouverneur-propriétaire de l'île de Barataria.

— Holà, seigneur, relevez-vous et ne faites pas cela, répondit Thérèse ; je ne suis pas une dame de la cour, mais une pauvre paysanne, fille d'un pioche-terre et femme d'un écuyer errant et non d'un gouverneur.

— Votre Grâce, répondit le page, est la digne femme d'un archi-dignissime gouverneur. Comme preuve de cette vérité, que Votre Grâce reçoive cette lettre et ce présent. »

Il tira aussitôt de sa poche un collier de corail aux fermoirs d'or, le lui passa autour du cou et reprit :

« Cette lettre est du seigneur gouverneur, et cette autre, ainsi que le collier, vient de madame la duchesse qui m'envoie vers vous. »
Thérèse et sa fille se regardaient avec surprise.

« Qu'on me tue, s'écria la fillette, si notre seigneur maître Don Quichotte n'est pas mêlé à tout cela; il doit avoir donné au père le gouvernement qu'il lui a si souvent promis.

— C'est la vérité, répondit le page; grâce à l'influence du seigneur Don Quichotte, le seigneur Sancho est aujourd'hui gouverneur de l'île de Barataria, ainsi que vous le verrez par cette missive.

— Que Votre Grâce me la lise, seigneur gentilhomme, dit Thérèse; bien que je sache filer, je ne connais ni A ni B.

— Ni moi non plus, reprit Sanchica; mais attendez-moi, j'irai chercher quelqu'un qui lira la lettre, soit le curé en personne, soit le bachelier Samson Carrasco; ils viendront de bon cœur pour avoir des nouvelles de mon père.

— Il est inutile d'appeler personne, répondit le page, je ne sais pas filer, mais je sais lire. »

Il lut la lettre, en effet, et on ne la rapporte pas ici, car elle est déjà connue. Il passa ensuite à celle de la duchesse :

« Amie Thérèse,

« Les belles qualités de cœur et d'esprit de votre mari m'ont engagée à demander au duc mon époux, de confier à Sancho le gouvernement d'une des nombreuses îles qu'il possède. J'ai appris qu'il gouverne comme un aigle, ce qui nous rend très-contents, moi et monseigneur le duc. Je remercie le ciel de ne pas m'être trompée en choisissant votre mari pour ledit gouvernement, car je veux que dame Thérèse sache qu'on trouve difficilement, ici-bas, un bon gouverneur; et que Dieu me rende aussi bonne que Sancho gouverne bien. Je vous envoie, ma chère, un collier de corail aux fermoirs d'or, et je voudrais qu'il fût de perles orientales; mais songez au proverbe : « Qui te donne un os ne veut pas ta mort. » Un jour viendra où nous nous connaîtrons, où nous causerons ensemble, et Dieu sait ce qui en résultera. Recommandez-moi à votre fille Sanchica, et dites-lui de ma part de se préparer; je veux, lors-

31

qu'elle y pensera le moins, la marier en haut lieu. On me dit qu'il
y a des glands de grosse espèce dans votre village ; veuillez m'en
envoyer environ deux douzaines ; je les apprécierai d'autant mieux
qu'ils viendront de votre main. Écrivez-moi longuement en me parlant de votre santé et de votre bien-être ; si vous avez besoin de
quelque chose, vous n'aurez qu'à ouvrir la bouche ; on en prendra
la mesure pour la remplir. Que Dieu vous conserve pour moi.

    « De tel lieu, votre amie qui vous aime bien,

                      « La Duchesse. »

    « Ah ! s'écria Thérèse, après avoir entendu la lecture de cette
lettre, quelle bonne, quelle simple, quelle humble dame ! Qu'on
m'enterre avec des dames de cette humeur, et non avec les hidalgas
qui croient le vent indigne de les toucher ! Voyez un peu comme
cette bonne dame, bien que duchesse, m'appelle son amie et me
traite en égale ; puissé-je la voir égale en hauteur au plus haut clocher de la Manche. Pour ce qui est des glands, señor, j'enverrai à
Sa Seigneurie un boisseau de si beaux glands qu'on pourra les
venir voir et admirer leur grosseur. Pour le moment, Sanchica,
veille à régaler ce seigneur. Emmène ce cheval, rapporte des œufs
de l'écurie, coupe une bonne tranche de lard, et donnons-lui à
manger comme à un prince ; les bonnes nouvelles qu'il nous apporte et sa jolie figure le méritent. Durant ce temps, je vais sortir
pour annoncer notre joie à nos voisines, ainsi qu'au curé et à maître
Nicolas le barbier, qui ont été et sont si grands amis de ton père.

    — Ainsi ferai-je, mère, répondit Sanchica ; mais songez que
vous devez me donner la moitié de ce collier.

    — Il est pour toi tout entier, fille, répondit Thérèse ; néanmoins,
laisse-le-moi au cou pendant quelques jours ; on dirait en vérité
qu'il me réjouit le cœur.

    — Vous vous réjouirez davantage, dit le page, lorsque vous ver-
rez le paquet qui est dans ce porte manteau. Je vous apporte un vêtement de fin drap que le gouverneur n'a mis qu'une seule fois, un
jour de chasse, et il l'envoie à mademoiselle Sanchica.

    — Que Dieu me le conserve mille ans, répondit Sanchica, au-
tant celui qui me l'apporte, et même deux mille s'il est nécessaire. »

Thérèse sortit, les lettres à la main et le collier au cou, frappant les papiers de ses doigts comme un tambour de basque. Ayant rencontré par hasard le curé et Samson Carrasco, elle se mit à danser en disant :

« Sur ma foi, il n'y a plus de parents pauvres; nous avons un petit gouvernement.

— Qu'y a-t-il, Thérèse Pança? demanda le curé; quelle folie vous prend et quels papiers tenez-vous là?

— Cette folie, répondit-elle, vient de ces papiers, qui sont des lettres de duchesses et de gouverneurs, de ce collier de fin corail que je porte au cou et dont les *Ave Maria* et les *Pater noster* sont d'or battu, et de ce que je suis gouvernante.

— Que Dieu nous aide, Thérèse, nous ne comprenons pas et ne savons ce que vous voulez dire.

— Vous pourrez l'apprendre là, » dit Thérèse en leur donnant les lettres.

Le curé les lut, de façon que Samson Carrasco entendît, et tous deux se regardèrent d'un air surpris. Le bachelier demanda qui avait apporté ces lettres. Thérèse les engagea à les suivre chez elle où ils verraient le messager, jeune homme beau comme un bijou, qui lui apportait un autre présent plus riche encore que le collier.

« Par l'habit que je porte, dit le curé, je ne sais que penser de ces lettres et de ces présents; d'un côté je reconnais la finesse de ces coraux, et de l'autre je lis qu'une duchesse envoie demander deux douzaines de glands.

— Suspendons nos jugements, répondit Carrasco; allons rejoindre le porteur de ces lettres, nous l'interrogerons sur les difficultés qui nous embarrassent. »

Aussitôt dit, aussitôt fait, et Thérèse les accompagna. Ils trouvèrent le page criblant un peu d'orge pour sa monture, et Sanchica coupant un morceau de jambon afin de l'envelopper d'œufs, et de donner à manger au messager dont la bonne mine et l'équipement plurent beaucoup aux deux curieux. Après avoir adressé à l'inconnu un salut plein de politesse, Samson lui demanda des nouvelles de Don Quichotte et de Sancho Pança, car, bien qu'ils

eussent lu les lettres de Sancho et celle de madame la duchesse, ils
étaient perplexes et ne pouvaient deviner ce qu'était ce gouvernement de Sancho, surtout d'une île, puisque toutes les îles ou la
plupart des îles de la Méditerranée appartiennent à Sa Majesté.

« Que le seigneur Sancho Pança soit gouverneur, il n'y a pas à
en douter, répondit le page; mais que ce soit ou non d'une île, je
n'ai rien à y voir; il me suffit de savoir que c'est un bourg de plus
de mille âmes. Quant aux glands, madame la duchesse est si humble qu'elle n'envoie pas seulement demander des glands à une paysanne, il lui arrive d'emprunter le peigne d'une de ses voisines. »

Sanchica parut au milieu de cette conversation, chargée d'un sac
plein d'œufs, et demanda au page :

« Dites-moi, seigneur, mon cher père porte-t-il par hasard des
chausses d'une seule pièce, depuis qu'il est gouverneur?

— Je n'y ai pas pris garde, répondit le page, mais il doit en
porter.

— Ah! seigneur! s'écria Sanchica, que ce doit être drôle de voir
père en haut-de-chausses étroit; c'est singulier, depuis que je suis
née, j'ai le désir de le voir ainsi vêtu.

— Et Votre Grâce le verra si elle vit, répondit le page, car, de
par Dieu, il est en chemin, pour peu que son gouvernement dure
deux mois, de voyager avec un masque pour abriter son teint. »

Le curé et le bachelier virent bien que le page parlait ironiquement; mais la beauté du corail et le vêtement de chasse envoyé par
Sancho, et que Thérèse venait de leur montrer, les déroutaient. Ils
ne purent s'empêcher de rire du désir de Sanchica, surtout lorsque
Thérèse reprit :

« Señor curé, tâchez de savoir si quelqu'un se rend à Madrid ou
à Tolède, afin qu'il m'achète un vertugadin rond, droit et bien
fait, qui soit coupé à la mode. En vérité, je dois, en tout ce qui
me sera possible, faire honneur au gouvernement de mon mari, et
même, si je prends la mouche, j'irai à cette cour, couchée dans un
carrosse aussi bien que les autres, car la femme dont le mari est
gouverneur peut supporter la dépense d'un carrosse.

— Certes, mère, s'écria Sanchica, et plût à Dieu que ce fût aujourd'hui et non demain, dussent ceux qui me verraient assise

dans ce coche, à côté de vous, dire : « Regardez donc une telle, fille
« d'un plein d'ail, la voilà assise et couchée dans cette voiture comme
« si elle était papesse! » Mais qu'ils pataugent dans la boue, et que
je me promène dans mon carrosse, les pieds loin du sol! Mauvaise
année et mauvais mois pour tous les éplucheurs du monde; que
l'on se moque, pourvu que j'aie chaud! Ai-je bien parlé, mère?

— Comment, si tu as bien parlé, fille? Tous ces bonheurs et d'autres plus grands encore, mon bon Sancho me les a prédits; tu verras, fille, qu'il ne s'arrêtera pas avant de m'avoir faite comtesse.
Pour le bonheur, il suffit de commencer. Ainsi que je l'ai souvent
entendu dire à ton bon père, — qui l'est en même temps des proverbes : — « Quand on te donne la vache, cours avec le licou;
« lorsqu'on te donne un gouvernement, prends-le; lorsqu'on te
« donne un comté, empoigne-le; et lorsqu'on te dira *cixi* avec un
« bon cadeau, saute dessus. Sinon, dors et ne réponds pas à la
« bonne fortune qui frappe à ta porte. »

— Que m'importe, après tout, ajouta Sanchica, que le premier
venu dise, en me voyant fière et fantasque : « Le chien s'est vu en
« culotte de lin et il ne connaît plus son voisin! »

— Je ne puis me défendre de croire, dit le curé qui écoutait, que
toute cette race des Pança est née avec un sac de proverbes dans le
corps; je n'en connais pas un qui n'en sème à toute heure dans la
conversation.

— C'est la vérité, répondit le page, car le seigneur gouverneur
Sancho en lâche un à chaque pas, et, bien que le plus grand nombre arrive hors de propos, ils divertissent néanmoins, et madame
la duchesse et son mari les vantent beaucoup.

— Quoi, señor, dit le bachelier, Votre Grâce affirme de nouveau
que le gouvernement de Sancho est réel, et qu'il y a au monde une
duchesse qui écrit et envoie des présents à Thérèse? Pour nous,
bien que nous ayons touché les cadeaux et lu la lettre, nous ne
pouvons y croire, et nous pensons que c'est là une des folies de
notre compatriote Don Quichotte, qui se figure que tout se passe
par enchantement. Aussi suis-je tenté de toucher et de palper Votre
Grâce, afin de voir si vous êtes un ambassadeur fantastique ou un
homme de chair et d'os.

— Señores, répondit le page, tout ce que je sais personnelle-
ment, c'est que je suis un véritable ambassadeur, que le seigneur
Sancho est un vrai gouverneur, et que mes maîtres, le duc et la
duchesse, peuvent donner et ont donné ledit gouvernement. En
outre, j'ai entendu affirmer que ledit Sancho Pança s'y comporte
vaillamment. Si en cela il y a de l'ensorcellement, que Vos Grâces
discutent entre elles cette question, je n'en sais pas plus, par le
serment que j'en fais sur la vie de mon père et de ma mère, qui
vivent encore et que j'aime beaucoup.

— Tout cela peut être, répliqua le bachelier, mais *dubitat Au-
gustinus*.

— Doute qui voudra, répondit le page, j'ai dit la vérité, et elle
surnagera toujours sur le mensonge comme l'huile sur l'eau ; sinon
operibus credite et non verbis. Que l'une de Vos Grâces m'accompagne, et elle verra par ses yeux ce qu'elle refuse de croire par les
oreilles.

— C'est à moi qu'il appartient de partir, dit Sanchica ; emme-
nez-moi, seigneur, sur la croupe de votre bidet, j'irai de bon cœur
voir mon cher père.

— Les filles de gouverneur, répondit le page, ne peuvent voyager
seules par les chemins ; elles doivent être accompagnées de carrosses, de litières et d'un grand nombre de serviteurs.

— Parbleu, répondit Sanchica, j'irai aussi bien sur une bourrique qu'en carrosse ; vous n'avez pas affaire à une petite-maî-
tresse.

— Tais-toi, fillette, reprit Thérèse, tu ne sais pas ce que tu dis,
et ce seigneur est dans le vrai ; autre temps, autres mœurs ; à Sancho, Sancha ; au gouverneur, une dame ; et je crois bien parler.

— Doña Thérèse parle mieux qu'elle ne croit, répondit le page ;
mais donnez-moi à manger et renvoyez-moi vite ; je compte me remettre en route cette après-midi.

— Votre Grâce, dit le curé, viendra faire pénitence chez moi ;
dame Thérèse a plus de bonne volonté que de provisions pour servir un hôte tel que vous. »

Le page refusa d'abord, puis il céda pour se trouver mieux. Le
curé l'emmena, heureux d'avoir le temps de l'interroger sur Don

Quichotte et ses hauts faits. Le bachelier offrit à Thérèse de lui
écrire ses réponses ; mais elle ne voulut pas qu'il se mêlât de ses
affaires, car elle le tenait pour un peu moqueur. Elle donna un
pain et des œufs à un moinillon qui savait écrire, afin qu'il se

chargeât de répondre à son mari et à la duchesse, lettres qu'elle
tira de sa cervelle, et qui ne sont pas les plus mauvaises de celles
que l'on rencontre dans cette grande histoire, ainsi qu'on le verra
par la suite.

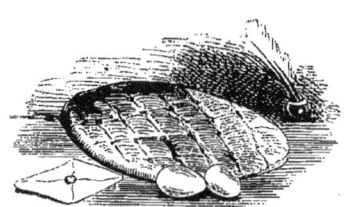

CHAPITRE XXXVIII

Du progrès du gouvernement de Sancho, et d'autres événements
aussi singuliers qu'agréables.

 ᴇ jour qui suivit la nuit
de la ronde parut. Le
seigneur gouverneur se
leva, et, par ordre du
docteur Pédro Récio, on
le fit déjeuner d'un peu
de conserve et de quatre gorgées d'eau fraîche, mets que Sancho eût volontiers troqué contre un morceau de pain et une
grappe de raisin. Il se soumit cependant, non sans grande douleur d'âme et fatigue d'estomac, Pédro Récio l'ayant convaincu que
les mets peu copieux et délicats avivent l'esprit, ce qui convient
surtout aux personnes chargées de graves fonctions, où l'on se sert
beaucoup plus des forces morales que des forces corporelles. Grâce
à ce sophisme, Sancho souffrait de la faim, et si fort, qu'il maudissait en lui-même le gouvernement et celui qui le lui avait donné.

Néanmoins, avec sa faim et sa conserve, il se mit à juger ce jour-
là, et le premier point à résoudre fut une question que lui adressa
un étranger ; le majordome et les autres acolytes étaient présents.

« Seigneur, dit l'étranger, une large rivière séparait deux dis-
tricts appartenant à un même seigneur — que Votre Grâce soit
attentive, car le cas est grave et un peu difficile. — Or, sur cette
rivière se trouvait un pont, et, au bout de ce pont, une potence et
une sorte de tribunal où se tenaient d'ordinaire quatre juges qui
appliquaient la loi imposée par le maître de la rivière, du pont et
de la seigneurie, loi ainsi conçue : « Si quelqu'un traverse ce pont

« d'un bout à l'autre, il déclarera d'abord, sous serment, où il va
« et pour quelle cause. Si ce qu'il jure est vrai, qu'on le laisse
« passer ; s'il dit un mensonge, qu'il meure sur la potence sans ré-
« mission aucune ! » Connaissant cette loi et sa teneur rigoureuse,
beaucoup de gens se présentaient ; aussitôt qu'on s'était assuré
de la vérité de ce qu'ils avaient juré, les juges les laissaient passer en liberté. Or, il arriva qu'au moment de prêter le serment, un
individu jura qu'il venait pour mourir sur la potence qui se trouvait là, et non pour autre chose. Surpris de ce serment, les juges
dirent : « Si nous laissons passer librement cet homme, il aura
« menti à son serment, et, d'après la loi, il devra mourir ; si nous
« le faisons pendre, comme il a juré qu'il allait mourir sur cette
« potence, il aura juré la vérité, et devra rester libre, d'après la
« même loi. » On demande à Votre Grâce, seigneur gouverneur,
comment les juges sont tenus de traiter cet homme, car ils sont encore indécis.

— Je dis, répliqua Sancho, qu'il faut laisser passer la partie de
cet homme qui a juré la vérité, et pendre la partie qui a juré faussement ; de cette façon, la condition du passage sera accomplie au
pied de la lettre.

— Mais, seigneur gouverneur, répliqua le questionneur, il sera
alors nécessaire que l'homme soit divisé en deux parties, la men-
teuse et la véridique ; et si on le divise, il mourra forcément. On
n'aura donc satisfait en rien aux exigences de la loi, et il est indis-
pensable de l'exécuter.

— Voyons, brave homme, répondit Sancho, le passager dont
vous parlez, — ou je ne suis qu'un sot, — a autant de raison pour
vivre que pour mourir et passer le pont, car si la vérité le sauve, le
mensonge le condamne du même coup. Or, je suis d'avis que vous
disiez aux juges que, puisque les motifs de le condamner et de l'ab-
soudre tiennent à un fil, ils doivent le laisser passer librement ;
faire le bien est plus digne de louange que faire le mal, et cela
je le signerais de mon nom, si je savais signer.

— Cela est vrai, répondit le majordome, et je suis sûr que Ly-
curgue lui-même n'aurait pu rendre une meilleure sentence que
celle qu'a prononcée le grand Pança. Terminons ici l'audience de

ce matin, je vais donner des ordres pour que le seigneur gouverneur mange à son goût.

— C'est là ce que je demande et Dieu pour tous ! s'écria Sancho ;
donnez-moi à manger, et que des cas douteux pleuvent sur moi, je
les résoudrai au pied levé. »

Le majordome tint parole, et se fit un cas de conscience d'affamer
un si spirituel gouverneur, d'autant plus qu'il pensait en finir
avec lui cette-nuit là, en lui jouant le dernier tour que portaient
ses instructions. Or, il arriva qu'ayant dîné contre toutes les règles
et aphorismes du docteur Tirtéafuéra, au moment où on enlevait
la nappe, un courrier entra, chargé d'une lettre de Don Quichotte
pour le gouverneur. Sancho ordonna au secrétaire d'en prendre
connaissance et de la lire à haute voix, si elle ne renfermait rien qui
dût être gardé secret. Le secrétaire obéit.

« On peut lire la lettre à haute voix, dit-il ; ce que le señor Don
Quichotte écrit à Votre Grâce mérite d'être écrit et gravé en lettres
d'or. »

LETTRE DE DON QUICHOTTE DE LA MANCHE A SANCHO PANÇA, GOUVERNEUR DE L'ÎLE DE BARATARIA.

« Alors que je m'attendais à recevoir des nouvelles de ta négligence et de tes impertinences, ami Sancho, on fournit des preuves
de ta sagesse, et me voilà obligé de présenter de particulières actions de grâce au ciel qui retire les pauvres de leur fumier et transforme les sots en gens avisés. Je veux te prévenir, Sancho, qu'il est
souvent utile et nécessaire, pour conserver l'autorité du commandement, de vaincre l'humilité de son cœur. La bonne tenue de la personne qui occupe de hauts emplois doit être conforme à ce qu'ils
exigent, et non se mesurer sur l'humilité de celui qui les remplit.
Habille-toi bien ; un bâton orné n'est plus un bâton. Je ne prétends
pas dire que tu doives te parer, ni, étant juge, te vêtir en soldat,
mais que ton vêtement soit d'accord avec celui que demandent tes
fonctions ; qu'il soit propre et bien tenu.

« Afin de conquérir la bonne volonté du peuple que tu gouvernes, il est, entre autres, deux choses dont tu dois tenir compte : la

première, c'est d'être poli envers tout le monde, ce que je t'ai déjà recommandé ; la seconde, c'est d'assurer l'abondance des aliments ; rien n'impatiente plus l'âme des pauvres que la cherté et la faim.

« Ne multiplie pas les ordonnances ; si tu en lances, tâche qu'elles soient bonnes, et surtout qu'on les observe. Les lois qui ne sont pas observées sont lettres mortes ; elles font supposer que le prince, assez sage pour les rendre, n'a pas eu le courage de les faire exécuter. Les lois qui épouvantent et ne s'exécutent pas, ressemblent au soliveau, roi des grenouilles, qui les effraya d'abord et qu'elles méprisèrent ensuite au point de grimper dessus. Sois le père des vertus et le parâtre des vices. Ne sois ni toujours rigoureux ni toujours doux ; choisis un juste milieu entre ces deux extrêmes ; là se trouve la véritable sagesse. Visite les prisons, les boucheries, les places publiques ; la présence du gouverneur en de tels lieux est très-importante. Console les prisonniers qui attendent avec impatience la fin de leur procès ; sois le Croquemitaine des bouchers qui vendent à faux poids, et, par la même raison, l'épouvantail des revendeurs. Ne te montre pas, — alors même que tu le serais, ce que je ne crois pas, — avare, libertin, ni glouton, car le peuple et ceux qui t'approchent, connaissant ces faiblesses, t'attaqueraient par ces côtés jusqu'à te renverser dans les profondeurs de la perdition.

« Lis, relis, pèse et repèse les conseils que je t'ai donnés par écrit avant ton départ pour ton gouvernement ; ils te mettront toujours à même, si tu les observes, d'accomplir les travaux et de surmonter les difficultés que rencontrent à chaque pas les gouverneurs. Écris à tes seigneurs et montre-leur ta reconnaissance ; l'ingratitude est fille de l'orgueil et un des plus grands péchés qui existent. La personne reconnaissante envers ses bienfaiteurs prouve qu'elle le sera aussi envers Dieu, qui l'a comblée et la comble sans cesse de faveurs.

« Madame la duchesse a envoyé un exprès porter ton habit et un autre présent à ta femme Thérèse Pança. Nous attendons à chaque instant la réponse. Dis-moi si le majordome qui t'accompagne a eu quelque chose à voir dans l'aventure de la Trifaldi, comme tu le soupçonnais. Donne-moi avis de tout ce qui t'arrivera, la distance qui nous sépare est courte. D'ailleurs, je compte renoncer bientôt à la

vie oisive que je mène et pour laquelle je ne suis pas né, car enfin
je dois remplir les devoirs de ma profession. Adieu, que le ciel te
garde d'être plaint par personne.

« Ton ami,

« DON QUICHOTTE DE LA MANCHE. »

Sancho écouta avec beaucoup d'attention cette lettre ; elle fut
louée et tenue pour sage par ceux qui en avaient entendu la lecture. Aussitôt le gouverneur se leva de table, et, appelant le secrétaire, s'enferma avec lui dans sa chambre, voulant, sans plus de
délai, répondre à son maître. Voici la teneur de cette réponse :

LETTRE DE SANCHO PANÇA A DON QUICHOTTE DE LA MANCHE.

« L'occupation que me donnent les affaires est si grande, que je
n'ai ni le temps de me gratter la tête, ni même celui de me couper
les ongles ; aussi les ai-je si longs qu'il serait bon que Dieu y re-
médiât. Je dis cela, señor de mon âme, afin que vous ne soyez pas
surpris si je n'ai encore donné aucune nouvelle sur ma bonne ou
sur ma mauvaise situation dans ce gouvernement, où j'ai plus faim
que lorsque nous errions tous deux dans les déserts et les forêts.

« Monseigneur le duc m'a écrit l'autre jour, m'avisant que certains espions avaient pénétré dans cette île dans le but de me tuer ;
jusqu'à présent je n'en ai pas découvert d'autre qu'un certain docteur, salarié dans ce pays pour en tuer les gouverneurs. Il se
nomme le docteur Pédro Récio, et il est originaire de Tirtéafuéra ;
jugez par ces noms si je ne dois craindre de mourir entre ses mains.
Ce docteur dit lui-même, parlant de sa personne, qu'il ne guérit
pas les maladies, mais les empêche de venir ; la principale médecine dont il fait usage est la diète, jusqu'à réduire les gens au point
que les os leur percent la peau, comme si la maigreur n'était pas
un mal pire que la fièvre. Enfin, il me condamne à mourir de faim
et je crève de dépit, car, alors que je croyais venir dans ce gouvernement pour manger chaud, boire frais et dorloter mon corps entre
des draps de Hollande, sur des lits de plume, je suis venu faire
pénitence ni plus ni moins qu'un ermite.

« Jusqu'à présent je n'ai touché aucun droit ni reçu aucun pot-de-vin, et je ne sais à quoi cela tient, attendu qu'on m'a dit que le peuple donne ou prête beaucoup d'argent aux gouverneurs qui débarquent dans cette île avant qu'ils entrent en fonctions, coutume ordinaire, du reste, non-seulement dans ce gouvernement, mais dans tous les autres.

« Je visite les marchés, ainsi que Votre Grâce me le conseille, et j'ai trouvé hier une marchande qui vendait des noisettes nouvelles ; je me suis assuré qu'elle avait mêlé à ces noisettes une mesure de vieilles, vides et gâtées. J'ai confisqué le tout pour les enfants du catéchisme, qui sauront bien les distinguer, et j'ai défendu à la marchande de reparaître sur le marché avant quinze jours.

« Je suis très-content que madame la duchesse ait écrit à ma femme Thérèse en lui envoyant le cadeau dont parle Votre Grâce, et je m'arrangerai de façon à me montrer reconnaissant, lorsque l'heure sera venue. Baisez les mains de ma part à madame la duchesse en lui disant qu'elle ne place pas ses bienfaits dans un sac troué, qu'elle s'en convaincra à l'heure voulue. Je voudrais envoyer quelque chose à Votre Grâce, mais je ne sais que vous envoyer. Si je conserve ma charge, je chercherai à vous faire participer à mes profits. Si ma femme Thérèse Pança m'écrivait, que Votre Grâce paye le port de la lettre, et qu'elle me l'envoie ; j'ai grand désir d'avoir des nouvelles de ma maison, de ma femme et de mes enfants. En attendant, que Dieu préserve Votre Grâce des enchanteurs malintentionnés, qu'il me tire en bon état et en paix de ce gouvernement, ce dont je doute, car je crains de le quitter avec la vie, à la façon dont me traite le docteur Pédro Récio.

« Le serviteur de Votre Grâce,

« SANCHO PANÇA, *le gouverneur.* »

Le secrétaire ferma la lettre et renvoya sur l'heure le courrier. Les mystificateurs de Sancho arrêtèrent ensuite entre eux le moyen de le faire sortir du gouvernement ; et, l'après-midi, Sancho l'employa à préparer quelques décrets pour la bonne administration du bourg qu'il croyait être une île. Il ordonna qu'il n'y eût plus de revendeurs de comestibles dans son État, et qu'on pût y introduire du vin de n'importe où, à la seule condition d'en déclarer la provenance, afin que l'on pût fixer le prix selon la qualité, la bonté et la renommée du vin. Il décida que le marchand qui le couperait d'eau, ou lui donnerait un faux nom, serait puni de mort. Il diminua le prix des chaussures, surtout celui des souliers, qui lui semblait exorbitant. Il établit un tarif pour le salaire des domestiques, qui couraient à bride abattue sur le chemin de l'intérêt. Il décréta des peines graves contre ceux qui, de jour ou de nuit, chanteraient des chansons déshonnêtes.

Il nomma un alguazil des pauvres, non pour les pauvres, mais pour qu'il examinât s'ils étaient réellement nécessiteux, parce qu'à l'ombre de faux manchots et de plaies postiches, se cachent souvent des mains voleuses et la santé ivrognesse. Enfin, il décréta de si bonnes lois, qu'aujourd'hui encore on les observe dans ce bourg où elles se nomment : *Les constitutions du grand gouverneur Sancho Pança.*

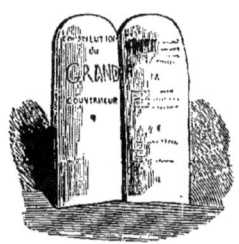

CHAPITRE XXXIX

Où se liront les lettres de Thérèse Pança.

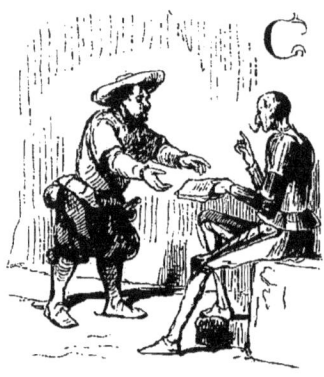

C ID HAMET raconte que Don Quichotte, trouvant la vie qu'il menait
dans le château contraire aux lois
de la chevalerie, résolut de prendre
congé de la duchesse et du duc, afin
de partir pour Saragosse, où l'époque des fêtes approchait, et où il
comptait conquérir l'armure que
l'on décerne comme prix du tournoi.

Il fit part à ses hôtes de son désir, et le duc donna une grande
fête d'adieu au chevalier. Au moment du dîner, on vit entrer
dans la salle le page qui avait porté la lettre et les présents à Thérèse
Pança. Le retour du page réjouit beaucoup le duc et la duchesse,
anxieux de savoir ce qui lui était arrivé dans son voyage. Interrogé
à ce sujet, le page répondit qu'il ne pouvait s'expliquer ni en public ni brièvement, et pria leurs Excellences de vouloir bien patienter, pour l'entendre jusqu'à l'instant où elles seraient seules.
En attendant, elles pouvaient se divertir avec les deux lettres qu'il
déposa entre les mains de la duchesse. La suscription de l'une
était : *Lettre pour madame la duchesse une telle, de je ne sais où ;*
et l'autre : *A mon ami, Sancho Pança, gouverneur de l'île de Barataria, que Dieu lui accorde plus d'années qu'à moi.*

La duchesse mourait d'impatience de lire sa lettre ; l'ayant ouverte et parcourue, elle vit qu'elle pouvait la communiquer au duc
et aux assistants, et lut à haute voix ce qui suit :

LETTRE DE THÉRÈSE PANÇA A LA DUCHESSE.

« J'ai reçu un grand contentement, madame, de la lettre que Votre Grandeur m'a écrite, et qu'en vérité je désirais beaucoup. Le collier de corail est très-beau, l'habit de chasse de mon mari est loin de l'égaler. Tout le village a été heureux d'apprendre que Votre Seigneurie a fait mon époux gouverneur, bien que personne ne le croie, principalement le curé, maître Nicolas le barbier, et Samson Carrasco le bachelier. Moi, je m'en tourmente peu ; pourvu que cela soit, que chacun dise ce qu'il voudra. Et même, s'il faut dire la vérité, sans les coraux et l'habit je ne l'aurais pas cru non plus, car, dans ce pays, chacun tient mon mari pour un sot, et, en dehors de gouverner un troupeau de chèvres, on ne peut imaginer à quel gouvernement il peut être bon. Que Dieu, qui dispose tout, le dirige de façon qu'il pourvoie aux besoins de ses enfants. Moi, chère dame de mon âme, je suis résolue, avec la permission de Votre Grâce, à profiter de ce bonheur de ma maison et à me rendre dans la capitale pour m'étaler dans un carrosse et blesser les yeux de mille envieux que je possède déjà. Aussi, je supplie Votre Excellence d'ordonner à mon mari de m'envoyer un peu d'argent, et que la somme soit conséquente, attendu que les dépenses sont fortes à la cour, où le pain vaut un réal et la viande trente maravédis la livre, ce qui est une horreur. S'il ne veut pas que j'y aille, qu'il me prévienne à temps ; les pieds me cuisent pour me mettre en route. Mes voisines et mes amies me disent que, si nous allons glorieuses et pompeuses à la capitale, mon mari viendra à être plus connu par moi que moi par lui, car forcément chacun demandera : « Quelles sont les dames qui vont dans ce car- « rosse ? » Et un de mes laquais répondra : « La femme et la fille « de Sancho Pança, gouverneur de l'île de Barataria. » De cette façon, Sancho sera connu, moi je serai estimée, et Rome pour tous. A mon grand regret, et quoiqu'il m'en cuise, on n'a pas recueilli de glands cette année dans le village ; néanmoins, j'en envoie à Votre Altesse un demi-picotin ; j'ai été au bois les cueillir un à un, et je n'en ai pas trouvé de plus gros, malgré mon désir de les voir semblables à des œufs d'autruche.

« Que Votre *Pomposité* n'oublie pas de m'écrire ; j'aurai soin de la réponse, en vous tenant au courant de tout ce qui arrivera d'important ici, où je reste à prier Dieu qu'il garde Votre Grandeur et ne m'oublie pas. Sanchica, ma fille, ainsi que mon fils, baisent les mains de Votre Grâce.

« Celle qui a plus d'envie de voir Votre Seigneurie que de lui écrire.

« Votre servante,

« THÉRÈSE PANÇA. »

La lettre de Thérèse divertit ceux qui en entendirent la lecture, surtout le duc et la duchesse. Celle-ci demanda l'avis de Don Quichotte avant de savoir s'il serait convenable d'ouvrir la lettre adressée au gouverneur, lettre qu'elle se figurait devoir être très-curieuse. Don Quichotte répondit qu'il ouvrirait ladite lettre pour faire plaisir à la compagnie ; quand il l'eut ouverte, on vit qu'elle était ainsi conçue :

LETTRE DE THÉRÈSE PANÇA A SANCHO PANÇA, SON MARI.

« J'ai reçu ta lettre, Sancho de mon âme, et je t'assure et te jure, en qualité de chrétienne catholique, qu'il s'en est à peine fallu de deux doigts que je devinsse folle de joie. Vois-tu, frère, lorsque j'ai appris que tu es gouverneur, j'ai cru que j'allais tomber morte de plaisir, car tu sais qu'on dit que la joie subite tue aussi bien qu'une grande douleur. J'avais devant moi l'habit que tu m'as envoyé, les coraux de madame la duchesse autour du cou, les lettres dans les mains, le porteur sous les yeux, et, malgré cela, je croyais et pensais rêver. Dame, qui pouvait supposer qu'un berger de chèvres deviendrait gouverneur d'île ? Tu sais déjà, ami, que ma mère avait coutume de répéter qu'il faut vivre longtemps pour voir beaucoup ; je le répète à mon tour ; je compte en voir bien d'autres, si je vis, et ne m'arrêter que lorsque je te verrai fermier ou directeur de la gabelle, métiers qui, — le diable confonde ceux qui en usent mal, — permettent de posséder et de manier de l'argent. Madame la duchesse te dira mon grand désir d'aller à la cour ; songes-y, fais-moi prévenir de ce que tu en penses ; je tâcherai de te faire honneur dans la capitale en me promenant en carrosse.

32

« Le curé, le barbier, le bachelier et même le sacristain ne peuvent croire que tu sois gouverneur ; ils prétendent que tout cela
n'est qu'artifice et enchantement, comme toutes les affaires de ton
maître Don Quichotte. Samson dit qu'il ira te chercher, te sortir
ton gouvernement de la tête, et, à Don Quichotte, la folie de la cervelle. Moi, je ne fais que rire, regarder mon collier, et songer au
vêtement que je dois tailler dans le tien à notre fille. J'ai envoyé des
glands à madame la duchesse, je voudrais qu'ils fussent d'or. En-
voie-moi quelques colliers de perles, s'ils sont de mode dans ton île.

« Les nouvelles du village sont que la Berrueca a marié sa fille
à un mauvais peintre, venu ici pour peindre les armes de Sa Majesté au-dessus de la porte de la Maison de Ville.

« Sanchica fabrique de la dentelle ; elle gagne net huit maravédis, et les met dans une tirelire pour sa dot. Aujourd'hui qu'elle est
fille de gouverneur, tu lui donneras une dot sans qu'elle soit obligée de la gagner. La fontaine de la place s'est tarie, la foudre est
tombée sur la potence ; qu'elle ne tombe jamais que là. J'attends
réponse à cette lettre et à mon envie de me rendre dans la capitale.
Que Dieu te garde plus d'années que moi, ou autant, car je ne
voudrais pas te laisser seul en ce monde.

« Ta femme,

« THÉRÈSE PANÇA. »

Les lettres furent admirées, vantées, et provoquèrent le rire et la
surprise ; pour compléter la fête, arriva le courrier porteur de la
lettre que Sancho envoyait à Don Quichotte. On la lut publique-
ment, et elle fit douter de la sottise du gouverneur. La duchesse se
retira, afin d'apprendre du page ce qui était arrivé dans le village
de Sancho, ce que celui-ci raconta très au long, sans omettre aucune circonstance. Il offrit à sa maîtresse les glands et le fromage
que Thérèse lui avait donné comme excellent. La duchesse le reçut
avec un vif plaisir ; nous la laisserons avec ce contentement, pour
raconter de quelle façon se termina le gouvernement du grand
Sancho Pança, fleur et miroir des gouverneurs d'îles.

CHAPITRE XL

De la fin rapide et fatigante qu'eut le gouvernement de Sancho.

ROIRE que les choses de la vie se maintiendront toujours dans le même état, c'est croire l'impossible. L'été succède au printemps, l'automne à l'été, puis l'hiver à l'automne qui ramène le printemps, et le temps suit les tours de cette roue perpétuelle. Seule l'existence humaine, plus légère que le temps, court vers sa fin, sans espoir de se renouveler, si ce n'est dans l'autre vie, qui, celle-là, n'a plus de limites. Voilà ce que dit Cid Hamet, philosophe mahométan ; car, pour avoir connaissance de la brièveté, de l'instabilité de cette vie et de l'éternité de l'autre, il n'est pas nécessaire de posséder la lumière de la foi. Ici, notre auteur en parle à cause de la rapidité avec laquelle le gouvernement de Sancho se consuma, se disloqua et s'évanouit comme une ombre ou une fumée.

Étant dans son lit, la septième nuit de son gouvernement, rassasié non de pain et de vin, mais d'avoir jugé, donné des conseils, établi des statuts et promulgué des ordonnances; alors que le sommeil commençait à lui clore les paupières en dépit de la faim, le gouverneur entendit un tel bruit de cloches et de voix qu'on eût cru que l'île s'engloutissait dans un abîme. Il se redressa dans son lit et se mit à écouter avec attention, essayant de deviner la cause d'un pareil vacarme. Non-seulement il ne put y réussir, mais le son d'innombrables tambours et trompettes vint s'ajouter à celui des voix et des cloches. Sa perplexité augmenta. Il se leva plein d'effroi, chaussa des pantoufles afin de se préserver de l'humidité du sol, et, sans robe de chambre ni vêtement qui y ressemblât, il se présenta à la porte de sa chambre au moment où une vingtaine de personnes, armées de torches enflammées, leurs épées nues à la main, accouraient en criant :

« Aux armes, aux armes, seigneur gouverneur! Une multitude d'ennemis vient d'envahir l'île ; nous sommes perdus si votre valeur et votre sagacité ne nous viennent en aide. »

Ce fut au milieu de ce tintamarre, de cette furie et de ce désordre qu'ils arrivèrent près de Sancho, stupéfié de ce qu'il voyait et entendait.

« Que Votre Seigneurie s'arme sans retard, si elle ne veut se perdre avec toute l'île, s'écria un des nouveaux arrivés.

— Pourquoi m'armerais-je? répondit Sancho ; est-ce que j'entends quelque chose aux armes ou à la défense ? Mieux vaut laisser cela à mon maître Don Quichotte qui, en deux tours de main, exterminera ces ennemis et rétablira l'ordre. Quant à moi, pauvre pêcheur, je ne suis pas l'homme de ces hôtes.

— Par le ciel, seigneur gouverneur, s'écria un autre, quelle froideur est-ce là? Que Votre Grâce s'équipe, nous lui apportons des armes offensives et défensives afin qu'elle se présente sur la place et soit notre guide et notre capitaine. Ce poste vous revient de droit, puisque vous êtes notre gouverneur.

— Armez-moi donc si vous y tenez, » répliqua Sancho.

On apporta aussitôt deux grands boucliers préparés d'avance, et, par-dessus sa chemise, sans lui laisser mettre aucun vêtement, on les lui attacha l'un par devant et l'autre par derrière, lui passant les bras par des ouvertures ménagées à cette intention. On le lia ensuite fortement à l'aide de cordes, et le malheureux resta ainsi claquemuré, droit comme un fuseau, ne pouvant ni remuer les jambes ni avancer d'un pas. On lui plaça entre les mains une lance sur laquelle il dut s'appuyer pour ne pas tomber. Dès qu'il fut ainsi accoutré, les assistants l'engagèrent à marcher, à les guider, à leur donner l'exemple, attendu qu'il était leur boussole, leur étoile, leur lanterne, et que, l'ayant à leur tête, ils étaient certains que leurs affaires se termineraient favorablement.

« Comment marcherais-je, malheureux que je suis? répondit Sancho. Je ne puis pas même remuer la rotule de mes genoux, em-

péché par ces boucliers, si bien collés à mes chairs! Ce qu'il vous
faut faire, c'est de me porter et de me placer soit en travers, soit
debout devant un guichet, je le défendrai à l'aide de cette lance ou
de mon corps.

— Marchez, seigneur gouverneur, s'écria un des assistants, c'est
la peur plus que les boucliers qui vous empêche d'avancer. Finissez-
en et remuez-vous; il est tard, le nombre des ennemis s'accroît, les
cris augmentent et le péril devient imminent. »

Excité par ces exhortations et par ces injures, le pauvre gouverneur essaya de marcher et roula si rudement sur le sol qu'il crut

s'être mis en pièces. Il resta étendu comme une tortue enfermée
entre ses écailles, ou bien comme une barque échouée sur le sable.

Loin de compatir à sa chute, les mauvais plaisants éteignirent leurs
torches et enflèrent leurs voix, appelant de nouveau aux armes. Ils
passaient et repassaient sur le pauvre Sancho, s'escrimant si bien
de leurs épées que, si le malheureux gouverneur n'eût ramassé ses
membres et caché sa tête, mal lui en eût pris. Suant et soufflant
dans son étroite carapace, il priait Dieu de toute son âme de le tirer
de ce péril. Les uns buttaient contre lui, d'autres tombaient; un
combattant s'établit même sur le bouclier, et de là, comme du haut
d'une échauguette, il commandait les armées et criait :

« Ici les nôtres! L'ennemi charge de ce côté. Quo l'on garde cette
brèche, que l'on ferme cette porte, que l'on barricade ces esca-
liers, que l'on apporte de la poix, de la résine, des chaudières
d'huile bouillante, et que l'on garnisse de matelas les tranchées
des rues !

— Que le Seigneur permette donc que cette île achève de se
perdre, et que je me voie ou mort ou délivré de cette terrible
angoisse ! » murmura Sancho.

Le ciel exauça sa prière, car au moment où il l'espérait le moins,
il entendit crier :

« Victoire, victoire! Les ennemis se retirent vaincus. Holà, seigneur gouverneur, que Votre Grâce se lève, vienne jouir du triomphe, et répartir les dépouilles conquises sur l'ennemi par la valeur
de son invincible bras.

— Relevez-moi, » dit l'endolori Sancho, d'une voix plaintive.

On l'aida à se mettre debout.

« L'ennemi que j'ai vaincu, dit-il, je consens qu'on me le cloue
sur le front. Je ne veux répartir aucunes dépouilles d'ennemis, mais
bien supplier un de mes amis, si toutefois j'en possède un, de me
donner une gorgée de vin, car j'ai la gorge sèche, et de m'éponger
la sueur, car je fonds en eau. »

On l'essuya, on lui apporta du vin, et on détacha les boucliers.
Il demanda quelle heure il était, et on lui répondit que le jour

naissait. Il se tut et commença à s'habiller, lentement, attendu que, moulu comme il l'était, il ne pouvait aller vite. Il se rendit alors à l'écurie, suivi des assistants; s'approchant du grison, il lui donna un baiser de paix sur le front, et lui dit avec des larmes dans les yeux :

« Venez ici, vous, mon compagnon et mon ami, associé de mes travaux et de mes misères. Lorsque je vivais avec vous, sans autre souci que de raccommoder vos harnais et de procurer la nourriture à votre petit corps, mes heures étaient heureuses, aussi bien que mes jours et mes années. Depuis que je vous ai abandonné pour monter sur les tours de l'ambition et de l'orgueil, mille misères, mille douleurs et quatre mille inquiétudes me sont entrées dans l'âme. »

Tout en prononçant ces paroles, il harnachait son âne sans que personne ouvrît la bouche. Une fois le grison bâté, il monta dessus avec beaucoup de peine, puis, s'adressant au majordome, au secrétaire, au maître d'hôtel, au docteur Pédro Récio et à beaucoup d'autres personnes présentes, il dit :

« Faites-moi place, señores; laissez-moi retourner à mon ancienne liberté, reprendre ma vie passée qui me ressuscitera de cette mort présente. Je ne suis né ni pour être gouverneur, ni pour défendre des îles ou des villes contre les ennemis qui veulent les attaquer. Je m'entends mieux à labourer, à piocher, à tailler la vigne, qu'à donner des lois ou à défendre les provinces ou les royaumes. Saint Pierre est bien à Rome; je veux dire que chacun a raison de suivre le métier pour lequel il est né. Une faucille est mieux placée entre mes mains qu'un sceptre de gouverneur, et j'aime mieux me bourrer de soupe que de mourir de faim, soumis à la merci d'un médecin impertinent. Enfin, j'aime mieux m'étendre à l'ombre d'un chêne dans l'été, et me couvrir d'un manteau de peau dans l'hiver en toute liberté, que de coucher entre des draps de toile de Hollande et de me vêtir de martres *ciboulines*, avec la sujétion d'un gouvernement. Que Dieu aide Vos Grâces, et dites à monseigneur le duc que nu je suis né, que nu je suis, et que je ne perds ni ne gagne. J'entends par là qu'entré sans un maravédis dans ce gouvernement, j'en sors de même, bien à l'opposé de la coutume des gouverneurs d'autres îles. Faites-moi donc place et me laissez partir; je vais me couvrir d'emplâtres, car je crois avoir toutes les côtes froissées, grâce aux ennemis qui se sont promenés sur moi cette nuit.

— Il n'en sera pas ainsi, seigneur gouverneur, s'écria le docteur Récio; je vais donner à Votre Grâce une potion contre les chutes et les meurtrissures, laquelle vous rendra aussitôt votre énergie et votre vigueur primitives. Pour ce qui est de la nourriture, je promets à Votre Grâce de me corriger et de vous laisser manger abondamment de tout ce que vous voudrez.

— Tu piaules trop tard, répondit Sancho, et je me ferais plutôt Turc que de renoncer à partir. Ces plaisanteries ne se renouvellent pas deux fois. Pardieu, je n'ai pas plus envie de garder ce gouvernement ou d'en accepter un autre, me l'offrît-on entre deux plats, que de voler sans ailes. Je suis de la race des Pansas, qui sont tous têtus, et lorsqu'ils disent *non* une fois, c'est *non*, en dépit du monde entier, lors même que ce serait pair. Que les ailes de la fourmi restent dans cette écurie, elles m'ont enlevé dans les airs pour que les hirondelles et les autres oiseaux me mangent; redescendons sur le sol pour y marcher d'un pied sûr; si je ne puis le chausser de soulier piqué de Cordoue, les grossières sandales de cordes ne lui feront pas faute. Que chaque brebis aille avec sa pareille, et que personne n'étende la jambe plus que le drap n'est long. Laissez-moi passer, il se fait tard. »

On laissa partir Sancho, en lui offrant d'abord de l'accompagner, en mettant à sa disposition tout ce qu'il pourrait désirer pour sa personne et la commodité de son voyage. Sancho déclara ne vouloir qu'un peu d'orge pour le grison, et une moitié de fromage et de pain pour lui, attendu que le voyage était si court qu'il n'avait pas besoin d'autres provisions. On lui donna une accolade qu'il rendit en pleurant, et il laissa chacun émerveillé, aussi bien de ses raisonnements, que de sa discrète et énergique résolution.

Grâce à son âne, le soir même, Sancho atteignit le château du duc. Il alla raconter à son maître ses mésaventures, puis il monta ensuite voir ses seigneurs, et, s'agenouillant devant eux, il dit :

« Moi, Seigneurs, parce que Vos Grandeurs l'ont voulu et sans

que je l'aie mérité, je suis allé gouverner votre île de Barataria.
Quant à savoir si j'ai gouverné bien ou mal, j'ai eu des témoins
qui diront là-dessus ce qu'ils voudront. J'ai résolu des doutes et
rendu des jugements, toujours mort de faim, parce qu'ainsi l'a
voulu le docteur Pédro Récio, natif de Tirtéafuéra, médecin insulaire et gouvernemental. Des ennemis vinrent nous attaquer au
milieu de la nuit, nous mirent en grand péril, et les habitants de
l'île prétendent qu'ils sont sortis victorieux de la bagarre, grâce à
la valeur de mon bras. Que Dieu leur donne une santé égale à leur
véracité! En résumé, durant huit jours, j'ai expérimenté les charges
et les obligations du gouvernement, et je trouve, à mon compte,
que mes épaules ne peuvent les supporter; ce ne sont là ni des
poids pour mes côtes ni des flèches pour mon carquois. Aussi,
avant que le gouvernement me démontât, je l'ai abandonné. Ceci
entendu, baisant les pieds de Vos Grâces, et imitant le jeu des
enfants qui disent : *saute et passe ici*, je saute du gouvernement
et passe au service de mon maître Don Quichotte. Avec lui, bien
que je mange mon pain en sursaut, je m'en rassasie du moins, et,
pourvu que je sois rassasié, peu m'importe que ce soit de carottes
ou de perdrix. »

Sancho termina de la sorte sa longue harangue, pendant laquelle
Don Quichotte craignait qu'il ne lâchât mille extravagances. Lorsqu'il le vit y mettre fin et se taire, il rendit grâces au ciel du fond
de son cœur. Le duc embrassa Sancho, déclarant qu'il déplorait
du fond de l'âme qu'il eût si vite abandonné le gouvernement,
mais qu'il s'arrangerait de façon à lui donner dans ses États un
emploi moins pesant et plus profitable. La duchesse embrassa aussi
l'écuyer, et ordonna qu'on le soignât bien, car il semblait moulu
et mal à l'aise.

CHAPITRE XLI

Qui raconte comment les aventures vinrent à pleuvoir en si grand nombre sur
Don Quichotte, qu'elles ne lui donnèrent aucun répit.

 ENFIN, il parut convenable à Don
Quichotte de s'arracher à la vie
oisive qu'il menait au château.
Il demanda donc au duc et à la
duchesse la permission de se remettre en campagne. Ils la lui
accordèrent, tout en manifestant
le chagrin que leur causait son départ. La duchesse remit à Sancho
les lettres de sa femme, dont la lecture le fit pleurer.

« Qui aurait cru, s'écria-t-il, que des espérances aussi grandes
que celles qu'avait fait naître dans le sein de ma femme Thérèse
Pança la nouvelle de mon gouvernement, aboutiraient à me faire
courir de nouveau les misérables chances des aventures de mon
maître Don Quichotte de la Manche! Cependant, je me réjouis de
voir que ma Thérèse s'est montrée de ce qu'elle est, en expé-
diant les glands à madame la duchesse. Si elle ne les avait pas
envoyés, j'aurais été affligé de la voir ingrate. Ce qui me console,
c'est qu'on ne peut qualifier ce don de pot-de-vin, attendu que je
possédais déjà le gouvernement lorsque Thérèse a expédié les
glands, et il est raisonnable que ceux qui reçoivent un bienfait
montrent leur reconnaissance, ne fût-ce que par des niaiseries. »

Ces choses, Sancho se les disait à lui-même le jour du départ;
Don Quichotte ayant fait ses adieux la veille au duc et à la
duchesse, se présenta, dès le matin, tout armé dans la cour. Les
habitants du château, y compris les maîtres, se tenaient sur les

balcons pour le voir. Sancho était monté sur son grison, flanqué du bissac, de la valise et de provisions, très-content parce que le majordome du duc, — la ci-devant comtesse de Trifaldi, — lui avait donné une petite bourse contenant deux cents écus d'or, et cela à l'insu de Don Quichotte.

Le chevalier salua le duc, la duchesse et les assistants, rendit la bride à Rossinante, et, suivi de Sancho monté sur le grison, il s'éloigna dans la direction de Saragosse.

Lorsque Don Quichotte se vit en rase campagne, il lui sembla se trouver dans son élément. Se tournant vers son écuyer, il lui dit :

« La liberté, Sancho, est un des plus précieux dons que le ciel ait fait aux hommes; on ne peut lui comparer aucun des trésors que renferme la terre ou que couvre la mer. Pour la liberté, de même que pour l'honneur, on peut et l'on doit risquer sa vie; par contre, l'esclavage est le plus grand mal qui puisse atteindre les hommes. Je te dis cela, Sancho, parce que tu as vu les soins, l'abondance qui nous entouraient dans le château que nous abandonnons; eh bien, au milieu de ces banquets somptueux, il me semblait me trouver au milieu des misères de la famine, parce que je n'en jouissais pas librement, comme d'une chose qui fût à moi. Les obligations qu'imposent les bienfaits que l'on reçoit, sont des liens qui empêchent l'âme de prendre son essor. Heureux celui à qui le ciel a donné un morceau de pain, sans qu'il ait à en remercier un autre que le ciel!

— Malgré ce que vient de dire Votre Grâce, répliqua Sancho, il ne serait pas bien de nous montrer ingrats pour les deux cents écus d'or que le majordome du duc m'a remis dans une bourse que je porte sur mon cœur, comme un emplâtre réconfortant. Nous ne trouverons pas toujours des châteaux où l'on nous fasse fête; peut-être même tomberons-nous sur quelque auberge où l'on nous bâtonnera. »

Tout en causant ainsi, ils s'écartaient de la route et pénétraient dans une forêt.

Ils s'arrêtèrent près d'une limpide fontaine qu'ils aperçurent entre des arbres, et au bord de laquelle tous deux s'assirent après avoir débarrassé Rossinante de sa bride et le grison de son licou. Sancho

s'empara aussitôt du bissac aux provisions, et en tira ce qu'il avait
coutume d'appeler le beurre de sa tartine.

Don Quichotte, en proie à la tristesse, selon son habitude, ne
songeait pas à se restaurer, et Sancho, par pure politesse, n'osait
toucher aux vivres étalés devant lui, attendant que son maître donnât l'exemple. Voyant qu'emporté par ses pensées Don Quichotte
oubliait de manger, l'écuyer, sans dire un mot, commença à faire
disparaître dans son estomac le pain et le fromage qui se présentaient.

« Mange, ami Sancho, lui dit son maître, alimente ta vie; cela
t'importe plus qu'à moi, et laisse-moi mourir en proie à mes tristes pensées. Je suis né, Sancho, pour vivre en mourant, et toi pour
mourir en mangeant. Je songe à l'infortunée Dulcinée, à son malheur, au temps que j'ai perdu dans les délices de la cour du duc,
dans la compagnie de madame la duchesse. Je songe aussi, Sancho, à ton indolence, à ta cruauté pour ma dame. Ces réflexions
m'émoussent les dents, m'engourdissent les bras et me coupent
tout appétit, si bien que je suis tenté de me laisser mourir de
faim, la plus cruelle des morts.

— De façon, dit Sancho sans cesser de mâcher à la hâte, que
Votre Grâce n'approuve pas le proverbe : « Que Marthe meure,
« pourvu qu'elle meure rassasiée? » Moi, pour ma part, je ne songe
pas à mourir; je compte imiter au contraire le cordonnier, qui étire
le cuir avec ses dents jusqu'à l'amener à la longueur voulue.
Croyez-moi, mangez, puis faites ensuite un somme sur les verts
matelas de cette herbe; vous verrez comme vous serez soulagé
lorsque vous vous réveillerez. »

Don Quichotte obéit, trouvant que les conseils de Sancho venaient plutôt d'un philosophe que d'un sot.

« O Sancho, lui dit-il, si tu voulais faire ce que je vais te demander, mon soulagement serait plus certain, et mon chagrin moins
profond. Tandis que je vais dormir, éloigne-toi un peu, et, armé
des rênes de Rossinante, mettant ta chair à nu, applique-toi trois
ou quatre cents coups à compte sur les trois mille et tant que tu
dois recevoir pour le désenchantement de Dulcinée. Ce n'est pas un
mince chagrin que de savoir cette pauvre dame ensorcelée par
ta négligence.

· — Il y a beaucoup à dire sur ce sujet, répondit Sancho ; dormons tous deux pour le quart d'heure, Dieu disposera ce qui doit arriver après. Que Votre Grâce sache que cette action de se fouetter de sang-froid est chose rude, surtout si les coups tombent sur un corps épuisé et mal nourri. Que madame Dulcinée patiente ; au moment où elle y songera le moins, elle me verra criblé de coups ; tout est vie jusqu'à l'heure de la mort. Je veux dire que je suis encore debout et que j'ai le désir d'accomplir ma promesse. »

Don Quichotte le remercia, mangea un peu, pendant que Sancho mangeait beaucoup, puis tous deux se couchèrent et s'endormirent, laissant Rossinante et le grison, ces deux amis inséparables, paître en liberté l'herbe abondante du pré. Les dormeurs se réveillèrent tard, se mirent en selle et continuèrent leur route. Or, pendant six jours, il n'arriva à notre chevalier rien qui soit digne d'être écrit. Au bout de ce temps, cheminant en dehors de la route, la nuit le surprit dans un bois épais de chênes ou de liéges. — Cid Hamet, en cette occasion, ne se montre pas aussi précis que de coutume. — Le maître et l'écuyer mirent pied à terre ; puis, installés commodément au pied des arbres, Sancho, qui avait goûté ce jour-là, franchit d'emblée les portes du sommeil. Don Quichotte, que ses rêveries beaucoup plus que la faim tenaient éveillé, ne pouvait fermer les yeux, et parcourait mille lieues en imagination. Tantôt il croyait se voir monté sur Chevillard ; tantôt il s'imaginait apercevoir Dulcinée, changée en paysanne, sauter sur la bourrique, ou entendre retentir à ses oreilles les paroles du sage Merlin, énumérant les conditions indispensables pour opérer le désensorcellement de Dulcinée. Le chevalier se désespérait de la paresse et du peu de charité de son écuyer Sancho qui, à ce qu'il croyait, ne s'était encore appliqué que cinq coups de fouet, chiffre bien minime comparé à celui qu'il s'agissait d'atteindre. Cette pensée causa à la fois tant de colère et de chagrin à Don Quichotte qu'il se dit :

« Si Alexandre le Grand trancha le nœud gordien en déclarant que peu importait la façon de le délier, sans manquer pour cela de devenir le maître absolu de l'Asie, n'arriverai-je pas au même résultat, en ce qui concerne le désensorcellement de Dulcinée, en flagellant Sancho contre son gré ? »

Plein de cette pensée, après s'être d'abord muni des rênes de
Rossinante qu'il disposa de façon à pouvoir s'en servir pour frapper, il s'approcha de Sancho ; celui-ci se sentit à peine touché qu'il
s'éveilla et dit :

« Qu'est-ce là ? Qui me touche ?

— C'est moi, répondit Don Quichotte, qui me dispose à réparer

tes fautes et à soulager mes peines. Je viens te fouetter, Sancho, et
acquitter en partie la dette que tu as acceptée. Dulcinée périt, tu
vis indifférent, et je meurs dans l'attente. Aussi je veux t'appliquer, dans cette solitude, deux mille coups de fouet pour le moins.

— Pour cela non ! s'écria Sancho, et que Votre Grâce se tienne
en repos ; sinon, par le vrai Dieu, les sourds nous entendront. Les
coups de fouet que j'ai acceptés doivent être reçus volontairement
et non administrés de force ; or, pour l'instant, je n'ai pas envie de
me fouetter. Il suffit que je donne ma parole à Votre Grâce de me
flageller et de m'épousseter à l'heure où l'envie m'en viendra.

— Je ne puis m'en rapporter à ta courtoisie, Sancho, reprit
Don Quichotte, car tu as le cœur dur, et, bien que rustre, tu es
tendre de chair. »

Tout en parlant, il luttait et essayait de détacher le pourpoint
de son écuyer. Sancho se leva, se jeta sur le chevalier, le saisit à

bras-le-corps, lui donna un croc-en-jambe et tous deux roulèrent sur le sol. Alors l'écuyer posa le genou droit sur la poitrine de son maître, et lui maintint les mains de façon à l'empêcher de remuer et de respirer.

« Comment, traître, s'écria Don Quichotte, tu t'attaques à ton maître et seigneur naturel ? Tu as l'audace de lutter contre celui qui te donne son pain ?

— Je ne fais ni ne défais les rois, répondit Sancho, mais je m'aide moi-même, attendu que je suis mon maître. Que Votre Grâce me promette qu'elle se tiendra tranquille, qu'elle n'essaiera pas de me fouetter, et je la laisserai libre de se mouvoir. »

Don Quichotte promit ; il jura même, sur son âme, de ne pas toucher un poil des habits de son écuyer Sancho. Soudain, à sa grande surprise, il vit s'avancer vers lui un chevalier armé de toutes pièces, qui portait, peinte sur son écu, une lune resplendissante. Arrivé à portée de voix, le chevalier, s'adressant à Don Quichotte, lui cria :

« Chevalier insigne et jamais assez loué Don Quichotte de la Manche, je suis le chevalier de la *Blanche-Lune*, dont les prouesses inouïes sont peut-être arrivées à ta connaissance. Je viens combattre contre toi, éprouver la force de ton bras, afin de t'obliger à reconnaître et à confesser que ma dame, quelle qu'elle soit, est sans comparaison plus belle que ta Dulcinée du Toboso. Si tu confesses simplement cette vérité, tu sauveras ta vie et m'épargneras la peine que j'aurai à te l'enlever. Si tu veux combattre et que tu sois vaincu, j'exige, pour toute condition, que tu déposes les armes et que tu vives pendant un an retiré dans ton village, sans toucher à ton épée, dans un profitable repos, ainsi qu'il convient pour l'augmentation de ta fortune et le salut de ton âme. Si tu sors vainqueur, ma tête sera à ta disposition ; mes dépouilles, mes armes t'appartiendront, et la renommée de mes prouesses augmentera la tienne. Choisis donc et réponds-moi sans retard, car je n'ai que cette journée pour terminer cette affaire. »

Don Quichotte demeura aussi surpris de l'arrogance du chevalier de la Blanche-Lune que de la cause pour laquelle il le défiait, et d'un ton sévère, il répondit :

« Chevalier de la Blanche-Lune, dont les prouesses ne sont pas encore arrivées jusqu'à moi, je vous ferai jurer que vous n'avez jamais vu l'illustre Dulcinée. Si vous l'aviez contemplée, vous ne vous seriez pas, je crois, jeté dans cette entreprise. Sachez qu'il n'y a eu et qu'il ne peut y avoir de beauté qui puisse se comparer à a sienne. Aussi, sans vous dire que vous mentez, mais bien que vous êtes dans l'erreur, j'accepte votre défi aux conditions que vous avez posées, et sur l'heure, avant que le jour que vous avez fixé s'écoule. Je ne repousse qu'une seule de vos conditions : c'est celle de m'emparer de la renommée de vos prouesses ; j'ignore ce qu'elles valent, et, bonnes ou mauvaises, je me contente des miennes. Prenez donc le champ que vous voudrez, je ferai de même et, quel que soit celui à qui Dieu donnera la victoire, que saint Pierre la lui bénisse ! »

Les deux chevaliers sortirent du bois, et se trouvèrent près d'un château dont le seigneur accourut bientôt. Ce seigneur, surpris d'abord, puis mis au courant du défi, autorisa le combat sur ses terres, et fut remercié de cette faveur par le chevalier de la Blanche-Lune. Don Quichotte se recommanda de toute son âme au ciel et à Dulcinée, ainsi qu'il avait coutume de le faire au moment de livrer un combat ; il prit du champ, voyant son antagoniste agir de même ; puis, sans que le son d'aucune trompette ni d'aucun autre instrument belliqueux leur donnât le signal du départ, les deux ennemis rendirent la bride à leurs chevaux. Comme la monture du chevalier de la Blanche-Lune était la plus légère, il rejoignit Don Quichotte aux deux tiers de la distance, et le heurta d'une façon si formidable, sans le toucher de sa lance, — qu'il sembla relever avec intention, — que Rossinante et son maître roulèrent sur le sol dans une chute périlleuse. Aussitôt le vainqueur marcha vers Don Quichotte, et lui posant la pointe de sa lance sur la visière :

« Vous êtes vaincu, chevalier, dit-il, et même mort, si vous n'acceptez les conditions de notre défi. »

Don Quichotte moulu, étourdi, sans hausser sa visière et comme s'il parlait du fond d'une tombe, répondit d'une voix faible et plaintive :

« Dulcinée du Toboso est la plus belle femme du monde, et moi

33

le plus malheureux chevalier de la terre ; il serait mal que mon impuissance à soutenir ma dame fît douter de cette vérité. Perce-

moi de ta lance, chevalier, et enlève-moi la vie puisque tu m'as enlevé l'honneur.

— Voilà ce que je ne ferai certes pas, s'écria le chevalier de la Blanche-Lune ; vive, vive, dans toute son intégrité, la renommée de beauté de la señora Dulcinée du Toboso ; je serai satisfait, pourvu que le grand Don Quichotte de la Manche se retire dans son village pendant un an, ou pour le temps que je lui prescrirai, ainsi que nous en sommes convenus avant de combattre. »

Les assistants entendirent ces paroles, et Don Quichotte répondre encore que, si on ne lui demandait rien qui fût au préjudice de Dulcinée, il accomplirait le reste en loyal et véritable chevalier. Après cette déclaration, le chevalier de la Blanche-Lune tourna bride, salua la compagnie en inclinant la tête, se dirigea vers la ville au petit galop. Le seigneur ordonna à son secrétaire de suivre l'inconnu et de savoir à tout prix qui il était.

On releva Don Quichotte, on lui découvrit le visage, et on le trouva pâle et couvert de sueur. Rossinante était si maltraité qu'il ne put bouger pour le moment. Sancho, triste, chagriné, ne savait que dire ni que penser. Il lui paraissait que cet événement se passait en rêve, que cette aventure n'était qu'un enchantement. Il voyait son maître vaincu, obligé à ne pas prendre les armes avant un an. Il voyait sa gloire obscurcie, les espérances nées de ses nouvelles prouesses emportées comme la fumée par le vent. Il se demandait si Rossinante ne resterait pas estropié ou son maître disloqué, — ce qui n'eût été que demi-mal, si la cervelle avait repris son aplomb. — Enfin, on emporta le chevalier dans une chaise à porteurs qu'envoya querir le seigneur, curieux de savoir quel était ce chevalier de la Blanche-Lune qui venait de mettre Don Quichotte dans un si triste état.

CHAPITRE XLII

Où l'on explique qui était le chevalier de la Blanche-Lune.

Le secrétaire suivit le chevalier de la Blanche-Lune, qu'un grand nombre d'enfants poursuivirent de leur côté jusqu'à la porte d'une hôtellerie de la ville. Le champion de la Blanche-Lune, voyant ce cavalier qui ne le perdait pas de vue, lui dit :

« Je devine pourquoi vous êtes ici, señor; vous voulez savoir qui je suis. Je n'ai pas de motifs pour vous le cacher, et, tandis que mon écuyer me désarmera, je vous le dirai sans altérer en rien la vérité. Apprenez donc, señor, qu'on me nomme le bachelier Samson Carrasco. Je suis du même village que Don Quichotte de la Manche, dont la folie et les extravagances sont une cause de pitié pour tous ceux qui le connaissent, et je suis un de ceux qui en sont le plus peinés. Persuadé que sa guérison dépend du repos auquel il se condamnera en restant dans son pays et dans sa demeure, j'ai combiné un stratagème pour l'obliger à vivre chez lui. Il y a environ trois mois, je sortis à sa rencontre sous le nom de chevalier des Miroirs, avec l'intention de le combattre et de le vaincre sans lui faire aucun mal, en établissant, pour condition de notre lutte, que le vaincu resterait à la disposition du vainqueur. Je comptais exiger de lui, — car je le tenais

pour vaincu d'avance, — qu'il retournât dans son village et se tînt
renfermé pendant une année, intervalle qui me paraissait devoir
suffire à sa guérison. Le sort en disposa autrement; ce fut lui qui
me vainquit, me renversa à bas de mon cheval, et mon intention se
trouva frustrée. Il continua son chemin et je m'en retournai défait,
honteux et moulu de ma chute, qui fut vraiment périlleuse; mais je
ne renonçai point pour cela à l'idée de le rejoindre une seconde
fois, et de le vaincre comme on vient de le voir aujourd'hui. Il est
si scrupuleux lorsqu'il s'agit d'observer les règles de la chevalerie
errante, que, sans aucun doute, il tiendra sa parole et exécutera
l'ordre que je lui ai donné. Voilà, señor, l'explication de ce qui
vient de se passer, sans qu'il me reste rien à y ajouter. Je vous
supplie de ne pas me découvrir en apprenant à Don Quichotte qui
je suis, afin que mes bonnes intentions soient réalisées, et qu'un
homme d'un jugement excellent, lorsqu'il ne songe pas aux niaiseries de la chevalerie, recouvre la raison.

— O señor, s'écria le secrétaire, que Dieu vous pardonne le mal
que vous faites au monde en voulant rendre sage le fou le plus
amusant qui existe. Ne croyez-vous pas, señor, que le profit qu'on
retirera de la sagesse de Don Quichotte ne pourra égaler le plaisir
que l'on prend à ses extravagances? Si ce n'était anticharitable, je
dirais : que Don Quichotte ne guérisse jamais, car sa santé nous
privera non-seulement de ses saillies, mais de celles de Sancho
Pança, son écuyer, dont le moindre dicton égayerait la mélancolie
même. Cependant, je ne révélerai rien, afin de voir si j'ai raison
en soupçonnant que le señor Carrasco n'obtiendra aucun résultat
de ses efforts. »

Le bachelier répondit qu'en tout cas l'affaire était en bon chemin pour réussir; il fit lier ses armes sur le dos d'un mulet, puis
montant sur le cheval qui lui avait servi dans la bataille, il sortit
ce même jour de la ville pour regagner son village, sans qu'il lui
arrivât rien qui mérite d'être rapporté dans cette véridique histoire.

Don Quichotte garda le lit pendant six jours, marri, triste,
pensif, souffrant, repassant en imagination le malheureux événement de sa défaite. Sancho le consolait et lui dit un jour entre
autres choses :

« Que Votre Grâce relève la tête et se réjouisse, si elle le peut. Remerciez le ciel de ce qu'ayant été jeté à terre, vous n'avez pas quelque côte cassée. Vous savez que : qui donne reçoit, et qu'il n'y a pas toujours de lard aux crochets ; faites la nique au médecin, puisque vous n'avez pas besoin de lui pour guérir de cette maladie. Retournons chez nous, sans chercher plus d'aventures dans des pays et des endroits que nous ne connaissons pas. Tout bien considéré, je suis celui qui perd le plus, quoique ce soit Votre Grâce qui soit le plus maltraitée. Moi qui, en abandonnant le gouvernement, ai renoncé à l'envie d'être de nouveau gouverneur, je n'ai pas renoncé à celle d'être comte, et je ne verrai pas la réalisation de ce rêve qui s'en ira en fumée, si Votre Grâce, abandonnant la chevalerie, se résout à ne plus devenir roi.

— Tais-toi, Sancho, répliqua Don Quichotte, ma retraite ne doit durer qu'une année, au bout de laquelle je reprendrai mes honorables exercices, et il ne me manquera pas un royaume à conquérir et un comté à te donner.

— Que Dieu vous entende et que le diable soit sourd ! répondit Sancho. J'ai toujours entendu dire que mieux vaut bon espoir que mauvaise possession. »

CHAPITRE XLIII

Qui traite de ce que verra celui qui le lira, et de ce qu'entendra
celui qui l'écoutera lire.

EN moins de huit jours le chevalier se trouva rétabli et se
mit en selle pour son village.
En sortant du château, il con-
templa de nouveau l'endroit
où il était tombé et s'écria :

« Ici fut Troie ! Ici mon malheur, et non ma lâcheté, effaça
ma gloire acquise ; ici la fortune usa envers moi de ses
hauts et de ses bas ; ici mes
prouesses se sont obscurcies ;
ici, enfin, mon bonheur s'est
écroulé à jamais.

— Il appartient aux cœurs vaillants, señor, répondit Sancho
qui l'entendit, de montrer autant de patience dans l'adversité que
d'allégresse dans la prospérité. Cela, j'en juge par moi-même ; si
j'étais gai alors que j'étais gouverneur, à présent que je suis
écuyer à pied, je suis loin d'être triste, car j'ai entendu dire que
celle qu'on nomme par ici la fortune est une femme capricieuse et
surtout aveugle, qui ne sait ni ce qu'elle fait, ni qui elle renverse,
ou qui elle élève.

— Tu es très-philosophe, Sancho, répondit Don Quichotte, tu
parles avec sagesse, et je ne sais qui t'apprend ce que tu dis. Ce
que je puis t'affirmer, c'est que la fortune est un mythe ; les choses

bonnes ou mauvaises qui arrivent en ce monde ne viennent pas du
hasard, mais d'une volonté providentielle ; c'est pour cela que l'on
dit que chacun est l'ouvrier de son bonheur. Je l'ai été du mien,
mais non avec la prudence nécessaire, et ma présomption m'a
porté malheur. J'aurais dû me rappeler que la faiblesse de Rossinante ne pouvait résister à la puissante encolure du coursier de
mon adversaire, le chevalier de la Blanche-Lune. Je m'aventurai,
je fis ce que je pus, on me renversa, et, bien que j'aie perdu l'hon
neur, je n'ai pas perdu et ne puis perdre la foi de ma parole.
Lorsque j'étais un audacieux et vaillant chevalier errant, j'ap
puyais mes dires par des faits ; aujourd'hui que j'ai été désarçonné, j'honorerai ma parole en accomplissant ma promesse. En
route donc, ami Sancho, nous allons passer une année de noviciat
dans notre village, et, dans cette retraite, nous puiserons de nouvelles forces pour reprendre l'exercice des armes, auquel je ne
renoncerai jamais.

— Señor, répondit Sancho, ce n'est pas une chose si agréable de
voyager à pied, qu'elle m'excite à faire de longues étapes. Accro-
chons cette armure à quelque arbre en guise de pendu ; me plaçant alors sur le dos du grison, les pieds au-dessus du sol, nous ferons telles étapes que Votre Grâce voudra et mesurera. Mais croire
que je ferai de longues traites à pied, c'est compter sans son hôte.

— Tu as bien parlé, Sancho, répliqua Don Quichotte ; formons
de mes armes un trophée au-dessous ou à côté duquel nous grave-
rons sur les arbres ce qu'on avait écrit au-dessous de celles de
Roland : « Que nul ne les touche, s'il ne peut se mesurer avec
« Roland. »

— Tout cela me paraît d'or, dit Sancho ; l'opinion des sages est
qu'il ne faut pas rendre le bât responsable des fautes de l'âne ; or,
puisque vous êtes coupable de cet événement, châtiez-vous, et ne
vous vengez pas sur vos armes rompues et sanglantes, sur la douceur de Rossinante, ni sur la délicatesse de mes pieds en me forçant
à cheminer plus qu'il n'est juste. »

Ce fut en conversant ainsi qu'ils passèrent ce jour, puis quatre
autres, sans qu'il leur arrivât rien qui s'opposât à leur voyage.

Le vaincu et désorienté Don Quichotte cheminait pensif.

« Je puis t'assurer, Sancho, dit-il un soir à son écuyer, que si tu avais exigé un salaire pour les coups du désensorcellement de Dulcinée, je te l'aurais volontiers accordé, quoique j'ignore si un salaire ne nuira pas à la guérison, et je ne voudrais pas que la récompense neutralisât le remède. Au résumé, il me semble qu'il n'y a rien à perdre à essayer. Vois ce que tu exiges, Sancho; fouette-toi sur l'heure, puis paye-toi de ta main et au comptant, puisque tu as de l'argent à moi. »

A cette offre, Sancho ouvrit les yeux et les oreilles d'une palme, et consentit du fond de son âme à se fouetter.

« A la bonne heure, señor, dit-il à son maître; avec ce profit, je

veux me mettre en mesure de complaire aux désirs de Votre Grâce.
C'est l'amour que j'ai pour ma femme et mes enfants qui me rend
intéressé. Voyons, combien Votre Grâce me donnera-t-elle pour
chaque coup de fouet que je m'appliquerai?

— Si je devais le payer en raison de ce que méritent la grandeur et la qualité du remède, Sancho, répondit Don Quichotte,
le trésor de Venise et les mines du Potos seraient loin d'y suffire.
Calcule ce que tu as à moi, et mets un prix à tes coups.

— Ils sont au nombre de trois mille trois cents et quelques,
répondit Sancho, sur lesquels je m'en suis donné cinq. Laissons
les cinq, et ne prenons que trois mille trois cents, à un *cuartillo*
pièce, — je n'accepterais pas moins si le monde entier me l'ordonnait; — cela fait trois mille trois cents *cuartillos*. Trois mille cuartillos font mille cinq cents demi-réaux, qui font sept cent cinquante réaux; les trois cents cuartillos de surplus valent soixante-
quinze réaux; en les ajoutant aux sept cent cinquante, cela donne
en tout huit cent vingt-cinq réaux. Cette somme, je la déduirai
de celle que j'ai à vous, et je rentrerai chez moi riche et content,
quoique bien fouetté, car on ne prend pas les truites.... je n'en dis
pas plus.

— O Sancho béni! aimable Sancho! s'écria Don Quichotte,
Dulcinée et moi nous resterons tes obligés durant le reste de nos
jours. Si elle reprend sa forme perdue, son malheur aura été un
bonheur, et ma défaite un heureux triomphe. Voyons, Sancho,
quand veux-tu commencer à te flageller? Afin que tu abréges le
temps, je t'accorde cent réaux de plus.

— Quand? répéta Sancho, cette nuit sans faute; que Votre
Grâce fasse en sorte que nous la passions à la belle étoile, et je
me cinglerai la chair. »

La nuit, impatiemment attendue par Don Quichotte, arriva enfin,
bien qu'il lui semblât que les roues du char d'Apollon se fussent
brisées, et que le jour durât plus que de coutume. Le maître et
l'écuyer pénétrèrent dans un agréable bosquet qui se trouvait à peu
de distance de la route. Là, laissant vides la selle de Rossinante et
le bât du grison, ils s'étendirent sur l'herbe fraîche, et soupèrent
des provisions de Sancho qui, formant ensuite du licou et de la

sangle de son âne une discipline souple et forte, se retira sous des
hêtres, à une vingtaine de pas de son maître. Don Quichotte, le
voyant s'éloigner avec audace et résolution, lui dit :

« Ne te mets pas en pièces, ami, et laisse aux coups le temps
de se succéder ; ne cherche pas à précipiter ta course, de façon
que l'haleine te manque à mi-chemin ; je veux dire, ne te frappe
pas si fort que tu meures avant d'avoir atteint le chiffre souhaité. Afin que tu n'embrouilles pas le compte en plus ou en
moins, je compterai d'ici sur mon rosaire les coups que tu t'ap-
pliqueras. Maintenant que le ciel t'aide, ainsi que le mérite ta
généreuse intention !

— Le bon payeur ne craint pas de donner des gages, répondit
Sancho ; je pense me fouetter de façon qu'il m'en cuise sans que
j'en meure : — en cela consiste l'efficacité de ce miracle. »

Il se mit aussitôt nu jusqu'à la ceinture, puis, faisant tournoyer
les sangles, il commença à se frapper et Don Quichotte à compter.
Sancho, au septième ou au huitième coup, trouva la plaisanterie
rude, et le prix des coups trop modéré ; s'arrêtant, il dit à son
maître qu'il en appelait du traité pour cause d'erreur, car chacun
des coups qu'il s'appliquait valait au moins un demi-réal et non
un *cuartillo*.

« Continue, Sancho, et ne faiblis pas, lui dit son maître, je
double le prix.

— Alors, dit Sancho, à la grâce de Dieu, et que les coups
pleuvent ! »

Mais le rusé, cessant de se frapper les épaules, cingla les arbres,
poussant de temps à autre des soupirs qui eussent donné à croire
qu'il s'arrachait l'âme. Don Quichotte s'émut ; craignant que
l'écuyer ne se tuât, et que son imprudence l'empêchât d'atteindre
le but, il lui cria :

« Par ta vie, ami Sancho, ne va pas plus loin ; cette médecine
me semble rude, et il sera bon de laisser le temps au temps. On
n'a pas pris Zamora en une heure. Si j'ai bien compté, tu t'es
donné plus de mille coups ; assez pour le moment ; l'âne, pour
parler vulgairement, supporte la charge et non la surcharge.

— Non, non, señor, ce n'est pas de moi qu'on dira : « Argent

« payé, bras cassés. » Que Votre Grâce se recule un peu et me laisse
m'administrer mille autres coups; en deux séances comme celle-ci,
nous aurons terminé l'affaire et nous aurons de l'étoffe de reste.

— Puisque tu te trouves en si bonne disposition, répondit Don
Quichotte, que le ciel t'aide; frappe-toi, je me retire. »

Sancho se remit à l'œuvre avec tant d'énergie, qu'il eut bientôt
enlevé l'écorce de plusieurs arbres, tant il mettait d'ardeur à se

flageller. Élevant une fois la voix et appliquant un coup formidable sur un hêtre, il s'écria .

« Ici mourra Samson, et tous ceux qui l'accompagnent. »

Don Quichotte, au son de la voix et du formidable coup accourut; s'emparant du licou qui servait de discipline à son écuyer,
il lui dit :

« Que le sort me préserve, ami Sancho, de te voir perdre la vie
pour mon plaisir! elle doit servir à nourrir ta femme et tes enfants.

Que Dulcinée attende une meilleure conjoncture ; je me tiendrai
dans les limites d'un espoir prochain, et j'attendrai que tu reprennes
de nouvelles forces pour que cette affaire se termine à la satisfaction de tous.

— Puisque Votre Grâce le veut, señor, répondit Sancho, qu'il
en soit ainsi ; jetez-moi votre manteau sur les épaules, car je sue,

et je ne voudrais pas me refroidir, danger que courent les pénitents qui se flagellent pour la première fois. »

Don Quichotte obéit, et, restant en pourpoint, il abrita Sancho
qui dormit jusqu'à ce que le soleil le réveillât. Ils continuèrent
ensuite leur route et ne s'arrêtèrent que dans un village situé à
trois lieues de là. Ils mirent pied à terre devant une auberge que
Don Quichotte reconnut pour telle, au lieu de la prendre pour un
château pourvu de profonds souterrains, de tours, de herses et de
ponts-levis. Depuis qu'il avait été vaincu, il raisonnait avec plus
de justesse. On le logea dans une salle basse, et Sancho parla tout
à coup de se flageller. Don Quichotte le pria de remettre cette corvée au lendemain.

« Par Dieu, señor, dit Sancho, pour ce que je compte m'appliquer, peu importe que ce soit sous un toit ou dans les champs. Cependant, tout bien pensé, je préfère que ce soit sous les arbres; il me semble qu'ils me tiennent compagnie, et qu'ils m'aident merveilleusement à supporter ma peine.

— Il n'en sera pas ainsi, ami Sancho, répondit Don Quichotte; afin que tu reprennes des forces, nous réserverons la corvée pour l'époque où nous serons dans notre village, que nous atteindrons au plus tard après-demain.

— A votre choix, répondit Sancho, mais j'aimerais mieux battre le fer pendant qu'il est chaud, et terminer l'affaire pendant que la meule est en mouvement; le péril gît souvent dans le retard; il faut prier Dieu et frapper du maillet; mieux vaut un tiens que deux tu l'auras, et moineau en main vaut mieux que vautour qui vole.

— Assez de proverbes, Sancho, au nom du vrai Dieu! s'écria Don Quichotte. Parle simplement, uniment et non d'une façon compliquée, ainsi que je te l'ai souvent recommandé, et tu verras qu'un pain t'en vaudra cent.

— Je ne sais quelle mauvaise chance est la mienne, répondit Sancho, je ne puis exprimer mes raisons sans proverbes, ni dire de proverbes qui ne me paraissent une raison. Néanmoins, je me corrigerai, si je peux. »

Et ce fut ainsi que la conversation se termina.

CHAPITRE XLIV

Comment Don Quichotte et Sancho arrivèrent à leur village.

Don Quichotte et Sancho passèrent la journée dans cette hôtellerie. Ils attendirent la nuit, l'un pour terminer en rase campagne la tâche de sa flagellation, l'autre pour en voir la fin, but de ses désirs.

L'après-midi venue, ils partirent ensemble de nouveau.

On passa cette nuit sous les arbres, afin que Sancho pût accomplir sa pénitence ; il s'y prit de la même façon que la nuit précédente, aux dépens de l'écorce des hêtres plus qu'aux dépens de ses épaules, qu'il épargna si bien que les coups de fouet n'auraient pu en chasser une mouche. Don Quichotte, abusé, ne perdit pas un seul coup du compte, et trouva que, joints à ceux de la veille, ils formaient un total de trois mille vingt-neuf. On eût dit que le soleil s'était levé de bonne heure pour être témoin du sacrifice, et à sa lumière les deux aventuriers continuèrent leur route.

Cette journée et la nuit suivante, ils cheminèrent sans qu'il leur arrivât rien qui soit digne d'être conté, si ce n'est que Sancho acheva sa tâche, à la grande joie de Don Quichotte. Il attendait le

jour avec impatience, afin de voir s'il rencontrerait sur la route sa
dame Dulcinée, enfin désensorcelée. Il n'apercevait aucune femme
sans s'approcher pour voir si ce n'était pas Dulcinée du Toboso,
car il tenait les promesses de Merlin pour véridiques et infaillibles.

Enfin, mû par ces pensées et ce désir, il gravit une côte d'où
il aperçut son village; à cette vue, Sancho se jeta à genoux et
s'écria :

« Ouvre les yeux, patrie désirée, et vois arriver à toi Sancho
Pança ton fils, sinon très-riche, du moins bien fouetté. Ouvre les
bras et reçois aussi ton fils Don Quichotte; s'il revient vaincu par
un bras étranger, il revient vainqueur de lui-même, ce qui est,
d'après ce qu'il m'a dit, la plus belle victoire que l'on puisse
gagner. J'apporte de l'argent, car, si on m'a bien flagellé, on m'a
bien payé.

— Laisse là ces sottises, dit Don Quichotte, et rendons-nous
tout droit dans nos demeures; là, nous donnerons carrière à nos
pensées pour tracer le plan de la vie future que nous voulons
mener. »

Alors ils descendirent la côte, marchant vers leur clocher. Au
moment de pénétrer dans le village, ils trouvèrent le curé et le

bachelier Carrasco, lisant leur bréviaire au milieu d'une petite
prairie.

Le curé et le bachelier reconnurent aussitôt le maître et l'écuyer,
et s'approchèrent d'eux les bras ouverts. Don Quichotte mit pied
à terre et les embrassa étroitement.

Enfin, entourés d'enfants, accompagnés du curé et du bachelier,
ils pénétrèrent dans le village et se rendirent à la demeure de Don
Quichotte, sur le seuil de laquelle ils trouvèrent la gouvernante

34

et la nièce du chevalier, déjà instruites de leur arrivée. Thérèse
Pança, femme de Sancho, avait aussi été prévenue; les cheveux
en désordre, conduisant Sanchica par la main, elle accourut à la

rencontre de son mari. En l'apercevant moins bien habillé qu'elle
ne s'attendait à le voir en sa qualité de gouverneur, elle lui dit :

« Comment revenez-vous ainsi, cher mari? Il me semble que
vous êtes à pied et boiteux; vous avez plutôt l'air d'un *dégouverné*
que d'un gouverneur.

— Tais-toi, Thérèse, répondit Sancho; souvent là où il y a
des crochets il n'y a pas de lard; rendons-nous à la maison, où
tu entendras des merveilles. L'essentiel, c'est que j'apporte de l'argent gagné par mon industrie et sans préjudice pour personne.

— Vous apportez de l'argent, mon cher mari? reprit Thérèse.
Qu'il ait été gagné ici ou là, de quelque façon que ce soit, vous
n'avez rien inventé de neuf. »

Sanchica embrassa son père, lui demanda s'il lui rapportait quelque chose, car elle l'attendait comme on attend la pluie au mois de mai. Le saisissant par un côté de sa ceinture, tandis que Thérèse le prenait par la main et que Sancho conduisait le grison, elles l'emmenèrent à leur logis, laissant Don Quichotte chez lui, au pouvoir de sa gouvernante et de sa nièce, en compagnie du curé et du bachelier.

Don Quichotte, sans plus tarder, prit à part le curé et le bachelier; il leur raconta brièvement sa défaite, ainsi que l'obligation qu'on lui avait imposée de ne pas quitter d'une année son village, condition qu'il comptait remplir au pied de la lettre, en vrai chevalier errant, comme les règles de la chevalerie lui en faisaient un devoir. Il ajouta que, durant cette année, il songeait à embrasser l'état de berger, et à se distraire par la solitude des champs, où il serait libre de donner carrière à ses pensées et de s'exercer au vertueux métier pastoral. Il supplia ses amis, s'ils n'avaient pas trop à faire, ou si quelque occupation plus sérieuse ne s'y opposait pas, de vouloir bien lui tenir compagnie, vu qu'il achèterait des brebis et du bétail en assez grande quantité pour qu'on pût les qualifier de pasteurs.

Chacun s'étonna de la nouvelle folie de Don Quichotte, mais le curé et le bachelier, de peur qu'il ne s'échappât de nouveau du village pour retourner à sa chevalerie, et dans l'espoir que l'année qui allait s'écouler suffirait pour le guérir, approuvèrent ses bonnes intentions, traitèrent sa folie de sagesse, et promirent de lui servir de compagnons.

Enfin, la gouvernante et la nièce conduisirent le chevalier à son lit, où elles lui donnèrent à manger et lui firent faire aussi bonne chère que possible.

CHAPITRE XLV

Comment Don Quichotte tomba malade; du testament qu'il fit, et de sa mort.

OMME les choses humaines ne sont pas éternelles, que de leur naissance à leur fin elles vont toujours en déclinant, surtout la vie des hommes, et que celle de Don Quichotte n'avait pas reçu du ciel le privilége de s'arrêter dans son cours, elle arriva à son terme au moment où le chevalier y pensait le moins. Soit à cause de la mélancolie qu'il ressentait d'avoir été vaincu, soit parce que le ciel l'ordonnait ainsi, il fut pris d'une fièvre qui le retint au lit cinq ou six jours, durant lesquels il reçut de nombreuses visites de ses amis le curé, le bachelier et le barbier, et sans que son bon écuyer Sancho Pança quittât un seul instant son chevet. Croyant que le chagrin d'avoir été défait et de ne pouvoir, selon son désir, désensorceler et remettre Dulcinée en liberté le rendait malade, chacun essayait par tous les moyens possibles de l'égayer. Le bachelier lui conseillait de reprendre courage, de se lever pour commencer son métier de pasteur, en l'honneur duquel il avait composé une églogue qui laissait bien en arrière toutes celles de Sannazar. Il déclarait aussi avoir acheté de ses deniers, à un berger de Quintanar, deux chiens célèbres pour leur adresse à garder les

troupeaux, dont l'un se nommait Barcin et l'autre Butron. Malgré
cette nouvelle, la tristesse de Don Quichotte persistait. Ses amis
appelèrent alors un médecin qui, lui ayant tàté le pouls, se montra peu satisfait et dit qu'il fallait s'occuper de la santé de l'âme,
celle du corps étant en danger. Don Quichotte l'entendit sans se
troubler ; il en fut autrement de sa gouvernante, de sa nièce et de
son écuyer qui se mirent à pleurer avec attendrissement, comme
s'ils le voyaient déjà mort. L'opinion du médecin fut que le chevalier se mourait de mélancolie et de chagrin. Don Quichotte pria
qu'on le laissàt seul, parce qu'il voulait sommeiller un instant.
On lui obéit ; il dormit d'une seule traite, comme on dit vulgairement, durant plus de six heures, à tel point que la gouvernante et
la nièce craignaient qu'il ne se réveillàt plus. Enfin il ouvrit les
yeux et s'écria d'une voix forte :

« Que le Dieu puissant soit béni pour le bien qu'il m'a fait, sa
miséricorde n'a pas de limites, et les péchés des hommes ne peuvent ni la restreindre ni l'empêcher. »

La nièce, attentive aux paroles de son oncle, les trouva plus
sages que celles qu'il prononçait d'ordinaire, du moins depuis sa
maladie.

« Que dit Votre Gràce, señor ? demanda-t-elle ; y a-t-il quelque
chose de nouveau ? De quelle miséricorde et de quels péchés des
hommes parlez-vous ?

— Ma nièce, répondit Don Quichotte, je parle des miséricordes
dont Dieu use à cette heure envers moi, sans être arrêté par mes
péchés. Mon esprit est maintenant libre et lucide, débarrassé des
ombres épaisses de l'ignorance, dont mes oisives et continuelles lectures des détestables livres de chevalerie l'avaient enveloppé. Je
reconnais l'extravagance et les séductions menteuses de ces livres, et
je ne le regrette pas. Ce que je regrette, c'est que cette désillusion
arrive si tard qu'elle ne me laisse pas le temps d'en faire pénitence
en lisant d'autres livres qui soient des lumières pour l'âme. Je me
sens, ma nièce, sur le point de mourir, et je souhaiterais rendre
mon dernier soupir de façon à faire comprendre que ma vie n'a
pas été si mauvaise que je doive laisser une réputation de fou. Je
l'ai été certainement ; néanmoins je ne voudrais pas confirmer

cette vérité à l'heure de ma mort. Appelle, ma fille, mes bons amis
le curé, le bachelier Samson Carrasco, et maître Nicolas le barbier;
je veux me confesser et dicter mon testament. »

L'arrivée des personnages que venait de nommer Don Quichotte
épargna à la jeune fille la peine de les faire appeler. A peine le chevalier les eut-il aperçus qu'il s'écria :

« Félicitez-moi, mes bons señores, de ce que je ne suis plus Don
Quichotte de la Manche, mais Alonzo Quijano, à qui ses mœurs
simples ont valu le surnom de Bon. Me voilà l'ennemi d'Amadis de
Gaule, de la tourbe infinie de ses descendants, et toutes les profanes
histoires de la chevalerie errante me sont odieuses. Je reconnais ma
sottise et le péril dans lequel m'a plongé leur lecture; ayant, par la
miséricorde de Dieu, appris à mes dépens leur fausseté, je les condamne aujourd'hui. »

Les trois amis, en l'entendant parler ainsi, crurent qu'une nouvelle folie s'emparait de lui.

« A présent, señor Don Quichotte, dit le bachelier Samson Carrasco, que la señora Dulcinée est désensorcelée, voilà que Votre
Grâce a des idées pareilles? Quoi, lorsque nous sommes prêts à
devenir bergers, afin de passer notre vie comme des princes, en
chantant, Votre Grâce veut se faire ermite! Taisez-vous, sur votre
vie, revenez à vous et renoncez aux contes.

— Ceux que j'ai crus jusqu'à aujourd'hui, répliqua Don Quichotte, m'ont été véritablement nuisibles, et la fin, avec l'aide du
ciel, me les rendra profitables. Je sens, mes amis, que la mort
m'entraîne à grands pas. Laissons là les plaisanteries ; amenez-moi
un confesseur, puis un notaire qui rédige mon testament. En de
telles extrémités, l'homme ne doit pas se jouer de son âme. Aussi,
je vous en supplie, tandis que le señor curé me confessera, allez
quérir le notaire. »

Les assistants se regardèrent, surpris des raisonnements de Don
Quichotte, et, dans leur indécision, ils jugèrent à propos d'obéir.
Un des symptômes qui leur fit craindre que sa dernière heure n'ap-
prochât en effet, fut de le voir passer si subitement de la folie à la
sagesse; car, à ses premiers raisonnements, il en ajouta d'autres si
logiques, si chrétiens et si sensés, que leurs derniers doutes s'éva-

nouirent; ils virent bien qu'il était guéri. Le curé congédia tout le
monde, resta seul avec le chevalier et le confessa. Le bachelier alla
chercher le notaire et le ramena bientôt avec Sancho Pança, qui,
ayant appris du bachelier l'état de son maître et trouvant la gou-

vernante et la nièce en larmes, se mit à sangloter et à pleurer. La
confession terminée, le curé sortit.

« Il se meurt en vérité, dit-il, et, en vérité aussi, don Alonzo le
Bon a recouvré la raison. Nous pouvons entrer pour qu'il dicte son
testament. »

Cette nouvelle donna une terrible impulsion aux larmes qui gon-
flaient les yeux de la gouvernante, de la nièce et du bon écuyer
Sancho Pança, qui pleuraient en laissant éclater mille profonds
soupirs, car certes, ainsi qu'on l'a dit plusieurs fois, tant que Don
Quichotte fut Alonzo le Bon, et tant qu'Alonzo le Bon fut Don Quichotte de la Manche, son humeur fut douce, son commerce agréable,
et, pour cette raison, il fut aimé non-seulement chez lui, mais de
tous ceux qui le connaissaient.

Le notaire entra avec tout le monde; après avoir écrit les préli-
minaires du testament, et lorsque Don Quichotte eut réglé les affaires

de son âme avec les formalités chrétiennes requises, il en arriva aux
legs, et dicta :

« *Item*, je veux, en raison de certains comptes d'entrée et de sortie que j'ai eus avec Sancho Pança, — que dans ma folie j'ai fait
mon écuyer, — qu'on ne lui réclame aucune somme, ni aucuns détails. Je désire, au contraire, s'il reste quelque chose lorsque les
autres legs auront été payés, que ce reste lui appartienne. Ce sera
peu, mais grand bien lui fasse. Si j'ai pu, étant fou, contribuer à
lui faire obtenir le gouvernement de son île, je voudrais, maintenant
que je possède ma raison, pouvoir lui donner un royaume ; il le
mérite à cause de la simplicité de son caractère et de sa fidélité. »

Se tournant alors vers Sancho, il lui dit :

« Pardonne-moi, ami, l'occasion que je t'ai fournie de paraître
aussi fou que moi, en te faisant tomber dans la fausse croyance où
j'étais moi-même qu'il y a eu et qu'il y a dans le monde des chevaliers errants.

— Hélas ! répondit Sancho en pleurant, que Votre Grâce ne
meure pas, señor ; suivez plutôt mon conseil et vivez nombre d'années. La plus grande folie que puisse commettre un homme sur
cette terre, c'est de se laisser mourir de but en blanc, sans que personne le tue, uniquement par la mélancolie. Voyons, ne soyez pas
paresseux, levez-vous de ce lit, et allons aux champs habillés en
bergers, ainsi que nous en sommes convenus. Peut-être, derrière quelque buisson, trouverons-nous madame Dulcinée désensorcelée, et ce
sera une joie. Si vous mourez du chagrin d'avoir été vaincu, rejetez-
en la faute sur moi en disant qu'on vous a culbuté parce que j'ai
mal sanglé Rossinante, — d'autant plus que Votre Grâce doit avoir
vu, dans ses livres de chevalerie, qu'il arrive fort souvent qu'un chevalier en culbute un autre, et que celui qui est vaincu aujourd'hui
soit vainqueur demain.

— Il en est ainsi, dit Samson, et le bon Sancho est dans le vrai.

— Doucement, señores, reprit Don Quichotte, dans les nids de
l'an passé, il n'y a plus d'oiseaux à cette heure. J'ai été fou et je suis
sage ; j'ai été Don Quichotte de la Manche, et je suis à présent, ainsi
que je l'ai dit, Alonzo Quijano le Bon. Puissent mon repentir et
ma véracité me rendre l'estime qu'on avait pour moi, et que le

señor notaire reprenne la plume. *Item*, je lègue tous mes biens,
meubles et immeubles, à Antonia Quijana, ma nièce, ici présente,
après en avoir retiré, sur le plus clair, les legs que je laisse à distribuer. Et la première mesure que je veux qu'on prenne, c'est de

payer le salaire dû à ma gouvernante depuis le temps qu'elle me
sert, plus vingt ducats pour l'achat d'une robe. Je nomme mes exécuteurs testamentaires le señor curé et le señor bachelier Samson
Carrasco, ici présents. *Item*, je veux, dans le cas où ma nièce Antonia Quijana songerait à se marier, qu'elle ne se marie qu'avec un
homme qui, informations prises, ne saura ce que c'est qu'un livre

de chevalerie. Si l'on apprenait qu'il connaît ces livres, et que ma
nièce persistât néanmoins à l'épouser, j'annule le legs précédent, et
mes exécuteurs distribueront mon bien aux œuvres pieuses, à leur
volonté. »

Ici se termina le testament; Don Quichotte fut pris d'un évanouissement et se coucha tout de son long dans son lit. Les assistants, effrayés, accoururent à son secours, et, durant les trois jours
qu'il vécut encore après avoir dicté son testament, il s'évanouissait
à chaque instant.

Enfin, le dernier jour de Don Quichotte arriva, après qu'il eut
reçu tous les sacrements et renié, par de justes raisonnements, les
livres de chevalerie. Le notaire, qui se trouvait présent, déclara
n'avoir jamais lu, dans aucun livre de chevalerie, qu'un chevalier
errant fût mort dans son lit aussi paisiblement et aussi chrétienne-
ment que Don Quichotte, lequel, au milieu des soupirs et des assistants, rendit l'esprit; — je veux dire qu'il mourut.

Telle fut la fin de l'ingénieux Hidalgo de la Manche, dont Cid Hamet n'a pas voulu désigner clairement le lieu de naissance, afin que
toutes les villes et tous les villages de la Manche se disputassent
l'honneur de l'avoir pour fils, comme sept villes de la Grèce le firent
pour Homère.

TABLE DES CHAPITRES

PREMIÈRE PARTIE

DEUXIEME PARTIE

19687. — Typographie Lahure, rue de Fleurus, 9, à Paris.

www.ingramcontent.com/pod-product-compliance
Lightning Source LLC
Chambersburg PA
CBHW070353030726
47504CB00001B/165